A TORRE PARTIDA

J. BARTON MITCHELL

A TORRE PARTIDA
SAGA DA TERRA CONQUISTADA – LIVRO 2

Tradução:
DENISE DE C. ROCHA

JANGADA

Título do original: *The Severed Tower.*

Copyright © 2013 J. Barton Mitchell.
Publicado mediante acordo com St. Martin's Press, LLC.
Copyright da edição brasileira © 2015 Editora Pensamento-Cultrix Ltda.

Texto de acordo com as novas regras ortográficas da língua portuguesa.

1ª edição 2015.

Todos os direitos reservados. Nenhuma parte desta obra pode ser reproduzida ou usada de qualquer forma ou por qualquer meio, eletrônico ou mecânico, inclusive fotocópias, gravações ou sistema de armazenamento em banco de dados, sem permissão por escrito, exceto nos casos de trechos curtos citados em resenhas críticas ou artigos de revistas.

A Editora Jangada não se responsabiliza por eventuais mudanças ocorridas nos endereços convencionais ou eletrônicos citados neste livro.

Esta é uma obra de ficção. Todos os personagens, organizações e acontecimentos retratados neste romance são produtos da imaginação do autor e usados de modo fictício.

Editor: Adilson Silva Ramachandra
Editora de texto: Denise de C. Rocha Delela
Coordenação editorial: Roseli de S. Ferraz
Produção editorial: Indiara Faria Kayo
Editoração eletrônica: Join Bureau
Revisão: Vivian Miwa Matsushita

Dados Internacionais de Catalogação na Publicaçãoo (CIP)
(Câmara Brasileira do Livro, SP, Brasil)

Mitchell, J. Barton
  A torre partida : saga da terra conquistada, Livro 2 / J. Barton Mitchell ; tradução Denise de C. Rocha. – São Paulo : Jangada, 2015.

  Título original : The severed tower.
  ISBN 978-85-64850-94-1

  1. Ficção científica norte-americana. I. Título.

15-00731
CDD-813.0876

Índices para catálogo sistemático:
1. Ficção científica : Literatura norte-americana   813.0876

Jangada é um selo editorial da Pensamento-Cultrix Ltda.

Direitos de tradução para o Brasil adquiridos com exclusividade pela
EDITORA PENSAMENTO-CULTRIX LTDA., que se reserva a
propriedade literária desta tradução.
Rua Dr. Mário Vicente, 368 – 04270-000 – São Paulo, SP
Fone: (11) 2066-9000 – Fax: (11) 2066-9008
http://www.editorajangada.com.br
E-mail: atendimento@editorajangada.com.br
Foi feito o depósito legal.

Para Jeff; onde quer que você esteja, sinto sua falta.

Nossas dúvidas são traidoras,
E muitas vezes nos fazem perder, por receio de arriscar,
O bem que poderíamos obter.

— William Shakespeare

PRÓLOGO

ELA SE AGACHOU no telhado do que restava do velho celeiro, observando as estranhas contradições da paisagem, toda luz e escuridão ao mesmo tempo.

O céu estava repleto de espessas nuvens de tempestade, mas continuaria escuro mesmo sem elas. Naquele ponto remoto que os Bucaneiros costumavam chamar de Núcleo, o meio da tarde parecia noite, e a única luminosidade era o amarelo doentio que tingia o estranho céu ondulante e prismático.

Raios flamejavam das nuvens. Riscas fulgurantes de vermelho, azul ou verde e, onde quer que caíssem, produziam um clarão colorido. Fragmentos de cristais reluzentes irrompiam do chão e congelavam no lugar, e a terra toda estava coberta com seus remanescentes, um labirinto de paredes pontiagudas e irregulares que cintilavam em várias cores.

Elas preenchiam as ruínas do que antes era uma cidadezinha do interior, destruindo as ruas e estradas que um dia cortavam o centro. As velhas construções tinham, em sua maior parte, desmoronado ou sido calcinadas pelos raios, mas ela podia ver que aquele fora um belo lugar um dia. Agradável e tranquilo.

Mas agora não era nem uma coisa nem outra.

Mais relâmpagos, vermelhos dessa vez, iluminaram uma figura ao lado dela, vestida no mesmo estilo preto e cinza. Calças de um tecido rústico, botas leves, camisa enfiada dentro da calça, um colete cheio de bolsos, tiras de utilidades cruzando o peito. Em torno do pescoço, ambos tinham panos tecidos à mão, para cobrir o nariz e a boca, se necessário. No pescoço também usavam colares com pingentes idênticos. Dois cordões metálicos brancos entrelaçados, com barras entre eles, formando pequenas espirais — ou uma dupla "hélice".

Em cada dedo da mão esquerda, usavam um anel de um cristal resplandecente, idêntico ao que cobria o chão; e nas costas carregavam armas estranhas. Longas lanças de ponta dupla, quase da altura deles, com um cristal brilhante em ambas as extremidades. Cada cristal tinha sido polido e amolado até ficar afiado como uma navalha, e fixado numa bainha arredondada de latão, encaixada na haste. Era sem dúvida uma arma de ataque duplo, mas olhando mais de perto revelava outros aspectos. A base arredondada tinha punhos idênticos, um de cada lado, com dois gatilhos separados, como se a arma pudesse disparar as pontas de cristal a partir de qualquer posição. Era uma arma exótica. Ornamentada e entalhada com perícia, elegante até, mas também perigosa.

O homem era oriental, mais velho, provavelmente com 60 e poucos anos. Seus olhos, embora livres da Estática, tinham uma aparência peculiar. Havia neles algo incomum. Eram desfocados e enevoados, e não pareciam olhar para nada em particular; no entanto, suas profundezas ocultavam um mar de sabedoria e experiência.

A garota ao lado dele era muito mais jovem, 16 anos aproximadamente. Negra, um tanto pequena, mas claramente ágil e veloz; o cabelo rebelde, preso num rabo de cavalo descuidado. Seus olhos tinham sinal de Estática, mas, ao contrário do velho, ela enxergava e tinha algo de que ele não precisava: óculos de proteção pretos na testa, que poderiam ser baixados rapidamente sobre os olhos, embora fosse improvável que pudesse enxergar alguma coisa através de suas lentes. Com os óculos, ela enxergaria tanto quanto o velho.

Ele olhou sem enxergar em direção ao norte. As nuvens carregadas e a escuridão obscureciam o horizonte, mas para ele isso não fazia diferença. Ele não conseguiria *ver* nenhum dos dois.

— O que estamos fazendo *aqui?* — ela perguntou. — Pensei que o objetivo fosse atacar a Estrela Polar.

— Por que tem sempre tanta sede de violência? — O olhar cego do velho não vacilou. Sua voz era tranquila. Por mais que a garota o amasse, Gideon tinha o hábito irritante de responder perguntas com mais perguntas.

— Não estou interessada em violência — disse a menina com firmeza. — Só em ação.

— A mudança vem tanto através da paciência, quanto da ação — disse ele. — Fique à beira do rio por algum tempo e os corpos de seus inimigos passarão boiando.

— Não é nenhum segredo que paciência não é o meu forte, Mestre.

Gideon sorriu.

— Você é mais parecida com o seu pai do que gostaria de admitir.

A garota sentiu a raiva crescendo dentro de si, mas não disse nada. Era provável que estivesse certo. Gideon sempre parecia estar certo, embora isso não significasse que ela fosse obrigada a concordar com ele.

Relampejou novamente nas proximidades, uma luz esverdeada dessa vez, e uma estranha trovoada ressoou, como ondas quebrando na praia. A garota alisou os pelos arrepiados dos braços. A Carga parecia diferente aquele dia.

— Parece que vem outra tempestade por aí.

O velho não disse nada. Apenas concordou com a cabeça.

A menina contemplou o horizonte, mas tudo o que podia ver era a tempestade, as nuvens espessas que os rodeavam. Um raio riscou o ar de vermelho e azul.

— Íon ou Antimatéria?

— Nem uma coisa nem outra.

A garota olhou para o velho, estranhando. Que outro tipo de tempestade haveria ali nas Terras Estranhas?

— Devo levar o meu Arco de volta ao Santuário?

O velho permaneceu calado durante um bom tempo, sondando o que se ocultava à distância.

— Não — respondeu finalmente. — Esta tempestade... não podemos vencer. E é por isso que eu trouxe você aqui.

Ele a fitou agora, ou pelo menos deu essa impressão. O olhar de Gideon sempre parecia pairar alguns centímetros na direção errada.

— Tenho duas tarefas para você, Avril — disse ele. — De uma você vai gostar, mas da outra não.

Ao longe, a tempestade formou um redemoinho e se partiu em duas como uma gigantesca cortina, permitindo um vislumbre do horizonte. À distância, o que restava dos edifícios depredados de uma cidade se assomava contra o céu, pequenos fragmentos reluzentes na escuridão. Além deles, distorcida por uma massa revolta de névoa ou poeira, uma forma maciça pairava sobre as ruínas.

Parecia uma fortaleza ou torre colossal, ainda que, de alguma forma, estivesse suspensa no ar. Avril podia ver onde ela estava partida ao meio, perto do centro, o topo arrancado, separado do resto e prestes a cair, contudo *congelado* no céu. Como sempre, a visão lhe causou um arrepio; puro poder e desgraça combinados numa coisa só, mesmo assim ela não conseguiu desviar os olhos. Ficou aliviada quando a massa de nuvens se concentrou novamente e bloqueou a visão do vulto tenebroso, ocultando-o por trás delas ao se fecharem com um rugido.

No ar acima, os estranhos raios faiscaram novamente e as trovoadas distorcidas ribombaram. A tempestade parecia mais próxima agora. Como se estivesse ganhando força.

PARTE UM

AS TERRAS ESTRANHAS

1. BRUSCO DESPERTAR

— MIRA...

O chamado vinha de longe. Uma voz de menina, ela reconheceu. De uma menininha. E parecia preocupada.

— Mira...

Ela ouviu outros ruídos em seu delírio enevoado — baques surdos e estrondosos que poderiam ser explosões. Algo se estilhaçando. E outros sons — estranhos, distorcidos, eletrônicos, mas conhecidos o bastante para despertar medo nela.

— *Mira!*

O grito a arrancou dolorosamente da escuridão. Luz invadiu seus olhos quando ela piscou e depois os abriu.

Viu o céu acima dela. Era a tarde de um dia luminoso e ensolarado. Ruínas de prédios e outras coisas passavam por ela — janelas, calhas, velhos *outdoors* que ela não conseguiu ler, a parte superior de um ônibus escolar enferrujado. Era como se ela estivesse flutuando abaixo deles.

Então, ela se deu conta. Estava sendo *carregada*. Através das ruínas de alguma cidade.

O mundo voltou a entrar nos eixos quando alguém a colocou no chão e a apoiou contra uma superfície dura e áspera. Parecia uma parede, de tijolos talvez.

Mais sensações voltaram a assaltá-la. Dor de cabeça e um ardor latejante na perna esquerda, logo acima do joelho. Sua visão ficou mais nítida. Os sons se tornaram mais claros... Todos eles aterrorizantes.

Uma explosão provocou um clarão e sacudiu o chão do outro lado da parede. Jatos de luz amarela chiaram no ar em torno dela, atingindo outros edifícios de que só agora ela se dava conta. Uma farmácia, um posto de gasolina, uma agência dos correios, todos eles em ruínas e desmoronando.

Quando a memória de Mira Toombs voltou, ela se lembrou de onde estava e por quê.

Ela havia escondido um kit de emergência nessas ruínas alguns anos antes, em uma antiga escola. Suprimentos para as Terras Estranhas, se um dia precisasse explorá-las sozinha ou não tivesse muito tempo para providenciá-los. Ela tinha convencido Holt e Zoey a ajudá-la a encontrá-lo antes de partirem para as Estradas Transversais.

A boa notícia era que eles tinham encontrado o kit. Uma bolsa de lona preta com uma tira para prender em torno da cintura. Ela ainda estava lá, Mira podia ver o símbolo δ vermelho bordado na parte da frente. A má notícia era que, no instante em que a encontraram, *eles* apareceram.

Caminhantes Confederados. Batedores das tropas do exército alienígena que havia conquistado o planeta quase uma década antes, e que os vinha perseguindo obstinadamente havia mais de um mês.

Ela não tivera tempo para verificar de que tipo ou quantos eram antes de ser atingida pelos tiros e tudo ficar escuro, mas a julgar pelo número de raios calcinantes cruzando os ares agora, havia muitos deles.

— Mira! — A voz era masculina dessa vez. Uma voz que ela reconhecia e na qual confiava. Mira sentiu mãos sobre ela, uma delas virando sua cabeça para a esquerda, e, quando fez isso, Holt Hawkins entrou em seu campo de visão.

Mira sorriu, ainda meio atordoada. Ele parecia ter a mesma aparência de sempre.

O cabelo ondulado e espesso estava desgrenhado, mas de alguma forma dava a impressão de que era só uma questão de estilo. Alto e bem constituído, com olhos castanhos que nunca demonstravam nada além de confiança, não importava quanto o mundo parecesse ensandecido. Mesmo agora, no meio do caos, havia neles uma consciência calculada de tudo o que estava acontecendo ao redor e que de algum modo a fazia se sentir mais segura. Holt era um dos poucos capazes de lhe causar essa sensação.

— Mira! Consegue me ouvir? — Mais jatos de plasma foram deflagrados.

Mira obrigou-se a se concentrar e tirou o cabelo ruivo dos olhos num gesto rápido.

— Como você tirou a gente de lá?

— Não foi fácil — Holt respondeu. — Você é muito mais pesada do que Zoey.

— Valeu! — disse ela, com sarcasmo.

— Mira! — Era a mesma voz infantil de antes. Mira sentiu dois bracinhos em torno dela e baixou os olhos.

A cabeça de Zoey estava enterrada sob o braço de Mira, os olhos da menina espreitando através do cabelo loiro. Era sempre estranho ver Zoey num lugar como aquele, num ambiente tão cheio de perigos. Uma garotinha que mal tinha completado 8 anos não combinava com aquele lugar. No entanto, ali estava ela.

Ao lado de Zoey havia mais alguém, o focinho e as patas sobre as pernas da garotinha, os olhos redondos encarando Mira. Ela sentiu a mesma aversão habitual ao vê-lo.

— Você... — resmungou ela.

Max, o cão fedorento de Holt, rosnou para ela, mas isso não foi nenhuma surpresa. O cão ainda a via como uma prisioneira de Holt. Mas, contanto que Mira não tivesse que tocar nele, ela não se importava de tê-lo por perto. Holt tinha treinado Max muito bem, e ele tinha sua utilidade.

Zoey se encolheu quando outra explosão sacudiu o chão.

— Temos que sair daqui! — exclamou Holt. — Você consegue andar?

— Acho que sim. — Ela sentiu o ferimento na perna e fez uma careta. Não era grave; o tiro de plasma só tinha chamuscado a pele, mas ardia um pouco. — O que está pensando em fazer?

— Eu tenho... meio que um plano. — Ele não foi muito convincente. — Temos que encontrar um bairro residencial.

O canto da parede explodiu, espalhando pedaços de gesso. Eles ouviram uma série de pancadas fortes no telhado acima deles, e Mira esticou o pescoço para olhar para cima.

Observando-os de cima, havia uma silhueta contra o céu claro. Uma máquina poderosa e aterrorizante. Como Mira adivinhara, era um caminhante dos Confederados, mas de um tipo que, até um mês atrás, ela nunca tinha visto.

Verde e laranja, como aqueles que os haviam perseguido nas Planícies Alagadas; três pernas, um trípode, flexível e ágil, mas diferente. Parecia mais fortemente armado, com um equipamento pesado nas costas. Aparentava ser mais novo também. A couraça metálica e a pintura não tinham um arranhão.

Lâmpadas LED piscaram em seu corpo, e seu "olho" trióptico triangular, vermelho, azul e verde, igual ao de todos os caminhantes, zumbiu quando se voltou para baixo, na direção de Mira.

Ela olhou para ele, paralisada de medo.

— Vamos! — ouviu Holt gritar enquanto a puxava para que ela se levantasse.

O caminhante acima disparou uma rede metálica que bateu contra o solo, errando-os por pouco. Era clara sua intenção de capturá-los.

— Pelo menos não estão tentando nos *matar* — Holt gritou e, em seguida, abaixou a cabeça para se proteger quando uma rajada de tiros de plasma destroçou o chão ao redor dele.

— O que você estava dizendo? — Mira provocou.

Enquanto corriam, barulhos estranhos encheram o ar. Sons parecidos com os de uma trombeta, mas eletrônicos e distorcidos. Eles pareciam ecoar de todos os lugares, respondendo uns aos outros.

Max saiu embalado atrás de Holt, enquanto este se desviava de mais uma explosão de plasma.

— Mira! — Zoey gritou atrás dela. A menina estava ficando para trás, suas perninhas incapazes de acompanhá-los. Mira levantou Zoey nas costas e correu atrás de Holt.

Holt se dirigiu para uma fileira de casas em ruínas nas proximidades, mas os caminhantes estavam por toda parte. Ela podia vê-los nas ruas, saltando entre os velhos carros e edifícios. Eles estavam cercados.

Enquanto corriam sem rumo, Mira viu Holt deslizar a mão para dentro do bolso da jaqueta. Um segundo depois, uma esfera de energia amarela crepitou brevemente em torno dele e desapareceu.

Os olhos de Mira se arregalaram. Ela tinha acabado de ver o que pensava?...

Mira se encolheu quando jatos de plasma passaram zunindo sobre ela e despedaçaram o que restava de um furgão. Eles estavam em campo aberto, os caminhantes não teriam dificuldade para atingi-los. Mas de alguma forma isso não tinha acontecido.

Mira continuou correndo, seguindo Holt e Max.

Zoey gritou quando um trípode surgiu atrás deles e começou a persegui-los, seus canhões começando a zumbir enquanto se preparavam para atirar. Mas antes que pudesse chegar perto, uma rajada errante de tiros de plasma o atingiu, fazendo-o girar e desabar no chão num amontoado de destroços em chamas, fulminado pelo fogo aliado.

Outra improbabilidade.

Mira continuou correndo com Zoey nas costas, esgueirando-se entre os carros antigos, em direção às casas logo à frente. Ela alcançou Holt, e juntos eles contornaram um velho *outdoor*, suspenso apenas por um dos lados, e pararam num solavanco, os pés derrapando.

Diante deles havia outro Caçador.

A coisa saltou em direção a eles... e o *outdoor* decrépito escolheu aquele momento para desabar: Holt empurrou Mira e Zoey para longe da estrutura, que se desprendeu da base e desabou numa chuva de madeira e aço, soterrando o trípode onde ele estava.

Quando a poeira baixou, Mira conferiu para ver se Zoey estava bem. Estava. Assim como Holt e Max. Mira olhou para Holt com desconfiança.

— Como você...? — começou a dizer.

Holt pegou Zoey antes que Mira terminasse a pergunta e pôs a menina nas costas, enquanto todos começavam a correr outra vez. Outro lampejo cor de laranja explodiu em torno deles e o coração de Mira se encolheu quando ela viu.

Agora não havia como negar. As cores. As coincidências improváveis que os mantinham a salvo. O Gerador de Oportunidade estava no bolso de Holt, e ele o estava usando.

Mais à frente, ela viu para onde Holt estava correndo. A garagem de uma casa arruinada; uma construção pequena e prestes a desabar, que guardava os restos de uma velha picape enferrujada.

Holt correu para ela o mais rápido que pôde, carregando Zoey com ele, e Mira o seguiu. Max devia ter adivinhado a intenção de Holt também, porque disparou na frente e se atirou na caçamba do veículo.

Mira sentiu o calor de um jato de plasma quando entrou na garagem com a cabeça abaixada.

A picape estava em péssimo estado, uma tosca carcaça de metal com os vidros quebrados, mas, milagrosamente, tinha os quatro pneus em condições de rodar.

— Zoey, entre! — disse Holt à garotinha quando a colocou no chão. A menina escalou os degraus do veículo desmantelado e passou para o lado do passageiro.

— *Esse* é o plano? — perguntou Mira sem acreditar.

— Se Zoey conseguir fazer o motor funcionar, sim — respondeu Holt. — A gente pode até deixar aqueles caminhantes para trás.

— Essa coisa não consegue deixar nem uma baleia encalhada para trás! — Mira gritou.

— Você tem uma ideia *melhor*? — ele perguntou.

Mira franziu as sobrancelhas. Ela não tinha.

— Você dirige. — Holt foi para a caçamba da picape.

Mira foi para a porta e pulou para dentro.

— E o que *você* vai fazer?

— O que eu puder. — Holt saltou para a parte traseira, com Max. Ouviram mais sons de trombeta ao longe, aproximando-se. — Zoey, faz essa coisa funcionar!

Zoey olhou para Mira do banco sujo do passageiro. Mira acenou com a cabeça para a menina.

— Depressa, docinho. Se acha que consegue.

Zoey sorriu. Então fechou os olhos e se concentrou.

— Eu consigo.

Nada aconteceu a princípio. A menina só continuou sentada, sem se mexer, no banco rasgado, inspirando e soltando o ar. Então, um brilho surgiu em torno das mãos dela, fraco de início, depois mais intenso. Uma camada dourada e ondulante de... *energia*. Não havia outra palavra para descrever aquilo. Ela se movia e pulsava quase em câmera lenta, como fogo congelado, espalhando-se das mãos de Zoey para os braços e em direção aos ombros.

Mira ficou olhando em choque, sentindo o coração acelerar.

Holt tinha mencionado aquilo, a luz, mas era novidade para Mira. Ela não tinha visto Zoey usando seu dom na Cidade da Meia-Noite. Tinha quase morrido na ocasião, e a garotinha a salvara. Outro dos poderes dela, e o mais importante. Zoey podia deter a Estática. Bloqueá-la de alguma forma, tornar a pessoa imune. Pensar naquilo ainda a deixava atordoada.

Mira assistiu enquanto a energia envolvia lentamente a menina, sabendo que estavam correndo contra o relógio. Se Zoey não conseguisse, eles bem podiam...

Mira deu um pulo no banco quando a picape de repente estremeceu. Energia dourada borbulhava debaixo do capô, quando o motor, inacreditavelmente, deu partida e roncou alto. O painel acendeu uma vez, duas e, em seguida, os antigos medidores analógicos voltaram a funcionar. Um ruído de estática irradiou do rádio velho.

Mira olhou para os controles, aturdida. Lembrou-se das ocasiões em que se sentava no colo do pai, quando criança, e dirigia o furgão da família num estacionamento. Até a invasão dos Confederados, aquela era toda a experiência que ela tinha atrás de um volante. Ela esperava que fosse suficiente.

Mira engatou a marcha e pisou no acelerador. A picape saltou para a frente... então parou com um solavanco.

— Freio de mão! — Holt gritou atrás dela.

— Onde ele fica? — Mira vasculhou freneticamente com os olhos o interior da picape.

— Onde costuma ficar normalmente!

— Já faz um tempo que não dirijo, ok?

A garagem estremeceu quando a parede dos fundos foi totalmente arrancada por uma das máquinas alienígenas. Ela trombeteou de raiva, uma mistura medonha de tons eletrônicos e estática.

— Mira! — Holt gritou, espremendo-se ao máximo contra a cabine. Max latia descontroladamente.

Mira encontrou o freio, uma alavanca de mão no piso do veículo, e empurrou-a para baixo. A velha picape sacudiu violentamente e saiu rugindo da garagem.

O Caçador atrás deles soltou um guincho agudo de surpresa e se lançou em perseguição.

Enquanto a picape disparava em fuga, a máquina entrou na garagem, destruindo a moldura da porta — o que foi suficiente para levar a construção toda abaixo, como um castelo de cartas. Mira viu pelos retrovisores empoeirados quando o tripé foi soterrado pela enorme pilha de madeira e detritos. Um deles havia caído, mas havia muitos mais.

Perto dali, novos caminhantes continuavam a perseguição, as três pernas pontudas impulsionando-os para a frente a uma velocidade atordoante.

Ao lado de Mira, Zoey estava sentada com os olhos fechados, a energia dourada pulsando ao seu redor.

A picape sacudiu inteira quando um pneu subiu na calçada e então caiu de volta no asfalto, derrapando. Diante deles, aproximando-se rápido, um percurso de obstáculos composto de carros velhos e outros destroços... e os Caçadores estavam ainda mais próximos.

Mira agarrou o volante com tanta força que os nós dos dedos ficaram brancos.

HOLT SE SEGURAVA enquanto a picape danificada seguia em frente aos solavancos. Na rua, tudo ao redor começou a passar zunindo. Uma rua cheia de perigos.

O veículo de repente cambaleou para a esquerda, mal conseguindo se desviar de um velho carro carbonizado. Em seguida, arremeteu de volta para a direita, contornando uma pilha de detritos. Holt rolou pela caçamba, colidiu com a lateral e agarrou Max quando ele passou voando, mal conseguindo manter o cão ali dentro.

— Que diabos você está *fazendo?* — ele gritou, se segurando.

— Você prefere que eu acerte tudo à nossa frente? — Mira gritou de volta. — Porque seria bem mais fácil!

Trombetas distorcidas soaram atrás deles enquanto os dois Caçadores os perseguiam. Holt se abaixou quando abriram fogo, jatos de plasma amarelo cuspidos de seus canhões. Mira gritou quando o vidro traseiro se estilhaçou.

Holt passou os olhos pela caçamba da picape. Ela estava cheia de lixo, pedaços de metal velho, dezenas de latas de tinta enferrujadas... e dois grandes caixotes de madeira apodrecidos. Ele experimentou empurrá-los para descobrir o que havia dentro. Estavam cheios de algo pesado e metálico. Aquilo teria que servir.

— Tente seguir em linha reta! — Holt gritou, enquanto tentava se aproximar da porta traseira. Ele a agarrou, mas ela estava emperrada por causa da ferrugem. Ele teria de chutar para abri-la, se quisesse...

Holt deu um pulo para trás quando a ponta prateada reluzente de uma lança perfurou a porta traseira, quase o empalando.

De olhos arregalados, ele olhou para cima e viu um cabo metálico indo do arpão até um dos Caçadores. Quando localizou os caminhantes verdes e laranja, achou que tinham uma aparência diferente. Agora não havia dúvida. As máquinas tinham sido modernizadas, e Holt não estava com vontade nenhuma de descobrir que novos truques elas tinham agora.

O caminhante recolheu o cabo com um puxão forte, rasgando a porta traseira da picape e arrancando-a do resto da caçamba. Ela bateu com força no chão e deslizou pelo asfalto numa chuva de faíscas.

O trípode descartou o cabo, saltou sobre a porta traseira no chão e continuou correndo.

— Obrigado pela ajuda! — disse Holt, enfiando a mão no bolso. Quando sua mão se fechou em torno do que estava ali, ele foi tomado pela mesma sensação reconfortante de sempre.

O Gerador de Oportunidade era um velho ábaco, um antigo instrumento de contagem, mas agora era muito mais do que isso: um artefato principal das Terras Estranhas, com a capacidade de potencializar a sorte de quem quer que o usasse. Ele tinha salvado a pele deles na Cidade da Meia-Noite uma vez, e agora estava fazendo a mesma coisa.

Holt empurrou mais contas para cima e uma esfera de luz vermelha brilhou em torno dele. Quanto mais contas empurrasse, mais o efeito se intensificaria. O que significava que ele tinha que ser cuidadoso. Holt já o tinha usado algumas vezes, e o artefato só atingia seu poder pleno uma vez por dia. Se usasse todas as contas antes de escaparem, estariam numa grande encrenca.

Ele se colocou atrás dos caixotes e empurrou-os até a beirada da caçamba. Estavam caindo aos pedaços, mas de alguma forma se mantiveram inteiros até serem jogados da picape. Explodiram no asfalto, derramando seu conteúdo para todo lado, a maior parte dele ferro-velho — molas, pregos, parafusos, aparas de alumínio, ferramentas quebradas, espalhando-se pela rua.

Em sua corrida, os caminhantes passaram bem em cima da sucata.

Por um breve instante, eles se desequilibraram sobre os fragmentos e peças de metal, as pernas se abrindo descontroladamente. Isso já foi o suficiente. Eles tombaram e colidiram com um velho caminhão de água, arrastando-o numa chuva de metal, poeira e líquido preto. Não se levantaram mais.

— É isso aí! — Holt gritou, triunfante, mas por pouco tempo.

Mais trípodes se assomaram dos edifícios próximos e saíram ao encalço deles pela rua.

Jatos de plasma cortaram o ar e atingiram a picape, explodindo na traseira e fazendo-a em pedaços. O veículo inclinou-se perigosamente enquanto Mira tentava manter o controle do veículo.

— Holt!

Foi uma batalha breve e malsucedida.

Eles derraparam para a esquerda, rodaram e bateram de frente com uma pilha de carros antigos. Mira gritou. Holt agarrou Max quando o impacto os arremessou para a frente, na direção da parte traseira da cabine.

Holt se chocou com força contra a cabine. O mundo saiu de foco. De alguma forma, ele encontrou a lateral da caçamba, apoiou-se nela para conseguir se levantar e se esgueirou dos destroços, desabando com tudo no chão.

— Holt! — Mira gritou enquanto saía com dificuldade da picape com Zoey.

— Divertindo-se ainda? — Holt gemeu enquanto tentava ficar de pé. Mira franziu a testa e o ajudou a se levantar. Mais jatos de plasma cortaram o ar, e eles pressionaram as costas contra a picape arruinada. Os Caçadores estariam ali em segundos.

Holt olhou ao redor, tentando encontrar uma saída, e viu algo mais abaixo na rua, a mais ou menos uma quadra de distância. Parecia uma grande vala de drenagem feita de concreto, que desaparecia dentro de um túnel escuro; provavelmente um antigo escoadouro. Se eles conseguissem alcançá-la, a entrada talvez fosse estreita o suficiente para impedir que os trípodes os seguissem.

Mas o problema era alcançá-la. Havia apenas um terreno aberto entre o escoadouro e o lugar onde estavam, e não havia nenhuma outra cobertura. Eles teriam que correr até lá. Não tinham alternativa...

De ambos os lados surgiram trípodes, lançando-se sobre eles com as armas em posição de ataque.

Holt instintivamente se concentrou no que vinha à frente dos outros. Ele tinha marcações diferentes. Seu padrão verde e laranja era mais ousado e imponente. Com uma nova armadura ou não, Holt já tinha visto aquele caminhante uma vez. Na verdade, duas. E ele parecia ainda mais assustador agora.

Do Caçador partiu um clarão. Uma massa de rede metálica se arremeteu para a frente, sibilando pelo ar na direção deles. Mira gritou. Holt tentou protegê-las.

Mas algo grande, reluzente e poderoso saltou entre eles e os caminhantes com um estrondo.

A rede bateu na máquina e ricocheteou.

Holt e Mira a fitaram em choque. Era um caminhante, mas diferente dos outros. Esse era monstruoso, muito maior do que os Caçadores, e tinha cinco pernas poderosas em torno do corpo maciço. Não havia nenhum armamento aparente, mas um cintilante campo de energia transparente o circundava, como uma espécie de barreira de proteção.

E havia mais uma coisa.

Esse caminhante, ao contrário de qualquer outra máquina dos Confederados que Holt já vira, *não tinha cor*. Era puro metal, como se a tinta tivesse sido arrancada. A máquina refulgia ao sol da tarde.

Seu olho trióptico se moveu e se cravou neles. Então a máquina emitiu um estranho e profundo som trovejante e saltou poderosamente no ar, aterrissando na frente deles. O chão trepidou quando recebeu o impacto de suas pernas. Mais três Caçadores derraparam até parar na frente dele. A máquina sem marcação sibilou com raiva, mísseis e jatos de plasma explodindo flamejantes em sua direção.

A artilharia pesada chiava e explodia enquanto o campo de energia da máquina a absorvia, protegendo-os, embora a cada impacto a máquina retrocedesse um ou dois passos, cambaleando.

O caminhante prateado investiu à frente, derrubando os trípodes com o impacto de um aríete, arremessando-os contra a parede de uma mercearia.

Fosse o que fosse, a coisa tinha desviado a atenção de Holt e dos outros.

— Se temos mais algum "plano"... — começou Mira —, provavelmente este é o momento de colocá-lo em ação.

Ela estava certa. Essa era oportunidade que tinham. Holt assobiou duas notas curtas e Max disparou para a frente. Ele apressou Zoey, e todos correram atrás do cão. Às suas costas soaram mais explosões, estrondos e sons eletrônicos distorcidos.

Max foi direto para a estrutura de concreto e Holt dobrou uma esquina logo depois dele. Então seus olhos se arregalaram com o que ele viu ali. Era um túnel, é verdade, assim como ele tinha imaginado, mas era *enorme*, com mais de cinco metros de diâmetro, desaparecendo na escuridão.

— Droga! — ele exclamou em voz baixa. Os trípodes poderiam *facilmente* segui-los pelo túnel. Não era, de modo algum, uma boa rota de fuga.

O enorme caminhante prateado aterrissou com um baque de quebrar os ossos no terreno em frente à abertura do túnel, seu olho multicolorido localizando-os instantaneamente.

Zoey agarrou a coleira de Max, impedindo-o de atacar a máquina. Holt instintivamente fez todo mundo ficar atrás dele e empurrou-os para dentro do túnel.

Mais jatos de plasma atingiram o escudo do caminhante. Ele estava tremulando agora. Parecia mais fraco. A máquina hesitou por mais um segundo, analisando-os atentamente, então avançou, trovejando, bem na direção deles.

— Para trás! *Afastem-se!* — Holt gritou, empurrando todo mundo para trás, tentando se afastar ao máximo da máquina.

O caminhante prateado golpeou com um poder incrível a borda superior do túnel de concreto. A estrutura toda rachou e espalhou poeira, então veio abaixo com um estrondo.

Holt empurrou os outros para o chão quando a entrada ruiu, bloqueando a luz do dia e a batalha travada ali fora, deixando-os presos num espesso casulo de trevas.

2. SINAIS DE PERIGO

O TÚNEL ERA UM QUADRADO NEGRO e vazio que se estendia infinitamente à frente. Só era visível o que as lanternas de Holt e Mira conseguiam iluminar, e era tudo tão igual — concreto cinza, montes de detritos, pequenos córregos de água suja — que, se não fossem pelos grafites de décadas atrás aqui e ali, teria parecido que eles não estavam saindo do lugar.

Max andava à frente deles, a cauda abanando com entusiasmo, e Holt tinha que ficar chamando-o de volta toda hora, para evitar que ele desaparecesse à frente e criasse mais problemas. Atrás dele, Holt ouviu os passos arrastados de Mira e Zoey, enquanto seguiam através da água que corria no chão do túnel.

Ele ainda pensava naquele estranho caminhante prateado, despojado de suas cores, e em como ele tinha aparentemente bloqueado a rede que estava prestes a engolfar todos os quatro e depois demolido a entrada do túnel, trancando-os ali dentro. Mesmo para os Confederados, era um comportamento estranho; no entanto, quando se tratava de Zoey, Holt havia desistido de tentar entender os motivos dos alienígenas. O interesse deles na garota era tão misterioso quanto os poderes dela.

— Holt, o que você tem no bolso? — A voz de Mira arrancou-o de seus pensamentos e ele olhou para trás. Ela o fitava com um olhar estranho, cheio de suspeita. Foi só então que Holt notou a própria mão enfiada no bolso do casaco, os dedos ao redor do Gerador de Oportunidade de modo protetor. Ele não conseguia lembrar quando exatamente tinha enfiado a mão no bolso.

— Minha cabeça dói — queixou-se Zoey antes que Holt pudesse responder.

— Onde dói, neném? — perguntou Holt.

— Mais dos lados, a dor vai e vem. — Zoey parou de andar e esfregou as têmporas.

— Desde a picape, talvez? — perguntou Mira. Era uma boa pergunta. Holt não podia imaginar que tipo de esforço as habilidades de Zoey exigiam e, com toda a franqueza, uma dor de cabeça seria o mínimo que ele esperaria.

— Todo mundo tem dor de cabeça de vez em quando — disse Holt, afagando carinhosamente a cabeça da menina. — Descanse um instante, não temos pressa.

A menina encostou-se à parede e Max ganiu baixinho, empurrando o focinho sob a mão dela.

— O Max... — Ela disse com doçura, acariciando a cabeça do cão.

Holt voltou a olhar para Mira. Os olhos dela já estavam fixos nele.

— Você está usando o ábaco. — Havia um quê de acusação na voz dela.

Inesperadamente, Holt sentiu uma onda de raiva. Quem era ela para perguntar? Não era sua chefe nem estava encarregada de cuidar dele. Holt não tinha conseguido salvar a todos na Cidade da Meia-Noite, salvar a *ela*, inclusive, graças ao artefato? Ele não tinha acabado de salvá-los poucos minutos antes?

A raiva ficou tão intensa que o assustou um pouco. Não era comum ele se sentir assim. Provavelmente, só estava nervoso, disse a si mesmo, com os nervos à flor da pele por causa do que tinham passado.

Mas pensando nisso... por que Mira *não* o questionaria? Ela já tinha deixado bem claro que achava o Gerador de Oportunidade perigoso. Mira era perita em artefatos, não era? Ela o avisara.

Além disso, nos últimos dias ela raramente tinha dado sinais de que se importava com ele. Havia momentos em que ele achava que tinha detectado esses sinais novamente. Olhares. Sorrisos. Um toque acidental mais longo do que o normal, mas tinham sido apenas vislumbres, um débil reflexo do que se passara entre eles na barragem, quando se beijaram.

Holt não sabia muito bem o motivo da hesitação dela, mas tinha uma ideia: o outro cara, o Bucaneiro de quem ela era próxima, o que provavelmente iam encontrar mais cedo ou mais tarde. *Ben*. Não era um encontro que Holt desejasse.

Mas isso, na realidade, não tinha importância. Mira não era a verdadeira razão pela qual ele estava ali. Era Zoey.

Por mais que ele não gostasse de admitir, a garotinha tinha puxado um coelho da cartola na Cidade da Meia-Noite. Ela tinha salvado todos eles e ao mesmo tempo feito algo ainda mais impossível. Tinha feito Holt acreditar que as coisas podiam mudar — talvez até que os Confederados podiam ser vencidos —, e Holt tinha prometido ajudá-la, sem medir esforços. Ele havia prometido...

— Holt? — Mira perguntou novamente.

— Sim, eu estava usando o ábaco — ele respondeu, tentando não deixar a raiva transparecer. — E se não estivesse, estaríamos todos mortos. Não teríamos encontrado aquela picape e definitivamente não teríamos deixado os trípodes para trás.

— O que não faz com que isso seja certo! — exclamou Mira. — Nós não podemos começar a depender de algo imprevisível. Temos que confiar em nossas próprias habilidades ou vamos acabar numa enrascada, principalmente no lugar para onde estamos indo.

O lugar para onde estavam indo eram, é claro, as Terras Estranhas. Uma área perigosa mais para o norte, onde, por alguma razão, o tempo e o espaço não eram mais como antes. Mira era uma Bucaneira, alguém que se especializara em cruzar aquelas paisagens e trazer artefatos de lá — objetos comuns que haviam sido imbuídos de poderes extraterrestres. O ábaco em sua mão, o motivo da discussão entre eles, agora era um desses artefatos, e Holt tinha involuntariamente se tornado seu dono na Cidade da Meia-Noite. Desde então, o artefato tinha provado ser mais valioso do que ele poderia imaginar.

Holt franziu a testa.

— Eu não vejo o que há de errado em termos um pouco mais de sorte.

— O que há de "errado" é que, para aumentar a sua sorte, essa coisa ferra *outra* pessoa que esteja por perto. Você se esqueceu disso? — Seus olhos fulminavam os dele. — O que acontece quando você usa o ábaco nas Terras Estranhas, e não há *ninguém* por perto? De quem você acha que ele vai tirar a sorte? Do Max? De mim? De *Zoey*?

Holt balançou a cabeça.

— Se ficarmos em sua esfera de influência, ele vai...

— Você não sabe! — gritou Mira. — Ele poderia matar *todo mundo* para se dar bem, inclusive você, eu e Zoey. — Ela estendeu a mão para ele. — Sinto muito, Holt, mas preciso que você me devolva o artefato. É muito perigoso. Eu não devia ter pedido para você carregá-lo.

Holt olhou para ela e sentiu a raiva começar a borbulhar novamente. Agora ela estava lhe dando *ordens*? Mira esperava mesmo que ele fizesse o que ela mandava?

Holt enfiou o objeto de volta no bolso. Pensando bem, ele não costumava ser assim... e talvez ela tivesse razão.

Ele tirou o Gerador de Oportunidade do bolso. Parecia uma antiga e inofensiva peça de madeira, com contas coloridas que corriam por fios de arame. Quando ele olhou para a coisa, sentiu a necessidade de deslizar algumas contas para cima. Apenas para se sentir seguro.

Apenas algumas...

Os olhos de Holt se estreitaram. Ele empurrou todas as esferas para baixo, neutralizando o poder do ábaco. Então o mostrou para Mira.

— Viu? Ele está desativado. Se isso vai fazer você se sentir melhor, não vou mais usá-lo.

— Holt...

— Eu *prometo*. Se você acha que é perigoso, então não vou usá-lo mais. Você sabe mais do que eu, e nada é mais importante do que você e Zoey. Eu vou desativá-lo e mantê-lo assim. Você disse que ele não devia ficar perto dos seus outros artefatos, que poderiam reagir uns aos outros.

Mira olhou para ele, insegura, pensando no que poderia acontecer. Por fim, assentiu.

— *Seria* melhor se você o carregasse, mas eu me sentiria melhor se ele ficasse na sua mochila, não no seu bolso.

— Não seja por isso — concordou Holt, embora sentisse uma ligeira pontada de preocupação. De qualquer maneira enfiou o artefato na mochila e fechou-a. — Tudo bem agora?

Mira sorriu e estendeu a mão, tocando a dele.

— Obrigada. — Fazia um dia ou mais que Holt não sentia o toque da mão dela. A sensação era boa.

Os dois olharam um para o outro, então Zoey falou abaixo deles.

— Estou me sentindo melhor agora. Acho que o Max ajudou.

Eles olharam para ela. A garotinha tinha passado o braço em torno do pescoço do cachorro enquanto coçava as orelhas dele.

Mira franziu a testa.

— Duvido muito. A menos que o fedor dele tenha superado a dor.

— O Max não fede! — Zoey insistiu.

— Sabe, se os poderes de Zoey estão causando as dores de cabeça, essa é mais um razão para ela não usá-los — disse Holt. — Os Confederados aparecem correndo cada vez que ela faz isso.

— Quando a gente chegar às Terras Estranhas, isso não vai ser um problema. — Mira alisou o cabelo da menina. — Os Confederados nunca vão até lá.

— Eu não consigo nem imaginar — disse Holt — o que é não ter que ficar olhando para trás a cada cinco minutos.

— Podemos ficar livres dos Confederados — Mira respondeu —, mas vamos ter muitas outras coisas para vigiar. Você pode acabar *sentindo falta* dos nossos amigos alienígenas.

Holt duvidou que fosse verdade, mas, pensando bem, ele não fazia ideia do que iriam encontrar pela frente. Nunca tinha ido além da Cidade da Meia-Noite e com certeza nunca tinha pisado nas Terras Estranhas. No entanto, o plano deles era ir mais longe ainda.

No Cofre dos artefatos da Cidade da Meia-Noite, Zoey tinha consultado o Oráculo, um artefato principal que funcionava como uma cartomante. Holt não entendera completamente tudo o que ele tinha revelado à menina, mas uma coisa tinha ficado clara: para obter as respostas de que Zoey precisava, havia um lugar aonde ela precisava ir — um marco tenebroso no centro das Terras Estranhas chamado "A Torre Partida". Supostamente, segundo contavam as histórias, se a pessoa conseguisse sobreviver às Terras Estranhas e chegar à Torre, esta lhe concederia um desejo.

Isso sempre parecera um conto de fadas para Holt, mas ultimamente ele tinha testemunhado coisas bastante surpreendentes em que não teria acreditado alguns meses atrás. Ele realmente não sabia mais o que pensar. Tudo o que sabia era que, segundo Zoey, ela precisava chegar a essa torre, e ele prometera ajudá-la.

— Isso é uma saída, Holt? — perguntou Zoey. Holt apontou a lanterna para cima, seguindo o olhar dela.

Uma escada de aço subia pela parede de concreto até o que parecia a tampa de um bueiro.

— Olhinho bom, hein, garota? — Holt testou a escada. Estava enferrujada, mas parecia resistente.

Ele escalou rapidamente os degraus e empurrou a tampa pesada para fora do caminho. A luz do dia se derramou pelo buraco e Holt se encolheu ante a claridade intensa antes de rastejar pela abertura e sair dali.

Eles estavam nos arredores da velha cidade, que agora se resumia a algumas casas e edifícios destruídos, a maioria esqueletos carbonizados. Ele olhou para o sul, de onde tinham vindo. Não havia nenhum barulho de explosões nem clarões, mas viu várias colunas de fumaça a alguns quilômetros de distância, provavelmente da batalha de que haviam escapado.

Embora não houvesse nenhum sinal de qualquer coisa agora, Holt se lembrou de que aquelas máquinas verdes e laranja podiam se camuflar, então nunca se podia ter certeza.

Ele olhou para o norte, viu a planície se estendendo ao longe, na direção do lugar para onde precisavam ir. Em direção às Terras Estranhas.

Ele esperava que Mira estivesse certa ao dizer que os Confederados não os seguiriam depois que chegassem lá.

Isso seria uma bênção, apesar da insistência dela de que o lugar em si poderia ser muito pior. Mas ele ficaria feliz só de ter uma chance.

— Parece seguro? — Era Mira, abaixo dele.

— Mais seguro impossível, senhoritas — confirmou. — Venham!

Em poucos minutos eles estavam todos na rua, avançando para o norte, Holt fazendo questão de aproveitar toda cobertura que os resquícios de ambiente urbano poderiam proporcionar. Muito em breve estariam de volta às planícies, onde tudo era campo aberto.

A gigantesca Tempestade Antimatéria que tinham presenciado alguns dias antes já era passado agora. Eles não podiam mais ver os seus estranhos raios multicoloridos, mas havia outra indicação de que estavam no caminho certo: a misteriosa e ondulante aurora boreal, flutuando no céu como as imagens que ele vira das luzes do norte quando era pequeno. A diferença era que estas eram visíveis no meio do dia e estavam se tornando mais próximas.

Instintivamente, Holt pôs a mão no bolso e encontrou-o vazio. Sentiu uma breve pontada de pânico antes de lembrar que tinha guardado o ábaco na mochila. Relaxou. Poderia pegá-lo se precisasse.

Apesar do que dissera, Holt sabia que, se estivessem diante de algo realmente perigoso — se a vida de Mira ou de Zoey estivesse em perigo —, ele faria a mesma coisa que fizera na Cidade da Meia-Noite. Usaria o Gerador de Oportunidade mais uma vez... mas apenas em caso de emergência, assegurou para si mesmo. Só em caso de emergência. Afinal, ele tinha prometido.

O NASCER DO SOL ILUMINOU uma imensa paisagem ondulante de colinas cobertas de grama. Holt nunca tinha avançado tanto para o norte e mal podia acreditar no quanto o lugar era aberto e vazio. Ele entendia por que era chamado de Campos dos Grandes Céus, no mundo anterior. O azul acima deles era a característica predominante, tão vasto que era como andar num globo de neve. À distância, a aurora continuava a ondular.

Mira foi organizar seu equipamento debaixo de uma caixa-d'água coberta de vegetação, perto de onde tinham montado acampamento. Ele estava localizado no topo de um rochedo com vista para o rio Missouri, num trecho em que as águas corriam através das montanhas, em direção ao norte.

Zoey e Max estavam ocupados com uma brincadeira que tinham inventado. O jogo começava como a brincadeira comum de buscar a bolinha, em que Max corria alegremente atrás do brinquedo; mas depois ele dava uma guinada e seguia em outra direção. O cão estava muito mais interessado em que alguém *o* perseguisse para pegar a bolinha de volta, do que em devolvê-la e começar tudo de novo.

Zoey gritava alegremente, enquanto corria atrás de Max por entre as colunas enferrujadas da torre, mas o cão era muito rápido e sempre escapava.

— Zoey, cuidado com as pontas afiadas, por favor! — entoou Mira, sem olhar para a menina. Se Zoey ouviu, não deu nenhum sinal. Ela continuou rindo e correndo atrás de Max.

Holt olhou para Mira. Componentes de artefatos estavam espalhados pelo chão na frente dela — lápis, ímãs, frascos de todos os tipos de pó, pilhas, clipes de papel, moedas de diferentes valores embrulhadas em plástico. Pareciam objetos cotidianos, mas eles eram tudo menos isso. Cada um estava imbuído de propriedades sobrenaturais únicas, e poderiam ser combinados para produzir outros, cada vez mais fortes, que faziam coisas incríveis.

Holt sempre odiara artefatos, mesmo antes de conhecer Mira, mas eles tinham sua utilidade, precisava admitir isso agora, e Mira tinha uma habilidade surpreendente para lidar com eles. Ela estava estudando um em particular, uma combinação complicada composta de dezenas de diferentes objetos, todos amarrados com uma corrente prateada e um cordão de couro roxo. Seu aspecto principal era o de um antigo relógio dourado de bolso, com o símbolo δ prateado gravado em sua estrutura metálica.

Holt só vira o artefato duas vezes desde que tinham deixado a Cidade da Meia-Noite. Mira o mantinha no fundo da mochila, o mais longe possível. Ela o odiava. Sentia repulsa por ele, e por uma boa razão.

Ele era o hediondo resultado de sua obsessão por inventar uma combinação que pudesse deter a Estática, mas tudo tinha dado errado. A combinação não detinha a Estática, ela *acelerava* seus efeitos. E fazia isso de tal maneira que qualquer um, fosse Imune ou não, sucumbia em questão de segundos. A criação do artefato tinha lhe custado tudo, sua vida na Cidade da Meia-Noite, sua liberdade, qualquer futuro que poderia ter tido.

Ela estava levando o artefato às Terras Estranhas para destruí-lo, e Holt não a censurava por isso.

— Você está bem? — perguntou Holt.

Mira olhou para o artefato por mais um instante, então o guardou de volta na mochila.

— Estou.

— Você pode destruí-lo nessas Estradas Transversais de que falou?

— Não é tão fácil assim. — A voz de Mira era amarga. — Para destruir um artefato, você tem que estar no círculo onde ele foi criado. Se for uma combinação, você tem que estar no círculo do seu componente mais poderoso.

— E que círculo é esse? — perguntou Holt.

— O quarto. — Surgiu de repente uma expressão nos olhos dela que Holt nunca tinha visto. Vê-la em Mira era surpreendente. Parecia... medo.

— Você tem *certeza* de que está bem? — ele perguntou.

Mira piscou e olhou para a frente, mas não para ele. Ela olhou para Zoey, correndo de um lado para o outro, atrás de Max.

— Estou... preocupada.

— Com o quê?

— Com as Terras Estranhas.

— Você é uma Bucaneira. Já esteve lá um milhão de vezes.

— Nunca por conta própria. — A voz dela era tão baixa que ele quase não podia ouvi-la. — Só uma vez. Muito tempo atrás.

Holt olhou para ela, intrigado. Ele nunca tinha visto Mira abalada, nunca a vira duvidar de si mesma. Ela sempre parecia tão confiante, tão capaz!

— Mira, se alguém pode nos levar até onde precisamos ir, esse alguém é *você* — disse ele, tentando tranquilizá-la. — Zoey sabe disso também.

A garota olhou para ele. O medo ainda estava lá, era até mais visível agora, e parecia que Mira queria lhe dizer alguma coisa. Revelar o peso que ela parecia estar carregando, fosse ele qual fosse, mas a voz de Zoey deteve-a antes que ela pudesse falar.

— Como vamos saber que entramos nas Terras Estranhas? — A menina e Max estavam disputando a bola no chão agora. O olhar estranho tinha desaparecido do semblante de Mira. Fosse o que fosse, ela o reprimira novamente.

— A gente vai *sentir* quando entrar, e por um único motivo — Mira respondeu. — Algo chamado Carga. Ela faz os pelos dos seus braços se arrepiarem. Fica mais forte quanto mais longe você vai. Mas existem muitos caminhos para as Terras Estranhas. As Estradas Transversais, para onde vamos, é um deles. Quando você sai delas... está dentro das Terras Estranhas.

— Por que só dá para entrar lá a partir de certos lugares? — perguntou Zoey.

— Por causa das Anomalias Estáveis.

— O que é uma... "anomalistável"?

Mira sorriu.

— Anomalias são as partes perigosas das Terras Estranhas, docinho. As estáveis são permanentes, geralmente permanecem no local e são invisíveis. As Anomalias instáveis podem mudar de lugar, mas o bom é que você pode vê-las.

— Como as tempestades de alguns dias atrás?

Mira assentiu.

— Exatamente. Todos os círculos são rodeados por Anomalias Estáveis, incluindo o primeiro. Você só pode entrar no primeiro círculo em alguns lugares, onde existe uma brecha. As Estradas Transversais são um desses lugares. É a entrada principal dos Bucaneiros da Cidade da Meia-Noite, por isso o tráfego lá é intenso.

Algo brilhou ao longe, chamando a atenção de Holt para o nordeste. Ele olhou e viu o rio Missouri, e no rio, percebeu de onde viera o brilho. À distância, seguindo para o norte, havia duas grandes embarcações pintadas de preto. Ambas ostentavam a mesma bandeira.

Vermelha, com uma estrela branca de oito pontas.

Holt sentiu o coração dar um salto. Ele se jogou no chão, puxando Zoey e Mira para baixo com ele. Elas o fitaram com um ar de interrogação, até que ele acenou com a cabeça para o rio.

Os olhos de Mira se arregalaram quando ela viu.

— *O Bando!* Que diabos estão fazendo aqui?

— Navios invasores — Holt respondeu. Era uma maneira simpática de dizer navios piratas. Atacavam embarcações mercantes e as tripulações dos Ratos do Rio ao longo dos ribeirões maiores, e eram um fenômeno relativamente novo. O Bando era um grupo de piratas e ladrões, e até poucos anos antes costumavam ficar principalmente num lugar chamado Deserto, as terras áridas do velho sudoeste norte-americano. Então os primeiros navios piratas do Bando apareceram singrando pelos rios Mississipi e Missouri, até as Regiões Pantanosas, mais ao sul. Isso significava que estavam expandindo seu território e, em se tratando de um grupo tão perigoso quanto o Bando, isso não era boa coisa.

— Nunca ouviu falar que eles vinham para o norte, não é? — Mira perguntou.

A resposta era não. Não havia por quê. Poucos navios se davam ao trabalho de fazer saques naquele trecho do rio.

— Por que estamos deitados aqui no chão? — Mira voltou-se para ele.

— Só por precaução. Se esses navios estiverem numa semana ruim, nada os impede de desembarcar e vir atrás de *nós*.

É claro que era muito mais do que isso. O Bando tinha colocado a chamada marca da morte em Holt havia quase um ano; uma ordem vinda dos altos escalões. E ele fugia deles desde então. A recompensa pela cabeça de Mira iria financiar sua fuga para o leste, mas, bem... tinham surgido complicações, como sempre.

Mira sabia que ele tinha a marca da morte, mas Holt nunca lhe dissera quem era responsável por isso, mesmo porque seria um convite para mais perguntas. Perguntas que ele não estava ansioso para responder. O que Mira acharia se soubesse a verdade? A tatuagem pela metade sob a luva de Holt coçava...

— O Missouri segue direto para as Estradas Transversais — disse Mira, observando os navios desaparecem. — Mas por que eles vão para lá?

— Negociar artefatos? — Holt arriscou.

— A Cidade da Meia-Noite é um lugar muito melhor para isso. E o Bando não faz expedições às Terras Estranhas. Não faz sentido.

— Acrescente isso à lista interminável do que parece não fazer nenhum sentido aqui... — Holt respondeu, fazendo graça.

Mira se virou e sorriu, e quando ela fez isso um pensamento ocorreu a Holt: ele estava escondendo coisas demais dela. Mais do que tinha escondido de qualquer outra pessoa. O que ele não sabia era se esse era um indício de que tinha sentimentos por ela — ou um sinal de que algo estava mudando dentro dele.

Holt sinceramente não sabia.

Os três ficaram ali observando, agachados perto da caixa-d'água, até que os barcos finalmente desapareceram à distância.

Todos acabaram de arrumar suas coisas rapidamente e se afastaram, atravessando o capim alto e descendo o suave declive ondulante. Enquanto caminhavam, Holt mantinha os olhos pregados no rio. Ele tinha pensado que fugir do Bando seria a menor de suas preocupações. No entanto, ali estavam eles. E Holt estava avançando bem na direção do Bando.

Holt sentiu um intenso e súbito desejo de ter o Gerador de Oportunidade nas mãos.

3. AS ESTRADAS TRANSVERSAIS

HOLT, ZOEY E MIRA caminharam para o norte ao longo de uma antiga estrada de terra pontilhada de carros abandonados e casas de fazenda em ruínas. Max corria à frente deles, ziguezagueando entre as margens da estrada, sempre descobrindo algo interessante para farejar ou investigar. Por fim, passaram por um grande celeiro de dois andares à direita, com as gigantescas portas escancaradas e a parede lateral de um vermelho desbotado de frente para eles. Letras garrafais destacavam-se na parede, num aviso pintado de branco, visível acima de um milharal abandonado.

> TERRAS ESTRANHAS A 1 KM
> FIQUE NA ESTRADA
> BEM-VINDO ÀS ESTRADAS TRANSVERSAIS
> ENTRADA SUL PARA O PRIMEIRO CÍRCULO

O símbolo δ também estava lá, na parede do celeiro. A aurora boreal à frente deles parecia maior agora, cintilando em ondas colossais que fluíam e refluíam no céu. Eles estavam quase lá... mas onde seria esse "lá"?

O celeiro lhes dava as boas-vindas às Estradas Transversais, mas até onde Holt conseguia enxergar, não havia nada além das terras vazias e cheias de mato de uma fazenda. A única coisa que ele de fato notou foi que a estrada continuava à frente deles e atravessava os restos de uma cerca de arame e de um portão, com uma velha guarita caindo aos pedaços. Fora isso, não havia nenhuma indicação do que havia além. A estrada simplesmente terminava abruptamente alguns metros além do portão. Desaparecia de vista, como se mergulhasse num buraco. Isso o deixou nervoso.

Perto dele, Zoey esfregou a cabeça.

— Mais dores de cabeça? — Aquilo estava se tornando crônico, e Holt ficou preocupado. Zoey agora significava muito para ele e, ao pensar nisso, percebeu que não sentia o mesmo desconforto que teria sentido alguns meses atrás. A garotinha realmente tinha feito com que mudasse, por mais irônico que aquilo parecesse.

Ela confirmou com a cabeça.

— Está tudo bem, não dói muito. Posso aguentar. — Zoey segurava uma das orelhas de Max enquanto caminhavam. — Mas Mira está nervosa.

Holt olhou na direção de Mira, vários metros à frente deles.

— Por quê?

— É este lugar, eu acho. Ela nunca esteve no comando aqui, não de verdade. Isso a incomoda.

Era estranho quanto ele tinha se acostumado com a capacidade de Zoey para ler as emoções das outras pessoas. Era mais um sinal de que tudo havia mudado.

— Ser responsável por outras pessoas pode ser assustador. Mas ela vai se sair bem. Tem talento para isso.

— Eu sei — Zoey disse com tristeza —, mas acho que *ela* não sabe.

Holt observou Mira enquanto caminhavam. Ela *tinha* que saber... quanto era talentosa, capaz... Por que não saberia? Aquilo era óbvio para ele, desde que a conhecera, e era óbvio para Zoey também.

— Olhem lá! — Mira gritou para eles. Estavam quase na cerca. A estrada desaparecia logo depois, mas algo estava diferente agora.

Havia uma multidão de pessoas ali. Dezenas delas, todas adolescentes.

À medida que se aproximavam, Holt percebeu que todos carregavam mochilas estufadas, e a maioria levava nas mãos sacos de pano e caixas também. Se tivesse que adivinhar, diria que estavam evacuando o lugar e levavam consigo todos os pertences que podiam carregar.

Max rosnou baixo e Holt colocou a mão na cabeça do cão para tranquilizá-lo. Mesmo assim, baixou a trava de segurança da pistola.

— Só me ocorreu agora que deveríamos ter arranjado óculos escuros para você — Holt observou. Mira suspirou exasperada e olhou para trás, na direção dele. Era uma coisa óbvia e os dois tinham esquecido. Os olhos dela estavam cristalinos agora, os tentáculos negros da Estática já não os escureciam. Qualquer um que a conhecesse acabaria percebendo a mudança, e as perguntas que fariam seriam difíceis de responder.

— Eles são Bucaneiros? — perguntou Zoey.

— Não. Moram nas Estradas Transversais — explicou Mira. — E estão *indo embora*.

— Isso não é estranho? — Holt perguntou.

— É.

Eles atravessaram o velho portão, passando pelo posto de guarda vazio, em direção à multidão. Antigas placas de alerta da Força Aérea ainda estavam penduradas na cerca, mas Holt mal as notou. Ele observava com cautela a horda que ficava cada vez mais próxima, mas ninguém parecia estar prestando atenção neles. Estavam muito ocupados gritando e discutindo uns com os outros. O que quer que estivesse acontecendo, não pareciam estar gostando muito.

Holt viu um menino de estatura baixa, uns 19 anos, cabelos loiros e uma longa cicatriz do lado esquerdo do rosto, que atravessava a sobrancelha, saltava a órbita do olho e continuava pela bochecha. Era uma cicatriz antiga, Holt podia ver. Mesmo àquela distância, dava para ver que os olhos do garoto estavam quase totalmente cobertos pela Estática.

— Isso está fora de questão! — o garoto gritava para a multidão. Outros quatro estavam postados ao lado dele. Todos armados. Dois com estilingues, outros dois com velhos rifles de caça. Deviam estar lhe dando reforço. Eram a única barreira que impedia a multidão de avançar.

— Deckard não ia aprovar isso! — alguém gritou.

— Deckard não está aqui! — o garoto retrucou. — E ninguém ouve falar da Estrela Polar há uma semana. Vocês podem deixar o que quiserem, não vai ter ninguém aqui para roubar. Quando for seguro, eu aviso...

A multidão reagiu com mais gritaria, interrompendo-o. Alguns meninos avançaram, então recuaram imediatamente quando a guarda armada fez menção de atirar.

— Podem ir andando ou ficar acampados aqui, mas não vão voltar lá para baixo! Vão se acostumando com isso! — O garoto deu meia-volta e se afastou, deixando os quatro guardas de prontidão. Alguns dos residentes se conformaram e pegaram a estrada para o sul, arrastando seus apetrechos e pertences. O resto ficou ali, causando tumulto.

— Eco! — Mira gritou ao lado de Holt, tentando chamar a atenção do garoto, elevando a voz acima de todas as outras, iradas. — *Eco!*

O menino parou e se voltou, surpreso. Seus olhos encontraram os de Mira, e a pálpebra transpassada pela cicatriz tremeu um pouco.

Eco hesitou, olhando para Mira. Então ele gritou para os quatro guardas.

— Ela! — Eco apontou para Mira. — Deixem que *ela* passe!

— E os meus amigos! — Mira gritou de volta.

Eco franziu a testa.

— Tudo bem. Claro. Por que não?

A multidão assistia enquanto Holt e os outros eram escoltados pelos guardas na direção da clareira; então todos começaram a gritar ainda mais alto, mais furiosos do que antes.

Quando chegaram aonde Eco estava, o líder balançou a cabeça com frustração.

— Escolheram um dia infernal para aparecer.

— Eco... — Mira sussurrou ao se aproximar. Ele a abraçou com carinho, então se afastou. Um certo clima surgiu entre eles, algo que sugeria um passado, mas Holt não tinha como saber o que era. Apenas ficou ali, nervoso, enquanto o garoto baixinho analisava Mira de perto. Se ele notou os olhos límpidos dela, não deu nenhuma indicação. Era uma coisa sutil e, numa situação tensa como aquela, ele podia não perceber nada. Holt esperava que ainda estivessem com sorte.

— O que está rolando? — perguntou Mira.

— "Evacuação" é o que está rolando.

— E dá pra ver que é uma decisão da maioria... — Holt observou, irônico.

— Pode apostar. — Eco observou Holt e Zoey por um momento. — Mas não tem volta. As coisas estão ficando fora de controle. As Terras Estranhas estão mudando, Mira. E ninguém tem a menor ideia do por quê.

— Mudando? — indagou Mira. — Mudando como?

— As Anomalias estáveis estão no mesmo lugar, onde sempre estiveram. O Mestre Misturador, o Compactador, todos eles. Embora alguns digam que estejam mais fortes. O problema são as instáveis. Estão se movendo para fora dos círculos em que costumavam ficar. Estou recebendo relatos de todo tipo, desde Tempestades de Íons no segundo círculo até Esferas de Quarks no terceiro.

Mira estava atordoada. Era evidente que aquela era uma notícia preocupante.

— As Terras Estranhas estão do mesmo jeito há quase uma década! Elas não mudam!

— Bem, agora mudam — Eco respondeu num tom sombrio.

— E nas regiões mais afastadas? Na Estrela Polar?

— Deckard não está evacuando, mas isso não é nenhuma surpresa. A Estrela Polar é a vida dele. Ele vai aguentar firme enquanto puder, talvez até um pouco mais. Só espero que não deixe todos morrerem lá. — Ele olhou Mira nos olhos. — Eu menti para eles lá atrás, você sabe. Ele ordenou que as Estradas Transversais continuassem abertas.

— Mas você não concordou com isso — concluiu Mira.

Eco balançou a cabeça com um ar de cansaço.

— Estou fazendo todo mundo cair fora daqui até que seja seguro. Se as Anomalias estão aparecendo em círculos diferentes, quem garante que não vão ultrapassar as fronteiras de vez? Se Deckard tem dificuldade para aceitar isso, ele pode vir falar comigo.

O olhar de Mira ficou mais intenso.

— Temos que entrar nas Terras Estranhas, Eco. É importante.

Eco sacudiu a cabeça, discordando.

— Fechei o Elevador Norte dois dias atrás. Ninguém entra. Se servir de consolo, posso dizer que Ben não ficou nada feliz também.

Ao ouvir o nome, Holt ficou tenso.

— Ben está *aqui*? — Mira perguntou, surpresa.

— Está, sim — respondeu Eco. — Achei que era por isso que *você* estava aqui.

— Não, exatamente.

— Ele chegou aqui logo depois que fechei o elevador. Mais uma hora e podia ter entrado. Tentei convencê-lo a ir embora como todo mundo, mas ele estava com uma expedição inteira de Demônios Cinzentos, e eles, provavelmente, estão em maior número do que os meus guardas. Está se recusando a sair. Se continuar, vou ter que tomar providências, e não estou muito a fim de fazer isso.

— Posso falar com ele? — ela perguntou.

Eco pensou um pouco.

— Acho que tudo bem. Talvez consiga colocar um pouco de juízo na cabeça dele. Você era a única que conseguia. Mas isso é *tudo* que você vai fazer lá. *Ninguém* está usando o Elevador Norte.

Eles começaram a andar, os gritos da multidão diminuindo de volume atrás deles, e Holt finalmente viu por que a estrada parecia terminar de forma tão abrupta.

À frente, o chão desaparecia na borda íngreme de um penhasco. No entanto, era mais do que isso. Um buraco gigantesco e irregular se abria adiante, num formato toscamente arredondado, ladeado por duas fileiras de rochas quase verticais que se juntavam ao longe. Era uma velha pedreira, Holt notou, que tinha sido reutilizada muito tempo atrás para ser algo completamente diferente: um ferro-velho, mas de um tipo bem específico. Centenas de antigas aeronaves militares — bombardeiros, aviões de transporte e aviões de combate —, de todas as épocas e em variados estados de conservação, a maioria enferrujada e caindo aos pedaços, jaziam no fundo da pedreira e se perdiam à distância.

Mas a estrada não acabava ali. Fazia uma curva fechada à esquerda e depois subia abruptamente a parede da pedreira, numa trilha larga o bastante para permitir a passagem de aviões.

Perto de onde a estrada fazia uma curva, uma estrutura feita de aço e antigas vigas de estrada de ferro sustentava uma série de grossas correntes que passavam através de um complicado sistema de cabos e polias, e de vários motores de trator recondicionados que alçavam ruidosamente alguma coisa lá de baixo.

Era um enorme elevador com formato de caixa, grande o bastante para comportar várias dezenas de pessoas e suas bagagens. Ele era feito de tábuas, chapas de metal e tapumes plásticos, todos pregados uns nos outros, com as correntes passando através de polias em suportes presos em cada um dos quatro cantos.

No meio, havia uma peça que parecia a coluna de direção de um velho barco, com cabos grossos partindo dela na direção das paredes, através das polias, até os motores de trator.

Um ascensorista empurrou uma alavanca para baixo e os motores gorgolejaram e desligaram. O elevador balançou de modo alarmante, batendo com força na borda do penhasco, mas os adolescentes ali dentro pareceram não se surpreender com isso. Eles se amontoavam ali, tão irritados quanto os outros, todos gritando e clamando pela atenção de Eco; mas o elevador também trazia mais três guardas, que empurraram o grupo na direção do resto.

— Quando começou a evacuação? — perguntou Mira.

— Há um dia, mas está indo devagar — respondeu Eco. Ele parecia cansado, Holt reparou. — Eles só saem se são forçados pelos guardas. Além disso, pelo Elevador Sul está levando uma eternidade. Vamos ter que começar a usar a estrada velha.

Eles entraram e Eco empurrou para cima uma alavanca que se projetava dos comandos meio enferrujados. O elevador sacudiu quando os motores do lado de fora resmungaram, voltando à vida e começando a levá-los para baixo aos solavancos. O Elevador Sul, como Eco o chamara. O Elevador Norte, Holt presumia, era provavelmente um elevador semelhante, na outra extremidade do ferro-velho, que as pessoas usavam para entrar nas Terras Estranhas. Com o despenhadeiro ao redor deles e uma única estrada de saída para o sul, se Eco o desligasse, isso poderia definitivamente impedir que as pessoas entrassem. A única alternativa seria escalar as paredes da pedreira.

O Elevador Sul sacudia e balançava enquanto descia, e Holt, por precaução, se segurou numa alça presa no teto. Ele sentiu Zoey agarrada à sua perna, tentando se manter de pé, mas a menina não parecia assustada.

— O que está rolando entre você e Leonora? — Eco perguntou a Mira. — Ouvi dizer que foi algum tipo de disputa. Você está encrencada?

Mira e Holt se entreolharam. Em sua fuga da Cidade da Meia-Noite, Mira tinha praticamente matado Leonora Rowe, a líder dos Demônios Cinzentos. Não tinha sido tecnicamente um assassinato, mas usar um artefato para fazer alguém sucumbir espontaneamente à Estática era o mais perto que se podia chegar disso.

— Está... tudo bem agora — gaguejou Mira. Não era totalmente uma mentira; para Mira estava mesmo tudo bem. Mas Holt duvidava que algum Demônio Cinzento concordasse. — É uma das razões por que estou aqui, na verdade.

— Bem, como eu disse — Eco respondeu com irritação —, se essa razão envolve entrar nas Terras Estranhas, saiba que não vai conseguir fazer isso a partir daqui, das Estradas Transversais.

Antes que Mira pudesse argumentar, o elevador parou com um solavanco. Eco empurrou outra alavanca, silenciando os motores acima, e saiu pelo lado oposto.

Holt e os outros o seguiram, e nesse momento toda a vastidão das Estradas Transversais entrou em seu campo de visão.

Aviões de todos os tipos e tamanhos, em estágios diferentes de deterioração, se estendiam ao longe, a maioria engenhosamente reaproveitada para servir de casa, loja, oficina, restaurante e armazém, estacionados lado a lado muitos anos antes, por todo o terreno, até a outra extremidade da cratera.

Pontes feitas de cordas e tábuas de madeira ligavam os tetos das antigas aeronaves, tornando o local uma cidade de dois níveis: o nível do solo e o primeiro andar, ao ar livre, mais acima. Estruturas instáveis feitas de madeira e fibra de vidro tinham sido anexadas ao teto de alguns aviões maiores, e Holt viu o que parecia ser uma praça de alimentação pendendo de um velho C-130 verde de transporte.

E havia pessoas. Muitas pessoas. Principalmente adolescentes, Holt notou. Havia menos crianças ali do que na Cidade da Meia-Noite ou no Fausto, provavelmente porque essa era uma região mais periférica. Era mais perigoso viver ali do que na fronteira das Terras Estranhas.

Os moradores entravam e saíam dos aviões e edifícios, a maior parte arrumando suas coisas e enchendo sacos de viagem, preparando-se para partir. Mais guardas armados, homens de Eco, andavam entre eles, certificando-se do progresso da evacuação. Holt viu uma fila de adolescentes, centenas deles, esperando para pegar o Elevador Sul até o topo. Eco estava certo, assim eles demorariam uma eternidade para sair dali.

Continuaram andando, abrindo caminho através da multidão e da estranha cidade feita de carcaças de aviões e, enquanto avançavam, Holt reparou em outra coisa. De vez em quando, ele avistava uma bandeira tremulando acima de um avião ou de uma estrutura em ruínas. Bandeiras coloridas que ele reconheceu com um gelo no estômago.

Vermelhas, com uma enorme cabeça de lobo branca. Pretas, com uma cruz celta branca. Verdes, com uma espada afiada amarela.

Facções da Cidade da Meia-Noite. Seus postos avançados nas Estradas Transversais. Eles tinham que ter cuidado. Não era apenas Mira que podiam reconhecer. Holt ainda sentia um calafrio quando pensava no seu nome estampado no Mural do Placar.

— Vocês vêm da Cidade da Meia-Noite? — Eco perguntou enquanto caminhavam.

Mira assentiu.

— Os boatos são verdadeiros? Os Confederados realmente atacaram?

Mira hesitou.

— Sim.

— Uau! — Eco parecia pasmo. — Ainda não consigo imaginar isso. Quer dizer, eles deixaram a cidade em paz por tanto tempo... por que atacá-la agora, não é?

Era uma conversa perigosa, visto que a resposta à pergunta de Eco caminhava ao lado deles, segurando a mão de Holt. Ele rapidamente mudou de assunto.

— Vimos barcos do Bando no caminho para cá.

Eco pareceu mais sombrio.

— Ouvi falar disso também. Patrulhas disseram que eles ancoraram a cerca de dois quilômetros e estão desembarcando equipamentos e apetrechos. Parece que estão indo para as Terras Estranhas, por mais loucura que pareça. Nunca conheci um Bucaneiro que pertencesse ao Bando, e nem ia querer. Mas até agora não vieram para cá, se é o que estão pretendendo.

— Vai obrigá-los dar meia-volta, também? — Holt perguntou, esperando que a resposta fosse sim.

— Isso mesmo, o plano é esse — Eco respondeu com firmeza. — Se depender de mim, não vão entrar no Elevador Sul. Mas o Bando está sempre armado. E não gostam muito de ouvir um "não". — Ele suspirou e esfregou os olhos. — Às vezes não tenho certeza se vale a pena toda essa dor de cabeça. Talvez eu devesse ir embora e deixar que Ben, o Bando, Deckard e todos os outros façam o que quiserem.

— Você não é Deckard — disse Mira. — Mas mantém suas promessas. Tem sido o Supervisor aqui há mais tempo do que qualquer outra pessoa. Ninguém falou que seria fácil.

— É. Disse bem.

Alguém gritou na frente deles, uma voz masculina, um pouco baixa, mas audível.

— Mira!

Holt olhou na direção da voz.

As Estradas Transversais mais pareciam uma cidade fantasma até ali, mas debaixo de uma grossa cobertura cinza havia um grupo de cerca de vinte adolescentes sentados. O toldo era feito de uma lona resistente e amarrado com barbantes, atrás e na frente, entre três antigos jatos de combate, delimitando uma grande área do terreno. Holt podia ver camas de campanha, uma área onde cozinhavam, uma mesa de sinuca e chuveiros; e viu outra coisa, também. Na parte superior da estrutura de tecido, uma bandeira tremulava ao vento. Cinza e branca, com o rosto de um demônio risonho, a língua bifurcada estendida para fora da boca e chifres na cabeça.

Era o posto dos Demônios Cinzentos, Holt percebeu. Mas será que aquilo significava que...

Alguém apareceu do nada e segurou Mira pela cintura. A primeira coisa que ocorreu a Holt foi que os Demônios Cinzentos estavam atacando, mas só foi preciso um olhar para saber que não era esse o caso. Um garoto levantou Mira do chão e a girou no ar.

Ele era mais ou menos da idade dela e tinha um corpo esguio sob a camiseta cinza. Seus olhos estavam cheios de Estática, e seu cabelo era cortado à navalha, bem curto, com um contorno escuro no topo. Ele usava óculos de aro preto no nariz e sorria para Mira enquanto a girava uma, duas vezes... e então ele a beijou.

Foi um beijo rápido. Esse foi o único consolo de Holt. Mas, ainda assim, Mira não o afastou. Quando se separaram, ela apenas olhou para o garoto com uma mistura de emoções.

— Oi, Ben — disse num tom de voz baixo e cheio de conflito.

Foi como se alguém tivesse acabado de pisotear o coração de Holt.

4. BEN

BENJAMIN AUBERTINE nunca foi um garoto de beleza clássica. Era magro e ágil, estava em boa forma, mas a maioria dos Bucaneiros era assim. Tinha feições bem marcadas num rosto anguloso e uma autoconfiança indiferente atrás dos olhos. Seu cabelo era algo que ele não tinha interesse em arrumar, então o mantinha raspado, só deixando uma fina camada de fios pretos no alto da cabeça. Isso lhe dava uma aparência austera que não correspondia à sua verdadeira natureza.

Na realidade, Mira nunca tinha visto Ben brigar com ninguém, levantar a mão com raiva ou ficar zangado com alguma coisa. Talvez fosse porque não tinha nenhuma razão para ser assim. Ele podia escapar de qualquer encrenca com a sua astúcia e persuasão. Uma vez ela o vira convencer alguns Bucaneiros que tinham perdido seus suprimentos no terceiro círculo de que a decisão de *não* roubar Mira e ele próprio acabaria por fazê-los lucrar 230 pontos cada um, no Mural do Placar. Eles acreditaram, e Ben estava certo. Foi exatamente essa a quantia acrescentada à soma de pontos dos garotos, quando voltaram à Cidade da Meia-Noite, por terem enfrentado o terceiro círculo sem comida ou equipamento.

Episódios como aquele foram a razão que levou Mira a se aproximar de Ben. Ela raramente se sentia atraída por tipos convencionais. Era fascinada por qualidades diferentes, como inteligência, criatividade ou algum traço de personalidade singular. Mesmo com Holt, apesar de toda a sua óbvia superioridade física, os sentimentos que ela tinha por ele eram resultado, principalmente, da inteligência que demonstrava, da capacidade de improvisar, da calma sob pressão.

Fora a mesma coisa com Ben.

Ben era brilhante. E era brilhante em todos os lugares, mas acima de tudo nas Terras Estranhas. Era como se ele tivesse nascido para explorá-las. Sua capacidade de resolver rapidamente problemas complexos era o que fazia dele o melhor Bucaneiro do mundo. Ele podia estudar uma Anomalia uma única vez e conhecê-la perfeitamente, sempre conseguindo passar por ela depois disso e com mais rapidez do que qualquer pessoa. Seu cérebro era como uma esponja que absorvia detalhes e padrões e, depois que aprendia alguma coisa, ele nunca mais a esquecia.

Ao observar Ben sorrindo para ela, com os olhos brilhando apesar da Estática, Mira viu a outra razão que a fazia se sentir atraída por ele. Ben se apoiava em fatos, lógica e números, e isso o tornava alguém quase destituído de emoção. Se não fosse assim, ele não seria quem era, alguém que sempre seguia a mente, não o coração.

Mas, com Mira, as coisas sempre tinham sido diferentes.

Com ela, Ben sorria. Suas máscaras caíam. Ele compartilhava segredos e sonhos com ela; era uma pessoa inteira, e não um autômato. Mira era a única que trazia isso à tona nele. E ela gostava disso, gostava que Ben tivesse se aberto para ela, e só para ela.

Não muito diferente de como Holt tinha, muito recentemente, se aberto para ela também, Mira pensou.

Holt.

O mundo voltou a ser o que era, e Mira se lembrou de que ele e Zoey estavam bem atrás dela. Assistindo tudo.

Ela se contorceu nos braços de Ben até que ele a colocou no chão. Atrás dele, sua equipe de Bucaneiros dos Demônios Cinzentos foi aos poucos se aproximando, ao perceber quem ela era.

Mira reconheceu a maioria deles também. Um garoto ruivo chamado Scott Norwood, o Bucaneiro com a terceira maior pontuação dos Demônios Cinzentos e a quinta da Cidade da Meia-Noite. Ele sempre estava competindo com Ben, mas o amigo nunca pareceu notar. As irmãs gêmeas, ambas com 14 anos, Tara e Ranee Enright, só tinham se tornado Bucaneiras poucos meses antes de Mira ser exilada, mas ela se lembrou de que tinham demonstrado habilidades impressionantes para abrir novas trilhas. Joseph Pisano, um garoto alto e magro, que sempre tivera uma queda por Mira, mas que era muito tímido para se aproximar. E outros, cerca de vinte ao todo.

Ela costumava ser um deles, alguém que olhavam com respeito. Mas agora a fitavam com hostilidade. Na cabeça deles, Mira havia traído sua facção, era uma Fabricante de Pontos, e as coisas eram muito diferentes agora. Outro lembrete do quanto ela tinha perdido.

Os Demônios Cinzentos se aproximaram.

Atrás dela, Mira sentiu Holt dar um passo à frente, sua mão deslizar na direção da pistola. Ela abriu a boca para falar...

— Não. — Outra voz antecipou-se à dela. A de Ben. Calma, suave e baixa. Mas de alguma forma ele sempre se fazia ouvir, todo mundo sempre acatava suas ordens. Lentamente, ele ergueu uma mão enquanto falava.

Os Demônios Cinzentos detiveram o passo, olhando para Ben e Mira.

— Está tudo bem — disse Ben. — Faz sentido. Se Mira está aqui, então é porque as coisas estão resolvidas. Certo, Mira? — Se ele estava acobertado Mira ou se de fato acreditava no que estava dizendo, Mira não sabia.

— Certo — foi tudo o que ela disse. Contaria a verdade a ele mais tarde, mas não com outros Demônios Cinzentos por perto. Ela agiu rapidamente, antes que qualquer outra pessoa falasse.

— Ben, quero que você conheça meus amigos.

Mira se surpreendeu com o esforço que precisou fazer para dizer isso. Era um momento, como muitos outros, que ela temia. Uma parte dela esperava que nunca fosse acontecer, mas tinha acontecido. E não havia nada que ela pudesse fazer a respeito.

— Este é... Holt. — Ela se forçou a olhar para ele. Sua garganta estava seca. — Foi ele quem me trouxe aqui. E me ajudou na Cidade da Meia-Noite, também. Eu não estaria viva sem ele.

Ben olhou para Holt. E Holt devolveu o olhar.

Ben tinha uma incrível capacidade de deduzir as coisas a partir de observações simples. Ele podia juntar sem muito esforço as peças aparentemente aleatórias e desconexas de um quebra-cabeça, e agora seu olhar media Holt de cima a baixo com intensidade.

— Ele também é o caçador de recompensas que capturou você — disse Ben. Holt ergueu as sobrancelhas e olhou para Mira com um ar de interrogação. — Digo isso por causa dos seus tênis, principalmente — Ben continuou. — Você não usa botas, como a maioria das pessoas. E os seus são novos, provavelmente reaproveitados um mês atrás, talvez menos. Isso faz com que seja uma escolha consciente. Tênis em vez de botas. A única razão para você fazer isso é que assim pode *correr*. O que significa que corre um bocado.

O olhar de Holt endureceu, mas Ben não pareceu notar.

— Você certamente não é covarde, posso ver isso em seus olhos, então não está correndo de ninguém. Está correndo *atrás* de alguém. Perseguindo pessoas... e faz isso com muita frequência. Isso, combinado com as algemas no seu cinto, indica que você é um caçador de recompensas. Alguém que persegue pessoas para sobreviver. Você deve ser bom, também. Pegar Mira não deve ter sido fácil. — A voz de Ben mudou ligeiramente. Uma fugaz sugestão de raiva. Mas, para Holt, tinha revelado muito.

Holt sorriu levemente.

— Ela definitivamente me deu trabalho.

Mira sentiu um arrepio, quase sorriu para si mesma, mas se deteve. Não era hora. A situação era delicada.

Ben concordou com a cabeça.

— Tenho certeza disso. — Ele olhou para o lado e para baixo, para Zoey, que estava segurando Holt com uma mão e Max com a outra. Os olhos de Ben passaram por ela da mesma forma minuciosa.

— Esta é Zoey — disse Mira. Zoey apenas olhou para ele em silêncio. — É uma grande amiga minha.

Ben estudou-a com curiosidade.

— Você tem alguma coisa de diferente. E de familiar, também. Não consigo identificar muito bem, o que é... incomum para mim.

A voz de Zoey soou quase tão baixa quanto a de Ben.

— Você tem alguma coisa de diferente, também. Suas emoções são difíceis de ler. Como eram as do Bibliotecário. Mas ele fazia isso de propósito. Era assim que ele tentava ser. Com você... Eu acho que é apenas por causa de quem você é. Você simplesmente não sente muita coisa.

Enquanto ela falava, o olhar de Ben se fixou magneticamente na menina.

— Às vezes, isso preocupa você — continuou Zoey. — Mas não por muito tempo. Há sempre algo novo para distrair sua mente, algo novo para descobrir. Seus pensamentos não param, mas não são desordenados. Estão... juntos. Eles fazem sentido pra você. — Zoey parecia surpresa. — Você tem que pensar sobre um monte de coisas!

Mira raramente via um olhar de surpresa no rosto de Ben, mas era isso que ele demonstrava agora.

— É — disse ele. — Eu tenho.

Era Ben quem estava acostumado a deduzir quem as pessoas eram, e o fato de Zoey ter acabado de fazer a mesma coisa era praticamente uma garantia de que ele iria tentar deduzir por quê. O problema era que as deduções de Zoey não se baseavam em evidências físicas ou na lógica. Eram baseadas em poderes incríveis e perigosos dos quais ninguém ali precisava saber. Se Mira deixasse, Ben acabaria descobrindo sobre eles. Ben descobriria *tudo*!

— Eu não sabia que você estaria aqui — Mira interrompeu, tentando distraí-lo. E ela sabia que havia uma coisa que poderia dizer para garantir isso. — Mas estou feliz que esteja aqui. Eu estava esperando que a gente pudesse ir com vocês.

Ben tirou os olhos de Zoey com uma expressão de confusão genuína.

— Ir com a gente aonde?

Mira engoliu em seco.

— À Torre Partida.

Ben levantou uma sobrancelha. Um segundo depois, todo o grupo de Demônios Cinzentos começou a rir alto atrás dele.

— Você quer levar uma garotinha e um cão para o *Núcleo?* — uma garota perguntou, incrédula.

O nome dela era Faye. Mira sabia, porque costumava orientá-la na criação dos artefatos, e Faye tinha ficado tão grata que dera a Mira uma caixa de chocolate em pó de presente. Agora Faye olhava para ela com desprezo.

Mira apenas manteve os olhos em Ben. A opinião dele era a única que importava.

Ben olhou para trás com curiosidade. Quem saberia o que ele estava deduzindo com base em tudo aquilo, mas já era tarde demais para detê-lo.

— Voltem para dentro — Ben disse à sua equipe. — Verifiquem todos os equipamentos. Vamos chegar à Estrela Polar em dois dias, para compensar o tempo perdido, e isso significa passar pelo Campo Minado e pelo Compactador sem pausa para descanso. — Com relutância, o grupo de Demônios Cinzentos desapareceu sob a cobertura cinza.

— Ninguém vai chegar nem perto do Elevador Norte! — Eco saltou de onde estava, do outro lado de Holt. Estivera assistindo a tudo calado, mas parecia tão firme em suas opiniões quanto estava antes. — Vocês não vão ver nenhuma daquelas Anomalias tão cedo.

— Duvido muito — desafiou Ben, distraidamente. — Vocês estão evacuando. As Estradas Transversais estarão vazias em breve, e você não terá pessoas suficientes para nos deter. Eu sei como o Elevador Norte funciona, observei os operadores em ação, e só preciso observar uma vez para saber como algo funciona.

A postura de Eco enrijeceu, mas foi Holt quem falou.

— Acho que vocês têm muito que conversar... Será que tem algum lugar onde Zoey e eu poderíamos descansar? Estamos viajando há praticamente três dias sem parar.

Eco fitou os olhos cansados de Zoey e franziu a testa.

— Sim. Claro. Venham por aqui. — Ele se virou e pegou a mesma trilha por onde tinham vindo, enquanto Holt levava Zoey e Max com ele.

Mira tentou atrair o olhar de Holt, mas ele não olhou para ela. Ela sentiu um vazio no estômago ao vê-lo se afastar.

Quando já estavam longe, Ben se aproximou de Mira.

Isso a deixou pouco à vontade, ela percebeu com surpresa. De alguma forma, parecia errado e, ao mesmo tempo, natural e confortável também. Ben abriu a boca para falar, mas em seguida a fechou abruptamente ao notar uma coisa. Suas feições se contraíram de uma forma que Mira raramente vira. Ele estava chocado, e era preciso muita coisa para chocar Ben Aubertine.

— Seus... olhos...! — exclamou ele num sussurro atordoado. Ao contrário de Eco, Ben tinha notado que os olhos dela já não exibiam os traços reveladores da Estática. — E... como conseguiu...?

— Ben — disse ela com firmeza, detendo-o antes que ele continuasse. — É exatamente o que parece. E sei que você quer saber e que é quase impossível convencê-lo a deixar para depois algo que está curioso para saber, e sei também que dizer que está "curioso" é pouco, mas eu *não* posso contar sobre os meus olhos agora. Vou contar, prometo, mas preciso que tenha paciência, ok?

Ben apenas ficou olhando para os olhos dela, procurando em suas pupilas alguma pista ou evidência, e ela não tinha nem certeza se ele a ouvira.

— *Ben*.

Ele piscou, se recompondo, e em seguida sorriu.

O sorriso de Ben era uma coisa rara, e a encheu de emoção como sempre acontecia.

— Estou... *tão* feliz por você! — O sentimento era genuíno, desprovido de qualquer inveja ou amargura, e isso só complicou tudo na cabeça de Mira. Ele se inclinou na direção dela. Mira não se mexeu, mil pensamentos rodopiando em sua cabeça.

— Senti sua falta. Você é a única de quem sempre sinto saudade.

Mira se afastou dele no último segundo.

Ben estudou-a com curiosidade. Ele não tinha previsto essa reação. Mas, como sempre, rapidamente imaginou o motivo.

— Entendo. — Ele não parecia ressentido ou preocupado, apenas resoluto. — A morte de Leonora, não é?

A pergunta a atingiu como um raio.

— Sim... — confirmou Mira, a voz tremendo. — Quer dizer, *não*. Ela não... morreu. Ela...

— ... sucumbiu — Ben concluiu por ela. Os olhos de Mira se arregalaram. Às vezes a capacidade dele de deduzir as coisas era impressionante. Mas ele apenas deu de ombros. — Você disse "sim", a princípio, o que significa que ela poderia muito bem estar morta, mas, se não está, a coisa mais próxima disso é sucumbir. Que eu saiba existe apenas uma coisa que poderia fazer um Imune sucumbir. — Ele estava certo. Mesmo agora, ela estava ciente do artefato horrível guardado em sua mochila. — Quando estava criando o seu artefato... Leonora disse que fui eu quem contara a ela sobre ele — disse Ben lentamente. — Você se sentiu traída.

Quando Mira falou, sua voz não estava mais trêmula. Estava severa e fria.

— E foi?

Ben olhou para ela, mas não disse nada. Simplesmente se virou e começou a andar por uma trilha entre meia dúzia de helicópteros enferrujados.

— Você vai precisar do seu Léxico — disse ele.

O Léxico era uma das últimas coisas que ela tinha em mente, mas Ben estava certo. Mira iria precisar dele, se estavam mesmo indo para as Terras Estranhas.

Mira ficou olhando para Ben por um instante, então o seguiu. Um pequeno dado de bronze emergiu de um dos bolsos dele, o mesmo que sempre carregava. Ele o manuseou numa das mãos, passando-o entre os nós dos dedos, para a frente e para trás. Era um hábito que ele tinha, algo que fazia quando estava imerso em pensamentos.

— Fui eu quem contou a Leonora — ele disse por fim.

Uma onda de calor percorreu Mira. Ela ficou surpresa ao sentir até que ponto a raiva e a dor ainda a dominavam. Mesmo depois do que Leonora tinha contado, mesmo depois de ter visto o nome de Ben no Mural do Placar, fora da coluna dos Imencionáveis, uma parte dela não tinha acreditado. Ou pelo menos, não queria acreditar. Mas agora era real.

Mira parou e olhou para ele.

— Como você pôde fazer isso comigo? Você era a única pessoa em quem eu podia *confiar*! Você faz ideia do que eu passei por causa do que fez?

Ben se virou e examinou-a com calma. Ele parecia introspectivo, não envergonhado ou ofendido. Isso só fez Mira ficar mais irritada.

— Não — disse ele. — Não vou fingir que faço ideia. Mas o que eu sei é que, fosse o que fosse, você conseguiria se sair muito bem. E essa é a razão por que fiz o que fiz. Não foi uma escolha fácil para mim, Mira.

Mira falou lentamente, a voz misturada com tanto veneno que ela mal reconheceu a si mesma.

— Por favor, tente explicar isso de uma maneira que faça sentido para aqueles que não têm sua capacidade de racionalizar intelectualmente cada maldita coisa que você pensa e quer!

Ben suspirou, como se tentasse reunir toda a sua paciência. Mira queria bater nele.

— Era a minha oportunidade de começar uma expedição à Torre Partida. Você sabe quanto isso é importante.

— Mais importante do que *eu*, pelo visto! — Mira revidou.

— Como eu disse, sabia que você ia ficar bem. Você sempre fica bem, sempre sai das encrencas que arruma. Era matematicamente certo que ia escapar, e depois voltar com um plano para conseguir o seu artefato de volta ou aceitar a oferta de Leonora que, por sinal, não era nada ruim.

— Ben...

— Se eu tinha certeza, certeza absoluta, de que você ficaria bem, se sabia que você conseguiria, então por que não deveria aproveitar a oferta de Leonora? Todo mundo sairia ganhando. É pura matemática.

— Pessoas *morreram* por causa do que você fez! — respondeu Mira. — Existem mais coisas do que apenas você e eu no mundo, Ben.

— Não que me interessem. — Finalmente, ela ouviu uma pitada de emoção na voz dele.

Mira suspirou e desviou o olhar. Sentiu-se cansada, de repente. Era o tipo de resposta que ela deveria ter esperado de Ben; vindo dele, de fato realmente fazia sentido. Mas isso não fez com que se sentisse melhor.

— Eu... sei que você está com raiva de mim — Ben continuou. Ela voltou a olhar para ele. — Mas tem que acreditar que eu sabia que ficaríamos juntos novamente. É a única coisa além da Torre que importa para mim. Eu não arriscaria tanto. *Prometo* que vou compensá-la por isso. Você está de volta agora. Tudo acabou. Nós dois podemos ir à Torre como sempre...

— Eu já disse, tenho que ir com os meus *amigos* à Torre. — Ela passou na frente dele, seguindo de volta para a trilha entre os helicópteros.

Ben a seguiu em silêncio. O dado reapareceu, dançando sobre os nós dos dedos.

— Levar alguém que não é Bucaneiro, uma garotinha e um cão para o Núcleo é suicídio. E por que a Torre, afinal? Se não é comigo, por que com *eles*? Você não precisa ir até a Torre para destruir o seu artefato. A Bigorna do quarto círculo é o suficiente.

Ele estava analisando as coisas, Mira sabia, prestes a se perder num fluxo de pensamentos que levariam a uma conclusão inevitável.

— O caçador de recompensas é um meio para atingir um fim. Ele ajuda você a sobreviver, eu percebo isso, mas também não há nenhuma razão para ele ir à Torre. Deve ser por causa da garotinha. Ela é a única desconhecida.

— Ben... — Mira tentou detê-lo.

— Depois, há os seus olhos e os do caçador de recompensas, sem Estática. Ele poderia ser Imune, não há nenhuma maneira de saber, mas você definitivamente não é.

— Ben, pare...

— A garota provavelmente tem uma razão para estar envolvida nisso também... mas *qual?*

— Ben!...

— Ouvi rumores, mesmo aqui, de que alguém destruiu um exército de Confederados na Cidade da Meia-Noite. Alguém que estava na represa e liberou as águas. Eu não tinha dado muito crédito a isso, não fazia sentido. Mas talvez...

— Pare! — Mira gritou e saiu andando. — Apenas... *pare*.

Ben olhou para ela de uma forma estranha. Analisou-a como se a visse pela primeira vez, como se ela fosse um mistério. Ben gostava de mistérios.

— No que você se meteu, Mira?

— Como eu disse... — Ela olhou para ele, sentindo a raiva começando a se acumular dentro de si. — Você não sabe o que eu passei.

Eles começaram a andar novamente.

Era estranho caminhar pelas Estradas Transversais naquele estado de abandono. Edifícios, aviões e estruturas em que ela estivera inúmeras vezes, por várias razões, agora vazios e silenciosos. Era inquietante.

À frente havia a fuselagem sem asas de um bombardeiro velho, pintado de várias cores. Uma Fortaleza Voadora B-17. Ela sabia porque o avô tinha pilotado uma no Pacífico.

Mira e Ben andaram em direção ao avião. Uma de suas portas estava aberta, um δ pintado com tinta vermelha ao lado dela, e eles entraram. As paredes tinham sido cobertas com os armários antigos de uma escola ou academia arruinada, provavelmente. Cada um deles estava trancado e decorado com enfeites e fotos diferentes, colorindo com as cores do arco-íris todo o interior da velha aeronave.

Mira se aproximou do armário dela, amarelo desbotado com as iniciais M.T. pintadas na lateral em tinta branca. Não havia fotos, apenas as iniciais. Ela nunca chegara a decorá-lo, porque sempre tinha outras coisas para fazer. Agora ela se perguntava se essa seria a última vez que iria vê-lo.

Ben observou enquanto Mira girava o mostrador de acordo com os números da combinação e abria o armário. Havia apenas uma coisa ali dentro, pendurada num cabide enferrujado.

À primeira vista, parecia um volumoso livro encadernado em couro e com uma longa alça a tiracolo, mas na verdade era muito mais do que isso. Era o Léxico das Terras Estranhas de Mira, um instrumento vital para qualquer Bucaneiro. Na verdade, a posse de um Léxico é o que *fazia* da pessoa um Bucaneiro. Só aqueles que tinham concluído o treinamento do Bibliotecário e sobrevivido ao teste final recebiam um.

Os Léxicos eram passados de um Bucaneiro a outro, recolhidos depois que morriam nas Terras Estranhas ou entregues antes que a Estática os levasse. Como tal, eles representavam o conhecimento coletivo de todos os Bucaneiros que haviam possuído um no passado. A perda de um Léxico nas Terras Estranhas era nada menos do que uma tragédia.

O de Mira era encadernado com um espesso couro vermelho e tinha as bordas desgastadas pelos anos de uso. Na capa havia um símbolo δ gravado em cinza, e ela correu os dedos por todo o seu contorno. Tiras passavam por fivelas de bronze manchadas, mantendo-o fechado, e dois fechos de metal, um de cada lado, garantiam que só ela fosse capaz de abri-lo. Dentro havia mapas detalhados dos círculos das Terras Estranhas e do Núcleo — se algum dos seus donos já tivesse chegado tão longe —, bem como anotações, desenhos, esboços e diagramas das Anomalias encontradas nos diferentes círculos. Nenhum Bucaneiro entrava nas Terras Estranhas sem o seu Léxico, e ficar sem ele lá dentro significava morte certa.

Mira deslizou a grossa alça acolchoada por cima da cabeça e acomodou-a no ombro, transpassando o peito. O Léxico ficou apoiado confortavelmente em seu quadril. Era bom tê-lo de volta. Sem ele, era como se um pedaço dela estivesse faltando.

— Você estava falando sério quando disse que vai levar o caçador de recompensas e a menina até a Torre? — perguntou Ben.

— Não se esqueça do cão — disse Mira ironicamente. — Ele vai também.

Ben não riu, apenas esperou a resposta dela.

— Sim.

— Por quê?

— Eu não posso contar.

Os olhos de Ben se estreitaram.

— Assim como não pode explicar os seus olhos. — Ele parecia mais intrigado do que ressentido. — Nunca houve alguma coisa que você não pudesse me contar.

— Sinto muito. — E Mira realmente sentia.

— Se soubesse a resposta, eu a colocaria em risco?

Mira olhou para ele. Era uma boa pergunta. Ela achava que a resposta era sim. Racionalmente, levar Zoey à Torre podia ser a coisa mais importante que alguém já tinha feito nas Terras Estranhas, mas ela ainda não se arriscava a contar isso a ele. Ainda não. Ou talvez ainda estivesse zangada.

— Eu acho que sim — Mira finalmente respondeu.

Ben assentiu.

— Então vocês podem vir conosco na expedição, pelo menos até a Estrela Polar; mas depois disso é muito perigoso. Eu não posso arriscar a vida da minha equipe.

Mira ficou surpresa com o alívio que sentiu, mesmo que Ben só tivesse concordado em levá-los até a Estrela Polar. Isso significava que *ele* lideraria o grupo, que *ele* navegaria pelas Anomalias, que *ele* iria ajudá-los a passar por elas. Aquele fardo não estaria mais sobre os ombros *dela*.

No momento em que Mira prometeu a Zoey que iria levá-los à Torre Partida, a centelha de um sentimento se insinuara dentro dela. Quando saíram da Cidade da Meia-Noite, esse sentimento começou a crescer, como um câncer. Era medo, ela sabia. Medo de ter que liderar pessoas através das Terras Estranhas. Como dissera a Holt, era algo que ela tinha feito apenas uma vez, e a lembrança do que acontecera ainda a assombrava. Pensar na possibilidade de falhar com Holt ou Zoey naquele lugar era petrificante.

— Obrigada, Ben — disse ela.

Ele apenas a observou atentamente.

— Você se lembra da primeira vez em que chegamos à fronteira do Núcleo? E você teve que me segurar para eu não entrar lá dentro?

— Lembro. Aquilo me assustou.

— Eu sei. Eu realmente não sinto medo. Tudo para mim são só... padrões e probabilidades. Nada mais. Eu vejo o risco, mas só o suficiente para considerá-lo um fator a ser levado em conta quando calculo como vou agir. Eu não *o sinto*. — Ele gentilmente acariciou a bochecha dela com os dedos. — É uma das razões por que eu preciso de você. Você é o meu... lado emocional, Mira. Você mantém as outras partes em jogo, você as equilibra. Agora eu sei, é por isso que o Bibliotecário decidiu fazer o que fez, por que ele fez de uma forma que só pudéssemos entrar juntos nas Terras Estranhas.

Ela estava tão acostumada ao toque de Ben que quase não o notou. Apesar de tudo, uma parte dela ainda gostava de estar perto dele. Era familiar e confortável. E isso era algo que ela não sentia havia algum tempo.

— Quando chegarmos à Estrela Polar, você vai comigo — ele continuou. — Para a Torre. Como sempre falamos. Você e eu contra o Núcleo. Podemos vencê-lo, Mira. Eu *sei* disso.

Ele estava certo. Eles formavam uma grande equipe, sempre tinha sido assim. O Bibliotecário tinha previsto isso. E ela estaria mentindo se dissesse que não queria ir com ele, que a ideia de esquecer seus deveres e promessas não parecia atraente.

Por que as coisas nunca eram simples?

5. A LINHA INVISÍVEL

HOLT SE SENTOU SOBRE a grossa asa de um C-17 Globemaster aos pedaços, olhando para as Estradas Transversais em torno dele enquanto eram evacuadas, todos os seus moradores em fuga rumo a um futuro incerto. Enquanto estava ali sentado, distraído, atirava um punhado de pedrinhas, uma de cada vez, na parte de trás de um velho avião-tanque, só ouvindo o barulho cada vez que acertava uma contra o metal enferrujado.

Zoey estava dormindo no avião abaixo dele, com Max deitado ao lado dela. O avião tinha sido transformado num dormitório para visitantes, com três ou quatro áreas de dormir. Eco tinha ficado por tempo suficiente para lhes apontar a cama, antes de se afastar para resolver algum novo conflito. Quando Zoey adormeceu, Holt subiu através de uma abertura no teto do avião.

As Estradas Transversais eram um dos lugares mais originais que ele já tinha visto, mas ainda assim pareciam familiares. De certa forma, eram como qualquer outro lugar do mundo agora. Construídas sobre as ruínas decadentes do Mundo Anterior. Nada mais era novo, tudo era apenas reaproveitado. À sua maneira, aquilo era inspirador... e triste.

O Elevador Sul subia e descia sem parar. Cheio quando subia, vazio ao descer. Se Holt se virasse, teria uma visão parcial do Elevador Norte, na extremidade oposta da pedreira, um pouco acima das centenas de carcaças de aeronaves enferrujadas e esquecidas. O elevador estava parado em silêncio e imóvel, sob um horizonte que simplesmente parecia errado. Mais sombrio, estreito e ondulante. Mais colorido, talvez, mas não mais alegre.

Agourento era a palavra que lhe vinha à mente.

Holt jogou a última pedrinha, em seguida puxou outra coisa do bolso. Uma pedra preta polida, algo que ele carregava havia semanas. Ela significava algo para ele. Era mais do que apenas uma relíquia de uma dança num acampamento. Representava algo mais forte, algo que havia testemunhado o momento em que ele deixara de ser um cara que apreciava o isolamento e se transformara em alguém disposto a confiar.

Mas o que ele ganhara com isso?

Ele pensou em Mira e Ben, lá perto do centro da cidade, sozinhos. Ele ainda podia vê-la beijando o garoto. Ele via a cena por mais que tentasse bloqueá-la. Sua mão agarrou a pedra com força. O braço ficou tenso. Holt devia jogá-la como fez com as outras, atirá-la longe, se livrar dela. Mas ele não fez isso. Não conseguiu.

Holt enfiou a pedra de volta no bolso e pegou algo próximo a ele. O Gerador de Oportunidade estava quente em suas mãos. Tirá-lo da mochila tinha sido um gesto automático, como estender a mão para um velho amigo.

Talvez ele devesse ir embora agora, enquanto podia. Enquanto Mira estava fora e Zoey dormia. Bastaria pegar outra vez o Elevador Sul e desaparecer, seguir para o sudeste como ele sempre planejara, em direção às Regiões Pantanosas.

Claro, não era assim tão simples, era? Ele tinha feito uma promessa. Tinha dito a Zoey que acreditava nela, que iria ajudá-la no que pudesse, e estava falando sério.

Mas ela não precisava dele. Não de verdade. Na realidade era daquele tal de Ben que ela precisava agora. Tanto Zoey *quanto* Mira. Elas precisavam de alguém para levá-las através das Terras Estranhas, e essa pessoa definitivamente não era Holt.

E também havia o Bando, a pouco mais de um quilômetro de distância, com dois navios carregados. Toda vez que o Elevador Sul descia, Holt esperava vê-lo cheio de piratas, todos querendo arrastá-lo de volta ao Fausto, para pagar pelo que tinha feito, mesmo que aquilo tivesse sido a coisa certa a fazer.

Os pensamentos de Holt se interromperam quando um brilho forte ao sudoeste desviou a sua atenção para longe do Elevador Sul, na direção da borda da pedreira. Era como o sol se refletindo no metal.

Mas tinha sido rápido demais...

Mais dois clarões a sudeste, visíveis perto da borda novamente.

Os olhos de Holt se estreitaram. Mais dois e já eram três. Três vezes significava um padrão. E um padrão queria dizer que algo era real.

Mas o quê? O que havia lá em cima? Fosse o que fosse, parecia estar se movendo lentamente para ambos os lados da cidade. Ele olhou para as contas do ábaco, pensando em deslizar uma... apenas uma. Qual seria o problema com...

— O que você está fazendo? — Era a voz de Mira.

Ele olhou para trás e a viu na mesma abertura pela qual ele tinha subido, parada e olhando para ele.

— Tem alguma coisa ali, na borda da pedreira — ele disse. — Alguma coisa brilhando.

Mas os olhos de Mira estavam focado no ábaco nas mãos de Holt.

— Eu quis dizer o que você está fazendo com *isso*.

Ele sentiu uma pontada de culpa com a pergunta.

— Eu... Eu só queria ter certeza de que ele ainda estava funcionando, só isso.

— É um artefato principal, Holt, por que não estaria mais funcionando? — Mira perguntou com paciência forçada. — E você não devia usá-lo, mesmo que ele funcione.

Holt sentiu a raiva se acumulando novamente. Tudo que acontecera nas últimas horas combinado com o tom da voz dela transbordou dentro dele. Ele viu Ben girando Mira no ar, o viu beijando sua boca...

— Por que eu não deveria usá-lo? — ele perguntou com rispidez.

— Porque você me prometeu que não faria isso.

Holt congelou. Ela estava certa. Um sentimento de desonestidade, ou a maneira descuidada com que ele tinha se esquecido do próprio juramento, o deteve. Ele olhou para o Gerador de Oportunidade.

— O ábaco deixa você paranoico — continuou Mira. — Vira um vício, e você *está* sendo afetado por ele. Se continuar a usá-lo, não vai conseguir fazer nada sem que ele esteja ligado. É assim que ele funciona.

Mira olhou para Holt com um triste ar de preocupação.

— Eu quero que você desative o artefato e o entregue para mim.

Ele olhou para ela.

— Vai ser difícil — ela continuou —, não há dúvida, mas depois de mais ou menos uma semana sem ele... você vai ficar bem. Vai voltar a ser você mesmo.

Holt ficou em silêncio. Ele olhou para o ábaco. Ela estaria certa? Aquela coisa realmente o estaria afetando? Se estivesse, ele não perceberia?

— Pense em como você era antes do artefato — disse Mira. — Você era forte, autossuficiente. Isso era o mais importante para você, sua capacidade de sobreviver. E você *odiava* artefatos. Pode me dizer sinceramente que confiaria mais em algo como o Gerador de Oportunidade do que em si mesmo?

Holt continuou em silêncio. O que ela dissera fazia sentido. Não fazia?

— Eu preciso de você para onde estamos indo, Holt. — A voz de Mira soou sem um pingo de emoção. Ele não sabia o que tinha acontecido entre ela e Ben, mas tinha mexido com os sentimentos de Mira.

— Preciso do seu eu *de verdade*. Eu confio em você, não vê? Não sei se vou conseguir com você desse jeito.

As palavras que tinham a intenção de apaziguá-lo o cortaram como uma faca. Ele olhou para ela com um outro olhar, cheio de raiva.

— Você não precisa de mim, você tem a *ele* agora. Eu sou um estorvo aqui, você e eu sabemos disso. Isso é o que você realmente quer dizer, não é?

Mira suspirou e desviou o olhar.

— O que aconteceu entre nós na represa... aconteceu porque eu quis, mas não foi justo com você. Eu tinha questões não resolvidas, coisas que...

— Você me disse — disse Holt, interrompendo-a. — Não com todas as letras, mas você disse. Eu só não dei ouvidos porque sou um idiota. Insisti em ficar quando não deveria ter ficado, quando tudo indicava que eu devia ir embora. Minha sobrevivência exigia isso, mas eu fiquei de qualquer maneira. E continuo insistindo em ficar com você!

Mira olhou para ele, e seus olhos estavam brilhando.

— Eu queria que você ficasse — ela sussurrou.

— Por quê? — Se ela apenas respondesse a isso, ele ficaria ao lado dela quanto fosse preciso, fosse útil ou não, se morresse ou não. Se ela simplesmente lhe dissesse isso, ele ficaria.

Mira não respondeu. Sustentou o olhar dele por um segundo, em seguida desviou o olhar.

Holt se levantou, a raiva borbulhando.

— Não pode nem me responder isso, depois de tudo que passamos? — Ele apertou o ábaco na mão, e se sentiu bem com isso. A raiva também lhe fazia bem. Por que ele não devia ficar com raiva? Depois de tudo o que haviam passado e ele tinha feito por ela? O que ganhara depois de tanto esforço?

Mira olhou para ele.

— Holt, você não está sendo você mesmo agora. Por favor, me dê o artefato. Me dê essa coisa e depois podemos conversar. Podemos falar sobre o que quiser.

Ela estendeu a mão para ele, mas isso só o deixou mais zangado.

— Não! — Holt disse com firmeza.

Mira franziu as sobrancelhas.

— Holt, eu *tenho* que ficar com isso. Você não está pensando com clareza. Isso deveria ser *óbvio* para você!

A forma arrogante como Mira dava ordens, como ela pensava que o conhecia, fez com que sentisse mais raiva ainda. O Gerador de Oportunidade latejava na mão dele.

— Este artefato é a melhor coisa que já me aconteceu. — A voz de Holt não expressava nada a não ser desprezo, e os olhos de Mira se arregalaram. Ele não se importava, apenas sentia a raiva fluindo dentro de si, o ábaco queimando em suas mãos. Ele gostou disso.

— Você pode ficar com o seu Ben, com as suas Terras Estranhas e tudo mais, mas eu vou ficar com isso. Vou levá-lo comigo e ir embora daqui.

Ela olhou para Holt por mais um segundo, então deu um passo na direção dele.

— Eu não posso deixar você fazer isso!

— Não é você quem decide!

Mira pegou o artefato, tentou arrancá-lo da mão de Holt. Ele resistiu e empurrou-a para longe.

— Holt, *pare!* — Mira gritou e investiu contra ele de novo, agarrando o artefato, tentando arrancá-lo à força.

Mais raiva fluiu no peito de Holt, quente e poderosa. Sua reação foi alimentada por essa raiva e provocou o que aconteceu em seguida, e foi tudo quase automático e impensado.

Holt empurrou Mira com brutalidade e ficou olhando enquanto ela caía e batia com força na velha asa. Ele avançou, cheio de fúria. A mão levantada, os dedos fechados em punho, preparando-se para atacar e...

O grito de Mira o deteve.

Ele congelou no lugar, uma mão prestes a atingi-la, a outra mão segurando o Gerador de Oportunidade.

Holt nunca tinha visto aquele olhar no rosto de Mira dirigido a ele. Um olhar de choque e medo, confusão e dor. Ela continuou olhando para Holt como se não fizesse ideia de quem ele era. Ele podia ouvir sua respiração entrecortada.

Com os olhos arregalados e cheios de horror, Holt recuou.

Ouviu um baque oco quando o ábaco caiu de sua mão e ressoou contra a asa de metal. Ele não olhou para o artefato. Só olhou para baixo, para Mira, com um olhar vazio e atordoado.

— Leve essa coisa daqui — disse Holt, sua voz um sussurro áspero, quase inaudível. — Leve.

Lentamente, Mira estendeu a mão e pegou o artefato, sem tirar os olhos de Holt. Ele podia ver a mágoa dentro deles, o estrago que fizera. Ele não tinha batido nela, mas a machucara do mesmo jeito, cruzara uma linha invisível. Ele sentiu um mal-estar no estômago.

— Mira... Eu sinto... — ele começou a dizer.

Uma chuva de faíscas explodiu no ar, no extremo norte da cidade, onde os penhascos se elevavam.

Holt e Mira olharam simultaneamente na mesma direção, tentando identificar a origem. Outra coluna de faíscas, e algo mais.

Um único ponto de luz, brilhante o suficiente para ser visível sob o sol da tarde, flutuava no ar. Holt observou enquanto ele afundava lentamente, atraído por alguma força invisível, em direção a um dos antigos aviões. Quando ele tocou sua carcaça, outra chuva de faíscas se espalhou pelo local.

— Ah, meu Deus! — exclamou Mira ao lado dele. Havia um pavor genuíno na voz dela, como se estivesse olhando para algo que não fazia nenhum sentido.

— O que é aquilo? — perguntou Holt. Gritos ecoaram à distância. Mais faíscas no ar.

Mas Mira não respondeu. Ela só ficou de pé e entrou pela abertura no teto do avião.

6. REVIRAVOLTA

ZOEY ESTAVA NA BORDA da enorme barragem da Cidade da Meia-Noite, olhando para a ampla planície inundada que se abria adiante, a partir do declive abrupto aos seus pés.

Não era como antes.

Não havia batalha dessa vez, nada de explosões, estilhaços ou jatos de plasma incendiando o ar; nem gritos ou mortes.

Tudo estava silencioso e imóvel. O mundo parecia congelado, como se ela estivesse posando para uma fotografia. Exceto bem abaixo dela, na água, onde havia sombras, e as sombras se contorciam e se moviam de forma perturbadora.

Zoey percebia sentimentos irradiando-se das sombras até ela. As mesmas sugestões, repetidamente, e ela tentava reprimi-las, mas não conseguia. Elas perturbavam a sua mente e não havia nada que pudesse fazer.

Se ela tivesse que colocar esses sentimentos em palavras ou pensamentos, seriam simplesmente: "Por quê?".

De novo, de novo e de novo. A mesma pergunta.

Então uma voz. De nenhuma fonte que ela pudesse discernir. Em volume alto. Tão alto que se sobrepunha às sugestões das sombras irrequietas que se contorciam mais abaixo.

— Acorde, Zoey! — dizia a voz. — O equilíbrio deve ser restabelecido.

A voz, Zoey notou com alarme, soava exatamente como a dela própria.

— *Acorde!*

Zoey acordou com um sobressalto e sentiu uma dor de cabeça latejante.

Ela fez uma careta e apertou as têmporas, encolhendo-se como uma bola na cama de armar em que Eco disse que ela poderia dormir. Max ganiu ao seu lado, e seu focinho frio empurrou a mão dela. Ele tinha um olhar preocupado, Zoey reparou. Ela tinha começado a identificar os sentimentos do cão só pela expressão dele, que era para ela uma fonte de carinho e alívio. Ele era o único em sua vida que ela não conseguia ler com seus poderes, o único cujas emoções e pensamentos não fluíam involuntariamente para a mente dela. Com ele tudo era silencioso, ela sentia apenas seus *próprios* sentimentos. Essa era uma das razões por que o amava tanto.

— O Max... — disse Zoey baixinho, coçando o focinho dele. — Estou bem, juro. Posso ser bem durona também.

Algo veio à tona, atravessando a dor. Mais sensações, mas não como as do sonho. Estas eram reais, e diferentes. Era como se o ar estivesse vibrando do lado de fora, em pontos específicos. À medida que os pontos se moviam, fossem lá o que fossem, a dor na cabeça de Zoey se deslocava, tentando acompanhar. Ela podia senti-los, podia dizer onde estavam. Podia dizer outra coisa, também. Estavam se multiplicando. Segundos atrás havia dois deles. Agora eram quatro.

Zoey nunca tinha sentido nada parecido. Era mais um sinal de que as coisas estavam mudando — e isso a assustava.

Algo se agitou no fundo da sua mente, uma sensação agradável, como se sua fonte estivesse tentando confortá-la. Os Sentimentos, os mesmos que ela carregava desde quando podia se lembrar, como alguma espécie de passageiro estranho e desconectado. Todos os seus poderes vinham deles, Zoey sabia. O que quer que eles fossem, eram reais e iam além dela mesma, algo que ninguém mais tinha.

O Oráculo da Cidade da Meia-Noite tinha lhe mostrado muitas coisas, mas não tinha explicado o que eram esses Sentimentos. Como ela passou a tê-los? Que ligação tinham com os Confederados?

O Oráculo não lhe dissera, mas tinha lhe mostrado onde obter as respostas. O lugar que Mira chamava de Torre Partida. Não importava o que ela fosse ou como funcionasse, Zoey sabia que iria revelar a verdade sobre ela. Os Sentimentos também sabiam disso. Eles se agitavam de modo agradável sempre que ela pensava nisso.

No entanto, ela tinha que chegar lá primeiro.

Zoey ouviu gritos do lado de fora, sons estranhos de estouros, e sentou-se.

Max rosnava baixo, olhando para fora, além da porta do antigo avião, quando Holt e Mira desceram pela abertura no teto da cabine.

— Zoey, temos que ir embora — disse Mira.

— O que foi? — perguntou Zoey, mas nenhum dos dois respondeu.

Enquanto Holt e Mira se preparavam às pressas, Zoey sentiu emoções estranhas partindo deles. Desconfiança e raiva, vergonha e um pouco de medo. Nada fora do comum, mas era a primeira vez que ela sentia essas emoções *entre* os dois.

Algo tinha acontecido enquanto ela estivera dormindo. Será que isso tinha a ver com aquele garoto, Ben? Zoey não sabia muito bem como se sentia com relação a ele. Suas emoções eram quase imperceptíveis. Mas, como ele mesmo dissera, eles tinham coisas em comum.

Uma explosão ecoou do lado de fora e suas vibrações sacudiram o avião.

— O que está acontecendo? — Zoey perguntou novamente. Dessa vez, Mira respondeu.

— Cubos de Tesla. Anomalias instáveis. — O choque ainda era evidente em sua voz, e Zoey podia sentir o medo se irradiando de Mira. O que quer que fossem os Cubos de Tesla, eles eram ruins.

— Pensei que não estávamos nas Terras Estranhas ainda — disse Holt, tão confuso quanto Mira.

— *Não* estamos! Eles não deveriam estar aqui, é impossível! — ela respondeu.

Um estrondo violento soou do lado de fora. Mais gritos.

— Talvez alguém tenha que dizer isso a *eles* — brincou Holt, enquanto punha a mochila no ombro. — Qual é o plano?

— Ben vai tentar entrar no Elevador Norte agora. Precisamos estar lá quando ele fizer isso. Supondo que você ainda vá. — Mira se obrigou a olhar para Holt, Zoey notou.

— Eu vou — disse ele com firmeza. — Fiz uma promessa, não fiz?

— Mais do que uma.

Holt enrijeceu. Alguma coisa tinha definitivamente acontecido lá em cima. Zoey desejou que eles pudessem enxergar um ao outro como ela os enxergava. Se pudessem, iriam entender tudo, mas as pessoas, ela descobrira, raramente viam a verdade sobre as outras ou sobre si mesmas. Sempre enxergavam outra coisa em vez disso, e aquilo a deixava triste.

Uma explosão repentina, mais gritos, mais colisões.

— É isso aí, vamos dar o fora. — Holt prendeu suas armas nos lugares habituais. — O que você não pegou ainda, deixe aí. — Ele assobiou para Max e se dirigiu para a saída. Zoey os seguiu, com os olhos nas Estradas Transversais.

Quando ela a olhou pela última vez, a cidade tinha uma estranha beleza. Construída sobre ruínas, em cima de coisas perdidas e esquecidas, e, no entanto, refeita com a imaginação e transformada em algo novo. Tinham cuidado dela e a amado.

Agora estava queimando.

Labaredas se espalhavam rapidamente entre alguns dos antigos aviões na extremidade norte, que queimavam e eram carbonizados onde estavam. O que restava da população corria numa onda de pânico em direção ao Elevador Sul e às antigas estradas que marcavam o penhasco como cicatrizes.

À distância, faíscas se espalhavam pelo ar. Zoey não saberia explicar como, mas o jeito como a sua cabeça latejava lhe dizia que as coisas que tinha sentido antes haviam aumentado novamente. Havia quase uma centena agora, e ela tinha a sensação de que surgiriam mais em breve. Mas o que eram?

Holt virou-se e levantou Zoey nos ombros.

— Para que lado? — gritou para Mira.

Mira apontou para o norte, na direção de uma trilha ladeada por aviões grandalhões e enferrujados, e Holt correu por ela, abrindo caminho através da multidão de adolescentes aterrorizados.

O bom era que, quanto mais eles avançavam nessa direção, mais a multidão diminuía. O ruim, é claro, era que eles estavam indo direto para aquilo de que todos estavam fugindo.

Mira os ultrapassou correndo, assumindo a liderança, e Holt assobiou para Max. O cão trotou alegremente atrás deles.

— Com o que essas coisas se parecem? — Holt gritou para Mira.

— Você vai descobrir quando vê-los!

Zoey segurou o pescoço de Holt enquanto eles continuavam correndo em direção ao norte, para o paredão da pedreira e o Elevador Norte, no outro extremo da cidade. Então ela gritou quando um enorme avião arruinado se despedaçou na frente deles, desintegrando-se no solo.

— *Mama mia!* — Holt gritou, mal conseguindo manter o ritmo enquanto se desviava dos detritos espalhados por todos os lados.

A parte superior do avião estava coberta por uma massa de objetos estranhos e brilhantes. Pequenos, cada um do tamanho de uma bola de beisebol, mas com o formato de cubos perfeitos. Cubos de pura energia que reluziam em cores diferentes e pareciam quase magneticamente atraídos para os velhos aviões e helicópteros. Sempre que se chocavam contra algum deles, nuvens de faíscas coloridas se espalhavam para todos os lados, e Zoey podia ver que *atravessavam* o metal enferrujado, dissolvendo-o.

Quando os cubos incandescentes conseguiam atravessar a fuselagem dos aviões, as suas cores se alteravam, passando de um azul frio, para roxo, vermelho, laranja, e ficando, então, mais e mais brilhantes, até se tornarem nada exceto luz incandescente. Então se via um clarão e outro cubo idêntico se formava a partir do primeiro.

Toda vez que isso acontecia, a dor na cabeça de Zoey ficava um pouco pior. Ela gemia e lutava para manter os braços ao redor de Holt.

— São atraídos para o metal — Mira gritou enquanto corriam. — Eles o rompem e o absorvem até que tenham energia suficiente para criar um clone de si mesmos. Replicam-se de forma *exponencial* e, com todo o lixo deste local, vai haver milhões deles. — Faíscas eram lançadas por toda parte, e Zoey podia ver centenas de cubos, flutuando na direção dos aviões e helicópteros e absorvendo suas carenagens de metal, uma após a outra, espalhando-se e se multiplicando como um vírus.

— Qual é o problema, se são atraídos só para o metal? — Holt gritou.

— Está vendo o que essas coisas estão fazendo com os aviões? Toque num deles e vão fazer a mesma coisa com você. Em poucos minutos, todo esse lugar vai estar infestado de cubos.

Zoey sentiu Holt gemer embaixo dela.

— Esqueça o que perguntei.

Mira derrapou até parar abruptamente, quase caindo. À sua frente o ar estava cheio de cubos resplandecentes e letais — uma massa espessa de centenas deles flutuando entre as várias aeronaves, provocando faíscas cada vez que entravam em contato com alguma superfície.

— Para trás! — ela gritou, então deu meia-volta e parou de novo. Quando Holt se virou, Zoey viu por quê. O ar atrás deles estava cheio dos mesmos cubos, provocando violentos clarões de luz quando começavam a cobrir e perfurar uma aeronave de carga.

O lugar estava coalhado de cubos, e Zoey gemeu quando a dor em sua cabeça aumentou um pouco mais. Não havia nenhum lugar aonde ir...

Alguém agarrou Mira e Holt e os puxou para fora da trilha, obrigando-os a entrar debaixo de um jato cheio de ferrugem. Zoey desceu das costas de Holt quando se abaixaram sob o velho avião e viram ali um grupo de cinco adolescentes. Max correu com eles para baixo da aeronave, latindo, até que Holt o silenciou.

Mais faíscas e outro avião desabou sob o peso de centenas de cubos brilhantes. Havia milhares agora, apostava Zoey.

— Mira! — Eco gritou, indo até eles. Sua voz estava trêmula e Zoey pôde sentir o choque e o medo que ele irradiava. — Estamos presos aqui há cinco minutos. Já perdi quatro dos meus. São Cubos de Tesla! *Fora* das...

— É, estou vendo! — Mira gritou de volta, tão chocada quanto ele.

— Como isso pode estar acontecendo?

— Não sei! Eu... eu deveria ter evacuado a cidade mais cedo. Eu senti, *sabia* que algo assim podia acontecer. — Mais colunas de faíscas se espalharam pelo ar quando um helicóptero se desintegrou ruidosamente.

— Ninguém jamais poderia prever isso, Eco, é insano! — disse Mira, tentando consolá-lo, mas Zoey não sentiu nenhuma mudança nas emoções dele. — Ouça, precisamos chegar ao Elevador Norte! Antes que as Estradas Transversais estejam totalmente tomadas...

— Eu já disse que *não*! — ele respondeu com raiva. — Não vou perder mais ninguém! Além disso, ele fica no outro extremo da cidade, onde há mais cubos caindo. Vocês nunca vão conseguir chegar lá.

— Detesto contrariar você — Holt contestou —, mas tenho que dizer que esses cubos também estão atrás de nós agora, e do jeito como estão se multiplicando, daqui a dez minutos vão estar em praticamente em todos os lugares. O lado norte está mais perto, é só dar uma corrida. Esse Elevador é a nossa última chance.

Eco se virou ao ouvir o som de gritos e assistiu enquanto um bombardeiro gigante B-1B se despedaçava no chão, numa chuva de ferrugem, soterrado pelos cubos. Zoey pôde sentir as emoções se irradiando dele. Frustração, desprezo e raiva. Ele tinha perdido um monte de amigos para as Terras Estranhas, mas sempre vira as Estradas Transversais como um local seguro. A constatação de que não eram abalava suas estruturas.

— Eco — insistiu Mira. — É importante. Se pudermos entrar nas Terras Estranhas... talvez possamos mudar *tudo*.

Os olhos dele se estreitaram.

— Eu nem sei o que isso significa, Mira. Mudar tudo? Como?

— Eu não posso te contar — disse ela, e Eco franziu o cenho. — Mas acho que mereço a sua confiança. Depois de tudo por que passamos.

O olhar de Eco visivelmente se suavizou. Zoey sentiu novas emoções nele. Culpa, principalmente, e tristeza.

— Cobrando aquele favor, hein? É tão importante assim?

— É — disse Mira simplesmente.

Eco e Mira olharam fixamente um para o outro, então ele pareceu ceder.

— Tudo bem. Mas, se é assim, você e eu estamos quites a partir de agora. E eu posso parar de me sentir culpado cada maldita vez que vejo você.

Mira assentiu.

— Combinado.

— Não podemos usar as estradas principais — Eco declarou. — São muito abertas e o ar vai estar cheio de cubos, especialmente mais acima. O único jeito é permanecer embaixo, andar sob os aviões.

O para-brisa de um helicóptero Apache em ruínas ao lado deles explodiu em centenas de cacos de vidro.

Holt acenou com a cabeça, incentivando-os.

— Que tal a gente ir andando?

Eco se virou e disse aos seus homens o que estava acontecendo: eles estavam indo para o Elevador Norte; iriam tentar sair da cidade daquela maneira. Ninguém discutiu.

Mira pegou a mão de Zoey e puxou-a para a frente, correndo para fora da proteção do avião de combate, em direção a outro. A cabeça de Zoey latejava e pulsava, e ela podia sentir todos aqueles cubos ao redor dela, crescendo, enchendo o ar e dizimando a cidade. Milhares e milhares deles agora.

Eles correram em direção a um amontoado de helicópteros. Atrás deles, dois garotos de Eco gritaram e Mira colocou a mão sobre os olhos de Zoey, para impedi-la de ver. Os cubos deviam tê-los tocado. E para os dois era o fim da linha.

Atrás deles seguiram-se mais explosões. Algo rebentou em chamas ao lado do penhasco, no outro extremo da cidade. Houve gritos quando algo grande e escuro se soltou do paredão, estatelando-se no chão, numa nuvem de poeira e fogo.

O Elevador Sul, Zoey deduziu. E um pouco antes de sair de vista, ela viu que estava completamente coberto de cubos refulgentes.

— Droga! — Eco praguejou enquanto deslizavam sob outro avião. Zoey sentia a frustração do garoto. Sua cidade estava sendo destruída e não havia nada que ele pudesse fazer.

Mais cubos surgiram, espalhando centelhas flamejantes ao redor deles. Dezenas de milhares. O número crescia a cada segundo. Em toda parte, os antigos aviões e helicópteros, e os edifícios da cidade em que eles tinham sido transformados, eram cobertos pelos cubos, e sacudiam e oscilavam enquanto espalhavam faíscas.

O grupo se manteve em movimento, correndo entre os aviões ou embaixo deles, esquivando-se dos cubos mais acima.

À frente deles, e a não mais de cem metros de distância, Zoey viu o penhasco assomando-se à frente, e ao longo dele os cabos do Elevador Norte, que iria levá-los para as Terras Estranhas. Até o momento, ele não tinha atraído os cubos, mas não estava no chão também; estava pendurado no alto do penhasco.

— Maldição! — exclamou Eco, olhando para o elevador. — Tenho que baixá-lo.

— Será que Ben o usou? — perguntou Mira.

— Vai saber. Temos que fazer isso rápido. — Eco se afastou correndo da cobertura oferecida pelo avião, em direção a uma ilha de controle perto da plataforma do elevador, e começou a empurrar alavancas e roldanas em diferentes direções.

De lá de cima soou um barulho de moagem, quando os motores começaram a girar. Zoey viu o Elevador Norte estremecer e começar a descer, rastejando em ritmo de tartaruga pela lateral do penhasco.

Holt gemeu de frustração.

— Você está de brincadeira!

O último garoto de Eco soltou um grito pavoroso e, dessa vez, Mira não estava por perto para proteger os olhos de Zoey.

— Danny! — Eco gritou, mas era tarde demais.

O braço direito do garoto havia tocado um dos cubos no ar. Seu corpo brilhou uma vez e em seguida se dissolveu numa espessa nuvem de partículas pretas, em meio a uma massa de faíscas alaranjadas que explodiram e caíram no chão.

Zoey fechou os olhos, a cabeça latejando intensamente. Os cubos estavam em todos os lugares, multiplicando-se, cavando o metal e dizimando as aeronaves próximas, enchendo o ar como um enxame de insetos reluzentes.

Mira agarrou Zoey e a puxou para trás. Holt segurou Max quando ele uivou ao ouvir outra explosão nas proximidades. O elevador foi descendo muito lentamente. Os cubos penetrando na sua estrutura.

Zoey olhou para Mira com medo.

— O que vamos fazer?

Mira não disse nada, apenas apertou Zoey com força, olhando para os cubos que iam aumentando e tomando conta de tudo.

— Mira! — Holt gritou.

Zoey sentia medo e desespero irradiando-se de Mira em grandes torrentes. Ela estava petrificada, incapaz de se mover. Os cubos chegando mais perto...

Então, ouviu-se um barulho semelhante ao de uma poderosa explosão pontuada de estática e ruídos. Num clarão de luz, algo grande se materializou no ar a uns dez metros de distância. Um caminhante Confederado, grande e poderoso, com cinco pernas. Aquele mesmo de antes, destituído de cor. Um segundo antes ele não estava ali, e então, no seguinte... estava! A máquina cintilava ao sol da tarde. Seu olho trióptico zumbia enquanto focalizava Zoey.

— Confederados! — Eco cambaleou para trás, os olhos arregalados de choque, mas a máquina o ignorou.

— Zoey! — Mira gritou, a visão do caminhante despertando-a da letargia.

Holt tirou a espingarda do ombro.

Então os cubos que pairavam no ar foram todos se afastando e sendo arrastados, cada vez mais rápido, na direção do caminhante, atraídos pela sua espessa fuselagem metálica.

O escudo da máquina brilhou, ganhando vida ao seu redor, uma esfera brilhante de energia; em seguida, produziu faíscas violentas quando os cubos fizeram contato com ele. A barreira de energia piscou, mas se manteve. Os cubos não conseguiam atravessá-la.

Mas eles continuaram tentando. Dezenas. Centenas. Todos atraídos para o Caminhante por uma espécie de magnetismo. Em segundos, ele estava coberto deles, e Zoey mal podia ver o interior do escudo cintilante.

Mesmo assim, ela conseguia sentir o olho triangular da coisa focado nela. E então, ele deu uma estocada para longe, aproximando-se ainda mais da cidade, arrastando com ele mais centenas de cubos e desobstruindo a atmosfera em torno do elevador.

Por um segundo ao menos.

— Será que alguém gostaria de me dizer que diabos está acontecendo? — Eco gritou.

— Quando estivermos *fora* daqui! — Mira gritou. O Elevador Norte bateu no chão com um estrondo e todo mundo correu para a plataforma próxima.

Max rosnou quando, a alguns metros de distância, um jato velho explodiu, se projetando no ar.

Holt colocou Zoey dentro do elevador, e ela notou algo diferente no Elevador Norte. Ele não tinha controles. Era apenas uma caixa de madeira vazia e encerada. Provavelmente para que seu uso pudesse ser mais controlado, ela imaginou.

Holt pressionou-a de modo protetor num canto à medida que mais cubos incandescentes se moviam para preencher o vácuo do lado de fora. Não havia muito tempo.

— Eco, entre! — Mira gritou quando pulou para dentro do elevador.

O garoto não respondeu, apenas empurrou as alavancas de controle para trás. O Elevador Norte balançou e gemeu quando começou a escalar de volta a parede do penhasco.

— Eco! — Mira gritou, e Holt a puxou de volta antes que ela saltasse para resgatar o amigo.

— Alguém tem que pôr essa coisa para funcionar! — gritou Eco. — Você sabe disso. Além do mais... — Eco finalmente olhou para ela. — Te devo uma.

Mira gritou o nome de Eco novamente, tentando se libertar das mãos de Holt, mas não conseguiu, ele era muito forte. O ar se encheu de cubos, e Eco ficou cercado. Não havia nenhum lugar para onde ir, e ele sabia disso. Assim como todo mundo dentro do elevador.

Ele olhou para Mira por mais um segundo... em seguida, deu um passo diretamente para o enxame de cubos, tocando três deles ao mesmo tempo. Ele nem sequer teve tempo de gritar: seu corpo ficou incandescente e se transformou quase instantaneamente numa mistura de pó escuro e faíscas.

Mira chorou de tristeza. Com um puxão, livrou-se do aperto de Holt e empurrou-o para a borda do elevador. Holt olhou para ela, mas não disse nada.

Enquanto o elevador subia, Zoey olhou para o que restava das Estradas Transversais. Do alto, eles podiam ver tudo — e a cena era medonha.

Havia centenas de milhares de cubos agora preenchendo o ar, cobrindo os antigos aviões, dissolvendo-os. O que restava dos edifícios e carcaças produzia faíscas violentamente e desabava em chamas. A cidade estava arruinada, implodindo numa torrente de faíscas e fogo.

No extremo oposto, dezenas de adolescentes corriam, subindo a estrada que serpenteava as paredes da pedreira, fugindo para o sul. Graças a Eco, a maior parte da cidade provavelmente tinha escapado. As imagens do Bibliotecário lançando-se no poço do Cofre dos artefatos preencheu a cabeça de Zoey. Eco era outra pessoa que tinha morrido para que ela pudesse continuar.

E se ela não valesse a pena? Esse pensamento a deixou envergonhada.

O Elevador Norte estremeceu quando fez uma parada no topo do penhasco.

Max correu para fora e Holt o seguiu, segurando Zoey. Mira foi a última a sair, olhando para a destruição por mais um instante antes de finalmente correr atrás deles. Zoey pode sentir a raiva, a tristeza e o choque avolumando-se dentro de Mira como ondas no mar.

Holt pareceu sentir também.

— Mira, você está...

— Precisamos chegar ao rio — disse ela com firmeza. — É o caminho principal para o norte, pelo menos por enquanto.

Zoey olhou à frente deles. Não havia nada, a não ser um campo aberto, mais campinas ondulando com o vento, de vez em quando uma velha estrada rural e bosques esporádicos. O Missouri estava ao norte, a pouco mais de um quilômetro.

Um súbito surto de sensações aumentou a dor de cabeça da garotinha. Ela sentiu presenças. Nove delas. A raiva, o desdém e a obsessão irradiavam de uma delas em particular, mais forte do que nas outras. Algo nela era familiar... e apavorante.

Ela descobriu quando já era tarde demais.

— Holt! — Zoey gritou quando a rede metálica brilhou na direção dela. O artefato bateu com força na menina, derrubou-a no chão e a fez rolar pela grama, emaranhando-se nela cada vez com mais força.

A dor explodiu na cabeça de Zoey novamente. Tudo ficou nebuloso e como se estivesse em câmera lenta.

Zoey ouviu Mira gritar o nome dela, então a viu avançar desesperadamente para a frente.

Ouviu os ruídos eletrônicos de trombeta dos Caçadores quando os campos de força que os mantinham camuflados foram desativados; então o caminhante assustador, com marcação diferente, investiu contra Mira e a arremessou pelos ares.

A raiva e o medo fluíram de Holt quando ele puxou a arma; depois, nada além de dor, quando os jatos de plasma fizeram seu corpo girar e tombar no chão.

Ela ouviu Max uivar. Em seguida, o cão também se calou abruptamente.

Então todo o resto também silenciou. Havia apenas a cabeça latejante.

Ela sentiu os caminhantes verdes e laranja levantarem seu corpo e o acondicionarem debaixo de um deles. Então se puseram em movimento, correndo pela relva e deixando as Estradas Transversais para trás.

Zoey tentou lutar contra a sensação de entorpecimento que a dominava, mas estava muito fraca. A última coisa de que se lembrou foi do lampejo da ativação dos campos de força dos Caçadores enquanto eles a carregavam para longe de tudo que a levara até ali.

Então o mundo se desvaneceu ao seu redor.

7. O DESLOCADOR DE TEMPO

A LUZ QUE ENTRAVA PELAS JANELAS de vitral pairava no ar empoeirado, matizando tudo na loja de antiguidades com raios de cores suaves. Armaduras, máquinas de escrever antigas, pinturas, vasos e cristais, uma besta, um cocar apache, livros — tudo isso em desuso e esquecido no que restava da antiga loja.

Mira Toombs, com não mais que 17 anos, estava agarrada às prateleiras que iam do chão ao teto e de parede a parede, resistentes apenas o bastante para aguentarem o peso dela. A garota deslizava lentamente por elas, seguindo na direção de uma delas, recoberta de vidro, mais no alto, passando a duras penas pela grande profusão de objetos exibidos ali.

Era difícil ignorá-los. Cada um deles irradiava um zumbido singular, diferente dos demais — a marca de todos os artefatos principais das Terras Estranhas — e, ali no quarto círculo, não era nenhuma surpresa que tudo tivesse aquele zumbido. Aquele era um tesouro sem dono e, se Mira pudesse carregar tudo que havia ali e levar para casa, teria mais pontos no Mural do Placar do que jamais poderia gastar.

Mas não era por isso que estavam ali. Eles tinham vindo por algo específico. E não havia tempo a perder.

— Como estamos indo? — ela perguntou, dando mais um passo com cautela. O chão imundo estava a quase dois metros abaixo dela. A queda daquela altura seria dolorida.

— Faltam de quatro a cinco minutos — afirmou Benjamin Aubertine, em torno da mesma idade de Mira, um olho colado nela, o outro num cronômetro em ação. Se ele estava preocupado, seu rosto não demonstrava. Mas, como sempre, ele raramente demonstrava alguma emoção.

Mira franziu as sobrancelhas.

— Uma informação bem genérica, essa...

— Eu já disse, não existe uma matemática exata para calcular deslocamentos no tempo. Só dá pra fazer uma estimativa.

— É fácil para você dizer — Mira respondeu, dando mais um passo. — Não é você que está escalando uma prateleira como se fizesse rapel num paredão de pedra.

— Quem manda ser a mais leve de nós dois?

Mais à frente, as prateleiras onde Mira apoiava os pés acabavam e havia apenas o espaço onde ficava uma coleção de grandes telescópios de bronze, todos zumbindo num determinado tom. O que será que um telescópio fazia quando se transformava num artefato principal, Mira se perguntou. O que se veria ao olhar através dele? O pensamento ao mesmo tempo que a intrigava também lhe causava calafrios. Talvez a pessoa nunca mais se recuperasse do que visse através de uma dessas lentes.

Infelizmente, a prateleira que ela precisava alcançar estava justamente acima do espaço vazio, e ela não tinha como chegar até ali. Mira observou as prateleiras e, perto da que precisava alcançar, viu um velho gancho de casaco parafusado na madeira.

Rapidamente, ela tirou dos ombros a alça grossa do Léxico e com cuidado inclinou-se na direção do gancho, passando a alça em torno dele. Ao fazer isso, ela transferiu seu peso para a direita, inclinando-se para longe da prateleira e segurando a alça para não cair. A alça aguentou seu peso, o que significava que ela podia alcançar a prateleira de cima agora.

— Há uma grande chance de eu ser obrigado a amortecer sua queda — observou Ben.

— Você quer o que está aqui em cima, não quer? — Mira usou a mão livre para espanar o pó que tinha se agarrado à porta do armário de vidro. Seu conteúdo era exatamente o que Ben tinha previsto: marcadores de tempo de todas as épocas — relógios de água, ampulhetas, pêndulos, relógios de pulso, até mesmo uma antiga esfera armilar feita de ouro, prata e topázio. De todos os objetos, era esse o que zumbia mais alto; Mira olhou para ele com avidez. Só podia imaginar o que *aquilo* seria capaz de fazer se fosse ativado.

— Três minutos, mais ou menos — Ben anunciou mais abaixo, com os olhos colados no cronômetro. — Está vendo aqueles de que eu falei?

Ela se obrigou a se concentrar. Perto do fundo da prateleira havia seis cronógrafos, tipos complicados de cronômetro, capazes de medir vários intervalos de tempo diferentes e compará-los entre si. Mira só sabia disso porque Ben tinha lhe explicado, é claro. Era por causa deles que tinham se embrenhado nas profundezas das Terras Estranhas. Queriam um cronógrafo de uma determinada época, que havia se tornado um artefato principal. Ben tinha suas próprias teorias sobre o que ele faria, mas a verdade é que nunca tinha pretendido usá-lo. Era uma valiosa moeda de troca, algo que ele daria a Leonora Rowe, a líder da facção dos Demônios Cinzentos, da Cidade da Meia-Noite, em troca do que ele realmente queria: uma expedição totalmente financiada para a Torre Partida.

O plano provavelmente iria funcionar, se o artefato de fato fizesse o que Ben presumia. Era algo pelo qual alguém tão ambicioso quanto Leonora certamente faria negócio.

Mas eles tinham que pegá-lo primeiro.

— O que eu estou procurando mesmo? — perguntou Mira, ao abrir cautelosamente a porta de vidro do armário.

— Um mais antigo, do início do século XX ou final do século XIX. Nada da marca Seiko ou Timex.

— O que me diz dos Gallet? — ela perguntou, analisando dois dos que pareciam mais antigos.

— Gallet serve — concordou Ben. — Mas não pode ser um relógio de pulso.

— Um deles é — disse Mira, seus olhos procurando os mais antigos. — Mas o outro se parece com um relógio de bolso. Bem antigo.

— Pegue esse. Depressa! — instruiu Ben.

Ninguém sabia por quê, mas, ao contrário dos artefatos menores, os principais não se fundiam com o que quer que estivessem tocando. Isso era uma vantagem em situações como aquela, em que era preciso ganhar tempo, pois significava que ela não precisaria usar a Pasta para soltá-los. Tudo o que Mira teve que fazer foi pegar o velho cronógrafo da prateleira; e quando fez isso ele vibrou um pouco na mão dela, o que era um bom sinal. O que quer que fizesse, ele era poderoso. Ela sorriu e olhou para baixo, na direção de Ben, e viu o que esperava. Um sutilíssimo vislumbre de emoção no rosto dele. Não era sempre que ela via aquela expressão, e Mira apreciava esses momentos.

— É esse que você quer? — perguntou ela, balançando a corrente prateada do objeto.

— Isso mesmo — confirmou ele, estendendo o braço para pegá-lo.

Mira tirou-o do alcance de Ben.

— Tem *certeza*?

— Mira...

— Só estou me certificando... — ela disse, com uma expressão de ingenuidade. — Só temos uma chance. Numa escala de um a dez, quanta certeza você tem de que, de todos os cronógrafos deste lugar, este é o que...

— *Mira!* — insistiu Ben com intensidade. Havia uma nova emoção em seu rosto agora. Aborrecimento. E esta era ainda mais encantadora do que a primeira.

— Ok, tome, pegue o...

O gancho onde estava presa a alça do Léxico se soltou do velho armário, lançando uma chuva de lascas de madeira.

Ben correu para a frente, tentando com valentia pegar Mira no colo, mas seu impulso foi excessivo. Ambos se estatelaram no chão, Mira por cima dele.

Quando a poeira baixou, Ben olhou para ela com a mesma leve expressão de aborrecimento.

— Como eu previa...

Ela fitou-o e, em seguida, não conteve uma risada. Ben não riu com ela, ele raramente ria, mas sorriu, e isso quase equivalia a uma risada. Eles olharam um para o outro, a centímetros de distância, o cronógrafo, o Deslocador de Tempo e os artefatos principais ao redor de ambos, todos esquecidos.

Então Mira viu nos olhos dele. Algo que vinha à tona em momentos como aquele, e que provocava a mesma tensão, como sempre. O sorriso dela desapareceu. Ela rolou para o lado, saindo de cima dele, e sentou-se no chão, limpando a poeira da roupa.

Ben fez o mesmo. Ele não disse nada, mas Mira ainda podia sentir seus olhos sobre ela, e sabia o que ele estava pensando.

— Não comece — disse.

— Você nunca quer falar sobre isso.

Mira suspirou.

— Porque nós *já* conversamos sobre isso, Ben. E concordamos.

— *Você* concordou — Ben respondeu.

Ela franziu a testa e olhou para ele.

— Nós dois concordamos. E você sabe disso.

Mira e Ben estavam juntos desde o momento em que decidiram ser Bucaneiros. A princípio, tinha sido por causa do decreto do Bibliotecário; a única condição dele era que um não poderia entrar nas Terras Estranhas sem a companhia do outro. Concordar com a condição do Bibliotecário era a única maneira de se tornarem Bucaneiros, portanto tinham concordado.

Ambos sabiam, porém, que, mesmo que a exigência fosse de repente revogada, nada mudaria. Eles tinham uma ligação agora, mais forte do que qualquer outra que já haviam estabelecido desde a invasão, e ela se fortalecia à medida que o tempo passava.

Eles tinham cedido apenas uma vez. E, por mais agradável que tivesse sido, ambos concordaram que nunca poderia acontecer novamente. Para quê, afinal de contas? Eles só tinham três anos, talvez quatro, pela frente antes que a Estática os levasse. Sentimentos como aqueles não faziam sentido no mundo em que viviam agora. Só tornaria mais difícil encarar o inevitável.

Mas, ainda assim, havia momentos — como aquele — em que Mira se perguntava até que ponto aquela precaução realmente fazia sentido.

Quando ela olhou para Ben, o velho cronógrafo estava na mão dele, mas seus olhos estavam sobre ela.

Mira suspirou.

— Ben...

Ela parou de falar quando ouviu um trovejar em torno deles, profundo e poderoso, mas que de alguma forma não podia ser sentido. Os objetos nas prateleiras ou no chão não estremeceram. Era como se o próprio ar estivesse vibrando. E havia outra coisa. O ar estava ficando mais brilhante, também. Mais e mais a cada instante.

Os olhos de Mira se arregalaram.

— Você disse *três* minutos, mais ou menos!

— Eu também disse que não existe uma matemática exata! — Ben arremeteu para a frente e puxou-a do chão, arrastando-a através da loja.

Mira tentou se equilibrar, virar-se para a frente, para que pudesse...

Mas algo lhe ocorreu. Algo ruim.

— Meu *Léxico!* — ela gritou, olhando ao redor, vendo o grande e precioso livro no chão, onde havia caído.

— Não dá tempo! — Ben continuou a correr, empurrando-a para a frente.

— Espere! Você não entende! — Ela se contorceu desesperadamente para se livrar da mão que a segurava; mas ele era muito forte. — *Ben!*

O estrondo e o brilho continuaram a aumentar. Tudo em torno deles, as peças e partes da antiga loja, as prateleiras, os objetos — piscaram como luzes, e, então, um a um começaram a desaparecer no ar... apenas para serem substituídos por outros aparelhos e objetos que não tinham nenhuma relação com uma loja de antiguidade: furadeiras, serras elétricas, tornos. O Deslocador de Tempo estava entrando em ação, transportando o local para outro instante no tempo, completamente diferente, quando aparentemente o mesmo prédio servira como uma *loja de ferragens.*

Se não saíssem agora eles seriam varridos dali como as antiguidades. Mira sentiu uma dor física quando percebeu a verdade. Tinham que correr. Ela tinha que deixar o Léxico para trás, e tudo que havia dentro dele. Com uma expressão contrariada, ela se virou e correu com Ben na direção da porta da frente, enquanto o ar continuava a retumbar e faiscar, e o mundo se transformava em outra coisa em torno deles.

8. A BÚSSOLA

AS TREVAS RECUARAM EM CÂMERA LENTA quando Mira abriu os olhos. Ao olhar o ambiente à sua volta, ela viu que não estava onde esperava estar. Podia ouvir o barulho de água corrente bem próximo dali, e havia uma fileira de árvores frondosas diante dela, recortada contra a luz oscilante da aurora que enchia o céu.

Mira não estava numa loja de antiguidades e não estava no lugar onde tinha caído antes. Ela estava deitada num saco de dormir no perímetro de um acampamento, e podia ouvir vozes ao seu redor. Algumas ela reconheceu. Havia cerca de vinte adolescentes, todos vestidos com algum tom de cinza e branco, alguns em torno de fogueiras, outros verificando equipamentos ou dormindo sob a sombra das árvores.

Era um acampamento dos Demônios Cinzentos. O que significava...

— Você está a salvo aqui — uma voz lhe assegurou, e Mira se virou para o lado. Ben estava sentado ali, examinando seu Léxico verde e azul apoiado no chão, um lápis atrás da orelha. Estava movendo distraidamente o dado de bronze sobre as articulações da mão esquerda, para trás e para a frente. — Estamos longe das Estradas Transversais.

O ombro dela doía. Lembrou-se de onde estava antes. Com Holt e Zoey. E os Caçadores.

— Onde estão...? — ela começou, mas não pôde terminar a pergunta. Sua garganta estava inflamada e sua boca, seca. Ben lhe entregou um cantil e ela bebeu avidamente.

— Meu pessoal encontrou vocês do lado de fora do Elevador Norte — disse ele. — Eu os enviei para vigiar vocês, imaginando que poderiam nos seguir. Eles viram seus amigos serem levados, depois te trouxeram para cá.

Mira se sentou com raiva.

— Por que não *ajudaram*?

— Porque, se fizessem isso, estariam mortos também. Lutar contra os Confederados é suicídio, você sabe.

— Holt e Zoey não estão mortos — disse Mira incisivamente. — Os Confederados levaram os dois, não é a mesma coisa.

— Pode muito bem ser. De qualquer maneira, você nunca mais vai vê-los novamente.

Mira olhou para Ben, mas uma parte dela sabia que ele estava certo. Se os Confederados estavam com eles, então...

— Não! — ela disse e se levantou, lutando contra uma onda de tontura. — Eles estão vivos. Podemos resgatá-los. É como você diz, sempre existe uma solução.

— Sempre existem exceções, também. Este não é um problema que você possa resolver.

— Mas que coisa, Ben!...

— *Pense*, Mira — ele a interrompeu suavemente. — Mesmo que você não estivesse planejando ir atrás de um bando de caminhantes Confederados, as Terras Estranhas estão diferentes agora. As antigas rotas podem não servir mais. Tudo pode estar diferente. Tudo pode ter que ser desvendado outra vez, tudo de novo. — Mira podia ouvir os traços de emoção na voz dele enquanto pensava nas possibilidades. — Além disso, eu finalmente tenho o que preciso para chegar à Torre. E não posso correr esse risco, é muito importante.

— Mais importante do que a vida de pessoas?

— Sim — ele respondeu sem hesitação. — A Torre representa possibilidades infinitas. Se eu conseguir chegar lá, posso corrigir tudo. Isso não vale duas vidas? Ou quatro? Ou cem?

Mira fechou os olhos.

— Ben...

— Eu entendo por que você está tão arrasada, Mira — disse ele. — Você sempre teve dificuldade para se desvencilhar emocionalmente quando necessário, especialmente aqui. Mas sabe que tenho razão. Ir atrás deles não faz sentido. Não adianta nada.

O que ele dizia parecia verdadeiro da mesma forma fria e lógica de sempre. As chances de encontrar Holt e Zoey eram mínimas. E mesmo que os encontrasse, o que faria? Lutaria sozinha contra os Caçadores? Mas isso não era o que realmente a incomodava, era? Ela estava nas Terras Estranhas, e isso significava que teria que se virar por contra própria, sem Ben. E por conta própria, ela seria um fracasso. No final. Ela não seria boa o suficiente. E quem estivesse com ela iria pagar um preço por isso. Assim como eles tinham pago muito tempo atrás.

Instintivamente, Mira voltou a pensar nas Estradas Transversais. Em como ela tinha ficado paralisada quando os Cubos de Tesla estavam quase chegando onde se encontravam. Como ela não tinha conseguido se mexer, não tinha conseguido nem pensar. Como poderia esperar fazer isso sozinha?

— Suas coisas estão ali — mostrou Ben. — Seu Léxico, sua mochila.

Mira viu coisas numa pilha ordenada, do outro lado da fogueira.

— Eu vi o plutônio. De boa qualidade. Não deve ter sido fácil conseguir aquilo.

O plutônio era do lote da Estação Clinton. Isso tinha acontecido um mês atrás, mas parecia uma eternidade. Ele tinha ficado na mochila dela desde então, um cilindro de vidro preso a um Amortecedor, um artefato que absorvia o calor irradiado naturalmente pelo elemento contido em seu interior, tornando-o seguro para o transporte. Na maior parte do tempo, pelo menos.

— Eu ia trocá-lo pela sua vida — disse Mira. — Mas acabei descobrindo que não era necessário, não é verdade?

Era verdade. Ela tinha a esperança de usar o plutônio para negociar sua fuga da Cidade da Meia-Noite depois que resgatasse Ben. Mas, quando ela chegou, descobriu que Ben já estava muito longe dali. A barganha teria funcionado. O plutônio era uma das substâncias mais valiosas do planeta, porque supostamente garantia a entrada num certo lugar. A Torre Partida.

Era irônico, de certa forma. Tudo o que ela tinha enfrentado para chegar ao plutônio: driblar caçadores de recompensa, vasculhar diferentes cidades por pistas, ludibriar Holt, sobreviver à Estação Clinton. Tudo aquilo parecia sem sentido agora que ela descobrira que Ben era a pessoa que contara a Leonora sobre o artefato dela. E, no entanto, o plutônio acabara sendo um fator decisivo por outro motivo. Se ela não o tivesse recuperado, como poderia levar Zoey à Torre, onde ela dizia que precisava ir? Tudo parecia... coisa do destino.

Ben se aproximou dela e pegou sua mão.

— Eu sei que deve ter sido difícil — ele disse. — Mas você está segura agora. E vai comigo. Vamos à Torre juntos, como sempre planejamos. Vamos fazer a perda de seus amigos valer a pena. Eu prometo.

Mira olhou para ele. Ben tinha uma crença singular, que o conduzira ao longo de toda a sua vida. Ela o levara a se tornar um Bucaneiro, ela o fizera ir cada vez mais longe nas Terras Estranhas e ditava tudo o que ele fazia. A crença não era simples. Ben acreditava que a Torre Partida, o centro misterioso das Terras Estranhas, era uma fusão de todas as possibilidades e realidades. Se alguém conseguisse alcançá-la e entrar dentro dela, então poderia fazer *qualquer coisa*. A intenção de Ben era e sempre tinha sido mudar o mundo. Literalmente. Para criar uma nova realidade, onde os Confederados nunca tivessem invadido a Terra, onde nenhum dos horrores jamais tivesse acontecido. E ele acreditava que era o único que poderia fazer isso.

Talvez estivesse certo. Talvez não. Mira não tinha certeza se acreditava ou não na teoria dele. Parecia muito fácil. Mas nunca tinha sido uma preocupação premente, na verdade. Afinal, eles nunca conseguiriam chegar à Torre, pois não tinham recursos. Ninguém chegava lá sem uma expedição cara, financiada por alguma facção da Cidade da Meia-Noite. Era difícil demais. Mas agora isso estava ao alcance de Ben. Ele poderia descobrir a verdade por si mesmo. E ela poderia ir com ele, se quisesse. Era algo que ela sempre quisera. Mas as coisas tinham mudado bastante nos últimos meses.

— Não. — Mira falou com uma determinação que fez Ben recuar.

Ela não tinha muita fé em si mesma, era verdade. E ir com Ben seria uma decisão muito mais fácil, mas ela sabia que não podia. Ela tinha responsabilidades com relação a Zoey e Holt. Ela os trouxera até as Terras Estranhas, o que significava que, de certa forma, eles estavam em apuros por causa dela. Se estivessem mortos, seria diferente, mas não estavam. Estavam vivos. E não ir atrás deles... era traí-los. Mesmo que a busca fosse inútil.

— Você me perguntou sobre meus olhos antes, sobre a Estática — disse Mira. — Foi Zoey quem fez isso. Zoey pode *deter* a Estática. E pode fazer outras coisas, também. Coisas incríveis. E os Confederados a estão perseguindo. Ela é... a chave, eu acho, para o que quer que eles estejam fazendo aqui.

Enquanto Mira falava, Ben franziu as sobrancelhas de modo inquisitivo. Aquilo era algo inesperado, e para Ben as coisas inesperadas eram as mais interessantes.

— Então os rumores são sobre ela? A pessoa que salvou a Cidade da Meia-Noite, que fez a barragem funcionar novamente?

Mira assentiu.

— Eles estão caçando Zoey. Grupos diferentes de todos os lugares. Ela tem que chegar à Torre Partida, Ben.

— Por quê?

— Eu... não sei — Mira admitiu. — O Oráculo disse a ela, disse que ela saberia a verdade quando chegasse lá. E o Bibliotecário disse que Zoey era o Vértice. Ele morreu para salvá-la.

Aquela foi uma das únicas vezes que Mira viu os olhos de Ben se arregalarem de espanto.

— O Bibliotecário está... morto? — Ela não o censurava.

Não parecia real para ela também. O Bibliotecário era mais uma força da natureza do que um ser humano. Ela teria apostado que ele viveria para sempre.

Ben olhou para longe, pensativo.

— O Vértice. Aquela equação maluca em que ele estava sempre trabalhando. A única pessoa que um dia sairia das Terras Estranhas.

Ben nunca tinha dado muita atenção às pesquisas particulares do Bibliotecário, mas Mira descobriu que era porque as equações do velho eram uma daquelas coisas que Ben não podia solucionar com a mente.

— Isso é... fascinante! — admitiu. — Mas não muda nada. Vértice ou não, os Confederados estão com ela agora. Eles seguiram mais para o interior das Terras Estranhas, Mira, não para fora delas. Eu nunca ouvi falar de Confederados que tivessem feito isso. Mas eles fizeram.

— Eu tenho que tentar — insistiu Mira.

— Mira... — Havia um toque sutil de desespero na voz dele. — Se você fizer isso... vai fazer *sozinha*. Você sabe. — Mira sentiu um calafrio percorrê-la. — É matemática pura e simples. Você não vai conseguir.

Ao ouvir as palavras dele, Mira sentiu duas coisas: medo, porque uma parte dela acreditou nele. Ela tinha a prova, não tinha? Mas também sentiu algo mais: raiva. Ao dizer aquilo ele não tinha a intenção de magoá-la, ela sabia. Tudo o que Ben dizia era baseado em fatos e dados concretos, mas ainda significava uma coisa:

— Você não acredita em mim. — Ela olhou de volta para ele. — Você nunca acreditou.

— Só estou falando a verdade. Porque você é tudo pra mim. E eu... não *posso* te perder. — Mira suspirou ao ouvir o leve traço de emoção na voz dele. Ele realmente se importava com ela. Estava simplesmente sendo objetivo.

— Você não tem estômago para tomar as decisões difíceis que a sobrevivência exige nesse lugar.

Mira assentiu.

— Seria mais fácil se eu fosse mais parecida com você. Mas não sou. Tenho que ir atrás deles. Porque devo isso a eles. Aos dois.

— Eu preciso de você — confessou Ben, a voz vacilando só um pouquinho.

— Não — disse Mira. Ela tocou o rosto dele. — Você não precisa de ninguém, não aqui.

Ela podia ver em seus olhos que ele estava arrasado. O que era incomum. Ben iria com ela se pudesse, mas, em sua forma de pensar, ele simplesmente não podia. Ben suspirou e acenou com a cabeça para onde estavam a mochila e o Léxico dela.

— Eu já mandei abastecer a sua mochila com água e comida. E lhe dei alguns dos nossos reagentes para sua bolsa da cintura.

Mira olhou para ele com curiosidade. Ben apenas deu de ombros.

— Achei que você iria de qualquer jeito — disse ele. — A matemática apontava para isso.

Ben a conhecia melhor do que ninguém, e mesmo agora aquilo era um conforto.

— Esta será a primeira vez que um de nós vai explorar as Terras Estranhas sem o outro — comentou ele. — Parece errado. — As mãos dele puxaram gentilmente os colares de dentro da camiseta dela. Entre eles havia o velho colar de dados de bronze. Ele segurou-o na mão.

— Você ainda o usa.

— Todos os dias. Mesmo que você não acredite na sorte.

— Só se eu estiver com você — disse ele, olhando para Mira. — Só com você.

Ben se inclinou e a beijou com ternura. Ela o beijou também. Parecia natural. Familiar. Reconfortante. Tentador. Mas ela não podia ficar ali.

Mira se afastou, as lágrimas começando a se formar. Então pegou suas coisas.

— Você pode... fazer uma coisa por mim?

— Qualquer coisa.

Mira abriu a mochila e tirou dali o Gerador de Oportunidade. Imediatamente ela se lembrou de Holt em cima do avião, a mão pronta para lhe dar um soco. Não era ele, ela disse a si mesma. Mas era difícil não se lembrar daquela imagem, difícil não vê-la.

Ela odiava o artefato, se sentia enjoada só de segurá-lo.

— Isso é...? — A voz de Ben estava curiosa.

Mira assentiu.

— Holt o usou na Cidade da Meia-Noite para nos tirar dali. Trouxemos aqui para destruí-lo, mas... o artefato começou afetá-lo.

— A compulsão — disse Ben.

— Holt no final desistiu dele, mas não gosto de carregá-lo. Será que você...?

Ben estendeu a mão para o artefato.

— A Bigorna do quarto círculo está no caminho para o Núcleo. Posso destruí-lo quando chegarmos lá.

Ao ouvir a promessa dele, Mira sentiu como se um peso lhe fosse tirado das costas. Ela entregou o artefato a Ben e ele o analisou com curiosidade. Por um instante, Mira sentiu uma pontada de preocupação ao vê-lo com o objeto. Mas ela afastou o sentimento. Ben era muito esperto, ele sabia dos riscos, sabia o preço que teria que pagar. Nunca o usaria.

Eles olharam um para o outro por mais um instante. Os olhos de Ben tinham mais emoção do que ela jamais vira.

— Tenha cuidado — ele disse. — Por *mim*.

Mira sorriu um pouco.

— Você já viu o escorpião? — ela perguntou. Era uma brincadeira entre os dois, particular; só eles entendiam. Ela não tinha certeza, mas parecia que Ben sorria um pouco, também.

— Não — disse ele. — Ainda não.

— Continue procurando. — E então ela se virou e começou a se afastar, indo para o sul, seguindo o rio. Era incrível constatar quanto era difícil. Não apenas deixar Ben, mas também a segurança e familiaridade que ele representava. Ela estava avançando, em vários sentidos, rumo a um território inexplorado.

Mira caminhou por cerca de dois quilômetros, seguindo o rio, antes de perceber algo estranho. O mato alto entre as árvores que margeavam o rio agitava-se enquanto ela avançava. Como se algo andasse através dele, seguindo-a. Mira franziu o cenho quando descobriu o que era.

— Pode sair agora!

Um focinho preto brilhante empurrou a vegetação, seguido de uma cabeça peluda com orelhas pontudas. Max olhou para Mira à distância, e ela ouviu um rosnado baixo.

Mira quase riu. Pelo menos *alguma coisa* ainda era familiar.

— Eu estou indo atrás deles, o que mais você quer?

Max não se mexeu.

— Não acho que você tenha alguma ideia de como encontrá-los, tem?

— Se ele tinha, não disse nada.

Mira viu os colares ainda pendurados do lado de fora da sua camiseta. Ela os segurou para colocá-los de volta para dentro, quando notou um deles. Ele tinha uma pequena bússola como pingente. E o estranho era que a agulha não apontava para o norte. Ela apontava para noroeste. Mira sorriu. Ela tinha dado a Zoey um colar idêntico semanas antes, nas Planícies Alagadas. Ambos eram artefatos das Terras Estranhas e estavam ligados. Eles sempre apontavam um para o outro.

— O que você quer me dizer? — perguntou ela. Aquilo não resolvia tudo, mas era uma vantagem em comparação a alguns segundos antes. Agora, ela só precisava descobrir uma forma de lidar com os Confederados. Uma ideia lhe ocorreu. Uma ideia desesperada, mas era a única que tinha até agora.

Mira olhou para Max, ainda escondido no mato, entre as árvores.

— Você vem ou não vem?

9. OS LASERS

ZOEY TENTOU NÃO CHORAR, mas não era fácil. Ela tinha ficado pendurada debaixo do trípode verde e laranja durante várias horas, enquanto eles avançavam. A rede que a envolvia era de algum tipo de metal fino e extremamente forte, e era afiado, também. Tinha penetrado em sua pele. E a pior parte era que, quanto mais ela se mexia, mais apertada a rede ficava.

Era noite agora, e o que Zoey podia ver da paisagem passava por ela rapidamente, mas não fazia nenhum sentido.

Não eram árvores ou mato ou terras de cultivo. Eram carros. Milhares deles, de todos os tipos e tamanhos, que se estendiam à frente até onde os olhos dela podiam alcançar, ao longo de alguma estrada esquecida. Onde ela estava? Ainda nas Terras Estranhas? Zoey tinha perdido a noção de havia quanto tempo estavam andando e não fazia ideia da velocidade que podiam atingir.

Como alguém a encontraria agora?, ela se perguntava. Naquele fim de mundo, perdida na escuridão? Sentiu-se mais sozinha do que nunca. A primeira coisa de que se lembrou foi Holt encontrando-a em meio aos destroços da nave, e desde então ela não saíra mais da companhia dele, de Mira e do Max. Não importava quantas coisas assustadoras tinham acontecido, eles estavam sempre lá, e agora não estavam mais. Ela sentiu as lágrimas brotando e as reprimiu.

O mundo parou de balançar ritmicamente quando o caminhante desacelerou o passo. Quando ele parou, a rede foi liberada. Zoey caiu com força sobre o cotovelo, mas antes que pudesse gritar, viu um ofuscante lampejo azul. Sentiu a rede que a prendia se dissolver.

Pela primeira vez em horas, ela esticou os membros e seus olhos se fecharam ao sentir o alívio que isso lhe proporcionou.

Então ela sentiu o movimento em torno dela. Havia nove deles. Ela não podia vê-los ainda por causa da luz azul, mas sabia assim mesmo. Próximas como estavam, cada uma das presenças brilhava separadamente em sua mente, como cores. Não cores específicas, mas *todas* as cores ao mesmo tempo, cada uma delas se misturando com as outras e girando num turbilhão de uma forma única e original.

Por mais irônico que fosse, era bonito.

As máquinas olharam para ela, as pernas afiadas perfurando o solo, as armaduras reluzentes sob a luz do luar. Uma delas avançou e as outras lhe deram passagem. Ela tinha uma marcação diferente; seus padrões de verde e laranja eram mais arrojados.

Seu olho triangular multicolorido voltou-se para ela e, quando isso aconteceu, Zoey foi tomada pelas sensações da máquina. Orgulho, arrogância, opulência, uma mistura opressiva que irradiava dela como o calor de um radiador, e tudo isso dirigido a Zoey. Ela tentou se encolher no chão, mas não havia onde se esconder.

O caminhante emitiu uma única nota, distorcida, de trombeta. Os outros o imitaram como se concordassem.

Zoey se encolheu quando um laser partiu de dois deles. Raios triangulares de luz roxa e vermelha que pareciam ao mesmo tempo sólidos e intangíveis. Ela fechou os olhos diante do brilho intenso, mais ainda podia senti-los. Os raios irradiavam um calor abafado enquanto se moviam lentamente sobre ela, como mãos examinando um paciente.

Em seguida, os feixes de luz se retraíram, e Zoey sentiu a satisfação dos caminhantes.

Outra coisa se chocou contra o chão perto dela. Algo pesado e grande, e ela se virou para ver o que era.

Era um corpo. A luz laser azul queimou e dissolveu a rede que o continha. A figura gemeu e saiu da posição fetal, mas não se mexeu mais. Zoey o reconheceu instantaneamente.

— Holt! — ela gritou. Os Confederados o haviam trazido também!

Ela sentiu uma explosão de alívio, então se arrependeu. Holt estava ferido e era um prisioneiro como ela. Não estava certo ficar feliz por ele estar ali. Mas ela estava. Não estava mais sozinha, e isso significava muito.

Zoey tentou ir até ele, mas um dos caminhantes bloqueou a passagem.

Os mesmos caminhantes que haviam escaneado o corpo dela havia pouco fizeram a mesma coisa com Holt, passando seus lasers sobre o corpo inerte dele. Zoey podia ver o sangue ensopando as roupas de Holt. Devia ter levado tiros, ela presumiu.

Zoey olhou para o caminhante de cores diferentes. O olho dele voltou-se para trás e emitiu um zumbido indiferente.

— Por favor — disse ela. — Eu sei que você pode ajudá-lo. É por isso que estava me examinando um instante atrás, para ver se eu estava machucada.

O olho trióptico do caminhante fixou-se nela. Será que havia entendido? Ela não tinha como saber.

— Por favor... — ela implorou. — Por favor, não deixe que ele morra. — Lágrimas começaram a se formar em seus olhos, mas Zoey as conteve. Não iria chorar na frente do Caçador, mesmo querendo muito fazer isso.

A máquina a estudou por um instante, então emitiu um som quase desdenhoso, e olhou para os caminhantes perto de Holt.

Como se obedecendo a um comando, os trípodes se viraram e olharam para o corpo imóvel de Holt no chão; então um conjunto diferente de feixes de luz, verdes dessa vez, irradiou-se dos diodos sobre a fuselagem dos caminhantes. Lentamente, os raios se moveram sobre Holt, pairando acima de suas feridas, onde estava a maior parte do sangue.

Quando fizeram isso, Zoey tentou captar as emoções de Holt com sua mente. Não havia nada a princípio. Ela estava em branco. Isso a assustou, a ideia de que ele já podia estar morto, mas, quando a luz do laser se moveu sobre Holt, ela começou a sentir lampejos de emoção e pensamento. Fracos a princípio, mas aos poucos ficando mais fortes.

Ele estava voltando, ela percebeu. Zoey sentiu ainda mais alívio. Os caminhantes estavam *curando* Holt.

Zoey olhou novamente para o caminhante de marcação diferente.

— Obrigada — disse.

Ela sentiu as sensações dele. Decepção e confusão principalmente; ele não parecia entender a preocupação dela. Mas Zoey não se importou. Holt *viveria*. Ela não ficaria mais sozinha. Se ele estivesse vivo e com ela, então havia uma chance, embora pequena, de tudo ficar bem.

Zoey observou enquanto outro trípode se virava de costas para ela. Houve uma série de cliques enquanto fendas se abriram na parte de trás da armadura dele. Quatro delas. Duas perto da parte inferior, mais duas no alto. Para os olhos de Zoey, pareciam... apoios para mãos e degraus para os pés.

O caminhante com marcas diferentes ativou um raio laser vermelho e roxo. Zoey viu quando o feixe mirou a parte de trás do outro caminhante, fracionando-se em quatro raios diferentes, cada um iluminando uma das fendas.

Zoey compreendeu. Era para ela colocar os pés nos degraus, usar os outros como apoio e montar o trípode como uma espécie de cavalo mecânico.

A princípio ela sentiu medo e repulsa, mas, quanto mais pensava, melhor lhe parecia o arranjo. Que escolha ela tinha? Não podia correr, os caminhantes a alcançariam em segundos, e qualquer coisa era preferível a ser carregada naquela rede novamente.

Zoey andou até a parte de trás da máquina, subiu em cima dela, encaixando os pés e as mãos nas fendas em suas costas.

Não era um encaixe perfeito, mas funcionava muito bem, e a altura permitia que ela espiasse por cima da máquina e olhasse para a frente.

Um dos caminhantes disparou certeiro uma nova rede que envolveu Holt. Ele gemeu mas não acordou, quando a máquina o recolheu do chão.

O mundo balançava para cima e para baixo enquanto o caminhante de Zoey avançava com os outros, em fila indiana. Os lasers irradiavam de cada um deles, raios triangulares vermelhos e roxos iluminando a noite e a interminável sucessão de veículos arruinados.

Zoey seguiu a trajetória dos lasers com os olhos... e ficou sem fôlego.

Coisas flutuavam na frente deles, centenas delas. Pareciam esferas perfeitas de energia crepitante. Algumas eram absorvidas pelos veículos velhos ou penetravam no solo, mas a maioria flutuava pesadamente no ar. Se ela observasse por algum tempo, sentia como se pudesse vê-las em movimento, flutuando lentamente a esmo.

Elas eram invisíveis, Zoey percebeu; só apareciam quando os lasers as tocavam e, quando isso acontecia, elas se iluminavam em cores brilhantes. Os caminhantes estavam usando os feixes de luz para *localizá-las*.

Elas eram bonitas, mas algo nelas também era ameaçador. Zoey não tinha dúvida de que tocar qualquer uma delas seria muito ruim. Deviam ser mais Anomalias, como os cubos nas Estradas Transversais, e essa constatação fez com que se lembrasse de Eco. Um arrepio percorreu sua espinha.

O caminhante emitiu mais um som de trombeta e Zoey se segurou quando a fila de trípodes disparou a correr a toda velocidade, os lasers iluminando à frente, localizando as Anomalias enquanto avançavam cada vez mais rápido.

Zoey assistia de olhos arregalados enquanto seu caminhante pulava sobre os carros e saltava para a frente e para trás, esquivando-se das esferas flutuantes de energia. O vento embaraçava os cabelos da garotinha. Ondulações brilhantes de luz vermelha, roxa e branca flutuavam ao redor dela enquanto as esferas estranhas se acendiam e depois voltavam a mergulhar na escuridão, uma após a outra, à medida que os caminhantes corriam através delas.

Zoey sentia as pernas da máquina debaixo dela, impulsionando-a com força para a frente. Sensações dos caminhantes chegavam até ela. Mais entusiasmo, mais alegria, mas não relacionados a ela. Era porque gostavam de correr, de se deslocar rápido. De alguma forma ela sabia que era um entusiasmo por algo estranho a eles. Entusiasmo por algo que não era da sua própria natureza, e isso intensificava a experiência.

Apesar da circunstância, Zoey sorriu, observando as esferas de energia cintilantes saltarem quando os Caminhantes avançavam aos saltos, correndo agilmente através da noite. Era... emocionante.

Foi só muito mais tarde que Zoey percebeu que naquele momento ela já não estava mais assustada.

10. O SÓLIDO

MIRA ESTAVA FORA DE VISTA, na orla de um bosque, olhando para dois barcos negros ancorados na beira do rio. Eram grandes e pareciam já ter sido um dia balsas fluviais, antes de serem totalmente modificados. Vários andares e níveis tinham sido acrescentados para abrigar cabanas e barracas, provavelmente alojamentos para a tripulação e porões de carga; além disso, os cascos também tinham sido guarnecidos com portinholas.

Os dois barcos ostentavam a mesma bandeira vermelha com uma estrela de oito pontas branca no centro. Era o que Mira estava procurando.

Barcos do Bando, os mesmos que Holt tinha visto no caminho para as Estradas Transversais. O Bando normalmente era composto de sujeitos da pior espécie, e Mira odiava ter que abordá-los. Não era uma atitude inteligente, mas ela andava fazendo um bocado de coisas não muito inteligentes ultimamente.

Equipamentos e provisões aguardavam na margem do rio, onde tinham sido descarregados — fardos e suprimentos, armas e munição. Parecia uma operação militar, e isso só significava uma coisa: o Bando estava a caminho das Terras Estranhas. Mas por quê? Pelo que Mira sabia, eles nunca tinham feito isso antes.

Max rosnou com a visão dos navios, não gostando nada. Ela não o censurava.

— Sim, eu tenho um plano — Mira disse a ele. Max olhou-a com ceticismo. — E você não vai gostar.

Na margem do rio, ao lado dos barcos, uma multidão tinha se aglomerado em círculo, assistindo a algo que acontecia no centro, em meio a aplausos e gritos. Mira não podia ver o que era, mas apostava que não era nenhum joguinho amigável.

Ela respirou fundo, pegou a mochila e se levantou. Nenhum dos piratas reparou nela; a multidão estava muito ocupada. Ninguém olhou para Mira, quando avançou na direção deles.

Mais de trinta adolescentes, nenhum com mais de 20 anos, tinham feito um círculo em torno de dois outros, no centro, que rodeavam um ao outro com toda a atenção. Ambos empunhavam facas. Um deles era um menino de cavanhaque, com uma cicatriz feia de um lado do rosto. Ele tinha uma tatuagem no pulso direito, como todos os membros do Bando; a dele era de um tubarão azul. Também tinha vários cortes nos braços e um maior no peito, provavelmente feito recentemente pela pessoa que ele estava enfrentando.

E essa pessoa não era o que Mira esperava.

Era uma garota ágil e esguia, da idade de Mira, com a pele cor de oliva e cabelos pretos retintos, que desciam pelas costas, presos numa trança apertada. Ela era bonita, mas sua beleza era rude. Usava uma calça preta cheia de bolsos, uma camiseta e um cinto de utilidades na cintura. Tinha um corvo preto tatuado no pulso direito e, do lado esquerdo, uma estrela de oito pontas, como a da bandeira mais acima, com quatro de suas pontas preenchidas com tinta. Ela tinha a marca de capitã, Mira sabia, a quarta posição de liderança do Bando, o que a qualificava para comandar um navio.

Isso significava que ela estava no comando ali. Portanto era com ela que Mira precisava conversar.

A menina se movia com passos rápidos e controlados. Seus olhos nunca piscavam, só observavam e calculavam.

O menino se lançou sobre ela como um touro furioso — e a garota se desviou e o chutou no traseiro, com uma expressão desapontada. A multidão aplaudiu e riu, e o rapaz se virou com ódio nos olhos. A garota não pareceu se importar.

— Isso já está me aborrecendo, Leone — disse ela.

Ele investiu contra ela novamente, movendo violentamente a faca. A garota se esquivou do golpe, depois de outro, então deu uma joelhada, acertou o garoto no estômago e o empurrou cambaleando para trás. Ao fazer isso, ela girou a faca na mão e atirou-a.

O menino gritou de dor quando a faca lhe perfurou a perna. Ele caiu sobre um joelho. A menina era só um borrão quando se aproximou rapidamente dele. Sua investida impulsionou um pontapé, que fez o adversário cair de costas no chão; então ela pisou na barriga do garoto com a bota. O ar explodiu para fora dos seus pulmões. Ele estremeceu, tentou se mexer, mas não conseguiu.

Lentamente, a garota se ajoelhou, puxou a faca da perna do menino, que gritou novamente e então ficou em silêncio ao sentir a lâmina fria na ponta do cavanhaque, rente à garganta.

— Me corrija se eu estiver errada, Leone — a garota falou com um tom de divertimento na voz —, mas estou sentindo uma retirada formal do seu desafio à minha liderança.

O garoto concordou com a cabeça. Rapidamente. Sem resistir. Ouviram-se risos na multidão.

— Muito bem — disse a garota, afastando a faca. Leone se encolheu quando ela a cravou na areia, a poucos centímetros da cabeça dele. — Agora tire essa bunda do chão e volte para o seu posto.

O menino se levantou num salto e foi mancando em direção aos barcos o mais rápido que pôde, sob as vaias da multidão. Elas não duraram muito tempo, no entanto.

— E alguém aqui, *qualquer um* de vocês, seus cretinos — a menina gritou, um novo indício de ameaça na voz —, gostaria de me dizer quem é *aquela* ali? — Ela olhou direto para Mira, na periferia do círculo. Mira engoliu em seco quando todos os piratas se voltaram para ela. — Eu coloquei vigias por uma razão. Ou pelo menos achei que tinha colocado.

Os olhares de surpresa no rosto dos piratas foram rapidamente substituídos por raiva. Eles começaram a se aproximar de Mira. Estavam todos armados, ela percebeu, e todos tinham mais ou menos a idade dela. Mira deu um passo para trás, mas Max rosnou ao lado dela. Ele não iria ceder. Os rapazes que avançavam se detiveram, olhando o cão com cautela.

— Ah, podem relaxar — disse a Capitã com contrariedade, levantando-se e limpando o sangue da faca antes de embainhá-la. — Se ela fosse um problema, já saberíamos.

A menina de cabelos negros passou pela sua tripulação, estudando Mira por um instante, antes de olhar para Max.

— Parece que você trouxe o jantar para a gente — disse ela. — Faz muito tempo que não temos um cão. — Todos os piratas ao redor riram.

— Você pode tentar comê-lo — disse Mira com a voz firme —, mas eu não recomendo. A mordida dele é muito pior do que o rosnado.

— Eu posso comer vocês dois, se não me disser quem você é e por que está aqui.

Mira tinha que jogar limpo, a Capitã não era como os outros. Ela era mais inteligente e perigosa, era óbvio. Se Mira ficasse muito ansiosa, a garota a acharia fraca. Se enrolasse por muito tempo... a outra ficaria impaciente. Nenhuma das duas opções era aconselhável.

— O que foi aquilo no círculo? — perguntou Mira, ignorando a pergunta, tentando não parecer intimidada. — Muitos papeizinhos na caixa de reclamações?

O comportamento da garota pirata não foi nada caloroso.

— Leone estava tentando obter a terceira ponta da estrela — disse ela. — Uma das maneiras mais divertidas de se fazer isso é desafiar e matar o Capitão. Foi o que eu mesma fiz. Ele calculou mal, no entanto. Assim como você fazendo joguinhos comigo, baixinha. Eu gosto do seu cabelo ruivo. Talvez eu leve parte dele como troféu.

— Eu também não recomendaria. — Mira abriu casualmente a mochila, pegando algo dentro dela.

Todos do Bando levantaram as armas, mas a Capitã não se mexeu. Ela só estudou Mira com crescente impaciência. Mira tirou dali um quadradinho de metal do tamanho da plaqueta de identificação de um cão. Nele estava estampado o mesmo símbolo da bandeira, a estrela de oito pontas.

Mira jogou-o no chão em frente aos piratas. Quando o viram, eles lentamente abaixaram as armas. Até a Capitã levantou uma sobrancelha.

— Um Sólido! — exclamou com curiosidade genuína. — E onde arranjou isso, baixinha?

O uso repetitivo da palavra "baixinha" irritou Mira.

— Sabe, você e eu somos praticamente do mesmo tamanho, não acha?

— Se há uma coisa que Leone acabou de aprender é que tamanho é algo bem relativo. Onde conseguiu o Sólido? Roubou de alguém ou tropeçou nele quando saltava um cadáver?

— Olhe mais de perto — disse Mira. A Capitã franziu a testa; em seguida, ajoelhou-se e pegou o pequeno pedaço de metal. Quando viu o que havia nele os olhos dela se arregalaram. Ela olhou para Mira de forma diferente. Era a reação que Mira esperava. Esse não era um Sólido comum. Nele, a estrela de oito pontas tinha sido colorida com tinta vermelha metálica. Só uma pessoa em todo o Bando concedia Sólidos assim.

— Eu sou uma Bucaneira — explicou Mira, sustentando o olhar da garota. — Alguns anos atrás fiz um trabalho para o seu chefe, encontrei uma coisa que ele procurava. Não foi fácil. Ele ficou grato. Da próxima vez que você vir Tiberius, diga-lhe que Mira Toombs mandou um abraço.

— E se eu disser que você não parece do tipo que faria negócios com Tiberius Marseilles? E se eu disser que não me convenceu?

— Então você pode descobrir por si mesma — disse Mira, tentando parecer confiante. — Mas eu garanto que não terá a mesma sorte que teve com aquele otário agora há pouco.

A Capitã observou Mira atentamente, pesando os fatos, calculando. Depois um ligeiro sorriso se formou em seus lábios.

— Bem... — disse ela enquanto voltava a se levantar e o Sólido desaparecia em seu bolso. — Digamos que tenha me convencido. O que exatamente você estava esperando cobrar por isso?

Um Sólido era um presente dado pelos líderes de alto escalão do Bando para pessoas de fora, em troca de favores importantes. Eles podiam ser apresentados a qualquer outro líder do Bando, e este era obrigado a ajudar a pessoa como retribuição. Nunca era tão simples assim, é claro, mas os Sólidos raramente eram concedidos, e presumia-se que qualquer pessoa de posse de um deveria ter caído nas graças de alguém importante. No mínimo, um Sólido costumava garantir segurança.

— Dois amigos meus foram levados pelos Confederados — disse Mira. — Estão indo para o noroeste, e preciso de ajuda para resgatá-los.

Todos os piratas olharam para Mira ao mesmo tempo, em seguida caíram na gargalhada, o som enchendo o ar. Até a garota de cabelos negros soltou uma risada.

— Bem, por que não disse de uma vez? — ela perguntou. — Eu estava esperando algo difícil ou fora de questão.

— Qual é a graça? — perguntou Mira, em voz baixa. Ela teve que ficar firme, tinha que ser forte.

— A graça é que deixar que nos matem não faz parte de honrar um Sólido, não importa de quem ele venha. Nem o Bando se meteria com os Confederados, e você está falando em perseguir um grupo deles. Vá por mim, se os alienígenas estão com os seus amigos, eles já estão mortos e enterrados. Então beba em honra à memória deles e aproveite este Sólido para comprar algo bonito para você.

Mira suspirou. Tinha sido ingenuidade esperar que o Sólido por si só garantisse a ajuda do Bando, mas havia outra maneira de abordá-los.

— Vocês estão a caminho das Terras Estranhas — deduziu Mira, observando o equipamento descarregado nas proximidades. — Por quê?

— O quê? Viramos grandes amigas de repente? Não é nada que te interesse — respondeu a Capitã. — Estamos aqui numa missão especial. Essa é outra razão por que não posso simplesmente sair à procura dos seus amigos. Claro que... nas circunstâncias em que estamos agora, pode parecer que estamos com um certo atraso.

Mira sorriu. Era o que ela esperava.

— Vocês precisam de um guia. E todos os Bucaneiros que vocês poderiam contratar nas Estradas Transversais já se mandaram agora. Não sobrou nada naquele lugar.

A garota cuspiu.

— Pode-se dizer que sim.

— Vocês querem chegar à Estrela Polar?

— Entre... outros lugares.

Em outras circunstâncias, Mira ficaria extremamente curiosa para saber quais seriam os objetivos do Bando, mas agora tinha outras coisas com que se preocupar.

— Os Confederados levaram meus amigos para *o interior* das Terras Estranhas — disse Mira com cuidado. — Não é bem na direção que vocês precisam ir, mas é perto. Se me ajudarem a encontrá-los, posso ajudá-los a chegar à Estrela Polar, e vocês ainda por cima ganham um Sólido de Tiberius, para quando voltarem ao Fausto.

Mira ouviu murmúrios dos piratas ao redor. A Capitã olhou para Mira atentamente.

— Você é boa nisso?

— Não sou a melhor, mas posso chegar aonde precisam. Em todo caso, parece que sou a única chance que vocês têm.

O olhar da Capitã se deteve em Mira por mais alguns segundos, então ela sorriu de novo. Um sorriso perturbador.

— Meu nome é Ravan. Se eu concordar, isso significa três coisas. Eu estou no comando, você é só uma mercenária e faz o que eu digo, quando eu disser para fazer. Combater os Confederados é um jogo mortal, e não posso deixar você solta por aí, agindo por conta própria.

Mira assentiu.

— Dois: se não encontrarmos seus amigos, se os Confederados conseguiram chegar ao Parlamento ou a algum centro de processamento ou a uma nave cargueira, *acabou*... e eu continuo com o Sólido em troca da dor de cabeça que tive, e você ainda vai nos levar à Estrela Polar. De acordo?

Mira balançou a cabeça novamente. Ela não gostou, mas era o que esperava.

— E três: se no final de tudo isso você começar a pensar numa maneira de fugir do nosso acordo... — O sorriso de novo. — Bem. Conheço muitas pessoas que tentaram coisas bem semelhantes e não estão mais vivas. Preciso ser mais clara?

Mira se forçou a demonstrar o máximo de calma.

— Não, acho que já entendi o básico. — As duas sustentaram o olhar uma da outra por mais um instante.

Então Ravan assentiu.

— Devo supor que você tem alguma forma de rastrear esses amigos?

— Tenho — confirmou Mira.

— O que é, um artefato?

— Sim.

— A que distância eles estão? — perguntou Ravan, começando a pensar e planejar.

— Não sei a distância, mas estão meio dia à nossa frente.

— Você disse noroeste?

Mira assentiu. Os olhos de Ravan se estreitaram, enquanto ela refletia. Então se virou para um dos garotos ao lado dela.

— Quero todo mundo pronto, vamos partir em trinta minutos. Diga para levarem pouca bagagem, vamos andar rápido.

— E os barcos? — perguntou o garoto.

— Diga a Steans e Riddick para levá-los a jusante e esperar no Trevo Gillespie. Vamos encontrar vocês lá quando tudo isso tiver acabado. Precisamos de... cinco semanas. Se depois disso não aparecermos, significa que não vamos mais voltar.

O garoto balançou a cabeça, voltou-se rapidamente para os barcos, gritando ordens para outros adolescentes. Todos entraram em ação, tomando providências para partir.

Ravan olhou para trás, na direção de Mira, e quando fez isso Mira notou algo que lhe escapara nos últimos momentos de tensão. Os olhos de Ravan eram de um azul-safira perfeitamente cristalino. Os tentáculos pretos da Estática não estavam lá. Ela era Imune. Se Ravan tinha notado a mesma coisa em Mira ou se simplesmente não dera a mínima, Mira não sabia.

— Parece que conseguiu exatamente o que queria, Ruiva — disse Ravan, com os olhos faiscando —, e você sabe o que dizem disso. — Ela se virou e começou a andar na direção dos barcos, para recolher seu equipamento.

Sim, Mira pensou, olhando para a Capitã do Bando. Ela sabia exatamente o que diziam disso.

Abaixo dela, Max ganiu e olhou para ela com uma pergunta no olhar.

— Eu disse que você não ia gostar.

11. OS MAS'ERINHAH

ZOEY ENCOSTOU-SE CONTRA a parede do prédio sombrio, olhando tudo ao seu redor. Era um lugar amplo e assustador, onde as sombras se agarravam a tudo, e ela não gostou nada dele. A cabeça doía, também. A dor parecia estar piorando, à medida que os caminhantes a levavam para as profundezas das Terras Estranhas; ela não sabia por quê.

A noite já tinha caído e Zoey podia ver a lua crescente através de uma rachadura enorme que ia do chão ao teto, na parede dos fundos do prédio. Era uma grande estrutura, com paredes de tijolos e vigas pesadas, e parecia se resumir a um único salão enorme. O que restava de fileiras de longos bancos de madeira estendia-se de um lado a outro.

Havia algo mais. Algo quase impossível de compreender.

A parede mais distante de onde ela estava sentada havia explodido de fora para dentro e tinha um grande buraco. Por todo lado, tijolos, pedaços de argamassa e outros detritos flutuavam no ar. Os bancos e as cadeiras ali tinham sido arremessados para a frente, estraçalhados e lançados no ar, e a parte da frente de algum tipo de caminhão enorme tinha atravessado a parede, os faróis ainda acesos como olhos brilhantes, inundando de luz o interior do antigo edifício.

Mas o veículo estava, de alguma forma impressionante, *congelado no lugar*.

Como quando se está assistindo à TV e alguém aperta o botão PAUSA. Zoey ficou olhando para o caminhão enquanto sua mente tentava dar sentido a tudo aquilo.

Embora o caminhão fosse o exemplo mais dramático, Zoey podia ver muitos outros ao redor.

De uma escrivaninha perto dela, uma pilha de papéis tinha caído e sido soprada para longe — mas nunca chegou a atingir o chão! As folhas pairavam no ar, do outro lado da sala, congeladas, assim como o caminhão e os detritos.

Curiosa, Zoey se aproximou lentamente e tocou uma folha de papel. Ela ouviu um som crepitante, em seguida um clarão e então o papel descongelou, como se alguém tivesse apertado o botão PLAY. Ele flutuou para baixo e enquanto caía esbarrou em outros papéis, que também chiaram e faiscaram e descongelaram, caindo no chão como folhas no outono.

Zoey assistia a tudo com fascínio. Ela gostaria que Mira estivesse ali para explicar.

Um som eletrônico irritado ecoou atrás dela, e Zoey se virou. Havia quatro Caçadores verdes e laranja no edifício, observando-a atentamente. Desde que os outros haviam saído, esses quatro tinham mantido seus brilhantes olhos triangulares fixos nela, sem nunca se mexer, apenas observando-a como se ela fosse um tesouro muito valioso.

Eles não queriam que Zoey tocasse as coisas por ali, e ela compreendeu por quê. Se bastava o seu toque para fazer com que as coisas descongelassem, o que aconteceria se tocasse o caminhão que havia atravessado a parede?

Ela estremeceu ao pensar nisso.

Os outros trípodes, incluindo aquele com marcação diferente, estavam do lado de fora. Ela podia sentir cada um deles, poderia até apontar para o lugar onde estavam, se preciso. Eles estavam circulando pelas ruínas da cidade encontrada, mas provavelmente mais à procura de Anomalias, Zoey presumiu, do que de perseguidores.

Era estranho, mas ela se sentia à vontade perto dos Caçadores; confiava nos sentidos e na tecnologia deles. Toda vez que pensava nas máquinas, lembrava-se de como tinham corrido pela noite escura, com Zoey montada nas costas de uma delas. Os caminhantes tinham corrido a noite toda. Zoey tivera que se segurar quando pulavam e se esquivavam das Anomalias invisíveis, movendo-se com agilidade e força, até que se esqueceu de que estava segurando e, por um instante, teve a impressão de que *era* um deles. Os

Sentimentos agitaram-se dentro dela com a lembrança, causando uma sensação agradável...

Mas ela *não* era um deles, disse a si mesma, afastando os Sentimentos para longe. Os caminhantes eram ruins, tinham ferido os amigos dela.

Antes de partirem, as máquinas haviam pendurado Holt nas vigas grossas do teto do antigo edifício. Ele ainda estava inconsciente, recuperando-se dos ferimentos, pendendo frouxamente a um metro e meio do chão, as pernas balançando no ar.

Zoey engoliu em seco e se levantou, dando alguns passos hesitantes em direção a Holt. Os caminhantes a observaram, mas não fizeram nenhum movimento para impedi-la.

— Holt! — ela sussurrou. Ele não respondeu, apenas continuou ali pendurado em silêncio. Ela o chamou pelo nome outra vez, mais alto agora. Mesmo na ponta dos pés, não conseguia alcançar os pés dele. Zoey saltou, para tentar dar um tapa neles, mas o salto não foi alto o suficiente. Ela franziu a testa, preparou-se para saltar de novo...

... e, então soltou um grito quando os escudos de camuflagem de outros caminhantes se desativaram e desapareceram, revelando três máquinas verdes e laranja bem ao lado dela.

Um deles era o líder, o mais assustador deles. Ele emitiu um som zangado de trombeta, avançou um pouco e Zoey correu para trás. Os outros dois caminhantes apenas observavam, assim como os outros quatro, na outra extremidade. As três pernas poderosas da máquina estavam fincadas no chão, ao redor dela. Ele avançou sobre Zoey, seu olho trióptico fixado no rosto dela.

Zoey fechou os olhos.

Então, de repente sua mente se encheu de imagens e sons. Tudo irrompeu rápido como um raio, uma mistura impossível de sensações e impressões, e tudo num ritmo acelerado demais para fazer sentido. As imagens e os sons passavam pelo seu olho da mente cada vez mais rápido, consumindo todos os seus pensamentos.

E então aquilo parou.

Zoey expirou violentamente. Sua cabeça estava cheia de dor agora. Ela gemeu e apertou-a entre as mãos. A dor estava pior do que nunca.

— Por favor... — pediu Zoey. — Dói.

As sensações vieram de novo, despejando-se em sua cabeça num fluxo espesso de sugestões. Zoey gritou e desmoronou no chão.

— Por favor...

As sensações se interromperam. Acima dela, o caminhante trombeteou novamente. Havia uma nota de frustração dessa vez.

O laser verde de dois Caçadores se ativou e banhou Zoey com seu brilho, movendo-se até a cabeça dela e concentrando-se ali. A dor *diminuiu*. Zoey olhou para os caminhantes. De alguma forma, eles estavam fazendo a dor passar.

Os quatro trípodes do outro lado da sala se juntaram ao resto, emitindo seus próprios lasers verdes e quentes na direção da cabeça de Zoey.

A dor desapareceu quase completamente. Mais dor do que ela imaginou que estivesse sentindo. Ela se apoiou contra a parede, aliviada, respirando ruidosamente. Era tão incrível, um mundo sem dor!

Os lasers foram desativados. O caminhante com marcação diferente recuou e ficou imóvel como uma estátua. Um zumbido emanava dele, tão grave e profundo que fazia vibrarem as tábuas arruinadas sob as pernas de Zoey. O som começou a ficar cada vez mais alto e poderoso.

Zoey não tinha ideia do que estava para...

Ela protegeu os olhos da luz ofuscante, uma luz poderosa que inundou todo o interior do edifício.

A iluminação partia do caminhante de três pernas, irradiava-se dali e enchia cada vez mais o salão com o seu brilho. Quando a luz se afastou da máquina, formou quase instantaneamente uma forma cristalina enorme e brilhante, feita de pura energia, que pairou sobre Zoey.

O trípode de onde a luz emanava de repente ficou como morto. Suas luzes se apagaram, Zoey ouviu seu zumbido diminuindo, enquanto seus mecanismos paravam de funcionar, e ele desabou para a frente. Era como se, sem o estranho campo de energia pulsante, o caminhante estivesse morto.

Zoey olhou para a forma cristalina e brilhante que flutuava acima dela. Ela já tinha visto essas formas antes, é claro. Elas flutuavam para cima e para fora de qualquer nave Confederada que fosse destruída. Mas aquela não era como as outras. A forma geométrica brilhante acima dela não era dourada, como todas as outras que ela já tinha visto.

Esta... era de um tom *verde e laranja* brilhante, assim como as cores dos caminhantes em torno dela.

As duas cores se misturavam tão perfeitamente que era impossível dizer onde acabava uma e começava a outra. Ao mesmo tempo, ambas eram distintas e proeminentes, e iluminavam tudo numa combinação de luz verde-esmeralda e cor de ferrugem.

A visão era tão bonita que Zoey quase sorriu.

Uma intensa explosão de estática tomou conta da mente dela, superando tudo, rugindo através da sua consciência, e Zoey tampou os ouvidos, tentando inutilmente bloqueá-la.

Mas o chiado de estática continuava apesar disso. A forma laranja e verde preenchida de luz pulsava em cima dela. Zoey queria gritar de medo, mas parou quando a primeira "sugestão" lhe ocorreu.

Foi a melhor palavra que ocorreu a Zoey para descrever aquilo.

Era quase como os Sentimentos. Só que as sugestões eram muito, mas muito mais poderosas — fortes, insistentes e agressivas. Elas eram ruidosas e assustadoras. E a dor estava voltando. Aumentando dentro da cabeça da garota mais uma vez, ameaçando destruí-la.

Zoey gritou quando as sugestões vieram num poderoso fluxo constante, enchendo sua mente. Eram como palavras ou pensamentos traduzidos diretamente em percepção pura, e eles passavam rápido demais para Zoey extrair deles algum sentido.

— Pare! — A menina gritou no chão. — Por favor!... — A forma cristalina pairava sobre ela. O fluxo de sugestão continuou. Zoey estava com vontade de chorar, mas ela se forçou a resistir. Tinha que ser forte. Como Mira e Holt. Como Max. Mas, a dor...

Um laser verde disparou dos caminhantes ao seu redor.

Zoey respirou fundo enquanto a dor diminuía. Mesmo os lasers combinados de todos os Caçadores juntos não foram suficientes para combater a dor completamente, mas bastaram para que ela pudesse pensar.

As sensações continuaram, uma após a outra, sucedendo-se como uma inundação fluvial.

Zoey tentou estabelecer contato com os Sentimentos, profundamente enterrados naquela outra parte de si mesma, e eles vieram à tona, reconfortando-a, dando-lhe força. Ela deixou as ideias dos caminhantes se derramarem sobre ela, sentindo o que eles pretendiam. Se Zoey pudesse pelo menos desacelerar as sugestões de alguma forma, era o que os Sentimentos pareciam dizer. Se pudesse ter um tempo para *lê-las*, talvez fosse capaz de suportá-las.

Instintivamente, Zoey fez a única coisa em que pôde pensar. Ela empurrou com os próprios pensamentos a informação puramente sensorial incutida à força em sua mente.

E o fluxo estremeceu. *Desacelerou.* Por um breve instante ela quase conseguiu ver algum sentido nas sugestões. Os Sentimentos se agitaram dentro dela, encorajando-a. Zoey tentou afastar as sugestões ainda mais, projetando seus próprios pensamentos diretamente na forma cristalina com toda a força que tinha.

As sugestões desaceleraram de novo, e dessa vez ficaram assim.

Zoey se sentiu exultante. Se ela empurrasse o fluxo de sensações para fora, conseguia forçá-las a vir numa velocidade mais tolerável. Ela podia compreendê-las.

Eram apenas impressões, apenas sugestões e sensações. Eram simples e concisas, a mesma ideia várias vezes, e se ela tivesse que colocá-las em palavras, seria algo como:

Você pode nos ouvir?

O choque diante da simplicidade da pergunta tirou a concentração de Zoey. O fluxo esmagador oprimiu-a novamente e ela fez uma careta, sentindo a dor aumentar. Ela se concentrou, afastando-a mais uma vez.

A sugestão era a mesma. *Você pode nos ouvir?*

Sim, Zoey pensou em resposta, *eu posso.*

Ao fazer isso, a forma cristalina acima dela brilhou intensamente, seus tons flutuantes de verde e laranja se mesclando em pura luz branca. Os caminhantes de cada um dos lados trombetearam eletronicamente, surpresos.

Uma nova sensação então bombardeou os sentidos de Zoey.

Não havia como traduzir aquilo em palavras, era emoção pura e simplesmente, descomplicada e pura, nada mais, e parecia... *orgulho*. Zoey sabia que ela vinha diretamente do campo de energia pairando sobre ela, e a constatação a intrigou.

Se essa forma verde e laranja estava transmitindo sentimentos para a mente dela, isso significava... que estava *viva?*

Outra sugestão veio mais poderosa do que a primeira.

Você se lembra?

Lembro-me do quê?, Zoey pensou em resposta.

A sugestão mudou e se transformou quase que instantaneamente; diferentes correntes de consciência e ideias se unindo e formando algo novo.

De nós, a forma cristalina pareceu responder. *Você é uma de nós.*

Com medo e perplexidade, Zoey olhou para a forma. Uma parte dela queria recuar diante dos pensamentos da coisa, mas outra parte sentiu uma familiaridade naquela forma de comunicação. Era quase como ouvir a sua língua nativa pela primeira vez, depois de viver num país estrangeiro. Parte dela se sentiu atraída pela forma agora, e isso a deixou ainda mais assustada.

Somos os Mas'Erinhah. Esperamos há muito tempo.

Os sentimentos de satisfação e alegria floresceram e, em seguida, se interromperam completamente.

O fluxo foi encerrado. O brilhante campo verde e laranja flutuou de volta para a máquina de onde tinha saído, mergulhando no caminhante até desaparecer.

Quando isso aconteceu, o trípode se reativou. Luzes piscaram; os mecanismos zumbiram, voltando à vida; o olho triangular emitiu um brilho vermelho, verde e azul. O trípode se levantou com um impulso poderoso e olhou para baixo, na direção de Zoey.

As sugestões vieram mais uma vez, só que eram silenciosas e focadas, como se filtradas de alguma forma, mas agora Zoey descobriu que podia entendê-las tão facilmente quanto antes.

Você é reverenciada, eles acrescentaram. *Você é a* Scion.

Zoey olhou para eles confusa e, então, os caminhantes se aproximaram dela, todos ao mesmo tempo.

12. RAVAN

BASTOU CAMINHAR VINTE quilômetros nas Terras Estranhas para Mira perceber que estava tudo errado.

Nuvens de tempestade desproporcionalmente grandes se aglomeravam no horizonte, produzindo raios de diferentes cores. Eram Tempestades de Antimatéria no terceiro círculo, a julgar pela distância, e isso deveria ser impossível. Elas eram Anomalias do quarto círculo, mas não era só isso. A paisagem estava escurecendo. O céu, a luz em volta deles, tudo estava desbotando e ficando mais sombrio.

A escuridão, por si, não era nenhuma novidade. Quanto mais se embrenhavam nas Terras Estranhas, mais escuro ficava. No meio da tarde, parecia meia-noite no quarto círculo. O problema era que estava escurecendo cedo demais. Ainda estavam no primeiro círculo, e Mira não esperava ver a luz começar a esmaecer antes da metade do segundo.

Nada disso fazia sentido, e só aumentou o nervosismo dela.

E se as Terras Estranhas estivessem completamente mudadas? E se tudo em seu Léxico, tudo que Mira já tinha aprendido, não servisse mais para nada? Ela experimentou uma sensação de vazio no estômago. Se fosse esse o caso, então ela estava em apuros.

Mas que escolha tinha a não ser tentar?

Max caminhava ao lado dela na frente da fila, atravessando uma grande remanescente do mundo anterior: uma enorme autoestrada que percorria as colinas do que costumavam ser as planícies de Dakota do Sul.

Quando o que quer que tivesse criado as Terras Estranhas ocorreu, aquilo arrancou cada pessoa que estava dentro dela, varrendo-a completamente da face da Terra. Evidências dessa extinção abrupta de centenas de milhares de vidas eram vistas em todos os lugares; nessa estrada, principalmente. Placas enferrujadas e amassadas a identificavam como a Interestadual 12, mas ninguém a chamava mais assim.

Agora era conhecida como a Passagem Desolada, uma rota segura e importante para o noroeste das Terras Estranhas. Por ser, na época da invasão, um grande eixo rodoviário entre duas grandes cidades, Bismarck e Sioux Falls, a estrada estava cheia de carros quando as Terras Estranhas se formaram. Os veículos continuavam no lugar onde capotaram ou se chocaram, sem motoristas e fora de controle; havia anos, suas carcaças jaziam por todo o caminho até sumirem no horizonte.

Sempre parecia estranho olhar aqueles carros sabendo que, num dado momento, havia pessoas dentro deles e, no momento seguinte... elas tinham sido simplesmente apagadas, como giz no Mural do Placar.

Mira olhou para trás, na direção da fila de pessoas que a seguiam. Ravan tinha convocado a maioria dos seus homens, quase trinta membros do Bando, e eles seguiam atrás dela e de Max, numa fila única organizada, como Mira havia instruído. Ainda não tinha sequer uma pista do que os piratas estavam fazendo ali, mas ao longo da caminhada ela notara uma coisa estranha.

Dois garotos mais ou menos no meio da fila carregavam um grande caixote de madeira. Qualquer que fosse o conteúdo, parecia pesado. Seria um grande fardo, numa jornada a pé. O que significava que devia ser importante, mas Mira sabia que era melhor nem perguntar.

O grupo avançava entre os veículos arruinados, seguindo a Passagem para o noroeste, o que por acaso coincidia com a agulha da bússola de Mira. Isso significava que os Confederados tinham seguido por aquele mesmo caminho. Pelo menos, estavam seguindo na direção certa.

Na opinião de Mira, o Bando não passava de uma cambada de maus elementos degenerados e displicentes, que atacavam os mais fracos. Embora a viagem não tivesse contribuído em nada para mudar sua opinião com relação aos "degenerados", Mira percebeu que eles tinham tanta disciplina e ética de trabalho quanto qualquer outro grupo de sobreviventes. Em boa forma e aparentemente acostumados a obedecer com presteza às ordens de Ravan, os piratas caminhavam em ritmo acelerado desde que tinham deixado os barcos. Mas... eles ainda eram o Bando.

— Precisamos mesmo ficar em fila única? — perguntou Ravan atrás dela. — Eu me sentiria melhor se pudesse agrupar meus homens, pelo menos de três em três. Assim ficaria mais fácil para nos defender.

— Você espera ser atacada? — perguntou Mira.

— Esperar o pior é a melhor maneira de se preparar para isso.

— Acho que não dá mesmo para se tornar Capitã do Bando sem ser um pouco paranoica.

Ela pensou ter ouvido um sorriso na voz de Ravan.

— Você não tem noção...

— Bem, lamento, mas andar em grupo por aqui não é uma boa ideia.

— Por quê? São só montanhas e carros velhos, não vejo nada ameaçador.

Quando passavam por uma picape, Mira estendeu o braço para dentro da caçamba e pegou dali uma velha garrafa suja. Então se virou e atirou-a no mato alto ao lado da autoestrada.

A garrafa voou uns três metros e começou a girar, cada vez mais rápido e a se elevar no ar, como se alguma coisa a estivesse puxando para cima. Em seguida, ela se estilhaçou numa chuva de centelhas brilhantes.

Quando isso aconteceu, *coisas* tornaram-se visíveis.

Paredes de energia ondulante se moviam em vários ângulos no ar, brilhando como cortinas de luz colorida, umas por cima das outras. Mesmo à luz do dia elas se destacavam. Havia centenas ali. Alguns segundos depois, voltaram a desaparecer, sem deixar rastro.

Os olhos de Ravan se arregalaram de surpresa. Atrás dela, os homens fitaram com apreensão o ar às margens da autoestrada. Até Max ganiu um pouco. Mas Mira não sentiu nenhuma satisfação com isso. Ela estava chocada com o que vira.

— Santo Deus! — exclamou em voz baixa.

Então Ravan se virou para Mira.

— O que foi? Não esperava ver isso?

— Não *tantos* — explicou ela. — Deveria haver uma dúzia por todo o lugar, mas isso foi...

— Muito mais do que uma dúzia. O que são eles?

— Campos Vetoriais. Paredes bidimensionais de partículas carregadas. O primeiro círculo, nessa direção, é cheio deles.

— O que acontece se tocarmos um?

— Cada átomo do seu corpo explode — Mira respondeu simplesmente. Ravan inconscientemente deu um passo mais para perto do meio da estrada. — São repelidos pelo metal. O que faz desta antiga estrada a única rota transitável para o noroeste. Os carros repelem os Campos. Uma Anomalia Estável está se aproximando. Depois dela, não vamos ter que nos preocupar mais com os Campos Vetoriais.

Pelo menos era o que Mira esperava. Pelo que sabia, o Triturador havia desaparecido e os Campos Vetoriais tinham sido substituídos por algo muito pior.

— Por que está tudo diferente agora? — perguntou Ravan.

— Não sei — admitiu Mira. — Alguma coisa está errada com as Terras Estranhas. Elas estão mudando. É por isso que as Estradas Transversais foram evacuadas.

Ouviram um tumulto atrás delas, em algum lugar perto do meio da fila. Um dos piratas tinha caído ao lado de uma velha picape e estava estendido no chão.

— É Keller — avisou um dos homens de Ravan. O nome foi suficiente para fazer surgir uma expressão preocupada no rosto da líder. O que estava acontecendo não parecia inesperado. Ravan correu pela lateral da fila em direção ao garoto.

— Vamos lá, seu fedido! — disse Mira para Max, seguindo a líder do Bando.

O menino estremecia no chão, o corpo sacudido por espasmos, e a respiração ofegante. Dois piratas o seguravam, enquanto os outros faziam um círculo cada vez menor ao redor dele, tentando ver alguma coisa.

— Pra trás! Abram espaço pra ele! — Ravan gritou, abrindo caminho através do Bando. O garoto era grande e alto, mais velho do que Mira, provavelmente com cerca de 20 anos, certamente o mais musculoso do grupo, e lhe faltava um dedo na mão esquerda. Um olhar e Mira soube o que estava errado. Os olhos dele estavam tomados pelos tentáculos pretos. O garoto estava lutando contra a Estática, e estava perdendo. Mira podia ver que ele demonstrava uma tremenda força de vontade para não deixar de ser ele mesmo, mas mesmo assim não era suficiente.

— Keller. Está me ouvindo? — Ravan ajoelhou-se e colocou a mão no peito do garoto. Ele não respondeu, estava totalmente absorvido em sua luta. — Sei que é difícil, você é um lutador. Eu sei. Mas sempre existe algo mais forte do que nós. Não há nada do que se envergonhar, o mundo é simplesmente assim. Está escutando, Keller?

Keller não parava de tremer no chão, gemendo.

— Você se lembra daquele navio terrestre que pegamos no Deserto, aquele rápido, com a grade do motor de trem na frente? — Ravan perguntou com voz doce, sorrindo ligeiramente. Havia um toque surpreendente de ternura em sua voz. — Foi ideia sua saltar de um giroscópio nos mastros, rasgar as velas com facas e montá-las, escorregando até o convés, e depois encalhar o navio. Você disse que viu isso em algum filme de piratas idiota. A ideia mais louca que eu já vi para roubar um navio terrestre... mas não é que funcionou?

Os piratas ao redor dela riram baixinho, lembrando-se do episódio. O corpo de Keller lentamente se aquietou enquanto Ravan falava, até que ele ficou deitado pacificamente no chão, olhando para o céu com seus olhos negros.

— Ninguém mais seria louco o suficiente para tentar isso — continuou Ravan. — É o que eu mais vou lembrar de você.

Uma voz fraca, quase inaudível, respondeu, e levou um momento para Mira perceber que era Keller.

— Me... me dê só um instante, chefe — ele disse com voz rouca. — Me coloquem de pé. Vou continuar. Você... sabe que posso.

Ravan assentiu.

— Sim. Eu sei. Você é um cara durão, Keller.

O peito de Keller subiu enquanto dava um longo e último suspiro, e então o ar saiu lentamente da sua boca. Seu corpo ficou flácido quando ele sucumbiu, desfalecendo pacificamente no asfalto da velha estrada.

Mira fechou os olhos enquanto ele perdia as forças. Ela se sentiu culpada. Culpada pelo alívio que experimentou ao se lembrar de que aquele era o destino do qual Zoey a havia poupado. Mesmo Keller sendo do Bando, ela ainda assim sentia pena dele. O garoto tinha se tornado um pirata justamente por causa daquilo que tinha acabado com ele. Quem sabia o que Keller teria sido se os Confederados não tivessem chegado? Ativista da paz? Filósofo? Poeta? Neste mundo ele tinha se tornado um fora da lei. E era assim que as coisas eram.

Os piratas estavam todos em silêncio agora. Ravan olhou para Keller por mais um instante e então se levantou. Acenou para um de seus homens, e o garoto tirou um rifle das costas e atirou-o para ela. Ravan engatilhou a arma e apontou para o garoto que fora Keller. O grupo de piratas se afastou um passo.

— Espera! — Mira gritou, horrorizada. — O que está fazendo?

Ravan lentamente se virou para Mira, com um olhar de quem não estava acostumada a ser questionada.

— Você não pode simplesmente... matá-lo! — continuou Mira, horrorizada. Certamente até mesmo *eles* podiam ver isso.

— Ele está pior do que morto, queridinha — Ravan respondeu num tom gelado. — Matá-lo é um ato de misericórdia.

Os punhos de Mira se cerraram. Já bastava para ela.

— Meu nome é *Mira*. Não é "baixinha" nem Ruiva nem queridinha. É *Mira!*

— Você não ganhou a minha simpatia graças ao seu nome, Ruiva. — Ravan deu um passo na direção de Mira e os outros se afastaram um pouco mais. — Até fazer isso, vou continuar chamando você de "baixinha" ou "queridinha" ou qualquer outro nome que eu quiser. E você com certeza não ganhou o direito de me dizer o que fazer com os meus homens. O que quer que eu faça? Que eu o deixe se tornar um parasita acéfalo à mercê dos Confederados? É isso o que você faz com seus amigos quando eles sucumbem?

Mira olhou para Ravan.

— Não é tão simples assim.

— Não é? Que tal fazer uma enquete? — Ravan olhou para os outros. — Qualquer um aqui que, quando sua hora chegar, prefira ser morto a se tornar um vegetal comandado pelos Confederados, levante a mão.

O braço de cada pirata do Bando se levantou sem hesitação.

Eles olharam para Mira com raiva nos olhos.

— Mais alguma objeção? — perguntou Ravan.

Mira suspirou e desviou o olhar. O que havia para dizer? Todo mundo fazia as próprias escolhas. Só porque essa não era a escolha que ela mesma faria, isso não a invalidava.

— Pelo menos faça isso com um pouco de compaixão.

No chão, aquele que costumava ser Keller se agitou e lentamente começou a se levantar. Quando estava de pé, olhou sem ver a paisagem além dos companheiros, inconsciente do que se passava ao seu redor. Então começou a caminhar, passo após passo, pelo mesmo caminho de onde tinham vindo.

Ravan manteve-se de costas para ele, com os olhos ainda fixos em Mira.

— E agora? Devemos nos reunir em volta dele e cantar hinos antes de atirar? Qual o sentido disso? Já dei a ele a minha compaixão. Essa história que contei um minuto atrás não era apenas para acalmá-lo. É o que vou guardar dele, assim como vou guardar algo de cada um dos meus garotos que sucumbe. Porque assim como você, eu sou Imune. É a única coisa que posso oferecer a eles. A certeza de que não serão esquecidos.

Ravan girou nos calcanhares e levantou o rifle num movimento tão rápido que mais pareceu um borrão. Ela puxou o gatilho e Mira se encolheu quando a arma disparou. Aquele que costumava ser Keller caiu no chão a cerca de seis metros de distância e não se mexeu mais.

Ravan jogou o rifle de volta para o mesmo garoto, e olhou novamente para Mira.

— A compaixão vem em todas as cores e sabores — disse Ravan firmemente. Havia uma ponta de dor em sua voz. — Mas nem sempre tem um gosto bom.

As duas garotas sustentaram o olhar uma da outra. Mira se forçou a não desviar o olhar.

— Anda, Bucaneira! — mandou Ravan. — Você ainda tem muito pela frente.

Mira olhou-a por mais um segundo, então deu meia-volta e se voltou para o noroeste, avançando pela estrada arruinada, com Max junto dela. Ela podia ouvir os outros recolhendo suas coisas mais atrás, preparando-se para retomar a marcha.

Enquanto caminhavam, um trovão retumbou em torno deles, uma estranha espécie anamórfica, exclusiva das Terras Estranhas, e que sempre parecia ecoar mais tempo do que o normal. Mira fitou as nuvens negras de antimatéria no céu escurecido ao norte, e viu o lampejo de raios verdes e vermelhos.

A tempestade estava mais forte. Parecia sinistra. Assim como todo o resto.

13. O TRITURADOR

O FACHO DA LANTERNA DE MIRA finalmente encontrou o que ela estava procurando. Um ônibus escolar dilapidado, colidido com o que restava de dois jipes militares. Uma mensagem gigante estava pintada com tinta spray em toda a sua extensão, ao lado de uma grande versão pintada do símbolo δ.

ANOMALIAS ESTÁVEIS A 30 METROS
ANOMALIA C1-3, O TRITURADOR

O sol tinha se posto uma hora atrás e tudo estava escuro, exceto pelos relâmpagos roxos à distância e os raios de dois enormes pilares de luz que iam até o céu, a uns 80 quilômetros dali. Eram Poços Gravitacionais, Mira sabia, e um deles era um lugar do qual não tinha boas lembranças.

O Mestre Misturador. O lugar onde ela tinha fracassado. A fonte de todo o seu medo e insegurança. Mas essa era a última coisa em que ela queria pensar no momento.

A lanterna de Mira iluminou todo o ônibus e ela sentiu um arrepio ao vê-lo. Não havia como saber se ele estava cheio de crianças quando as Terras Estranhas se formaram; ainda assim, as janelas negras que fitavam sem vida o exterior pareciam assombradas.

— O que isso quer dizer? — Ravan estudou os garranchos escritos no ônibus. A fila do Bando alongava-se atrás dela no escuro e Max os olhava cauteloso de cima da capota de uma velha Mercedes. Uma vantagem de estarem na companhia de piratas era que eles levantavam mais suspeitas no cão do que Mira. Ela estava quase se acostumando a ter o vira-lata por perto. E ele não cheirava *tão* mal assim, pensou.

— É um alerta de Anomalia. — Mira tirou o Léxico do ombro e o colocou sobre o capô da Mercedes, ao lado de Max. — Catalogada de um modo que os Bucaneiros possam localizá-la no Léxico. — O grande livro era fechado por dois cadeados de metal, um em cada extremidade, que ela destrancou com uma chavinha pendurada num de seus colares. Do lado de dentro da capa da frente, três nomes diferentes estavam escritos junto ao de Mira. Os donos anteriores do livro. Outros Léxicos tinham mais nomes, isso porque Mira tinha conseguido sobreviver por muito mais tempo às Terras Estranhas do que a maioria.

O livro tinha três capas que o dividiam em partes separadas, cada uma com a sua própria coleção de artigos, notas, desenhos e diagramas. A primeira seção tinha esquemas de combinações de artefatos, e instruções para montá-los. Era a maior seção no Léxico de Mira, mas isso não era nenhuma surpresa. A criação de artefatos era a sua especialidade.

A segunda seção continha mapas das Terras Estranhas. Ilustrações de cada círculo e do Núcleo, assim como mapas detalhados das áreas mais importantes de cada um. Mas era a terceira seção que Mira procurava no momento, um catálogo das Anomalias das Terras Estranhas. O de Mira estava praticamente completo, só faltavam algumas poucas dentro do Núcleo.

As Anomalias estavam organizadas por tipo (estável ou instável) e pelo círculo em que se encontravam. Mira procurou as páginas relacionadas ao primeiro círculo, até encontrar C_1-3, *o Triturador*. Achou a seção e estudou-a. Sabia como a Anomalia funcionava, mas Ben é que sempre a conduzia através dela. Se teria que assumir a liderança, Mira queria estar preparada.

Havia desenhos e anotações, informações sobre o que deveria esperar; Mira tentou ignorar o mal-estar que a dominava enquanto estudava as páginas. Seus dedos percorreram um diagrama específico, que mostrava uma representação rudimentar de uma esfera, com uma anotação abaixo dela:

Subanomalia: Esferas condensadoras.

Efeito: Compactação violenta de massa.

Catalisador: Toque apenas, sem força de tração.
Movimento: Impulso muito lento, direção aleatória, mas constante.
Visibilidade Natural: Invisível.
Visibilidade Incidental: Visível após o contato direto, de três a cinco segundos.
Sugestões: Revelar a localização de uma certa distância, localizações no mapa, determinar rota através da Anomalia, avançar rápido.

Essa última parte era o que a incomodava. "Avançar rápido." Isso seria um problema de fato, com todas aquelas pessoas atrás dela. Era irônico, na verdade. Esse desafio teria lhe rendido um bocado de pontos na Cidade da Meia-Noite.

— O que ela faz? — perguntou Ravan, olhando à frente deles, na escuridão.

Mira desviou os olhou do Léxico.

— Experimente dar uns tiros.

Ravan tirou o rifle do ombro, levantou-o e atirou num arco. Balas se projetaram da arma, mas não foram muito longe.

O Bando todo estremeceu quando esferas perfeitas de energia branca brilhante crepitaram, ganhando vida e absorvendo as balas. Cada uma era do tamanho de uma bola de praia e pairava no ar com uma luz intensa. Cerca de meia dúzia delas, a várias distâncias e alturas.

Segundos depois as esferas desapareceram, desvanecendo-se e mergulhando na escuridão, sem deixar nenhum indício de sua presença ali. Max ganiu, inquieto.

— Esferas Condensadoras — explicou Mira, fechando e trancando o Léxico. — Toque uma delas e te sugam pra dentro. O que resta é comprimido até ficar do tamanho de uma bola de gude.

Ravan soltou uma risada.

— Isso não parece nem um pouco agradável. — O resto do Bando não riu, no entanto. Eles se entreolharam, nervosos. — Como é que vamos passar?

— Com muita paciência. — Mira abriu o zíper da mochila preta com o δ vermelho na altura dos quadris. — As esferas estão se movendo, só que muito lentamente. Significa que o caminho através delas sempre muda. Eu vou ter que encontrá-lo e marcar uma trilha para o seu Bando seguir.

— E quanto tempo vai levar?

— Uma hora, provavelmente.

Os olhos de Ravan se estreitaram enquanto ela pensava.

— Se estas coisas estão se movendo, por quanto tempo o caminho é seguro?

Mira ficou surpresa. As pessoas não costumavam perceber imediatamente aquele detalhe.

Fosse do Bando ou não, Ravan era mais esperta do que a maioria.

— Não sei — admitiu Mira. — Tudo depende das esferas. Pelo tempo necessário, espero. Nunca tentei passar por elas com um grupo tão grande. — Evidentemente, a realidade era que ela nunca tinha ajudado *ninguém* a passar pelo Triturador, mas não mencionou isso.

Mira se forçou a não pensar no assunto. Ela tinha que conseguir. Zoey e Holt dependiam dela. Essa era uma Anomalia do primeiro círculo, não haveria nenhum problema, desde que ela fizesse tudo lentamente. Esse pensamento, no entanto, não a convenceu.

Mira tirou da bolsa na cintura os objetos de que precisaria: um bloco de notas e um lápis, um punhado de pinos de metal amarrados com um fio vermelho, um martelinho e uma bolsinha de couro cheia de porcas e arruelas.

— Diga para os seus homens ficarem aqui — disse Mira a Ravan. — Não deixe que saiam da estrada.

Mira começou a avançar, mas Ravan a puxou pelo braço.

— Veja bem o que está fazendo, baixinha. Se eu perder algum dos meus homens por causa de um erro seu, não vai gostar do resultado.

As palavras de Ravan mexeram com ela. Não por causa da ameaça implícita, mas pelas lembranças que suscitaram. Instintivamente, seus olhos se desviaram para um dos pilares de luz branca à distância, mas Mira afastou os pensamentos. Tinha que ser forte.

— Como eu já disse — Mira explicou —, nunca liderei um grupo tão grande. Até onde eu sei, ninguém jamais fez isso. As Terras Estranhas não são o Deserto. Elas têm um milhão de maneiras de matar você. Francamente, ficaria surpresa se você conseguisse chegar à Estrela Polar com metade dos seus homens, mas você já devia saber disso. E, se você me matar, quanto mais embrenhados estiverem, menores serão as chances de saírem daqui. — Mira puxou o braço e deu um passo na direção da Anomalia. Ravan não disse mais nada.

Mira abriu a bolsinha de couro e pegou um punhado de porcas e arruelas, com os olhos pregados no denso campo de carros arruinados que se estendia na escuridão.

Então ela estava finalmente ali. O que mais temera desde que deixara a Cidade da Meia-Noite — enfrentar uma Anomalia Estável e por conta própria. Suas mãos tremiam, então ela apertou os punhos com força antes que alguém atrás dela visse.

Droga, era só o Triturador, disse a si mesma. Tinha passado por ali uma centena de vezes. Ela era boa, era qualificada. Então... por que não conseguia acreditar?

Fosse qual fosse a resposta, não importava. Ela não tinha escolha.

Mira firmou a ponta do lápis sobre o bloco de notas e começou a desenhar. Uma grade, com dez colunas e dez linhas, com um mapa tosco da estrada e dos carros à sua frente. Ela só desenhou os que estavam mais próximos; qualquer coisa além disso e a perspectiva ficaria distorcida. Ela tinha que esperar até chegar mais perto.

Quando terminou, ela se ajoelhou no chão e puxou algo do bolso. Era o seu cronômetro, manchado e velho, mas funcionando perfeitamente. A visão dele era reconfortante. Eles tinham passado por muitas aventuras juntos.

A mão dela congelou no relógio. Era agora ou nunca.

Ela respirou... e apertou um botão. O relógio clicou quando começou a contar o tempo. Mira pendurou o cordão em volta do pescoço, em seguida jogou uma das arruelas no ar à sua frente.

A arruela subiu apenas alguns metros antes de ser puxada violentamente para a direita e desaparecer em meio a um lampejo de energia, quando a Esfera Condensadora brilhou, iluminando a noite.

Mira marcou a sua localização na grade, em seguida atirou outra arruela. Outra esfera tremulou brilhantemente, esta mais perto, e a garota sentiu o leve formigamento da eletricidade estática antes de a esfera desaparecer de vista novamente.

Mira marcou essa, também, no papel, então martelou um pino de metal no asfalto a seus pés.

Ela tentava manter a calma. Era capaz de fazer aquilo. Respirou fundo outra vez...

... e então avançou pelo vão entre as duas esferas invisíveis a poucos metros uma da outra.

Os pelos dos seus braços se arrepiaram com a proximidade das esferas. Era a única indicação da morte que pairava em torno dela. Mas Mira tinha marcado a rota corretamente. Aquele era apenas o primeiro passo em meio à Anomalia, mas ele a encheu de alívio.

Mira bateu outro pino no asfalto, em seguida, recomeçou o processo todo, jogando mais porcas e arruelas, encontrando as esferas tremulantes, marcando suas localizações, avançando em zigue-zague entre as Anomalias e os carros, e usando os pinos e o fio vermelho para marcar o trajeto.

O tempo parecia avançar devagar, mas seu coração não deixou de bater descontroladamente. Por fim, ela se viu tão à frente que as lanternas do Bando eram apenas pontinhos de luz atrás dela.

Mira jogou outra arruela. Dessa vez, nada aconteceu. Ela jogou outra. O mesmo resultado. Então jogou um punhado delas à sua frente. Não havia nada além de ar agora, nenhuma esfera gigantesca crepitante de energia letal.

Mira suspirou e olhou para o cronômetro. Cinquenta e quatro minutos. Nada mal, pensou ela; até mesmo Ben tinha avançado mais devagar algumas vezes. Mas o desafio não tinha acabado. Agora vinha a parte mais perigosa.

Ela se virou e voltou entre as Anomalias, seguindo os pinos de metal e o fio vermelho de volta pelo mesmo caminho. Cada passo deixava seus nervos em frangalhos. E se ela os tivesse colocado no lugar errado? E se tivesse calculado mal? Descobrir a localização móvel das esferas exigia muita matemática. Ela continuou avançando, um pé atrás do outro. Podia ver Ravan à sua frente, sentada no capô de uma velha picape, seus homens perto dela. Mira tentou parecer confiante, embora na verdade não estivesse...

Os pelos de seus braços se arrepiaram. Uma esfera brilhou à direita, ao lado dela.

Mira ofegou, mas congelou no lugar como tinham lhe ensinado. Numa Anomalia estável com aquela, ficar imóvel ainda era a melhor opção se algo desse errado. E algo estava definitivamente errado. A esfera brilhante de energia estava, literalmente, apenas a alguns centímetros do ombro de Mira. Ela sentiu o coração martelar no peito.

Mira engoliu em seco, ficando o mais imóvel que podia, e olhou para suas anotações. Ela pôde ver de qual esfera se tratava, e deveria haver mais uma à sua direita, a menos de dois metros de distância.

Muito lentamente, Mira deu um passo nessa direção. A esfera crepitante se apagou quando ela fez isso, desaparecendo no ar. Nada se materializou à sua direita. Ela estava de volta à zona de segurança.

Mira soltou o ar dos pulmões, ajoelhou-se, arrancou o pino do chão e fincou-o a cerca de trinta centímetros de onde estava.

Seu coração continuou a bater na boca, e ela sentiu uma onda de dúvida e medo substituindo qualquer sensação de vitória que poderia ter tido antes. Como é que ela podia ter achado que era capaz de fazer aquilo? Mira se forçou a ficar de pé e seguir em frente novamente, percorrendo o resto do caminho. Nenhuma outra esfera apareceu; o restante do percurso parecia seguro. Por enquanto.

Ravan saltou do capô enquanto Mira se aproximava, e Max abriu preguiçosamente um olho. O danado do cão tinha dormido o tempo todo.

— E então? — perguntou Ravan.

— Está pronto — disse Mira. Ela ficou surpresa ao perceber que a sua voz quase não tremera. — Eu acabei de testar, mas precisamos andar depressa. Diga aos seus homens para escalonar a entrada; mantenham cerca de vinte passos de distância um do outro. Caminhem, não corram, e sigam os pinos. Qualquer desvio... e eles estão mortos.

— Meus homens podem ser precisos e rápidos — Ravan respondeu. — Não precisamos de uma distância tão grande entre os homens. Isso pode nos poupar tempo.

Mira deu de ombros.

— Você é quem sabe. Vou por último, para recolher os pinos. Se houver algum problema lá atrás, é onde eu preciso estar.

Ravan lhe lançou um olhar insondável, então gritou para seus homens fazerem uma fila, enquanto dava instruções.

Em instantes, o Bando estava em movimento, passando por Mira e Ravan. Assim como a Capitã havia dito, eles faziam o percurso num bom tempo, seguindo o caminho com precisão. Ravan juntou-se à fila quando ela estava pela metade, entrando na Anomalia e desaparecendo na escuridão.

Mira olhou para Max.

— Vamos lá, é a nossa vez.

O cão olhou para ela, mas não se mexeu.

Mira suspirou.

— Olha aqui, vira-lata, isso é perigoso — disse ela. — Eu tenho que segurar a sua coleira. Se você correr para fora da trilha, vai matar nós dois. Se quiser ver Holt novamente, tem que confiar em mim.

Max olhou para ela de forma evasiva. Em seguida, pulou do capô da Mercedes e ficou ao lado dela. Mira lentamente se abaixou para pegar a coleira. Ele olhou para a garota, mas não se opôs quando ela o puxou.

Mira sorriu. *Não é que ele tinha deixado?* Ela seguiu os piratas e começou a percorrer a trilha, entrando na Anomalia atrás dos outros. Os pelos em seus braços se eriçaram novamente, e o efeito pareceu mais forte. Mas não havia nenhuma maneira de saber se era apenas sua imaginação, ou se as esferas realmente estavam mais perto.

Enquanto avançava, ela recolhia os pinos do chão, enrolando o fio vermelho num novelo. Max caminhava ao lado dela sem reclamar, e o Bando continuava seguindo em frente, ainda mais rápido do que antes. Já tinham percorrido cerca de três quartos do caminho, e, para sua surpresa, eles não haviam se aproximado de nenhuma esfera. Mira sorriu, talvez eles conseguissem passar pela Anomalia...

O velho espelho de uma motocicleta destroçada refletiu uma luz brilhante atrás dela.

Mira se virou e viu algumas Esferas Condensadoras se iluminarem na extremidade da Anomalia, onde eles tinham começado o trajeto. E se tivessem deixado alguém para trás? Não, ela tinha verificado. As esferas estavam se acendendo, no entanto, uma após a outra, e cada vez mais à frente, o que significava que algo estava se aproximando e provocando aquilo.

Um segundo depois, ela viu o que era.

Um grupo de vultos sombrios, talvez uma dúzia, correndo através da Anomalia a toda velocidade. Lampejos de luz colorida flamejavam ao redor deles enquanto passavam. E não estavam simplesmente correndo; estavam saltando e arremetendo-se no ar, como ginastas.

— Mas que droga é essa?... — Ravan murmurou na frente. Os piratas ficaram paralisados e se viraram, olhando para trás, enquanto as esferas continuavam a se iluminar e as figuras corriam entre elas com uma agilidade quase sobre-humana. Isso exigia uma percepção das Anomalias, quase um sexto sentido. E só podia significar uma coisa. Um arrepio percorreu a espinha de Mira.

— Armas em punho! — Ravan gritou, e os piratas tiraram instantaneamente os rifles do ombro e os apontaram.

— Não! — Mira gritou desesperadamente. — Sem armas! — Se o que estava vindo os encarasse como uma ameaça, eles estariam todos mortos. Mas os piratas foram erguendo os rifles mesmo assim.

As figuras continuavam avançando, driblando as Anomalias numa progressão superveloz. Eles faziam com que tudo parecesse muito fácil. Faziam a travessia parecer uma dança.

Mira ficou sem fôlego só de assistir.

As esferas continuaram a acender, iluminando as silhuetas, e Mira conseguiu ver os detalhes que já esperava. Eles estavam vestidos de preto e cinza — botas, calças, camisas enfiadas dentro da calça, coletes com bolsos, cintos de utilidades na cintura.

Máscaras pretas cobriam a boca e o nariz, e eles usavam óculos pretos, tão escuros que certamente não podiam enxergar nada através deles. Isso tornava o percurso rápido através da Anomalia ainda mais impressionante.

Eles estavam fazendo aquilo *às cegas*.

Na mão esquerda de todos eles, Mira podia ver as cores brilhantes dos anéis que usavam nos três dedos do meio. Cada um empunhava uma arma parecida com uma grande lança, com cristais brilhantes de cores diferentes nas duas extremidades. O rastro colorido de luz se projetava no ar, enquanto eles saltavam rapidamente entre as esferas, chegando cada vez mais perto do Bando.

Eles eram os Hélices Brancas.

Mira abaixou-se instintivamente quando o primeiro usou sua lança como se fosse fazer um salto com vara, saltando sobre a cabeça de Mira. Uma esfera crepitou, iluminando-se ao lado dela. Max uivou e Mira segurou mais firme a coleira do cão, tentando impedi-lo de pular.

Dois membros do Bando não tiveram tanta sorte. Eles tropeçaram para trás. Uma esfera iluminou-se; seus gritos foram tragados quando a Anomalia os puxou para dentro. Eles desapareceram, mas não tão rápido que não se pudesse ver seus corpos sendo esmagados e transformados em algo irreconhecível, do tamanho de um dedal.

Isso foi o bastante. Mira viu o que ia acontecer.

— Não! — ela gritou.

Mas já era tarde demais. O Bando abriu fogo, suas armas dispararam, iluminando a noite.

Os Hélices ajustaram instantaneamente seu trajeto, giraram em direções diferentes, alguns no meio de um salto, com lampejos cinza, laranja e roxo.

Os anéis que usavam eram feitos de cristais de antimatéria, os remanescentes dos raios coloridos caídos nas regiões mais profundas das Terras Estranhas, e eles tinham propriedades muito originais. A pessoa que os tocasse combinando-os em diferentes sequências poderia manipular a gravidade, a inércia ou o impulso. Permitiam que ela fizesse coisas que desafiavam a própria morte.

As figuras vestidas de preto se esquivavam dos tiros com facilidade, como se tudo, exceto elas, estivesse se movendo em câmera lenta, enquanto corriam em zigue-zague por entre as esferas resplandecentes.

Outro membro do Bando perdeu o equilíbrio e caiu fulminado. Ele gritou quando uma Esfera Condensadora brilhou, ganhando vida, e Mira fechou os olhos quando ele foi sugado para dentro.

Ravan gritou para seus homens, ordenando que cessassem fogo. As armas silenciaram.

Quando fizeram isso, as estranhas figuras pousaram sobre os carros, caminhões e ônibus arruinados ao redor. Suas armas, as estranhas lanças de ponta dupla, se abaixaram e ficaram niveladas com o Bando. Mira podia ouvir um ligeiro zumbido no ar, emitido pelos cristais brilhantes das armas.

— Ninguém faz *nada*! — Ravan gritou. Ela, porém, ainda tinha a arma em riste, assim como o resto de seus homens, enquanto fitavam as criaturas acima deles, ajoelhadas sobre os veículos em ruínas.

Era um impasse. Além da situação, por si só, já ser perigosa, ainda estavam dentro do Triturador. Mesmo não sendo capazes de vê-las, sabiam que as Esferas Condensadoras estavam à deriva, e o tempo que tinham para sair dali estava se esgotando.

14. OS HÉLICES BRANCAS

OS HÉLICES BRANCAS estavam agachados em cima dos carros, suas estranhas lanças de ponta dupla viradas para baixo, na direção do Bando.

Mira torceu para que ninguém se mexesse. As estranhas figuras usando óculos de proteção podiam estar em menor número, cerca de três para um, mas eram Hélices Brancas, o que significava que poderiam matar todos ali se as coisas corressem mal.

Mira agora via os pingentes pendurados no pescoço deles — brancos, com dois cordões retorcidos e barras finas entre eles, formando o que era chamado de dupla hélice, um símbolo tipicamente associado com o DNA. Mira nunca entendeu por que tinham escolhido aquele símbolo.

Os Hélices Brancas eram um culto, por falta de uma descrição melhor. Viviam isolados, nos cantos mais remotos dos círculos internos das Terras Estranhas, e tinham um sentido quase sobrenatural e consciência disso. Eles podiam fazer coisas incríveis: dar saltos incrivelmente altos; arremessar o corpo no ar; acelerar seus movimentos — tudo usando os anéis brilhantes da mão esquerda. Mira sabia que suas lanças eram chamadas Lancetas, cujas pontas eram feitas dos mesmos cristais que os dos anéis. Supostamente podiam perfurar até o aço sólido, mas Mira nunca tinha visto isso por si mesma.

Ninguém sabia exatamente quantos Hélices existiam, mas alguns estimavam que pudessem estar na casa dos milhares. Centenas de sobreviventes tentavam chegar a cada ano na região onde viviam os membros do culto, mas Mira achava que muito poucos tinham conseguido. Para fazer parte dos Hélices Brancas, a pessoa tinha que provar a sua dedicação. E fazia isso procurando por eles. Segundo as histórias que contavam, se ela conseguisse sobreviver às Terras Estranhas por mérito próprio e chegasse a uma certa cidade em ruínas no segundo círculo, os Hélices a encontrariam. O que acontecia depois disso, Mira só podia presumir.

Eram lutadores altamente qualificados, o que implicava uma grande dose de treinamento. Isso nunca fizera muito sentido para Mira. Por que treinar para lutar nas Terras Estranhas, onde essa habilidade não seria nem um pouco útil? E como ficavam tão hábeis em tão pouco tempo? Segundo relatos, os Hélices Brancas lutavam e faziam as coisas como se tivessem estudado e treinado para isso a vida toda. Mas eram um grupo recluso, não compartilhavam seus segredos com ninguém.

Um deles, entre Mira e Ravan, levantou-se lentamente do capô de uma picape enferrujada. Uma garotinha negra, que segurava displicentemente sua Lanceta. Daquela distância, Mira viu o que pareciam gatilhos em cada extremidade da lança, como se fosse uma arma de fogo. Os Hélices usariam aqueles cristais como projéteis?

O pensamento era desagradável, especialmente com todos eles apontando as armas na direção dela.

A arma de Ravan apontou para a menina.

— Não — Mira alertou. — Vão matar a todos nós.

A garota negra levantou os óculos e olhou para Mira. Como Ravan e ela mesma, os olhos da menina estavam livres da Estática. E brilhavam de um jeito que sugeria um sorriso sob a máscara preta.

— É melhor ouvir o que ela diz — disse a garota. — Os Bucaneiros não pertencem a este lugar, mas pelo menos têm consciência disso. — Seus olhos se fixaram em Mira de uma maneira desconfortável. — E a de vocês parece saber o suficiente para nos temer, também.

Mira instintivamente escondeu as mãos trêmulas atrás das costas. Será que isso era tão óbvio?

— Mas vocês... — disse a garota com desdém, olhando para Ravan. — Bando de escórias. Não entendem nada.

O brilho no olhar de Ravan se intensificou.

— Entendo que vocês mataram três dos meus homens. — A voz dela era áspera. O que quer que a garota fosse — pirata, ladra ou assassina —, valorizava a vida dos seus. — E vão pagar por isso, de uma forma ou de outra.

A Hélice balançou a cabeça.

— É culpa nossa se alguém do seu Bando perdeu o equilíbrio?

Os piratas seguraram as armas com mais força. A Hélice se agachou, perfeitamente calma, com os olhos indecifráveis abaixo dos óculos pretos.

— Não vou ameaçá-la também — disse a garota. — Não há por quê. Esta terra vai se encarregar de matá-los.

Pela primeira vez, Ravan sorriu.

— Sobreviver é o meu forte. Estou pensando em ficar aqui uma temporada.

A garota balançou a cabeça como se esperasse essa resposta.

— É por isso que todos como você são destruídos aqui. A única maneira de sobreviver a este lugar, o único jeito verdadeiro... é aceitar que ele vai acabar te matando.

Mira observou a garota Hélice fechar os olhos em concentração e calmamente estender o braço. Uma Esfera Condensadora se acendeu, crepitante de energia ao lado dela, iluminando a noite. Max ganiu e Mira segurou-o firme, mantendo-o no lugar.

— Neste lugar, você já está morta — disse a garota, de olhos fechados. Ela correu as mãos em torno do perímetro da esfera pulsante, quase tocando-a, mantendo-a acesa e visível, brincando com a morte. Alguns centímetros a mais e esse seria seu destino. — Depois de aceitar isso, o medo já não tem nenhum poder sobre você.

Como se fosse fácil assim, Mira pensou amargamente. A garota retirou a mão e a Esfera desapareceu, fundindo-se novamente com a noite.

— Você quer morrer? — Ravan não parecia impressionada. — Posso dar um jeito nisso, antes de qualquer um dos seus amigos atirar com essas varinhas pontudas. Reconheço um rifle quando vejo um, por mais idiota que seja a aparência dele.

A menina sorriu.

— Nos matar só vai fazer o resto de nós ficar mais forte. — Quando ela disse isso, os outros Hélices Brancas assentiram em concordância.

Os olhos de Ravan se estreitaram. Os de Mira também. Os Hélices eram definitivamente um bando excêntrico. Reverenciavam as Terras Estranhas, consideravam o lugar e seus artefatos como algo sagrado. Alguns ainda viam a Torre Partida como uma manifestação de Deus, mas ninguém que Mira conhecesse já tinha perguntado isso a um deles. Os Bucaneiros e os Hélices Brancas não se davam muito bem. Os Hélices os viam como intrusos em sua terra sagrada, os abutres que se alimentavam dos seus artefatos divinos. Isso significava que, se o culto cruzasse o caminho dos Bucaneiros, as coisas poderiam ficar violentas. Não havia como saber quantos tinham morrido nas mãos dos Hélices Brancas, mas Mira supunha que o número não fosse pequeno.

— Por que vieram tanto para o sul? — perguntou Mira hesitante. — Achei que não passassem do segundo círculo.

A garota olhou para Mira. Quando falou, havia uma pitada de frustração em sua voz.

— Estamos rastreando os Confederados. Os estranhos. Que se deslocam rápido. Perda de tempo, provavelmente, mas faço o que me mandam.

O olhar de Ravan desviou-se para Mira, cheio de desconfiança. Mira não a censurava, pois aquela resposta era a última coisa que esperava. Os Hélices Brancas estavam rastreando os Caçadores também? *Por quê?*

— E vocês? — perguntou a garota. — Por que o Bando veio emporcalhar as Terras Estranhas?

Ravan desconsiderou o insulto, mas apenas porque pareceu surpresa.

— Vocês... não sabem?

Pela primeira vez, a garota hesitou.

— Não sei o quê?

— Seu chefe e o meu fizeram um acordo — Ravan respondeu. — Uma espécie de barganha. Estou trazendo a nossa parte do acordo, depois vou cobrar a de vocês.

A garota olhou para Ravan, incrédula. Os olhos dela então se desviaram para o grande caixote de madeira no centro da fila de piratas.

— Gideon não negociaria com o Bando — a garota respondeu, sombria.

Mira percebeu que Ravan subitamente pareceu se divertir. Ela estava no controle novamente.

— Talvez você não o conheça tão bem quanto pensa. Ou talvez ele simplesmente não confie em você tanto assim.

O olhar da garota se desviou do caixote e voltou a se fixar em Ravan.

— No Bando são todos mentirosos e ladrões. Suas palavras não significam nada. E as instruções que tenho não mencionam vocês. Se Gideon de fato fez negócio com vocês, ele não me falou nada, então não tenho razão nenhuma para ajudá-los. — A voz da garota era instável e dura, quase venenosa. Ela mal continha a raiva. Mira não sabia o que passava pela cabeça dela, mas, o que quer que fosse, parecia pessoal.

Ravan sustentou o olhar da menina sem hesitar.

— Seu nome não seria... "Avril", seria?

Os olhos da garota se estreitaram.

— Se eu cruzar com vocês de novo, Bando, vou acabar com todos.

Ravan sorriu novamente.

— Parece que agora vai começar a diversão.

Todos os Hélices Brancas se levantaram, prontos para lutar.

— Esperem! — Mira gritou. — Vocês sabem o que está acontecendo com as Terras Estranhas? Por que elas estão mudando? — Se alguém ali tinha aquela informação, eram eles.

A garota negra voltou-se para Mira e a analisou, em seguida voltou a pôr os óculos sobre seus olhos.

— Sabemos.

Então ela tocou dois dedos juntos. Uma esfera de luz amarela brilhou em torno dela e ela a lançou no ar como um míssil, a distância. Os outros Hélices fizeram o mesmo, criando esferas de cores semelhantes, e as Esferas Condensadoras se acenderam enquanto dançavam e quicavam graciosamente em volta deles. O Bando ficou olhando para os Hélices com admiração, observando-os desaparecer na escuridão.

Mas, para Mira, a visão das Anomalias fez com que tudo voltasse novamente.

— A gente tem que se mandar! — ela gritou para Ravan. — *Agora*.

Ravan compreendeu.

— Todo mundo, acelerando!

— Não! — Mira a deteve. Ela entregou para o pirata mais próximo os pinos que viera recolhendo e empurrou-o para a frente da fila, arrastando Max com ela.

— O que foi? — perguntou Ravan.

— As esferas mudaram de lugar, o caminho não é seguro. — O coração de Mira martelava no peito. Era verdade. Eles estavam numa enrascada. Mira gritou para as duas extremidades da fila. — Pessoal, todo mundo olhe pra mim. Me sigam e pisem *exatamente* onde eu pisar. Vocês à frente, fiquem parados até eu chegar aí, então sigam com os outros. E façam tudo o mais rápido possível.

Mira soltou Max e o cão olhou para ela atentamente. Ela não tinha certeza se era o treinamento de Holt ou a intuição do cão, mas ele pareceu entender que a situação era grave. Mira esperava que ele a seguisse de perto. Não teria tempo para segurá-lo.

Mira pegou um punhado de arruelas e porcas da bolsa. Os piratas à frente dela rapidamente se ajoelharam quando Mira começou a jogar os objetos no ar.

As Esferas Condensadoras se acenderam, iluminando a noite com uma energia ondulante e estroboscópica. Algumas delas estavam a menos de trinta centímetros dos piratas, e eles se afastaram cautelosamente.

— Se algum dos meus homens... — Ravan começou.

— Me ameace depois! — Mira avisou. Seus olhos estavam nas esferas, estudando-as, guardando suas localizações na memória. Ela teria que fazer aquilo de memória, não havia tempo para demarcar o caminho como antes, não com todos eles no meio da Anomalia. Ela tinha que se concentrar.

As esferas acendiam e desapareciam, mas Mira tomava nota mentalmente da localização de cada uma delas. Seu coração saltou no peito quando ela deu o primeiro passo. O medo nunca ia embora, estava sempre lá, queimando seus calcanhares, mas ele ocupou um lugar secundário em sua mente diante da urgência da situação. Simplesmente não havia tempo para pensar nele.

— Agora! — Mira gritou enquanto puxava a fila, atirando mais porcas e arruelas no ar, forçando as esferas ocultas a se revelarem, e guardando suas localizações de cabeça. Ou tentando, pelo menos. Havia mais Esferas Condensadoras no Triturador do que ela jamais vira. Se Mira se esquecesse de uma delas...

Afastou os pensamentos. Tinha que se concentrar. Podia fazer aquilo, disse a si mesma. Ela tinha que fazer. Ou não seria apenas ela que morreria, seriam dezenas de pessoas.

Mira continuou a avançar, um pé depois do outro, jogando as peças de metal e descobrindo as Anomalias no ar. Estava vagamente consciente de que se afastava do caminho demarcado, mas tentou não pensar nisso. Enquanto avançava, mais e mais membros do Bando começaram a segui-la, observando onde ela pisava, movendo-se com ela.

Ela pegou o último punhado de arruelas e porcas do bolso. Se acabassem, ficaria impossível ver onde estavam as Condensadoras.

Mas aquilo não foi problema.

Ela jogou três arruelas à frente, uma após a outra, e nada aconteceu. O ar à frente deles estava livre de esferas. Estava salva.

Mira continuou seguindo em frente a passos largos, saindo do caminho dos piratas enquanto eles a seguiam, um por um, rapidamente, até sair do Triturador.

Quando todos tinham saído, Mira percebeu que, com exceção dos três que tinham morrido por causa dos Hélices Brancas, ela não tinha perdido nenhum. Estavam todos vivos.

Mas sentiu uma onda de frustração.

Quantos Bucaneiros poderiam ter feito o que ela tinha acabado de fazer? Navegar pelo Triturador sem uma trilha demarcada? Sem mencionar as quase trinta pessoas que ela trouxera consigo... Devia estar *orgulhosa*. Devia se sentir mais confiante agora, mas... não se sentia.

Você não tem estômago, ela ouviu a voz de Ben dizer em sua mente.

— Nada mal! — A voz de Ravan assustou Mira. A Capitã a estudava atentamente. — Você consegue se virar bem sob pressão.

Mira olhou para ela.

— O que disse para os Hélices Brancas é verdade? Você está aqui para se encontrar com eles? — Até aquele momento, ela não tinha tido tempo para processar aquela informação. Parecia totalmente improvável. O que poderiam dois grupos radicalmente diferentes como o Bando e os Hélices Brancas quererem um com o outro?

— Tudo o que digo é verdade, queridinha — respondeu Ravan. — Eu me pergunto se você poderia dizer o mesmo. Descobrir que esses "Varas Pontudas" estão rastreando os Confederados me faz pensar que você não tem sido inteiramente sincera. Quem são, afinal, esses seus amigos?

Mira manteve os olhos em Ravan.

— Ninguém especial. Os Confederados nunca vêm para cá. Isso provavelmente deixou os Hélices curiosos. São muito protetores com relação às Terras Estranhas.

Ravan estudou Mira por um longo tempo e não havia como saber se a garota de cabelos negros acreditava nela ou não. Então ela se virou e olhou para trás. Ambas observaram enquanto a última das Esferas Condensadoras desapareceu no escuro, quando o que restava do Bando conseguiu passar.

— Não sei por que alguém iria querer proteger este lugar.

Mira foi obrigada a concordar. Quanto mais tempo ficava ali, mais o desprezava. Houve um tempo em que ele parecera mágico, mas agora tudo o que fazia era assustá-la. Assim como a líder dos Hélices dissera.

— Prefiro continuar — Ravan afirmou. — A menos que você precise de uma pausa.

Mira balançou a cabeça. Estava exausta, mas não deixaria Ravan saber disso. Ela se virou e começou a andar no escuro, passando pela sinistra e interminável fila de veículos em ruínas. Enquanto fazia isso, tirou o pingente de bússola para fora da camiseta. Ele ainda apontava para o noroeste, na direção da Passagem Desolada.

Eles ainda seguiam na direção certa. Se é que era possível dizer isso.

Algo se moveu perto dela. Max trotava ao seu lado, farejando os carros enquanto andava.

Mira sorriu. E coçou entre as orelhas dele enquanto caminhavam. Ele não pareceu se importar.

15. DESPERTARES

ZOEY ESTAVA SENTADA NO MEIO de um círculo de Caçadores. Aquele que tinha se revelado a ela anteriormente estava mais próximo, em seu trípode de marcação diferente, observando. Ela podia sentir seu olhar intenso sem precisar olhar para ele. Para os outros, ele não era apenas um líder, era outra coisa. "Realeza" era a palavra mais próxima que Zoey tinha para descrevê-lo. Eles teriam lutado e morrido sob as ordens dele e, para eles, morrer era algo muito menos imediato do que para os seres humanos. Essa dedicação tinha um preço muito alto.

Dispostos em frente a Zoey havia quatro brinquedos mecânicos: um carrinho, um trem e dois helicópteros. Suas embalagens empoeiradas, esquecidas a alguns metros de distância. Os caminhantes os haviam trazido para ela de algum lugar ali perto.

As "sugestões" que ela sentia da Realeza eram firmes e insistentes, e enchiam a sua mente. Zoey estava exausta com o esforço de empurrá-las de volta para eles, mas isso parecia estar se tornando mais fácil, como se essa parte dela estivesse ficando mais forte. Fazia uma hora que ela recebia a mesma sugestão. Se tivesse que traduzi-la em palavras, seria...

Poder. Controle.

Levou um tempo para Zoey entender que a Realeza queria que ela exercesse "poder" e "controlasse" os brinquedos que estavam diante dela. Assim como ela tinha feito com as comportas da Cidade da Meia-Noite e a velha picape. A Realeza a estava testando, como se essa capacidade fosse especialmente importante de alguma forma. Zoey poderia fazer aquilo instantaneamente, se quisesse, mas não fazia nenhum movimento para isso.

Aquelas coisas tinham ferido seus amigos, deixando-a apavorada, lhe dando ordens como se ela fosse uma escrava. Eles curavam a dor de cabeça dela, é verdade, mas apenas quando isso lhes convinha. Eles não eram seus amigos, não eram Holt ou Mira ou o Max. Então, ela só olhou de volta para a Realeza, sem mover um dedo.

Poder. Controle. As sugestões vieram novamente.

— Não! — ela disse. Falar, por si só, era uma forma de desafiá-lo. Os Mas'Erinhah preferiam que ela se comunicasse telepaticamente. A julgar pelas sensações que emanavam deles toda vez que ela falava, pareciam considerar a fala algo primitivo e desdenhoso. Fosse ela uma convidada "de honra" ou não, tinha sido repetidamente punida sempre que falava. A ideia de que a Realeza iria puni-la novamente a fez estremecer, mas ainda assim Zoey não fez nada.

Eles *não* eram seus amigos.

Um dos Caçadores se lançou sobre ela. Zoey se encolheu de medo...

... e a Realeza colidiu com a máquina, fazendo-a cambalear para trás.

O trípode punido se abaixou, desviando seu olho triangular.

As sensações ameaçadoras que pulsavam da Realeza sugeriam que só *ele* era "digno" de disciplinar a "Scion".

Zoey ainda não tinha ideia do que esse termo significava. Qualquer tentativa de fazer perguntas à Realeza era recebida com uma punição. Tudo que Zoey sabia era que ela era importante por alguma razão. Se ao menos soubesse por quê...

A Realeza se voltou para Zoey. *Poder. Controle.*

— Não!

Do outro lado do cômodo veio um som incomum. Um gemido humano, fraco e meio grogue. Com os olhos arregalados, Zoey olhou para onde Holt estava pendurado nas vigas do teto.

— Holt! — Zoey gritou e levantou-se, mas os Caçadores entraram na frente dela, bloqueando sua passagem.

Novas sugestões, novos sentimentos, se irradiaram da Realeza. Ele estava reconsiderando, então teve uma ideia e Zoey viu quando a máquina saltou em direção à outra extremidade do cômodo, onde Holt estava pendurado, posicionando-se debaixo de sua silhueta ainda imóvel, com uma altura quase suficiente para tocá-lo com o seu corpo metálico. Holt gemeu novamente.

A esperança brotou dentro de Zoey. Ele estava acordando.

De um diodo na fuselagem da Realeza, partiu um raio brilhante, vermelho e extremamente bem focado. Ele queimou a parede do edifício e, onde a atingiu, os tijolos se fragmentaram e se dissolveram.

Lentamente, Zoey notou, o feixe de energia inclinou-se para cima, abrindo uma profunda fissura enquanto se movia. Ela seguiu a trajetória do raio e sentiu um arrepio quando chegou a uma constatação. Se continuasse a subir, o feixe iria deixar de cortar a parede... e em vez disso cortaria Holt!

Poder. Controle. As impressões vieram novamente.

O significado era claro. A Realeza machucaria Holt se ela não movesse os brinquedos. O coração de Zoey bateu freneticamente.

Poder. Controle, a Realeza projetava. O feixe de luz continuou a subir. Zoey não tinha dúvidas de que o alienígena seguiria adiante. Iria machucar Holt. Machucar pra valer. Não tinha razão para não fazer isso.

Os caminhantes em torno de Zoey assistiam a tudo ansiosamente. A Realeza olhou para cima, quando o raio estava prestes a cortar o ombro de Holt. Iria cortar o braço dele completamente...

— Pare! — Zoey gritou.

A Realeza se virou para ela, seu "olho" vermelho, verde e azul zumbindo ao focar Zoey. O feixe desapareceu instantaneamente.

Abaixo dela, o carrinho e o trem começaram a correr em círculos ao redor um do outro. As hélices dos helicópteros zumbiam rapidamente, pairando ao lado da cabeça de Zoey.

Zoey podia sentir os pequenos motores — tudo sobre eles —, seus mecanismos de plástico, o poder infinitesimal de seus circuitos, o giro das rodas e das hélices.

Ela os mantinha em movimento sem fazer nenhum esforço, sentindo-os avançar, dar voltas e girar. Ela não estava apenas consciente dos brinquedos. Nesse momento Zoey *era* os brinquedos. Assim como antes, e como sempre, aquilo parecia... incrível.

Sentiu uma onda de emoção na Realeza, no outro extremo do cômodo. Era novamente satisfação. Orgulho.

Holt gemeu, agitou as mãos e os pés amarrados, mas dessa vez Zoey não percebeu.

O MUNDO COMEÇOU LENTAMENTE a entrar em foco, e a primeira coisa que Holt viu foi o olho trióptico ardente de um dos caminhantes verdes e laranja. Ele estava olhando para cima, com curiosidade, na direção de Holt, o que por si só já era estranho. Por fim, compreendeu. Ele estava *pendurado* em alguma coisa. Esticou o pescoço para olhar para cima, e viu que estava preso a grossas vigas de madeira de um teto muito alto e extenso.

O caminhante abaixo dele emitiu um breve e entediado som distorcido, então se afastou. Holt verificou rapidamente o resto do edifício.

Um único salão enorme, de paredes de tijolos em ruínas. Fileiras e mais fileiras de bancos semelhantes aos de igreja, espalhados por uma área mais elevada, onde havia mesas e bancos de espaldar alto, tudo isso caindo aos pedaços.

Holt reconheceu o edifício imediatamente. Uma sala de tribunal. Pequeno, provavelmente em meio ao que restara de alguma cidadezinha.

A parede à sua direita tinha rachado e se aberto, e através da abertura ele podia ver fragmentos de uma rua, as vitrines quebradas das lojas em frente, do outro lado da rua.

E havia algo mais, algo incompreensível. A parede oposta tinha rompido de fora para dentro, numa explosão congelada, onde um enorme caminhão de reboque a destruíra completamente. Tijolos, destroços e madeira, tudo em suspensão no ar.

De repente, ele soube por que e gemeu em voz alta diante de tal constatação. Ele estava nas Terras Estranhas agora. Que maravilha...

Holt lutou contra as amarras, tentando se soltar, mas os fios de material estranho que o seguravam eram fortes demais. Ele olhou para a outra extremidade do edifício. A parte elevada do cômodo continha um velho banco de juiz, e o resto dos caminhantes estava reunido em torno dele, em pé num círculo, olhando para algo abaixo deles.

Era Zoey.

Ela estava ali, também, ele viu com alívio. E estava bem.

Então Holt olhou melhor. Na frente dela havia quatro brinquedinhos. Um trem e um carrinho estavam fazendo oitos em volta um do outro, helicópteros estavam ziguezagueando entre os caminhantes que a circundavam. Ela parecia estar se concentrando intensamente. Os olhos da menina estavam fechados, e suas mãos, cobertas da mesma energia dourada ondulante que Holt tinha visto na represa.

Ela estava controlando os brinquedos, mas por quê?

— Zoey! — ele chamou em voz baixa.

A concentração da menina se rompeu. A energia dourada desapareceu. Seus olhos se abriram.

— *Holt!* — Zoey gritou. O carrinho e o trem pararam. Os pequenos helicópteros caíram no chão.

O grupo de Caçadores assistiu enquanto Zoey corria para Holt e olhava para ele, radiante. Então o sorriso desapareceu. A menina se virou e olhou para o trípode que estivera abaixo dele, o único com marcas diferentes, a Realeza.

Holt observou a garotinha e a máquina alienígena olharem um para o outro atentamente. Embora não trocassem nenhuma palavra, era como se estivessem *conversando*. O pensamento era arrepiante.

— Ele disse que eu posso falar com você. Por um segundo — disse Zoey. — Disse que é minha recompensa.

— Recompensa pelo quê? — perguntou Holt cautelosamente.

Zoey contou-lhe tudo, e ele se recordou da maior parte enquanto ela falava.

A destruição das Estradas Transversais, como ele fora baleado, seus ferimentos. Aqueles caminhantes tinham carregado ambos por um longo caminho, se aventurado nas Terras Estranhas para evitar os outros clãs de

Confederados que estavam procurando por ela, e invadido aquelas velhas ruínas. Eles estavam à espera de uma nave para vir buscá-los, para atravessar o oceano.

— O mar? — perguntou Holt.

— Aquele para o leste — disse Zoey. — A terra deles está do outro lado.

Será que ela queria dizer o *Atlântico*? A "terra" deles era a Europa? A África? Isso significava que os Confederados dividiam o planeta entre clãs de algum tipo. Se fosse assim, isso significava que os caminhantes verdes e laranja tinham percorrido um longo caminho até encontrá-la.

— Zoey — continuou Holt. — Eles... me curaram quando eu estava machucado?

Zoey assentiu.

— Por quê? Por que não me mataram? Por que me trouxeram junto?

— Você os impressionou, a Realeza gostou do jeito como você fez as coisas no lugar inundado e do modo como escapou das outras vezes, também. Ele acha que você é bom o suficiente para... — Zoey fez uma pausa enquanto tentava colocar em palavras alguma coisa, como se traduzisse uma língua estrangeira. — O "critério" eu acho que é isso. Os Mas'Erinhah são mais exigente com quem eles testam do que com os outros.

— "Mas'..." o quê? — Holt olhou para ela como se a garotinha fosse uma completa estranha.

Zoey olhou para os trípodes verdes e laranja atrás dela.

— É o nome do clã deles, ou pelo menos é assim que eu acho que se chamam. Eles na verdade não usam palavras para falar. Eu tenho que interpretar do meu jeito, às vezes, para traduzir o que me mostram.

Holt sentiu o mesmo calafrio ao ouvir as palavras dela.

— Não é realmente falar; é difícil explicar. Mas... eu os entendo. E eles me entendem. — Ela olhou de novo para Holt, e ele pôde ver o medo nos olhos da garotinha. — Eles me fazem... lembrar de coisas, Holt. As coisas que eles me ensinam, é como se eu já tivesse feito antes. Como se tivesse me esquecido de como eu as fazia e agora estivesse me lembrando de novo.

— A voz dela tinha um tom sombrio. — Eu me lembro cada vez mais, quanto mais tempo fico perto deles. Não entendo por quê, não gosto do que me mostram. Isso me assusta. Eles me chamam de a Scion.

A palavra incomodou Holt por todos os tipos de razões. Não era só porque eles tinham dado um nome a Zoey, um rótulo, ou porque ela era algo específico para eles. Era também porque a palavra em si tinha, de alguma forma, um quê de ameaça.

Ele tinha que tirá-los dali. Rápido, antes que aparecesse a tal nave que esses Mas'Erinhah estavam esperando.

Holt seguiu com os olhos a linha finíssima que o prendia à viga. Parecia o mesmo material estranho e fibroso utilizado pelos alienígenas para prender Zoey dentro da nave que caíra tanto tempo atrás. Pelo que Holt se lembrava, ela era fina e fácil de cortar, mas também era incrivelmente forte. Ele não conseguiria simplesmente arrebentá-la, e não tinha como cortá-la.

Mas a viga onde a linha estava amarrada era uma história bem diferente. Holt podia distinguir as rachaduras que a recortavam. Ela estava abalada, provavelmente por causa do caminhão que irrompera para dentro do prédio. Se ele pudesse usar o seu peso de alguma forma, sacudir a viga com força suficiente, ela poderia se quebrar. Ele iria cair com tudo no chão, mas não achava que fosse se machucar muito.

Holt podia sentir seu canivete suíço num dos bolsos da calça. Na verdade, podia sentir *todas* as suas coisas, menos o que estava na mochila, é claro.

Os Confederados não tinham se dado ao trabalho de retirá-las. Eles provavelmente não consideravam nenhuma delas uma ameaça. Se Zoey conseguisse pegar a faca quando ele caísse no chão, poderia cortar a linha ela mesma.

O problema era que, para o plano funcionar, eles praticamente tinham que ficar sozinhos dentro da sala do tribunal, o que significava... que precisavam de uma distração.

— Você viu a parede, Holt? — perguntou Zoey. Ela estava olhando para o caminhão com espanto.

Holt franziu a testa, recusando-se a olhar para trás, na direção da coisa.

— Sim, eu vi.

— Se for tocada, ela deixa de ficar parada no tempo.

Holt estremeceu. Aquele lugar era um pesadelo.

— Então a gente provavelmente não deve fazer isso, certo? A que distância estamos da entrada das Terras Estranhas?

Zoey balançou a cabeça.

— Não sei, mas os Mas'Erinhah são muito bons em encontrar Anomalias. Estamos a salvo com eles.

Holt não diria o mesmo, mas não tinha certeza se não se sentia da mesma maneira.

— Acha que Mira vai vir atrás de nós? — perguntou Zoey.

Mira.

A menção do nome dela o deixou envergonhado. Ele se viu de pé sobre ela, com o Gerador de Oportunidade numa mão, e a outra pronta para atacar. Lembrou-se do olhar assustado e ressentido nos olhos da garota.

Ele quase *batera* nela. Aquilo ainda não parecia real, mas ele sabia que era.

O Gerador de Oportunidade. Se ao menos ele o tivesse agora, poderia — *não*, ele disse a si mesmo com firmeza.

Ele tinha que deixar aquilo de lado. Mira estava certa. A coisa o tornara outra pessoa, dependente dela, e não das próprias habilidades. Ela o forçava a fazer coisas que nunca imaginara, e isso também podia ter lhe custado os sentimentos que Mira ainda podia nutrir por ele. Holt esperava nunca mais ver aquele objeto de novo.

— Infelizmente, neném, acho que ela é inteligente demais para isso — disse Holt. — Mas não se preocupe. Vou pensar em alguma coisa.

— Eu sei, Holt — Zoey disse, simplesmente. — Você sempre dá um jeito.

Atrás dela, os caminhantes verdes e laranja os observavam. Holt suspirou, olhou para cima, na direção da viga em que estava pendurado. Tudo de que precisava agora...

Era de um milagre.

16. KENMORE

A ROTA DOS CONFEDERADOS tinha se desviado da Passagem Desolada havia pouco mais de quinze quilômetros, e se dirigia a uma estrada rural repleta de velhos celeiros e casas de fazenda antes de acabar ali. Aquela estrada não tinha sido marcada como segura no Léxico de Mira, e ela tinha passado um bocado de tempo guiando os piratas através de bolsões de Campos Vetoriais e Ligações em Cadeia.

O Bando ainda se mostrava capaz; não tinha de modo algum desacelerado o ritmo e, para alívio de Mira, ninguém mais tinha morrido. Ravan, por sua vez, não parecia surpresa com o desempenho de seus homens. Ela os comandava com rigor e esperava o melhor deles.

Quando se aproximaram de uma antiga cidade, uma placa enferrujada de boas-vindas revelou que estavam em Kenmore. Ravan pediu que fizessem uma parada. As ruínas da cidade eram um bom lugar para uma emboscada, e ela não ia simplesmente caminhar até a praça principal da cidade sem antes fazer um pequeno reconhecimento.

O terreno era inclinado para cima de ambos os lados da praça, e as duas colinas eram pontilhadas de árvores — choupos e abetos, grossos e frondosos. Elas dariam uma boa cobertura.

Ravan dividiu o bando em dois grupos e ordenou que as duas unidades subissem as colinas separadamente. Mira e Max seguiram o grupo de Ravan até a maior delas. No topo, eles se arrastaram até a borda, tentando se manter fora da vista de quem pudesse estar na parte inferior. Era uma cidade pequena, talvez vinte quilômetros quadrados ao todo, e dali Mira podia ver casas antigas, o campanário de uma igreja, postos de gasolina, empresas e, bem no centro, um antigo tribunal. Estranhamente, tudo parecia em boa forma. Como se não tivesse envelhecido por algum motivo. Isso seria esperado nos círculos mais profundos, onde o tempo realmente passava mais devagar, mas ali no primeiro círculo era incomum. Mira não gostou. Algo incomum nas Terras Estranhas normalmente significava problemas.

Ravan entregou a Mira um binóculo e colocou outro em frente aos olhos. Elas olharam através deles, estudando a cidade, olhando de um prédio a outro. Era uma zona morta, silenciosa e sinistra, e Mira podia ver a brisa agitar os restos sujos de cortinas esfarrapadas em algumas das janelas quebradas dos edifícios.

Então Mira viu a razão da aparência quase intocada da cidade. Em todos os lugares, os incidentes pareciam de alguma forma *congelados* no tempo.

Num canto, um *outdoor* estava caindo, seus pedaços suspensos no ar. Perto dali, o início de uma explosão irrompia de um posto de gasolina, uma bola de fogo petrificada que mais parecia uma escultura. Numa rua abaixo, veículos tinham se envolvido numa tripla colisão, suas peças e partes suspensas no ar. O exemplo mais dramático era um caminhão, com a caçamba dobrada ao meio e pendendo solta, enquanto a cabine atravessava uma parede lateral do tribunal.

Mira gemeu.

— Este lugar é um Dissipador Temporal.

— Deixe-me adivinhar. Uma bolha de tempo congelado? — perguntou Ravan sem se alterar, ainda olhando através do binóculo.

— Basicamente. São frágeis e perigosos. Qualquer tipo de movimento cinético contra um objeto num Dissipador Temporal libera-o do efeito da Anomalia.

— Que adorável! — Ravan respondeu.

Mira continuou esquadrinhando a cidade. Com exceção da evidência de que se tratava de um Dissipador Temporal, o resto parecia normal. Tudo parecia destituído de vida e movimento.

— Eu não acho que haja alguma coisa aqui — disse Mira em voz baixa. — Se houvesse...

— Praça da cidade, canto nordeste — avisou Ravan, interrompendo-a.

Mira virou seu binóculo e viu as ruínas de um banco, um dos edifícios mais depredados da cidade. No telhado algo se moveu. Um caminhante verde e laranja dos Confederados.

Mira quase derrubou o binóculo, o alívio era grande demais. Ela os *encontrara*!

Ficou observando enquanto ele andava lentamente pela borda do telhado, examinando o nível da rua e o horizonte. Uma sentinela, provavelmente, que depois de dar mais alguns passos desapareceu atrás de alguns dos dutos do edifício.

— Outro, saindo do tribunal — disse Ravan. Mira virou o binóculo novamente, deparou-se com o caminhante emergindo de uma enorme fenda na parede do edifício. Ela observou enquanto ele deu alguns passos lentos, então saltou e disparou numa corrida. Quando fez isso, o Bando soltou um suspiro coletivo. Um cintilante campo de energia envolveu o caminhante e ele desapareceu de vista.

— Filho de uma mãe! — um dos homens de Ravan exclamou ao lado dela. — Aquilo realmente aconteceu?

— Pode apostar — disse Ravan rispidamente. — Diga aos outros para relatarem. — Outro membro do Bando pegou um espelhinho, inclinando-o de modo que captasse a luz do sol e fez sinais de luz na direção da colina do outro lado da cidade. Alguns segundos mais tarde, Mira viu reflexos de luz similares vindos da distante linha de árvores.

— Parece que avistaram mais três — disse ele, traduzindo os sinais —, em ritmo de corrida no lado sul.

— Patrulhas — disse Ravan com desgosto. — Estão se mobilizando ainda mais. Mas por quê? O que estão esperando?

— Não é só isso — disse o outro. — *Olhe* pra eles. São *verdes e laranja*. Nunca vi nenhum que não fosse azul e branco.

Ravan baixou o binóculo e olhou para Mira com uma expressão sombria. Mira devolveu o olhar com cautela.

— Caminhantes verdes e laranja. — O tom de Ravan era perigoso. — Três pernas. Pequeno, móvel e *invisível*? Eu não sei o que é. Talvez seja a minha natureza naturalmente desconfiada, mas... estou começando a achar difícil acreditar no que você diz.

— Já disse tudo o que eu sei — Mira mentiu. — Não sei por que esses Confederados são diferentes, ou o que isso significa. Tudo o que sei é que esses caminhantes estão com os meus amigos e você fez um acordo para me ajudar a resgatá-los.

Os olhos cristalinos de Ravan sondaram Mira, em busca de uma mentira. Se ela encontrasse, Mira não tinha certeza do que a garota faria, mas tinha a sensação de que não seria nada agradável. Ravan a observou por mais um instante, então apenas se virou e olhou para trás, através do binóculo, como se deixasse a dúvida de lado.

— É como eu disse. Provavelmente é só uma cisma. — O binóculo dela percorreu a cidade, esquadrinhando tudo e buscando algo novamente. — Então, se eu fosse um prisioneiro, onde estaria?

Poderia estar em qualquer uma das dezenas de edifícios. Mira não podia localizá-los, mas com certeza podia reduzir as possibilidades.

Ela tirou o pingente de bússola e apontou-o para a cidade. A agulha se voltou para o centro da praça. Ravan e Mira seguiram com os olhos a direção para a qual a bússola apontava e viram o tribunal de tijolos brancos. Era uma construção resistente, com o teto intacto, numa boa posição defensável. A rachadura gigante na parede externa permitia um vislumbre do que havia lá dentro.

Mira focou o binóculo e, quando viu o que havia lá, quase indefinível através do buraco, sentiu seu estômago se contrair.

Alguém estava pendurado no ar, preso ao que restava das vigas do teto do edifício. Mira não conseguia ver o rosto da pessoa em detalhes, mas reconheceu o suficiente para saber quem era.

Holt. Pendurado, inerte e imóvel, nas sombras do edifício arruinado.

Mira baixou o binóculo e fechou os olhos. Ele não podia estar morto. Não depois de tudo o que acontecera entre eles.

159

Ravan se virou para Mira.

— Não se preocupe, Ruiva, isso não significa que ele está morto. São Confederados. Tudo o que fazem tem um propósito — disse ela com desdém. — Se ele não estivesse vivo, não se dariam ao trabalho de amarrá-lo, não é? Claro, isso também não significa que o mantiveram em perfeito estado.

Mira sabia que ela estava certa. Nas duas coisas. Ele provavelmente ainda estava vivo, mas não havia nenhuma garantia de que continuaria assim por muito tempo. Afinal, não era Holt quem eles realmente queriam.

— Não vejo o seu outro amigo — disse Ravan. — O que estamos procurando?

— Uma garotinha — Mira respondeu. — De 8 ou 9 anos, cabelos loiros.

— Provavelmente está apenas fora de vista, num dos lados da abertura ou do outro. — Ravan baixou o binóculo e olhou para o outro membro do Bando. — Trouxemos um Portal, certo?

Ele assentiu. Mira ficou surpresa. O Portal consistia em várias combinações ligadas de artefatos complicados e caros. Quando ativados, cada um deles formava uma passagem que qualquer um poderia atravessar, independentemente da distância. A própria Mira só tinha feito uma dúzia ou mais deles e, normalmente, só quando havia um pedido especial. Ravan estava bem guarnecida, obviamente.

— Ainda precisamos de algo que os distraia. — A Capitã pirata olhou novamente para a cidade, perdida em pensamentos. Mira seguiu seu olhar até a explosão congelada no posto de gasolina, na extremidade oposta. — Movimento cinético, certo?

— É isso aí — respondeu Mira. Ela deduziu o que outra garota pretendia. — Se jogarmos alguma coisa naquilo, uma pedra, uma garrafa, qualquer coisa, a explosão vai voltar ao tempo real. E ainda *maior*.

— Que tal uma bala? De uma certa distância? — perguntou Ravan. — Funcionaria?

— Contanto que acertem o alvo.

— Vamos acertar. — Ela olhou para o amigo. — Sinalize para os outros. Diga que vamos executar uma Estratégia de Deneen. Reinhold é o nosso melhor atirador, ele pode cuidar da distração. Você e Sparks estão no ponto para o Portal. Só temos uma chance, não desperdicem.

O garoto assentiu com seriedade, se virou e começou a dar instruções aos piratas na outra colina, por meio dos reflexos de luz. Os outros que estavam com eles começaram a se preparar para seguir as ordens da Capitã. Enquanto isso dois deles colocaram no chão o caixote; Mira olhou para ela.

— Aliás, o que é aquela coisa? — ela perguntou.

— Algo que os Hélices Brancas querem, e isso é tudo o que você precisa saber — respondeu Ravan, colocando cartuchos numa espingarda. Quando falou em seguida, foi num sussurro baixo, só para os ouvidos de Mira. — Mas se quiser algo com se preocupar, então se preocupe com isto: se eu entrar naquele prédio e descobrir que você está me enganando de algum jeito, com Sólido ou sem Sólido eu mesma vou te matar.

Ravan sorriu com prazer, então começou a juntar suas coisas, preparando-se para entrar em ação. Mira não duvidava da sinceridade da garota.

17. VOCÊ É UM DE NÓS

ZOEY ACORDOU DE UM SONO PROFUNDO, no qual planetas gravitavam em torno de enormes sóis vermelhos e luas gigantes mergulhavam em horizontes roxos impossíveis. Mundos alienígenas... ou apenas a sua imaginação? Ela não tinha certeza. Suas costas doíam depois de ter adormecido encostada numa parede em ruínas, e ela fez uma careta quando se sentou.

Dois dos Caçadores montavam guarda diante dela. A Realeza estava do outro lado do cômodo, desligado, seu corpo mecânico inerte e sem luzes. Zoey, mesmo assim, olhou para ele com cautela.

Seus sentimentos com relação aos alienígenas estavam mais complicados agora. Antes, só havia medo. E ainda havia, mas agora ele estava misturado com coisas diferentes. Ela não gostava disso, mas o que estava se formando entre ela e os Caçadores era uma espécie de proximidade distorcida.

A Realeza a tinha sequestrado, ameaçado seus amigos, mas ao mesmo tempo parecia conhecê-la melhor do que ninguém. Ele a tinha machucado, mas também tinha acabado com a sua dor. Estava interessado nos poderes dela, mas ao contrário de muitas pessoas que haviam testemunhado o que ela podia fazer, inclusive Holt e Mira, a resposta instintiva do alienígena não foi recuar com medo ou perplexidade. Em vez disso, tinha ficado satisfeito. Ele a estimulara, e a elogiara quando ela conseguira.

Ele não era Holt. Zoey não se importava com o alienígena como se importava com o amigo. Mas havia algo estranhamente reconfortante em suas interações com ele nos últimos dias. Não fazia sentido; aquelas "lições" estavam sempre vinculadas ao medo e à dor, mas o sentimento ainda estava lá, apesar de tudo.

De longe veio um barulho alto e trepidante.

Uma explosão. Grande. Vinda do norte, só um pouco adiante da fronteira da cidadezinha, provavelmente. Ao ouvir o estrondo, os caminhantes no interior da sala de tribunal trombetearam uns para os outros, numa série de sons que transmitia tanto confusão quanto alarme.

A Realeza se agitou quando seu trípode voltou a ser ativado, luzes piscando em todo seu corpo. Então irrompeu imediatamente numa corrida, com seu campo de camuflagem envolvendo-o enquanto ele saltava para fora e desaparecia sob a luz do sol.

Dois guardas ficaram para trás, movendo-se de um lado para o outro agitadamente, fitando seu líder enquanto ele se distanciava. Zoey sentiu a frustração deles. A explosão podia significar ação, batalha. Foi preciso uma grande dose de autocontrole para que não fossem atrás dele.

— Zoey! — uma voz sussurrou acima dela.

Ela olhou para cima e viu Holt. Ele estava acordado, olhando para ela com aquele olhar que ele tinha quando decidia fazer algo perigoso e totalmente insano.

Zoey podia adivinhar o que era, agora que apenas dois caminhantes tinham ficado na sala do tribunal. Ela balançou a cabeça para ele, tentando dizer que não, mas ela sabia que, depois que Holt resolvia alguma coisa, ele não voltava atrás.

— Prepare-se! — disse ele. Ela o observou respirar fundo e olhar para cima, na direção das vigas. O que quer que estivesse prestes a fazer, ia causar grandes problemas.

Do nada, alguma coisa caiu no centro da velha sala de tribunal, atirada de fora, através do telhado quebrado.

Estava muito longe para Zoey saber o que era, mas ela viu os dois Caçadores restantes se virarem, seus olhos triangulares se voltando para o objeto, movendo-se sobre o chão onde ele caíra.

Zoey ofegou no instante em que a coisa pulsou numa explosão poderosa de luz.

Os caminhantes trombetearam quando um buraco de luz — a única maneira pela qual Zoey podia descrever aquilo — rasgou o ar, formando um círculo perfeito e brilhante, pairando a certa distância do chão.

Zoey observou, aturdida, quando adolescentes começaram a sair do buraco, entrando na sala do tribunal como se aquilo fosse algum tipo de passagem. Um, dois, três, quatro, eles continuavam chegando — e todos carregavam espingardas.

Os Caçadores reagiram com sons surpresos e distorcidos, seus canhões de plasma metralhando raios amarelos numa sucessão. Zoey sentiu uma alegria lasciva irromper das máquinas. Isso era uma batalha, era ação, e eles as tinham encontrado no final das contas.

Um dos garotos levou um tiro de plasma no peito, girou no ar e caiu fulminado.

O resto deles, quem quer que fossem, voltou a atirar, as espingardas trovejando, os cartuchos explodindo em faíscas quando atingiam os Caçadores. Zoey se encolheu e cobriu as orelhas, aterrorizada diante dos sons altos e dissonantes.

Acima dela, Holt sacudia todo o corpo, fazendo força para baixo. A viga superior gemeu, mas não se quebrou.

Zoey viu-o sacudir de novo. E mais uma vez. A viga, mais enfraquecida a cada impacto, espalhava estilhaços podres, até que finalmente se partiu.

Holt se chocou contra o chão duro com um grunhido.

Os dois caminhantes restantes não perceberam. Tinham se postado protetoramente entre Zoey e o estranho portal, disparando contra os garotos que continuavam a saltar para fora dele, um após o outro.

— Holt! — Zoey correu na direção dele e tentou desatar os nós estranhos e fibrosos que prendiam seus pés e mãos juntos, mas eles estavam muito apertados. Ela não conseguiria sozinha.

— O meu canivete — disse Holt. — No cinto.

Zoey pegou o cinto e encontrou o canivete suíço vermelho.

Perto dali, mais garotos saíam através do portal. Até agora eles estavam em vantagem; eram dez contra um com relação aos dois caminhantes verdes e laranja, mas os Caçadores eram significativamente mais poderosos. Um contingente maior não era vantagem ali.

Os trípodes avançaram furiosamente sobre os garotos, atacando com suas poderosas pernas. Um garoto saiu voando. Caiu, rolou pelo chão e não se mexeu mais.

Um jato de plasma derrubou outro garoto do outro lado do que restava da sala do tribunal. Seu corpo quase que instantaneamente explodiu em chamas.

— Fumaça! — uma voz gritou. A voz de uma menina, imponente e forte.

Um assobio, quando três cilindros metálicos bateram no chão e rolaram em direção aos caminhantes dos Confederados. Ao fazerem isso, pulverizaram nuvens de fumaça colorida, que rapidamente se espalhou pelo grande edifício.

Os caminhantes trombetearam em alarme. Zoey sentiu sua apreensão súbita.

Eles não podiam ver nada agora, estavam cegos. Instintivamente, começaram a atirar a esmo, pulverizando raios amarelos fulminantes ao redor de Holt e Zoey — nas paredes, no chão e nas vigas acima. Zoey gritou quando dois tiros de plasma passaram raspando pela cabeça deles.

— Depressa, neném! — Holt gritou. Ela olhou de volta para o canivete. A coisa tinha tantas peças que ela não tinha certeza de qual delas abrir. Olhou para Holt em desespero.

— A lâmina! *A lâmina grande!*

Jatos de plasma explodiam em todos os lugares, iluminando a fumaça como relâmpagos amarelos, enquanto tiros de espingarda sacudiam o edifício. Eles estavam ficando sem tempo.

Zoey começou a erguer a faca aberta... e depois parou, quando as sensações tomaram conta dela.

Elas eram mais fracas, mais distantes, mas ela as reconheceu. Eram da Realeza.

Scion. Estamos voltando.

À distância, Zoey ouviu os guinchos eletrônicos dos Caçadores em meio à fumaça. A explosão fora um truque para atraí-los para longe, enquanto os garotos atacavam através do estranho portal. Mas não os tinha enganado por muito tempo. A Realeza estava a caminho novamente, correndo tão rápido quanto podia. Zoey pode sentir suas emoções. A raiva contra os seres humanos que ousaram atacá-lo, a vergonha por cair naquela armadilha simples, o medo da possibilidade de perder o seu prêmio.

Scion. Nós estamos voltando. Havia uma sensação de desespero nos pensamentos dele agora, era algo que ela nunca tinha sentido antes. As sensações a sobressaltaram. Zoey podia sentir quanto ela significava para ele.

— Zoey! — Holt gritou freneticamente. Os dedos dela se moveram para o canivete novamente.

Mais Caçadores invadiram a sala do tribunal, trombeteando e espalhando jatos de plasma. Mais dois garotos giraram descontroladamente e caíram mortos no chão.

Os Caçadores avançaram, juntando-se aos outros dois, ativando seus lasers de modo a iluminar a fumaça em dispersão. Os garotos, quem quer que fossem, estavam encurralados agora, e mais Caçadores estavam a caminho. Zoey podia senti-los. Os garotos estavam prestes a ser sobrepujados.

— Preparem-se! — A mesma voz feminina novamente. Um tiro de espingarda iluminou a fumaça e faíscas estouraram no caminhão congelado que atravessara a parede. A garota, fosse quem fosse, tinha disparado intencionalmente. Os olhos de Zoey se arregalaram. Ela sabia o que estava por vir.

Viu-se um clarão e, em seguida, o caminhão e seu impacto trovejaram, voltando à vida.

O veículo acabou de atravessar a parede numa explosão violenta que pulverizou tijolos, gesso e fogo por todos os lugares, colidindo com o grupo de novos caminhantes, derrubando-os no chão e enterrando-os sob os escombros, quando explodiu e finalmente parou.

— Minha nossa! — Holt exclamou em estado de choque, os olhos arregalados.

Três garotos correram através da fumaça na direção deles. Enquanto corriam, colocaram nos ombros as espingardas, e Zoey gritou quando um deles agarrou-a e começou a puxá-la para longe.

— Zoey! — Holt gritou atrás dela, lutando desesperadamente contra as amarras.

Zoey gritou novamente enquanto eles a arrastavam em meio à fumaça. Ao mesmo tempo, ela instintivamente projetava seu terror no ambiente. A Realeza respondeu instantaneamente.

Scion! Estamos voltando!

O portal de luz iluminava a fumaça como num sonho quando ela se aproximou dele. Era energia branca e pura, e se havia alguma coisa do outro lado, Zoey não poderia dizer. Ela lutou contra seus captores, tentando se soltar, mas eles eram muito mais velhos do que ela, e muito mais fortes.

Você é um de nós, uma outra projeção feroz da Realeza. *Vamos encontrá-la.*

Zoey não tinha certeza se achava os pensamentos alarmantes... ou reconfortantes.

Em seguida, sua mente e sua visão foram preenchidas com a cor vermelha enquanto ela era arrastada para dentro do portal.

18. REENCONTROS

HOLT OBSERVOU ENQUANTO ARRASTAVAM ZOEY em meio à fumaça. Mais garotos surgiram da neblina. Um tiro de plasma atingiu um deles e arremessou-o no solo. Ele não se levantou mais.

O resto dos garotos agarrou Holt e começou a puxá-lo, também.

— Quem diabos vocês pensam... — Holt começou a perguntar.

— Cale a boca, babaca! — exclamou uma das sombras esfumaçadas. — Perdi três dos meus amigos para você sair daqui. É melhor valer a pena.

Valer a pena? Para quem?

Eles o arrastaram pelos pés através da fumaça. Era tudo muito surreal e semelhante a um sonho — tiros de plasma sibilantes cortando o ar, os clarões dos tiros. À frente, o círculo branco brilhante se aproximava. Os garotos estavam recuando, de volta através dele, e Holt tinha certeza agora de que tudo aquilo tinha sido organizado para resgatá-los. Mas *por quê?*

Os garotos arrastaram Holt através do estranho portal e, quando o atravessaram, sua visão foi ofuscada pela cor vermelha. Não era uma luz ou alguma coisa específica; a cor vermelha simplesmente inundou os seus sentidos, numa explosão violenta, e ele sentiu uma onda de frio intenso da cabeça aos pés.

Durou apenas um segundo. Então o vermelho desapareceu, assim como o frio. Ele conseguiu enxergar novamente.

O sol da tarde incidiu sobre ele. Centenas de estranhos juncos marrom-claros roçaram sua pele e rasgaram suas roupas enquanto ele era arrastado. Hastes de trigo, Holt percebeu. Estava num campo aberto, longe da cidade em ruínas, em alguma plantação abandonada.

Atrás dele, o restante do grupo saltava através do portal.

Alguns deles ajudavam os companheiros feridos a atravessar. O último atravessou bem quando um trípode verde e laranja se lançou através do portal para persegui-los, seus canhões de plasma girando e atirando.

— Fechem o portal! — gritou a voz de comando de uma garota. — Atirem no artefato, se preciso!

Dois tiros de espingarda soaram e Holt viu o objeto escuro embaixo do portal explodir numa chuva de faíscas. O círculo branco que pairava no ar diminuiu e desapareceu, bloqueando a passagem para a sala do tribunal.

Mas eles não estavam fora do trigal ainda. O caminhante solitário se virou, atirando esporadicamente em quem estivesse mais próximo. Outro garoto foi fulminado.

Havia dezenas de garotos, Holt pôde ver, todos em torno do caminhante. Eles levantaram as espingardas e atiraram todos de uma vez, engatilhando repetidamente a arma. O som era ensurdecedor, mesmo ao ar livre, no meio do campo de trigo.

O caminhante trombeteava descontroladamente, estremecendo a cada explosão, espalhando faíscas em lampejos pulsantes, uma explosão atrás da outra. Tiros eram deflagrados de seus orifícios. Um gemido alto soou quando seus mecanismos internos falharam e a máquina desmoronou no chão. Ela se agitou num espasmo uma, duas vezes, então ficou imóvel.

Todo mundo cobriu os olhos, pois sabia o que estava por vir.

Uma energia dourada e ondulante fluiu para cima e para fora do caminhante destruído, ofuscantemente brilhante, mesmo sob o sol da tarde. Enquanto pairava no ar, subindo em direção ao céu, uma forma cristalina complexa se formou. A mente de Holt se encheu com uma intensa estática, tão poderosa e absorvente que enevoou todo o resto. Alguns garotos caíram de joelhos, o que indicava que a coisa tivera o mesmo efeito sobre eles.

A massa de luz pulsante subiu no ar, mais e mais, movendo-se para o oeste, até que finalmente desapareceu. E, quando desapareceu, o mesmo aconteceu com a estática.

Holt respirou fundo e abriu os olhos. Ainda amarrado e deitado de costas, ele podia ver muito pouco, exceto a parte de cima das hastes de trigo que dançavam com a brisa. Mas ele podia ouvir os garotos ao redor, parabenizando-se, contando episódios da missão e dando risada. Havia também gemidos de dor e pedidos urgentes de ajuda.

— Holt! — ouviu Zoey gritar de algum lugar. As hastes de trigo se separaram quando ela correu para ele e se ajoelhou ao seu lado, os olhos cheios de medo. — Holt, tomaram o seu canivete de mim.

— Tudo bem. — Ele sorriu. — Nós vamos recuperá-lo. Disseram que...

O som de latidos o interrompeu, altos e exuberantes. Um cão irrompeu por entre os juncos, saltou sobre o peito de Holt, e começou a lamber seu rosto com entusiasmo ilimitado.

Chocado, Holt percebeu que ele conhecia o vira-lata.

— O Max! — Zoey gritou, seu medo desaparecendo. Max saltou sobre ela, e a menina o acariciou, enquanto ria. Holt olhou para o cão com espanto. Tudo parecia irreal. Como Max poderia estar *ali*? Holt tinha se separado dele nas Estradas Transversais. Mas ali estava o cão, pulando sobre Zoey.

Uma constatação então o atingiu. Se o animal estava ali, isso também significava que...?

Alguém entrou no seu campo de visão. Quando Holt a viu, de repente tudo fez sentido. Pelo menos na superfície. Ele conseguiu juntar as peças e ver o que elas mostravam... Mas ainda parecia um sonho.

Mira estava de pé diante de Holt, olhando para ele em meio às hastes douradas e ondulantes. Seus cabelos ruivos e soltos roçavam suavemente os ossos da clavícula. Seus olhos estavam límpidos e verdes. Ela estava despenteada, suja e claramente exausta, mas para Holt, naquele momento, ela era a coisa mais bonita que ele já tinha visto. Apesar das pouquíssimas chances de encontrá-lo, apesar de todas as razões que tinha para fazer justamente o contrário, ela tinha ido atrás dele.

Mira sorriu para Holt. Não um sorriso tão cálido quanto tinha sido antes. Ela estava em conflito, insegura. Ele não a censurava. As coisas tinham mudado entre eles, mas ainda assim... ela estava sorrindo. E isso já era alguma coisa.

— Minha. Mãe. Do céu. Você está vivo! — disse uma voz assustadoramente familiar de algum lugar próximo.

Holt conhecia aquela voz. Seus pensamentos retrocederam até outra época. Ele ligou a voz a um rosto, e aquele rosto a algumas lembranças... e seu sangue gelou.

— E pensei que este Sólido ia ser um completo desperdício de tempo! — a voz continuou. Os outros garotos começaram a surgir, abrindo caminho entre as altas hastes de trigo que os cercavam. Holt podia ver as tatuagens coloridas nos pulsos deles, semelhantes à inacabada em seu próprio pulso. Eles olharam para ele com desagrado.

Eram o Bando, e ele estava numa baita encrenca.

Por fim, uma figura entrou em seu campo de visão. Uma menina com longos cabelos pretos até o meio das costas e um pássaro negro tatuado no pulso direito. Seus olhos perfeitamente cristalinos fixaram-se nos de Holt quando ela o viu. Ravan estava tão bonita e gélida quanto ele se lembrava, e ao vê-la, uma combinação de sentimentos agitou seu peito, nem todos desagradáveis. O olhar entre eles estava carregado de significado.

— Holt Hawkins! — exclamou Ravan com fervor. — Isso é incrível!

À direita dele, Mira olhou para Holt e Ravan, e ele nem teve que se virar para ver sua perplexidade. Podia adivinhar o que acontecera. Ela tinha procurado as únicas pessoas que poderiam ajudá-la... sem saber que eram as mesmas que estavam procurando por *ele*.

— Holt, eu não fiz de... — Mira começou, então sua voz desapareceu, confusa.

Zoey pareceu sentir que havia algo errado, virou-se novamente para Holt, mas os piratas a agarraram. Ela gritou quando a ergueram no ar.

— Zoey! — Mira gritou e fez menção de ir até a menina. Um dos piratas segurou-a, no entanto, e puxou-a, arrancando os pés dela do chão. Mira chutou e arranhou, tentou se soltar, até que alguém colocou uma arma em sua cabeça. Isso a convenceu a ficar quieta.

Max latiu e avançou. Os garotos o chutaram para longe, derrubando-o.

Foram necessários três deles para segurar o cão, que se contorcia e rosnava com violência. Os piratas riram. O ardor da batalha anterior já tinha passado, e eles podiam sentir o cheiro de sangue agora. O lado violento e maldoso do Bando foi reaparecendo.

Lentamente, Ravan se ajoelhou e estendeu a mão para Holt. Ele tentou se afastar, mas não havia para onde ir. Ela tirou dos olhos dele alguns fios de cabelo dispersos. O gesto não expressava apenas ternura, mas também familiaridade.

À sua direita, com o canto do olho, ele podia ver Mira assistindo a tudo.

— Pode não parecer agora. — Ravan inclinou-se, sussurrando suavemente. — Mas você tem sorte de ter sido encontrado por *mim*.

Holt não respondeu. O olhar fixo dela durou um pouco mais, então Ravan olhou para trás, na direção dos seus homens.

— Deixem-no amarrado e o tragam conosco — ela ordenou. — Tragam os outros, também. Vamos descobrir quanto eles valem na Estrela Polar. — Ravan se levantou e olhou para Mira, que fitou a outra com fúria. — O que foi? Honramos o Sólido, resgatamos os seus amigos. Não é culpa minha se você não especificou que tínhamos de deixá-los soltos depois disso.

O olhar de Mira era fulminante.

Ela tentou se libertar fazendo mais esforço ainda e quase conseguiu, lutando para chegar até Ravan. Dois outros adolescentes se juntaram ao grupo, subjugando-a e carregando-a com eles, enquanto Mira chutava e espernava. Holt não tinha certeza do que havia acontecido entre as duas, mas podia dizer que já tinham muita história para contar.

— Holt! — Zoey gritou angustiada enquanto era levada para longe também. Max uivou atrás dela.

Mas não havia nada que Holt pudesse fazer.

Dois piratas do Bando estavam sobre Holt, sorrindo maliciosamente. Em seguida, o cano de uma espingarda golpeou a cabeça dele e tudo ficou escuro.

AVRIL ESTAVA NO TOPO de uma colina rochosa, olhando para o vale abaixo. O Bando estava lá, agrupado no que restava de um antigo campo de trigo. Eles tinham aprisionado a Bucaneira, assim como outro garoto que parecia ferido; e havia uma menina, também, menor.

Aquela que Gideon a enviara para encontrar.

Avril viu quando começaram a marchar em fila indiana para o leste, através do campo de trigo, deixando atrás de si um rastro de hastes esmagadas enquanto avançavam. Era bem o estilo deles. O Bando destruía tudo em que tocava e nunca olhava para trás.

Ela sentiu a raiva irromper dentro de si, enquanto se lembrava da menina de cabelos pretos e do que ela havia dito. Avril queria acreditar que era mentira, mas ela sabia que não era. A menina tinha usado o nome dela. Ela *sabia*. O artefato que transportavam no caixote era do tamanho certo. Avril podia adivinhar o que aquilo tudo significava, mas, mesmo assim, simplesmente não podia acreditar que Gideon tivesse feito aquilo com ela.

Pensando bem, à sua maneira, ele tinha contado a ela, não tinha? *De uma tarefa você vai gostar, mas da outra não.*

O vento soprou mais uma vez, agora do norte, e ela prendeu casualmente o cabelo atrás da cabeça. O vento era quente, e os pelos dos braços se arrepiaram quando passou por ela. As Terras Estranhas estavam mudando e aquilo tinha tudo a ver com a menina ali embaixo. Mesmo àquela distância, Avril poderia ver que o Padrão aderia a ela da mesma forma que aderia a qualquer Anomalia. Isso significava que Gideon estava certo. Era ela que eles estavam esperando, por mais difícil que fosse acreditar.

— Você está sentindo também? — alguém perguntou ao seu lado. O nome dele era Dane, um garoto alto e bonito, com cabelos ondulados e músculos ágeis. Ele equilibrou a Lanceta sobre os ombros, os braços soltos ao lado do corpo. Ela podia sentir a proximidade dele, e gostou. Tinha se acostumado com isso de uma maneira que nunca acreditou que pudesse.

Avril acenou com a cabeça.

— Do norte, vindo com tudo.

— Tempestades de Íons no segundo círculo. Não parece real — ele comentou com descrença. Avril sentiu os olhos dele sobre ela. — Aquela ali embaixo, a que sabia o seu nome. Você *sabe* por que ela está aqui.

— Sim.

— Eu não vou deixá-los pegar você — disse Dane com convicção. Ela se virou, olhou nos olhos dele... e viu ali paixão. — *Eu não vou.*

Avril sentiu calor se propagar através dela. Ele iria lutar e morrer por ela, Avril sabia. Não porque ela era sua Decana, mas por causa do que significavam um para o outro quando estavam sozinhos. Dane era a única pessoa que ela deixava que visse o seu lado mais fraco, o seu lado mais vulnerável, e ela gostaria muito de poder se aconchegar nos braços dele nesse instante, mas não podia. O resto do Arco, seu grupo, estava atrás deles, esperando, observando. Ela tinha que ser forte; eles tinham que vê-la como uma pessoa destemida.

— Às vezes não temos as escolhas que esperávamos ter — respondeu ela.

— Por que não matá-los, simplesmente? — Um dos outros perguntou antes que Dane pudesse responder. — Por que não liquidar com o Bando, pegar a garotinha e se mandar?

— Conhece a ti mesmo e conhece os teus inimigos — Avril disse simplesmente. — Neste momento, o Bando e a Bucaneira são incógnitas. Precisamos achar um abrigo. Podemos encontrar o rastro deles depois da tempestade.

— Presumindo que ainda haja *alguma coisa* para rastrear depois da tempestade — disse Dane.

— Haverá. Duvido que seja a vontade da Torre que a Primeira morra aqui.

Avril se virou e baixou os óculos negros sobre os olhos, suprimindo o sentido da visão. Concentrou-se da forma como tinham lhe ensinado, sentiu a Carga ao seu redor, seguiu-a até poder ver o Padrão da terra em sua mente, as Anomalias que pulsavam e se moviam à distância.

Em seguida, ela e os demais Hélices Brancas saltaram no ar num lampejo de luz amarela e roxa.

19. RUPTURAS

MIRA E ZOEY CAMINHAVAM à frente da fila, numa estrada de terra antiga e estreita, ladeada de ambos os lados por campos de trigo e milho ressequidos que se estendiam até o horizonte. Holt estava inconsciente, próximo ao meio da fila, sendo carregado ao lado do misterioso caixote que o Bando vinha transportando.

Max se recusava a seguir em outro lugar que não fosse ao lado dele, rosnando ameaçadoramente quando os piratas chegavam muito perto. Embora estivessem em maior número, nenhum deles queria ser o primeiro a desafiar o cão. Mira os entendia.

Ela mantinha o grupo seguindo para o nordeste, com a esperança de se deparar com um dos marcos que apontavam o caminho para a Estrela Polar. Seria muito mais seguro a partir de então.

Teoricamente.

Sua habilidade para guiar o Bando através das Terras Estranhas era, até aquele ponto, provavelmente a única coisa a mantinha viva, e agora ela sentia constantemente o olhar de Ravan em suas costas.

Eles ainda estavam percorrendo áreas inexploradas e, até onde ela sabia, tinham entrado no segundo círculo havia pouco mais de vinte quilômetros. Fora uma travessia sem incidentes, por isso ela ainda nem tinha mencionado a mudança de círculo para Ravan. Na realidade, tinha sido a passagem mais fácil que ela já tinha feito, graças ao local onde estavam.

O Vácuo Ocidental.

Em todas as Terras Estranhas, havia apenas três Vácuos, zonas desprovidas de Anomalias Estáveis. Por algum motivo, elas não conseguiam se manter ali. Isso não significava que Mira e o Bando estivessem completamente seguros, pois ainda havia Anomalias Instáveis com que se preocupar, mas a maioria delas era visível.

Pensando bem, as Terras Estranhas estavam diferentes agora. Mira esperava que Eco estivesse certo ao comentar que as Anomalias Estáveis não se moviam.

Eco...

Pensar nele lhe trouxe uma mistura de sentimentos, a maioria deles de tristeza ou culpa. Ele havia sacrificado tudo para levá-los às Terras Estranhas, e ela não tinha pensado nele uma única vez desde as Estradas Transversais. Simplesmente não tivera tempo suficiente, mas era a sua realidade agora. Parecia que já havia se passado muito tempo.

— Está ficando mais escuro — disse Zoey, ao lado dela. — E não deveria estar, deveria?

Mira olhou para a menina. Aquela era uma das poucas vezes em que Zoey havia falado desde que se reencontraram. Mira não tinha certeza do que tinha acontecido enquanto a garotinha fora prisioneira dos alienígenas, mas aquilo tinha exercido algum efeito sobre ela. Mira não a pressionava. Zoey diria quando estivesse pronta.

Zoey estava certa, no entanto. Os céus só deveriam começar a escurecer no terceiro círculo.

— Como é que você sabe disso, Zoey?

— É só que... Parece que as coisas estão diferentes, mas eu não sei como sei disso.

A menina não parava de olhar para trás a cada poucos minutos, ao longo da velha estrada que desaparecia no horizonte.

— Eles estão nos seguindo? — Mira manteve a voz mais baixa possível.

Zoey balançou a cabeça.

— Não, mas ele está procurando. Não vai desistir até me encontrar.

— Ele?

— A Realeza. Não posso ouvi-lo mais, está muito longe. Mas ele vai vir.

A menina estava claramente traumatizada. Talvez se ela...

— Do que estamos falando? — Ravan tinha andado até perto delas e as analisava com uma calma indiferente, a mão na alça do rifle, sobre o ombro.

— Estávamos apenas nos perguntando se os Confederados estão nos seguindo — Mira respondeu, desviando o olhar.

— Improvável — disse Ravan. — O Portal estava bem distante da cidade. Vão ter que acionar seus padrões de busca só para encontrar nossos rastros. No momento em que os encontrarem, já estaremos na Estrela Polar.

— Se tiverem sorte — disse Zoey, sem pensar. — Eles são Caçadores. É o que fazem.

Ravan observou a menininha. A Capitã pirata não era tola, e quanto menos ela descobrisse, melhor. Se soubesse que os Confederados de diferentes facções estavam lutando entre si para capturar Zoey, ela podia decidir matar a menina e pôr um ponto final na perseguição.

— O que vocês vão fazer com a gente? — perguntou Mira.

Ravan voltou a olhar para Mira.

— Ainda não decidi. Se eu achar mais vantajoso mantê-los vivos, é o que farei.

— E se não achar?

— Tenho certeza de que você pode deduzir.

— Eu tenho um Sólido.

— E eu o honrei.

— Você não honrou coisa nenhuma. Você me enganou. Esse Sólido veio diretamente de Tiberius, e quando ele souber que...

— Qualquer dívida que ele pudesse ter com você passou a ser nula e sem efeito no momento em que você começou a andar com Holt Hawkins — respondeu Ravan calmamente, interrompendo-a.

Mira olhou de volta para ela.

— Por quê?

Ravan apenas sorriu.

— Se Holt não confiou em você o bastante para contar, não vejo por que eu deveria.

177

Mira desviou o olhar. O Bando era o grupo que estava no encalço de Holt, ela sabia agora, aquele de que ele estava fugindo quando a conheceu. Ravan o tinha reconhecido, isso estava claro. Na verdade, parecia que eles *se conheciam*. Se fosse esse o caso, isso significava que Holt tinha *pertencido* ao Bando?

Mira não acreditava nisso. Holt era... Holt. Não era um bandido ou um ladrão. Ele nunca teria sido um membro do Bando.

O que significava tudo aquilo, então?

Ela se lembrou da maneira como Ravan o havia tocado, como tinha sussurrado no ouvido dele. Isso indicava... uma familiaridade.

Por que ele não tinha simplesmente contado a verdade a ela? Então Mira nunca teria procurado a ajuda do Bando, para começar. Pensando bem, o que mais ela poderia ter feito? Ninguém mais poderia tê-la ajudado. Holt e Zoey ainda estariam nas garras dos Confederados, se não fosse Ravan.

Mira suspirou. Nada nunca é tão simples.

Zoey gemeu ao lado dela, segurando a cabeça com ambas as mãos.

Mira sentia pela menina. Pelo que parecia, as dores de cabeça não tinham diminuído nem um pouco. Ela a tocou com ternura.

— Querida, você está bem?

— Parece... — Zoey sussurrou. — Parece que algo está vindo.

— O que ela quer dizer com *isso*? — perguntou Ravan em dúvida, mas Mira a ignorou. Tinha começado a confiar nos instintos de Zoey, por mais imprevisíveis e estranhos que fossem. Se ela dizia que alguma coisa estava vindo, Mira acreditava.

— O que está vindo, querida?

— Aquilo. — Zoey apontou para o norte. Quando Mira olhou para onde a garota apontava, o medo gelou sua espinha. Um rodamoinho negro estava se formando ali, e parecia brilhar fracamente com uma luz azul; enorme, elevando-se no céu, visível a quilômetros de distância, e estava se movendo, em direção a eles. *Rápido*.

A visão era deslumbrante. Todo mundo na fila parou automaticamente para olhar.

— Parece uma tempestade de areia — disse Ravan.

— Não é tempestade de areia — Mira respondeu, tomada de horror. — É uma *Tempestade de Íons!* — exclamou sem poder acreditar. Tempestades de Íons eram uma Anomalia do terceiro círculo, mas lá estava ela, avançando com força total encosta abaixo e na direção deles, uma onda de escuridão que bloqueava a luz do sol opaca enquanto se movia.

— Ela vai dilacerar tudo o que for orgânico, até os átomos. Não vai restar mais nada. Temos que nos esconder em algum lugar.

Mira olhou ao redor freneticamente. Havia alguns carros abandonados nas proximidades e um trator velho, mas as janelas estavam quebradas; não seriam abrigo.

— Ali! — Ravan apontou.

Ao longe, a menos de um quilômetro, talvez, uma estrada de terra atravessava a que estavam. Ela terminava no meio de um campo invadido pelo mato, onde havia uma clareira limitada por uma grande cerca de arame. Dentro da clareira havia um amontoado de cinco ou seis pequenas construções quadradas.

Não havia nenhuma indicação do que costumavam ser, mas isso realmente não importava. Mesmo dali Mira podia ver que as construções eram feitas de concreto. Se ainda estivessem em bom estado, talvez sobrevivessem à tempestade dentro delas. Talvez.

— Diga aos seus homens para correrem! — foi tudo o que Mira falou. Ela levantou Zoey nos ombros e fugiu pela estrada tão rápido quanto pôde. Atrás dela Ravan gritou e os piratas reagiram instantaneamente, desatando a correr.

A tempestade continuou descendo a colina numa espiral poderosa e depois estabilizou e se projetou para a frente quando atingiu o vale.

Ela estava avançando rápido. Rápido demais.

— Mira! — Zoey gritou. Em sua corrida, ela quase ultrapassara a estrada que conduzia à área cercada. Os pés de Mira deslizaram quando ela se virou e correu pela estrada. A garota podia ouvir os passos frenéticos do

Bando atrás dela. A tempestade avançava com fúria. Mira alcançou a cerca e derrapou ao parar em frente a ela.

Havia um portão, mas estava trancado. Próximo a ele, uma placa de metal pendia enferrujada, com uma inscrição pouco legível.

PROPRIEDADE DA FORÇA AÉREA AMERICANA
ENTRADA RESTRITA A MILITARES
USO DE FORÇA LETAL
INSTALAÇÃO PROTEGIDA

Mira desceu Zoey de seus ombros, ignorou a placa e chutou a cerca. Era velha, mas forte. Não iria quebrar.

— Droga! — reclamou, chutando novamente.

— Mexam-se! — Ravan gritou atrás dela. O resto do Bando aproximou-se rápido. Um dos garotos tinha tirado um alicate da mochila.

Mira saiu do caminho quando ele encaixou o alicate aberto no cadeado e apertou. O garoto gemeu com o esforço.

— Parker! — Ravan gritou com ele. — Você quer morrer aqui fora?

— Não, Capitã — disse o menino com os dentes cerrados, tentando com mais força ainda. O cadeado estalou e abriu. Ravan chutou a cerca e todos correram para dentro. O estrondo da Tempestade de Íons enchia o ar.

— Mira! — Zoey gritou quando os piratas entraram correndo e a derrubaram no chão.

Então um deles pegou-a no colo enquanto corria.

— Ela está comigo!

Mira não discutiu; colocou-se em movimento e correu para dentro do campo cercado.

A tempestade estava quase sobre eles agora, rugindo e precipitando-se com ímpeto, bloqueando tudo enquanto se assomava sobre o campo, avançando rápido e escurecendo o céu.

Ela podia ouvi-lo agora, também. O estranho ruído voltaico das partículas carregadas que a tempestade fazia se entrechocarem. Era crescente. Cada vez mais alto, à medida que rugia em direção a eles.

Max latia freneticamente, e Mira se virou enquanto corria e viu o cão rosnando e mordendo os piratas que carregavam Holt, desaparecendo com ele dentro de uma das construções.

Eram pouco mais do que barracos, cubos de concreto, talvez de seis metros quadrados cada um, com pesadas portas de metal. A mais próxima de Mira estava à esquerda. Ravan foi correndo até ela também, e Mira acelerou o passo ainda mais.

Enquanto corria, viu algo no meio do campo. Um círculo de aço gigantesco, com dezenas de metros de diâmetro, que se estendia de um lado a outro. Algum tipo de porta metálica enorme, encravada no chão. Que diabo de lugar era *aquele*?

Mira ficaria feliz se nunca descobrisse. Ela continuou correndo para o barraco, viu Ravan jogar todo o seu peso contra a porta e arrombá-la.

O rugido da estática cresceu e tudo ficou escuro quando a Tempestade de Íons começou a se aproximar.

Mira se lançou com tudo para dentro, chocou-se contra o chão e rolou até parar. Ela só teve tempo de ver dois membros do Bando atrás dela gritarem e estremecerem quando uma nuvem de escuridão os envolveu, tirando-os do chão. Seus corpos se desintegraram e uma massa de poeira negra misturou-se com o resto do tenebroso turbilhão.

Ravan bateu a porta, segurando-a fechada com seu corpo.

As duas garotas se entreolharam quando o estrondo carregado de energia aumentou de proporção do lado de fora, alcançando um ritmo febril. O edifício, de concreto ou não, vibrou com o peso da tempestade recaindo sobre ele.

— Tem certeza de que esse lugar vai aguentar? — perguntou Ravan.

— Tempestades de Íons não fazem tanto estrago contra pedras ou metal. Depois de alguns dias são capazes de desintegrar o prédio, mas esta não vai durar tanto tempo. — Pelo menos era aquilo que dizia a lógica. As Terras

Estranhas estavam mudando; naquelas circunstâncias, a tempestade poderia durar até um mês. Mira, no entanto, tentou não pensar nisso.

— Eu não ficaria rolando por aí se fosse você — disse Ravan.

Mira esticou o pescoço e olhou em volta lentamente. O chão embaixo dela não era de concreto, mas de madeira, e a maior parte estava apodrecendo. Ela podia ouvi-lo ranger sob seu peso.

A menos de trinta centímetros de distância, a madeira terminava num buraco escuro que mergulhava na escuridão. Na queda, ela quase tinha rolado para dentro dele... na direção de sabia-se lá o quê. Não dava para ver o fundo.

— Eu te disse. — Ravan afastou-se da porta. O ar ainda trovejava lá fora.

As poucas tábuas do assoalho que ainda restavam terminavam abruptamente numa superfície lisa e simétrica antes de começar o abismo. Isso significava que o buraco era intencional e aquele abrigo fora construído para contê-lo.

Mas para que serviria?

O assoalho rangeu perigosamente quando Mira fez menção de se agachar para espiar ali para baixo. O buraco tinha paredes de concreto que sumiam na escuridão. Ao longo da borda à sua direita, ela podia ver suportes metálicos enferrujados aparafusados na superfície de pedra.

Mira já tinha visto um bocado de ambientes urbanos dilapidados, e percebeu do que se tratava.

— Uma escada — disse ela. — Ou o que costumava ser.

O assoalho rangeu quando Ravan se agachou ao lado dela. Mira podia ver o pó da madeira podre caindo no escuro quando as tábuas do assoalho começaram a se soltar e se desintegrar.

— Acho que não deveríamos ficar aqui — aconselhou Mira, começando a se levantar, mas a bota de Ravan pisou em seu ombro e empurrou-a de volta para baixo.

Mira congelou. Ela estava bem na borda do buraco.

— Por que não? — perguntou Ravan em tom casual. — Lugar agradável, este. Longe da tempestade. Perigoso, no entanto. Quem sabe o que pode acontecer aqui? Seria fácil simplesmente... dar um passo em falso, não acha?

As tábuas rangeram novamente. Mira engoliu em seco.

— Ainda temos um longo caminho até a Estrela Polar — disse ela. — Me matar não seria a ideia mais inteligente que você já teve.

Ravan sempre exibia um poderoso autocontrole, mas o olhar em seu rosto agora mostrava mais ardor do que Mira já tinha visto.

— Quem é Holt para você? — ela perguntou com palavras lentas e deliberadas.

Não era a pergunta que Mira estava esperando.

— Holt?

— Você o seguiu pelas Terras Estranhas, por toda a extensão das Estradas Transversais. Foi perseguida por alguns dos mais perigosos Confederados que eu já vi, e usou um Sólido do próprio Tiberius para me fazer ajudá-la. O que ele significa para você?

Mira sentiu a raiva que vinha crescendo dentro de si chegar ao auge. Já estava farta das ameaças de Ravan e dos jogos de poder.

— Quem é ele para *você*? — Ela empurrou o pé de Ravan para longe do ombro e fez a garota recuar um passo. — Só mais um marcado de morte pelo seu Bando, com a cabeça a prêmio? Outra ponta da Estrela na sua mão? — Mira avançou sobre Ravan e o chão balançou e rachou embaixo delas. Nenhuma das duas percebeu.

— Ele é muito mais do que um cifrão. — Ravan não vacilou quando Mira se aproximou. — Especialmente para mim.

— Você quer que eu acredite que vocês dois são velhos amigos, não é? Holt nunca teria se envolvido com o Bando.

— Ah, anjinho, essa é boa! — Ravan sorriu ironicamente, estudando Mira com um desprezo mal disfarçado. — Holt tinha muito a ver com o Bando. E ele e eu somos *muito* mais do que velhos amigos.

O que estava subentendido naquela declaração não era algo que Mira tivesse considerado, e as palavras a atingiram como um golpe. Ficou vermelha, tentou pensar em algo para dizer, mas não conseguiu. Isso só deixou o sorriso de Ravan mais largo.

— O Bando não é o que a maioria das pessoas pensa, sabe? É mais do que apenas um punhado de idiotas desorganizados, que saqueia tudo o que vê pela frente. É uma comunidade. Por exemplo, você sabe como os casais no Bando mostram o compromisso que assumiram um com o outro?

Mira não disse nada. Ela não gostava do rumo que a conversa estava tomando.

— Fazemos a mesma tatuagem. Isso é chamado de Promessa de Fidelidade. — Ravan ergueu a mão direita. O corvo negro se destacou no braço dela, com as asas estendidas. — Holt nunca mostrou a você a mão direita?

Os pensamentos de Mira divagaram, recordando a luva que ele sempre usava numa das mãos.

— Ele... a deixa coberta.

— Ah, é mesmo? — perguntou Ravan. — Bem. Então acho que vocês dois não são muito próximos, no final das contas.

Mira fitou os olhos azul-claros de Ravan, as emoções em torvelinho, como se tivessem sido apanhadas na tempestade lá fora. Então, o chão desintegrou-se sob seus pés. As duas garotas gritaram ao desabar nas sombras que se abriam debaixo delas.

20. O CRONÓGRAFO

MIRA TOOMBS TINHA 17 ANOS outra vez e estava correndo ao lado de Ben para escapar da morte, cruzando a velha loja de antiguidades que se transformava violentamente em torno deles.

O ar retumbava e brilhava. A porta da frente estava apenas alguns metros adiante, mas chegar lá não era tão simples quanto parecia. Mira se encolheu quando a bancada de uma serra elétrica materializou-se na frente dela, sua lâmina girando descontroladamente.

Em todos os lugares ao seu redor, o tempo estava transformando tudo numa loja de ferragens que devia ter existido no mesmo espaço, em algum momento diferente do tempo.

Normalmente, teria sido uma coisa fascinante de se assistir, mas o fato de que ela só tinha cerca de vinte segundos para sair do perímetro do Deslocador de Tempo antes que fosse varrida da existência extinguiu toda a sua curiosidade.

E havia o Léxico também. Deixado para trás. Perdido. Mira se obrigou a não pensar nele.

Ela se esquivou para fora do caminho da bancada, mas esbarrou na sua lateral enquanto corria. O impacto fez com que perdesse o equilíbrio e desabasse no chão. Mira tentou se erguer, então gritou quando uma prateleira de livros tornou-se uma prateleira de parafusos, pregos e cavilhas, que se inclinou perigosamente para a frente e ameaçou emborcar sobre ela.

— Mira! — Era a voz de Ben. Atordoada, ela o sentiu levantá-la do chão e arrastá-la em direção à saída, mal tendo tempo para se esquivar de uma mesa de solda que surgiu do nada, seu maçarico lançando faíscas.

De alguma forma, chegaram à porta, passaram por ela a toda velocidade e saíram para a rua. A cidadezinha estava às escuras, com um céu sinistro cheio de redemoinhos de nuvens cor de chumbo e relâmpagos coloridos. Mira podia ouvir o crepitar do ar em torno deles. A transformação estava prestes a se solidificar, por isso correram a toda velocidade.

O rugido silenciou. O ar voltou à penumbra de sempre. Mira e Ben se viraram, olhando para trás, na direção da loja de antiguidades. Ela estava cercada por uma esfera de luz bruxuleante, cuja borda estava apenas alguns metros à frente deles.

O perímetro da Anomalia. Tinham escapado. Por pouco.

Raios semelhantes a tentáculos espalhavam-se por todo o edifício, e onde eles tocavam a estrutura, esta se transformava. A placa, a moldura e a pintura da loja de antiguidades, chamada Tesouros Perdidos, tinham se transformado numa versão de uma loja de ferragens.

Mira assistiu-a se metamorfoseando em sua nova forma e viu tudo sendo apagado. Lágrimas brilhavam em seus olhos. Lenta e incisivamente, Mira começou a contagem.

— Um, dois, três... — Com o canto do olho, ela viu Ben observando-a, mas não olhou para ele. — Quatro, cinco, seis...

— Mira?

— Sete, oito, nove...

— O que você está fazendo?

— Contando quantos segundos tínhamos antes de a mudança do Deslocador de Tempo ser concluída. — Quando falou, a amargura e a raiva em sua voz surpreenderam até ela mesma. — Segundos que poderíamos ter usado para recuperar o meu Léxico.

— Calcular quanto tempo leva para a energia de um Deslocador de Tempo se esgotar é ainda mais difícil do que calcular o intervalo entre os eventos — ele lhe disse, a falta de emoção em sua voz só contribuiu para deixá-la ainda mais irritada. — Você viu como a gente estava longe dele.

— Como *você* estava longe — disse Mira, ainda sem olhar para ele. — Eu queria ter tentado, Ben. Eu teria...

Os raios tremeluzentes desapareceram num piscar de olhos, sugados pelo ar. O Deslocador de Tempo tinha se desvanecido. Assim como a loja de antiguidades, assim como o Léxico de Mira e tudo o que ele continha. Tudo estava quieto e silencioso.

As lágrimas que tinham ameaçado se formar agora caíam, grossas, dos olhos dela. Ben parecia confuso.

— Você pode arranjar outro Léxico, Mira.

— Ele não era apenas um Léxico, Ben, é... — Mira balançou a cabeça, sentindo a raiva crescente. — Não importa. Você não entenderia. Você não *sente* coisa nenhuma.

— Mira...

— Nada significa coisa alguma para você, exceto a Torre e seus pontos, embora eu nem tenha certeza se você sente alguma coisa por *eles*, também. Mas, ei!, estou feliz que você esteja com o seu artefato. Isso é o que importa, não é?

Ben olhou para ela. Seu rosto estava inexpressivo, mas havia uma ligeira sombra de tristeza ali. Mira o magoara. Ou, pelo menos, tanto quanto alguém poderia magoar Ben. Era irracional, ela reconhecia. Sentir raiva dele. Era egoísta e tolo, mas o que havia no Léxico era tudo para ela. Era tudo o que ela tinha, e agora estava perdido.

Ben olhou para o cronógrafo manchado em sua mão, a corrente de prata caindo entre os dedos. Ele olhou para ela por um longo instante, em silêncio.

Então clicou num botão na parte superior.

Mira pôde ouvir o segundo ponteiro começar a tiquetaquear no sentido horário, em torno do seletor colorido dentro do vidro, passando de um número a outro. Quando fez isso, o cronógrafo começou a brilhar. Um leve zumbido surgiu em torno de Ben, cada vez mais alto, quando o artefato foi ativado e seu segundo ponteiro passou a mostrar números cada vez mais elevados.

Os olhos de Mira se arregalaram. Ela sabia, tão bem quanto ele, que um artefato principal daquele tipo só podia ser utilizado uma vez. Era o que o tornava tão valioso.

— Ben...

— Eu *sinto* coisas, sim — ele disse em voz baixa. O zumbido continuou aumentando de volume. — Não tanto quanto você, mas sinto.

— Ben, o que está fazendo? — ela perguntou, nervosa. Ela podia sentir o coração acelerar.

— Mostrando a você que eu entendo. — Ele deixou o segundo ponteiro se mover um pouco mais, em seguida clicou no botão mais uma vez.

Mira ofegou quando um som violento rasgou o ar. O mundo relampejou, ofuscando seus olhos. Quando se adaptaram à luz, Ben tinha desaparecido e tudo na frente dela estava se *movendo*.

Invertendo-se era uma palavra melhor, na verdade. Era como se alguém tivesse apertado o botão retroceder de um videocassete, enquanto Mira assistia o tempo de alguma forma voltar atrás. O perímetro brilhante do Deslocador de Tempo vibrou ao voltar à vida. A loja de ferragens começou a desfazer meticulosamente sua antiga mutação, transformando-se novamente, peça por peça, na velha loja de antiguidades.

Quando isso aconteceu, o barulho estrepitoso da estática encheu tudo. Mira cobriu os ouvidos com as mãos, tentando abafar o ruído...

O som e a luz desapareceram. O tempo acelerou, exatamente como antes. O que quer que o cronógrafo de Ben tivesse feito, ele havia concluído agora.

Os raios semelhantes a tentáculos se arquearam contra a construção novamente, transformando-a mais uma vez na loja de antiguidades. Enquanto isso, uma constatação assustadora ocorreu a Mira. O cronógrafo podia voltar no tempo, assim como Ben pensava. O que significava que Ben estava agora dentro da loja de novo. Ele *tinha* que estar.

— *Ben!* — Mira gritou, começando a avançar na direção da Anomalia.

Mas ele escancarou a porta naquele exato instante, correndo para ela. O coração de Mira deu um salto ao vê-lo. Debaixo do braço estava o Léxico dela, inteiro e sem um arranhão.

A luz brilhava em toda parte. O Deslocador de Tempo estava quase concluindo sua tarefa. Ben tinha apenas alguns segundos.

Ele pulou para fora do perímetro do artefato...

... assim que ele brilhou e se desvaneceu, mergulhando tudo de volta na escuridão.

Mira olhou para Ben quando ele parou na frente dela, ofegante, suado.

Havia dois novos cortes no braço, onde ele batera em alguma coisa afiada. Os olhos dele encontraram os dela, e então Ben olhou para o Léxico e abriu a capa de couro vermelho. Mira o observou virar as páginas e revelar a encadernação. Escondida numa abertura havia uma foto.

Ben virou-a para ela.

Era uma fotografia em preto e branco de um homem recostado num velho vagão de trem, carregando uma menininha nos ombros. Atrás deles, o oceano se estendia até o horizonte. A menina era Mira, muitos anos antes, e o homem, seu pai. A foto tinha sido tirada pela mãe dela, durante um dos verões em que viajaram para Portland. Era a única coisa que ainda restava daquela época; de todas as suas coisas, a que ela guardava havia mais tempo. O alívio que sentiu diante daquela visão foi imenso.

— Eu sei o que isso significa pra você — disse Ben suavemente.

O cronógrafo na mão dele não era mais prateado. Agora estava enegrecido e em pedaços. O objeto se desmanchou nos dedos de Ben como papel queimado, e, então a confirmação plena do que ele tinha feito por ela assaltou-a. Ben tinha usado o cronógrafo, sacrificado sua chance de conseguir o que mais queria no mundo. Ele tinha arriscado a própria vida, e tinha feito isso por *ela*.

Os olhos de Mira brilharam novamente, cheios de lágrimas.

— Você tem razão, eu não sinto muita coisa — disse ele, olhando para Mira com mais emoção do que ela jamais tinha visto. — Existem escolhas lógicas e ilógicas, é assim que eu vejo as coisas, mas... sempre foi diferente com você. A lógica passa longe. — A mão dele acariciou a bochecha dela. — Eu sinto alguma coisa, Mira. Por algum motivo, eu só... sinto realmente alguma coisa por você.

Mira olhou para ele por mais um instante. Ela não se importava mais com o que fazia sentido ou não no mundo agora. Ela agarrou a camisa de Ben e puxou-o para si. Seus lábios se encontraram, seus corpos pressionados um contra o outro, e eles não precisaram de nenhum artefato para sentir como se o tempo tivesse parado.

21. A QUEDA

AO DESPERTAR, Mira foi arremessada das lembranças agradáveis para o ambiente mergulhado na escuridão, sentindo uma forte dor no joelho e no lado esquerdo. Não havia como saber por quanto tempo ela ficara inconsciente, mas naquele momento não importava. Ela só fez uma careta e esperou a dor passar.

Uma sombra com a silhueta de Ravan se sentou ao lado dela, com as costas contra o que devia ter sido a parede do poço de concreto no qual tinham caído. Seu rifle estava bem ao lado dela. Ravan tremia e seu punho direito estava fechado com tanta força que os nós dos dedos estavam brancos.

Mesmo no escuro, ela podia ver a dor nos olhos da outra.

Mira tinha tido sorte, era óbvio. Tinha alguns arranhões e pontos doloridos, mas até onde sabia, nenhum ferimento grave.

A julgar pela maneira como Ravan estava tremendo e ofegando, a pirata não tivera a mesma sorte.

Mira podia ouvi-la arquejar, com se sentisse muita dor. A garota era durona. Se demonstrava tamanha aflição era porque o ferimento era grave.

— Seu ombro? — perguntou Mira.

— Deslocado — disse Ravan com os dentes cerrados, respirando o mais superficialmente possível. Mira podia ver que o ombro esquerdo da garota se projetava para cima, muito mais para trás do que normalmente estaria. A visão fez Mira estremecer.

Ravan gemeu quando se encostou contra a parede. Ela apoiou os pés no chão sujo, endireitou os ombros, respirou fundo e empurrou o ombro com força para trás.

O movimento era claramente para colocar no lugar o ombro saliente e fazer o osso voltar à posição certa. Não funcionou. Ravan gritou, empurrou quanto pôde, e depois desmoronou no chão sobre o lado direito, gemendo e arfando.

— Bem... — disse Mira. — Isso não pareceu nada divertido.

— Não enche! — disse Ravan entre as respirações irregulares. Através de pura força de vontade, ela começou a se levantar apoiando-se na parede. Foi até a metade, mas voltou a cair.

Mira observou a garota começar a tentar novamente, então revirou os olhos.

— Ah, meu Deus, espere aí... — Ela fez menção de ir até Ravan.

Com o braço bom Ravan agarrou o rifle. Ela podia estar ferida, mas não indefesa.

— O que pensa que está fazendo?

Mira congelou.

— Estava pensando em ajudar você.

— Acha que eu sou idiota? Acha que eu deixaria você chegar perto de mim?

Mira franziu o cenho.

— Sabe, o problema de ser tão durona e autoconfiante é que, quando está em apuros, você não quer a ajuda de ninguém. Sente-se ali e fique curtindo a sua dor, se é isso que prefere; não me importo.

Ravan lhe lançou um olhar cético.

— *Por que* você iria me ajudar?

Mira olhou de volta. Era uma boa pergunta.

— Você viu aquela porta grande de aço lá em cima. Você e eu sabemos que aquela é a única maneira de sairmos deste lugar, seja ele o que for, e vamos precisar uma da outra para descobrir isso. — Mira sustentou o olhar de Ravan com um sorriso torto. — Mas se quer que eu coloque seu ombro de volta no lugar, fique sabendo que vai doer muito, mas muito mesmo.

Ravan retribuiu o olhar de Mira — então riu alto. A risada era estrondosa, cheia de ironia e, à sua maneira, contagiante. Mira começou a rir também.

Suas vozes ecoavam em cima e ali embaixo, no pequeno buraco escuro de concreto.

Ravan fez uma careta e parou.

— Tudo bem, tudo bem, pare, isso dói. Venha aqui, sente-se à minha esquerda.

Mira obedeceu. De perto, era ainda mais evidente que o ombro da garota estava fora do lugar. Mira notou outra coisa. No antebraço direito de Ravan, acima do pássaro escuro tatuado em seu pulso, havia três longas cicatrizes horizontais. Parecia que ela tinha se cortado de propósito.

— Gostou dos meus emblemas? — perguntou Ravan, a voz cheia de dor.

— Você fez isso em si mesma?

— Ah, fiz sim. — Ravan se deitou lentamente no chão, de costas. — Quando um líder do Bando falha num ataque sem se ferir, ele fere *a si mesmo*. Uma punição. Um lembrete. Não é algo que me aconteça com muita frequência.

Mira estremeceu com a brutalidade daquilo.

— Você já falhou três vezes?

— Duas foram invasões. Uma foi... pessoal. — Ravan olhou para Mira de frente. — Você vai colocar o pé na minha axila, em seguida, pegar a minha mão esquerda.

Mira balançou a cabeça, pegou a mão da garota e firmou o pé no lugar indicado.

— Você tem que usar o pé para escorar o ombro. Então você puxa o mais forte...

Ravan soltou um grito quando Mira puxou o braço dela com toda a força em sua direção.

Ouviram um ruído nauseante quando o ombro estalou na articulação, voltando ao lugar. Ravan gemeu com a mandíbula apertada e rolou para o lado. Cada respiração era um gemido de dor. Mira sorriu. Ela não pôde evitar.

— Melhor agora? — perguntou.

— Sua... filha da... — Ravan rosnou.

— O quê? Eu deveria contar até três ou algo assim? — Ravan fitou-a com os olhos cheios de dor e fúria. Mira pegou a mochila e o Léxico do chão, tirou duas lanternas dali e jogou uma para Ravan. Uma luz branca e brilhante jorrou do instrumento, iluminando o ambiente ao redor.

O "buraco" era na verdade um quadrado de concreto escavado no chão, com uns quinze metros de profundidade. Quando Mira iluminou o que restava do andar de cima, percebeu quanto ela e Ravan tinham tido sorte. Da altura que tinham caído, provavelmente deveriam estar mortas.

O que restava de uma escada metálica enferrujada subia pela parede do poço. Ela só ia até a metade, o restante pendia solto, onde tinha sido arrancado dos suportes muito tempo antes. Então tinha envergado de um jeito sinistro, entortado, e agora pendia perigosamente.

Mira supôs que o que restava da escada tinha amortecido a queda e salvado a vida delas. Tinham caído a apenas alguns metros de distância, em frente a uma espessa porta de metal, numa das paredes do poço.

Mira observou Ravan enquanto ela se levantava lentamente até se sentar, fazendo uma careta ao se mover. Sentia dor, obviamente, mas não tremia mais.

Mira a ajudou a se levantar lentamente e Ravan estremeceu ao ficar de pé. Ao se erguer, Mira focou a lanterna na pesada porta na parede. Estava enferrujada, ainda inteira, mas rachada ao meio. Tudo estava escuro do outro lado.

Mira experimentou empurrá-la, para ver se abria. Ela não se moveu. Tentou novamente. A porta rangeu, a parte inferior da esquadria caiu aos pedaços, mas só se moveu alguns centímetros.

— Vai ser preciso nós duas — disse Ravan. Ela segurou a porta com o braço bom e acenou para Mira.

Juntas, forçaram a porta, até que ela se abriu com o barulho de unhas raspando um quadro-negro. O eco reverberou na câmara além dela como um lamento na escuridão.

As duas garotas se entreolharam, nem um pouco ansiosas para atravessar a abertura. De cima veio de repente um rangido pavoroso. Elas olharam para cima a tempo de ver o que restava da escada enferrujada começar a envergar sobre si mesma. Os últimos suportes se soltaram da parede, espalhando concreto e argamassa por todo o lugar.

Com um balanço brusco, tudo desabou com um rangido de metal se retorcendo.

22. SUBTERRÂNEO

MIRA SENTIU RAVAN agarrá-la e empurrá-la para a frente através da passagem às escuras. Elas se chocaram contra o chão duro do outro lado, quando a escada desmoronou, enterrando tudo num dilúvio de metal e concreto, no lugar de onde elas tinham acabado de saltar. A poeira se espalhou numa imensa onda.

Quando tudo acabou, Mira se sentou e tossiu, sentindo a garganta raspar; com a mão abanou a poeira e os restos de alvenaria que pairavam no ar, enquanto olhava para a porta. O facho da lanterna revelou que a passagem estava agora bloqueada por uma massa de metal retorcido do que antes era a escada.

— Perfeito — murmurou Ravan ao lado dela, coberta de pó, massageando com cuidado o ombro.

— Bem, de qualquer maneira, você não ia conseguir sair daqui escalando a parede do poço — Mira respondeu.

— Eu ainda teria preferido essa opção.

Mira olhou para Ravan. Ela sabia que o que estava prestes a dizer provavelmente seria muito difícil.

— Obrigada. — Mira não estava errada.

Ravan observou a expressão contrariada da outra.

— Não foi nada de mais, você apenas estava no meu caminho.

A escuridão em torno delas era espessa e pesada, e as lanternas iluminavam o interior com círculos brilhantes. Estavam mais uma vez num quadrado de concreto, como o poço havia a pouco, mas este era maior, com paredes de quase dez metros de largura. No ar empoeirado, Mira podia ver sombras estranhas e gigantescas no chão. A mais próxima era uma grande forma retangular coberta por uma espessa camada de poeira cinza, embora fosse possível ver algumas manchas de um tom verde-claro. Pequenos bolsos projetavam-se das bordas, três de cada lado, uniformemente espaçados, e havia diversas hastes de madeira espalhadas a esmo sobre a superfície.

Ravan reconheceu-a antes de Mira.

— Uma mesa de bilhar!

Ao redor delas mais e mais sombras eram reveladas. Dois fliperamas, um velho aparelho de TV, uma geladeira, cartazes de filmes, todos cobertos de poeira e caindo aos pedaços.

— É uma espécie de sala de recreação — Mira constatou em voz alta.

Ravan tentou pegar uma das velhas bolas de bilhar em cima da mesa... mas ela não saiu do lugar. A garota puxou com mais força. Nada. Era como se estivesse pregada no tampo da mesa.

— Elas não vão se mover — Mira explicou. — São artefatos agora.

Ravan olhou para ela.

— Essas bolas de bilhar são artefatos?

— Tudo aqui é. Quando as Terras Estranhas se formaram, elas se fundiram com tudo o que tocaram. Dá trabalho devolver os artefatos ao mundo.

Mira estudou o cômodo com mais atenção. Ele só tinha outra saída, bem em frente a elas. Essa porta, ao contrário da primeira, estava completamente aberta, emoldurando a escuridão pesada mais além.

A poeira foi ficando mais espessa. Mira tirou o pulôver que usava sobre a camiseta e, com ele, cobriu a boca e o nariz. Ravan fez o mesmo. Isso pareceu ajudar, embora os olhos de Mira ainda ardessem. Não havia o que fazer quanto a isso.

— Sabe, oitenta por cento da poeira é pele humana — Ravan observou.

— Eu poderia ter vivido muito bem sem essa informação... — Mira parou de falar quando as máquinas de fliperama de repente se iluminaram e voltaram a funcionar, suas telas cobertas de poeira banhando o ambiente com uma luz azul pálida. As garotas pularam de susto quando a televisão atrás delas se acendeu numa explosão de estática.

O coração de Mira batia freneticamente.

— Mas que droga é essa...

Ravan olhou ao redor, para as telas e máquinas que piscavam.

— Este lugar ainda tem energia elétrica!

— É, mas como? Um gerador?

— Precisa ser um gerador e tanto para ainda estar funcionando depois de uma década.

Mira foi até uma das máquinas de fliperama e limpou com a mão a camada de sujeira. Embaixo a tela brilhou e piscou; a imagem era apagada e fragmentada, mas ainda visível. Uma lista das pontuações mais altas rolava para cima e para baixo.

— Se vamos ficar presas aqui, pelo menos vamos ter alguma coisa pra fazer — disse Ravan.

Mira quase sorriu. Era fácil esquecer que, poucos minutos antes, a garota tinha ficado a uma lâmina de distância de matá-la. E Mira lembrou por quê.

— Eu não acredito em você, sabe? Holt não pertenceu ao Bando.

Ravan balançou a cabeça com desprezo.

— Você certamente é ingênua sobre como as coisas funcionam, não é? Devia sair desse seu mundo de fantasia insano. — Ela tocou mais algumas bolas de bilhar, todas elas aparentemente fundidas à mesa. — Eu vivo no mundo *real*, onde a sobrevivência é tudo e nada é bonito ou justo. Se você conhecesse Holt de fato, saberia que ele vive nesse mundo também.

Ravan estava parcialmente certa, é claro. Era exatamente assim que Holt era quando Mira o conhecera, mas ele tinha se tornado muito mais do que isso. Não tinha?

— Holt *não* era do Bando — Mira insistiu.

— Você tem razão. Ele não era — Ravan admitiu —, mas quase foi.

Mira hesitou, olhando para a garota de cabelos negros, sem saber o que pensar.

— O que isso quer dizer?

— Quer dizer que as coisas, como muitas vezes acontece, ficaram um pouco mais complicadas. E quando isso aconteceu, Holt se mandou. Ele abandonou tudo... e todo mundo. — Mira não tinha certeza, mas teve a impressão de detectar uma ligeira nota de amargura na voz da outra. — E, como se costuma dizer, foi isso e pronto.

Algo se moveu no corredor do lado de fora, passando pela porta do cômodo.

As duas se viraram, apontando o facho das lanternas na direção do corredor, mas não viram nada, apenas sombras.

Mira sentiu o coração acelerar.

— Você ouviu isso, não ouviu?

Ravan assentiu e tirou o rifle do ombro.

— Nem se dê ao trabalho — avisou Mira. — Não há muita coisa nas Terras Estranhas que se possa matar com um rifle.

— Vou ficar com ele na mão mesmo assim, obrigada.

Devagar, com cuidado, elas se aproximaram do corredor, Mira empunhando sua lanterna, Ravan seu rifle. Um passo. Dois. E então Mira parou quando uma súbita onda de tontura encheu sua cabeça. Foi tão repentina que ela quase perdeu o equilíbrio. Durou alguns segundos e depois recuou.

Quando Mira olhou para Ravan, ela estava apoiada numa das antigas máquinas de fliperama.

— Você sentiu também? — perguntou Ravan.

Mira assentiu com a cabeça. O que quer que tivesse acontecido, tinha feito as duas sentirem tontura ao mesmo tempo, o que significava que a coisa estava no ar. Um pensamento tentou tomar corpo em sua mente, um pensamento importante, mas ela o deixou escapar. Como se soubesse exatamente o que tinha acontecido, mas não conseguisse se lembrar.

Mira e Ravan andaram na direção de mais um corredor de concreto, onde havia apenas poeira e sombras. As lanternas das garotas vasculharam o lugar. Havia mais algumas portas nas laterais, outra na extremidade, que parecia de um metal grosso e reforçado, e mais nada. O salão estava vazio.

— Havia alguma coisa aqui — afirmou Ravan. — Sei que havia.

Ambas perceberam um movimento com o canto dos olhos, como um limo negro e flutuante.

As duas levantaram as lanternas e se deram conta de que estavam olhando mais uma vez para a sala de recreação. Como antes, ela estava vazia, com exceção da velha mesa de bilhar e da luz fraca das telas.

— Isso é impossível! — disse Ravan com convicção. — Estávamos lá dentro. A sala estava vazia.

Mais ruídos atrás delas. Elas giraram nos calcanhares novamente, as luzes iluminando o interior de um antigo banheiro. Algo globuloso e escuro desapareceu quando os fachos de luz o encontraram. Ou seria uma ilusão de óptica?

— O que está acontecendo? — perguntou Ravan.

A tontura tomou conta de Mira novamente. Mas ela não perdeu o equilíbrio dessa vez, apenas fechou os olhos e tentou pensar. Fazer sua mente se concentrar de repente ficou difícil. Seus pensamentos avançavam a passos lentos ou nem isso: se dissolviam antes mesmo de se formar. Ela sabia o que isso significava, tinha certeza, mas era muito difícil se lembrar...

Mira tirou do ombro a alça do Léxico e o colocou no chão. Destrancou o grande livro com a chavinha em seu colar e abriu as páginas, segurando a lanterna na boca. Ela foi direto para o índice das Anomalias Instáveis, folheando as páginas quase em pânico. *Saca-rolhas. Fluxo corporal. Gelo corporal. Tornado de Energia Escura...*

Energia Escura! Ela abriu na seção, estudando-a, os dedos traçando as páginas de notas e equações; ao fazer isso, tudo o que ela se lembrava sobre a Anomalia voltou à memória; e era tudo muito, muito ruim.

— Ai, Deus...

— *O que foi?* — Ravan perguntou.

Mira fechou o Léxico e passou a alça sobre a cabeça.

— Desligue a sua lanterna.

Ravan olhou-a como se ela fosse louca.

— Faça isso! — Mira disse com firmeza. — Vou desligar a minha também. Só por um segundo. Quando eu ligar novamente, você faz a mesma coisa.

— *Por quê?* — Ravan desligou a lanterna. A iluminação se reduziu à metade.

— Tem algo que preciso ver. Apenas reze para que eu esteja errada.

Mira respirou fundo e, então, apagou a própria lanterna. Tudo ficou completamente escuro.

E, na escuridão, formas se revelaram.

Bolhas flutuantes de escuridão em todas as formas e tamanhos, todas suspensas no ar, saltando em câmera lenta de um lado para o outro. Tão escuras que de alguma forma se destacavam.

E outras coisas. Coisas piores. Coisas mais ou menos *humanoides*, mas nem tanto.

Desprovidas de traços fisionômicos, com o rosto sem olhos, feito de uma escuridão lisa e oleosa. Mãos estranhas se levantaram, tocando as garotas com dedos impossivelmente longos e pútridos; Mira gritou. Ambas ligaram as lanternas novamente.

O corredor de novo. Sujo e em ruínas, mas vazio. Não havia nada ali agora.

— Que diabos foi *isso*? — Ravan gritou, apontando o rifle ao redor.

— Estamos em apuros — disse Mira, uma sensação gelada de terror começando a se formar em seu estômago.

— Guarde a arma, é inútil. Fique atrás de mim. Uma de costas para a outra. Temos que manter as lanternas iluminando tudo em nosso campo de visão. Vamos atravessar o corredor até a porta no final.

— Para quê? — Ravan pressionou as costas contra as de Mira.

— Porque precisamos encontrar uma maneira de sair daqui agora mesmo.

Elas começaram a se mover, iluminando tudo com as lanternas.

— Essas coisas, que pareciam pessoas... — começou Ravan.

— Este lugar está inundado de Energia Escura — disse Mira, apontando a lanterna para todos os lugares na frente dela. O chão, o teto, o canto das paredes. — É uma Anomalia. Bem ruim. É por isso que estamos meio zonzas, porque está ficando difícil pensar. Ela está mudando nossa estrutura molecular, o que significa que está mexendo com o nosso cérebro.

— Isso não explica o que essas coisas são!

— São chamadas de Andarilhos do Vácuo. São... impressões, por assim dizer, tudo o que resta da consciência de qualquer um que tenha vindo aqui antes de nós.

— Você está dizendo que é isso que vai acontecer *com a gente?* — Ravan quase se virou, mas Mira a empurrou de volta no lugar. Elas tinham que se manter em movimento, tinham que continuar *pensando*.

— É — confirmou Mira. — Apenas continue iluminando todos os lugares com a lanterna. Não podem fazer nada se você estiver olhando para eles.

— Por quê?

— Existe algo na teoria do caos que diz que as coisas na verdade não existem até que você *olhe* para elas.

— Isso é maluquice! — disse Ravan, convicta.

— Mas é assim que é, quer você queira, quer não! Não entendo muito disso, não sou cientista, tudo o que eu sei é que a Energia Escura funciona *ao contrário*. Ela só existe quando você *não* está olhando para ela.

Demorou um pouco para Ravan processar o conceito.

— Então... nós só temos... o quê? É só não pararmos de olhar para tudo e ficaremos bem?

— Até que a gente não consiga mais pensar direito — Mira respondeu — e vire dois vegetais sentados no chão. Então vão vir para cima de nós.

— Eu não vou acabar desse jeito. Quanto tempo temos?

— Boa pergunta. Teoricamente, já devíamos estar mortas.

— Por quê?

— A Energia Escura funciona rápido. Ela é criada por qualquer fonte preexistente de radiação. Eu não sei por quê, mas, se você introduzir uma fonte *externa* de radiação num campo dessa energia, esse campo atua como um amortecedor. Desacelera o efeito.

— Você está carregando alguma coisa *radioativa?!* — Ravan esbravejou.

— É uma longa história. Preciso dela para algo importante. E não reclame. Já seríamos como essas coisas se eu não tivesse isso comigo. Pelo menos agora temos uma chance.

— Quanto tempo? — perguntou Ravan novamente.

— Meia hora, talvez menos. — Era verdade. A radiação do plutônio não iria retardar a Energia Escura por muito tempo. Mira só esperava que a saída estivesse do outro lado daquela porta. Se não estivesse...

Elas alcançaram a porta, e ela era como Mira pensava: de aço reforçado. Havia um leitor de cartão magnético ao lado, provavelmente para autorizar a entrada, mas elas não teriam que se preocupar com isso. A porta já estava destrancada.

Mira abriu a porta e avançou, iluminando com a lanterna todo o ambiente, com Ravan às suas costas.

Embora as primeiras salas fossem interessantes, eram mais ou menos comuns, e não forneciam pistas sobre a função da estrutura subterrânea. Esse novo ambiente mudava tudo.

As paredes estavam tomadas por consoles de computadores antigos, cobertos de poeira. Metade dos monitores estava apagada e morta; o resto ou piscava ou mostrava imagens congeladas de mensagens de erro. Havia três cadeiras diante dos computadores, indicando estações de trabalho individuais. Na parede, pouco visível sob uma camada de sujeira, havia um enorme mapa eletrônico dos Estados Unidos pontilhado de lampadazinhas embutidas. A maioria delas estava apagada e sem vida agora, assim como as cidades e lugares que costumavam representar, mas uma ou outra ainda tremulava levemente sob a poeira. Tudo isso banhava a sala com uma luz opaca, sinistra e pulsante.

A parede em frente a elas exibia algo mais inesperado. Janelas. Uma fileira delas. Estava escuro demais para ver o que havia do outro lado, mas havia uma porta ao lado delas.

Mira estava com dificuldade para processar tudo aquilo. Seria a vertigem outra vez? Sinceramente, ela não sabia. Não tinha mais certeza do que era "normal". Sacudiu a cabeça, tentando coordenar os pensamentos enquanto avançavam.

— É uma espécie de sala de controle — Mira conseguiu deduzir —, mas para quê? — Continue raciocinando, disse a si mesma. Continue *pensando*. Ela foi até o computador mais próximo e limpou anos de poeira com a mão.

Ravan olhou tudo sem entender.

— Onde estamos?

A cabeça de Mira girava. Ela baixou a lanterna para esfregar as têmporas.

Algo se moveu do outro lado do vidro e ela levantou instantaneamente o facho outra vez. Não havia nada agora.

Mira engoliu em seco.

— Ravan. Deixe a lanterna levantada, a gente tem que se concentrar.

Não havia nada por perto para ajudá-las, o que significava que restava apenas um lugar para ir. Elas atravessaram a porta da parede de janelas. O cômodo ali era circular, mas suas paredes faziam uma curva bem além do alcance das lanternas. Fosse o que fosse, era enorme.

— Essa... Energia Escura... — Ravan começou, com a lanterna apontada para a frente. — Você disse que a radiação é o que a cria?

Mira tentou pensar, afastar a névoa que toldava seu raciocínio.

— Qualquer fonte de radiação que estivesse aqui antes das Terras Estranhas criaria uma fonte dessas coisas. Um gerador, instrumentos científicos, até mesmo um micro-ondas...

— Eu acho que poderia ser algo um pouquinho maior do que isso.

Mira seguiu o facho de luz de Ravan para cima. Algo enorme preenchia o centro da sala. No início, ela só viu metal empoeirado, pintado de branco e preto. O que quer que fosse se estendia provavelmente até a gigantesca porta circular que tinham visto antes, no chão, muitos metros acima delas agora.

Mira finalmente reconheceu o que era.

— Mas que beleza... — murmurou. — É um silo de mísseis.

E elas estavam em seu tubo de lançamento. O que havia na frente delas era inequivocamente um míssil gigante, pousado estoicamente onde tinha sido posto sabia-se lá havia quanto tempo, elevando-se na direção da porta no teto.

A lanterna de Ravan encontrou o logotipo em inglês USAF, Força Aérea dos Estados Unidos, e ficou evidente que estavam olhando para a parte superior do míssil, apenas para a ogiva.

O resto do perímetro da coisa estava abaixo delas, em alguma câmara mais profunda.

— Tudo bem. Já sabemos o que é. Agora, como é que vamos *sair* daqui? — perguntou Ravan, iluminando tudo com a lanterna. Não havia escadas, nada que lhes permitisse chegar àquela enorme porta no teto. Escalar o míssil não era uma opção. Ele era liso e escorregadio, e não havia ranhuras onde encaixar as mãos.

Mira tentou pensar, mas estava ficando cada vez mais difícil. Seus pensamentos se formavam como gelo em...

Algo se moveu no lugar onde elas haviam estado. Iluminaram a sala com as lanternas.

Nada.

— Jesus... — murmurou Ravan com os dentes cerrados. — Temos que pensar rápido. Estou começando a ficar com a cabeça vazia...

Mira poderia dizer o mesmo. Obrigou-se a se concentrar. Uma ideia lhe ocorreu. Um pouco improvável, mas já era alguma coisa. Ela se aproximou da sala de controles e Ravan a seguiu. Juntas, limparam a camada de poeira dos computadores, botões e mostradores, revelando os diferentes controles: INJEÇÃO DE COMBUSTÍVEL; DISPOSITIVO DE SELEÇÃO DE ALVO; PROCEDIMENTO DE AQUECIMENTO; CICLOS DE LANÇAMENTO; MOTOR A, B, C. IR/ NÃO IR. Todos termos arcaicos e esquecidos de um mundo tecnológico que não existia mais. A atenção de Mira concentrou-se neles enquanto procurava algo que se destacasse. Por fim, encontrou.

DISPOSITIVO DE ABERTURA DAS PORTAS

— Bingo! — exclamou Mira. Era um botão grande de borracha azul, e Ravan removeu dele o máximo de poeira e sujeira que pôde. O botão emitiu um clique quando ela o pressionou. Mira olhou para trás, na direção do tubo de lançamento, esperançosa.

Nada aconteceu.

— Droga!

— Espere! — avisou Ravan, soprando mais poeira da placa de controle e revelando dois cabos de cores diferentes que iam do interruptor da abertura de portas até um labirinto de botões e puxadores. Ela espanou mais a poeira, seguindo os cabos até onde davam: em duas pequenas fendas contendo chaves.

As chaves ainda estavam em seus respectivos lugares. As garotas se entreolharam.

Um som veio de trás, como se algo se arrastasse em direção a elas.

As duas se viraram, levantando as lanternas. A coisa desapareceu. Não havia mais nada.

— Ilumine atrás de mim — disse Mira a Ravan. — Vou iluminar a frente. Giro a minha chave, então você gira a sua.

— Temos que ligá-las ao mesmo tempo, idiota! — disse Ravan, observando cautelosa a escuridão atrás delas.

— Como você sabe?

— Não assistiu a nenhum filme na infância? Eles sempre giravam as chaves ao mesmo tempo. Vamos fazer isso no três.

Mira franziu a testa, mas não discutiu.

— Um... dois... três!

Viraram as chaves. O painel soltou faíscas violentamente. Em seguida, ele se iluminou com cores brilhantes por baixo de toda a poeira.

Ravan e Mira se entreolharam triunfantes. Ravan apertou o botão para abrir a porta novamente. Da sala enorme mais adiante veio um estrondo, em seguida um grande tremor e o rugido do sistema hidráulico. Uma chuva de ferrugem e sujeira despencou do teto ao mesmo tempo que um raio de luz solar entrou por uma fresta na parte superior do velho silo.

— Está funcionando! — Mira gritou.

— E se a Tempestade de Íons ainda estiver a toda lá fora? — perguntou Ravan.

— Acho que ainda prefiro uma Tempestade de Íons à Energia Escura.

Nesse instante, uma explosão de faíscas irrompeu num canto do imenso teto, espalhando-se num arco imperfeito. Quando isso aconteceu, o ruído da porta se abrindo se interrompeu e o lamento do sistema hidráulico diminuiu. A porta estremeceu... e depois caiu de volta, fechando-se outra vez. A luz do dia desapareceu.

Ravan gritou de frustração e socou uma das janelas.

Mira olhou para o teto através das janelas da sala de controle.

Estava tão escuro quanto antes, com exceção das faíscas que saíam dali de cima agora.

Ela deu um passo para trás, mais para dentro do tubo de lançamento, e voltou o facho da lanterna para cima. As faíscas provinham de uma grande caixa metálica na extremidade da porta, de onde saíam cabos grossos.

— É uma caixa de ligação — disse Ravan atrás dela. — Das grandes. Comanda aquela porta, aposto!

— Você sabe consertar isso? — perguntou Mira.

— Claro! Provavelmente só preciso soldar alguns cabos, mas como vou chegar lá?

— Acho que sei como. — Mira se voltou para Ravan. — Mas você provavelmente não vai gostar muito.

— Bem, isso não é uma grande surpresa... — disse Ravan com ironia.

As duas garotas notaram algo, então. O facho da lanterna de Ravan estava diminuindo. Estava começando a ficar sem pilha.

— Isso não é nada bom, não é? — perguntou Ravan.

Sentiram um movimento mais atrás, na sala de controle. As duas se viraram.

Mira viu uma imagem fugaz de duas figuras negras e lisas, sem rosto, estendendo o braço na direção delas... Logo em seguida, desapareceram sob a luz enfraquecida das lanternas.

— Nada bom mesmo! — lamentou Mira.

23. O AMPLIFICADOR

MIRA E RAVAN PASSARAM CORRENDO por uma porta e bateram-na ao fechá-la; então a iluminaram com as lanternas, como se esperassem que alguma coisa fosse explodi-la para ir atrás delas. Nada.

— Fique... — Mira começou a falar.

— De olho na porta. Já entendi. — Ravan pressionou as costas contra a parede. — O que você vai fazer?

— Uma combinação de artefatos — explicou Mira. — Se eu encontrar o que preciso. — Ela iluminou a sala. Era o que esperava. Um armário cheio de todo tipo de coisas: garrafas, ferramentas, porcas e parafusos, correntes, vassouras, produtos de limpeza, roupa de cama, elásticos, material de escritório, pincéis e móveis fora de uso.

E todos eram artefatos.

Mira olhou com avidez para as prateleiras abastecidas. Se tivesse mais tempo para ficar ali, aquele lugar seria muito lucrativo, mas tempo era algo precioso para ela naquele momento.

O armário tinha sua própria pia. Isso significava que podia fazer o que precisavam ali mesmo, o que era uma vantagem. Supondo, claro, que ela conseguisse encontrar os componentes certos.

— O que esse artefato vai fazer?

— É chamado de Amplificador — Mira respondeu. — Amplia qualquer elemento que toque. No nosso caso, vai ser a *água*.

— Amplia até que ponto? — perguntou Ravan desconfiada.

— Muito. Vamos inundar o silo, enchê-lo de água até o topo. Então você vai consertar a caixa de ligação. As portas vão se abrir. E nadamos para fora. — Até mesmo para Mira aquele plano parecia mirabolante demais. — Fácil!

— E se não conseguirmos fazer com que as portas se abram? — perguntou Ravan com irritação.

— Então, estamos encrencadas. Olha, é isso ou nada. Não consigo pensar em outra coisa.

A porta do cômodo sacudiu e Ravan se voltou para ela, iluminando-a. O movimento parou instantaneamente.

— Ravan, você tem que manter a sua...

— *Eu sei!*

Mira olhou para as prateleiras do armário e sacudiu a cabeça. Estava ficando cada vez mais difícil pensar. Em cerca de quinze minutos teriam sorte se conseguissem se lembrar do próprio nome. Ela tentou se lembrar do que precisava, e era como tentar pensar enquanto lutava contra o sono.

Mira tirou o Léxico do ombro e o colocou no chão. Quando o destrancou, abriu-o na seção de combinações de artefatos e folheou as páginas. Estavam em ordem alfabética. *Aleve. Ambiente. Amplificador. Androide.*

Amplificador. Ela abriu as páginas e estudou-as; na parte superior havia um resumo.

Nome: Amplificador.

Efeito: Ampliação de elementos: ar, água, calor, frio, eletricidade, possivelmente outros.

Tempo do efeito: Imediato.

Área de efeito: Deve tocar fisicamente o elemento.

Fonte de alimentação: Depende da fonte de energia; moedas maiores = maior amplificação. Veja a Nota 2.

Duração: Depende da fonte de energia; moedas maiores = maior duração. Ver Nota 1.

Multicamadas?: Sim. Duas camadas.

Depois do resumo havia diagramas e gráficos, observações que Mira tinha feito sobre o uso da combinação com elementos diferentes. Mas ela ignorou tudo aquilo e foi direto para a lista de ingredientes, na parte inferior e, em seguida, comparou-a com o que ela tinha na mochila.

Ainda precisaria de um Focalizador para a primeira camada, bem como um recipiente de água, e, de preferência, uma bateria de nove volts.

Mira examinou rapidamente o material nas prateleiras. Havia uma caixa de parafusos. Um daqueles serviria como Focalizador da primeira camada. Ela estava torcendo para encontrar algo esférico, e lembrou-se das bolas de bilhar na sala de recreação; isso, no entanto, significava voltar para o salão com aquelas coisas.

Não, um parafuso teria que servir. Ela também viu uma embalagem de pilhas alcalinas grandes, tipo D.

As pilhas D poderiam ser usadas como uma alternativa. Elas produziam quase o mesmo efeito, mas, uma vez que a variação das relações de fase seria intensificada, isso significava que seriam ainda mais poderosas. De qualquer maneira, isso não importava; mais poder, nesse caso, provavelmente seria melhor.

Mas e o recipiente com água? Isso seria mais difícil.

Mira analisou cada prateleira, mas não viu nada. Olhou para o chão, onde estavam empilhadas caixas de objetos variados, e voltou a lanterna para elas, examinando uma a uma.

Depois da quarta encontrou alguma coisa. Uma caixa de água tônica, em garrafas de vidro. Será que água tônica serviria?, Mira se perguntou. Ou será que tinha de ser água pura? Ela nunca havia pesquisado, não sabia.

Que escolha tinha?

Mira colocou a mochila no chão e começou a vasculhá-la. Tirou dali uma escova de dente e um tubo de algum tipo de pasta, assim como os outros componentes de que precisaria para a combinação. Abriu e espremeu o tubo, e uma substância espessa e cinza esguichou para fora, sobre a escova. Rapidamente começou a espalhá-la sobre os parafusos da caixa.

— O que é isso? — perguntou Ravan.

— Já teve chiclete grudado no cabelo quando criança? — perguntou Mira. — O que a sua mãe fazia?

— Minha mãe vivia muito bêbada para fazer alguma coisa, mas acho que você está falando sobre manteiga de amendoim. Se espalhá-la no cabelo, ela solta o chiclete.

Mira assentiu.

— Isso também funciona assim. Nós chamamos de Pasta, é uma mistura de silicone, limalha de ferro e mercúrio. Ela separa os artefatos um do outro, afrouxa as ligações moleculares entre eles e o objeto com que estão fundidos. É assim que soltamos os artefatos.

Quando Mira espalhou a Pasta sobre os parafusos, eles estalaram e chiaram, vibrando, enquanto se soltavam. Ela tocou um com os dedos e mexeu nele até soltá-lo. Então sorriu. Talvez elas de fato conseguissem sair daquela encrenca.

A porta sacudiu atrás de Mira. Ela se virou, viu a maçaneta girando e levantou a lanterna.

O barulho parou.

Ravan estava largada contra a parede, olhando para a frente em transe.

— Ravan! — Mira gritou. O grito sobressaltou a garota, que levantou a lanterna novamente. Mira olhou nos olhos dela. — Você tem que ficar *acordada* ou nós duas morremos! Só temos uma chance porque somos duas; podemos vigiar nas duas direções.

— É tão difícil... — disse Ravan, piscando os olhos, tentando se concentrar.

— Converse comigo, então — disse Mira. — Isso vai ajudar.

— Sobre o quê? Não tenho nenhuma fofoca para contar.

— Não sei. Me conte a sua história. — Era a única coisa em que Mira podia pensar. — Conte quem você era antes da invasão.

Ravan balançou a cabeça com raiva.

— Esquece. Todo mundo tem histórias. Estou cansada de ouvi-las. Não me importa quem você costumava ser.

— Tudo bem. Você escolhe o tema. Mas *fale*.

— O medo — respondeu Ravan. — Nada mantém a gente mais focado do que o medo. É a emoção mais útil. Mais do que a dor, até.

— Você deve ser uma diversão nas festas... — Mira voltou-se para os artefatos na prateleira, mas, não sabia como, ela não conseguia se lembrar de quais eram necessários...

A pilha! Certo.

Começou a trabalhar numa que estava dentro da caixa, soltando-a com a Pasta, e depois observando as faíscas enquanto fazia isso, usando-as para se orientar.

— Então me diga do que você tem medo.

— De morrer sozinha — Ravan disse simplesmente.

Mira riu da resposta.

— Bem, você não precisa se preocupar mais. Se a gente se der mal aqui, vamos estar juntas. — Mira soltou uma das pilhas e colocou-a no chão com o parafuso. Então se virou para a caixa de água tônica, começando a trabalhar nela em seguida. — É só isso? Apenas morrer sozinha?

— Não. Morrer e não... conseguir.

Os olhos de Mira se estreitaram.

— Como assim? O que quer dizer?

— Quero dizer... — Ravan não terminou, apenas se sentou, piscando, tentando pensar.

— Ravan — disse Mira mais alto. — O que *quer dizer?*

— Quero dizer... Eu vi a Estática levar garotos que valiam dez de mim. Mas ainda estou aqui, e não sei por quê. Não sei por que ainda estou aqui e eles não. Tudo o que sei é que, seja qual for a razão, não quero desperdiçar esse tempo extra que tenho. Tenho medo de que possa estar desperdiçando... — Mira sentiu que a atenção da garota se desviou dela por um momento. — Quero dizer, isso não incomoda *você?*

A verdade era que Mira nem sempre tinha sido Imune. Sua resposta seria muito diferente. Mas, antes que ela pudesse responder, sua cabeça começou a rodar, provocando tonturas, e os componentes caíram das suas mãos. Ela tentou pegar...

O que era mesmo que estava tentando pegar? Alguma coisa. Alguma coisa importante...

— *Ei!* — Ravan gritou para ela.

Mira se concentrou novamente, lembrando-se do que estava fazendo. Pegou os componentes, reordenando-os no chão. Deus, ela se sentiria muito melhor se pudesse fechar os olhos! Mas não podia. Tinha que continuar.

— Faça esse artefato idiota! — Ravan disse a ela. — Fale. Me conte de você. Diga do que tem medo.

Apesar da vertigem, a resposta veio à mente de Mira com facilidade. Mas será que aquilo era algo que queria compartilhar com *Ravan*? Ela não tinha conversado sobre o assunto com ninguém, nem mesmo com Holt; mantinha tudo guardado dentro de si, e estava começando a doer ali. Mas talvez Ravan fosse a pessoa perfeita em quem confiar. Ela não se importava com Mira. Além disso, provavelmente iriam morrer de qualquer jeito.

— Tenho medo de falhar — disse Mira. Era estranho ouvir as palavras. Uma simples frase que traduzia uma série de emoções complicadas na mais básica das ideias. Doía ouvi-las.

Ravan, no entanto, zombou dela.

— Essa resposta não vale. Todo mundo tem medo disso.

— Não. Quero dizer falhar com as pessoas de quem gosto. Isso me assusta mais do que qualquer outra coisa.

Mira terminou a primeira camada, envolveu-a com a fita adesiva que tirou da mochila, em seguida quebrou a garrafa de água tônica contra o chão de concreto.

Quando fez isso, percebeu uma faísca brilhante e um zumbido, como algo elétrico sendo ligado.

Uma esfera ondulante de algum tipo de substância azul se formou e espiralou em torno do artefato. Era como uma concha de água, só que petrificada e dura. Mira pegou-a na mão. Era fria em contato com a pele.

— Falhar com quem? — Ravan perguntou.

Mira tentou se concentrar, pensar...

— Holt e Zoey. Prometi que os levaria à Torre Partida. Estão confiando em mim, mas sei que não sou tão competente assim. Vou falhar e, quando isso acontecer, eles vão morrer. Vão morrer e vai ser culpa minha. — Lá estava ela: a verdade. Em alto e bom som.

Ravan ficou em silêncio por um momento.

— A maneira mais rápida de ferrar com alguma coisa é acreditar que é isso que você vai fazer — disse ela. — Você não acredita em si mesma, então seria melhor desistir.

— Não é tão simples assim. Conheço os meus limites.

— Os limites são uma bobagem — disse Ravan. — Eles não existem, a não ser na sua cabeça. Algo ruim aconteceu com você. Seja o que for, alguém deveria ter chutado a sua bunda e feito você dar a volta por cima, mas essa pessoa não fez isso. Ela fez o oposto. Disse essas coisas e encheu a sua cabeça, fazendo você duvidar de si mesma. Quem quer que seja, não é seu amigo. Eu vivi com gente assim ao meu redor a vida inteira: um pai sacana, uma mãe patética, irmãos adolescentes com problemas com a polícia por causa de coisas idiotas. Eu teria saído de casa quando aparentasse ter 18, mas os Confederados cuidaram disso por mim. Se encontro pessoas assim, agora... eu atiro nelas.

Mira riu.

— Eu realmente não acho que essa seria uma opção pra mim.

A porta do cômodo se abriu com um rangido.

Ravan tentou chutá-la para que se fechasse, mas estava muito fraca agora. Ela perdeu o equilíbrio e desmoronou no chão, levantando fracamente a lanterna outra vez. Sombras, horríveis, aglomerando-se e pulsando em torno da porta, desapareceram.

Mas o facho da lanterna estava diminuindo, se esgotando...

— Depressa... — Ravan sussurrou.

Mira montou a segunda camada, usando a concha azul como Essência. Suas mãos tremiam. Não estava apenas ficando impossível pensar, mas também *se mexer*.

Ela envolveu a combinação com fita adesiva. Outro clarão, outro zumbido... E estava pronto.

Mira tentou se levantar, mas não conseguiu. Desmoronou no chão, com a cabeça enevoada. Estava perdendo a consciência.

— Mira... — A voz de Ravan era fraca. Sua lanterna estava se apagando. A porta sacudiu nas dobradiças.

Mira se obrigou a se mover, engatinhando em direção à pia. Acima delas uma abertura para ventilação de ar sacudiu quando algo tentou atravessá-la. Mira apontou a lanterna para cima, mirando a abertura. O tremor parou.

Ravan soltou um suspiro baixo, no outro extremo da sala, e Mira a viu cair no chão, a lanterna apagada.

— Mexa-se! — Mira tentou gritar, mas as palavras saíram débeis. — Mexa-se. Mexa-se! *Mexa-se!* — Cada palavra era mais alta, mais forte, e incutia nela um pouco de força. — Mexa-se!

A porta se abriu. Coisas se contorciam no escuro, do lado de fora.

Ela agarrou a borda da pia e lutou para se levantar, até ficar olhando para baixo, para a cuba encardida. Largou o artefato dentro e estendeu a mão para a torneira. Se não saísse água, então elas estariam...

A torneira tremeu e gemeu e, em seguida, expeliu um jorro de líquido escuro.

O Amplificador brilhou e a água irrompeu da cuba como um vulcão, erguendo-se poderosamente no ar.

Os canos sob a pia estouraram quando o líquido foi amplificado por um fator de cerca de um milhar. Os pés de Mira foram arrancados do chão e ela foi atirada para trás enquanto o armário inundava em segundos.

O frio a fez perder o fôlego, reorientando sua mente anuviada, e ela ouviu Ravan fazer o mesmo, ao serem arremessadas violentamente para o corredor, carregadas por uma onda de escuridão amplificada que as empurrou para a frente.

Invadiram a sala de controle. Ravan se chocou contra as janelas reforçadas e ficou presa ali pela correnteza. Mira foi quase arremessada através da porta contra o tubo de lançamento, mas conseguiu se agarrar na esquadria e se segurar.

Ravan tentou empurrar as janelas com os pés, mas a parede de água era mais forte.

— Segure a minha mão! — Mira gritou, estendendo o braço para Ravan. A pirata estendeu a mão para trás, mas estavam muito longe uma da outra. — Empurre o corpo na minha direção!

Ravan grunhiu enquanto deslizava lentamente através das janelas, a água pressionando-a. Enfim conseguiu alcançar a mão de Mira. A garota a puxou, libertando-a da correnteza. Juntas deslizaram violentamente para dentro do tubo de lançamento, rolando junto com a enxurrada.

Mira emergiu da água cheia de espuma, desesperada para retomar o fôlego. Ravan apareceu perto dela, fazendo o mesmo.

Como havia muito mais espaço no tubo, o nível da água subia mais lentamente ali. Embaixo delas, o restante da instalação estava quase submerso. Elas assistiram enquanto a porta da sala de controle desaparecia debaixo d'água. Aos poucos as duas começaram a subir, seguindo o corpo curvilíneo do míssil gigantesco até a porta no teto.

Podiam ver a caixa de ligação ainda soltando faíscas no canto, e Ravan começou a remar para se colocar bem embaixo dela. Do cinto tirou um alicate de ponta.

— Só temos uma chance antes de ficarmos debaixo d'água — Ravan gritou. — E quanto àquelas coisas? Elas se foram ou estão aqui com a gente?

Mira balançou a cabeça.

— Não faço ideia. — Era verdade, ela não sabia. Nunca tinha ouvido falar que a água afetasse os Andarilhos do Vácuo, provavelmente porque ninguém nunca havia inundado um silo de mísseis para descobrir. Acima delas a luz que espreitava pela fresta da porta gigantesca era cada vez mais brilhante. Elas tinham luz. Isso já era alguma coisa.

— Se eu fosse você, ficaria do lado mais distante do tubo — Ravan anunciou. — Água e fios de alta tensão não combinam muito bem.

Se a água continuasse subindo, elas seriam empurradas para cima, na direção da caixa, em instantes — o que também significava que seriam rapidamente empurradas para o teto. Quando isso acontecesse, não haveria outro lugar para ir. O ar ali dentro teria acabado.

Mira nadou até o extremo oposto de Ravan. Era difícil se manter no lugar, por causa da agitação na água. Ela viu o nariz do míssil gigante afundar e desaparecer. Havia apenas uns três metros de ar entre elas e a porta agora.

A água transportou Ravan até uma altura suficiente para que alcançasse a caixa de ligação. Ela a abriu e olhou ali dentro. Mais faíscas explodiram no ar, e Ravan contorceu o rosto.

— Fios desencapados! — Ravan gritou.

— Isso é bom ou ruim? — Mira gritou de volta.

Ravan ignorou, apenas mexeu as mãos dentro da caixa enquanto mais faíscas estouravam, então gritou de dor e as puxou de volta.

— Merda!

— Você pode consertar isso? — Mira gritou, desesperada. Estava ficando impossível nadar, não só porque a corrente estava ficando mais forte, mas porque Mira estava ficando cada vez mais fraca. A água fria deixara seus sentidos alertas, mas ela podia sentir sua mente se anuviando novamente.

Ravan continuou girando e revirando coisas dentro da caixa.

Então, de cima, veio o gemido da porta maciça quando o sistema hidráulico foi reativado. Uma fresta de luz natural se abriu perto do centro do cômodo. Mira gritou de alegria e depois se encolheu quando o barulho se interrompeu e a porta parou. Mais faíscas saíram da caixa, e Ravan olhou para Mira.

— Posso fazê-la funcionar, mas tenho que ficar segurando os cabos para manter a conexão — Ravan gritou. — Eles estão se partindo.

Mira olhou de volta.

— Não entendi! O que quer dizer?

Ravan olhou para Mira, como se estivesse pensando. Então, com uma expressão séria, ela voltou a estender a mão na direção da caixa. A porta começou a se abrir novamente, gemendo horrivelmente enquanto suas dobradiças maciças funcionavam pela primeira vez em décadas.

Dessa vez, Mira apenas olhou para Ravan, a mão da garota segurando os cabos juntos. As águas borbulhantes do dilúvio se infiltraram na caixa de ligação enquanto a porta continuava a se abrir, permitindo que a luz iluminasse o interior da câmara.

— Ravan!... — chamou Mira.

A caixa de ligação explodiu numa enorme e violenta torrente de faíscas, que se espalharam em todas as direções. Ravan gritou, em seguida desapareceu atrás de uma nuvem de fumaça.

A enorme porta parou novamente, mas permaneceu aberta dessa vez. A luz do dia inundou o tubo através de uma fenda no centro, grande o suficiente para Mira passar. Mas Mira não percebeu. Seus olhos estavam colados no lugar onde Ravan estava. Agora havia apenas água borbulhante ali.

— Ravan! — Mira gritou, mas a outra tinha desparecido, e não havia mais nada que Mira pudesse fazer.

Mira sentiu a cabeça bater no teto. Seu ar estava se esgotando rapidamente. Ela tinha que sair, começar a rastejar através do buraco deixado pela porta enferrujada, mas não fez isso.

Ravan tinha segurado os fios mesmo sabendo que poderia ser eletrocutada, e ela tinha feito isso para ajudar Mira a escapar.

No fundo da sua mente, Mira ouviu as palavras de Ben. *Para sobreviver aqui, você tem que pensar apenas em si mesma.* Era pura lógica, Mira sabia, fazia sentido — mas havia algo sobre dever sua vida a Ravan que a incomodava. Algo sobre viver com a ideia de que um pirata havia se sacrificado por ela que aumentou a convicção de Mira, levando-a a um lugar muito além da segurança da brilhante luz do dia acima dela.

— Merda! — Mira respirou fundo e nadou *para baixo*.

A corrente era mais forte ali. Mira tinha que nadar contra ela, e não era fácil. Sua lanterna brilhava à frente enquanto ela mergulhava. A forma tosca do míssil gigante apareceu em meio às trevas, e Mira deslizou em torno dela. Sua melhor chance de encontrar Ravan estava do outro lado.

A água estava ficando mais escura e sua lanterna quase não iluminava nada, mas ela continuou nadando para baixo, à procura de qualquer sinal de...

Formas ondulavam na água, mais negras do que as sombras ao redor dela. Humanoides e deformadas, estendendo dedos impossivelmente longos na direção de Mira.

Elas desapareciam quando Mira voltava os olhos para elas.

Outras surgiam nos cantos dos olhos, desaparecendo quando ela se virava, apenas para reaparecer em sua periferia, chegando ainda mais perto.

Mira chutou freneticamente, nadando de costas na água, observando as coisas horríveis desaparecerem e ressurgirem, cada vez mais perto, assim que ela desviava o olhar...

Algo bateu nela por trás. Ela soltou um grito distorcido, subaquático.

Mira se voltou e viu Ravan inconsciente flutuando perto da parede.

Ela deixou cair a lanterna e agarrou a garota, sem perder tempo, batendo os pés em direção à superfície o mais forte que podia. A escuridão ficou cada vez mais brilhante, a luz do dia se aproximando. Os pulmões de Mira estavam queimando, pontos escuros apareceram diante dos seus olhos. Ela deveria atingir o topo a qualquer...

Mira bateu em algo duro e quase deixou Ravan cair. Ela tinha alcançado o limite máximo, não havia mais ar.

Seus pulmões estavam em chamas e sua visão escurecia. Ela nadou freneticamente sob a enorme porta, desesperada para encontrar a saída, puxando Ravan com ela. Tinha de estar ali, estava ali antes. Se ela pudesse apenas...

Mira descobriu uma fenda e, pela abertura, sentiu ar frio nas mãos molhadas.

Empurrou o corpo para cima, segurando Ravan. Sentiu mãos agarrarem seus ombros, levantando-a. Sua cabeça irrompeu através da água e o sol ofuscante da tarde ardeu em seus olhos.

Mira sorveu o ar em grandes golfadas e começou a tossir, expelindo-o, arquejante. As mãos a puxaram para cima e através da porta, e então ela sentiu as costas apoiadas numa superfície quente e cheia de poeira.

Silhuetas pairavam sobre Ravan. A garota não estava se movendo, apenas estava deitada ali sem vida, sob o sol brilhante.

Como que em câmera lenta, Mira viu os piratas tentando fazê-la respirar. Eles tentaram por tanto tempo que Mira teve certeza de que a garota não ia mais recobrar os sentidos. Mas, de repente, Ravan começou a tossir, esvaziando os pulmões cheios de água.

Ela estava acordando. Estava *viva*.

Mira suspirou e se deitou, deixando o sol levar o frio embora, sentindo sua mente desanuviar, recuperando suas lembranças, seu senso de identidade. Mira nunca tinha sentido, em toda a sua vida, uma necessidade tão forte de simplesmente ficar parada.

— Mira! — Uma figura pequena caiu sobre ela. — Você está bem!

Era Zoey. Mira sorriu e abraçou-a. Sua visão estava ficando mais aguçada, e ela viu Max em meio ao Bando em torno deles, correndo com entusiasmo na direção dela.

Pouco antes de chegar, ele parou, olhando para Mira, inseguro.

Algumas coisas nunca mudam, ela pensou.

— Não se preocupe — disse Zoey. — O Max está feliz, também.

Ao lado deles, Ravan se levantou com dificuldade e se sentou. Uma não olhou para a outra, apenas observaram a paisagem através da cerca de arame.

— Você é uma idiota — disse Ravan.

Mira acenou com a cabeça.

— Pode-se dizer que sim.

A tempestade tinha ido embora, mas seus efeitos iam durar muito tempo. Os campos de trigo que os cercavam tinham desaparecido, deixando em seu lugar apenas terra estéril e colinas rochosas, desprovidas de grama ou árvores. O vento soprava através deles suavemente. Sem árvores ou hastes de trigo para agitar, ele mais parecia um lamento.

— Você pode nos levar à Estrela Polar? — perguntou Ravan incisivamente.

— Acho que sim.

— Depois que fizer isso, todas as dívidas estão quitadas — disse Ravan. — Você pega a criança e o cachorro e dá o fora. Ninguém vai impedi-la. — Ela se virou e olhou para Mira, e o olhar estava carregado de significado. Alguma coisa tinha acontecido entre elas no silo. Tinham se passado apenas algumas horas, mas elas tinham saído dali muito diferentes. Certamente não amigas, mas não mais totalmente inimigas.

— E Holt? — perguntou Mira.

Ravan balançou a cabeça.

— Holt está fora do acordo. Ele vai voltar para o Fausto, e isso, minha bela, está fora de discussão.

Mira olhou para onde vários homens de Ravan montavam guarda ao lado de Holt, ainda inconsciente. Ela estudou sua figura imóvel no chão e viu seu peito subir e descer. Max estava mais uma vez protetoramente ao lado do amigo, encarando os piratas.

— Vocês deviam ficar com o cão — disse Mira. — Ele é um pé no saco, mas Holt é louco por ele.

Ravan fitou-a com um olhar estranho.

— Pode ser.

Depois de um momento, Mira se levantou e começou a andar, levando Zoey com ela. Não foi fácil. Ela estava mais exausta do que pensava.

— Mira. — Era a primeira vez que Ravan a chamava pelo nome, e ouvir aquilo foi chocante.

Mira se virou e olhou para trás. Ravan ficou olhando para ela, dividida, como se quisesse dizer algo e simplesmente não conseguisse encontrar palavras para se expressar.

Mira apenas balançou a cabeça.

— De nada. — Então, ela e Zoey se afastaram para recolher suas coisas. Quando fizeram isso, Mira olhou para o nordeste, na direção do lugar para onde estavam indo. O céu escurecia rapidamente.

24. IMAGENS PELA METADE

RAVAN CONDUZIU SEUS HOMENS com rigor após o silo, não só para compensar o tempo perdido, mas também para provar que, apesar da provação por que passara, ela ainda era capaz de comandá-los. Se seus homens a respeitavam, era por causa da sua força de vontade. Mira tinha a impressão de que não era bom ser visto como uma pessoa fraca no Bando.

Eles tinham saído do Vácuo Ocidental algumas horas antes e seguido em ritmo acelerado pela estrada vazia, perto do que costumava ser a fronteira entre Dakota do Norte e Dakota do Sul, enquanto o céu enegrecido e mais nuvens escuras de Antimatéria reluziam em suas cores estranhas e agourentas. Por fim, Mira viu o que esperava.

Um velho parque de diversões de uma cidadezinha rural, onde uma roda-gigante tinha sido instalada antes da invasão. Como a maioria das ruínas nos círculos internos das Terras Estranhas, o parque tinha envelhecido num ritmo mais lento do que o normal. Grama e ervas daninhas haviam crescido em torno da montanha-russa e dos outros brinquedos, mas a maior parte parecia ter sido abandonada havia um ano ou dois.

O parque era um lugar onde os Bucaneiros acampavam a caminho da Estrela Polar, uma zona segura e livre de Anomalias Instáveis, um marco de navegação que Mira vira uma vez ou outra. Vê-lo agora lhe trouxe um tremendo sentimento de alívio. Significava que no dia seguinte estariam de volta ao caminho certo, quase na Estrela Polar.

Claro, o que aconteceria depois disso, Mira não sabia muito bem.

Montaram acampamento no parque de diversões, as montanhas-russas retorcendo-se sobre eles como sombras fantasmagóricas. Quando Mira atravessou o acampamento, viu os guardas do Bando amarrando Holt a um velho carrossel. Ao terminarem, deixaram-no ali, enquanto se afastavam, rindo, para obter seu prato de comida, que cozinhava em várias fogueiras.

Mira andou em direção a ele. Ninguém a deteve.

De perto, pôde ver o corte feio na cabeça de Holt, onde o Bando tinha batido nele, fazendo-o desmaiar. O ferimento a deixou cheia de raiva. Aquilo não era necessário. Ele já tinha passado por muita coisa.

As pernas e os braços estavam amarrados e ele estava preso entre dois cavalinhos coloridos do carrossel, que corriam e davam coices no lugar, mesmo que o carrossel nunca fosse girar novamente. Instintivamente, o olhar de Mira voltou-se para a mão direita dele. A luva sem dedos que Holt sempre usava tinha sido retirada. Mira se lembrou do que Ravan dissera sobre membros do Bando fazerem a mesma tatuagem. Uma Promessa de Fidelidade, ela a chamara.

Ela não podia ver o que havia ali; estava muito escuro. Se ela se aproximasse...

Mas será que ela realmente queria? Naquele momento não tinha certeza. As coisas tinham mudado entre eles. Mas ela queria saber, sim. Queria conhecer a verdade e, se fosse ruim, poderia descobrir agora, enquanto ele estava inconsciente, e processar tudo. Ela não teria que enfrentá-lo.

Mira estendeu o braço e pegou a mão de Holt, virando-a para ver o pulso. Seu coração gelou.

A tatuagem, revelada na penumbra, estava pela metade; a metade superior ainda tinha que ser completada, mas parecia que seria um pássaro preto. Assim como o de Ravan.

Mira deu um salto quando a mão de Holt se fechou em torno da dela.

Seus olhos piscaram e se abriram, olhando em volta, grogues. Quando a encontraram, ele sorriu. Mira olhou para ele por um instante e, em seguida, deslizou a mão para longe e se afastou.

O sorriso de Holt desapareceu quando ele se lembrou de tudo.

— Ah. Certo...

Mira se afastou mais alguns passos, esfregando os ombros. Sentiu frio de repente.

— Onde estamos? — perguntou Holt.

Mira lhe contou tudo rapidamente. A perda das Estradas Transversais, o encontro com o Bando, ela os convencendo a ajudar, Ravan, o resgate em Kenmore, o silo de mísseis. Quando terminou, Holt a observou, impressionado e se sentindo um pouco culpado, talvez, ao saber que ela tinha feito tanto por ele.

— Você está bem? — ele perguntou.

Mira deu de ombros.

— Ravan é bem tagarela. — Demorou um pouco para que ele se desse conta do que ela dissera, mas, quando aconteceu, Holt olhou para longe. — Você nunca ia me contar?

— Isso... não é algo que eu costume contar, Mira.

— Acho que eu merecia saber — disse ela. — Você tem ideia de quantos amigos meus foram mortos pelo Bando?

— Não. Mas eu acho que, depois de tudo o que fiz, devia ter conquistado a sua confiança.

Mira só olhou para ele. Holt estava certo, ela sabia, mas isso não melhorava as coisas.

— Eu era diferente naquela época — disse ele. — Foi depois de Emily. O que significa que era uma fase da minha vida em que eu não queria sentir nada. Então, eu não sentia. Só pensava em sobreviver, e o Bando realmente se encaixava muito bem no meu propósito.

— Isso é tudo? — perguntou Mira. — Sua tatuagem parece muito com a de Ravan.

— Você acha realmente justo me perguntar isso? Depois do que eu tive que assistir nas Estradas Transversais?

Mira foi quem olhou para longe agora. O silêncio que pairou entre eles era quase palpável.

— Ravan me disse que eu posso ir embora quando chegarmos à Estrela Polar, e que posso levar Zoey comigo.

Holt considerou as palavras dela, depois assentiu.

— Ótimo. Você deve ir. Não há nada que você possa fazer por mim; eles são a maioria. Matariam você, se tentasse.

Mira sentiu um nó se formando em sua garganta. Apesar do que acontecera entre eles, a ideia de deixá-lo assim, com aquelas pessoas...

— Zoey precisa de você — ele continuou.

Ela enxugou uma lágrima antes que pudesse cair, e olhou para Holt.

Mira sentiu um súbito e intenso desejo de lhe contar tudo, os medos que aquele lugar despertava nela, suas dúvidas sobre si mesma. Mas ela só conseguia ver o contorno da tatuagem no pulso dele. Em sua mente, viu-o de pé sobre ela no avião novamente.

Ela assentiu com a cabeça tristemente.

— Como chegamos a esse ponto?

Holt olhou para ela.

— Nada continua igual. É assim que as coisas são.

As palavras eram uma espécie de reconhecimento. Uma admissão de que tinham se perdido um do outro, e isso só fez Mira se sentir mais sozinha.

Ela se voltou para o local das fogueiras.

— Eu... preciso pensar.

— Mira! — A voz de Holt a fez parar, mas ela não se voltou para ele. — Sinto muito pelo que aconteceu.

Mira podia ouvir a dor na voz de Holt. Ela assentiu com a cabeça.

— Eu sei.

E então ela o deixou.

ENQUANTO VIA MIRA SE AFASTAR, Holt sentiu uma mistura de emoções: raiva, tristeza, frustração. Era culpa dele, toda aquela confusão. Ele deveria ter ido embora quando teve chance. Mas quantas vezes teve essa opção, tanto antes como depois da Cidade da Meia-Noite? E sempre acabou fazendo a mesma coisa. Sempre ficou. Agora finalmente tinha se encrencado.

— Essa garota sabe cuidar de si mesma, tenho que admitir. — Uma figura saiu das sombras. — Agora vejo por que você gosta dela.

Ela era alta, magra e atlética, como sempre, com uma presença que era ao mesmo tempo intimidante e magnética. O cabelo longo que descia pelas costas era tão negro que absorvia a luz bruxuleante das fogueiras. Ela não era nada além de uma sombra à sua frente, mas, mesmo assim, Holt podia ver seus olhos azuis fixos nele.

Ravan sorriu. Como tudo nela, seu gesto demonstrava dualidade, uma indicação sutil de uma personalidade complexa, fragmentada. O sorriso era acolhedor e convidativo, e ao mesmo tempo predatório. Houve um tempo em que Holt tinha ficado mais próximo dela do que de qualquer outra pessoa desde Emily, e nem mesmo podia dizer de que lado do espelho Ravan realmente estava.

Holt não disse nada, apenas olhou para ela. Ravan segurava o que parecia um prato de comida na mão. Na outra, havia algo mais, e ela o jogou para ele. A luva bateu em seu peito.

Ao vê-la, ele percebeu a verdade. Ela tinha tirado a luva dele, para que Mira pudesse ver a tatuagem.

— Mira não é do tipo que vai atrás, se intromete e encontra as coisas por si mesma; ela não teria feito isso sozinha — Ravan disse a ele. — Então, dei uma mãozinha. Ela queria saber a verdade, e você com certeza não ia lhe contar.

Holt sentiu a raiva se avolumando dentro de si, mas ainda assim não disse nada.

Ravan colocou o prato na frente dele, a menos de trinta centímetros de distância talvez. Parecia carne de coelho, ensopado e salgado com cenouras e batatas, e algum tipo de molho espesso. Só o aroma quase o fez desmaiar de fome; já fazia muito tempo que não comia uma refeição cozida no fogo, em vez de apenas vegetais crus ou refeições instantâneas feitas para soldados em combate. Mas suas mãos e seus pés ainda estavam amarrados ao carrossel, e ele não poderia chegar até o prato de comida. Tentou não demonstrar que estava faminto.

— Sinto muito pela pancada na cabeça — disse Ravan. — Eu não queria que fizessem isso. Já dei instruções explícitas para que não o machuquem mais, você tem a minha palavra.

Agora é um pouco tarde, pensou ele. A dor na cabeça era aguda; onde o cabo do rifle a tinha atingido ela mais parecia uma melancia.

Ele observou Ravan se sentar no chão à sua frente e dobrar os joelhos devagar, sem tirar os olhos dele.

— Você sabe que mais cedo ou mais tarde vai ter que falar comigo, Holt.

Holt olhou para ela. Ravan provavelmente estava certa.

— Pelo que me lembro, você nunca foi de falar muito.

Ravan deu de ombros enquanto segurava os joelhos.

— Eu falo, só não desperdiço palavras. As pessoas nunca dizem o que realmente querem dizer. É uma coisa de que sinto falta sobre você. Sempre disse o que sentia, e fazia isso com o menor estardalhaço possível.

Ravan tirou algo do bolso.

— Sua amiguinha, Zoey é o nome dela? Ela tinha isso com ela. — Holt viu que era o canivete suíço do pai dele. — Eu reconheci. Sei quanto isso significa para você. Os outros o teriam trocado por gibis ou algo idiota assim.

Ravan abriu uma das lâminas do canivete. Ao contrário de Zoey, ela encontrou a lâmina certa de imediato; sua principal lâmina, uma faca longa e brilhante, e Ravan suavemente correu o dedo ao longo do fio.

— Minha nossa! Você certamente mantém isso afiado, hein?

Holt ficou imóvel enquanto observava o canivete nas mãos dela.

— Você sabe, vai ter que fazer mais do que apenas "falar" comigo, Holt — disse ela lentamente, virando a lâmina, observando-a refletir a luz das chamas das fogueiras. — Há coisas que eu preciso ouvir de você, coisas que preciso saber. Tenho certeza de que não preciso lembrá-lo de que coisas são essas; tenho certeza de que você sabe que vai dizê-las a *alguém* um dia. Seria melhor, por vários motivos, *muito* melhor, se esse alguém fosse eu.

Ravan casualmente desviou o olhar da lâmina e voltou a olhar para ele. Holt não disse nada, apenas a observou com cautela. Ela se moveu em direção a ele, segurando a lâmina delicadamente. Holt observou-a se aproximar. Houve uma época em que Holt tinha certeza de que ele era a única pessoa que Ravan nunca machucaria, mas isso tinha sido há muito tempo.

Ela virou a lâmina e apontou para o pescoço dele, descansando-a a centímetros de sua garganta. Holt engoliu em seco. Ele estava indefeso, incapaz de se mover, e ambos sabiam disso. Ravan olhou para ele por mais um instante, então levantou a lâmina e cortou os nós que amarravam suas mãos ao cavalinho.

Quando acabou, ela colocou o canivete de lado e se sentou no chão, abraçando os joelhos novamente.

Holt esfregou as mãos, agradecido, sentindo alfinetadas enquanto o sangue voltava a circular nos dedos. Então olhou para a comida na frente dele, que continuava a soltar vapor. Ele estendeu a mão e pegou o prato, passando a engolir avidamente enormes porções com a colher que ela tinha trazido.

— Vejo que os seus modos à mesa não melhoraram em nada — disse Ravan, observando com diversão. — Faz tanto tempo assim que não come comida de verdade? Deve ter sido difícil para você, viver sozinho esse tempo todo. Deve ter sido solitário.

Holt olhou para ela enquanto comia.

— E *você* ainda tenta esconder as perguntas que não quer fazer.

Ravan sorriu.

— Você me conhece bem, não é?

— Se está perguntando se eu senti sua falta, saiba que as coisas nunca são tão claras e simples assim.

— Algumas coisas são. Não é uma pergunta difícil. Você sentiu ou não?

Holt pensou nisso. Em muitos aspectos, eles haviam sido perfeitos um para o outro. Ele tinha seus bloqueios, ela tinha os dela. A triste ironia era que as partes dele que se sentiam confortáveis com Ravan eram as partes de que ele não gostava em si mesmo, mas, no final, a verdade era uma só.

— Senti.

Ravan abraçou os joelhos com mais força.

— Sabe quanto me custou quando você saiu?

— Você sabe quanto teria me custado se eu ficasse?

— Nós éramos talentosos e ambiciosos, sabíamos identificar as pessoas certas e éramos *Imunes*. Depois que Tiberius tivesse morrido, estávamos em condições de comandar todo mundo. Tínhamos tudo do jeito que queríamos.

— Não, tínhamos tudo exatamente do jeito que *você* queria. Você só presumiu que queríamos a mesma coisa.

Ela o estudou com um misto de frustração e confusão.

— Por que não me *disse*? Por que simplesmente... foi embora? Foi embora e não disse nada?

— Eu tentei te dizer, Ravan — disse Holt —, mas sabia que, se dissesse... você não entenderia. Sabia que você ia tentar me impedir.

Ravan avançou com uma fúria explosiva, chutou o prato de comida, fazendo-o se estraçalhar contra o carrossel. Os piratas nas proximidades levantaram os olhos na direção deles. Ravan não se importou, apenas olhou para Holt, e ele pôde ver a dor nos olhos dela.

— Sinto muito — disse ele, e estava falando sério.

— Talvez eu tivesse ido embora com você. — A voz de Ravan era um sussurro agora. — Talvez você devesse ter me perguntado.

— Talvez sim.

A dor se desvaneceu lentamente dos olhos azuis de Ravan, deixando apenas a raiva. Ela olhou para trás, acenou para alguém fora de vista.

— Alguém quer vê-lo.

Holt ouviu passos trovejantes, e viu uma sombra do tamanho de uma mala trotando na direção dele.

Max se chocou contra ele, esfregando o focinho em Holt, e ele sentiu o primeiro lampejo de felicidade desde que despertara. Ele esfregou as mãos nos flancos de Max, afagando-o. O cão parecia em boa forma, bem cuidado.

Holt olhou para Ravan com gratidão.

— Obrigado.

— Ela disse que o cão é seu. Disse que ele significa muito para você.

Holt podia ouvir a tensão na voz dela. Deduziu a quem Ravan estava se referindo.

— Você a feriu?

Ravan sorriu novamente e se inclinou para a frente.

— Não se preocupe. Ela revidou à altura.

Holt sentiu-a pegar sua mão direita. As mãos dela eram mais ásperas do que as de Mira; mais rudes, mas não menos femininas. A forma com que seus dedos deslizaram facilmente através dos dele trouxe de volta algumas lembranças. Nada desagradáveis.

A tatuagem pela metade se destacou no pulso dele. Ravan correu os dedos suavemente sobre ela, traçando o contorno interrompido.

— Eu teria achado bom vê-la concluída — disse ela.

Holt olhou para o pulso direito de Ravan, viu o estoico pássaro negro tatuado ali, a metade inferior idêntica à sua, incompleta. Então seus olhos seguiram a linha de seu braço até um pouco acima da tatuagem e encontraram as cicatrizes. Havia três agora, ele viu. Havia apenas uma quando ele foi embora.

— Uma dessas é por minha causa? — ele perguntou.

Ravan assentiu com a cabeça e apontou para a segunda.

— Eu carrego você em todos os lugares — ela disse. Ele a fitou. Engraçado como é possível ser atraído rapidamente de volta para velhos padrões, por mais perigosos que sejam.

— Não tem que ser dessa maneira. — Ravan ficou ainda mais perto. — Você não tem que morrer, Holt. Eu posso fazer Tiberius voltar atrás. O que aconteceu não foi culpa sua.

— É preciso dar exemplos. Não foi sempre essa a filosofia de Tiberius?

— Tiberius vai ver que você é valioso demais para ser morto — Ravan respondeu. — Não vai ser sem dor, sem punição, não vai ser exatamente como tínhamos planejado... mas você pode voltar. Sei que você tem princípios, sei que tem um código de conduta. Acho que são seu ponto fraco, mas podemos contorná-los.

— E se eu não quiser contorná-los?

— Vamos encontrar um jeito. — Ela pegou o rosto dele nas mãos e o fez olhar para ela. Suas mãos eram quentes e firmes. — Não passei um dia sequer sem pensar em você, Holt.

Ravan estava perto o suficiente para ele sentir o cheiro dela. Era diferente do cheiro de Mira, não o aroma calmante de menta e especiarias, mas algo mais misterioso, mais intenso e revigorante, como flores silvestres na primavera, e ele sentiu o coração acelerar como sempre acontecia.

Holt sabia o que ela queria ouvir. Sua oferta não era tão ruim e Ravan estava certa, ele tinha sorte de ter sido encontrado por ela. Mira e Zoey logo iriam embora. Ele precisava começar a pensar na sobrevivência outra vez, não em seu coração. Além disso, como antes, a verdade era uma só.

— Nunca deixei de pensar em você, também — disse Holt simplesmente. As palavras saíram fáceis. Provavelmente porque eram verdadeiras.

Ravan inclinou-se lentamente, e o aroma que ela exalava o dominou. Era incrível quanto parecia normal, com que facilidade os lábios dela se fundiam aos dele, quanto era natural o calor do corpo dela contra o dele, apesar de todo o tempo que tinha se passado.

Ele sentiu os dedos de Ravan em sua mão, sentiu-a mover seu pulso acima da cabeça, quando sua boca tocou lentamente a dele...

Então ele ouviu um estalido metálico. Um metal afiado prendeu seu pulso direito.

Holt tentou puxar o braço, mas não conseguiu. Estava preso ao carrossel novamente. Holt viu a algema metálica brilhante que o prendia a um poste.

— Ravan, o que...

— Eu fui baleada e esfaqueada, chutada e espancada, fui queimada com tiros de plasma, droga! Quase morri afogada esta manhã — disse ela em voz baixa, a apenas alguns centímetros de distância. — Fui ferida por profissionais, fui ferida pela minha família, mas quando você me machucou, Holt, foi a pior dor que já senti. E ela nunca passou, sabe? Ela só... inflamou. E continuou. Esse tipo de dor nunca cicatriza, não de verdade; ela apenas entorpece, fica em segundo plano até que se pense nela novamente, e então se sente tudo de novo, a mesma dor de antes. — Ela se levantou e olhou friamente para ele agora. — Que tal fazermos um jogo? Vamos para a Estrela Polar, então, um pouco mais além. Acho que chegar lá e voltar para o Fausto deve levar cerca de um mês. Você tem exatamente esse tempo para me convencer de que é verdade o que acabou de dizer. Se fizer isso, vou falar com Tiberius a seu favor.

— Rae...

— Se não, bem... por que insistir em coisas desagradáveis, não é?

Holt sacudiu com raiva a algema acima dele, tentando se soltar. Ela não saiu do lugar.

— Ravan!

Ela apenas sorriu para ele.

— Bem-vindo ao lar, Holt. — Então se afastou, desaparecendo entre as sombras retorcidas e gigantescas produzidas pelas fogueiras do acampamento do Bando.

25. RAIOS

ELES DEIXARAM O PARQUE ao amanhecer. Não havia mais Vácuo para ajudá-los. A caminho do terceiro círculo, teriam que passar pelo Compactador, a Anomalia Estável que guardava a rota para o outro lado.

Mesmo que fosse apenas uma Anomalia do segundo círculo, Mira detestava o Compactador. Era uma zona em forma de cubo que gerava dois enormes pulsos de alta gravidade semelhantes a ondas. Elas arremetiam para a frente e batiam uma na outra com uma força absurda. O impacto das duas ondas criava um estrondo ensurdecedor, comparado ao estrondo sônico, e era preciso usar protetores de ouvido mesmo estando a um quilômetro dali. Se a pessoa fosse apanhada entre as ondas quando estivessem prestes a se chocar, bem... não restaria muita coisa dela para contar a história. Depois de ouvi-lo, o horrível estrondo ocupava os sonhos de Mira por dias a fio.

Seu Léxico confirmava o que ela lembrava: a velocidade das ondas gravitacionais era idêntica e sempre constante. O que variava era o tempo que levavam para se formar. Felizmente, essa variação seguia um determinado padrão e podia ser calculada com uma equação. Cada pulso subsequente era gerado a intervalos cada vez menores, até que chegassem a zero. Então, começava tudo de novo.

Era preciso medir o pulso inicial com um cronômetro, determinar rapidamente quando o próximo seria deflagrado, então, se houvesse tempo suficiente, corria-se ao longo de um terreno do tamanho de um campo de futebol até o outro lado, antes que as ondas gravitacionais disparassem novamente e batessem uma contra a outra.

Mira sentia-se nauseada quando finalmente deu ordem para que seguissem em frente, mesmo sabendo que, em três ocasiões diferentes, ela tinha calculado o tempo dos pulsos corretamente. Gostaria que Ben estivesse ali para fazer isso, evitando que ela fosse a única responsável. Mas ele não estava. Só podia contar consigo mesma.

Todos fizeram a passagem de uma só vez, lançando-se numa corrida frenética; Holt levando Zoey nas costas e Max disparando facilmente na frente do Bando, como se tudo não passasse de uma grande brincadeira.

Milagrosamente, ninguém se deu mal. Pela primeira vez desde o Triturador ou a Tempestade de Íons, ninguém tinha morrido sob a supervisão dela. Mais uma vez, Mira esperou se sentir aliviada ou triunfante, mas não. Se sentiu alguma coisa, foi mais ansiedade, sabendo que não tinham sequer enfrentado o pior que as Terras Estranhas lhes reservavam.

Agora estavam no terceiro círculo. Subindo uma colina íngreme a nordeste, ao longo de uma rodovia cuja placa dizia Dakota do Sul 20, os membros do Bando a seguiam em fila. Mal passava do meio-dia, mas o céu estava escuro como se já fosse anoitecer. Um estranho torvelinho de nuvens azuladas cobria o céu, e a paisagem montanhosa parecia um enorme tabuleiro de xadrez, com trechos de mato e terra nua, onde as Tempestades de Íons tinham devastado tudo ao longo dos anos.

Enquanto caminhava, Mira pensava em Holt e na conversa que tinham tido na noite anterior. Da tenda que dividia com Zoey, ela tinha visto Ravan se afastando do carrossel, mas não havia nenhuma indicação do que poderia ter acontecido entre eles. No entanto, pensando melhor, por que ela deveria se importar, depois do modo como as coisas tinham terminado entre eles?

Mira suspirou. Por que não podia simplesmente odiar Holt por carregá-la por aí como um troféu o tempo todo, por quase ter batido nela, por não ter lhe contado sobre seu passado, por ter pertencido ao Bando — por *tudo* isso?

Aliás, por que não podia se contentar com seu relacionamento com Ben?

A resposta era, ela sabia, porque tanto Holt quanto Ben tinham mostrado que eram tão complexos quanto os sentimentos que ela mesma nutria, que eram muito mais do que aparentavam na superfície.

— Por que você e Holt estão bravos um com o outro? — perguntou Zoey. A menina tinha caminhado ao lado dela desde o Compactador, mas não tinha falado muito.

Instintivamente, a imagem de Holt quase batendo nela sobre o avião surgiu na frente de Mira outra vez.

Mira viu Zoey reagir e seus olhos se estreitarem enquanto ela pensava. Ela sabia que a menina podia ver a mesma imagem em sua própria mente.

— Esse não era Holt — ela disse. — Não, de verdade.

Mira assentiu.

— Eu sei. Mas não é só isso, docinho. Holt foi do Bando.

— Não, ele não foi. Ele *quase* foi. E isso é diferente, não é?

Mira franziu a testa, aborrecida. Evidentemente as coisas eram muito mais simples para Zoey. Sorte dela.

A garotinha pôs as mãos na cabeça e esfregou as têmporas.

— A sua cabeça de novo? — perguntou Mira, puxando Zoey contra seu quadril enquanto elas andavam. As dores de cabeça pareciam estar piorando, mas ainda não havia indicação do motivo.

— Ei, sabe de uma coisa? — disse Mira, tentando distraí-la. — Quando chegarmos ao topo desta montanha, vamos ver a Estrela Polar.

Os olhos de Zoey seguiram a velha estrada, até o topo de uma colina estéril, despojada de vegetação.

— Como ela é? Pense nela — pediu Zoey.

Mira sorriu e pensou. Era fácil. Ela tinha visto a cidade um milhão de vezes: a espiral de luz prismática multicolorida, jorrando de uma fissura nas ruínas de uma pequena cidade à beira de um lago que um dia chamara-se Mobridge.

O pilar de luz assinalava, na verdade, um Poço Gravitacional, o único dentro do terceiro círculo. Os Poços Gravitacionais eram mais comuns no segundo, como o Redemoinho Asimov e o Mestre Misturador, mas aqueles eram diferentes do Poço da Estrela Polar. Quanto mais para cima, maior era a gravidade, o que significava que eles eram perigosos e destruidores. Este funcionava de forma contrária, a gravidade *diminuía* à medida que se subia.

Ele tinha outras propriedades úteis, como vaporizar Tempestades de Íons antes mesmo que chegassem lá.

Por causa disso, os Bucaneiros puderam construir um posto avançado permanente no terceiro círculo, algo que de outra forma seria impossível, até mesmo para os Hélices Brancas.

Devido à baixa gravidade e à necessidade de se ficar dentro do campo de ação do Poço Gravitacional, a cidade não só tinha sido construída perto dele, como tinha sido construída *em torno* dele.

Os Bucaneiros a tinham construído para cima. E para cima de um jeito quase impossível.

Estruturas e armações em espiral, feitas de metal e madeira grossa pilhadas da antiga cidade ou trazidas de fora, elevavam-se ao redor do Poço Gravitacional, em direção ao céu, sobre as ruínas mais abaixo.

Teria sido uma construção impossível sem o Poço; edifícios equilibrados precariamente sobre a superestrutura se estendiam a uma altura muito maior do que normalmente seria possível, acondicionados em torno da coluna maciça de luz, que se elevava por trezentos metros, varandas e torres projetando-se muito além da sua borda.

Quanto mais no alto, menos gravidade havia, e bem no topo ficava o Orbe, uma construção esférica feita de lâminas de metal e vidro.

Dentro dele não havia gravidade alguma, e qualquer um poderia flutuar livremente lá dentro, como se estivesse no espaço, olhando, através do vidro, a cidade mais abaixo.

A luz do Poço atravessava o Orbe, iluminando-o como uma torre de rádio, visível por todo o caminho até o Núcleo. Ele era como um farol, e sempre tinha servido de consolo para Mira, quando ela o via a distância. Ele sempre apontava o caminho de casa.

Zoey sorriu, a dor esquecida, vendo as imagens na mente de Mira.

— É lindo!

Mira sorriu também. Poucos minutos depois, chegaram ao topo, na expectativa de ver tudo o que Mira tinha acabado de visualizar.

Mas Mira perdeu o fôlego ao ver o que havia em seu lugar.

A coluna de luz que marcava o Poço Gravitacional ainda estava lá, mas longe de ser tão brilhante. Estava desbotada, *fraca* e, o mais chocante, o Orbe não estava iluminado. Na verdade... ele não estava mais lá, como se uma mão gigante o tivesse arremessado para longe.

Mira parou e olhou aturdida enquanto os piratas atrás dela começavam a chegar ao topo também.

— Não está nada parecido com o que costumava ser, não é? — perguntou Zoey.

Mira estava atordoada demais para responder. Sentiu o medo se esgueirando pelo seu estômago. O que poderia ter acontecido ali?

O resto da cidade ainda parecia intacto. Ela podia ver as luzes piscando de cima a baixo, na Espiral, nos edifícios e alicerces, retorcidos e espiralados de uma forma que em outro lugar seria impossível. Ela podia ver a antiga cidade assentada em sua base, e a muralha de aço e argamassa que a cercava.

— Essa é a Estrela Polar? — perguntou Ravan atrás de Mira, nem um pouco impressionada. — Eu esperava mais.

Ravan e o resto do Bando tinham se amontoado atrás de Mira no topo da colina, olhando para a cidade ao longe. Holt estava na parte de trás, com as mãos amarradas, os olhos fixos em Mira. A ironia de seus papéis trocados não escapava a ela, mas não lhe dava nenhuma satisfação.

— Tem algo errado aqui — Mira disse a Ravan. — O Orbe não está... *mais lá*. — Ainda não parecia real, mas tudo o que ela tinha que fazer era olhar adiante para ver que era.

— Não sei o que isso significa — Ravan disse, impaciente. — Devemos seguir em frente ou não?

Mira não via nenhum movimento na cidade, mas, pensando bem, estavam muito longe ainda para isso.

— Acho que...

Zoey gemeu e desabou no chão.

— Zoey?! — Mira ajoelhou-se ao lado dela. Max latiu e correu através do Bando para chegar a Zoey. A menina estava consciente, mas a ponto de desmaiar.

Holt abriu caminho entre o Bando. Eles tentaram detê-lo, até que Ravan acenou para que o deixassem passar. Com as mãos ainda amarradas, ele se ajoelhou ao lado dela com Mira.

— O que foi, neném? — ele perguntou preocupado.

— Eu posso sentir algo aumentando, ela disse fracamente. — Dói na minha cabeça, como se fosse dentro e fora ao mesmo tempo. Eu acho que a gente... devia correr...

Holt e Mira se entreolharam com alarme. E, então, os olhos de Zoey se reviraram. Ela desmaiou na estrada velha e ficou imóvel.

— Zoey?! — Mira sacudiu levemente a menina, tentando acordá-la, mas foi inútil.

Uma estranha trovoada ecoou acima deles, de repente. A atenção de todo mundo se desviou para o céu. As nuvens escuras de tempestade rodopiavam mais rápido e com mais força, cada vez mais escuras. Lampejos coloridos flamejavam no meio delas. Vermelho, azul, verde...

Max rosnou quando o vento soprou, e o cabelo preto de Ravan esvoaçou loucamente atrás dela.

— Ruiva, o que está acontecendo?

Mira se levantou lentamente, olhando para o céu. Tudo o que podia fazer era sacudir a cabeça em descrença.

— Zoey está certa. — Isso foi tudo o que Mira disse. Ela podia ouvir o tremor na própria voz. — Temos que correr.

Um raio iluminou as nuvens acima, mas não como qualquer raio comum. Este era espesso e de um azul vibrante.

Caiu a cerca de dois quilômetros de distância e, no lugar, uma explosão de luz cobalto irrompeu no ar. O trovão depois deles foi tão alto que quase os derrubou no chão.

— Jesus! — Holt exclamou em choque.

Mira agarrou o corpo flácido de Zoey e correu pela estrada tão rápido quanto pôde na direção da Estrela Polar. Um raio verde brilhou das nuvens, e a explosão maciça de som que se seguiu dominou tudo. Ela não sabia se o Bando a estava seguindo ou não, e não estava interessada em saber.

Era uma Tempestade de Antimatéria, uma das grandes, e isso deveria ser impossível! Aquele era o *terceiro* círculo. Tempestades de Antimatéria só existiam no quarto, mas esse tipo de regra tinha deixado de vigorar nos últimos tempos.

Zoey pendia inconsciente do colo de Mira, enquanto ela corria. Mira precisava levá-la à Estrela Polar, o único abrigo que tinham. Só esperava que o Poço Gravitacional pudesse repelir a Tempestade de Antimatéria, assim como fazia com a de Íons. Isso nunca tinha acontecido antes.

Com o peso de Zoey, Mira corria mais devagar do que todos os outros, e o Bando começou a ultrapassá-la, descendo a colina. À sua esquerda ela avistou Holt, correndo com as mãos amarradas.

Então, mais raios espocaram e ele foi arremessado no chão quando um raio vermelho caiu a alguns metros dele. No lugar onde o raio caiu, a terra entrou em erupção e surgiu um aglomerado de cristais vermelhos brilhantes.

Ravan deslizou para o chão ao lado de Holt e cortou as cordas das mãos dele com uma faca.

— Acho que você não vai correr na direção oposta, não é? — Mira ouviu Ravan dizer. Holt levantou-se e começou a correr novamente, seguido por Max, latindo e uivando a cada relâmpago que caía. Os trovões eram ouvidos ininterruptamente ao redor deles, como tiros de canhão.

Mira olhou para a frente. A Estrela Polar estava perto, ela podia ver o muro alto, improvisado, que cercava as antigas ruínas da cidade. Um enorme portão de aço feito de partes enferrujadas de carros bloqueava a passagem para dentro. Estava trancado. Com sorte, alguém iria vê-los chegando e...

Um espesso raio verde tirou os pés de Mira do chão. Ela perdeu o equilíbrio e Zoey se soltou dos seus braços, bateu contra o chão e rolou alguns metros, inconsciente.

Mira gritou, em seguida viu Holt pegar Zoey no colo e continuar correndo.

Mira sentiu as mãos de Ravan a levantarem, puxando-a para correr com ela.

— Estou sempre salvando sua pele, hein, Bucaneira?

Mais raios, mais descargas elétricas, mais estranhos cristais brilhantes irrompendo do solo ao redor deles. Mais membros do Bando eram enviados pelos ares nas explosões de raios, ou empalados nas lâminas afiadas das massas cristalinas cintilantes.

Mira viu Max e Holt, com Zoey no colo, chegarem ao portão maciço à frente. Mais alguns passos frenéticos e ela também o alcançaria. Pintado na frente, havia um símbolo gigante e multicolorido: δ.

Mira bateu com força, na esperança de chamar a atenção de quem estivesse de guarda.

— Ei! Abram o portão! — Ela bateu furiosamente. — Estamos aqui fora!

O que sobrara do Bando, cerca de vinte piratas, derrapou até parar na frente do portão. Os relâmpagos continuavam a cair, e atrás deles o campo estéril estava agora pontilhado de cristais brilhantes. Bastava que um dos raios caísse na borda do muro para fritar todos eles.

Ravan chutou o portão.

— Encontrem apoios para as mãos! Ponham abaixo esta droga de portão...

O portão estremeceu e eles ouviram suas rodas rangentes deslizando pelo trilho.

Todo mundo correu para dentro, e Mira olhou para o alto. A tempestade espiralava acima, mas assim que chegava mais perto do Poço Gravitacional, ela se desmaterializava no ar. A cidade a estava *repelindo*. Mira suspirou, aliviada.

Todo o grupo congelou ao som de armas engatilhando e à visão de uma barricada de mais de vinte fuzis.

O Bando respondeu rapidamente, empunhando suas próprias armas. Trovões retumbavam em toda parte no ar.

— Por mais que eu tente, não consigo pensar numa razão para deixar esses canalhas armados do Bando entrarem na minha cidade.

Mira reconheceu a voz imediatamente. Seus olhos encontraram o seu dono, de pé, muito à vontade, no meio de um grupo de adolescentes da Estrela Polar, presumivelmente guardas, todos armados e prontos para atirar. Ele era um rapaz alto e negro da idade de Mira, o mais forte de todos, e seu nome era Deckard.

Ninguém se moveu. Os dois grupos mantiveram seus rifles e espingardas apontados uns para os outros.

Deckard passou seu olhar calmamente pelos membros do Bando na frente dele, até que seus olhos encontraram Mira. E então se arregalaram de surpresa.

— Mira Toombs? — disse com desdém. — Bem, isso acaba com as minhas dúvidas. Joguem todos lá fora novamente.

Todo mundo ficou tenso quando os guardas da Estrela Polar avançaram.

— Deckard, *pare*! — Mira gritou com raiva. — Temos uma garotinha doente com a gente!

Deckard olhou com desinteresse para Zoey desmaiada nos braços de Holt.

— Parece que esse problema é mais de vocês do que meu.

Mira olhou para ele.

— Você prometeu honrar o compromisso de aceitar Bucaneiros na Estrela Polar.

Deckard sorriu.

— Não vejo nenhum Bucaneiro aqui, Toombs. Tudo o que vejo é um bando de piratas sem caráter e você.

Deckard sempre fora um idiota arrogante, mas, provavelmente mais do que qualquer outra coisa, ele cumpria seus deveres. Mira forçou-se a falar com autoridade.

— Você conhece o decreto do Bibliotecário — ela disse com firmeza. — Você estava lá quando ele foi criado. Deixe-nos entrar. *Agora*.

Mira obrigou-se a sustentar o olhar de Deckard. Depois de um instante, ele cuspiu com desprezo.

— Tudo bem. Já deixei seu parceiro entrar. Por mais detestável que seja, posso deixar vocês entrarem também.

Mira arregalou os olhos

— Ben está aqui?

— Apareceu ontem à noite depois que o Orbe desabou, ele e dez Demônios Cinzentos.

— Dez homens? Isso é *metade* do grupo que partiu com ele.

— O Bando pode ficar até que a tempestade passe, mas não vão entrar na cidade — Deckard continuou. — E vão ter que entregar as armas.

Ravan balançou a cabeça.

— Não vai dar. Eu me sinto meio nua sem as minhas armas, sabe?

Deckard cruzou os braços.

— Isso não é negociável.

Mira se voltou para Ravan.

— Se expulsarem vocês daqui, estão todos mortos.

Mais um trovão distorcido ribombou em torno deles como se para enfatizar o que Mira disse. Mas Ravan não pareceu se importar.

— Que tal, como alternativa, simplesmente matar esse cara e seus guardinhas, e tomar este lugar para nós? — Seu tom era perigoso.

Os fuzis nas mãos dos guardas da Estrela Polar ficaram mais tensos. O mesmo aconteceu com os dos membros do Bando.

— Ravan... — disse Holt em advertência. Mais um trovão ecoou atrás do portão, o céu piscando em verde e azul.

Ravan manteve seu rifle apontado para Deckard, ponderando. Então, cedeu.

— Tudo bem. Mas que ninguém diga que não sei ser diplomática. Meninos... *armas no chão*.

Os piratas largaram as armas. Quando fizeram isso, os guardas da Estrela Polar começaram a reunir as armas, junto com todo o equipamento do Bando, até mesmo o grande caixote que vinham carregando.

— Coloquem todos, menos Toombs e a criança, na antiga delegacia — ordenou Deckard. — Amontoem todo mundo dentro das celas, se for preciso. Deixem o Bando lá até a gente dar um jeito nessa bagunça.

Ravan olhou para o garoto.

— Quanta generosidade! — Ela e seus homens deixaram a contragosto que os guardas da Estrela Polar os empurrassem por uma das ruas da antiga cidade, em direção a uma praça abandonada.

Antes que os levassem, Holt aproximou-se de Mira e lhe entregou Zoey. A menina ainda estava fria e imóvel. Max ganiu debaixo deles, olhando para Zoey.

— Leve Max, também — Holt disse a ela. — Senão podem matá-lo.

Mira balançou a cabeça, analisando-o. Holt olhou para trás. Isso era o mais perto que chegavam um do outro em muito tempo.

— Holt...

— Vá, Mira — ele disse calmamente. — Faça o que tem que fazer agora.

Holt sustentou seu olhar por mais um instante, e, em seguida, um dos guardas empurrou-o para longe, pela rua, com os outros. Mira continuou olhando até que ele desapareceu.

26. A ESTRELA POLAR

MIRA OBSERVOU ENQUANTO Holt e Ravan eram levados para as antigas ruínas da cidade. Sabia para onde estavam indo. Ali costumava ser a delegacia de Mobridge, na praça da cidade. Ainda havia celas, e Deckard as usava quando as coisas saíam do controle.

Mas o que ela poderia fazer? O peso de Zoey em seus braços lembrou-a de que não tinha escolha, pelo menos não por ora. Então ela correu até finalmente alcançar Deckard.

— Leve a criança para a enfermaria — disse ele. — Estou muito ocupado para cuidar de vocês agora.

O Poço Gravitacional piscava e pulsava na frente deles, uma coluna gigante de luz fulgurando no ar e desaparecendo num redemoinho de nuvens, centenas de metros acima. Ela podia ouvir seu assobio suave e familiar. Estranhamente, ele parecia ter sempre o mesmo volume, mesmo estando tão perto. Normalmente seu som era agradável, como um suave sussurro, e ela sempre adormecia tranquilamente quando o ouvia.

Mas agora parecia que havia algo... errado. Não era mais um tom constante, era fragmentado, intermitente. Ouvi-lo causava arrepios em Mira. O que estava acontecendo com aquele lugar? Com tudo?

A Estrela Polar, construída em torno da coluna de luz, era composta de duas partes: o Mezanino, um pátio circular no nível do chão, e a Espiral, a cidade propriamente dita, que se elevava no ar ao redor do Poço Gravitacional.

O Mezanino era feito totalmente de concreto, mas nem um pouco plano e sim marcado por padrões irregulares. Cada pedaço era colorido ou decorado com algum tipo de tinta brilhante e metálica, ou pedacinhos de centenas de coisas cintilantes diferentes, como garrafas de vidro, espelhos, pedras polidas, até mesmo pedras preciosas.

A luz do Poço Gravitacional irradiava para baixo e iluminava tudo numa explosão de cores mutáveis e tremeluzentes; e o efeito era deslumbrante.

Mas ele não era mais tão sereno assim.

Na outra ponta do Mezanino estava o que restara do enorme Orbe, e o estômago de Mira se contraiu ao vê-lo.

A enorme esfera tinha caído e se chocado violentamente contra o chão. A maior parte dela tinha desmoronado sobre vários edifícios em ruínas da cidade velha. O resto tinha se esfacelado em milhões de cacos que cobriam o Mezanino como uma estranha neve sobrenatural, tudo isso cintilando e refletindo a luz do Poço.

— Meu Deus! — exclamou Mira.

— Pois é — respondeu Deckard. Ele parecia exausto.

— O que aconteceu?

— O Poço enfraqueceu na noite passada. A gravidade no topo aumentou e o peso do Orbe foi demais. Mas o resto da cidade está intacto.

Mira olhou com ceticismo para a Espiral, elevando-se centenas de metros acima, ao redor da coluna. Ela ainda podia ouvir os sons sibilantes do Poço.

— Quando o Poço voltar ao normal, vamos reconstruir — continuou Deckard. — Agora tenho que acalmar os ânimos por aqui.

Mira olhou para Deckard, horrorizada.

— Quando ele voltar ao *normal*? E se isso não acontecer? E se enfraquecer ainda mais? E se *deixar de existir*, Deckard?

— O Poço vai ficar bem — Deckard respondeu, impaciente. — Sempre ficou, sempre vai ficar.

Mira transbordava de frustração.

— Deckard! As Terras Estranhas estão *mudando*. Para pior. Você precisa evacuar todo mundo da Espiral!

Deckard cuspiu novamente.

— Como fez aquele covarde nas Estradas Transversais?

— Você sabe realmente o que aconteceu por lá? As Estradas Transversais foram invadidas por *Cubos de Tesla*, Deckard! Fora do primeiro círculo!

— Isso não é desculpa. Um cara foge dos seus deveres e todo mundo tem que fazer a mesma coisa? Eu não concordo.

— O "dever" de Eco era zelar pelas pessoas que viviam nas Estradas Transversais. Ele provavelmente salvou a vida de todo mundo lá. Você precisa fazer o mesmo, e precisa fazer isso *agora*. — Ela agarrou o ombro dele com a mão livre e Deckard se virou com raiva.

— Não é você que vai me dizer o que preciso fazer! — ele gritou agressivo. — Não aceito conselhos de muitas pessoas, e definitivamente não aceito conselhos de gente falsa e hipócrita. Você não merece estar aqui, nem você nem Ben. E sinta-se à vontade para "evacuar" este inferno quando quiser! — Ele recomeçou a andar, seguindo para uma escada que levava à Espiral, perto de onde uma massa de adolescentes tinha se reunido. — Não vou abandonar este lugar. Vou mantê-lo vivo mesmo que isso possa me matar!

Mira ficou olhando para ele. Deckard era, e sempre tinha sido, a pessoa mais arrogante, tola e teimosa que...

Zoey se mexeu e gemeu em seus braços, e Mira decidiu pensar nisso mais tarde.

— Max! Vamos! — Mira ordenou ao cão. Ele relutantemente se afastou dos cheiros da cidade e a seguiu. Caminharam o mais rápido possível em direção à mesma escada que Deckard subira.

Aquela era a principal entrada para a Espiral, uma grande escadaria feita de cerejeira polida tirada de Deus sabe onde, e que brilhava tanto quanto o Mezanino, serpenteando e se estreitando enquanto subia, até se tornar uma simples passarela de metal e madeira de carvalho lixado. Dali, mais passarelas ramificavam-se a partir da primeira, escalando e se inclinando em direções diferentes, mas sempre para cima, conectando-se com centenas de edifícios e plataformas que se projetavam para além de toda a estrutura, em ângulos que seriam impossíveis sob gravidade normal.

Mira nunca tinha subido a Espiral sem parar para se maravilhar com a audácia que a levou a ser construída. Ela entendia por que Deckard estava relutante em deixá-la. A Estrela Polar era mais do que apenas uma cidade, era um símbolo de que as Terras Estranhas podiam ser dominadas pelo homem. Que não havia nada que os sobreviventes dos Confederados não pudessem realizar se trabalhassem juntos.

Mira acreditava em tudo isso, mas também sabia que Holt estava certo. Nada continuava igual para sempre. Tanta coisa estava mudando, e parecia que toda a vida dela ficara instável nos últimos meses. Será que aquilo nunca acabaria?

À medida que Mira subia, ela podia ver os cidadãos da Estrela Polar reunidos no Mezanino mais abaixo, e pareciam furiosos. Quando Deckard fez sinal para que fizessem silêncio, a multidão só gritou mais alto.

Quando falou, sua voz parecia cansada, mas não fraca.

— Sei que vocês estão com medo! Nós perdemos o Orbe, é verdade. Mas ele pode ser reconstruído. *Qualquer coisa* pode ser reconstruída.

— E a Tempestade de Antimatéria? — alguém gritou abaixo.

— O Poço Gravitacional a repeliu, assim como faz com as Tempestades de Íons — Deckard respondeu.

— A questão não é essa — gritou uma voz.

— Não deveria ter nenhuma Tempestade de Antimatéria aqui, este é o *terceiro* círculo! — disse outra.

— Como você sabe que o Poço não vai enfraquecer ainda mais? Como sabe que não está enfraquecendo *agora mesmo*?

Os gritos e as vaias subiram de tom e veemência.

— Porque *eu sei!* — Deckard gritou de volta, e a ferocidade em sua voz abafou os gritos da multidão. — A Estrela Polar está aqui há anos, e que um raio me parta se não vai estar aqui pelos próximos anos! Porque é nossa *obrigação* mantê-la assim. Pensem em tudo o que perderíamos se este lugar desaparecesse, toda a história e as conquistas. E o que dizer de todas as pessoas que morreram aqui para construí-la? Vocês pensam nelas, afinal? Hein? O que a morte delas vai significar se simplesmente corrermos daqui e a abandonarmos? — Deckard agarrou o corrimão da escada. A multidão silenciou enquanto ouvia. A convicção na voz dele quase convenceu Mira.

Quase. — Não, senhores. Vocês querem ir embora? Pois façam isso. Agora. Ninguém vai detê-los. Mas eu não vou. Nunca irei embora daqui, não até a Estática me levar. Este lugar vai existir para sempre. Porque é nosso dever garantir isso, custe o que custar.

Os gritos altos da multidão se transformaram em leves expressões de descontentamento e Mira podia dizer que alguns tinham se convencido. Ela discordou com a cabeça e continuou a subir, pegando a segunda plataforma à direita, onde fazia uma curva até um edifício abaulado, com paredes de madeira retiradas de alguma igreja antiga. Os antigos vitrais acompanhavam seu perímetro, refletindo vibrantemente a luz do Poço.

Ela empurrou as portas duplas do edifício, provavelmente retiradas da mesma igreja, e encontrou o lugar vazio. Não era nenhuma surpresa, pois todo mundo provavelmente estava lá embaixo, em meio à multidão.

Dentro da enfermaria havia uma sala circular, com piso de madeira, guarnecida com vitrais coloridos. O teto era todo de acrílico grosso, que deixava a luz cintilante do Poço Gravitacional entrar e preencher o interior do cômodo. Encostadas à parede, havia cerca de duas dezenas de camas, cada uma de um tipo ou formato diferente: bronze, madeira, ferro batido, algumas com cabeceiras, outras sem, camas com dossel ou coloniais.

Mira deitou Zoey numa delas e puxou as cobertas sobre a menina. A respiração dela era superficial. Seu cabelo estava empapado de suor, e Mira afastou-o do rosto. Não havia dúvida, ela estava piorando.

Mas *o que* havia de errado com ela? Nada disso fazia sentido, e só fazia Mira se sentir mais impotente.

Era como se ela já estivesse falhando com Zoey, a coisa que ela mais temia. A garotinha estava doente e abatida. Ela esperava que Mira a levasse à Torre, mas elas estavam apenas na Estrela Polar e Zoey estava quase morrendo.

Tudo aquilo que vinha crescendo dentro de Mira, a dor, a frustração e o medo, não só o silo de mísseis ou Holt quase batendo nela, ou a Cidade da Meia-Noite ou a Estação Clinton, mas tudo o que acontecera, desde o início, tudo explodiu dentro dela, fazendo-a dar um safanão num lampião de vidro sobre o criado-mudo de aço ao lado da cama.

Ele se partiu em pedacinhos no chão. Sangue escorria da mão de Mira. E doía. Mas aquilo lhe deu uma sensação de bem-estar. Por um instante. E, então, a força enganosa da raiva se desvaneceu e Mira chorou. Lágrimas grossas, soluços que sacudiam todo o seu corpo. Ela lutou desesperadamente a princípio, tentando não extravasar sua emoção, mas ela era forte demais naquele momento, e Mira cedeu, cobrindo os olhos e a boca.

Quando se acalmou, Mira abriu os olhos e viu Zoey novamente. Nada tinha mudado. Ela ainda estava lá, deitada em silêncio.

Mira limpou o rosto e se levantou, andou até um armário e tirou dali uma solução antisséptica e bandagens. Estremeceu ao limpar e enfaixar os cortes em sua mão.

O choro havia sido inevitável. Fez até com que ela se sentisse melhor. Mas para que tinha servido? Para nada. A verdade era que ela podia estar em vias de falhar, de não ser forte o suficiente ou inteligente o bastante, mas ela *ainda* não tinha falhado.

E isso não tinha que acontecer. Poderia encontrar um jeito, disse a si mesma. Só tinha que pensar.

Zoey estava piorando. Certo. Isso era verdade. Mas *por quê?*

Mira voltou a pensar no que o Bibliotecário lhe dissera antes de morrer. Ele disse que Zoey era o *Vértice*. Que ela era a coisa mais importante do planeta.

Mas o que isso realmente significava? O que era o Vértice? A única pessoa a sair das Terras Estranhas; Mira sabia que essa era apenas a teoria do Bibliotecário, mas, mesmo que fosse verdadeira, que ligação tinha com o que estava acontecendo agora?

Então um pensamento lhe ocorreu. Um pensamento inquietante.

De acordo com os relatos que ouvira, todos os incidentes ocorridos nas Terras Estranhas tinham começado menos de um dia antes de Holt, Zoey e Mira chegarem.

Eco começou a evacuar as Estradas Transversais um dia antes de eles chegarem.

O Orbe havia caído do alto da Estrela Polar *um dia* antes de eles chegarem.

E se Zoey fosse o elo perdido? E se ela estivesse afetando de alguma forma as Terras Estranhas à medida que avançavam? E se as Terras Estranhas estivessem mudando... *por causa* de Zoey?

E seria "mudança" de fato a palavra certa? Havia o fato de que as Anomalias estavam sendo vistas em círculos diferentes daqueles em que normalmente aconteciam. Mas era isso realmente que estava ocorrendo? Talvez os círculos ainda fossem os mesmos de sempre, Mira pensou. Talvez estivessem simplesmente... *se expandindo*.

A constatação, a ligação entre tudo o que estava acontecendo, foi tão impressionante que o frasco de antisséptico caiu da mão de Mira e se espatifou. Ela olhou para ele em transe, encaixando mais peças do quebra-cabeça.

Aquilo explicava tudo o que tinham visto até então, e explicava até mesmo os Cubos de Tesla nas Estradas Transversais. As Anomalias não tinham passado do primeiro círculo, o primeiro círculo é que tinha se expandido até abranger as Estradas Transversais. As Terras Estranhas não estavam mudando. Elas estavam *crescendo*! E parecia que estavam crescendo mais rápido à medida que Zoey chegava mais perto do Núcleo.

Mira andou até a porta, deixando Zoey deitada na cama, com Max enrodilhado ao lado dela. Deu um passo para fora e olhou para cima, mas o que queria observar não era visível daquele ângulo. Mira moveu-se pela passarela, subiu um pouco mais, contornando a enfermaria, até ficar entre ela e a residência da facção dos Paladinos, uma estrutura semelhante a um castelo, feita de *outdoors* de velhas estradas, suas imagens antigas e letras esmaecidas, mas ainda visíveis em padrões desordenados, acima e abaixo. A bandeira da facção, verde com uma lâmina afiada amarela no centro, tremulava com a brisa.

Mira viu o que estava procurando. A coluna de luz que era o Poço Gravitacional. Ela podia ouvir os estranhos sons sibilantes fragmentados que enchiam o ar. Um pensamento avassalador lhe ocorreu enquanto o observava.

Se o Orbe tinha caído porque o Poço estava mais fraco, e o Poço havia enfraquecido por causa de Zoey, então Mira tinha muito provavelmente levado a destruição para a cidade. E isso significava...

Um saco foi enfiado com força na cabeça dela. Um nó amarrado em torno do pescoço paralisou-a no lugar.

Ela entrou em pânico e gritou, mas foi inútil. Uma mão cobriu a sua boca, mas não havia ninguém para ouvir; todo mundo estava no Mezanino. Ela chutou e lutou, mas quem a prendia era muito mais forte, e Mira sentiu-se ser arrastada para longe.

27. SORTE

MIRA NÃO CONSEGUIA VER NADA, mas tinha uma noção de para onde a estavam levando. Para cima. Através de uma das escadas secundárias. Ela conhecia a sensação de escalar a Espiral, a forma como a gravidade gradualmente diminuía. Podia ouvir a multidão no Mezanino abaixo, ainda fazendo comentários sobre o discurso de Deckard.

Havia pelo menos dois deles com ela, porque a seguravam pelos pés e pelos braços, e eram fortes. Adolescentes já beirando a casa dos 20, ela adivinhou pelos passos pesados, mas Mira não ia facilitar para eles. Lutou ao longo de todo o caminho.

— Faça ela parar de se contorcer — disse um deles.

— Estou segurando firme, não se preocupe. Entre com a cabeça primeiro — disse o outro. Seus captores a levaram por uma porta, e os sons de fora desapareceram quando ela foi fechada. A primeira coisa que notou foi que a sala estava fria. Realmente fria. Ela não tinha certeza do que isso significava, mas...

Mira bateu contra o chão e soltou um gemido. Eles não tinham amarrado suas mãos, então ela rapidamente soltou a corda que prendia o saco na cabeça e o arrancou.

Ela estava num dos frigoríferos da cidade, cortes gigantes de carne pendurados no teto. A temperatura baixa era mantida por Emissores, artefatos que manipulavam forças elementais de um jeito parecido com o Amplificador que ela tinha usado no silo de mísseis.

Neste caso, eles irradiavam frio e zumbiam em cada canto da pequena sala quadrada.

Mas a baixa temperatura do ambiente era a última coisa que preocupava Mira.

Três garotos estavam entre ela e a porta. Eram mais jovens do que Mira, grandes também, embora não tão altos quanto Deckard, mas quase, e ela os reconheceu. Bucaneiros

Da Cidade da Meia-Noite, e a julgar pelas cores que usavam, Vidreiros, não Demônios Cinzentos; mas se não eram Demônios Cinzentos, o que queriam com ela?

— Ei, Mira Toombs — disse o do meio, um garoto loiro com óculos de armação redonda. O fato de saberem o nome dela provavelmente não era bom sinal.

— O que vocês querem? — perguntou Mira, tentando não parecer intimidada, mas fracassando miseravelmente.

— Muito simples, na verdade — disse outro, à esquerda, o maior dos três. Sua voz era áspera e desagradável.

— Só temos uma pergunta para você. Dê a resposta que a gente quer e você pode ir. Praticamente no mesmo estado em que chegou.

Enquanto falavam, os olhos de Mira examinavam o frigorífero, à procura de qualquer coisa que pudesse ajudar. Os únicos artefatos ali eram os Emissores, e eles não seriam muito úteis. Ela tinha deixado suas coisas na enfermaria, com Zoey.

— A última vez que vimos você foi alguns meses atrás, antes de colocarem sua cabeça a prêmio. — Era o de óculos novamente. O terceiro ainda não tinha falado. Mas segurava uma faca, Mira viu. Seu coração bateu mais rápido. — Há algo interessante nisso, no entanto. Naquela época, eu e meus amigos tínhamos certeza de que havia algo diferente em você.

— Você não era... *Imune* — disse o garoto maior, e Mira sentiu um formigamento gelado de medo. Ela tinha uma ideia de qual seria a "pergunta", e havia pouca esperança de que pudesse responder da maneira que eles queriam. Agora era oficial, ela estava mesmo em apuros.

— Você está errado — Mira mentiu. — Eu sempre fui Imune. Se vocês fossem Demônios Cinzentos, saberiam disso.

O menino à direita, que estava em silêncio, balançou a cabeça e finalmente falou.

— Não. Tenho certeza de que você não era.

— Eu também — disse o de óculos. — Então aqui está a questão. Como diabos você fez isso?

Eles começaram a se mover em direção a Mira. Ela deu um passo para trás.

— Conte-nos como você bloqueou a Estática — disse o maior. — Diga-nos como podemos fazer isso também e você pode ir embora.

Mira engoliu em seco.

— O que faz vocês pensarem que eu poderia fazer isso de novo? — Ela tinha que mantê-los falando.

— Ouvimos boatos — disse o mais silencioso. Eles continuavam se aproximando.

— Sobre um artefato em que você estava trabalhando, um artefato para deter a Estática.

— Não — disse Mira, sacudindo a cabeça. — Não deu certo. Ele não vai ajudar vocês, juro.

A faca do garoto mais quieto voou pelo ar e se fincou no pedaço de carne ao lado de Mira. Ela pulou, mal reprimindo um grito.

— Vai mentir? Isso nos deixa muito chateados — disse o de óculos. Ele puxou a própria faca.

O maior fez o mesmo.

— Realmente chateados. Podemos ver seus malditos olhos daqui, Toombs. Droga, nós vimos quando você passou pelo portão. Não somos idiotas.

Mira recuou novamente... e sentiu o metal frio da parede do frigorífico atrás dela. Não havia nenhum lugar para onde ir. Viu os garotos chegarem mais perto, facas na mão, mas não disse nada. Não iria contar a eles sobre Zoey. *Não* faria isso. Não importava o que fizessem.

— Então, tudo bem — disse o maior. — Você vai nos dizer tudo no final. Tim-tim por tim-tim, eu prometo.

Outra voz falou acima do zumbido dos Emissores. Não era suave, mas tampouco era arrogante. Era calma e determinada, e algo nela fez os três garotos se virarem.

— Acho que a chance de isso acontecer é bem pequena.

Mira olhou para além dos três garotos — e sentiu uma enorme onda de alívio. Ben estava na porta, com os olhos colados nos três garotos. Uma mão estava no bolso, a outra equilibrando o dado de bronze, fazendo seu malabarismo entre os nós dos dedos, indo e voltando.

Numa luta, ficava claro que ele não tinha nenhuma chance real. Eles eram maiores do que Ben e estavam armados. Mesmo assim, os olhares confiantes dos garotos desapareceram. Provavelmente porque sabiam quem ele era. Todos ali sabiam. Ben era o Bucaneiro de mais alto nível da Cidade da Meia-Noite, e ninguém conquistava esse título sem ser formidável de alguma forma.

— A diversão acabou — Ben disse a eles. Se se sentia intimidado pelos três grandalhões, não aparentava. — Pode não parecer, mas dar o fora daqui é o melhor que podem fazer.

Os três garotos ficaram quietos, os olhos colados em Ben.

As expressões surpresas e incertas duraram mais um segundo, então o de óculos riu alto. Os outros o seguiram.

— Você fala muito bem para um nerd magricela, numa luta de três contra um. O que é? Está esperando convencer a gente com a sua lábia? *Você* é quem deve dar o fora daqui, antes que se machuque.

— É uma certeza matemática que eu não vou me machucar hoje. Vocês três, no entanto, estão operando sob um conjunto de variáveis muito diferentes. — Ben estudou cada um dos três, um por um, em seguida seu olhar se moveu ao redor da sala, como se a analisasse. — A carne. O piso. E, então... Na verdade, eu não tenho certeza.

Mira estava tão confusa quanto os três garotos. Aparentemente, eles já estavam se cansando de tanto mistério.

— Acabem com esse babaca! — mandou o de óculos.

Todos se viraram e avançaram sobre Ben. Ele não se moveu. Mas Mira viu algo, algo revelador. Quando se aproximaram, uma esfera de luz amarela crepitou em torno dele e, em seguida, desapareceu.

As correntes de um dos grandes cortes de carne se desprenderam, como se em consequência do frio. Uma grande coincidência, mas que veio bem a calhar. A carne congelada provavelmente pesava várias centenas de quilos e, quando caiu, se chocou contra o garoto maior, esmagando-o no chão. Ele não se levantou mais.

Os outros dois rapazes se afastaram, assustados, mas então a ação pareceu estimulá-los. Avançaram contra Ben, as facas reluzentes em punho.

Ben só observava com curiosidade.

O garoto de óculos escorregou num pedaço de gelo enquanto corria, desabou no chão e ouviu-se um estalo nauseante quando sua cabeça se chocou contra o piso. Ele ficou ali, inconsciente.

O garoto mais quieto parou com um solavanco, olhou em choque para o amigo caído, e cravou os olhos em Ben.

Ben o olhou calmamente.

— Pense bem no que vai fazer.

A faca tremeu na mão do garoto. Em seguida, ele fez sua escolha. Investiu pela última vez.

O Emissor, no canto da sala, perto da porta, explodiu num lampejo cintilante de luz verde, espalhando estilhaços em arco. Mira se abaixou, então ouviu um grito quando os detritos atingiram o garoto. Ele girou e tombou, e, como os outros, não se mexeu mais.

Então tudo ficou em silêncio. Mira abriu os olhos e fitou Ben em choque. Ele olhou os corpos dos três adolescentes, um de cada vez.

— *Claro*, o Emissor. Faz sentido. — Ben franziu a testa, um pouco frustrado, e olhou para Mira, pela primeira vez. Não havia nenhum indício de vergonha ou culpa em seu rosto. — Eu ainda estou tentando descobrir o algoritmo subjacente. É... muito complexo.

Mira só olhou para ele, ainda atordoada com tudo que tinha acontecido.

— Vamos — disse Ben, enquanto se virava para a porta. — Vamos sair deste frio.

Do lado de fora do frigorífero, Ben se inclinou contra a grade de uma passarela sinuosa. Mira viu que eles estavam a cerca de um terço do caminho até o topo da Espiral. Acima deles, torres e plataformas estendiam-se e contornavam o reluzente Poço Gravitacional em ângulos malucos, mas Mira apenas olhou para as costas de Ben, um sentimento terrível crescendo dentro dela.

— Eu sei o que você quer dizer. — Ben olhou para o norte e para o céu permanentemente tempestuoso ali.

— Você tem certeza disso? — A voz de Mira tremeu. — Você sabe quanto é perigoso. Sabe o que ele faz a todos que...

— Não a mim, Mira. Ele não vai me afetar como às outras pessoas. — Ben não olhou para ela, apenas ficou ali com as mãos nos bolsos. Mira se perguntou qual delas segurava o Gerador de Oportunidade. — Eu *não podia* deixar de usá-lo, não com o que está em jogo, e não acho que tenha sido coincidência que ele tenha caído nas minhas mãos. Eu posso controlá-lo. Sou provavelmente o único no mundo que pode.

— Não. — Mira fechou os olhos. — Você não pode. Nem mesmo você, Ben. Ele faz você pensar que pode, mas é uma ilusão.

— Você não entende. O poder dele está *aumentando*, Mira, quanto mais longe ele vai nas Terras Estranhas. Agora permanece ativo durante dias. Acho que assim que eu atingir o Núcleo... ele ficará permanentemente ativo.

Mira olhou para as costas dele. Suas palavras seguintes foram apenas um sussurro.

— O que aconteceu com a sua equipe, Ben?

Ele ficou rígido, hesitou... e não disse nada.

A raiva substituiu o horror que Mira sentiu segundos antes.

— Estão mortos, não estão? Morreram porque você usou o Gerador de Oportunidade nas Terras Estranhas! Ele os matou para favorecer *você*! Essa coisa é a causa da morte de todos eles, e se você estivesse pensando direito, veria isso!

Ben finalmente se virou e olhou para Mira, e vê-lo de perto foi chocante.

Ele estava pálido, parecia que não dormia havia dias. Seus olhos, onde a Estática não rastejava através deles, estavam vermelhos e inflamados, e estavam fixos nela.

— Lamento tê-los perdido. Nunca pense que não lamento. Mas o sacrifício deles não foi em vão. Se eu puder chegar à Torre, terá valido a pena.

Mira balançou a cabeça com firmeza.

— Desse jeito não valerá.

— Você simplesmente não vê a lógica disso!

— Não há lógica nenhuma nisso, Ben! A lógica é que você não sabe nem mesmo o que a Torre Partida realmente é. Ninguém sabe. — Ela deu um passo mais para perto, olhando para ele. — Será que os seus Demônios sabem, Ben? Será que eles sabem que você está usando o ábaco? Será que sabem *por que* estão morrendo, um depois do outro, em acidentes aleatórios?

Ben olhou para longe novamente.

O corpo de Mira tremia com a raiva reprimida. Ela odiava aquele artefato mais do que qualquer outro, mais até do que a coisa pavorosa que ela mesma tinha criado. Ele já tinha mudado e corrompido uma pessoa de quem gostava e agora estava fazendo a mesma coisa com a outra. Mas ela não se perdoaria se deixasse isso acontecer.

— Você tem que parar, Ben. Se não fizer isso... vou dizer aos seus homens a verdade. Vou contar o que está fazendo, e que a morte dos seus amigos é responsabilidade *sua*. Vou, Ben, eu juro por Deus que vou, e sua expedição vai estar *acabada*. Me diga que entendeu o que estou dizendo.

Enquanto Mira falava, Ben olhou para ela e algo passou pelo rosto dele. Um olhar que ela nunca tinha visto, algo tão estranho nos olhos de Ben Aubertine que era de dar arrepios. Ela viu raiva. Ódio. Toda emoção negra e vil que alguém poderia sentir passou pelos olhos dele...

... e então desapareceu, substituída pelo seu comportamento tranquilo de sempre.

Ele olhou para ela de um jeito estranho, estudando-a como se fosse a primeira vez, como se tivesse acordado de algum tipo de sonho.

— Talvez tenha razão — admitiu, e ela ouviu uma agitação na voz dele. — Talvez... Eu não possa controlar isso.

O alívio inundou Mira. Ela se aproximou dele.

— Você é mais forte do que isso. Holt desistiu do artefato, e estava com ele havia mais tempo do que com você. Você pode fazer isso também. Vou te ajudar.

Ben olhou para ela, os pensamentos dando voltas em sua cabeça.

— Se eu fizer isso, você vai para a Torre? Hoje à noite? Vai comigo?

A pergunta a surpreendeu. Mira sentiu uma onda de confusão, principalmente porque a reação dela agora era muito diferente de antes. Ela pensou em Holt, preso na cela de cadeia com Ravan. Não havia nenhuma maneira de ajudá-lo agora.

A verdade é que, se ela quisesse chegar à Torre, Ben era sua melhor... talvez sua única opção.

— Sim — disse Mira. O rosto dele se iluminou num sorriso cheio de alívio e ele se aproximou dela, mas ela o impediu. — Zoey tem que ir com a gente.

O sorriso de Ben desapareceu.

— Mira...

— Disso não abro mão. Se quer que eu vá com você para a Torre, como nós sempre sonhamos, Zoey tem que vir também.

Ele a estudou durante muito tempo, pesando tudo, calculando os riscos e as vantagens, fazendo as contas. Por fim, concordou.

— Tudo bem.

Mira jogou os braços ao redor dele. Ben a abraçou também.

— Encontre-me na Bigorna em uma hora — ela sussurrou. — Eu tenho que destruir o meu artefato. Vamos destruir o Gerador de Oportunidade também; então, vamos embora.

Ben pareceu confuso.

— O Gerador de Oportunidade é um artefato do quarto círculo. Assim como os componentes do seu. Não podemos destruí-los aqui.

— Acho que já estamos no quarto círculo, Ben. Neste exato momento. — Ben levantou uma sobrancelha. — Acho que as Terras Estranhas estão se *expandindo*, e acho que já sei por quê. Também aposto que a coisa vai piorar.

Mira viu o antigo olhar de curiosidade aparecer, o que ele exibia quando se deparava com uma nova equação para resolver, algo para descobrir, decifrar e entender. Era bom vê-lo.

— Eu te conto na Bigorna — disse ela. — Vou te contar tudo, ok?

Ben assentiu. Quando se separaram, Mira correu de volta pela passarela até a enfermaria, para pegar as suas coisas. Sentia os pés leves, e não era só por causa da baixa gravidade da Espiral. Ben seria o líder agora, ela sabia. Ele iria arcar com o peso da responsabilidade que Mira estivera carregando, tomaria para si o medo e a preocupação. Tudo ficaria bem agora.

Ela riu enquanto corria, contornando a coluna maciça de luz. Nem sequer percebeu o estranho som fragmentado e sibilante que vinha do Poço Gravitacional e enchia o ambiente, e que parecia pior, *muito pior*, do que antes.

28. INVIOLÁVEL

A DELEGACIA AINDA ESTAVA em boas condições, provavelmente por causa do fenômeno da desaceleração do tempo típico das Terras Estranhas, e do fato de os habitantes da Estrela Polar evidentemente a usarem, muitas vezes, como cadeia. A parede inteira dos fundos se dividia em cinco celas, com barras de ferro fundido na frente e a parede de tijolos do edifício atrás.

Do lado de fora das celas, as velhas escrivaninhas acumulavam pó. Holt podia ver suas coisas jogadas num canto, fora do seu alcance. Todas as bagagens e armas, incluindo as dele, e o grande caixote de madeira que os homens de Ravan tinham carregado até ali.

Quando chegaram, havia apenas uma pessoa numa cela, o resto estava vazio. Agora cada cela continha quatro ou cinco membros do Bando, e Holt estava na que ficava ao lado da última, juntamente com Ravan e dois dos seus homens.

A figura solitária na cela ao lado estava sentada num canto em meio às sombras, e não parecia se importar muito em não ter companhia. O cara nem sequer olhava na direção deles.

Holt se sentou com as costas contra a parede de tijolos, olhando para a claraboia, na parte superior do teto, a mais de sete metros acima deles e fora do alcance. Ela brilhava ocasionalmente em cores diferentes, e o brilho era sempre seguido pelo estrondo fragmentado de trovões. Aquela tempestade insana ainda rugia lá fora, mas parecia um pouco mais distante agora.

Ravan andava de um lado para o outro, olhando através das grades. Ao chegar, ela havia testado as barras de ferro, tentando encontrar pontos fracos, e examinado os cadeados, mas não havia nada que pudesse fazer. Estavam muito bem presos e trancafiados, mas ainda assim ela andava de um lado para o outro como um tigre enjaulado.

— Dá pra você sentar? Está me deixando enjoado — Holt pediu sem tirar os olhos da claraboia.

— Sempre existe uma saída — respondeu ela. — *Sempre.*

— Você nunca gostou que a prendessem. Essa é a única coisa que a deixa fora de si.

— Isso me deixa louca! — Ela chutou a porta novamente, que mal estremeceu. — Me faz ter vontade de arrancar os cabelos.

— Prefiro que você não faça isso — Holt respondeu incisivamente. — Apenas tente relaxar. Vão soltar a gente quando a tempestade acabar. Só não querem você na cidade.

Ela se virou e olhou para ele.

— Eles não querem *a gente* na cidade, você quer dizer.

Ravan tinha razão. Ele estava na mesma cela que ela, não estava? Gostaria de saber o que Mira estaria fazendo, se Zoey estava bem. A garotinha parecia mal quando a pegaram dos braços dele.

— O que você está fazendo aqui, Holt? — perguntou Ravan. Ela estava olhando para ele com um ar de interrogação genuíno. — Tem a ver com aquela menina, não é? É fácil perceber. Você não traria uma criança pequena para um lugar como este, mas é o que está fazendo, por isso ela tem que estar envolvida. É a única peça que não se encaixa.

— É... complicado.

— Deve ser mesmo — respondeu Ravan. — Holt Hawkins *odeia* artefatos. Entrar nas Terras Estranhas seria a última coisa que ele faria.

Holt a analisou. Ela queria saber a verdade. Mas como ele poderia contar?

— Eu só não sei se você iria acreditar.

A dor brilhou nos olhos de Ravan novamente.

— Nunca sequer passou pela sua cabeça, não é? Que eu possa surpreendê-lo? Se você pelo menos se desse ao trabalho de tentar, talvez descobrisse que sou mais do que você pensa.

261

— Ravan, eu não quis dizer isso...

— Esqueça — ela disse, se virando.

Observando-a, ocorreu-lhe que ele tinha provavelmente magoado Ravan mais do que qualquer outra pessoa que já tivesse conhecido. E Holt parecia viver fazendo isso. Talvez fosse porque, na visão dele, Ravan era indestrutível; ela poderia aguentar qualquer coisa que o mundo lhe impusesse, e assim ele inconscientemente se dava permissão para ignorar os sentimentos dela. No entanto, independentemente da imagem que ela passava, Ravan era humana e se magoava. E ela merecia mais do que isso.

Ainda assim, o segredo de Zoey era perigoso, e quanto menos pessoas o conhecessem, melhor. Ela podia deter a Estática, e ele não gostava da ideia daqueles piratas do Bando sabendo disso. Só Deus sabia o que poderiam fazer se descobrissem. Mas, pensando bem, ele provavelmente nunca mais veria Mira e Zoey novamente, nem mesmo Max. Estava sozinho agora.

Holt olhou de volta para Ravan.

— O fato de eu estar aqui não é mais surpreendente do que você estar. Pelo que me lembro, Tiberius nunca se interessou pelas Terras Estranhas.

Ravan soltou uma risada.

— Antes de *você*, quer dizer.

Holt olhou para ela, confuso.

— Antes de mim?

— Depois que Archer morreu, Tiberius teve que encontrar outra maneira de preservar o seu legado — Ravan continuou, ainda sem olhar para Holt. — E não tinha outra opção, não é?

A resposta ocorreu a Holt imediatamente.

— Avril! — exclamou. Ravan não respondeu, mas nem precisava. Era a única coisa que fazia sentido. — Você está aqui para encontrá-la?

— Já a encontrei — disse Ravan. — Eu a vi há poucos dias, pelo menos acho que vi. Ela está com os Hélices Brancas.

Os Hélices Brancas? Se Ravan estava ali por causa deles, Tiberius tinha praticamente enviado a garota em uma missão suicida. No entanto, aquilo não fazia sentido. Ravan era uma das melhores líderes de Tiberius, e ele era um mestre estrategista. Nunca arriscaria a vida dela levianamente, mesmo que isso significasse ter Avril de volta. Por outro lado, ele também era uma pessoa implacável.

— Pelo que ouvi, os Hélices Brancas não parecem o tipo de grupo que cederia de bom grado um dos seus — disse Holt. — Mesmo que ela seja a filha de Tiberius Marseilles.

— Provavelmente não. Mas a *trocariam* por algo do interesse deles.

Instintivamente, Holt desviou os olhos e fitou, através das grades, o lugar onde os guardas da Estrela Polar tinham deixado todo o equipamento do Bando. Entre as bagagens estava o grande caixote que os homens de Ravan carregavam com eles o tempo todo.

— Qualquer acordo que se tenha com os Hélices Brancas é secreto — interrompeu uma voz num tom reprovador. A figura na outra cela ficou de pé e se moveu em direção a Holt e Ravan com a graça controlada de alguém acostumado a fazer coisas muito mais ágeis do que simplesmente caminhar. — Não deve ser discutido abertamente.

Holt podia vê-lo claramente agora, de roupas pretas e cinza-claras, botas, calças cargo, camisa enfiada nas calças, um colete com bolsos, cintos de utilidade. Um garoto em torno de 18 anos talvez, a Estática rastejando em seus olhos.

Ravan examinou-o com cautela.

— Nele eu confio — disse ela, apontando com a cabeça para Holt. — Mesmo que ele não confie em mim. — Holt achava que tinha merecido o comentário. — Mas em você... Não sei.

O garoto se inclinou casualmente contra as barras.

— Fui enviado para escoltá-la até o Santuário. Meu nome é Chase.

— Você é um dos Hélices Brancas? — perguntou Holt, surpreso.

Chase assentiu uma vez. Ravan franziu o cenho.

— Bem, isso é mesmo ótimo, não acha? Que droga de escolta é essa se você está preso na mesma prisão que nós?

Chase sorriu.

— Posso estar na mesma cadeia, mas não estou preso. Quando chegar a hora, vamos para o Santuário.

Holt estudou o garoto e seu comportamento calmo e perigoso.

— Está dizendo que deixou que o prendessem para se encontrar com o Bando aqui?

O garoto deu de ombros.

— Não disseram a vocês que alguém os encontraria na Estrela Polar? Bucaneiros e Hélices Brancas não morrem de amores uns pelos outros, e o impulso de prender um Hélice Branca perambulando solitário por aí seria irresistível. Ele seria capturado e levado justamente para o lugar onde queria estar. É sempre mais fácil deixar que a água nos leve em direção à nossa meta, em vez de nadar contra a corrente.

Holt olhou para os hematomas e cortes no rosto do garoto. Os guardas, obviamente, não tinham sido gentis com ele. Se ele considerava aquele o caminho "fácil", Holt não queria nem imaginar o difícil.

— Tudo bem — disse Ravan, aborrecida. A entrada do garoto em cena havia surtido certo efeito sobre ela, mas parecia cada vez menos impressionada agora. — Quando vai chegar essa hora?

O Hélice deu de ombros e voltou para o seu canto escuro.

— Não dá pra saber, mas ela chegará. — Ele mergulhou nas sombras de novo e se mesclou com elas. — A Torre quer assim.

Holt e Ravan se entreolharam com ceticismo.

29. NADA CONTINUA IGUAL

MIRA ESTAVA NO TOPO DA ESPIRAL — ou pelo menos no que *agora* era o topo. Acima dela, os pilares e escoras retorcidos e quebrados que sustentavam o Orbe pendiam para fora, de onde ele tinha se soltado um dia antes. Não parecia real, olhar o espaço vazio onde a esfera maciça deveria estar.

Abaixo, a cidade brilhava como sempre, prédios, passarelas e plataformas se estendendo até o chão, em torno da coluna maciça de energia cintilante e tremeluzente. Quando se olhava para baixo, as coisas pareciam normais. Ao olhar para cima... descobria-se a verdade.

Ela estava ali por uma razão, Mira se lembrou. Ela estava na Bigorna da cidade.

A Bigorna era um artefato principal que facilitava a destruição de outros artefatos, e só podia ser usada nas Terras Estranhas. Os artefatos só podiam ser destruídos no círculo em que tinham sido criados ou, no caso de uma combinação, apenas no círculo a que pertencia o seu componente mais poderoso. Por isso havia várias Bigornas em cada círculo, a maioria posicionada ao longo das rotas principais para facilitar o acesso. Afinal, ninguém ia querer viajar até Estrela Polar para destruir uma combinação do primeiro círculo.

A Bigorna da Estrela Polar estava numa plataforma ao ar livre, feita de aço e madeira polida, e rodeada por várias unidades de alojamento para visitantes — pequenas cabanas construídas para Bucaneiros de passagem, umas em cima das outras, ligadas por escadas e pontes a vários metros do chão. A plataforma da Bigorna se estendia na diagonal, a trinta metros de distância do alicerce principal, equilibrada em nada mais do que alguns canos finos de metal, algo que teria sido impossível na gravidade normal. A coisa toda parecia prestes a desabar a qualquer momento, mas estava se aguentando em pé.

Mira olhou para o artefato em frente a ela. Uma Bigorna era exatamente isso, uma velha bigorna retirada da forja de algum ferreiro. Ao lado dela, havia prateleiras metálicas com uma variedade de marretas antigas. Qualquer uma delas daria conta do recado. Bastava colocar o artefato na Bigorna, escolher uma marreta e bater com toda a força. Qualquer artefato ou combinação iria se esfacelar, caso pertencesse ao mesmo círculo em que estava a Bigorna.

Mira deixou sua mochila e o Léxico na plataforma, em seguida tirou do bolso a combinação de artefatos que criara, com o velho relógio de bolso no centro. Colocou-a na superfície marcada e escurecida da Bigorna e olhou para ela com uma complexa mescla de emoções agitando o peito. Ela não sentia nada mais que horror e arrependimento quando olhava para o artefato agora. De certa forma, esse era o fim de uma longa jornada, iniciada havia meses. O momento em que ela o destruísse seria mais um marco em sua vida.

— Mira! — chamou uma voz atrás dela. Ben estava na ponta da plataforma, onde ela se ligava a uma passarela. Na mão dele, o Gerador de Oportunidade.

Ben parecia ainda mais cansado do que antes. Pálido e enfraquecido. Ela se perguntou se *ele* mesmo se reconheceria ao se olhar no espelho. Depois que destruísse o Gerador, ele ficaria bem, Mira disse a si mesma. Ele tinha que ficar. Ela *precisava* que ele ficasse.

— Estou feliz que tenha vindo — disse ela.

Ben fitou seus olhos.

— Você... realmente tem certeza disso?

Mira confirmou balançando a cabeça.

— Qualquer vantagem que esta coisa te dê, ela tira na mesma proporção. Não vale a pena pagar esse preço. Já perdi muito por causa dele e você também; você simplesmente não viu ainda. Preciso que confie em mim, Ben.

— Eu confio em você. Você sempre vê as coisas de forma tão clara... — Ben se aproximou dela com seu ar exausto. — É uma das razões... por que eu te amo, Mira.

Mira congelou com as palavras. Em todo o seu tempo juntos, depois de tudo o que tinham passado, ele nunca tinha dito aquilo.

Ela não sabia o que dizer.

— Ben...

Ele se aproximou. As mãos dele puxaram gentilmente os colares de dentro da camiseta dela. Seus dedos os separaram, um após o outro, até que encontraram o que ele estava procurando. O pequeno par de dados de bronze.

— Você se lembra da noite em que eu te dei isso? — perguntou.

Mira assentiu.

— Você se lembra do que eu disse quando fiz isso?

— Sim.

Os olhos dele se desviaram do colar e se fixaram nos dela.

— Sei que isso vai parecer traição, e uma contradição se pensar em tudo o que eu te disse aquele dia, mas não é. Juro que não.

Ela olhou para Ben, confusa. O que ele queria dizer com...

Mira recuou quando Ben arrancou outro colar do pescoço dela. O Vórtice Gravitacional que ela sempre usava para casos de emergência. Antes que Mira pudesse reagir, ele deu um passo para trás e empurrou-a por sobre o corrimão da plataforma.

O frasco de vidro da combinação se estilhaçou. Houve um clarão e um zumbido e, em seguida, Mira ofegou ao sentir que era erguida no ar numa nuvem de partículas ascendentes de luz, girando descontroladamente dentro de uma esfera de gravidade zero.

— Ben! — ela gritou, tentando alcançar algo. Mas não havia nada onde pudesse se agarrar, ela apenas flutuava, impotente. A Bigorna e suas prateleiras estavam fora de alcance. Ela estava presa numa armadilha.

— O que está fazendo?! — exclamou, mas uma parte dela já sabia.

Ben olhou para ela com tristeza e enfiou o Gerador de Oportunidade no bolso.

— A Torre é muito importante. Tentei te explicar isso, mas você não entende.

— Ben, não faça isso! — Mira implorou. — Toda a sua equipe vai morrer. *Você* vai morrer. Isso não é...

— Sei que parece horrível racionalizar a morte deles, mas o Gerador de Oportunidade vai garantir que eu chegue à Torre. E eu *tenho* que alcançá-la. Tudo depende disso.

Mira ficou ali, girando no Vazio, sem poder fazer nada. Ela assistiu enquanto Ben se ajoelhava ao lado da mochila dela e tirava alguma coisa dali. Quando viu o que era, seu coração quase parou. O cilindro de vidro do plutônio, com o amortecedor ainda ligado à sua superfície. O mesmo que ela carregara ao longo de toda a jornada, que ela tinha arriscado a vida para proteger e de que precisava se quisesse cumprir a promessa que fizera a Zoey.

Ben colocou o plutônio na própria mochila e olhou para Mira. Seu rosto estava mais cheio de emoção do que ela jamais vira nele.

— Nada na minha vida foi mais difícil do que isso, sabendo que você nunca vai entender por que estou agindo assim. Sabendo que você nunca vai me perdoar. Dói mais ainda porque, quando eu mudar tudo isso, esta realidade não vai mais existir. Ela será substituída pelo que deveria ter sido, um mundo sem os Confederados. E eu nunca vou ter a chance de fazer as pazes com você. Porque nunca mais a gente vai se encontrar.

— Ben, não! — ela gritou. — Não posso levar Zoey à Torre sem o plutônio!

— Essa é a questão, Mira. Você não vai ter motivos para ir comigo agora. Estou poupando você dessa jornada. Você não pode chegar à Torre sozinha, sabe disso. Se for sincera, vai perceber que uma parte de você está aliviada por não ter mais que tentar.

— Ben, por favor, não faça isso! — ela implorou, lutando contra o Vórtice. — *Zoey* é quem precisa mudar tudo isso. Não *você*!

Ben não respondeu, apenas olhou para o céu acima deles.

— Eu gostaria de poder ver o escorpião, mas... não consigo. Acho que é algo que só você pode fazer. — Ele olhou para ela. — Eu estava falando sério. Eu te amo, Mira.

Então ele se virou e desapareceu pela passarela, de volta para a Espiral.

— *Ben!* — Mira gritou com tristeza, mas não havia nada que pudesse fazer.

Tinha perdido o plutônio, assim como Ben.

ZOEY ESTAVA OUTRA VEZ no alto da barragem, olhando para a planície inundada, mais abaixo. As sombras se retorciam ali como antes, mas havia mais delas agora. Milhares em vez de centenas, emergindo e fervilhando na água, estendendo os braços na direção dela.

Por quê? A sugestão veio, projetada para ela, e dessa vez tão forte que encheu sua mente com dor e escuridão.

Por quê?

A terra não estava mais imóvel como numa fotografia, estava tudo em movimento — só que se movia mais depressa do que deveria, como se o tempo estivesse avançando cada vez mais rápido. Apenas as sombras pareciam se mover no tempo normal.

— Acorde, Zoey! — Uma voz encheu sua mente. Sua própria voz, fina e baixinha. — O equilíbrio deve ser restaurado.

Tudo estava acelerando, cada vez mais rápido. A planície inundada secou, as árvores e a grama murcharam até ficarem escuras e carbonizadas, a barragem rachou e desmoronou e se desfez em pó. O mundo adquiriu um lancinante tom branco...

— *Acorde!*

Ela acordou... e tudo se desvaneceu.

Zoey piscou, ainda grogue, ao acordar num lugar estranho, que não era onde ela se lembrava de estar. Não estava mais no topo de uma colina, diante de uma tempestade assustadora. Estava numa sala cheia de camas e armários e uma luz opalescente que vinha do teto; e ninguém mais estava com ela. Exceto o Max. Ele estava ao lado da cama, olhando para ela com olhos preocupados. Zoey sorriu e acariciou as orelhas dele.

O movimento lhe causou dor na cabeça, e ela fez uma careta.

— Ai...

Zoey lentamente rolou na cama e se sentou, e a dor aumentou em sua cabeça quando ela fez isso. Não era tão ruim quanto antes, quando ela tinha ido dormir, mas ainda assim latejava.

Então Zoey notou algo. Sensações. A toda sua volta. Enchendo o ar. Elas estavam ligadas à dor em sua cabeça, assim como quando aqueles cubos estranhos tinham aparecido na cidade de ferro-velho. Era como energia fluindo de todos os lugares, mas essa não irradiava nenhum calor ou sentimento, ela só sabia que estava lá, e o que quer que fosse, pulsava e se fortalecia no mesmo ritmo que a dor de cabeça.

Zoey se levantou e aproximou-se da saída. Max choramingou e saiu com ela.

Havia uma cidade maravilhosa em torno deles, estendendo-se muito acima num amontoado impossível de andaimes e plataformas. Construções, muito maiores do que deveriam ser, projetavam-se precariamente do pilar central retorcido, que espiralava em direção ao céu.

Era a Estrela Polar, Zoey sabia, porque tinha visto tudo na mente de Mira, e o lugar era lindo. Mas estava diferente. Zoey viu o que restava do Orbe quebrado no chão, mais abaixo. Uma centena de adolescentes se movia em torno dele, como formigas operárias, desmontando o que podia ser reaproveitado e limpando laboriosamente o resto. No topo da cidade, Zoey podia ver onde a coisa ficava antes, bem como as escoras metálicas retorcidas que tinham se soltado do Orbe quando ele desabou.

O chão abaixo flamejava com o reflexo das cores prismáticas que deviam vir do Poço Gravitacional, mas ela não podia ver a Anomalia. A espiral retorcida de edifícios e passarelas bloqueava sua visão, por isso ela começou a descer, seguindo um caminho sinuoso que contornava as construções multifacetadas da cidade. Passou por uma multidão de adolescentes e nenhum deles prestou muita atenção nela, pois estavam muito ocupados falando do Orbe e da Tempestade Antimatéria e se perguntando se deveriam ou não ir embora enquanto ainda tinham chance. Mesmo assim, poucos estavam se encaminhando para as saídas; a grande maioria estava subindo de volta para suas casas, sótãos e oficinas.

Zoey percebeu que estavam todos vestindo as mesmas cores que os habitantes da Cidade da Meia-Noite. Olhando para cima, ela podia ver flâmulas tremulando em alguns edifícios, cada uma com símbolos e cores diferentes. Aparentemente as facções da Cidade da Meia-Noite estavam representadas ali, o que fazia sentido. Os Bucaneiros vinham da Cidade da Meia-Noite e aquele lugar era um posto avançado de Bucaneiros.

Zoey chegou a uma escada colorida que descia em curva até o chão e, quando chegou ao Mezanino coberto de concreto, seguiu a luz refletida do Poço até finalmente vê-lo.

Uma coluna gigante e maciça de pura energia cintilante e tremeluzente fluía numa ascendente, em direção ao céu. A Espiral da Estrela Polar se equilibrava em torno dela, como um vertiginoso saca-rolha. Era estranho de se olhar. Parecia que a coisa toda iria despencar a qualquer momento, mas de alguma forma isso não acontecia. Ela só pendia precariamente no ar, enquanto milhares de adolescentes subiam e desciam por suas escadas e caminhos sinuosos.

Mas ela olhava principalmente para o Poço Gravitacional.

Sabia que ele era a fonte das sensações que estava captando. A dor na cabeça ia e vinha em ondas, no ritmo da sua pulsação cadenciada. E havia outra coisa, algo que provavelmente só ela podia ver de fato. Ele estava cada vez menos brilhante, o intervalo entre seus lampejos aumentando. Por outro lado, a dor em sua cabeça parecia diminuir.

Zoey viu uma parede de tijolos circular, erguida em torno da base do Poço Gravitacional, onde a energia explodia para fora da terra. Mas não era fechada. Uma arcada permitia a entrada, e Zoey andou até lá e a atravessou.

Do outro lado, havia um pátio circular com bancos e mesas para que as pessoas observassem o Poço, enquanto ele pulsava. Zoey podia ver por quê; daquela pouca distância, ele era incrivelmente belo.

Max soltou um ganido quando ela andou em direção ao Poço e parou à beira do concreto, a menos de um metro do imenso buraco. Estranhamente, ele não emanava nenhum calor, Zoey notou, e mal emitia qualquer som, apenas um estranho e fragmentado assobio que não era de todo desagradável.

Instintivamente, Zoey fechou os olhos e concentrou-se na Anomalia; quando fez isso, a dor de cabeça diminuiu.

Ela suspirou de alívio, grata por sentir menos dor, mesmo sem saber por que ela tinha diminuído. Zoey podia sentir a coluna gigante de energia, senti-la fluindo para cima, concentrando o peso do mundo e absorvendo-o em si.

Parecia incrível. Parecia...

Zoey abriu os olhos. Alguma coisa estava errada.

O Poço Gravitacional cintilou na frente dela, e não como antes. Ele piscou violentamente, o assobio se intensificando, interrompendo-se e depois voltando. Perto dela, ouviu o rosnado de Max, mas estava muito concentrada na Anomalia para se distrair.

O Poço oscilou de novo, e dessa vez não voltou a ficar tão brilhante.

Zoey deu um passo para trás, ao se dar conta da verdade. O Poço estava prestes a morrer. Ela sabia, porque as sensações ao seu redor estavam diminuindo e ficando mais fracas. Ele já estava enfraquecendo antes de ela chegar, mas agora isso estava acontecendo muito mais rápido. De alguma forma o Poço era a fonte da dor de cabeça e a dor estava diminuindo. Horrorizada, Zoey percebeu que tudo tinha começado quando *ela* se aproximara dele.

O Poço piscou de novo, pareceu enfraquecer, o assobio esmaecido, quase indiscernível agora. Ela ouviu a cidade acima gemer profundamente, quanto mais o peso sobrecarregava seus alicerces.

Os olhos de Zoey se arregalaram de medo.

— Não... — ela gemeu. A ideia de que ela podia ser responsável por aquilo apavorou-a mais do que qualquer outra coisa na vida. Se o Poço Gravitacional perdesse a força, toda a cidade iria despencar, e todos nela morreriam, inclusive Mira e Holt, e tudo seria culpa dela. *Tudo!*

— Por favor, não... — Zoey fechou os olhos novamente. Talvez ela pudesse salvar o Poço de alguma forma, talvez pudesse detê-lo. Ela projetou sua força mental e sentiu o Poço Gravitacional ali; podia senti-lo como antes, embora ele estivesse visivelmente mais fraco.

Zoey clamou pelos Sentimentos e eles emergiram dos recessos do seu ser, enchendo-a com força e confiança, quase o bastante para esquecer o que estava prestes a acontecer. Os Sentimentos se mesclaram e se fundiram com o Poço através de sua mente, e ela viu o que pretendiam, o que sugeriam. Ela sabia o que tinha que fazer.

Zoey se concentrou na Anomalia, projetando sua própria energia *dentro* dele. A luz dourada brilhou e se intensificou como fogo em todo o corpo dela e fluiu para o Poço, enchendo-o novamente de energia, restituindo-lhe a cor e a luz enfraquecidas. A dor de cabeça voltou quando o Poço ficou mais forte novamente.

Mas aquilo não ia ser suficiente, ela sabia. Tudo o que podia fazer era adiar o inevitável.

— Por favor... — ela gemeu novamente. Ela tinha que retardá-lo, dar a Holt e Mira e a todos os outros mais tempo para fugir dali.

Os alicerces da Espiral rangeram novamente. Max latiu descontroladamente em alarme, tentando chamar a atenção de Zoey.

Mas Zoey não se moveu, embora quisesse muito. Ela poderia correr e escapar, talvez, mas não fez isso. Lágrimas escorriam de seus olhos fechados, enquanto a dor se avolumava lentamente em sua cabeça.

Por favor, *que eles consigam escapar*, pensou. *Por favor.*

Ao seu redor, o mundo começou a desmoronar.

30. A QUEDA

HOLT NÃO ESTAVA BEM CERTO do que tinha ouvido, mas o que quer que o acordara de um sono profundo e sem sonhos, ele teria preferido continuar dormindo. Olhou ao redor, à procura de qualquer sinal de...

Ele ouviu de novo, o barulho. Um lamento profundo e triste que encheu o ar, do lado de fora da delegacia. Soava como metal se dobrando e rompendo sob estresse. *Muito* estresse.

— Você ouviu isso? — perguntou Ravan, ao lado dele. Seus homens estavam todos agitados nas celas. — Acho que...

Outro rumor, agora partindo de centenas de fontes, e Holt reconheceu imediatamente o que era. Gritos.

Todos se levantaram instintivamente, tentando espreitar pelas janelas, na outra extremidade do edifício, mas tudo que podiam ver do lado de fora era a luz prismática e cintilante do Poço Gravitacional.

O rangido de novo, mais forte, um ruído profundo e violento que sacudiu todo o edifício. O Bando murmurou com nervosismo.

— Chegou a hora! — Todos se viraram para o solitário Hélice Branca em sua cela. Ele endireitou os ombros, esticando os braços, se preparando para alguma coisa. Quando fez isso, olhou para cima.

Holt, Ravan e os piratas seguiram seu olhar. Ali só havia a claraboia e a velha tubulação aparente do ar-condicionado atravessando o teto — muitos metros acima de suas cabeças.

— Você está brincando, né? — perguntou Ravan, com ceticismo.

Chase não respondeu. Seus olhos se moveram do teto até as barras de ferro da cela, estudando-as, planejando, então ele agarrou duas delas e escalou-as como uma aranha, em linha reta, para cima. Parecia que, mesmo sem seus anéis, o Hélice Branca ainda era muito ágil.

— Caramba! Impressionante. — Os olhos de Holt se arregalaram ao ver o pouco esforço que o outro parecia fazer.

Quando Chase chegou ao topo não houve hesitação; ele se lançou para trás no ar, girou o corpo e agarrou a tubulação aparente, na parte superior. Ela rangeu, mas aguentou o peso. As pernas do Hélice projetaram-se no ar, balançando para a frente e para trás sobre a tubulação, ganhando força e velocidade. Quando acumulou o suficiente, ele balançou pela última vez, voou para cima...

... e caiu bem no meio da claraboia, atravessando-a com os pés primeiro e partindo-a em pedaços.

Segundos depois, outra claraboia se quebrou, e Chase caiu através dela, pousando do lado de fora das celas, num agachamento que absorveu seu peso.

Todo mundo ficou olhando, perplexo, enquanto o Hélice ia até os armários na extremidade do cômodo. Ele abriu um deles e pegou suas coisas: óculos de proteção, máscara, várias peças de equipamento, três anéis de cristal cintilante e, finalmente, uma lança de ponta dupla.

Era a primeira vez que Holt via uma Lanceta. Era como as histórias descreviam, mas ainda assim era uma visão e tanto. Ele podia ver os dois cristais brilhantes, um de cada lado, um vermelho e o outro azul, e os gatilhos duplos na haste.

Mais um estrondo ecoou do lado de fora e um impacto violento encheu o ar. Gritos.

Holt sentiu o desespero crescer dentro de si. O que estava acontecendo lá fora, fosse o que fosse, era ruim. E Mira e Zoey estavam bem no meio daquilo.

— Afastem-se — disse Chase enquanto se aproximava, a lança dupla girando em suas mãos como um borrão azul e vermelho.

Ninguém argumentou ou perguntou nada, só se afastaram. A arma girou mais rápido e, em seguida, golpeou certeira o cadeado da grade de uma das celas, numa chuva de faíscas.

O mecanismo do cadeado se partiu. A porta se abriu. Os piratas no interior da cela estavam livres.

Holt ficou boquiaberto. Aquelas portas eram de aço sólido, e as pontas daquela lança, fossem do material que fossem, tinham passado por elas como se nem existissem.

Chase repetiu o movimento em cada uma das celas, cravando a arma dentro delas, arrebentando os cadeados. Mas, quando chegou onde estavam Ravan e Holt, ele parou.

— Temos que agir rápido, não há muito tempo.

— Por quê? — perguntou Holt rapidamente.

— Posso sentir o Poço Gravitacional enfraquecendo lá fora. Ele vai morrer, e este lugar vai morrer com ele. — Ele olhou incisivamente para Ravan. — Se querem viver, seus homens devem fazer exatamente o que eu disser. — Ravan e Holt assentiram sem hesitação.

Chase quebrou o cadeado da cela deles, libertando-os. Ravan e o último membro do Bando saíram e foram até onde estavam suas coisas.

Holt fez o mesmo. Colocou sua mochila no ombro, e ela se encaixou ali como uma luva. Ele não estava de posse de suas coisas havia um longo tempo. Holt pegou sua espingarda e seu rifle, colocou-os nas costas, e pegou a pistola.

De todo o cômodo veio o clique de uma dúzia de armas sendo engatilhadas.

— O que pensa que está fazendo? — perguntou Ravan. Holt virou-se lentamente para olhá-la, colocando cuidadosamente a pistola no coldre.

A arma de Ravan não estava levantada, mas as armas de seis ou sete dos seus homens, sim.

— Mira e Zoey estão lá fora — disse Holt.

— Não seja idiota, é suicídio! — Ravan respondeu. — Tudo está prestes a desabar, e você vai ser enterrado com todos os outros. É uma questão de *sobrevivência*. Você *sabe* disso.

— É mais importante do que você pensa. — Holt manteve sua posição, nem se movendo em direção à porta nem entregando suas armas.

— Não! — Ravan puxou a arma, uma pistola como a dele, e apontou-a para o peito de Holt. — Tínhamos um acordo. Você não vai a lugar nenhum.

Holt não se moveu nem reagiu, apenas sustentou o olhar dela.

— Zoey pode combater a Estática, Ravan. Ela pode deter a sua propagação, revertê-la. — Todos do Bando em torno dele hesitaram, sem saber se tinham ouvido corretamente. — E ela tem outros poderes, poderes surpreendentes, e por isso os Confederados estão à sua caça.

— A Primeira... — A voz suave e pensativa vinda de trás chamou a atenção de todos. Era Chase, encostado a uma parede, olhando para Holt. — A Primeira... está com *você?*

Holt olhou para trás, confuso.

— Você quer dizer Zoey? O Bibliotecário a chamava de Vértice, é isso o que você quer dizer?

Chase se endireitou, estudando Holt de uma nova maneira.

— O Arco de Avril está a procura dela há dias. Quando Gideon disse que ela estava aqui, eu não acreditei. Parecia tão... impossível. Esperamos o retorno dela há muito tempo.

Holt ficou ainda mais confuso, mas Ravan interrompeu os dois.

— Isso é loucura. A Primeira? Poderes mágicos? É por isso que você está aqui? — Ravan parecia enojada. Holt não ficou surpreso. Se não tivesse visto tudo com seus próprios olhos, também duvidava que fosse acreditar. — O que *aconteceu* com você, Holt? — continuou Ravan. — Você nunca se envolveria em algo tão fantasioso assim. Nunca colocaria algo intangível acima da sobrevivência. Você não é desse jeito.

— *Não* é intangível — disse Holt. Mais rangidos do lado de fora. Ele tinha que sair dali. — Eu já *vi.*

Ravan olhou para ele como se não o conhecesse.

— Então, a menina tem poderes, e daí? Ela é uma criança. O que pode fazer? *Salvar o mundo?* É disso que se trata? Está falando *sério?* Olhe *em torno de você,* Holt. — Ela o olhou com intensidade. — Não tem mais *nada* pra salvar!

Holt sustentou seu olhar.

— Eu costumava acreditar nisso também, mas não acredito mais. Se você visse o que eu vi, não acreditaria também. Tenho que ir, Rae. Se precisa me matar, então é isso que deve fazer. — Holt deu um passo em direção à porta. As armas ficaram tensas ao redor dele. — Mas estou indo atrás delas.

— Atrás *dela* — corrigiu-o Ravan. Sua voz era puro gelo.

— Atrás das *duas*. — Holt deu mais um passo. Os olhos dos membros do Bando oscilavam entre Holt e a Capitã, sem saberem o que fazer. Holt, por sua vez, só olhava para Ravan. Ele podia ver a dor ali estampada, mas não havia nada que pudesse fazer. As coisas eram o que eram, independentemente do que ele sentia por ela. — Você queria que eu confiasse em você, pensasse que você podia ser mais do que eu acreditava. É isso que estou fazendo agora.

Ela olhou para ele em silêncio. A arma tremeu em sua mão. Holt deu outro passo. O prédio balançou novamente, houve mais gritos do lado de fora.

Ravan baixou a arma. Seus homens fizeram o mesmo.

— Vá, então — ela disse a ele, sua voz um sussurro áspero. — Vá e não diga mais nada.

Holt sentiu o alívio inundá-lo, e ao mesmo tempo a culpa. Ele a ferira novamente, a última transgressão num ciclo interminável.

— *Vá embora!* — ela gritou com fúria, e Holt se virou e correu para fora, deixando Ravan e os piratas para trás. O alívio que sentiu foi rapidamente substituído pelo choque e o medo.

Tudo era um caos.

As pessoas fugiam e tropeçavam umas nas outras, empurrando quem estivesse na frente, enquanto corriam pelas escadarias da Estrela Polar, tentando fugir da cidade. Outros furavam a fila, saltando dos prédios mais baixos até o chão. Quem conseguia disparava numa corrida frenética, tão rápido quanto podia, para longe da Espiral.

O outrora belo Mezanino estava enterrado sob os escombros de vários edifícios que tinham caído do topo da cidade, e Holt chegou a tempo de ver outro se chocar contra o chão, numa explosão de aço e madeira, espalhando detritos por todo lado.

Holt contemplou a Estrela Polar num silêncio aturdido. Ravan estava certa, seria suicídio. Mas não importava. Elas estavam lá em cima em algum lugar, e precisavam dele.

Holt abriu caminho entre a multidão em pânico, a única pessoa naquele mar de gente que estava tentando *entrar* na cidade. Ele viu o que parecia uma escada gigantesca começando do chão e subindo para diferentes plataformas e pontes que seguiam em todas as direções.

Ele continuou forçando a passagem aos empurrões e cotoveladas, e quando chegou ao pé da escada, viu alguém que reconheceu. O responsável pela cidade, Deckard. Ele estava parado na entrada, fitando tudo como se não acreditasse.

— Onde está Mira? — Holt gritou enquanto corria em direção a ele. Deckard não disse nada, só continuou olhando à distância, mudo. Holt agarrou o outro e lançou-o contra a escada, sem levar em consideração o tamanho do garoto. — *Onde está Mira?*

— Eu... não sei... — disse ele. — Não adianta mais, de qualquer maneira.

Em desespero, Holt inclinou a cabeça para olhar para cima. Onde ela teria ido? Onde estaria? Um pensamento lhe ocorreu. Ele agarrou o braço de Deckard com mais força.

— Para onde ela iria se quisesse destruir um artefato?

— Para... a Bigorna — disse Deckard. Ele parecia estar em choque, mas Holt não estava muito interessado.

— Onde é a droga dessa coisa?

— No... topo. Bem lá em cima.

Holt suspirou.

— Só podia ser... — Ele deixou Deckard se afastar e começou a abrir caminho novamente entre a multidão que descia pelas escadas.

— Está tudo vindo abaixo, não está vendo? — A voz de Deckard estava cheia de horror. — A cidade toda. Está tudo acabado.

Holt o ignorou e se apressou. Ele tinha que encontrá-las. Não havia outro jeito.

Zoey estava de pé onde o gigantesco Poço Gravitacional sibilante irrompia no ar. Em segundo plano, podia ouvir o barulho de gritos, metal se retorcendo, estrondos violentos e até mesmo Max latindo, mas tentava não pensar em nada daquilo.

Ela só tinha uma coisa com que se preocupar agora: tentar manter o Poço Gravitacional ativo. Lágrimas escorriam por suas faces, enquanto a luminescência dourada e ondulante fluía dela. Estava irradiando toda a sua energia na direção na Anomalia. Mesmo assim, só estava adiando um pouco mais a hora em que o Poço se desativaria por completo. A dor em sua cabeça era quase insuportável.

Mas ela aguentou firme, e faria isso até que o esforço estivesse além das suas forças e ela caísse, inconsciente, soterrada sob os escombros da cidade, mas pelo menos teria dado a Holt e Mira, e a todos ali, mais tempo para escapar. Talvez assim ela pudesse compensar todo o prejuízo que causara. Talvez todos a perdoassem, e então...

Zoey aguentou firme. E a dor continuava fazendo sua cabeça latejar.

MIRA FLUTUAVA IMPOTENTE NO AR, girando em círculos lentos e aleatórios numa bolha de gravidade zero, enquanto a Estrela Polar desmoronava ao redor dela. Sentia náuseas diante da cena, da destruição de um lugar que significara tanto para ela. Ironicamente, assistia a tudo de camarote. Ela ficaria ali, contemplando tudo da sua posição privilegiada, enquanto a cidade ruía à volta dela, e então teria algumas horas ainda para pensar nisso enquanto o Poço Gravitacional finalmente perdesse toda a força e ela mergulhasse verticalmente no vazio até se estatelar no chão, trezentos metros abaixo.

Mira sacudiu a cabeça para tentar afastar o pânico que a paralisava. Ainda não estava morta, portanto tentaria parar de agir como se estivesse. Se ao menos pudesse encontrar uma maneira de sair daquele Vórtice, talvez conseguisse fugir dali.

Ela olhou em volta à procura de alguma coisa, mas, assim como antes, não havia nada em que pudesse se agarrar. Porém, quando olhou novamente, viu algo inesperado. Demorou alguns instantes para reconhecer o que era.

Bem abaixo dela, no terreno além dos portões da cidade, uma dezena de pessoas vestidas de preto e cinza corria na direção dos muros. Pontos brilhantes de cor os seguiam — vermelho, verde e azul. Eram Cristais de Antimatéria, o que significava que se tratava de Hélices Brancas.

Ela assistiu enquanto eles pularam o muro da cidade num borrão de luz amarela, esquivando-se com facilidade dos escombros que caíam de todos os níveis da cidade, como se procurassem algo — mas *o quê?*

— Mira! — Holt gritou ao chegar à plataforma da Bigorna.

— Holt! — Ela nunca se sentira tão feliz ao ver alguém.

Ele derrapou até parar na beirada da plataforma, encarando-a enquanto ela girava no Vórtice.

— O que foi? — ela perguntou.

— Nada, é que... é um pouquinho irônico, não acha?

— Cale a boca e me tire daqui! — A plataforma em que estavam tremeu perigosamente. Não podiam ficar ali por muito tempo.

Holt tirou a mochila do ombro, desafivelou uma das tiras e atirou-a na direção do Vórtice, para ela, enquanto segurava a outra ponta.

Mira conseguiu alcançá-la e Holt a puxou. Ela saiu do Vórtice e pulou na plataforma, olhando para ele. Suas emoções eram um completo tumulto, mas ela as afastou. Não havia tempo agora.

— Zoey está na enfermaria — ela avisou.

A plataforma sacudiu violentamente sob os pés deles, quase os derrubando.

— Então vamos! — Holt gritou, começando a correr.

— Espere! — Mira gritou de volta, pegando seu artefato demoníaco da Bigorna. Ela não iria deixá-lo ali, onde mais alguém poderia encontrá-lo. Ainda era sua responsabilidade. Mira pegou a mochila e o Léxico, e correu com Holt para fora dali.

Juntos dispararam pela ponte e sentiram a plataforma tremer e enfraquecer embaixo deles. Na metade do caminho, Mira gritou quando o chão sob seus pés afundou, lançando lascas de madeira e argamassa no precipício abaixo deles.

— Pula! — Holt gritou, e ambos saltaram quando a plataforma se rompeu e desabou no abismo. Caíram com tudo sobre uma das escadas principais e rolaram, mal conseguindo parar antes de deslizarem pela borda.

Holt olhou para Mira, ofegante.

— De longe, a cidade que eu mais gostava neste mundo...

Mira franziu a testa e empurrou-o, obrigando-o a se precipitar pelos degraus. O Poço Gravitacional soltou um assobio e faiscou. Tudo ao redor deles, os alicerces da Estrela Polar rangeram e tremeram nas bases, à medida que o peso das estruturas acima aumentava sobre elas.

Logo abaixo, os dois frigoríficos da cidade se soltaram das vigas que os escoravam, colidiram com uma plataforma ajardinada, e a carregaram com eles quando desabaram e se chocaram pesadamente contra o solo. Quando isso aconteceu, Mira viu pessoas avançando agilmente sobre os escombros das construções, saltando e girando no ar, esquivando-se dos escombros e pulando justo quando estavam prestes a cair.

Os Hélices Brancas novamente, mas o que estavam fazendo ali?

Holt puxou Mira ao seu encontro quando um pedaço da escada em que estavam se soltou do resto e desapareceu no buraco abaixo, quase os arrastando junto.

— Por aqui! — Holt saltou para o telhado de algum tipo de oficina, segurando-se na chaminé enegrecida para não escorregar.

Mira o seguiu, justo quando a ponte em que estavam se soltou, caindo no vazio e destroçando-se no chão, bem mais abaixo.

— Ali! — Mira apontou para a enfermaria um nível abaixo. Ela ainda estava de pé. Se Zoey estivesse ali dentro, ainda havia uma chance de salvá-la.

— Vamos ter que saltar o vão entre as plataformas — Holt avisou. — As pontes estão quase desabando.

Ele estava certo, Mira constatou, as passarelas e pontes agora eram como um quebra-cabeça com peças faltando, as lacunas eram muito largas para que saltassem sobre elas.

Mira seguiu Holt quando ele deu um salto e caiu sobre o telhado metálico em declive do alojamento dos Paladinos, que agora pendia para um lado e mal se sustentava de pé.

Enquanto deslizavam pelo telhado, Holt tentou firmar os pés nas telhas até conseguir diminuir a velocidade e agarrar Mira quando ela passava por ele. Ela arregalou os olhos quando chegou ao beiral. Não havia nada embaixo, só um abismo de centenas de metros até o chão.

A construção sacudiu sob os seus pés, os alicerces rangendo violentamente. Os músculos de Holt saltaram quando ele a puxou para cima e eles rastejaram até o alto do telhado. Dali olharam para a enfermaria, que ficava um pouco mais abaixo e para a direita. Tinham que pular. A distância diminuía à medida que o prédio em que estavam se inclinava.

— Ainda é a cidade de que você mais gosta? — Mira perguntou, analisando o vão cuidadosamente.

— É como um segundo lar para mim.

Juntos eles correram e saltaram no ar, as pernas chutando em queda livre, até atingirem o prédio ao lado. Os dois caíram com um estrondo no telhado da enfermaria, mal se equilibrando de pé.

Ouviram, então, um enorme estrondo atrás deles, quando o alojamento dos Paladinos desabou, desintegrando-se numa nuvem de madeira, plástico e metal, que se espalhou no vazio lá no fundo. Gritos ecoaram mais abaixo, enquanto pessoas tentavam se esquivar dos escombros e muitos não conseguiam. Mira fechou os olhos quando os destroços atingiram o chão com um estrondo trepidante.

Holt disparou para o centro do telhado, onde ainda restava uma grande claraboia. Ele pulou sobre ela com os dois pés uma, duas, três vezes, até que ela se partiu. Ambos saltaram através dela para o interior da enfermaria.

Já do lado de dentro, Mira olhou em volta rapidamente — não havia nem sinal de Zoey. Gritos e estrondos do lado de fora enchiam o ar.

— Onde ela está? — perguntou Holt.

— Ela... estava aqui! — respondeu Mira, enchendo-se de pavor.

— Onde está *agora*?

— Eu não sei! — Mira precipitou-se para a porta, mas parou de repente. Além dela só havia um grande buraco, para o abismo abaixo. A escada tinha se partido. Ela se virou e fitou Holt com horror nos olhos.

— Vamos encontrá-la — ele assegurou. — Mas temos que chegar até o chão. Se ela foi a algum lugar, com certeza...

A enfermaria sacudiu horrivelmente — e então Mira e Holt perderam o equilíbrio e foram deslizando pelo chão até a parede mais distante, enquanto a estrutura começava a se inclinar. Mira ofegou e fechou os olhos, o coração disparado, esperando que o prédio todo desabasse.

Mas isso não aconteceu. Ela pôde ouvir os alicerces rangendo e estalando, mas eles aguentaram. Por ora.

Holt ficou de pé, com um pé na parede e outro no chão, e saltou diagonalmente até onde ficava a claraboia, esticando os braços para alcançá-la. Então subiu pela abertura, virou-se e esticou o braço na direção de Mira, ajudando-a a subir até onde ele estava.

Já do lado de fora, o coração de Mira quase saiu pela boca diante do que viu. Não havia mais aonde ir. O que restava das passarelas e pontes estava longe demais para que alcançassem. Não havia mais nenhum outro prédio para onde ir. Estavam presos ali. Toda a cidade ao redor deles estava desmoronando. Os prédios se partiam e caíam, as pessoas gritavam. Tudo era um pesadelo.

Holt se virou para Mira. Ela o fitou nos olhos. Ambos sabiam.

— Você não deveria ter vindo me procurar — Mira disse simplesmente, com sinceridade. Agora ele ia morrer também, assim como ela sempre temera, por culpa dela. — Por que você simplesmente não foi embora?

Holt olhou para ela como se a resposta fosse óbvia.

— Eu não poderia deixar de vir.

Mira soltou um suspiro e olhou ao longe. Ben a deixara no topo da Espiral. Ele não tinha como saber que a cidade iria abaixo, mas também não voltara para buscá-la. Holt é quem fizera isso. Ela ainda podia vê-lo sobre aquele avião, podia ver a tatuagem em seu pulso, mas ela estendeu a mão lentamente e pegou a dele mesmo assim. Era a primeira vez que o tocava desde as Estradas Transversais.

— Me... desculpe — ela disse. — Pelo que aconteceu na represa, por ter envolvido você em tudo isso.

— Jamais se desculpe pelo que aconteceu na represa — pediu Holt. — Aquilo foi importante para mim. Tudo o que eu precisava saber era... se tinha sido importante para você também.

Mira olhou para ele enquanto o cataclismo continuava à volta deles. A enfermaria sacudiu novamente, desintegrando-se onde estava, prestes a desmoronar.

— Holt... — Mira sussurrou.

Ele a envolveu em seus braços e ela fechou os olhos. Tudo estava prestes a...

Cinco figuras aterrissaram na enfermaria em borrões de luz laranja e roxa, óculos pretos, máscaras sobre o nariz e a boca.

Holt tentou se levantar, mas os Hélices Brancas eram muito rápidos. Um chute derrubou Holt e um cristal vermelho cintilante parou a poucos centímetros da sua garganta, zumbindo alto. Ele ficou imóvel, encarando o Hélice.

Mira nem se deu ao trabalho de resistir. Um deles se aproximou e tirou os óculos dos olhos. Ela era pequena, negra, e seu cabelo preto estava preso atrás da cabeça. Era a mesma garota que Mira e Ravan tinham encontrado no Triturador.

— Onde está a Primeira? — a garota perguntou. Ela parecia irritada e frustrada.

— A... *o quê?* — perguntou Mira, confusa.

Mais edifícios foram abaixo e se destroçaram no chão. O Poço Gravitacional tremulou. O que restava da superestrutura da Estrela Polar rangeu lastimosamente.

— Ela está falando de Zoey — disse Holt.

A garota olhou para ele agora.

— *Onde?*

— Nós não sabemos! — respondeu Holt. — Ela pode estar lá embaixo, mas estamos...

— Ela *não* está lá no fundo! — a garota gritou, exasperada. — A gente teria sentido, mas não sentimos nada!

— Se ela estiver perto do Poço, pode bloquear sua conexão com... — outro Hélice começou a falar, mas parou quando o edifício tremeu violentamente, soltando-se dos alicerces. Estava a ponto de levá-los todos com ele.

— Droga! — a garota gritou com frustração, voltando a baixar os óculos sobre os olhos.

— O que vamos fazer com *eles*? — um dos seus homens perguntou.

— Deixá-los morrer — sugeriu outro. — Deixem que sejam enterrados junto com este lugar.

— Não! — disse a garota com autoridade. — Tragam os dois. Podem responder a Gideon pela perda da Primeira. Vamos!

Com isso, ela se virou, correu... e saltou da borda do edifício. Mira olhou em choque quando a garota despencou no ar e desapareceu.

A Estrela Polar estremeceu em sua última agonia de morte. Ao redor deles, os Hélices saltaram do teto da enfermaria para o ar, com gritos de entusiasmo. Mira sentiu mãos arrancando-a do chão e viu outras duas agarrando Holt.

Em seguida, ambos foram empurrados em direção à borda do edifício.

— Esperem! — Mira ofegou, tentando se afastar.

O Hélice sussurrou em seu ouvido,

— Segure-se ou vai morrer, Bucaneira.

Mira gritou quando o edifício desapareceu sob seus pés e ela se viu despencando no ar cada vez mais rápido, o solo como a única barreira. Houve um súbito lampejo laranja e sua descida desacelerou num solavanco, como se estivessem utilizando um paraquedas.

O efeito da manobra fez com que flutuassem para baixo, e enquanto faziam isso Mira viu mais Hélices Brancas se lançando no ar e girando em lampejos coloridos, saltando entre os vários edifícios que desmoronavam, gritando alegremente enquanto davam cambalhotas no ar centenas de metros acima do solo. Eles estavam realmente gostando daquilo.

Os Hélices pousaram graciosamente no que restava do Mezanino, mas Mira bateu contra o chão e caiu, desequilibrada. Assim como Holt, bem ao lado dela. Eles se entreolharam, os olhos arregalados. Um minuto antes estavam na enfermaria, centenas de metros acima, agora...

— Levantem-se, Forasteiros! — um dos Hélices gritou enquanto corria. Havia emoção em sua voz. — *Corram!* Corram o máximo que puderem!

Acima deles a coluna maciça de energia brilhou e pulsou uma vez, duas... e, em seguida, desapareceu. Desvaneceu-se no ar, deixando em seu lugar apenas escuridão. Mira perdeu o fôlego, em estado de choque, sem poder acreditar. O Poço Gravitacional tinha se apagado, depois de todo aquele tempo...

A Espiral da Estrela Polar gemeu tristemente, o que restava dos alicerces principais entortou e desmoronou sob o próprio peso. Gritos ecoaram por toda a sua extensão, os sons finais daqueles que ainda estavam presos lá.

Holt ajudou Mira a se levantar e os dois correram para longe da cidade o mais rápido que puderam, esquivando-se dos detritos do que antes eram belos edifícios e pontes em caracol.

Enquanto corriam, Mira viu uma figura solitária sentada onde antes havia uma imponente escadaria, olhando para o espaço.

— Deckard! — gritou. Mira achou que ele tinha olhado para ela enquanto corria, mas não podia ter certeza. De qualquer maneira, ele não se mexeu. Apenas ficou lá, parado, sozinho, esperando que tudo acabasse.

Então a Estrela Polar, o orgulho dos Bucaneiros, o grande farol do terceiro círculo, desabou numa sinfonia ensurdecedora de destruição, diferente de tudo que Mira já tinha visto.

— *Zoey!* — gritou, angustiada, mas não havia nada que pudessem fazer.

O CORPO INTEIRO DE ZOEY estremeceu, seus joelhos fraquejaram, o latejar em sua cabeça ficou insuportável. Mas ainda assim ela aguentou firme.

Sentiu Max agarrar sua calça com os dentes, tentando puxá-la para longe dali, mas ela lutou com ele também.

— O Max tem que ir! — ela gritou, tentando se sobrepor aos estrondos, desabamentos e gritos. — *Vá embora!*

O cão apenas choramingou e continuou tentando arrastá-la para longe.

Lágrimas escorriam dos olhos de Zoey. Aquilo tudo era culpa dela, era tudo...

Ela sentiu algo de repente. Uma sugestão, como aquelas vindas da Realeza e dos Mas'Erinhah. Mas não era deles. Era outra coisa.

Scion, ela ouviu. *Pare.*

Zoey hesitou. Ela estava confusa, não entendeu.

Acabou, a sugestão veio de novo. *Ela caiu. Pare.*

As sensações ficavam cada vez mais fortes à medida que sua fonte ia se aproximando, correndo na direção dela. Zoey abriu os olhos e olhou para cima.

Max rosnou quando um caminhante prateado, de cinco pernas, explodiu através da parede de pedra que cercava o pátio. O mesmo caminhante que já tinha aparecido duas vezes antes.

Zoey olhou para ele com os olhos arregalados enquanto ele surgia ali na frente, mal conseguindo manter o controle, mal conseguindo se aguentar em pé, enquanto o caminhante corria em direção a ela e Max.

Estamos aqui. Pare.

Zoey não tinha muita escolha. A dor de cabeça era atordoante, a sua energia estava se exaurindo. A luz dourada ao redor dela desapareceu, a conexão com o Poço foi cortada, e ela desabou dolorosamente no chão.

Tudo era névoa agora. Ela podia ouvir Max latindo descontroladamente perto dela, podia sentir o gigantesco caminhante prateado de pé ao seu lado, e podia ver o Poço Gravitacional em frente.

Ele piscou novamente, e depois morreu, apagou como o pavio de uma enorme vela. Apagou *por causa* dela, Zoey pensou com culpa.

A cidade rugiu acima, quando começou a ruir e desabar justamente sobre onde estavam.

O escudo de energia do Caminhante sem cor se acendeu, protegendo-os num poderoso casulo de luz tremulante, enquanto o mundo trovejava ao redor de Zoey e tudo ficava escuro.

PARTE DOIS

A TORRE PARTIDA

31. CONSTELAÇÕES

BEN E MIRA ACAMPAVAM NAS RUÍNAS de uma velha igreja no segundo círculo, a três dias de viagem do lugar onde o Deslocador de Tempo quase os matara, na loja de antiguidades. O telhado do prédio havia caído muito tempo antes, revelando o céu noturno e, onde um dia fora o teto, agora as estrelas irrompiam à distância em cores prismáticas, piscando, como pequenos e eternos fogos de artifício. Algo na atmosfera do segundo círculo refletia a luz das estrelas e a distorcia, dando-lhe um efeito hipnotizante.

Mira e Ben estavam abraçados sob os cobertores, ela com a cabeça encostada no peito dele, e parecia que estavam ali havia semanas, não horas. A fotografia do pai de Mira estava apoiada num dos velhos bancos da igreja e Mira olhava fixamente para a imagem, estudando as linhas ao redor dos olhos, a curva do sorriso. Eram coisas que ela nunca queria esquecer ou perder, e isso quase tinha acontecido.

— É coisa minha — perguntou Ben — ou é um pouco estranho fazer o que fizemos com ele ali olhando?

— Não. — Mira sorriu. — Ele ficaria feliz, eu acho. Feliz por me ver feliz.

— Você sente muita falta dele. — Os dedos de Ben acariciavam o cabelo dela.

Mira assentiu.

— Esta foto é uma boa lembrança.

— Conte-me outra.

Mira pensou um instante, depois se virou para poder olhar para cima e ver o céu estrelado através do teto.

— Então, vamos lá. Esta é Libra — Mira disse a ele, apontando para cima. — O grande triângulo, consegue ver?

— Sim — respondeu Ben.

— A leste está Andrômeda, e Escorpião está entre as duas.

— Ela não deveria ter o formato de um escorpião? — perguntou Ben com ceticismo.

— Você tem que usar a imaginação para vê-lo — Mira respondeu baixinho. — Meu pai levou um milhão de anos para apontar todas as estrelas para mim até que eu visse a forma das constelações, mas eu nunca senti que ele estava perdendo a paciência. E quando eu conseguia ver, ele ficava tão animado quanto eu. Cada vez que olho as estrelas, penso nele.

Ben olhou para a constelação, pensativo.

— Para mim só parece um amontoado de pontos. Mas nunca fui muito bom mesmo em usar a imaginação.

Mira se virou e analisou-o.

— Quem diria. Ben Aubertine *não* é bom em alguma coisa.

Ficaram ali, olhando um para o outro, à luz do fogo.

— O que você faria — perguntou Ben — se pudesse fazer qualquer coisa no mundo?

A resposta de Mira veio tão fácil que ele se surpreendeu.

— Iria deter a Estática.

Ben assentiu.

— Por quê?

— Porque... — Mira sentiu uma pontada de dor diante do que estava prestes a dizer. A verdade estava sempre no fundo da sua consciência, a única coisa que a impulsionava e a fazia seguir em frente. A possibilidade de que nem tudo estivesse perdido. Ela olhou para a fotografia novamente.

— Porque talvez eu pudesse ter meu pai de volta.

— Eu também — disse ele. — É por isso que eu quis ser um Bucaneiro. Para mudar as coisas.

— Mudar como?

— Existem maneiras. Uma maneira, na verdade. Se você a encontrar, pode fazer com que as coisas voltem a ser como antes, como se os Confederados nunca tivessem vindo para cá. Você pode redefinir tudo. Começar tudo de novo — disse Ben, olhando para ela. — Você poderia ver o seu pai de novo.

Mira o olhou em silêncio. Ela sabia o que ele queria dizer.

Numa terra cheia de mitos, a Torre Partida era o maior deles, o mais glamoroso e fascinante. Pelo que se dizia, se alguém conseguisse chegar à Torre e entrar lá, ela atenderia a um desejo dessa pessoa. Para Mira, aquilo sempre lhe parecera fantasioso demais para ser verdade.

— Pode não ser uma boa ideia pensar assim, Ben — disse Mira cuidadosamente.

— Por quê?

— E se a Torre não for real? E se for apenas algo que alguém inventou? E se você acreditar nisso e chegar lá e ela não for nada do que você pensava?

— Ela existe *mesmo*! — disse Ben, com convicção. — E eu acho que posso ser a única pessoa do mundo capaz de tomar a decisão certa ali dentro. Acho que é isso o que eu tenho que fazer. — Os olhos dele se voltaram para ela e a fitaram com uma expressão séria. Ou, pelo menos, mais séria do que de costume. — Não sei por que eu disse isso. Eu nunca disse isso a *ninguém*.

Mira sorriu novamente. Gostava de saber que havia partes dele que eram acessíveis apenas para ela.

— Eu nunca conheci ninguém como você, Ben. Não sei o que a Torre é ou o que acontece quando você entra dentro dela, mas se alguém deveria ir até lá... Eu acho que essa pessoa é você.

O leve vislumbre de um sorriso se formou nos olhos de Ben. Ele se inclinou sobre a mochila e vasculhou-a, puxando dali alguma coisa. Era um colar, uma corrente de ouro com dois pequenos pingentes. Mira os reconheceu instantaneamente. Eram dados de bronze, do mesmo tipo daqueles com que Ben praticava malabarismos entre os nós dos dedos quando estava pensando.

Ele lentamente colocou a corrente em torno do pescoço de Mira e ela a pegou entre os dedos, observando a luz do fogo se refletir sobre as pequenas superfícies de metal.

— Agora nós dois temos uma coisa um do outro — disse Ben.

Ela olhou para ele, confusa.

— O que você tem de mim?

— A melhor coisa que você poderia me dar. — Ben tornou a olhar as estrelas, na direção da constelação de Escorpião. — Alguma coisa para descobrir.

Mira sorriu e se aproximou dele.

— Vamos nos empenhar para isso.

— Você está errada, sabe? — disse Ben, sério de novo. — Não sou eu que deveria ir à Torre. Somos *nós*. Aqui, nas Terras Estranhas, nós somos uma só pessoa. Não podemos sobreviver sozinhos, eu sei disso agora. Preciso de você e você precisa de mim.

Algo nessa declaração tão doce parecia... vazio. Mas Mira sentiu o calor se espalhar em seu peito, afastando a dúvida. Um calor que não sentia havia anos. Era o sentimento de pertencer a alguém, de estar em casa.

— Eu sempre vou te proteger, Mira. Sempre vou te manter em segurança. — Os dedos de Ben deslizaram suavemente ao longo do queixo dela. — Eu prometo.

Eles ficaram ali abraçados, olhando o céu, onde as estrelas se despedaçavam em lampejos rápidos e brilhantes, repetidamente.

32. AI-KATANA

MIRA FOI ARRANCADA DO SONO embalado por imagens de estrelas explodindo, pelo som estranho e fragmentado de trovões. A luz ao seu redor era fraca, e o pouco que havia sido filtrado exibia um tom doentio de amarelo. Isso significava que ela estava nas profundezas das Terras Estranhas. Logo não haveria mais luz.

Ela piscou, grogue, tentando afastar a escuridão. O som horrivelmente lamentoso de metal se retorcendo e madeira se quebrando, enquanto a Estrela Polar desmoronava, era algo que ela iria ouvir pelo resto da vida. Plataformas, edifícios e lembranças, tudo caindo em cascata, em câmera lenta.

Mira fechou os olhos, tentando afastar a imagem, mas não adiantou.

— Você estava sonhando — disse alguém.

Mira abriu os olhos. Holt estava sentado com as costas contra o que parecia ser o degrau mais baixo de um conjunto de arquibancadas.

Eles estavam no que restava de uma velha quadra de basquete, numa escola, a julgar pelas faixas e cartazes ainda presos às paredes. Um deles dizia ELEJA WAYNE LEONARD PARA VICE. EMILY BRANDT PARA TESOUREIRA DO QUINTO ANO, dizia outro. A escola aparentemente estava no meio de eleições do conselho estudantil quando as Terras Estranhas se formaram. Mais uma longa lista de decisões e escolhas que agora nunca seriam feitas.

A maior parte do ginásio tinha ido pelos ares devido a um raio de Antimatéria, e suas paredes estavam cheias de buracos que deixavam entrever a paisagem escura lá fora e um ocasional lampejo de vermelho, verde ou azul. A quadra era uma colcha de retalhos, cerca de metade dela consumida por irrupções brilhantes de cristais de Antimatéria.

Os Hélices Brancas estavam lá, também. Uma dúzia deles, divididos em três grupos de quatro. Os grupos mantinham distância uns dos outros, posicionados em triângulo, praticando habilidades diferentes. Um grupo lutava entre si, as Lancetas zunindo e agitando-se no ar. Outro praticava exercícios de agilidade, dando cambalhotas e equilibrando-se em paradas de mão. O terceiro praticava com seus anéis de Antimatéria, saltando alto no ar, flutuando de volta para o chão, correndo de um ponto a outro em movimentos rápidos como borrões, tudo ao mesmo tempo, deixando rastros de luz coloridos.

A cada poucos minutos, sua pequena e impaciente líder batia palmas ruidosamente. Quando fazia isso, os Hélices paravam o que estavam fazendo, andavam no sentido horário até o ponto seguinte do triângulo e começavam a treinar novamente, dessa vez uma nova habilidade.

Observar os treinos dos Hélices Brancas era uma coisa impressionante. Mira nunca pensou que teria oportunidade de ver aquilo um dia, o tipo de coisa que algum tempo antes a deixaria eletrizada. Mas agora, nem a visão conseguia animá-la.

— Você está bem? — perguntou Holt.

A resposta de Mira veio instantaneamente.

— Não.

— Nós não sabemos se ela está morta.

— Ela pode muito bem estar. — Mira não queria, mas era tudo no que conseguia pensar agora. Zoey sozinha nas Terras Estranhas, perdida, desamparada. Se ela não estivesse esmagada sob as ruínas da Estrela Polar...

— Aquela garota sempre surpreende — disse Holt. — Eu não posso acreditar que andamos tudo aquilo só para parar aqui.

— Eu posso. Ela veio *comigo*. — Mira sentiu Holt olhar para ela.

— Não foi culpa sua — ele disse.

O sorriso de Mira estava cheio de ironia.

— Foi, sim. Nada disso teria acontecido se ela tivesse ficado com Ben.

— Ben deixou você lá para morrer, Mira — disse Holt. — Levou seu plutônio, prendeu você numa armadilha e fugiu. Você realmente acha que deveria ter confiado *nele*? Eu não hesitaria em colocar Zoey nas suas mãos outra vez.

Mira não disse nada. Holt era parcial, seus sentimentos por ela nublavam seus pensamentos e, além disso, ele não entendia. Ou melhor dizendo, ninguém entendia. Ninguém, exceto ela, Ben, Eco e Deckard. Agora, ela e Ben eram os únicos que restavam — e nem sequer Ben era o mesmo Ben que costumava ser. Os olhos dela arderam, começaram a brilhar com as lágrimas, e isso a deixou mais irritada. Só mais um sinal de fraqueza. Apenas mais uma prova de que ela não pertencia àquele lugar.

Os raios de Antimatéria fulguravam do lado de fora, através do que restava das paredes do ginásio. Tudo além delas parecia estéril e sem vida.

— O que aconteceu, Mira? — Holt perguntou baixinho.

Mira deu um longo suspiro. Por que não contar a Holt? Ele merecia saber com quem estava viajando.

— Para ser um Bucaneiro, você tem que passar por uma prova. A minha era ir até um lugar chamado Mestre Misturador, no segundo círculo. É um Poço Gravitacional, mas diferente daquele da Estrela Polar.

Claro, a Estrela Polar e seu Poço Gravitacional não existiam mais, não é? Mira tentou ignorar o pensamento e continuou falando.

— Ben estava lá, também — disse ela. — Assim como Eco e Deckard, e outros. Eu tinha um plano para vencer a Anomalia. Eu tinha apenas 10 anos de idade na época, mas ainda estava muito impressionada comigo mesma. — Ela fez uma pausa, as lembranças e a culpa toda voltando. — Um grupo de pessoas decidiu seguir o meu plano. E...

— Morreram — Holt terminou por ela.

— A maioria. Nem todos. Eco sobreviveu. Assim como Ben. Mas não o resto. E a culpa foi minha. Eles me seguiram, e não estão mais aqui, assim como Zoey.

Holt olhou para ela.

— Essas pessoas. Elas foram obrigadas a ir com você?

Mira suspirou.

— Não é tão simples assim.

— Foi escolha delas, me parece, e não importa qual fosse o seu plano, não pode ter sido tão ruim assim. *Você* sobreviveu a ele, não é? Talvez elas apenas não fossem tão habilidosas quanto você. Isso não é culpa sua, também.

— Eu sobrevivi por causa de Ben — Mira sussurrou. — Eu não conseguiria ter me tornado uma Bucaneira sem ele. Droga, na opinião de Deckard e alguns outros, eu nunca deveria ter me tornado uma.

— Mas você chegou até aqui *sem* nenhum deles. Não foi? — perguntou Holt. — Por que continua desvalorizando tudo o que faz? É como se só conseguisse ver o lado negativo.

Mira se voltou para ele, incapaz de encontrar um argumento, mas também incapaz de discordar dele. Holt tinha razão. Por que era tão difícil para ela?

— O Arco está entrando em meditação. — A voz aguda a sobressaltou. A garotinha, a líder dos Hélices Brancas, estava quase em cima deles, ainda transpirando por causa do treinamento da manhã. Atrás dela, os outros Hélices se dispersavam.

Nem Holt nem Mira tinham percebido a aproximação dela. Foi desconcertante.

— Bem — Holt respondeu. — Obrigado por avisar.

O olhar da menina não vacilou.

— Depois da meditação partimos para o Santuário. Vamos chegar lá esta noite, se não o assentaram em outro lugar.

— Quem é você? — perguntou Mira.

— Meu nome é Avril — disse a menina, e Mira se lembrou da Passagem Desolada, de como Ravan pareceu reconhecê-la.

— Sou a Decana do vigésimo sétimo Arco dos Hélices Brancas. E *tinham* me dado a honra de devolver a Primeira ao Santuário, mas isso... não vai mais acontecer, não é? — A voz dela era amarga. Essa "honra", ao que parecia, era algo que ela valorizava muito, mas Mira não se sentiu solidária a ela.

Avril equilibrou-se sobre uma das extremidades da Lanceta. Onde a ponta vermelha e afiada da lança tocava as tábuas de madeira apodrecidas, uma fina trilha de fumaça começou a espiralar. O cristal estava queimando o chão, uma prova de seu poder, e Holt estudou o efeito com curiosidade.

— Você pode... atirar com essa coisa? — ele questionou.

Os olhos de Mira se voltaram para a Lanceta. Aquele tipo de lança não era muito conhecido, nem mesmo fora das Terras Estranhas. No mundo da alta tecnologia alienígena e de armas de fogo recondicionadas do Mundo Anterior, as Lancetas eram um verdadeiro enigma. Entalhadas e bem ornamentadas, não existiam duas exatamente iguais, mas todas tinham um desenho parecido. Longas, com aproximadamente um metro e meio de comprimento, e duas pontas arrematadas por cristais coloridos e brilhantes de Antimatéria. A de Avril era feita de madeira escura de cerejeira, com punhos de metal prateado que contrastavam um com o outro, como gelo e fogo. A ponta da lança que tocava o chão era vermelha, enquanto a outra extremidade brilhava com uma luz verde. Uma dupla hélice estava gravada em branco em cada extremidade da arma, ambas um tanto desgastadas pelo uso.

Holt tinha feito a pergunta por causa de uma das características mais originais da Lanceta, as empunhaduras e os gatilhos duplos que havia de ambos os lados da arma.

Em resposta, Avril girou e levantou a Lanceta num borrão, segurando-a como um rifle. Houve um clique quando ela puxou o gatilho mais próximo — e o cristal disparou de uma das extremidades com um silvo sonoro e estranhamente harmônico.

Ele rasgou o ar como um míssil, em linha reta, e atingiu, numa explosão de faíscas vermelhas, o olho negro desbotado da mascote desenhada num enorme cartaz amarelo — a mascote da antiga escola, provavelmente —, pendurado na parede oposta, não deixando nada além de um buraco fumegante.

— Uau! — Holt estudou o buraco na parede com uma mistura de fascínio e ceticismo. — Beleza, mas não me parece muito prático. Quero dizer, se tem apenas dois tiros, é melhor que acertem na mosca, certo?

Avril pressionou o anel de Antimatéria vermelho cintilante em seu dedo médio contra um cristal brilhante semelhante na haste da arma. Houve uma faísca e um estrondo à distância. Então, a mesma parede de antes explodiu numa chuva de detritos quando a ponta da lança irrompeu *de volta* através dela.

Os olhos de Avril encontraram o projétil, movendo a Lanceta para cima e em curva. Outro silvo harmônico e estranho rasgou o ar enquanto o cristal voltava a se encaixar na ponta da Lanceta. Avril dispersou o impacto com um giro que a fez se agachar agilmente.

Quando terminou, ela olhou para Holt e Mira.

— Eu... admito que estava errado — Holt observou.

Mas embora o showzinho tivesse sido definitivamente impressionante, só reforçou a confusão que Mira sentia sobre algo.

— Isso nunca fez sentido para mim — disse ela. — Por que treinar para isso? Por que treinar tão duro, nas profundezas das Terras Estranhas, onde a única coisa que você encontra é um Bucaneiro de vez em quando?

— Eu me fazia a mesma pergunta — disse Avril se levantando lentamente. — Todos nós fazemos. Gideon diz que saberemos quando estivermos "fortes" o suficiente, e ficamos mais forte a cada dia.

Mira podia ouvir a frustração na voz de Avril, e ela compreendeu.

Todo aquele treinamento, o desenvolvimento de habilidades, sem nenhuma válvula de escape ou oportunidade para realmente usá-las. Ela viu a queda da Estrela Polar outra vez, lembrou-se dos Hélices Brancas saltando e andando sobre os destroços no chão em explosões de cor, gritando de emoção. Na ocasião aquilo tinha parecido loucura, mas agora ela via que era um extravasamento. Os Hélices Brancas eram panteras confinadas, Mira percebeu, ansiosas para gastar sua energia formidável. Isso fazia com que fossem ainda mais perigosos.

— Mas você pode perguntar para o próprio Gideon — continuou Avril. — Vai encontrá-lo em breve. Embora eu não possa dizer que você tenha a mesma importância agora. A Primeira chegará ao Santuário de alguma outra forma, presumo.

Mira se sentou.

— Você sabe se ela está viva?

— Eu posso senti-la. Em todos os lugares. O Padrão se move sempre que ela se move.

— O que quer dizer com isso? — perguntou Holt.

— Tudo aqui está ligado — explicou Avril. — As Anomalias, os artefatos, a Terra. As Terras Estranhas são tudo uma coisa só agora, mescladas a algo que chamamos de Padrão; mas estamos separados dele, vocês e eu, porque não pertencemos. Podemos senti-lo, podemos evitá-lo, até dançar e girar com ele, mas isso é tudo. A Primeira, no entanto... *pertence*. Quando ela se move, o Padrão ondula ao redor dela como água quando uma pedra é atirada. Eu... nunca senti nada assim. — A voz de Avril estava cheia de admiração e algo mais. Medo, parecia. Mira perguntou que tipo de mitologia os Hélices Brancas tinham construído em torno de Zoey e por quê.

Holt saltou assustado quando alguém o agarrou pelo pulso. Um Hélice Branca alto, bonito, poderoso, mas esguio, com cabelos longos e ondulados. Como Avril antes dele, ninguém o tinha visto se aproximar. Holt lutou, mas o Hélice simplesmente torceu o braço dele e o obrigou a ficar deitado de bruços no chão.

— Ei! — Mira gritou enquanto fazia menção de se levantar, mas outras mãos a empurraram para baixo e a mantiveram no lugar. O resto dos Hélices Brancas os cercaram.

— Dane! — Avril gritou com raiva.

Holt gemeu quando Dane empurrou-o com mais força contra o chão, segurando seu pulso direito, torcendo-o dolorosamente para que Avril pudesse ver o que havia ali. A tatuagem inacabada de um pássaro preto, uma imagem que o marcava por ser algo de que muitas pessoas não gostavam. Mira olhou fixamente para a imagem e sentiu frio. Lembrou-se das palavras de Ravan. *Éramos muito mais do que amigos...*

— Ele é do Bando — Dane disse a Avril. — *Veja!*

Dane tinha se agachado, em vez de se apoiar sobre os joelhos. Foi um erro. Holt já tinha passado por situações desafiadoras em quantidade sufi-

301

ciente para desenvolver seus próprios instintos. Ele investiu e passou uma rasteira no pé esquerdo de Dane, arrancando-o do chão. O Hélice perdeu o equilíbrio e caiu para trás com os olhos arregalados.

Holt se virou, e quando fez isso deu um soco no queixo de Dane com toda a força, fazendo-o desabar. A Lanceta caiu das mãos de Dane e deslizou em direção a Mira. Ela a pegou e apontou para o garoto. Ela podia não saber como atirar, mas com certeza poderia perfurar o Hélice com a arma.

As outras Lancetas ao redor apontaram para ela e Holt, mas isso não importava agora, e tanto ela quanto Dane sabiam disso. Eles poderiam matá-los, mas Dane morreria primeiro. Ela manteve a ponta azul brilhante da lança na garganta dele.

— Você acha que essa é a primeira vez que alguém prende o meu braço? — Holt perguntou amargamente, olhando para Dane. — Vocês realmente estão nas Terras Estranhas há tempo demais.

Com o canto do olho, atrás de todas as lanças em riste, Mira notou uma coisa estranha. A Lanceta de Avril não estava levantada. Ela apenas olhava para a cena de tensão diante dela.

— Abaixem as armas. Todos! — ordenou ela com palavras lentas e ferinas, que destilavam raiva.

— Mas... — um deles começou. Avril golpeou o garoto com um chute, num movimento rápido, seu corpo coberto por uma luz branca brilhante. O garoto era muito mais alto do que ela, mas ele saiu voando para trás, como se não pesasse nada, chocando-se contra o chão. Os outros olharam para ela com cautela.

— Eu sou a Decana — a voz de Avril era como gelo — e não me agrada ter que repetir. Abaixem as armas. *Agora!*

Os outros abaixaram imediatamente as Lancetas e deram dois passos para trás, mas os olhos ficaram pregados em Holt e Mira. Assim como os de Dane.

— Dane — disse Avril lentamente. — Peça desculpas pelo que fez.

— O *quê?* — Os olhos do garoto se desviaram para Avril. Havia uma expressão de choque neles. — Avril...

Ao ouvir seu primeiro nome, o olhar de Avril virou brasa pura. Sua voz era quase inaudível.

— *Do que* você me chamou?

A raiva no rosto de Dane desapareceu imediatamente. Ele olhou para baixo, com a clara consciência de que havia cometido uma transgressão grave.

— Perdão, Decana. Eu... me esqueci.

Chamar Avril pelo primeiro nome aparentemente era uma violação de alguma regra, e a reação do garoto mostrou que se tratava de uma infração grave. Mas ele não tinha apenas pronunciado o nome dela, Mira notou. Ele o pronunciara com *familiaridade*. Estava acostumado a chamá-la assim, era óbvio, o que a fazia se perguntar sobre a relação entre Dane e Avril quando estavam sozinhos, e se *aquilo* era ou não era contra as regras, também.

— Você desonrou este Arco — Avril falou com veneno na voz. — Atacou um inimigo indefeso, sem provocação e, pior ainda, perdeu a sua arma, deixando que ela passasse para as mãos do inimigo. Você vai pedir desculpas para os dois e, quando tiver feito isso, vai passar o seu período de meditação e *toda* a caminhada até o Santuário praticando *Spearflow*. Talvez isso o ajude a aprender a segurar a sua Lanceta com mais firmeza. Entendeu?

Dane se forçou a olhar para Holt e Mira, a ponta afiada e cintilante da sua própria Lanceta ainda apontada para a sua garganta.

— Eu... peço desculpas por atacar você. Foi desonroso e vergonhoso para mim, para o meu Arco e para a minha Decana.

Holt e Mira olharam um para o outro, sem saber o que dizer.

— Pergunte à Bucaneira se ela vai lhe devolver a arma — Avril disse a ele.

Dane olhou para a frente com um olhar cortante novamente. Avril o fitou friamente.

— Você parece surpreso. Esqueceu-se de *todos* os seus juramentos, ou apenas deste? Você cometeu *ai-Katana*. Sua arma agora pertence ao inimigo. Ela pode ficar com sua Lanceta, se desejar. É direito dela, mas isso acabará com a sua honra.

Houve um ligeiro toque de dor nas palavras de Avril. Um vestígio de emoção que apenas outra garota notaria. As suspeitas de Mira sobre ela e

303

Dane estavam confirmadas. Doía em Avril ter que castigá-lo daquela maneira, mas ela não tinha escolha. Era uma líder. Tinha responsabilidades que iam além dos seus próprios sentimentos, e isso trouxe uma leve agitação à Mira. Imagens do Mestre Misturador brilharam em sua mente.

Talvez ela e Avril não fossem tão diferentes assim.

Os olhos de Dane lentamente se voltaram para Mira. Ela viu uma mescla de emoções dentro deles. Vergonha, raiva, medo.

— Bucaneira, minha arma é sua — disse ele, lentamente. — Posso... tê-la de volta? — As palavras, era evidente, foram incrivelmente difíceis para ele.

Mira olhou para Holt. Ele apenas deu de ombros. A escolha era dela.

Ela segurou a Lanceta contra a garganta de Dane por mais um instante, então entregou-a na mão dele. Dane lentamente a pegou e se levantou. A tensão no ginásio começou a diminuir.

— *Spearflow* — disse Avril firmemente. — Agora. O restante de vocês vai fazer meditação dupla para refletir e aprender com os erros de Dane.

Dane deu meia-volta e se afastou sem discutir. O mesmo fizeram os outros.

Avril, porém, olhou para Mira e Holt.

— Peço desculpas por Dane. Ele é... impetuoso. É seu ponto fraco — disse ela. — Nós temos isso em comum, de acordo com Gideon.

— Impetuoso é... definitivamente uma boa palavra para definir isso — Holt respondeu, esfregando o pulso.

Mira viu os olhos da menina se voltarem para baixo, na direção da tatuagem inacabada.

— Você sabe quem eu sou?

— Sim — disse Holt.

Avril acenou com a cabeça, seu olhar endurecido.

— Archer está morto. Não está?

Ao ouvir as palavras de Avril, Holt enrijeceu.

— Sim.

Os olhos de Avril não deixaram a tatuagem no pulso de Holt, mas eles se encheram de algum tipo de emoção complexa e profunda. Mira não tinha ideia de quem fosse Archer, mas Avril certamente o conhecera, e seus sentimentos sobre a questão eram contraditórios.

— Ele... morreu em paz?

— Eu gostaria de poder dizer que sim — respondeu Holt, e havia um tom sombrio em sua voz.

Avril segurou a Lanceta com mais força.

— Não importa. O Bando *não* me terá. Meu lugar é aqui.

— Você tem a minha palavra — respondeu Holt com cuidado. — Eu não estou aqui por sua causa, e *não* sou do Bando.

Avril sustentou o olhar de Holt por mais um instante, então se virou e se afastou em direção aos outros. Mira observou a garota indo embora, finalmente sentindo seu coração desacelerar.

— O que foi aquilo?

— Avril é a razão de Ravan e seus homens estarem aqui — respondeu Holt. — Eles estão negociando o que quer que estejam carregando naquele caixote em troca dela.

— Negociando... uma Hélice Branca específica? — Não fazia sentido.

— Ela não é apenas uma Hélice Branca. Ela é *filha* de Tiberius.

Os olhos de Mira se arregalaram em choque.

— Está falando de Tiberius Marseilles?

Holt apenas confirmou com a cabeça. Mira olhou para Avril, na outra extremidade do ginásio, com uma curiosidade renovada. Tiberius Marseilles era um nome famoso e por todas as razões erradas. Ele era poderoso — o fundador e líder do Bando. E assustador. Ela sabia, tinha lidado com ele uma vez, muito tempo antes, feito um acordo e quase fora morta por causa dele. Sua recompensa, sua única recompensa, tinha sido o Sólido que ela usara para fazer Ravan ajudá-la a resgatar Zoey — e isso não era pouca coisa.

— Você a conhecia? — perguntou Mira, os olhos ainda na garota.

— Não. Ela foi embora muito antes de eu chegar. Não pensava exatamente como o pai. Pelo menos não como o irmão dela.

— Archer? — As peças estavam começando a se encaixar.

Holt assentiu.

— Ele está morto agora. É por isso que Ravan está aqui.

— Eu ainda não entendo.

— Archer e Avril não são filhos naturais de Tiberius — explicou Holt. — Ele negociou para tê-los, e por um alto preço. Gêmeos, Imunes como ele, uma menina e um menino. Ele queria uma linhagem, algo que perdurasse depois que ele tivesse partido. Archer e Avril iriam herdar de Marseilles a liderança do Bando no futuro, mas Avril não ficou. Ela veio para cá.

À distância, Avril sustentou o olhar de Mira por uma fração de segundo antes de se sentar com seus homens. Ela cruzou as pernas, apoiou as mãos sobre os joelhos e fechou os olhos. O silêncio caiu sobre o ginásio quando a meditação dos Hélices Brancas começou.

Algo ocorreu à Mira. Algo tenebroso.

— Como Archer morreu, Holt?

Sua voz era baixa.

— Não me agrada muito falar sobre isso.

— Se quiser que as coisas entre nós sejam um pouco mais como antes, acho que precisa falar.

Holt não olhou para ela, só fitou o chão, refletindo. O que quer que ele tivesse a dizer, fosse qual fosse a verdade, não era algo que ele gostasse de expor. Mira sentiu medo, enquanto esperava que Holt respondesse. Era o que ela queria saber, é claro, mas esperava que aquilo não abalasse o que ainda sentia por ele.

— Como eu disse, nunca conheci Avril. Ela partiu antes de eu chegar ao Fausto — Holt finalmente contou, e Mira teve que chegar mais perto para ouvir. — Mas eu conhecia Archer. Por um tempo fomos amigos. Ele era... Volúvel não é a palavra certa. Ele oscilava, e a gente nunca sabia o que era capaz de fazer ou quando. Generoso com os amigos num dia, no dia seguinte podia ameaçar executá-los. Quando ele era generoso, era muito generoso. Quando não era, ele... não era *mesmo*.

Holt ficou olhando para o assoalho de madeira, traçando lentamente com o dedo padrões na sujeira enquanto falava. Mira só tinha ouvido a voz dele tão emocionada quando havia contado sobre a irmã, sobre como ele se sentira responsável pelo destino dela.

— Archer estava apaixonado por uma garota no Fausto — continuou Holt. — O nome dela era Evelyn. Uma garota bonita, o cabelo quase tão preto quanto o de Ravan. Ela cozinhava, tinha uma barraca de comida na zona comercial, fazia uns pastéis realmente muito bons. Eles sempre me lembravam aqueles pasteizinhos recheados chamados Pop-Tarts, lembra deles?

Mira fez que sim, e sorriu mesmo sem vontade. Ela gostava mais dos que tinham recheio de morango.

— Archer amava Evelyn, mas o sentimento não era mútuo. Ela amava outra pessoa. Ela disse isso a Archer, disse até com muita delicadeza, mas não foi uma coisa muito inteligente. — Holt olhou para os padrões que tinha feito na poeira do chão. — Às vezes eu me pergunto se ele ficaria tão obcecado se ela tivesse cedido uma ou duas vezes. Ele teria seguido em frente, encontrado outra pessoa, esse era o jeito dele. Não se fixava numa única coisa por muito tempo. Mas ela não fez isso. Ela o rejeitou. Totalmente. E Archer Marseilles definitivamente não estava acostumado com isso. Foi procurar o pai. Tiberius raramente negava alguma coisa ao filho, especialmente coisas que ele achava que eram triviais, como uma garotinha que fazia pastéis no mercado. Ele decretou que os dois deveriam se casar. No dia seguinte. Então Evelyn e o outro garoto fizeram a única coisa que podiam fazer.

Mira adivinhou o que era.

— Fugiram.

Holt assentiu com a cabeça.

— Tiberius ficou furioso. A coisa ficou séria, alguém tinha desafiado o líder do Bando, e isso era algo que ele não poderia deixar passar. Então enviou Ravan e eu para encontrar o casal. Era nisso que éramos bons, afinal de contas — disse Holt com uma nota de amargura. Uma pasteleira e um ferreiro, ambos com cerca de 15 anos? Eles não iriam muito longe. Não sabiam como avançar rápido nem cobrir seus rastros, e certamente não sabiam como lidar com alguém como Ravan. O que eu quero dizer é que nem chegou a ser uma perseguição. Nós os trouxemos de volta e, quando chegamos, eles arrastaram o menino para a forca e Evelyn para o quarto de Archer.

— Eles começaram a minha tatuagem naquela noite — continuou Holt, a voz cada vez mais embargada com o sentimento reprimido, e Mira sentiu um calafrio gelando-a por dentro. — Foi a minha recompensa. E ia começar com uma ponta da estrela pintada, uma coisa rara, mas Tiberius era grato e generoso quando se tratava de Archer. Eu nem sequer senti a agulha, só olhava para o Pináculo, onde ficava o quarto de Archer. Eu podia ver as luzes lá, cintilando, velas ou um lampião. Eu sabia o que ia acontecer ali. Podia ouvir a multidão rugindo diante da forca. Eu sabia o que ia acontecer lá, também.

Holt fitou sua tatuagem inacabada.

— Olhei para a coisa se formando no meu pulso e... foi horrível para mim. Quanto maior ela ficava, mais pavor eu sentia. Eu disse a eles que precisava de um tempo, disse a Ravan que logo estaria de volta. Ela me olhou com um olhar estranho, eu me lembro, como se uma parte dela soubesse ou adivinhasse, mas, ainda assim, não foi atrás de mim. Na época, eu não acho que ela teria entendido. Eu ainda não estou certo de que tenha.

A declaração foi uma confirmação do quanto Holt e Ravan tinham sido íntimos, mas as visões de Mira sobre tudo agora eram tão conflituosas que ela não estava mais certa do que sentia a respeito.

— Agi o mais rápido que pude, sabia que só poderia salvar um deles, não havia tempo para os dois. Eu escolhi Evelyn. Não sei por que, talvez porque eu a conhecesse melhor, a menina dos pastéis. Talvez porque achasse que o destino dela ia ser pior do que o do garoto. Vai saber. — Holt olhou através de um dos buracos do ginásio, observando um raio lá fora. — Fui até o quarto de Archer, arrombei a porta e consegui chegar lá antes de tudo acontecer. Ele tinha amarrado a garota na cama e estava com uma faca na mão. Eu disse a ele para parar, para se afastar dela. Archer só olhou para mim. Então riu. Ele realmente não acreditava que eu faria alguma coisa para impedi-lo. Afinal, eu sempre o defendia, todo mundo sempre fazia isso — o defendia e deixava que ele fizesse o que queria, mas... não dessa vez. Eu disse que ia dar um tiro nele entre os olhos, se fosse obrigado. Disse que ele tinha que deixá-la ir. Ele não ouviu, só riu de novo, mas disse que eu poderia ficar e assistir, se eu quisesse, e então se aproximou dela com a faca. Aí eu atirei nele.

Mira ofegou de tensão. Ela não tinha certeza do que sentia.

— Foi um serviço limpo, uma bala só — disse Holt, sua voz um sussurro outra vez. — A garota gritou, eu me lembro. Agarrei-a e tirei-a de lá, peguei minhas coisas e saí. Nós quase não conseguimos sair antes de fecharem a cidade. A pior parte foi quando descemos do quarto, na volta; ouvimos os gritos e aplausos diante da forca, sabíamos o que tinha acontecido. Salvei a vida da garota, mas não houve nenhum tipo de gratidão. Ela não olhou para mim com menos repugnância do que demonstrou por Archer. Lembro-me disso, também. Talvez se eu tivesse salvado os dois, mas... não salvei.

— O que aconteceu com ela? — perguntou Mira.

— Encobrimos nossos rastros durante três dias, plantando pistas falsas. Eu sabia que Tiberius enviaria Ravan, e que ele ia querer me matar, mas Ravan nunca me encontrou. Não tenho certeza se foi porque eu a conhecia muito bem ou porque ela simplesmente me deixou escapar. De qualquer maneira, consegui libertar a garota, levando-a num navio terrestre até Baía Invernal. Nunca mais ouvi falar dela.

Holt manteve o olhar fixo no chão. Mira o viu sentado ali, revivendo tudo, torturando-se de novo. De repente percebeu que sabia como ele se sentia. Todo esse tempo ela tinha se sentido distante dele, chegando até a olhá-lo com certo desprezo por ter quase pertencido ao Bando, mas a verdade é que ela não era melhor do que ele. Ela tinha cometido erros semelhantes. Tentara corrigi-los de formas parecidas, e aguentara as consequências, assim como ele.

Mira estendeu a mão e puxou Holt para si. Ele descansou a cabeça em seu ombro enquanto ela corria os dedos pelo cabelo rebelde, despenteado.

— Por que temos... que tomar nossas decisões depois que já é tarde demais? — Holt perguntou em voz baixa. — Mesmo quando elas parecem óbvias? Por que em vez disso não fazemos direito, logo de cara?

Era uma pergunta que Mira tinha se feito muitas vezes.

— Não sei.

Os dois ficaram sentados ali, olhando para a paisagem cada vez mais tenebrosa, além das paredes do ginásio em ruínas.

33. O EMBAIXADOR

TUDO ESTAVA ESCURO E SILENCIOSO. Pacífico até. Mas, em meio a todo aquele vazio, Zoey sentiu algo parecido com movimento. Faixas ondulantes de luz flutuando no espaço, mas não eram de nenhuma cor específica. Pareciam, em vez disso, uma mistura de todas elas, mescladas com uma forma rodopiante e fugidia, que num instante estava lá e no outro não estava mais, sempre fora de vista.

Zoey tinha visto cores como aquelas antes. Quando estava com a Realeza e seus Caçadores. Era assim que a presença deles se manifestava em sua cabeça. O que significava que, onde quer que estivesse, uma presença semelhante estava por perto agora.

Scion. Você está segura.

Era uma projeção de sensação pura forçando entrada na sua mente, e as palavras eram o mais próximo que Zoey podia chegar do seu significado mais intrínseco. Elas eram exatamente como a Realeza se comunicava com ela, mas não se tratava da presença dele. Era diferente. Oscilava numa velocidade diferente.

Zoey se mexeu e abriu os olhos, e ficou surpresa ao descobrir que o mundo de verdade também exibia o mesmo negror.

Quando ela se mexeu, outra "presença" surgiu, esta muito mais física. Era peluda e quente. Ele ganiu e pressionou o corpo contra o dela. Zoey sorriu, apesar de tudo, quando ele lambeu seu rosto.

— O Max...

O cão era apenas uma sombra escura retorcendo-se no fundo preto, e quando Zoey tentou acariciá-lo, descobriu que não podia. Algo duro e frio a cercava por todos os lados, como um caixão metálico, e ela não podia se mover.

A constatação trouxe com ela uma onda de lembranças. Zoey se lembrou do bruxuleante Poço Gravitacional desaparecendo até não restar nada, e o som da cidade gigantesca desabando sobre ele.

O sorriso de Zoey desapareceu. O pânico o substituiu. Ela estava presa. Enterrada viva, certamente, em algum buraco escuro, esmagada debaixo de todo o peso dos escombros da Estrela Polar, e nunca seria encontrada. Ela ficaria ali, presa, incapaz de se mover, até que, finalmente, a escuridão se desvanecesse. O pensamento foi aterrorizante. Zoey gritou e se contorceu no pequeno espaço metálico que era seu túmulo, tentando...

As paredes do caixão se levantaram lentamente, libertando-a. Engrenagens e dispositivos mecânicos zumbiram. Era uma máquina de algum tipo, mantida no alto por cinco pernas gigantes. O mundo ao seu redor soltou um rangido quando a coisa de algum modo deslocou o peso colossal da cidade em ruínas que a soterrava.

Max latia descontroladamente e Zoey se espremeu mais contra ele. Ela sabia agora o que tinha ficado em cima dela, e era mais do que apenas as ruínas da Estrela Polar.

Era um caminhante dos Confederados. Aquele sem cores, que a seguira, que aparecera logo antes de tudo desabar e soterrá-la na queda.

Scion. Fique calma.

A luz bruxuleante do escudo de energia da coisa afastou a escuridão e os cercou com uma esfera oval que se estendia por três metros em todas as direções. Além dele, Zoey pôde ver os restos da Estrela Polar, uma massa sólida agora, de madeira e metal e tubos retorcidos e vidro quebrado, tudo isso pressionado fortemente contra o escudo do caminhante, a única coisa que os protegia, evitando que fossem esmagados.

Ouviu-se um estrondo eletrônico distorcido, e Max rosnou na direção do barulho. O primeiro impulso de Zoey foi se afastar da máquina, mas não havia para onde ir. Não ali.

Scion. Você está segura. Fique calma.

Zoey não se sentia segura. O que ela ia fazer? A blindagem em torno deles parecia tremular cada vez mais, como se estivesse enfraquecendo. Com todo o peso pressionando-o, Zoey não ficou surpresa. Quanto tempo até que finalmente ela cedesse? O pânico cresceu, ela sentiu as lágrimas se formando.

Scion. Fique calma. Estamos aqui.

Mas estamos presos. Ela instintivamente projetou seus pensamentos, assim como a Realeza havia lhe mostrado. *Nós... vamos morrer?*

Houve uma pausa antes que o caminhante respondesse. *Morrer. Cessar de existir.*

Ele parecia inseguro, como se tivesse dificuldade para entender o conceito. Ela não sabia por quê, mas a ideia da morte para os Confederados não era algo muito claro. De alguma forma, a morte, embora possível, não era uma conclusão óbvia para os alienígenas, e o conceito carregava um peso tremendo.

Não, Scion, o caminhante projetou, *podemos permanecer. Mas você precisa entender.*

A blindagem exterior cintilou, o peso de todo o metal, vigas e escombros pressionando o caminhante provocou um rangido. As ruínas estavam levando a melhor, pelo que parecia. O escudo iria se desativar em breve.

Nós podemos nos deslocar. Mas você deve nos tocar.

Zoey não conseguia ver sentido naquilo. Talvez ela tivesse traduzido errado, ou talvez simplesmente não houvesse uma tradução real.

Eu não entendo, ela pensou.

Nós podemos nos deslocar. Outro lugar.

Zoey voltou a pensar na primeira vez em que ela viu o caminhante, como ele pareceu surgir do nada num clarão de luz. Ele tinha feito algo semelhante nas Estradas Transversais. Será que "deslocamento" significava... teletransporte? Ele poderia levá-los para fora daquele lugar e de volta para o ar livre?

Sim. A máquina sentiu os pensamentos dela. *Toque-nos e vamos nos deslocar.*

O escudo piscou de novo, os restos mortais da cidade estrondeando em torno deles. Zoey não hesitou. Segurou o Max com uma mão e impeliu a si própria com a outra, tocando a couraça do caminhante blindado.

Não. Toque em nós.

As ruínas rangeram horrivelmente. O Max latia descontroladamente. Zoey sentiu o pânico começar a tomar conta dela novamente. *Estou tocando!*

Não. Toque em nós.

A mão dela estava firmemente pressionada contra o corpo metálico do caminhante, ela o estava tocando. Mas... era a máquina que realmente estava se comunicando com ela? Ou era a forma cristalina complexa dentro dela? Se fosse assim, então como é que ele esperava que ela o tocasse?

De súbito o escudo piscou violentamente... e se retraiu um pouco! As ruínas do lado de fora trovejaram quando estremeceram, desabando um pouco mais. Não havia muito tempo.

Zoey não conseguia estender o braço e tocar a parte de dentro da entidade com as mãos, mas havia uma maneira de fazer isso. Ela colocou os braços ao redor do Max e fechou os olhos. Zoey projetou a sua mente, concentrando-se no turbilhão de cores na escuridão, pressionando sua consciência na direção dele. Quando fez isso, as cores explodiram num brilho prismático e ela sentiu a energia percorrendo seu corpo.

Em seguida, houve um barulho. Como uma poderosa explosão de estática e ruído, e uma onda rápida de calor tomou conta dela. Max uivou. O estômago de Zoey se contraiu, seus ouvidos zumbiram e depois... já tinha acabado.

Um novo silêncio foi rompido pelo zumbido mecânico de engrenagens quando o caminhante lentamente se afastou de Zoey e Max. A menina abriu os olhos e ofegou.

A massa infinita de detritos que os enterrava tinha desaparecido. Em vez disso, ela viu a *luz do dia*. Não a luz mutante e doentia do interior das Terras Estranhas; agora estavam em *plena* luz do sol, brilhante e forte, e Zoey suspirou ao senti-la. E o melhor era que a dor em sua cabeça tinha misericordiosamente passado. Uma possibilidade lhe ocorreu. O caminhante os havia teletransportado para algum lugar *fora* das Terras Estranhas.

Como num passe de mágica.

Zoey olhou para cima, na direção da máquina. Como todos os Confederados, o caminhante tinha o mesmo olho trióptico vermelho, verde e azul, e o sensor emitiu um zumbido ao girar para examiná-la, depois se deslocou para Max quando o cão soltou um único latido de defesa. Zoey acalmou-o, puxando-o na direção dela.

— Está tudo bem. Eu não acho que ele tenha nos salvado só para nos machucar. — O Max não pareceu convencido.

Zoey olhou para a máquina poderosa. Ela estava mais perto agora, e, pela primeira vez, não estava correndo para salvar sua vida. Isso significava que ela podia analisá-lo minuciosamente. Suas cinco pernas ficavam espaçadas em torno do corpo metálico e eram mais grossas e poderosas do que qualquer outra que já tivesse visto. Sua fuselagem parecia mais blindada e de alguma forma mais sólida, também. Zoey se lembrou de que ela nunca o vira disparar armas. Sempre enfrentava os adversários investindo contra eles. Seria para isso que tinha sido projetado? Assim como os Caçadores eram projetados para se deslocar veloz e furtivamente?

Scion. A nova projeção entrou em sua mente. *Você permanece*.

Permanecer. Era difícil traduzir as imagens e os sentimentos dos Confederados, mas isso foi o mais perto que ela conseguiu chegar. A entidade dentro da máquina já tinha utilizado anteriormente aquela expressão. Na ocasião, ela queria dizer "viver". Talvez isso significasse o mesmo agora.

Obrigada, Zoey projetou para o caminhante. *Estamos fora das Terras Estranhas?*

Um simples pensamento entrou em sua mente em resposta. *Sim.*

Como?

Nós nos deslocamos.

Você também pode... "se deslocar" para qualquer lugar que quiser? Zoey estava curiosa. Se fosse assim, seria uma habilidade incrível.

Só para onde já estivemos. A máquina ficou imóvel, seu olho trióptico multicolorido era o único ponto em movimento, zumbindo e girando. O olho parecia nunca ficar parado, deslocando-se centímetros para cima e para baixo, para a esquerda e para a direita, como se analisasse cada centímetro dela. Zoey riu. Era divertido ver, aquele olho, como uma espécie de inseto gigante e desesperado, capturado num frasco.

Você estava me seguindo?, perguntou Zoey.

Somos poucos, mas não somos um.

Os olhos de Zoey se estreitaram. *Há mais de vocês?*

A cabeça de Zoey se encheu de imagens. Ela viu mais caminhantes, alguns que já tinha visto antes, como Aranhas e Louva-a-deus, e outros, uma dezena ou mais, todos pintados de várias cores. Ela viu muitos como o que estava na frente dela, brutamontes grandes e atarracados de cinco pernas, todos pintados num tom escuro de roxo.

A luz dos raios laser lançados sobre eles apagou suas cores, desbotando-as até que só restasse o metal. Quando tudo acabou, os seus corpos prateados brilharam ao sol.

Vocês... tiraram suas cores, Zoey transmitiu para o caminhante.

Nós não acreditamos, ele projetou.

Em quê?

Em você.

Zoey piscou, olhando para a máquina. Algo sobre aquela simples declaração tinha um toque de ameaça. *Não estou entendendo. Por que você está me ajudando?*

Você é a Scion. A primeira.

A primeira de quê?

Muitos.

Na projeção, ela sentiu um forte extravasamento de emoção na máquina, e não era o que esperava. Ela nunca tinha sentido nada assim vindo da Realeza, as emoções dele tinham sido exatamente como ela esperava. Fortes, ameaçadoras e arrogantes. Estas eram completamente diferentes.

Por que você está triste?, Zoey projetou.

Novas imagens, mais vívidas, encheram sua mente. Ela viu uma forma cristalina, como sempre bonita, mas não dourada. Essa era de um tom diferente de índigo, e flutuava como seda roxa se transformando em luz.

Um milhão de sensações, sentimentos e presenças, todos em segundo plano, tudo clamando para ser ouvido e sentido, latejando em sua consciência. Ela sentiu o rompimento de alguma conexão. A perda desses milhões de vozes. Então... nada além de silêncio.

Essas eram as memórias dele, Zoey de alguma forma percebeu. Ele tinha feito uma escolha. E ela achou que sabia que escolha era essa.

Você está sozinho agora, ela pensou. *Sem os pensamentos dos outros.*

Zoey compreendeu. O que quer que fossem os Confederados, fosse qual fosse a natureza deles, estavam todos ligados entre si. Seus pensamentos, sentimentos e emoções rodopiavam numa gigantesca tormenta com a qual todos eles estavam sempre em contato, e ele, o prateado, tinha feito a escolha de cortar a sua conexão com os demais. Por mais poderoso, forte e corajoso que fosse, ele estava triste pela perda. Até mesmo um pouco assustado. Pela primeira vez provavelmente em eras... ele estava sozinho.

Zoey não pôde deixar de pensar em suas próprias habilidades, na maneira como ela podia ler as pessoas, como os pensamentos e sentimentos delas surgiam em sua mente sem aviso. Quanto mais essa capacidade se desenvolvia, menos ela gostava dela. Nunca era tranquilo quando os outros estavam ao redor, até mesmo aqueles que ela amava, como Holt e Mira. Ironicamente, o ser na frente dela tinha vivido com muito mais vozes em sua "cabeça" e por muito mais tempo, mas parecia *preferir* assim.

Tenho algo para perguntar. Ela de fato tinha. Talvez a pergunta mais importante de todas para ela. Uma pergunta que a Realeza se recusara a responder, e a punira até mesmo por perguntar. Uma pergunta que ninguém parecia capaz de explicar ou estar disposto a isso. *O que os Confederados querem comigo?*

O olho do caminhante girou para examiná-la. *É perigoso.*

O quê?

A verdade.

O que aquilo significava? Responder à pergunta seria perigoso?

Suas lembranças, a máquina continuou. *Elas foram retiradas.*

Sim. Era verdade. Zoey não tinha lembranças anteriores ao encontro com Holt, mesmo que o Oráculo tivesse lhe dado provas de que ela deveria se lembrar. *Vocês apagaram minhas lembranças.*

Por uma boa razão, a entidade respondeu. *É perigoso.*

Zoey suspirou. Evidentemente, ele não ia contar mais do que os outros. Isso só tornou muito mais forte o seu desejo de alcançar a Torre.

Você tem um nome?, Zoey perguntou agora.

Não, a máquina projetou em resposta. *Nomes são coisa de vocês. Não nossa.*

Eu tenho que chamá-lo de alguma coisa. Zoey pensou nisso, estudando a máquina com curiosidade. *O que você faz?*

Nossa função?

Sim.

Houve uma longa pausa antes que o caminhante respondesse. *Embaixador.*

Embaixador?, Zoey pensou, confusa.

Daqueles sem cores. Embaixador para a Scion.

Zoey sorriu e disse o nome em voz alta.

— Embaixador. — O nome soava bem. — Eu gosto. É o seu nome. Ok?

Temos... um nome?, o caminhante projetou.

Zoey assentiu.

Embaixador. O olho multicolorido da máquina zumbiu e girou. *É apropriado.*

Outra coisa ocorreu a Zoey. *Os outros não querem que eu chegue à Torre, não é?*

Não.

Mas eles não podem atravessar as Terras Estranhas.

Poucos têm as eletivas.

Eletivas?

Atributos escolhidos por cor, o Embaixador projetou. *Poucos têm as eletivas para passar por este lugar. Nunca foi previsto.*

— Os Mas'Erinhah — disse Zoey em voz alta. — Eles podem passar.

Sim. Aparentemente, o Embaixador podia entender tanto as palavras que ela falava quanto seus pensamentos. *Eles têm eletivas apropriadas. Estão chegando. Vamos levá-la.*

— Me levar para onde?

O lugar rompido, ele projetou. *Vocês dizem a Torre Partida.*

Max latiu quando o Embaixador deu um passo poderoso para a frente. Era evidente que ele estava decidido a levar a garota lá por conta própria.

— Espere! — Zoey levantou a mão em alarme, deu um passo para trás e a máquina gigantesca parou. Seu olho zumbiu e focou-se nela.

Zoey olhou para o caminhante com curiosidade, enquanto algo lhe ocorria.

— Dê um passo para trás — ela ordenou.

Instantaneamente, o caminhante se afastou com as suas pernas poderosas. Zoey sorriu.

— Vire à direita.

Max latiu outra vez quando o caminhante girou onde estava, voltando-se para a direita.

— Vire à esquerda.

A máquina obedeceu.

— Dê uma volta completa e termine de frente para mim.

A máquina prateada girou no lugar até ficar de frente para a garota novamente.

Max latiu mais alto ainda, observando a enorme máquina obedecer às ordens de Zoey.

Você tem que fazer o que eu digo?, Zoey projetou.

Você é a Scion, foi a resposta. *Você nos nomeou.*

Então você não está me levando para a Torre, Zoey pensou com firmeza.

Aonde, então?

Zoey sabia o que queria, mas seria a melhor opção? Eles não estariam mais seguros sem ela? Talvez. Mas o Oráculo tinha mostrado coisas a ela, e indicado que Holt e Mira faziam parte disso. Zoey tinha uma sensação de que precisava deles, e, quem sabe, de que eles precisavam dela também.

— Eu quero encontrar meus amigos — disse Zoey. — Quero que você me leve até eles. — O olho do Embaixador fitou-a de um jeito que parecia desaprovador.

A LUZ SOLAR ERA UMA COISA ESQUECIDA. O mundo estava escuro, o céu cheio de nuvens cor de chumbo que soltavam perigosos raios coloridos. Estranhos trovões ribombavam em todos os lugares.

Mas aquele que a Scion chamava de Realeza não prestava nenhuma atenção nisso. Toda sua atenção estava voltada para as ruínas do grande acampamento humano, que agora não passava de um amontoado de escombros carbonizados exalando fumaça, as chamas ainda lambendo suas paredes. Acabariam se tornando apenas cinzas, e tão esquecidos quanto a luz do sol.

Mas as cidades arruinadas não interessavam a Realeza. Somente a Scion interessava.

Ela tinha passado por ali, ele sabia. Ela e o miserável Mas'Shinra, que envenenava o seu espírito. Certamente ele a estava ajudando durante todo esse tempo. Seria preciso que ele fosse eliminado, e havia maneiras de se fazer isso. Então, a Realeza teria a honra de habitar a Scion, de ser o primeiro de muitos. Os Mas'Erinhah tomariam seu lugar de direito como Aqueles Matizados com a Luz.

Mas primeiro ele tinha que encontrá-la.

Acima dele, vindo do sul, ouviu-se um rugido repentino de motores.

Uma massa de aeronaves desativou sua camuflagem, dois tipos diferentes, todos pintados de um tom cintilante de verde e laranja. Um tipo era menor, mais ágil, com dois canhões reluzentes, os escudos blindados como meios círculos em sua extremidade, a parte curva voltada para trás. O segundo tipo era maior, com dois poderosos motores em movimento em cada asa, e dois ou três caminhantes suspensos sob cada uma delas. Naves cargueiras. Reforços.

As aeronaves flutuaram e trepidaram, tentando recuperar o controle na caótica turbulência. Era difícil. Um raio de luz verde projetou-se numa chuva de faíscas na direção de uma das naves menores, abaixo. Ela espiralou em queda livre e colidiu com uma das naves cargueiras. As duas naves oscilaram e começaram a cair, desintegrando-se no solo com uma gigantesca explosão.

A Realeza trombeteou com raiva. Os Mas'Erinhah eram um dos poucos clãs cujas eletivas lhes permitiam passar por aquelas terras, mas, ainda assim, não seria fácil. Ele perderia metade de suas forças na caça à Scion, mas essa era a razão que o levara a convocar tamanho contingente. No final, tudo iria valer a pena.

Dos destroços incandescentes das aeronaves acidentadas irrompeu uma explosão de luz. As Efêmeras estavam deixando seus Hospedeiros, assumindo suas formas cristalinas douradas e flutuantes. Elas não tinham escolha, suas máquinas estavam em chamas, e ficou claro que havia algo errado.

As formas, que deveriam ser brilhantes, tremeluziam fracamente, a energia que os envolvia estava perdendo a coesão. Não conseguiam se formar, não conseguiam se solidificar. A Realeza, e todos os outros Mas'Erinhah, captavam as sensações que emanavam das Efêmeras e coloriam o Todo com a sua luz.

Dor, espanto — e medo.

A luz das Efêmeras esmaeceu enquanto a Realeza e seus Caçadores assistiam. A energia armazenada dentro dessas formas dissipou-se, desaparecendo no ar como ouro líquido jogado no mar. Com essa perda, mesmo sendo de apenas alguns, o Todo ficou menos colorido, com menos brilho.

A Realeza trombeteou com frustração. Era aquele lugar. Seu tipo não podia sobreviver ali, não fora dos seus Hospedeiros, e ele sentiu mais medo perturbando o Todo. Mas ele não toleraria fraqueza.

Projetou a sua raiva e resolução, e suas forças reagiram. O medo desapareceu, a dúvida também. Eles seguiriam em frente, mesmo que fosse rumo à destruição. Eles não tinham escolha.

Atrás deles, as naves cargueiras começavam a descarregar sua carga, depositando novos caminhantes no terreno fragmentado, em meio aos cristais brilhantes que o pontilhavam. Um após o outro, centenas de naves encheram a paisagem escurecida com seus soldados.

34. NOVOS AMIGOS

HOLT E MIRA SEGUIAM OS HÉLICES BRANCAS para o norte, numa marcha aparentemente interminável que atravessava o que um dia fora chamado de Dakota do Norte. Agora era um mundo de pesadelo: opressivo, tenebroso, destituído de vida. A vegetação tinha morrido havia muito tempo e, sem a luz solar, os esqueletos ressequidos das árvores mortas eram a única indicação do que um dia existira ali. Relâmpagos verdes iluminavam a paisagem e a estranha aurora, onipresente, tremulava no céu negro.

Nos últimos quilômetros, eles tinham seguido uma antiga linha de trem, e agora se deparavam com um obstáculo. Holt deu mais um passo instável na parte de cima do antigo trem, tentando se equilibrar em meio à escuridão. Seu teto era amplo e sólido, mas esse não era o problema. O problema era o declive abrupto que havia dos dois lados da ferrovia, que acabava centenas de metros abaixo, no vale sombrio de um rio. O restante do trem, dezenas de vagões, tinha saído dos trilhos e caído por sobre a borda do precipício, e se Holt olhasse para trás veria todos eles, *pairando no ar*, congelados no momento em que caíam e a ponte era despedaçada.

Estavam no que Mira chamava de um *Looping* no Tempo. Como o caminhão de alguns dias atrás, que se descongelava no tempo quando tocado, esse trem e a ponte se desintegrando também voltavam ao tempo real a intervalos fixos. De acordo com Avril, eles tinham menos de onze minutos antes que isso acontecesse. O trem ia descongelar no tempo esperado e desabaria no abismo e, então, voltaria a ficar congelado de novo, à espera de que tudo se repetisse outra vez.

Holt tentava não pensar nisso. Ele odiava aquele lugar.

Mira estava atrás dele, andando entre duas escoltas de Hélices Brancas. Os outros já estavam do outro lado.

Durante toda a viagem, Dane tinha praticado o treinamento que Avril chamara de *Spearflow*, uma prática intensa de manejo de arma, coordenada com os movimentos corporais. Cada passo que ele dava era acompanhado de um movimento ou giro da Lanceta. Depois de observá-lo por algum tempo, Holt conseguiu distinguir um padrão. Cada repetição do *Spearflow* levava cerca de sete minutos.

Dane sofria o castigo em silêncio, transpirando copiosamente, mas sem nunca hesitar, sem nunca diminuir o ritmo ou fazer uma pausa. Havia sempre um momento mais ou menos no meio do exercício em que ele girava e caminhava para trás e, cada vez que fazia isso, olhava diretamente para Holt. E toda vez Holt sustentava o olhar do outro. Ele não tinha nenhuma animosidade contra Dane, mas o sentimento claramente não era mútuo.

Esse era um problema para mais tarde. No momento, a preocupação de Holt era atravessar por cima desse trem sem despencar no rio lá embaixo. Ele movia cuidadosamente os pés, um passo por vez.

— Será que você não consegue ir ainda mais devagar? — Mira perguntou atrás. — Eu só estou perguntando porque o Hélice Branca e eu fizemos uma aposta.

— Você já ouviu falar da expressão "meça duas vezes, corte uma só vez"? — Holt respondeu sem tirar os olhos dos pés. — Estou aplicando um princípio semelhante.

— Mais lento nem sempre é melhor. A gente precisa se livrar dessa coisa, e nós temos, tipo, três minutos para isso.

— E o Forasteiro planeja usar todos os três — o Hélice observou atrás deles. — Nunca vi ninguém dificultar tanto o ato de colocar um pé na frente do outro. — O garoto era ligeiramente mais baixo que Holt, mas um pouco mais corpulento, com cabelos castanhos curtos e a mesma agilidade que todos os Hélices Brancas possuíam. Seu nome era Castor. A menina Hélice na frente deles era Masyn. Ela era mais alta do que Avril, mas tão

323

ágil quanto, tinha longos cabelos loiros presos numa trança que pendia nas costas e acariciava o topo da sua Lanceta.

— Para mim está bom assim — disse Masyn. — Sempre quis montar essa coisa enquanto ela despenca lá para baixo.

— Eu prefiro que isso não aconteça — disse Holt irritado. O tempo todo em que eles tinham andado sobre o trem, Masyn tinha se divertido dando cambalhotas, pulando para trás ou fazendo paradas de mão. Agora ela estava andando sobre as mãos, e era algo perturbador de se ver, com os abismos de ambos os lados, mas isso não parecia incomodá-la. Só fazia com que Holt gostasse ainda menos dela.

— Então se mexa, Forasteiro — disse Castor mais atrás.

Holt suspirou e deu mais um passo, olhando para baixo com cautela.

— Temos nomes, sabia? — disse Mira. Eles tinham sido chamados de Bucaneira e Forasteiro desde que deixaram a Estrela Polar, e isso estava começando a irritá-la.

— Eu sou Mira. Ele é Holt.

— E eu não estou nem aí — Castor respondeu. — Andem.

Holt deu mais um passo. Masyn talvez fosse só um ano mais nova do que Mira, mas, estranhamente, a fluência da Estática em seus olhos era muito menos predominante do que o normal. Os olhos de Castor estavam quase totalmente preenchidos com os tentáculos negros, mas ele já tinha idade suficiente para ter sucumbido. Holt tinha visto a mesma coisa nos olhos de outros Hélices. Para eles, a Estática parecia avançar de forma mais lenta, provavelmente por causa do efeito das Terras Estranhas sobre o tempo. Se mais pessoas soubessem dessa vantagem particular de ser um Hélice Branca, Holt se perguntava quantos mais poderiam fazer a jornada todos os anos.

À frente deles, Avril esperava impaciente com os braços cruzados, assistindo enquanto eles andavam sobre o trem. Dane estava atrás deles, ainda recuando e avançando, enquanto praticava com a sua Lanceta. Ele estava encharcado de suor, mas não dava mostras de cansaço. O resto dos Hélices Brancas esperava com Avril.

— O que Avril vai fazer com a gente? — perguntou Mira.

— Avril não vai fazer nada com vocês — disse Masyn, abaixando suavemente os pés até o chão e andando novamente. — Não é ela quem decide. É Gideon.

— Gideon é o líder de vocês? — perguntou Mira.

— Nosso professor. Um grande homem.

— Porque ele torna vocês mais fortes? — perguntou Holt com cuidado. Era uma frase que ele tinha ouvido os Hélices Brancas usarem algumas vezes. Devia significar alguma coisa. Masyn se virou e estudou-o com curiosidade.

— Não — ela disse. — O Padrão nos torna mais fortes. Não Gideon.

— Você quer dizer as Terras Estranhas — disse Mira. — Como é que *elas* tornam vocês mais fortes?

— Eliminando os fracos — respondeu Castor. — Quando um de nós cai, o resto fica mais forte.

— Vocês são bem darwinianos — Holt observou.

— Gideon diz que esse é o caminho de todas as coisas — continuou Masyn, dando lentamente uma cambalhota para trás. — Aqui, principalmente. Ele está nos preparando.

Preparando para *quê?*, Holt se perguntou. Ele começou a fazer mais uma pergunta, então congelou, olhando além do trem, para a extremidade da ponte.

— Para onde foram seus amigos? — perguntou. Não havia nem sinal dos Hélices Brancas agora. Todos os dez tinham simplesmente desaparecido, como se tivessem se desvanecido no ar. Todo mundo se virou e seguiu o olhar de Holt, olhando para o espaço vazio no final da ponte, onde Avril e seu Arco estavam antes.

— Isso... nunca é bom sinal — afirmou Masyn, alarmada.

— Bem, esse seu comentário me tranquilizou bastante — Holt respondeu.

— Se eles se foram é porque havia um motivo. — Castor tirou a Lanceta das costas. Masyn fez o mesmo. — Continuem.

Holt não discutiu. Ele começou a se mover novamente, mas mais rápido do que antes. Um passo após o outro — e, então, algo brilhou à frente deles, perto de onde os outros tinham estado. Algo grande — com uma superfície suficientemente reflexiva para ampliar qualquer luzinha que houvesse na paisagem escura.

— Forasteiro! — Castor exclamou atrás deles.

— Holt... — Mira começou em exasperação.

— Espere! — disse Holt, olhando para a frente.

— Não tem nada ali a não ser... — O ar em torno deles crepitou de repente.

Pequenas faíscas de luz materializaram-se e flutuaram como vaga-lumes. Holt examinou-as com uma expressão perplexa, e então olhou para Mira. Os olhos dela estavam arregalados de susto.

— É a sincronização de volta! — ela gritou, e empurrou-o para a frente.

Holt se lançou para a frente através do teto metálico do trem com muito mais urgência agora. O silvo da estática no ar ficou mais alto e ele pôde sentir o vagão embaixo dele começar a vibrar através da sola do seu tênis. As coisas estavam prestes a ficar pretas.

Eles continuaram a correr. O último vagão estava à vista, eles estavam...

As centelhas se duplicaram, triplicaram, tornaram-se tão numerosas que ofuscaram a visão de Holt. O silvo de estática abafava tudo. Em seguida, um rugido dissonante encheu o ar enquanto o trem e a ponte se reconectaram violentamente com a linha do tempo.

Holt ouviu Mira gritar, pensou ter visto Castor e Masyn saltarem em lampejos de luz roxa. O mundo se inverteu, a aurora no céu girou várias vezes, enquanto os sons de metal triturado e madeira se quebrando encheram o ar, e Holt se viu em queda livre rumo a...

Tudo ficou branco.

Dentro da luz branca ele viu alguma coisa. Algo familiar. Holt viu Zoey. Parada, olhando para ele, tudo ao redor dela parecia um estranho e vibrante fluxo de luz colorida que era parte dela e algo separado ao mesmo tempo.

Ouviu-se um estrondo como uma poderosa explosão pontuada de um ruído distorcido e uma onda rápida de calor. Holt engasgou, seu estômago se contraiu, seus ouvidos zumbiram...

Ele rolou de costas e abriu os olhos.

Através dos sinistros e retorcidos galhos de árvores mortas, a estranha aurora vacilou. Ele não estava em meio a um rio caudaloso ou esmagado sob toneladas de vagões de trem. Estava vivo na floresta e tudo estava em silêncio.

Mira olhou para ele, também de costas no chão, com os olhos cheios de dúvida.

— Eu vi... — ela começou devagar.

— Zoey — disse Holt, sustentando o olhar dela.

Um estranho barulho, eletrônico, soou acima deles. Ambos levantaram o olhar...

... direto para o olho trióptico vermelho, verde e azul de um caminhante dos Confederados. Cinco pernas, um poderoso corpo inteiriço, armadura desprovida de cores. Era o mesmo que havia aparecido duas vezes antes, e agora estava quase em cima deles.

A máquina era tão surpreendentemente surreal que eles nem chegaram a reagir de fato. Apenas olharam para ela, atordoados, observando o estranho olho que zumbia e girava, para a esquerda e para a direita, examinando os dois.

— Oi, Holt — disse uma vozinha fina atrás deles. Mira e Holt se viraram. Zoey estava ali, sorrindo. — Oi, Mira.

Cada um deles olhou para a menina com o mesmo olhar sem expressão.

— Zoey... — Mira sussurrou, ainda sem ter certeza. Levou apenas mais alguns segundos antes de tudo fazer sentido. — *Zoey!* — Mira se lançou na direção da menina e a puxou mais para perto. Zoey riu ao se ver o centro das atenções.

Antes que Holt pudesse se mover, algo grande e peludo bateu nele e derrubou-o no chão. Max balançou a cauda em cima dele, lambendo seu rosto. Holt riu e acariciou o cão, esfregando a cabeça e as orelhas dele. Ele sentia tanto alívio ao ver Max quanto sentia por ver Zoey. Ele realmente não tinha certeza de que um dia voltaria a ver aqueles dois.

Holt desviou os olhos de Max e fitou Zoey. A menina olhava para ele através do cabelo ruivo de Mira e sorria.

— Eu ganho um abraço também?

Mira soltou Zoey e observou-a correr para Holt. Ele olhou para Mira enquanto abraçava a garotinha, e eles compartilharam a mesma emoção.

— Você está bem? — Holt perguntou a Zoey.

— Estou — confirmou Zoey. — O Embaixador me trouxe até aqui. Eu pedi a ele.

De detrás deles veio o mesmo estranho som eletrônico distorcido. Lentamente, tanto Holt quanto Mira se voltaram para o enorme caminhante prateado. Ele estava simplesmente parado ali em silêncio, observando-os, do alto da sua imensa armadura. Holt sentiu os primeiros sinais de apreensão.

— Não se preocupe, o Embaixador é bom — tranquilizou-os Zoey. — Ele é meu amigo. Eu acho.

— É mesmo? — perguntou Holt, não totalmente convencido.

— Bem, ele na verdade não é "ele" ou "ela" — continuou Zoey. — Os Confederados não são meninos e meninas, mas é assim que eu penso nele.

— Ele tem um nome? — perguntou Mira, estudando a coisa com cautela.

— Eu dei um a ele. Ele ia me levar para a Torre, mas eu queria ir com vocês. Ele tem que fazer o que eu digo. É muito legal, na verdade.

— Se é assim — disse Holt —, você já pensou em... talvez informar ao seu novo amigo que ele deveria dar o fora daqui e voltar para o lugar de onde veio?

Zoey balançou a cabeça.

— Essa é a única coisa que ele não vai fazer.

— É claro. — Aquilo estava ficando mais confuso a cada segundo. Holt não tinha certeza, mas parecia que, de alguma forma, a máquina não só tinha salvado a pele de Max e Zoey, como a dele e a de Mira. Isso ainda não era suficiente para ele olhar a coisa com mais carinho ou simpatia. Ela era um caminhante dos Confederados, grande e estranho, e seus instintos lhe diziam para ficar bem longe dele.

— Ele tem uma ligação com alguém novamente — explicou Zoey. — E não gosta de ficar sem as outras vozes. Isso o deixa muito aborrecido.

— Beleza... — Holt suspirou. — Um mundo cheio de robôs alienígenas assassinos, e nós estamos com o mais nervosinho.

O olho trióptico da coisa deslocou-se para examinar Holt. A máquina soltou um ruído estranho.

Holt estudou os arredores. Parecia que estavam em meio às árvores mortas que ladeavam os trilhos do trem, mas os trilhos propriamente ditos, a ponte e os Hélices Brancas não estavam mais ali.

— Zoey, o seu amigo... nos *teletransportou* para longe daquela ponte?

— Sim — respondeu Zoey, esfregando as têmporas. — O Embaixador chama isso de "deslocamento". Mas ele só pode fazer isso quando é tocado. Se a gente tocar a forma bonita dentro da máquina, quero dizer. Então... tive que dar uma mãozinha.

— É por isso que vimos você — disse Mira.

— Eu toquei todos nós ao mesmo tempo. E as luzes, você as *viu*, Mira? Parecendo fitas desabrochando como flores de todas as cores?

— Sim — Mira confirmou. — Elas eram bonitas.

— Aquilo é o Embaixador — disse Zoey. — É assim que ele é. Na minha cabeça, pelo menos. Ele... — A menina interrompeu a frase com um gemido, apertando a cabeça. Holt estendeu a mão para ela e Mira se aproximou, alarmada.

— Max, volte aqui — disse Holt, afastando o cão da menina. — Zoey, você está bem?

Ela não respondeu, apenas gemeu e fechou os olhos com força. Mira e Holt a abraçaram, tentando falar com a menina apesar da dor, fazê-la responder, mas ela não fez isso.

Acima deles, o grande caminhante prateado trombeteou. Um feixe de laser verde saiu de um diodo em seu corpo e envolveu Zoey.

— Ei! — Mira gritou para a máquina. O Embaixador não se moveu, mas seu olho multicolorido piscou na direção de Mira. — Deixe-a em paz! Você me ouviu? Deixe a Zoey em...

— Espere! — disse Holt, observando como a luz verde pulsava em torno da cabeça de Zoey. Havia algo familiar nisso.

— *Afaste-a* dele! — Mira gritou para Holt.

— Acho que ele está ajudando — disse ele.

Mira se virou, claramente com a intenção de tirar Zoey dos braços dele e levá-la para longe dali...

— Olhe! — Holt exclamou e Mira parou. Zoey tinha relaxado. Seus olhos ainda estavam fechados, mas ela estava em paz, não sentia dor, sua respiração era suave. — Eles fizeram a mesma coisa comigo.

Mira olhou para ele com um ar de interrogação.

— Quando nos capturaram, os Caçadores, depois das Estradas Transversais. Eu estava machucado. Eles me curaram de alguma forma. Eu me lembro desse laser, essa luz *verde*. — A energia continuou a se projetar do Embaixador, massageando e envolvendo a cabeça de Zoey, tirando a dor. — É para *ajudá-la*.

Eles olharam para Zoey, esperançosos. Depois de alguns segundos, ela abriu os olhos e olhou para cima.

— Desculpe, Holt — disse ela com sinceridade.

Holt tirou uma mecha do cabelo loiro do rosto da menina.

— Ok, mas que tal a gente não fazer mais isso?

— Eu não posso evitar — Zoey respondeu fracamente. — Isso acontece cada vez mais, quanto mais longe a gente vai. Mas eu tenho o Embaixador agora. Ele me ajuda. Ele faz a dor parar. Não totalmente, mas um pouco. O bastante para eu ainda ser eu mesma.

Mira suspirou e olhou ao longe. Ela ficava aborrecida ao ver Zoey assim. Holt também ficava. Era mais uma razão para concluírem o que tinham ido fazer ali. O laser verde se apagou e Mira então olhou de novo para o caminhante prateado. O olho mecânico deslocou-se para ela.

— Obrigada — disse ela. O caminhante fitou-a com seu olho trióptico. Se tinha entendido, não deu nenhuma indicação.

— O Max — disse Zoey suavemente. O cão tinha enfiado o focinho sob a mão dela, e ela o acariciava.

Um movimento apareceu na visão periférica do Holt. Ele olhou para cima e apenas conseguiu ver um borrão de luz azul e vermelha saltando silenciosamente entre duas árvores mortas. Ele sabia o que significava.

— Ah, não...

Antes que Mira pudesse perguntar, o Embaixador se lançou na direção deles. Houve um lampejo, quando uma esfera de energia piscante foi ativada, um escudo protetor em torno não apenas do caminhante, mas em volta de todos eles.

Ele tinha sido ativado na hora certa. Figuras aterrissaram ao redor do caminhante emitindo lampejos de azul-turquesa, cada um segurando sua Lanceta brilhante. Suas máscaras estavam sobre a boca, os óculos cobriam os olhos, uma dúzia deles. Através da luz do escudo que soltava pequenos estalidos, Holt conseguiu distinguir Avril, Dane, Masyn, Castor, todos eles.

Holt não sabia o que aquelas pontas de cristal podiam fazer quando atingissem o escudo do Embaixador, mas ele tinha certeza de que não queria descobrir.

— Espere! Avril! *Avril!* — Holt gritou. A líder dos Hélices Brancas estava bem perto do escudo, mas não se virou para olhar. Claro que ela não podia vê-los, não com aqueles óculos de proteção. Ela estava usando outro sentido agora. — Avril, ouça! Ele não é inimigo. Está do *nosso* lado.

— É *Confederado* — disse Avril com desdém, e Holt sentiu um pouco de alívio. Pelo menos ela podia ouvi-lo através do escudo.

— Sim, ele é. O que significa que, a menos que você queira morrer, atacá-lo provavelmente não é uma boa ideia.

— Vamos ficar mais fortes — Avril respondeu automaticamente.

— Droga! — Mira gritou através do escudo. — Eu estou cansada dessa porcaria samurai. Isso não está ajudando!

Avril não disse nada. Os Hélices ao redor deles ficaram mais tensos. O Embaixador retumbou em antecipação.

— Avril — disse uma vozinha infantil. A voz de Zoey. E, embora suave, a voz insistiu. — *Avril.*

Aquela voz mudou tudo. Apesar dos óculos, Avril se virou para Zoey.

— O Embaixador é meu amigo — disse Zoey, ainda deitada no colo de Holt. — Ele não vai te machucar. Pode confiar em mim. Como você confia em Dane.

Avril lentamente tirou os óculos de proteção e seu olhar concentrou-se em Zoey. Ela olhou para a menina com o que parecia uma expressão de assombro e, em seguida, baixou lentamente a Lanceta.

— Baixem as armas! — ordenou a Decana. Os outros olharam para ela, inseguros. — *Façam o que eu digo!* — Lentamente, seus homens baixaram as armas e recuaram.

Zoey desviou os olhos de Avril e fitou o Embaixador. O olho do caminhante desviou-se para a garotinha e trombeteou. Holt adivinhou que eles estavam "conversando", que Zoey estava sugerindo algo parecido para a máquina — e devia ter funcionado. Poucos segundos depois, seu escudo foi desativado, fazendo a paisagem voltar a escurecer.

Ninguém se moveu. Tudo estava em silêncio.

Avril lentamente abaixou-se sobre um joelho. O resto dos Hélices Brancas fez o mesmo, removendo os óculos de proteção.

— A Primeira... — alguns murmuraram.

— Nós ficamos mais fortes — disse outro.

Zoey fitou os Hélices Brancas, em seguida, olhou de volta para Holt e Mira.

— Vocês fizeram novos amigos, também.

— Eu... — começou Holt com cuidado — não tenho certeza de que chegamos a tanto...

Zoey voltou-se para as figuras de preto e cinza. Ela os examinou um de cada vez, até que chegou à Decana. Seus olhinhos se estreitaram.

— Posso chamá-la de Avril?

Avril olhou para Zoey, surpresa.

— Seria... uma honra.

— Avril — continuou Zoey. — Temos um lugar aonde precisamos ir. Não temos?

Ao ouvir a pergunta, outros Hélices Brancas olharam para ela também, e Holt viu a expectativa de todos aumentar.

Avril acenou com a cabeça.

— Se você permitir, podemos acompanhá-los...

Zoey sorriu e coçou as orelhas de Max.

— Tudo bem.

Holt e Mira trocaram um olhar. As coisas estavam ficando cada vez mais eletrizantes.

35. O SANTUÁRIO

O GRUPO RAPIDAMENTE VOLTOU para os trilhos do trem e os seguiu através da escuridão. Fizeram isso num ritmo acelerado, considerando as circunstâncias: uma dezena de Hélices Brancas escoltando dois prisioneiros, uma convidada de honra e um caminhante Confederado gigantesco que mal cabia entre as fileiras de árvores retorcidas. Ninguém tirava os olhos da máquina prateada, e Avril ordenou que Dane parasse o seu extenuante treinamento com a Lanceta. Se as coisas azedassem com o Embaixador, ela queria que ele estivesse preparado. Holt concordava com Avril.

A máquina era um membro dos Confederados, afinal de contas. Um conquistador que tinha ajudado a devastar o planeta, e havia levado embora a irmã de Holt e sua família. Todo sofrimento que ele já havia enfrentado tinha sido por causa dos Confederados, e agora ele estava sendo convidado a andar ao lado de um deles. Holt poderia fazer isso, mas nunca *confiaria* num deles. Não importava o que Zoey dissesse.

Max seguia ao lado de Holt, dividindo sua atenção entre Zoey e o caminhante prateado. Quando olhava para a máquina, o cão soltava um rosnado baixo. Ele não gostava da coisa mais do que Holt, mas evidentemente era difícil para Max saber como reagir. A coisa tinha salvado a vida dele, também.

O Embaixador, por sua vez, só parecia interessado em Zoey. Ela caminhou talvez um quilômetro e meio antes de ter que parar; a dor de cabeça tinha aumentado novamente.

Holt colocou-a em suas costas, e ela ficou ali, debruçada fracamente, enquanto o Embaixador a banhava com o laser verde, aliviando a dor.

Por mais errado que fosse, Holt sentia-se grato pela presença do caminhante. Era a única coisa que poderia fazer Zoey se sentir melhor e, se ele tinha que caminhar ao lado da máquina para que isso acontecesse, então não se oporia. Faria isso para sempre, se fosse necessário.

À medida que caminhavam, as árvores mortas começaram a diminuir, rareando até sumirem completamente. O que podiam ver da paisagem sombria tornou-se gradualmente mais rochoso e sem vida. Os Hélices Brancas se dividiram em dois grupos; um ia na frente e o outro, mais atrás. Holt podia ver Castor na sua posição. Masyn tinha sumido, escoltando o grupo mais à frente, e Avril e Dane andavam nas proximidades.

— Se a casa de vocês nunca está no mesmo lugar, como vão encontrá-la? — Zoey perguntou nas costas de Holt. Avril fitou a menina com um olhar estranho.

Ela parecia quase nervosa.

— Tudo nas Terras Estranhas... *ecoa* — disse Avril. — Essa é a melhor palavra que eu tenho; mas, quando você está em sintonia com as vibrações, com a forma como elas se propagam, fica mais fácil sentir esses ecos. E cada um deles é diferente dos outros. Uma grande quantidade de Hélices Brancas no Santuário deixa o eco mais poderoso.

— Como você *sente* a terra? — Mira caminhava ao lado de Holt, com a mão segurando Zoey nas costas, preocupada que a menina pudesse desfalecer. — Eu não consigo.

— Claro que consegue. Você já a sente — Avril respondeu. — Vocês chamam isso de "Carga".

Holt esfregou os braços, alisando os pelos arrepiados. Avril estava certa, a Carga tinha se tornado uma coisa muito perceptível desde a Estrela Polar, assim como a eletricidade estática constante sobre ele. Mas ele não dera muita atenção a isso.

— É o zumbido — continuou Avril. — É tudo que nos rodeia. Você simplesmente nunca enxergou sem os olhos. Seus olhos... confundem as coisas. Dão a você muitas informações. Você tem que deixá-los de lado, para sentir realmente o Padrão.

Se era nisso que os Hélices acreditavam, então aquilo explicava os óculos pretos, que eram visivelmente escuros demais para permitir que enxergassem alguma coisa.

— Vocês não... tropeçam nas coisas? — perguntou Zoey, com curiosidade.

Avril sorriu.

— Não, não tropeçamos em nada. A Carga diz mais do que os olhos jamais poderão dizer.

Algo brilhou no céu mais à frente. Um feixe de luz vermelha, seguido por mais duas explosões de cor, acima dele. Ambas azuis.

Holt soube na hora do que se tratava: tiros de Lancetas disparados por sentinelas. Avril gritou para Castor, mais à frente, parar, e toda a fila fez o mesmo. A Decana parecia um pouco perplexa.

À frente, as colinas verdejantes davam lugar a escarpas cobertas de terra vermelha. Um rio cortava uma plataforma rochosa, num cânion ladeado por paredões. Era do alto de cada um dos lados da entrada do cânion que os tiros tinham partido. Olhando agora, Holt não conseguiu ver ninguém ali. Não que isso o surpreendesse. Ele estudou as planícies ao redor com cautela, imaginando quantos olhos ocultos deveriam se esconder ali.

— O que foi isso? — perguntou Mira.

— Postos avançados do Santuário. Eles sabem que tem um Confederado com a gente. — Estão alarmados, e eu não os censuro por isso. — A afirmação implicava uma comunicação por meio dos cristais disparados, o que provavelmente explicava as cores que eles tinham visto, Holt deduziu.

Avril puxou a Lanceta das costas e chamou Castor novamente. Quando ele olhou para trás, ela levantou dois dedos. Ele assentiu com a cabeça, em seguida, sacou sua própria arma. Ela disparou a extremidade verde da sua Lanceta no ar com o mesmo silvo harmônico. O projétil de cristal voou como um míssil e foi velozmente seguido pelas duas pontas de lança de Castor, ambas brilhando com uma luz vermelha.

— Você está dizendo a eles que está tudo bem? — perguntou Mira.

— Estou dizendo que temos inimigos com a gente, entrando no Santuário pacificamente — Avril respondeu. Se ela estava se referindo ao Embaixador ou à própria Mira, Holt não sabia.

— Como eles sabem que você não é prisioneira do caminhante, ou que ele não está usando você?

— Nós temos um sinal diferente para isso.

É claro que eles têm, Holt pensou.

Todos esperaram, os segundos parecendo minutos, e então viram outra rajada à distância. Outros três tiros coloridos no ar. Todos eles verdes. A visão pareceu relaxar Avril, e ela recolheu a ponta de sua lança, que zumbiu no ar e se conectou com a extremidade da Lanceta num piscar de olhos. Castor fez o mesmo.

— Faça o Embaixador avançar com calma e bem devagar, se puder — Holt sussurrou para Zoey quando eles começaram a marchar novamente. — Sem movimentos bruscos. Ok?

Zoey assentiu.

— Tudo bem. Vou tentar. — Holt e Mira trocaram um olhar apreensivo.

Eles entraram no cânion e os paredões se assomaram, com trinta metros ou mais, de ambos os lados. Na penumbra, as paredes coloridas da rocha eram quase imperceptíveis, mas ainda assim visíveis.

O grupo percorreu quase um quilômetro através do desfiladeiro rochoso que ladeava o rio, sem nenhum sinal que indicasse que havia outros ali. Não havia nem mesmo rastros no chão, Holt observou.

Os Hélices Brancas eram muito bons em ocultar sua presença.

Na curva seguinte, ele finalmente viu o que estava esperando. Sinais de vida e de planejamento estratégico. O chão estava coberto de blocos de pedras, claramente retiradas das paredes de cada lado do vale. Era um artifício inteligente. As pedras e o rio faziam com que qualquer grupo, até mesmo os Confederados, tivesse que se dividir e escalonar a sua abordagem para evitar os obstáculos, tornando-se alvos mais fáceis. Seis patrulheiros dos Hélices Brancas esperavam por eles além do campo de pedras.

Eles ziguezaguearam através das pedras, até que finalmente chegaram aos guardas, Lancetas em posição, prontas para atacar, olhando cautelosamente para o Embaixador.

A máquina trombeteou, incerta.

— Onde estão todos? — perguntou Avril. Claramente, ela esperava um comitê de recepção maior. Mas os guardas só ficaram olhando para o grande caminhante prateado.

— *Roderick* — chamou Avril com mais ênfase, e um dos guardas, o que estava na frente dos outros, olhou para ela.

O olhar dele era ameaçador.

— Gideon fez uma convocação, Avril. Você... deveria estar lá. Masyn já foi na frente.

— Por quê? O que há de errado?

— Só... venha com a gente. — Roderick se forçou a desviar o olhar do caminhante prateado e começou a se mover. Todos o seguiram, e Holt podia dizer que Avril estava preocupada. Alguma coisa estava errada.

Avançaram através do cânion, seguindo outra curva do rio — e os olhos de Holt se arregalaram com o que viu ali. O mesmo aconteceu com Mira. Até mesmo Zoey, agarrada às costas dele fracamente, animou-se por um momento.

— Uau! — ela sussurrou.

À frente, o cânion continuava para o norte numa linha quase reta, e mais à frente estava o Santuário. Não era nada do que Holt esperara. Tendas de todos os tamanhos e cores, feitas de uma mistura de tecidos e outros materiais, como couro, sedas cintilantes, algodão, lona de paraquedas, bandeiras, roupas, algumas delas até com paredes de madeira ou metal, estendiam-se à distância. Elas não estavam apenas sobre o solo rochoso do cânion; as paredes do desfiladeiro também estavam forradas com barracas menores, coloridas, de alguma forma ligadas de cima a baixo aos bancos rochosos, centenas delas estendendo-se a perder de vista. Não havia escadas ou pontes entre as tendas e Holt percebeu que elas não eram necessárias. Os Hélices Brancas provavelmente eram capazes de saltar do chão até o topo do desfiladeiro se quisessem.

No escuro, as tendas e estruturas irradiavam uma aura âmbar brilhante ao longo das paredes do cânion, que se refletia na água corrente do rio, transformando-o numa faixa de luz tremeluzente que seguia para o sul. Era bonito, Holt pensou, mas parecia mais uma cidade do que uma caravana. Como é que eles *transportavam* tudo aquilo?

Holt sentiu a mão de Mira tocar a sua, mas, quando ele a estendeu para pegá-la, a mão desapareceu, como se ela a tivesse estendido instintivamente diante daquela vista incrível e depois tivesse pensado melhor. Holt suspirou, mas não olhou para Mira. Não havia nada a fazer.

O grupo continuou andando, os passos do Embaixador ecoando no cânion e, à medida que eles se moviam, Holt notou outra coisa. As tendas coloridas e iluminadas estavam todas vazias. Não havia ninguém ao redor, além dos seis guardas que estavam de sentinela. Ele entendeu agora por que Avril parecia tão perplexa. Com tantas barracas, o local devia estar apinhado de gente.

A resposta tornou-se evidente depois de andarem mais trinta metros em meio à cidade de tendas brilhantes, onde o cânion se alargava e adquiria um formato ovalado. Não havia tendas ali, mas Holt podia ver que elas continuavam do outro lado da clareira. Ela havia sido aberta de propósito e o motivo era óbvio.

Era um local de encontro. Uma multidão se reunia ali, embora a palavra "multidão" fosse um eufemismo. O grande número de pessoas deixou Holt boquiaberto. Elas se espalhavam pelo chão rochoso onde o rio corria ou pelos paredões do cânion, cada um deles flanqueado por dois pontos coloridos vindos de suas Lancetas — vermelhos, verdes ou azuis —, e a luz combinada de todas as Lancetas era ainda mais brilhante do que a das tendas.

Havia mil ou dois mil deles, se Holt tivesse que adivinhar; uma visão impressionante.

— Meu Deus! — exclamou Mira ao lado dele.

— Você fazia ideia? — perguntou Holt.

— Não. — Ela não tinha imaginado que existissem tantos Hélices Brancas. A constatação os deixou perplexos. Se simplesmente imaginasse a habilidade que Holt já tinha visto Avril e seu Arco exibirem e a multiplicasse pelo número que via à frente, ela se igualaria a um exército gigantesco. No entanto, ali estavam eles nas Terras Estranhas, sozinhos e isolados. Holt se perguntou novamente qual era a razão de tudo aquilo.

A multidão não pareceu muito consciente da presença do grupo; eles estavam em volta de alguma coisa, olhando para baixo, ou se esforçando para ver sobre os ombros dos demais. Fosse o que fosse, era suficiente para prender a atenção deles.

Pelo menos até que o barulho dos passos pesados do Embaixador chegou aos seus ouvidos. A massa de adolescentes, um mar de pontos pretos e cinzentos e de cores cintilantes, virou-se e olhou fixamente, observando enquanto o caminhante de cinco pernas atravessava o acampamento, o laser verde partindo dele e envolvendo a criança pequena. A reação foi semelhante à dos guardas do posto avançado.

Lancetas tiradas às pressas das costas, alguns saltando no ar em lampejos de amarelo para alcançar posições mais elevadas.

O Embaixador trombeteou forte. Mira olhou para Holt. Só seria preciso que uma Lanceta disparasse para que milhares de outras a seguissem.

— *Esperem!* — uma voz gritou. Havia algo de estranho na voz. Era envelhecida, de um homem provavelmente na casa dos 70 anos. Isso já era incomum, mas havia algo mais. Ele tinha um sotaque. Parecia...

Oriental. Ao ouvirem a voz, os Hélices Brancas hesitaram e o silêncio caiu entre as fileiras. Eles estavam claramente acostumados a obedecê-lo.

— O invasor não pode ser hostilizado — a voz ordenou, a fonte ainda invisível. — Não é um convidado, mas não vem como inimigo. Pelo menos não hoje. Ele vai passar.

A parte da frente da multidão se afastou e Holt viu no que os Hélices estavam interessados. No chão, no centro da clareira, estendendo-se sobre o rio, havia uma ponte de madeira simples, plana, com largura suficiente para passar uma só pessoa. O que era bom, porque só havia uma pessoa sobre ela. Sentada de pernas cruzadas num tapete, o rio passando embaixo. Quatro guardas dos Hélices Brancas estavam de um lado, segurando duas bandeiras idênticas. As duas, verticais e pretas com um símbolo branco na parte da frente: a dupla hélice que Holt já tinha visto algumas vezes, desde que conhecera aquelas pessoas estranhas.

Ao lado da ponte havia algo muito fora do lugar: uma cabine telefônica. Do tipo que se via nas ruas de qualquer cidade arruinada, mas esta era diferente. Longos postes de metal tinham sido anexados dos lados dela, longitudinalmente, como se costumassem deitá-la de lado para carregá-la; e do lado de fora havia palavras escritas em tons de preto e cinza e dezenas de símbolos de duplas hélices, mas essa não era a coisa mais estranha. As portas de vidro da cabine telefônica estavam fechadas, e dentro via-se um turbilhão de energia cinza cintilante, como uma nuvem confinada de tempestade. Holt sabia o que deveria ser, e franziu a testa. Um artefato. Um principal, com certeza. E provavelmente poderoso.

Na frente da cabine telefônica, havia um grupo de pessoas decididamente fora de lugar. Duas dezenas de pessoas, cada uma com um rifle de combate na mão, tatuagens coloridas no pulso direito, todas cercando de modo protetor uma figura central que não parecia nem um pouco intimidada apesar de estar em desvantagem. O cabelo preto era como uma cascata de obsidiana caindo nas costas.

Ela se virou e, quando fez isso, seus olhos encontraram os de Holt. Ele sorriu, mesmo contra a vontade, aliviado. Ravan tinha conseguido, afinal.

Mas nem todo mundo estava tão feliz. Avril olhou para o Bando, de pé diante da ponte, numa atitude que tinha algum tipo de significado cerimonial. As emoções dela estavam estampadas no rosto — raiva, ansiedade e vergonha. Holt compreendia.

Aquele provavelmente era um momento que Avril nunca tinha imaginado viver, mas ali estava ele. O Bando, os seguidores de seu pai, tinha vindo procurá-la. Depois de todo aquele tempo.

Uma figura saltou num clarão amarelo e pousou protetoramente ao lado de Avril. Holt nem teve que olhar para ver que era Dane.

— Saudações, Avril — A voz ecoou no ar novamente, e o homem na ponte ficou de pé de forma lenta, mas graciosa. Ele usava a mesma roupa preta e cinza que os seus seguidores, empunhava a mesma Lanceta. Mesmo daquela distância, Holt podia ver que ele era velho, mas mantinha uma postura que ainda demonstrava poder. Ele só podia ser uma pessoa.

— Como você retorna? — perguntou Gideon.

Levou um instante para Avril perceber que ele se dirigia a ela, tão intenso era o olhar dela sobre Ravan, mas finalmente ela respondeu.

— *Mais forte*, Mestre.

As palavras dela extravasavam amargura, enquanto olhava para a frente com as emoções à flor da pele.

Holt e Mira se sobressaltaram quando os milhares de Hélices Brancas em torno deles gritaram em uníssono uma palavra que sacudiu as paredes do cânion.

— *Força!*

Gideon deixou o som das vozes dos seus discípulos se desvanecer, e então sorriu com uma estranha mistura de tristeza e determinação.

— Então, bem-vinda. É uma honra recebê-la. E... estávamos falando de você.

36. GIDEON

ZOEY OLHOU POR CIMA DO OMBRO de Holt e através do laser verde. Sua cabeça latejava, mas a dor era suportável. O Embaixador mantinha a dor no nível mínimo, mas ele não podia curá-la totalmente. Eles estavam embrenhados demais nas Terras Estranhas agora. Mas ela podia ser forte. Tinha que ser.

Eram tantas as emoções que pairavam ao redor dela que Zoey mal podia assimilá-las. Em Holt ela sentia uma mistura confusa de alívio e apreensão, enquanto ele olhava para Ravan, do outro lado. Engraçado, ela sentia quase a mesma coisa na garota e em Mira. Um estranho triângulo se formara entre eles. Nenhum deles parecia capaz de amar ou odiar completamente os outros dois.

— Como pôde fazer isso? Como pôde negociar com eles? — Dane gritou, apontando para Ravan e o Bando. Uma raiva ardente derramava-se dele, e fragmentos de medo, também. Ele estava com medo de perder Avril, Zoey sentia, e isso só alimentava sua explosão de raiva. — Você não pode confiar neles!

— Não posso? — perguntou o velho, e dele Zoey não sentiu nenhuma emoção. Ele estava em branco para ela. Como o Bibliotecário, Gideon devia ter um grande controle sobre suas emoções e pensamentos. Seu foco era nítido. — O mundo é um reflexo de nós mesmos, Dane. Os que não merecem confiança são, pela própria natureza, *desconfiados*. Mas aqui está o Bando. Eles enfrentaram um território perigoso que não entendem. Carregando o seu bem mais valioso. Estão em desvantagem. Indefesos. Isso indica... uma grande dose de confiança.

— Será que eu poderia saber — a voz de Avril estava rouca — pelo que estou sendo trocada como um troféu? — As emoções de Avril se irradiavam dela descontroladamente, uma mistura espessa de mágoa e raiva. Ela se sentia traída, Zoey sabia. Traída por Gideon, alguém em quem confiava. E havia medo, também. Zoey viu lampejos, resquícios de lembranças de Avril. Ondas de calor emanando de alguma paisagem desolada. Uma cidade enorme construída entre altas torres metálicas enferrujadas, que cuspiam chamas gigantescas no ar. Onde quer que fosse aquele lugar, ela o odiava. Um lugar de onde ela tinha fugido, e Avril preferia morrer a voltar para lá.

— Se eu dissesse que você estava sendo "trocada" por um grão de sal, iria mudar alguma coisa? — Gideon perguntou a ela. — Será que tal insulto lhe daria razão para desonrar seus votos?

Avril baixou a cabeça diante da reprimenda.

— Não. Mestre. — As palavras eram difíceis de dizer, mas ela acreditava nelas.

Gideon se voltara para Ravan agora, mas seu olhar parecia ter se desviado ligeiramente na direção errada. Zoey não sabia dizer por quê.

— Mostre a ela.

Diante das palavras de Gideon, Ravan acenou para um de seus homens. Perto dele estava o pesado caixote de madeira que o Bando carregara ao longo de todo o caminho. Um pirata nas proximidades tirou uma chave do bolso e encaixou-a em cada um dos três cadeados do caixote, abrindo um de cada vez.

Quando ele levantou a tampa, um suspiro coletivo encheu o ar, vindo dos milhares de Hélices Brancas.

Dentro havia uma caixa grande, longa, preta, com duas portas pesadas, paralelas, que serviam como tampa. Era pintada com tons desbotados de vermelho e verde, e tinha lâminas douradas em torno das bordas. Um coelho branco desbotado estava desenhado numa extremidade, usando uma cartola cinza e sorrindo maldosamente, segurando uma varinha que soltava faíscas num arco de tinta prateada velha e rachada. Letras cursivas grandes e extravagantes enunciavam:

O MISTERIOSO, MAGNÍFICO MOLOTOV – PREPARE-SE PARA SE MARAVILHAR!

Apesar da dor de cabeça, Zoey animou-se com a visão da estranha e maravilhosa caixa. Era bonita à sua própria maneira. Ela lembrava o Oráculo, a máquina de adivinhação desbotada e ricamente decorada da Cidade da Meia-Noite. Ambas pareciam ter vindo do mesmo circo.

O silêncio pairou por alguns segundos. Então, de algum lugar, um grito de alegria ecoou por todo o cânion. Faíscas coloridas irromperam no ar enquanto os Hélices Brancas batiam suas Lancetas ao ritmo de uma única palavra, repetida.

— *Força! Força!* — eles gritavam cada vez mais. — *Força! Força! Força!*

— Oh, meu... Deus! — Mira ofegou, enquanto o cântico continuava. Holt olhou para ela.

— Você sabe o que é isso?

— A Caixa de Reflexão. — Mira sussurrou com reverência. — É um artefato principal.

Zoey queria saber o que a coisa fazia, o que poderia causar tamanha onda de alegria nos Hélices. Ou, pelo menos, na maioria. As reações de Dane e Avril não demonstravam nenhuma alegria. Os ombros da garota caíram em derrota. Dane olhou para Avril, sem palavras, e ela sentiu o medo dentro dele se sobrepor à raiva de antes. O que quer que a caixa fosse, aparentemente, valia a troca.

— Agora você entende? — perguntou Gideon. Enquanto ele falava, os gritos foram ficando mais baixos. — O tempo é uma sucessão de eventos. Ciclos depois de ciclos. Cada um com um início e um fim. — O velho fez uma pausa e olhou para os milhares de jovens que o cercavam. — Existem nove pilares. Qual é o *terceiro*?

Zoey se encolheu quando todos os Hélices gritaram em uníssono de novo, enchendo o cânion com suas vozes.

— *A vontade da Torre é severa!*

— A vontade da Torre é severa — Gideon repetiu, olhando para Avril. — E todos nós, cada um de nós, suporta-a da melhor forma possível. Você pode ficar com o pior dela, Avril Marseilles, mas não se engane, todos nós a compartilhamos com você. Você nos faz mais fortes.

Mas Avril não estava lisonjeada. Ela olhou para o mestre e Zoey podia sentir o desespero começando a tomar conta dela.

— Como sabe que é a verdadeira? Como sabe que não é apenas uma falsificação?

Gideon se virou ligeiramente para Ravan. A pirata apenas deu de ombros.

— Ela é de vocês agora, façam o que quiser com ela.

Gideon falou algumas palavras que Zoey não pôde ouvir, e um dos Hélices perto dele empunhou sua Lanceta. Ele pegou a ponta verde brilhante numa das extremidades da lança pela empunhadura de latão e torceu-a. Surgiu uma faísca quando o cristal brilhante se desconectou.

Outro Hélice, uma menininha ruiva, abaixou-se e abriu cautelosamente ambas as portas da caixa preta misteriosa. Zoey pôde ver que ela tinha um estofamento de feltro vermelho macio e nada mais.

O primeiro Hélice, o garoto, colocou a ponta cintilante da lança, que zumbia, numa das extremidades da caixa e fechou a primeira tampa. A menina fechou a outra, deixando o coelho branco novamente na posição original. Ambos rapidamente se afastaram e uma aura de contida expectativa encheu o cânion.

A caixa preta foi deixada no chão, sem que nada acontecesse. Pelo menos por um segundo. Então, foi como se a pouca luz que havia no cânion fosse totalmente drenada para a caixa um segundo antes de ela balançar violentamente e brilhar. Um grande estrondo, como um trovão, sacudiu o chão, e Zoey sentiu Holt saltar embaixo dela.

Quando o som desapareceu, os mesmos dois Hélices, emocionados, abriram as portas duplas e colocaram a mão ali dentro. Cada um deles retirou exatamente a mesma coisa.

Uma ponta cristalina de cor verde de uma Lanceta. Onde antes havia uma única ponta dentro da caixa, agora havia *duas*.

Um grande arquejo de espanto partiu dos Hélices Brancas. Eles olharam em silêncio para as duas pontas de lança brilhantes. Em seguida, irromperam em gritos novamente. Faíscas coloridas brilhavam em todos os lugares.

— *Força! Força! Força! Força!* — eles entoaram mais uma vez.

Zoey sentiu o desespero dominar Avril. A caixa, fosse o que fosse, aparentemente era autêntica.

— A honra exige que você me sirva. — Gideon começou a caminhar em direção a Avril, e enquanto ele falava, o grito coletivo esmoreceu mais uma vez. — *Esta* é a maneira como você vai fazer isso. Não é o que você queria ou pretendia. Na verdade, é o oposto. Mas, a vontade da Torre é severa.

— A vontade da Torre é severa — a multidão repetiu baixinho.

Avril olhou para Gideon quando ele parou diante dela.

— A honra é tão importante assim? — A voz dela era apenas um sussurro.

— A honra não tem a ver com as nossas escolhas — ele respondeu. — A honra tem a ver com o modo como encaramos as consequências.

Avril sustentou o olhar de Gideon um segundo a mais, então assentiu. Dane desviou o olhar. Aparentemente, a questão estava decidida, e não havia nada que nenhum deles pudesse fazer para mudar isso. Parada perto da pontezinha e do rio, Ravan sorriu.

— Você encontrou o que todos esperávamos? — perguntou Gideon.

Avril olhou para Zoey, agarrada fracamente às costas de Holt, o ar em torno dela tingido pelo laser verde do Embaixador. Quando a atenção de Gideon se voltou para ela, Zoey viu algo estranho. Seus olhos estavam livres da Estática, mas eram de um branco leitoso. Eram... esquisitos.

— Os seus... olhos não funcionam direito? — perguntou a menina.

Os Hélices Brancas que estavam perto o suficiente para ouvir voltaram-se para ela em choque.

— Zoey... — disse Mira com cautela.

Mas Gideon apenas sorriu. Ele se moveu em direção a Holt, e Zoey o sentiu ligeiramente tenso. O Embaixador retumbou atrás dela.

— Não — disse Gideon. Ela ainda não conseguia sentir nada nele, mas sua voz era suave e reconfortante. — Mas um dia funcionaram.

— O que aconteceu com eles? — perguntou Zoey, examinando-os de perto, quando ele parou diante dela. Era como se os olhos estivessem cheios de neblina, mas isso não fazia com que parecessem assustadores ou machucados.

— Qual é o seu nome, baixinha?

— Zoey.

Gideon fez uma pausa, pensando no nome, e nesse momento Zoey percebeu uma ligeira sensação partindo dele. Como a liberação de uma tensão muito antiga. Mas ela durou apenas um instante, e o velho se tornou ilegível novamente.

— Perdi minha visão quando os invasores chegaram, mas, como descobri, a perda foi... auspiciosa. — Ele falou sem qualquer indício de amargura ou arrependimento. — Meu nome é Gideon, e nós nos sentimos muito honrados por você estar aqui, Zoey.

Os olhos de Zoey se estreitaram.

— O que significa "honrado"?

Gideon sorriu mais uma vez, seu olhar desviando-se para a esquerda.

— Significa... que ficamos muito felizes por você estar finalmente aqui. Nós a esperamos há muito tempo.

— Por quê?

Pela primeira vez, Gideon pareceu surpreso.

— Você não se lembra?

Zoey balançou a cabeça.

— Eu não tenho muitas lembranças. Não desde que Holt me encontrou. Acho... que *eles* fizeram alguma coisa para bloqueá-las.

— Interessante. — O olhar vazio de Gideon levantou-se na direção do enorme caminhante prateado, como se o examinasse com curiosidade. O Embaixador rugiu em resposta. — A vontade da Torre é complexa.

— Por que todo mundo acredita que esse lugar, a Torre Partida, pode controlar as coisas? — perguntou Holt. — É apenas outra Anomalia, não é?

Os Hélices Brancas, Avril e Dane inclusive, olharam para Holt como se ele tivesse proferido algo inominável.

— Comparar a Torre Partida a uma Anomalia é como comparar a luz de nossas tendas ao seu reflexo no rio — respondeu Gideon, com paciência. A água fluía em direção ao sul, uma faixa tremulante e multicolorida. — As Anomalias existem *por causa* da Torre.

— Mas que diabos ela *é*?

— É onde tudo começou. — O olhar de Gideon deslocou-se para Zoey de novo, ou, pelo menos, tanto quanto poderia. — E onde tudo vai acabar. A Torre é especial. Original, talvez em todo o universo, e molda o Padrão de acordo com a sua vontade. Tem sido assim desde o início. Orquestrando uma sinfonia de acontecimentos e escolhas que levam, todos eles, até este momento. Até o retorno da Caixa de Reflexão, e o retorno da Primeira.

— Por quê? — perguntou Mira.

— Eu não sei — Gideon admitiu. — A Torre tem uma vontade, isso é claro; eu já vi muita coisa para duvidar disso. Mas essa vontade é misteriosa. E incognoscível.

— Um amigo meu acredita, assim como você — disse Mira —, que a Torre é consciente, que faz as coisas acontecerem.

O olhar de Gideon deslocou-se para Mira, mas não chegou a se fixar nela.

— Aquele que roubou sua Oferenda. Aquele que usa a relíquia da sorte. Ele está certo. E é astuto. Ele vê as coisas de uma maneira diferente. Talvez saiba até mais do que eu, quem pode dizer?

Mira olhou para Gideon com surpresa e admiração.

— Como é que você...?

— Como tudo, ele passa pelo Padrão e deixa um rastro atrás de si. Esse rastro, essas vibrações, mostram muita coisa para aqueles treinados para senti-las. Se o seu amigo conseguir chegar à Torre... então é porque tem que ser assim.

— Você está dizendo que a Torre quer que Ben consiga entrar nela?

— Estou dizendo que nada acontece por acaso, quando se trata da Torre. Se ele viver e entrar nela, ele tem algum papel a desempenhar. E se ele está com o seu plutônio, então nosso caminho é claro. Devemos encontrá-lo antes que ele chegue lá; caso contrário, a Primeira vai perder sua chance. O que significa... que a Torre vai providenciar uma maneira. — O olhar de Gideon voltou a se desviar para o caminhante atrás de Zoey. — O que nos traz de volta... a isto. Outra coisa fora do lugar. Não pode ser coincidência.

— O nome dele é Embaixador — Zoey informou a Gideon. — Ele me ajuda a me sentir melhor.

— Então eu sou grato. Diga-me, que habilidades essa máquina tem?

— Ele não tem nenhuma arma — disse Holt. — Parece construído para abalroar. E tem um escudo energético de algum tipo, também.

— E pode *teletransportar* — disse Mira incisivamente. Gideon levantou uma sobrancelha.

— É verdade — Holt confirmou. — Ele *nos* teletransportou.

— O Embaixador chama isso de "deslocamento" — Zoey esclareceu.

— E ele pode fazer esse "deslocamento" para qualquer lugar? — perguntou Gideon.

Zoey começou a negar com a cabeça, depois parou. A dor a deteve.

— Não. Só para lugares onde já esteve antes.

Gideon pensou por um momento.

— Zoey, você pode perguntar ao Embaixador se ele pode se deslocar para um local que *outra pessoa* já visitou?

Zoey fechou os olhos e estendeu a mão para o Embaixador. A presença dele surgiu na mente dela, um campo cintilante de cores que estava lá e ao mesmo tempo não estava.

Ele projetou imediatamente. *Scion. Eles... são amigos?*

O caminhante estava preocupado com a segurança dela, e Zoey não o censurava. Eles estavam cercados por milhares de guerreiros, cada um com armas poderosas e habilidade para usá-las.

Sim, Zoey pensou, porém, era mais complicado do que isso. *Eles querem saber se você pode se deslocar para um lugar onde outra pessoa tenha ido, mesmo que você não tenha.*

O Embaixador não respondeu de imediato, a resposta deve ter exigido que ele pensasse. *Se essa pessoa nos tocar, sim.*

Zoey olhou para Gideon.

— Ele pode fazer isso, mas a pessoa tem que tocá-lo. Holt e Mira não podiam fazer isso, então eu fiz por eles. Toquei suas mentes no lugar dele.

— O que você está pensando? — perguntou Holt, olhando para Gideon com suspeita.

— Eu fui à Torre, ou pelo menos o mais próximo que se pode chegar sem uma Oferenda. Se a Primeira puder tocar nossas mentes pelo invasor, ele pode nos teletransportar até lá. Vamos compensar o tempo perdido, e conseguiremos alcançar o seu amigo. — O olhar de Gideon pairava a poucos centímetros de Zoey. — Menina, você tem que me escutar e responder honestamente. Quantos você acha que pode "tocar" ao mesmo tempo?

Todo mundo olhou para Zoey e o rosto dela ficou vermelho com a atenção.

— Eu... Não sei. Nunca fiz isso antes.

— É difícil? — Gideon perguntou a ela. — Foi difícil tocar duas mentes, incluindo a sua própria, para o invasor?

Aquilo ela podia responder.

— Foi fácil. Só doeu um pouco.

— Bom — Gideon assentiu, como se essa fosse a resposta que ele esperava. — Avril, prepare dois Arcos, você e mais um vão levá-los, e eu vou acompanhar vocês. O resto dos Hélices vai desfazer o Santuário e nos alcançar.

— Espere um segundinho. — Outra voz se elevou atrás deles. Era Ravan, e ela e seus homens estavam avançando. — Avril não vai a lugar nenhum se não for comigo. Esse era o acordo.

— Quando tivermos certeza de que a Primeira chegou à Torre, então ela vai ser sua. Como é o dever dela, como é a obrigação dela.

Avril olhou para baixo, tentando, com dificuldade, conter a frustração.

— Você é um maldito mentiroso e um velho completamente pirado! — disse Ravan.

351

— Rae... — Holt começou, mas ela o interrompeu.

— Eu não acredito em nada disso, eu não acredito em sina ou destino, e com certeza não acredito em nenhuma torre mágica que comanda todo mundo. Eu faço minhas próprias escolhas. Acredito no meu discernimento e nos meus homens e ponto final, e qualquer um que acredita em outra coisa é um idiota.

— Ninguém lhe pediu para acreditar em coisa alguma, nem eu estou proclamando saber alguma coisa. Simplesmente observo. É tudo que alguém pode realmente fazer. — Gideon não se voltou para Ravan enquanto falava. — Você está *aqui*. E a Primeira não teria chegado sem você. Talvez a Torre não precise mais de você agora, quem sabe? Mas Avril não será sua até que alcancemos a Torre. Se você a quer, então terá que vir conosco. É por isso que eu sinto que você ainda tem algum papel a desempenhar.

Ao ouvir as palavras de Gideon, Ravan olhou desconfortavelmente para Holt. Ele a fitou com o mesmo nível de desconforto. Nenhum deles gostava de histórias fantásticas ou da ideia de destino, mas ambos estavam ali, de qualquer maneira, por obrigação. Eles tinham muito em comum, Zoey sabia. Essa era a fonte de todos os sentimentos e todos os problemas entre eles.

— Tudo bem — disse Ravan —, mas os meus homens vão vir com a gente, e disso eu não abro mão.

— Isso é loucura! — exclamou Mira. — Você está falando de umas *quarenta* pessoas de uma só vez!

— Eu acredito que Zoey tenha essa capacidade — disse Gideon simplesmente.

— Você nem mesmo a conhece! — Holt revidou, e Zoey pôde sentir a raiva nele. — Ela está sofrendo, *olhe* para ela! A cada quilômetro que andamos, ela enfraquece ainda mais. Isso de que você está falando pode matá-la!

— Você subestima a influência da Torre. Olhe o que ela fez. — Gideon gesticulou para o caminhante prateado. — Moldou os acontecimentos de modo que esta máquina estivesse aqui, neste momento, com suas habilidades únicas. Apenas fazendo isso poderemos alcançar a tempo aquele que está com a Oferenda. A Torre *quer* que Zoey a alcance, e portanto ela vai alcançar.

— E quem disse que isso é uma coisa boa? — perguntou incisivamente Holt.

— Eu suponho — Gideon respondeu — que *Zoey* esteja dizendo isso.

Tudo parou. As pessoas todas olharam para ela novamente. Zoey sabia que tinha que responder, e que estava fazendo uma escolha ao agir assim. Ela se perguntou, no entanto, em vista do que Gideon pensava da Torre, se ela tinha mesmo escolha.

— Eu quero tentar — disse Zoey. — Acho que é importante.

Ao ouvir isso, a raiva de Holt e Mira desapareceu, mas não a preocupação.

Gideon se virou e estudou seus discípulos. Sua voz era alta o suficiente para que todos pudessem ouvir.

— Os Confederados estão aqui, em grande número. Eles avançam lentamente, mas estão vindo. Concentrem-se e vocês vão senti-los mudar o Padrão, como eu sinto.

Murmúrios ecoaram entre os milhares de Hélices Brancas ao redor. Zoey sabia que Gideon estava certo. Ela podia senti-los, também. Era a Realeza, e ele iria fazer exatamente o que tinha dito a ela. Encontrá-la, não importava como. O pensamento lhe causou um calafrio.

— Esses Confederados não são como este aqui. — Gideon apontou para o Embaixador. — Seus objetivos não coincidem com os nossos. Eles sabem que a Primeira está perto da Torre. Vão tentar impedi-la de entrar, vão tentar reclamá-la como se ela pertencesse a eles, mas não terão sucesso.
— Os olhos cegos de Gideon correram pela multidão mais uma vez. — Levantem acampamento. Providenciem a caravana. Preparem-se. O ciclo que aguardávamos começa hoje.

Gritos de alegria irromperam novamente, Lancetas batendo e espalhando centenas de faíscas multicoloridas que iluminavam a paisagem escurecida. Mesmo Avril e Dane entreolharam-se com expectativa e ansiedade.

— *Força! Força! Força! Força!* — O cântico encheu o ar.

Holt, Mira e Ravan se entreolharam, incertos. Zoey enterrou a cabeça nas costas de Holt e fechou os olhos, tentando abafar os gritos altos e o mundo, enquanto tudo sacudia ao seu redor.

37. DRAGÃO DE PAPEL

HOLT OBSERVOU A CIDADE ser desmontada em torno dele, e esse não era um processo delicado. Tendas se soltavam das paredes e caíam no cânion mais abaixo, em amontoados de tecido. O esforço continuava no nível do chão, as centenas de Hélices em meio às tendas e estruturas como um formigueiro, desmantelando tudo de uma só vez, de forma metódica e eficiente. Parecia que a tarefa seria cumprida em poucas horas, mas uma pergunta ainda pairava no ar. Como é que eles *transportavam* tudo aquilo? Seria um feito monumental carregar tudo o que compunha aquele lugar.

A pontezinha onde Gideon se sentara foi dividida em três partes perto do rio e empilhada em frente à estranha cabine telefônica, a única coisa em todo o campo que, até então, não tinha sido desmontada.

Segundos depois, Holt viu por quê. Ouviu um rugido alto quando alguém abriu a porta de vidro enferrujada. A tempestade cinzenta e faiscante que turbilhonava dentro da coisa irrompeu para fora, mas não se dispersou no ar, não explodiu nem se expandiu. Em vez disso, ele ouviu um baque surdo e profundo, quando a energia se rearranjou num círculo perfeito de luz fosca, que girava como um cata-vento no ar.

As partes da ponte começaram a se mover para a frente, puxadas por alguma força invisível. Enquanto Holt observava, elas se levantaram no ar e flutuaram sem oscilar para dentro do campo de energia, desaparecendo num clarão enquanto pancadas fortes enchiam o cânion e depois silenciavam.

Os olhos de Holt se arregalaram.

Uma fila de Hélices Brancas começou a marchar em direção à cabine telefônica, transportando as tendas e estruturas, e lançando-as, uma a uma, no turbilhão de energia cinzenta. Eles só tinham de colocar as peças e partes da cidade dentro dessa energia, fechar tudo na cabine telefônica e em seguida transportá-la. Era um sistema engenhoso — e assustador. O que aconteceria se uma pessoa fosse sugada para dentro daquela coisa?

— Isso deixa você nervoso? — perguntou uma voz baixa e intensa. Dane estava parado ao lado dele, olhando para o estranho círculo de energia rodopiante.

— Tudo neste lugar me deixa nervoso — respondeu Holt.

Dane não respondeu com o sarcasmo que Holt esperava. Em vez disso, apenas assentiu com a cabeça.

— Não é como para os Bucaneiros, quando vêm para cá. Não há nenhum treinamento antes de se entrar nas Terras Estranhas. É preciso encontrar os Hélices Brancas sozinho. É um teste, e muitos não sobrevivem.

Holt analisou Dane. Ele não sabia ao certo aonde o outro queria chegar com aquela conversa, mas ouviu de qualquer maneira. Não tinha vontade nenhuma de contrariar o cara.

— Foi só quando cheguei à metade do primeiro círculo que vi alguma coisa estranha — continuou Dane. — Dois navios terrestres acidentados e em chamas um bem perto do outro. Os tripulantes nunca chegaram a entrar nas Terras Estranhas. Devem ter saído do curso ou tentado fugir de algumas naves dos Confederados, mas, de qualquer forma, foi uma má ideia. Eles correram bem na direção de um Campo de Fase. Você sabe o que é isso?

Holt negou com a cabeça.

— Nem eu sabia na época. — Dane ainda não tinha olhado para ele; falava num tom de voz lento e pensativo. — A pior Anomalia do primeiro círculo. Por um segundo ou dois, torna intangível qualquer coisa que passe através dele. Parece inofensivo, até você descobrir que ficar intangível significa afundar em *qualquer* superfície sobre a qual estiver. O telhado de um edifício, o capô de um carro, até mesmo o chão. E então, quando o campo desaparece, você volta ao estado normal dentro da matéria sólida.

Holt estremeceu ao ouvir a última parte.

— Os navios se fundiram e viraram uma coisa só, nem pareciam de verdade — Dane se lembrou. — Como eu era um garotinho ingênuo na época, entrei em um deles e me esgueirei por uma rachadura num dos cascos, mas só dei alguns passos antes de ver... pernas. Pendendo do teto, onde os membros da tripulação tinham atravessado o deque superior e voltado ao estado tangível. Só as pernas. Ainda vestindo jeans, ainda usando sapatos. Os troncos estavam lá em cima, não havia dúvida, do outro lado, mas eu não estava a fim de checar. Minha curiosidade desapareceu nessa hora. Nunca senti tanto medo como nesse dia. Medo *real*. Como gelo nas veias. Eu quase dei meia-volta e voltei para a Zona Franca, mas não fiz isso. Continuei em frente, não sei como. Durante anos, sabe, vi aquelas pernas penduradas no teto. Toda vez que eu dormia. Toda vez que não tinha nada mais em que pensar. É por isso que eu sou tão focado no que faço. Eu me mantenho tão ocupado que não tenho tempo para ter pesadelos. Então conheci Avril. De alguma forma, não sei como, ela acabou com isso. Fez isso parar. Acho que foi porque ela me deu algo mais em que pensar. Eu não devo estar fazendo muito sentido...

— Na verdade, está sim. — Holt pensou na irmã, Emily, no peso que ele carregara por tanto tempo, e em como Mira e Zoey o ajudaram a aliviá-lo. Era como Dane tinha dito, elas também tinham dado a ele algo mais em que pensar.

— Ótimo — respondeu Dane. — Então você entende o que ela significa para mim. Por isso... reagi daquela maneira. Com você.

Dane já havia pedido desculpas a ele pelo que tinha ocorrido no ginásio, mas tinha sido por ordem de Avril. O que ele tinha acabado de dizer agora era provavelmente a coisa mais próxima de um verdadeiro pedido de desculpas que Holt iria ouvir, o que para ele bastava. O outro não precisava nem ter se dado ao trabalho.

— Já saquei.

Os dois ficaram em silêncio, observando a fila de Hélices jogar partes do Santuário na espiral de energia, e então Dane se virou e se afastou tão silenciosamente quanto aparecera.

— Sempre fazendo amigos em todo lugar, não é? — Ravan estudava-o por detrás com um olhar acusador.

Holt se virou para trás, fitando-a. Seus sentimentos com relação a ela eram um tanto confusos agora, mas ele ainda estava feliz que ela estivesse a salvo.

— Você é quem vai levar Avril para longe. Se está querendo colocar a culpa em alguém, é em si mesma.

— Então ele vai ter que pegar uma fila e tanto — disse Ravan — e se eu fosse você, ficaria mais preocupado com a possibilidade de Avril descobrir quem puxou o gatilho da arma que matou o irmão dela.

— Bem, eu não pretendo dizer a ela. E você?

— Não sei — disse Ravan com um sorriso. — Depende de como você agir comigo na volta para o Fausto.

Holt franziu a testa e começou a andar em vez de continuar a conversa. Mas, é claro, ele sentiu Ravan caminhando ao lado dele.

— Esse acordo foi feito enquanto eu estava amarrado — disse ele.

— Acordo é acordo, e eu sempre tenho mais corda. Já encontrei utilidades bem criativas para ela antes, como você deve se lembrar.

Holt, de fato, se lembrava. Vividamente. O rosto dele ficou vermelho.

— Ravan...

— Ah, não, olha isso... — disse ela com uma preocupação fingida. — Deixei você constrangido... e nem era essa a minha intenção. — Ela gostava de provocá-lo, deixando-o pouco à vontade. Às vezes, isso era até charmoso. Outras vezes, não.

Holt tentou desviar o assunto da conversa.

— O que você acha deste lugar?

— Acho tudo uma bobagem. Mais até do que aquela cidade maluca dos Bucaneiros no céu. Um bando de garotos, escondidos aqui por nenhuma razão que eu possa ver.

— A Estática não os afeta tanto. Dá pra perceber? Essa é provavelmente uma razão — disse Holt.

— Só porque a pessoa não sucumbe, isso não significa que ela está vivendo bem. A gente precisa encontrar sozinho um jeito de viver bem, e não dá pra fazer isso aqui. Tudo o que se pode fazer é sobreviver.

— Então, qual é a sua teoria?

— Eu não me importo a ponto de formular teorias, mas Tiberius acha que Gideon está construindo alguma coisa.

— Construindo o quê?

— Não faço ideia, mas faz sentido. Só há uma razão para se viver num lugar como este, aonde nem os Confederados vêm: evitar olhares curiosos.

— Alguns dos Hélices me disseram que Gideon usa as Terras Estranhas para deixar seu povo "mais forte". Algum tipo de seleção natural maluca.

Ravan encolheu os ombros.

— Talvez. Mas há mais coisas acontecendo aqui, isso eu garanto. Não sei o que é, e com um pouco de sorte *nunca* vou descobrir.

Holt estava plenamente de acordo. O único problema era que ele tinha um palpite de que os planos de Gideon estavam diretamente ligados a Zoey. O que significava que ele não tinha escolha senão fazer parte deles.

— Eu estou... feliz que você tenha escapado da Estrela Polar — disse Ravan, o tom de voz se suavizando ligeiramente. — Eu vi aquele lugar indo abaixo. Mesmo à distância, foi assustador. Pensei que você poderia ter... você sabe...

Holt olhou para ela.

— Bem, estou vivo.

Ravan olhou para trás.

— Isso é bom.

Eles sustentaram o olhar um do outro por mais alguns instantes, pensamentos conflitantes pairando no ar.

— E você aproveitou para salvar a Bucaneira — disse Ravan. — O cavaleiro da armadura reluzente.

— Ela tem nome.

— Eu sei — respondeu Ravan. — Usei-o uma vez, e isso foi o suficiente para mim.

— Mira me contou o que aconteceu no silo. Parece que você deve sua vida a ela.

Ravan ficou impassível.

— Devo a muitas pessoas vários tipos de coisas. É assim com todo mundo hoje em dia.

As palavras ressoaram, porque Holt sabia que devia a ela algo semelhante. Ele gostaria de poder expressar isso, mas não sabia o que dizer, ou se ela ainda queria ouvir alguma coisa. No final, ele optou pela sua reação habitual. Mudou de assunto.

— E aquela coisa que você trouxe? O artefato que replica as coisas?

— O Bando o roubou de um navio terrestre na Zona Franca alguns anos atrás. Algum tipo de artefato realmente valioso. Tiberius ficou com ele, embora nunca tenha se importado muito com artefatos. Ele sabia que era uma boa moeda de troca com as pessoas certas, se um dia precisasse.

— E acabou precisando — Holt observou. — Tiberius deve ter te recompensado muito bem.

Ravan assentiu.

— Duas pontas na estrela.

Holt instintivamente olhou para a mão esquerda da garota. A tatuagem da estrela estava lá, com quatro de suas oito pontas preenchidas. Mais duas e ela seria alguém com poder real no Bando.

— Uma Comandante... — disse ele, impressionado. — Ainda assim, com Archer fora do caminho, isso na verdade só faz com que Avril seja a próxima na linha de sucessão. E... nós dois sabemos no que você realmente está de olho.

— Quem sabe o que Avril fará. Ela odeia o Bando *e* Tiberius. Convencê-la a ser a herdeira do pai aparentemente vai dar trabalho, mas isso é problema de Tiberius. Se por algum milagre ela realmente assumir a posição, isso não muda nada. Eu fico na posição mais alta possível antes de Tiberius morrer. Então... bem, sempre vou ter que lutar pelo lugar dele, não vou? Se tiver que ser com Avril, que seja. Para mim, quanto mais cedo a gente conseguir pôr as mãos nela e sair daqui, melhor.

Holt não gostava particularmente do fato de ela incluí-lo quando falava "a gente".

— Eu não vou voltar para o Fausto, Ravan.

Ravan olhou para ele com um ar de incerteza.

— Claro que vai. Voltar é a sua única opção. Este lugar é uma loucura. Essas pessoas são loucas. Esse plano em que está se envolvendo é pra lá de louco. Você tem que saber disso, nós somos muito parecidos.

Ele não tinha como argumentar. Mesmo assim, Holt era diferente da época em que ela se lembrava. Ele tinha mudado naquela noite, quando fugiu do Fausto. Tinha mudado de novo na Cidade da Meia-Noite, mas uma parte dele, uma grande parte, concordava com ela. Era mesmo uma loucura, e estava cada vez pior.

— Se eu fosse você — Ravan continuou —, me arriscava com Tiberius. Do contrário, o Bando só vai continuar te perseguindo. Você precisa chegar a um acordo com ele, em pessoa, de um jeito ou de outro, em vez de passar a vida fugindo.

— E você intercederia a meu favor? — perguntou Holt, embora não acreditasse que isso ajudaria muito. Ele conhecia muito bem Tiberius.

Ravan assentiu.

— A gente aproveita a situação, de alguma forma, e fala que você estava nas Terras Estranhas à procura de Avril. Vou dizer que você queria acertar as coisas, que ajudou a encontrá-la, que eu não teria conseguido sem você e tal.

— E Archer? Como você explica isso?

— Não explicamos. Você matou o cara. Ele era um filho da puta e ia fazer algo desumano bem na sua frente. Você deu a ele a chance de não ser um monstro e ele não aceitou. Tiberius não vai gostar dessa resposta, não existe uma resposta que vá agradá-lo, de fato, mas ele com certeza vai respeitar você.

Holt olhou para ela com um ar de dúvida.

— Eu falei que é sua melhor opção — Ravan disse a ele. — Não que é a opção mais segura.

— Por que me ajudar? — perguntou Holt. Era uma pergunta óbvia. — Depois de tudo?

Ela olhou-o nos olhos.

— Se existe uma coisa que não posso negar, Holt, é que você é sincero. Usar máscaras não é algo que você faça muito bem. Naquele dia no carrossel, aquele era você. — Ravan sustentou o olhar. — Um dia você ia voltar.

Por mais que ele quisesse negar, seria fácil deixar que as coisas fossem como antes. Ainda assim, ele tinha obrigações. Tinha feito promessas um dia e não as cumprira. Não queria fazer isso novamente.

— Vamos ver — disse ele, sem se comprometer.

Ravan assentiu.

— É, vamos ver.

MIRA OBSERVAVA À DISTÂNCIA Holt e Ravan atravessando o acampamento que encolhia cada vez mais. Não se tocavam, mas andavam perto um do outro. E isso a incomodava. O que, na verdade, incomodava-a ainda mais. Lembrou-se do que ele tinha feito na asa do avião, o segredo do seu passado que ocultara, mas essas coisas estavam começando a pesar cada vez menos. Zoey estava certa, Holt não tinha sido ele mesmo nas Estradas Transversais, e a explicação dele sobre a ligação com o Bando, as escolhas que tinha feito e com as quais tinha vivido...

Bem, não era tão fácil odiá-lo por nada disso agora.

Ela suspirou e fechou os olhos. Por que tudo não podia ser mais simples?

— Olá. — Mira se sobressaltou ao ouvir uma voz suave, mas grave atrás dela. Quando se virou, ela viu a última pessoa que esperava. Gideon a observava, ou, pelo menos, tanto quanto podia. Seu olhar branco nublado parecia à deriva, apenas um pouco para a direita. Era desconcertante, mas também apaziguador, de alguma forma. Havia algo no fato de ele não poder vê-la que o tornava menos imponente.

— Oi — ela respondeu, estudando-o com incerteza.

— Posso saber o seu nome?

Mira hesitou. A pergunta em si não era estranha, mas ela se perguntava a razão do interesse dele.

— Mira.

— É um prazer conhecê-la, Mira. — Gideon se curvou enquanto falava, mas fez isso com tanta espontaneidade que parecia realmente encantado, e não apenas para seguir algum costume antiquado. Gideon era asiático, obviamente, nascido em algum país do Oriente. A ideia fez os pensamentos de Mira se desviarem para o resto do mundo. O que estaria acontecendo no Japão? Ou na China? Que lutas e aventuras seus habitantes estariam vivendo? Isso a fez se sentir culpada, ao perceber que, desde a invasão, nunca tinha pensado no resto do planeta. Simplesmente não havia tempo.

— A Primeira está descansando, presumo? — Gideon perguntou enquanto endireitava o tronco novamente.

— Ela está tentando. O Embaixador ajuda com a dor, mas não sei por quanto tempo isso ainda vai durar. Está cada vez pior.

— Sim — Gideon assentiu. — E vai continuar a piorar, receio.

— *Por quê?* — perguntou Mira, incisivamente. — E não se esquive da pergunta, como todo mundo faz.

Gideon inclinou a cabeça um pouco para a esquerda, como se um conceito interessante acabasse de ser apresentado.

— Venha comigo — disse ele depois de um instante, e, em seguida se afastou sem esperar para ver se ela iria acompanhá-lo. Mira balançou a cabeça e acertou o passo com o dele.

Era sempre estranho e um pouco triste quando Mira encontrava um Imune mais velho, alguém não afetado pela Estática. Os adultos eram como uma relíquia naqueles dias, assim como os automóveis e os computadores, e era sempre difícil se lembrar disso, de como as coisas tinham sido um dia.

Gideon usava o mesmo padrão de preto e cinza que os discípulos, o mesmo símbolo branco da dupla hélice em torno do pescoço, e uma combinação semelhante de cintos e tiras, com apenas uma exceção. Preso a uma das tiras no peito havia um livreto com capa de couro, gasto pelo tempo, pendurado junto com uma caneta esferográfica. Sua Lanceta pendia das costas, e, surpreendentemente, de todas que Mira tinha visto, a de Gideon era a mais despojada. Feita apenas de um galho de árvore, do qual a casca tinha sido removida e a madeira lixada e envernizada, e nada mais que isso. Na verdade, as únicas coisas que a ornamentavam eram as pontas de cristal azul em cada extremidade, guarnecidas com os punhos de latão.

— Sua Lanceta — comentou ela. — É tão simples!

— Que necessidade eu tenho de decoração? — perguntou Gideon. — Quem iria apreciá-la? Os meus inimigos?

Mira lamentou instantaneamente suas palavras. Ele estava certo, por que um cego precisaria de uma arma ornamentada?

— Sinto muito — disse ela.

Gideon sorriu.

— Descobri que ver não é tão necessário assim quanto se pensa. Damos muito valor ao que os nossos olhos nos mostram. Ironicamente, eles muitas vezes atribuem importância a coisas que não merecem. Neste lugar, eu na verdade não preciso ver. Posso sentir tudo. Assim como meus discípulos. Espero que você um dia seja capaz de sentir também.

Mira olhou para ele, surpresa.

— Por que espera isso?

— Porque posso ver o Padrão se formando, e sinto que a tarefa de guiar a Primeira até a Torre pode recair sobre você. Se for esse o caso, você deve estar pronta.

Mira foi tomada por uma sensação de pavor.

— Mas... você vai estar lá. Você entende este lugar melhor do que ninguém; *você* é que deve levá-la. Ou um de seus alunos. Qualquer um deles seri...

— Como eu disse, Mira, posso ver o Padrão se formando. Temo que nossos destinos sigam em direções diferentes — Gideon respondeu, em sua voz baixa e instável. Independentemente de que direções fossem essas, ele tinha sentimentos conflitantes com relação a isso. — Além disso, a Oferenda que você vai usar para entrar no Vórtice só será suficiente para proteger a Primeira e mais uma pessoa.

Mira sentiu o coração se apertar. Toda vez que pensava ter encontrado uma maneira de transferir a responsabilidade de Zoey para alguém mais capaz, esta só voltava para a própria Mira.

— Eu... Eu não acho que eu possa fazer isso.

— Por quê?

— Porque tenho medo.

— O medo é só uma emoção, nada mais. Ele só tem o poder que você lhe dá.

— Eu gostaria que fosse assim tão simples, mas não é. Tenho medo porque sei que não sou boa o suficiente.

— E por que acha isso?

— Porque da primeira vez em que estive aqui, eu falhei — disse Mira com convicção. — E não foi uma falha pequena. E vou falhar de novo, sei disso. Não posso fazer isso sozinha. *Tem* de haver uma escolha melhor do que *eu*.

— Não. — O ritmo dos passos de Gideon foi diminuindo até que ele parou.

— Não há escolha melhor. E você precisa *acreditar* nisso.

Mira olhou para onde eles estavam. Uma dezena ou mais de Hélices Brancas enchia centenas de cantis com água numa série de grandes tonéis de plástico, ligados ao rio por miniaquedutos feitos de tubo de PVC e canalizados por um engenhoso sistema de rodas-d'água. Tudo isso, como todo o resto, estava sendo desmontado e levado para a cabine telefônica, na outra extremidade do acampamento.

Gideon soltou o livreto da tira, e Mira o viu com mais detalhes. Ele era velho, devia ter mais de cem anos, provavelmente, e em sua capa de couro preto havia o símbolo da dupla hélice branca que todos os seguidores de Gideon usavam.

— Você acreditaria em mim se eu dissesse que este é o artefato mais poderoso das Terras Estranhas?

Mira olhou para o livreto com ceticismo. Não parecia provável, mas, pensando bem, o Gerador de Oportunidade também tinha uma aparência despretensiosa e ela sabia o horrível poder que ele possuía.

— O que é isso? — perguntou.

— Vou te mostrar — Gideon respondeu, puxando a caneta anexada a ele.

Mira viu quando ele abriu o livreto e, para sua surpresa, ele estava *vazio*. Era um caderninho. As páginas estavam amareladas pelo tempo e as linhas, pouco visíveis, estavam todas em branco. Gideon escreveu apenas algumas palavras e, sem aviso, destacou a página do livro.

Quando fez isso, uma leve chama bruxuleante surgiu na costura de onde ela tinha sido rasgada. Quase instantaneamente, uma nova página se materializou no lugar, surgindo com outro breve lampejo.

Antes que Mira pudesse ver mais alguma coisa, Gideon fechou o caderno, recolocou a caneta no lugar e prendeu tudo na tira em seu peito.

Enquanto falava, ele começou a dobrar a folha de papel. Pequenas dobras bem definidas, umas por cima das outras, unindo os cantos com os sulcos da parte do meio, trabalhando com as mãos.

— Uma vez, muito tempo atrás, havia um demônio chamado Asegai. Cruel e terrível, não havia ninguém mais temido do que ele. Um dia, Asegai estava viajando por aldeias da zona rural com seus ajudantes. Numa dessas aldeias, ele testemunhou um homem praticando meditação em movimento. Nada incomum, mas, enquanto observavam, o rosto do homem de repente iluminou-se, maravilhado. Pois ele tinha acabado de descobrir algo incrível no chão.

Mira observou enquanto as mãos do velho moviam-se sobre o pedaço de papel, dobrando-o numa forma complexa.

— Os ajudantes perguntaram o que o homem havia encontrado — continuou Gideon — e Asegai simplesmente respondeu: "Um fragmento da verdade". "Não o incomoda quando alguém encontra um fragmento da verdade, Asegai?", seus assistentes perguntaram. "Não", respondeu ele. "Quase sempre logo depois eles fazem disso uma *crença*."

Mira tentou não revirar os olhos ao ouvir a parábola.

— Se algo é verdade, é verdade e ponto final — ela respondeu.

— Sim, mas *nós* é que determinamos o que é *verdade* — rebateu Gideon, ainda dobrando o papel. A cada dobra, ele ficava menor e mais complexo. — Nós somos o que *pensamos* que somos. Você, você acha que está com medo... e é incapaz. E, portanto, é isso que você é.

Mira suspirou.

— Tudo bem. Acho que provavelmente você tem razão, e meu eu racional acredita, também, mas, seja qual for o motivo... o resto de mim não acredita.

— Você gastou muita energia fugindo do seu medo. O que ganhou com isso?

— Nada — disse Mira, exasperada —, mas o que eu faço?

— Entenda que o medo é uma parte da sua experiência, mas algo separado de quem você é. Observe que ter medo é irrelevante. Ele simplesmente existe. — As mãos dele pararam de se mover, mas Mira não podia ver o resultado final. O papel agora estava misteriosamente dobrado dentro das suas duas mãos em punho.

Mira olhou para ele com frustração.

— E como diabos vou fazer tudo isso?

— Normalmente? Com anos de estudo e meditação.

Mira suspirou e desviou o olhar.

— Mas existem alternativas, supondo que você esteja disposta a aceitar uma pequena dose de sofrimento. — Os punhos dele se abriram e ele estendeu o papel para ela. Estava dobrado no formato do que parecia um dragão.

— Um origami? — perguntou Mira com ceticismo.

Gideon sorriu quase timidamente.

— Uma habilidade infantil, de que eu nunca gostei quando criança, mas as dobras são mais bonitas para mim agora que eu só posso *senti-las*. Não sei por quê. — Essa última parte ele disse pensativo, como se estivesse diante de um enigma, mas isso só o distraiu por um instante. — A energia da "ideia" deve ser armazenada no papel do caderno e dobrada antes de ser liberada. Ele só precisa ser dobrado uma vez, mas... eu me dou a esse luxo.

367

Mira sorriu. Ela gostava de Gideon, e agora entendia por que seus seguidores eram tão dedicados. Ele era mais um lembrete do que o mundo havia perdido. Não existiam mais grandes professores.

Algo ocorreu a ela sobre o que ele acabara de dizer.

— Uma... ideia?

Gideon assentiu.

— Uma única ideia. Que eu acredito que vá ajudá-la, mas só se você puder reconhecê-la.

— Por que não me diz, então? Por que usar o artefato?

— Aprender sobre uma ideia é tão difícil quanto aprender uma habilidade — respondeu Gideon. — Me ouvir explicar como usar uma Lanceta não é o mesmo que praticar com disciplina. Da mesma forma, *ouvir* uma ideia não é a mesma coisa que *aceitá-la*. Apenas lhe dizer para acreditar em si mesma... não vai fazer você acreditar.

Mira não disse nada. Ela não podia discordar.

— Se você aceitá-la desta forma, ela vai criar raízes — continuou Gideon —, mas tudo tem seu preço.

Mira olhou para o dragão dobrado nas mãos dele.

— Como?

— Desdobre-o e leia. O poder do artefato fará o resto.

Mira analisou o dragão de papel. E se Gideon pudesse de fato fazer o que disse? E se ela pudesse superar os seus medos simplesmente desdobrando um pedaço de papel? Mas ela ainda não tinha certeza.

— Vai... doer?

Gideon assentiu.

— Nada que tenha valor é conquistado sem dor, Mira.

Mira olhou por mais um segundo para o dragão dobrado, então decidiu. Começou a desdobrá-lo, desfazendo a forma que Gideon tinha elaborado meticulosamente. Desfez cada dobra, uma série interminável de curvas e reviravoltas, devolvendo ao papel sua forma original, até sobrar apenas uma dobra à esquerda. A dobra inicial, a que dividia o papel ao meio.

Os dedos de Mira tremiam. Ela se preparou e, em seguida, abriu a dobra final.

Dentro do papel havia uma inscrição, e Mira olhou-a confusa. Eram caracteres asiáticos, uma massa compacta de linhas irregulares. Japonês, ela deduziu. O que significavam, ela não sabia.

Irritada e frustrada, ela desviou o olhar do papel... e perdeu o fôlego quando uma dor lancinante e ardente inundou cada nervo do seu corpo. Era como ser incendiada.

— Solte a folha e a dor vai embora — a voz de Gideon ecoou em sua cabeça —, mas você não vai aprender *nada*.

Mira quase fez exatamente isso, a dor era insuportável, horrível demais — ela sentiu os dedos se soltarem, prestes a deixar cair a terrível folha de...

Uma imagem ganhou vida em sua mente. Ela não aliviou nem eliminou a dor, mas deu-lhe algo em que se concentrar.

A imagem era um espelho. No espelho Mira viu a si mesma, e ela não tinha a aparência que esperava. Não parecia assustada. Ou fraca. Ela olhou...

A dor continuava a aumentar e Mira gemeu, esmagando o dragão desdobrado dentro da mão fechada, mas ela tinha que aguentar, tinha que ver o que ele estava lhe mostrando.

O espelho novamente, a imagem dela mesma. Ela parecia confiante e forte, capaz, criativa. Ela parecia a pessoa que Mira desejava ser.

E com essa constatação, a dor desapareceu. O mundo saiu do eixo e Mira desabou, caindo de joelhos.

Um leve formigamento na mão a fez olhar para baixo, e ela viu o papel se transformando em cinzas e sendo soprado pela brisa. O dragão tinha desaparecido; a experiência, acabado. Mira respirou fundo. Suas roupas estavam úmidas de suor. Um arrepio percorreu-a ao se lembrar da dor, mas será que ela tinha de fato aprendido alguma coisa com aquilo?

— O que você viu? — A voz de Gideon fez com que o restante da sua consciência voltasse ao momento presente. Ele se ajoelhara diante dela, o olhar vazio voltado apenas um pouco para a esquerda.

— Um... reflexo — disse Mira, com a voz rouca.

— Um reflexo de quê?

— De mim mesma.

— E como era esse reflexo?

Mira balançou a cabeça.

— Forte. Confiante. Mas eu não me *sinto* assim!

— Eu nunca disse que você iria se *sentir* de forma diferente — Gideon respondeu, oferecendo a mão a ela. Mira a pegou e levantou-se. — Eu só lhe dei uma ideia. Agora você deve dar significado a ela.

— Como? — perguntou Mira com frustração. — Era só eu num espelho. Só isso.

Gideon analisou-a pacientemente.

— Talvez você esteja se concentrando na coisa errada. Talvez o reflexo seja irrelevante. Talvez o que deva realmente considerar seja o *espelho*.

— O espelho? — O que Gideon dizia estava fazendo cada vez menos sentido.

— Todos nós temos espelhos — ele respondeu. — Coisas que nos refletem de um modo que podemos ver. Alguns mostram o que realmente somos. Mas outros produzem apenas imagens distorcidas. Infelzmente, no entanto, nós as aceitamos. Sem ponderar a respeito.

— Eu não entendo.

Gideon assentiu.

— Acredito que você vá entender. Quando chegar a hora.

Mira balançou a cabeça e desviou o olhar. Pelo menos *ele* era otimista. Então algo lhe ocorreu.

— O caderno — disse ela. — É como você ensina os *Hélices*? — Fazia sentido, na verdade. Se os Hélices Brancas tinham aprendido o que sabiam com Gideon, eles só poderiam ter se tornado tão hábeis e com tanta rapidez por meio de algo parecido com o caderno. Se ele realmente podia fazer o que Gideon afirmava, então os Hélices, Avril, Dane, todos eles, poderiam ter aprendido diretamente a partir do conhecimento de Gideon, absorvendo-o como memórias.

— Sim — respondeu Gideon —, mas não existe um jeito fácil. Você mesma sentiu a dor, e essa foi uma ideia simples, que agora está crescendo no seu subconsciente. Imagine a dor que exige o *domínio* de uma habilidade. Então, pense em todas as habilidades que meus alunos possuem.

Mira estremeceu. Se ela tivesse que aprender a ser uma Bucaneira daquela forma, não sabia se teria conseguido. De repente, sentiu mais respeito pelos Hélices Brancas.

— Muitos não sobrevivem à aprendizagem — Gideon continuou em voz baixa. — Mas as Terras Estranhas são como uma forja. Elas nos afiam e nos moldam, nos fazem mais *fortes*. Dessa forma, podemos usá-la contra ela mesma.

Mira balançou a cabeça. Gideon era um enigma, mas um enigma fascinante.

— Gideon não parece um nome muito asiático.

— Não. — Ele riu levemente. — Eu já fui chamado de um modo diferente, mas essa é uma história para outro dia. Um dia longo. Já fiz muitas coisas na vida em que prefiro não pensar. — A alegria em sua voz lentamente se dissipou. — Sempre achei estranho. Foi só quando os Confederados chegaram que perdi a visão, e foi só quando encontrei este lugar que realmente aprendi a *ver*. Eu não seria quem sou agora, naquele outro mundo — mas nenhum de nós seria, acho eu.

— Acho que não. — Outra coisa ocorreu a Mira. Algo que a deixara curiosa.

— A Caixa de Reflexão. É um artefato poderoso, eu sei, mas, por que é tão importante para vocês?

— É importante, não só neste momento, mas em outros — respondeu Gideon. — Se o que temo realmente acontecer, então ela vai ser uma peça integrante do que virá. A minha esperança é que você não precise dela, mas, se precisar, vai saber a razão quando chegar a hora. — Gideon e Mira fitaram um ao outro por mais um instante e então Gideon começou a caminhar de volta para o lugar onde tinham começado a conversa. — Venha. Você está tão preparada quanto possível.

Mira seguiu atrás dele.

— Preparada para quê?

— Para tudo o que falta.

Eles percorreram o resto do caminho em silêncio.

38. O DESLOCAMENTO

ZOEY CAMINHAVA ENTRE Mira e Holt, segurando a mão dos dois. Max estava na frente e o Embaixador andava atrás deles, o laser verde aliviando a dor tanto quanto podia. Juntos, eles avançavam devagar pelo cânion e, enquanto faziam isso, Zoey reparou que o Santuário tinha sido completamente desmontado. A sucessão infinita de tendas reluzentes tinha desaparecido, deixando no lugar apenas escuridão, mas o lugar não parecia de forma alguma abandonado. Quando chegaram ao ponto onde a reunião tinha ocorrido, a multidão de Hélices Brancas estava lá, salpicando as paredes do cânion com pontos piscantes de cor, aguardando a chegada dela. A antiga cabine telefônica estava fechada, o estranho turbilhão cinza claro mais uma vez preso ali dentro, e tudo estava mergulhado num silêncio espectral.

— Neném — chamou Holt, olhando para ela. — Você não tem que fazer nada disso, você sabe. Não, se não quiser.

Ela podia sentir a sinceridade dele, a preocupação, e sorriu apesar da dor.

— Eu sei.

O estranho grupo, composto de seres humanos, um cão e uma máquina, andou até o centro do cânion e, quando chegou, assobios, gritos e vivas irromperam, abafando todos os outros sons. Centelhas coloridas partiram das paredes e do chão, riscando a paisagem como raios.

— *Força! Força! Força!* — Os Hélices entoavam enquanto Zoey se aproximava, fazendo-a se espremer contra Holt instintivamente.

No centro, outro grupo esperava. Zoey podia ver os Hélices Brancas e o Bando, em torno de vinte pessoas de cada lado, olhando com desconfiança um para o outro. Avril, Dane, Masyn e Castor estavam entre eles, enquanto Ravan estava ao lado dos seus homens, impaciente. Na frente, sozinho, estava Gideon.

Quando chegaram ao centro, Zoey e os outros pararam, esperando, incertos, enquanto ouviam os cânticos. Então Gideon ergueu as mãos e tudo ficou em silêncio novamente. Ele girou lentamente no lugar, como se estivesse olhando para os milhares de discípulos que atulhavam os cânions, esperando ansiosamente pelas suas palavras. Mas, é claro, ele não estava "olhando" para nada.

— O Padrão nos honrou. Nos deixou mais apurados. Obrigou-nos a ficar mais fortes. — A voz dele ecoou contra as escuras paredes pintadas. — Eu lhes pedi muito, eu sei, e vocês nunca me questionaram, mas seus corações indagam qual a intenção de tudo isso. Vocês querem saber por que nos tornamos assim. Querem saber o propósito, quem vocês realmente são. Prometo que em breve, muito em breve... vocês terão as respostas. Pois o alvorecer pelo qual temos esperado se aproxima e vai acabar com *tudo*.

Max choramingou ao lado de Zoey. Ela estendeu a mão e coçou a cabeça dele.

— Qual é o primeiro dos Pilares? — perguntou Gideon.

Os Hélices responderam imediatamente, enchendo o cânion com a sua voz.

— *Nós somos o que pensamos que somos!*

— Nós somos o que pensamos que somos — Gideon repetiu, e pareceu, apenas por um instante, que seus olhos cegos olharam para Mira. Zoey sentiu uma súbita agitação dentro de si. Aquelas palavras tinham significado para Mira, embora Zoey não soubesse por quê.

— Quando chegar o dia em que eu não estiver mais entre vocês, sempre que se questionarem ou não souberem o que fazer, lembrem-se do primeiro Pilar. Lembrando-se dele, vocês... estarão se lembrando de *mim*. Vocês todos são meus filhos. Vocês todos são meus iguais, e cada um de vocês me dá muito orgulho.

Dos milhares de Hélices Brancas que os cercavam, Zoey sentiu uma onda avassaladora de emoção. Entusiasmo, expectativa — e amor. Eles *amavam* Gideon. Esse homem tinha feito deles algo especial. Ele os tinha ensinado e incentivado. Tinha sido um pai, algo que a grande maioria nunca tivera ou conhecera nesse novo mundo.

— Formem a caravana — continuou ele. — Sigam em ritmo acelerado para a Torre. Quando chegarem lá, saberão *quem* vocês são. — Seu olhar cego passou pela multidão uma última vez, então ele deu seu comando final. — Em frente!

Imediatamente, os Hélices Brancas começaram a avançar, saltando das paredes para o chão ou para o alto do cânion — uma multidão, uma enorme onda de cores brilhantes e sombras em tons de cinza, mescladas com a paisagem escurecida. Meia dúzia deles ergueu a cabine telefônica pelas hastes metálicas de ambos os lados, levando-a entre eles e misturando-se à multidão. Zoey observou enquanto se tornaram silhuetas estroboscópicas contra os raios flamejantes de Antimatéria à distância, rumando para o norte, em direção ao lugar onde, com sorte, ela e os outros estariam muito em breve.

O restante dos Hélices Brancas e o Bando se aproximaram. Holt e Mira, Ravan, Avril, Dane, todos olhavam para Zoey com expectativa.

— Ainda acho que é gente demais — disse Mira. — Era melhor cortar pela metade.

— Podemos aliviar a pressão sobre a Primeira, se necessário — prometeu Gideon, enquanto se ajoelhava lentamente na frente de Zoey. — Mas não acho que será.

Zoey estudou Gideon quando ele se abaixou, com os olhos embaçados nunca olhando diretamente para ela.

— Você está com medo — ele observou, sem julgá-la.

Zoey concordou. Ela estava. Não sabia se poderia fazer o que ele queria, e ela ansiava desesperadamente por não falhar com Mira ou Holt.

— Você pode sentir minhas emoções — perguntou Gideon — da mesma forma que sente as dos outros?

Zoey balançou a cabeça negativamente. Era verdade. Mesmo agora, com Gideon tão perto, ele era ilegível para ela.

— Tente outra vez — ele instruiu.

Zoey estendeu a mão em direção a ele e, dessa vez, os sentimentos de Gideon se *revelaram*. As muralhas de autocontrole que normalmente ele mantinha foram abaixo e ela pôde sentir tudo o que ele sentia, uma grande variedade de emoções complexas que se estendiam diante dela e, no meio de toda essa mistura de sensações, havia uma confiança tão radiante que dominava todo o resto.

Uma confiança *nela*. De que Zoey tinha capacidade e disposição para fazer exatamente o que ele achava que ela podia. A confiança de Gideon nela lhe deu força, empurrando a dor de cabeça ainda mais fundo do que o laser do Embaixador poderia, e ela sorriu quando sentiu isso.

— Você é tudo que eu esperava, Zoey. — Gideon sorriu para ela. — Está pronta?

Zoey acenou com a cabeça e se aproximou do Embaixador. O olho piscante da máquina se voltou para ela.

Holt e Mira pegaram, cada um, uma das mãos de Zoey. As de Holt tremiam. Os olhos de Mira brilhavam, cheios de lágrimas. Zoey não precisava de seus poderes para saber o que cada um sentia.

— Nós te amamos muito — Mira disse a ela.

— Eu sei — Zoey respondeu.

— Ai, Deus, por favor, se vamos mesmo fazer essa coisa, então vamos acabar logo com isso — pediu Ravan, impaciente. Mira a encarou com irritação, mas a pirata não pareceu se importar.

— O que você precisa que a gente faça, neném? — perguntou Holt com a voz tensa.

— Só... fechar os olhos, eu acho — disse Zoey. — Quando vocês tocarem o Embaixador, vão ver as cores dele. Gideon vai imaginar onde precisamos ir e, então, vocês sabem, aguentem firme.

— Certo — disse Holt com muito pouco entusiasmo.

Zoey respirou lenta e profundamente e, em seguida, fechou os olhos. Ela projetou a mente e imediatamente encontrou o Embaixador, suas cores irrompendo na tela mental da garota. Essa parte era fácil. Agora vinha a parte mais difícil. Ela projetou a mente novamente, mas dessa vez na direção da mente das pessoas ao redor. Um por um, os pensamentos e lembranças deles fundiram-se com os seus próprios. Holt, Mira, Ravan, até mesmo Gideon e, a cada nova presença que ela tocava, a dor de cabeça ficava mais forte.

Ela continuou estabelecendo a conexão, tentando incluir todos eles, um após o outro, mas...

Zoey de repente desfez a conexão e caiu de joelhos. Tinha sido simplesmente demais.

O Embaixador retumbou acima dela. Max ganiu e Zoey sentiu as mãos de Holt amparando-a.

— Isso é loucura! — gritou Mira. — Ela não devia estar fazendo isso!

— Zoey — chamou Gideon suavemente. — Dói muito?

Zoey assentiu. A dor diminuiu um pouco e ela conseguiu abrir os olhos e olhar para ele.

— A dor raramente é o fim do caminho — Gideon disse a ela. — O mais provável é que seja apenas um obstáculo para o outro lado.

— O que está do outro lado? — perguntou Zoey debilmente.

— Todas as respostas que você um dia buscou. Não vale a pena um pouco mais de dor... para que você possa se livrar dela para sempre?

— Não a manipule assim! — A voz de Mira tinha uma ponta de histeria de que Zoey não gostou. Ela pôde sentir Holt começando a levantá-la do chão para afastá-la dali.

— Espera! — disse Zoey. — Quero tentar mais uma vez.

— Zoey — Mira insistiu, desesperada.

— Eu *quero* tentar mais uma vez — ela reiterou, e Holt e Mira ficaram em silêncio. Até mesmo Ravan olhou para ela com certo respeito. Antes que alguém pudesse argumentar, Zoey fechou os olhos novamente e projetou a mente para o Embaixador. Quando ela o tocou dessa vez, tentou algo diferente. Evocou os Sentimentos, trazendo-os para a superfície, e eles atenderam ao chamado, irrompendo dentro dela e preenchendo-a.

Novamente, ela estendeu a mente na direção das pessoas ao seu redor, tocando cada uma delas, uma por vez, as lembranças e pensamentos fluindo através de Zoey. Quando fez isso, os Sentimentos se expandiram, mostrando-lhe outras formas, maneiras pelas quais ela podia conectar sua mente com as outras com mais eficiência; Zoey seguiu a sugestão deles.

A dor de cabeça aumentou enquanto ela se conectava com cada mente, queimando seu crânio, latejando mais e mais, mas Zoey se apegou aos Sentimentos, deixando que eles a ajudassem e lhe dessem mais força. Uma mente após a outra, ela foi aumentando a corrente, cada uma delas causando outra pontada e mais tontura, mas ela continuou, lutando contra a dor, pois cada presença que tocava a deixava mais perto de seu objetivo.

Então, ela conseguiu. Zoey tocou cada um deles, mais de cinquenta mentes ao todo, e houve um momento, um breve momento, em que ficou maravilhada com o que tinha feito. Mas, então, a dor ameaçou ficar pior do que nunca, e ela se inclinou para a frente na direção das faixas de cores oscilantes que eram o Embaixador.

O mundo brilhou e sacudiu. Ela sentiu uma onda de náusea e dor, mas aguentou firme.

Houve um som. Como uma poderosa explosão pontuada de um ruído distorcido e uma onda rápida de calor. Zoey ofegou, seu estômago se contraiu, seus ouvidos apitaram e, em seguida, a dor em sua cabeça explodiu. Ela gritou, mas não sabia se alguém podia ouvir.

Tudo ficou escuro. Ela pensou ter sentido uma rajada de vento frio, pensou ter ouvido gritos e explosões.

Em seguida, de muito longe, uma projeção entrou na sua mente. Pensamentos, pura emoção. Alguns ela reconheceu. Não eram do Embaixador. Eram de outra fonte. Aterrorizante, escura.

Scion! Estamos aqui!

A última coisa de que se lembrou antes de ceder à dor e à escuridão foi que a Realeza a tinha encontrado, tal como prometera.

MIRA VIU UMA IMAGEM DE ZOEY, como a que vislumbrara sobre a ponte do trem, mas dessa vez a menina não estava sorrindo. Seu rosto estava contorcido de dor. Em seguida, houve uma explosão de som, uma onda de calor... e tudo ao seu redor de repente se tornou um caos.

Uma estrada rachada e fragmentada se rompeu à frente. Sombras retorcidas assustadoras estenderam-se num céu escuro como breu, onde um turbilhão de nuvens brilhava com uma fantasmagórica luz amarelada. Era uma cidade, ou pelo menos as ruínas dela, e Mira tinha uma boa ideia do que se tratava.

Bismarck, o centro das Terras Estranhas. Isso significava que o Embaixador e Zoey tinham conseguido o que pretendiam. Tinham teletransportado a todos para as profundezas das Terras Estranhas, até o Núcleo, muito além do ponto mais remoto aonde a maioria dos Bucaneiros sempre sonhara ir, e um olhar ao redor mostrou o porquê.

Seu cabelo se agitou violentamente com os ventos intensos que rugiam em torno deles, tão fortes que era difícil manter o equilíbrio. Os Raios de Antimatéria faiscavam quase que constantemente no céu. Havia outras coisas, gigantescas, que se deslocavam à distância. Funis colossais de um turbilhão negro que rugia poderosamente através da paisagem.

Tornados de Energia Escura, uma das Anomalias mais poderosas de todas as Terras Estranhas, e ali Mira podia ver meia dúzia deles ao mesmo tempo.

Enquanto avançavam, os Tornados de Energia Escura se deslocavam pelo espaço físico. Qualquer coisa que tocassem permanecia sólida, mas sua estrutura atômica era esticada e torcida, e os efeitos da sua passagem contínua pelas ruínas eram claramente visíveis. As ruas destroçadas estavam cheias de uma mistura de carros e outros veículos que ainda eram sólidos, mas estavam retorcidos em formas impossíveis, como uma espécie de pintura abstrata. Os edifícios, ou o que restava deles, também pareciam tortos e misturados uns com os outros a esmo. Era doloroso de se ver.

Mira observou um dos funis em movimento, trovejando no leste distante, e ao segui-lo, seu olhar se deparou com algo que lhe causou um calafrio. Todos os demais, cerca de vinte membros do Bando e a mesma quantidade de Hélices Brancas, olhavam na mesma direção.

Ao norte, a pouco mais de um quilômetro de distância, uma massa gigante de partículas minúsculas e cintilantes rodopiava como uma enorme tempestade de areia alienígena, estendendo-se a perder de vista. Isso era chamado de Vórtice e, por trás dele, visível apenas através do véu de partículas, estendia-se até o céu uma forma maciça e alongada, totalmente negra. Ela não tocava o chão, apenas pairava sobre tudo. Ainda mais surpreendente era o fato de que cerca de dois terços dela tinham se quebrado ao meio, no sentido longitudinal, e a parte superior tinha se separado do restante e se inclinado para fora como se fosse cair... mas isso nunca acontecia. Ela só ficava pendurada ali, suspensa no ar, imóvel atrás do Vórtice.

Era a Torre Partida.

O centro das Terras Estranhas. A mesma que Mira tinha se esforçado tanto para alcançar, e agora ela estava bem ali, a alguns quilômetros de distância. Um feixe gigante de escuridão que parecia olhar para ela de modo ameaçador. Mira se perguntava se a Torre seria mesmo real, uma vez que tão poucas pessoas a tinham visto.

Sinceramente, uma parte dela esperava que não, embora de fato fosse. E pairava ali como um monólito inacreditável, esperando por ela, elevando-se centenas de metros no ar.

Mira sentiu uma onda de pavor. Como Gideon ou qualquer outra pessoa podia pensar que ela poderia levá-los até lá? Como ela...

— Zoey! — Era a voz de Holt, e Mira odiou-se instantaneamente. Sua atenção estivera concentrada na Torre e não na menina, que tinha sacrificado tudo para levá-los até ali.

Holt correu até o Embaixador, o único do grupo imune aos ventos ferozes. Debaixo do caminhante estava Zoey. Ela não estava se movendo, nem sequer parecia viva.

— Ah, meu Deus... — Mira se ajoelhou no asfalto áspero. Holt afastou Max, que choramingava, e ajoelhou-se também. O Embaixador retumbou acima deles, banhando Zoey com sua luz verde, mas o laser já não parecia surtir nenhum efeito.

— Ela está respirando! — disse Holt, e Mira suspirou de alívio. Pelo menos havia uma...

O laser de cura desativou-se. Mira olhou para o Embaixador.

— O que está fazendo? — ela gritou para a máquina. — Ajude-a!

O olho do caminhante desviou-se para Mira por um instante e então deu dois passos poderosos para trás.

— *Ajude-a!* — Mira gritou novamente com fúria.

O Embaixador olhou para eles por mais um instante, então houve um clarão, a mesma explosão violenta de som... e a máquina *desapareceu*.

— Não! — Mira gritou.

— Eu sabia que não devia confiar naquela lata-velha... — Holt começou, mas sua voz foi cortada pelas explosões que sacudiram o chão. Ele empurrou Mira para baixo, cobrindo Zoey e a garota com o próprio corpo.

Atrás deles, o Bando e os Hélices Brancas corriam para se proteger embaixo do que podiam encontrar — lixeiras, paredes, formas retorcidas de carros e caminhões, tudo isso enquanto as explosões continuavam.

Mira viu a origem das explosões. O céu atrás deles, mais para o sul e longe da Torre, estava cheio de naves, dezenas delas. Ela podia ver seus motores rugindo e canhões de plasma piscando, cuspindo raios amarelos.

Eram os Confederados. Eles já estavam ali.

Mesmo assim, os ventos eram tão fortes que as naves estavam com dificuldade para se manter em formação, girando e sendo arrastadas para longe, mas ainda assim disparando raios da morte chamejantes em direção ao grupo. Mira podia distinguir as cores das naves. Verde e laranja.

— Olha só... — disse Holt. — Isso não é nada bom.

— Avril! Dane! — Gideon gritou nas proximidades. Ele estava agachado atrás da carcaça enferrujada de um caminhão de sorvete, que parecia ter sido derretido. — Dividam seus Arcos, *precisamos* distraí-los para que se afastem da Primeira. Usem o Padrão, os invasores são fracos contra ele.

Avril e Dane gritaram ordens para seus grupos, e os Hélices Brancas levantaram as máscaras, baixaram os óculos e correram para suas posições, cada um numa direção diferente, saltando no ar em lampejos de laranja e roxo. As naves tentaram atingi-los, seus canhões em chamas, mas o avanço acelerado dos Hélices era rápido demais mesmo para as naves alienígenas. E os ventos fortes não estavam ajudando. Duas naves colidiram e explodiram, caindo no chão numa bola de fogo do outro lado de uma antiga agência dos correios.

Ravan também não ficou de braços cruzados.

— Quero seis homens em cada um daqueles terraços! — gritou, indicando os dois edifícios mais altos nas proximidades. — O resto de vocês deve se posicionar nas intersecções de ambos os lados, há bastante espaço para se abrigarem. Se os pegarmos num fogo cruzado enquanto os Hélices estão saltando por aí, os ventos podem derrubá-los.

Os homens de Ravan não hesitaram, dividindo-se instantaneamente e entrando em ação. Ravan olhou para Holt, e depois acenou com a cabeça para algo no chão. Era a mochila dele e as armas. A pirata os trouxera.

— Mira! — Gideon se aproximou deles, ignorando as explosões. — Está na hora.

Holt se levantou e olhou para a garotinha no chão.

— E quanto a Zoey? Ela nem está consciente!

— Mira pode carregá-la. A Primeira não precisa estar acordada para entrar na Torre.

Mira tremeu de medo. Gideon estava certo, tinha chegado a hora, e ela não estava nem perto de estar pronta. Holt pareceu sentir isso.

— Eu vou com ela — Holt ofereceu.

Gideon balançou a cabeça.

— A Oferenda de Mira serve apenas para proteger duas pessoas.

— Mas eu não estou com o plutônio! — exclamou Mira. — E... Eu não estou...

— Confie na Torre, garota. Ela vai encontrar uma forma. E lembre-se do dragão. Lembre-se do espelho. — Gideon sustentou seu olhar carregado de significado por mais um instante; em seguida virou-se e correu, saltando no ar num lampejo amarelo, desaparecendo atrás de seus discípulos.

— Holt! — Ravan gritou. Raios amarelos chispavam no ar.

Mira olhou para Holt em desespero. Ele retribuiu o olhar.

— Não consigo fazer isso... — ela disse com tristeza.

— Mira...

— Não consigo! Tudo depende de mim, e eu não sou boa o suficiente. Não sou boa o suficiente para...

Mira parou de falar quando as mãos de Holt envolveram o rosto dela e a puxaram para si. Ele a beijou profundamente, a ansiedade, o medo e as explosões esquecidos durante um instante misericordioso. O coração dela disparou. Quando Holt se afastou, Mira fitou os olhos dele.

— Sei o que aconteceu com você aqui, mas não importa — disse Holt. — Você não é mais aquela menininha. Eu gostaria que você pudesse ver a si mesma como eu a vejo. Você é a pessoa mais incrível da minha vida e eu tento viver de acordo com o seu exemplo todos os dias.

Enquanto ele falava, novas sensações e sentimentos a envolveram, combatendo suas dúvidas e medos. Apesar do frio provocado pelo vento e pelo perigo, ela se sentiu quente.

— Você sempre teve coragem aí dentro de você, nunca a buscou porque não acreditava que tivesse — continuou ele, forçando-a a olhá-lo nos olhos enquanto ela tentava desviar o olhar. — Eu nunca acreditei em muita coisa, mas acredito em *você*, Mira, e se você tem alguma fé ou confiança em mim, se eu não destruí completamente tudo isso, então confie em mim agora. Eu *acredito* em você. Você pode fazer isso, e eu sei que você vai conseguir. Eu sei disso... porque conheço *você*.

Mira estava atordoada, surpresa. Não conseguia encontrar as palavras.
— Holt...
— Pegue Zoey, vá para a Torre. — Ele sustentou o olhar e disse as palavras seguintes com tanta ênfase quanto possível: — Vejo vocês quando voltarem.

Então ele se foi, correndo em direção a Ravan, pegando suas coisas e erguendo seu rifle, ambos esquivando-se de mais jatos de plasma e explosões.

Mira ficou olhando para ele por mais um segundo, o coração martelando. Em seguida, fez o que tinha que fazer. Abaixou-se e pegou Zoey nos braços, levantou-a e correu o mais rápido possível em direção ao vulto negro e imponente que pendia suspenso no ar, mais ao norte. Os sons das explosões a perseguiam.

39. O QUE PENSAMOS

HOLT PEGOU SUA MOCHILA e as armas do chão e correu a toda velocidade, com Ravan ao seu lado, colocando o equipamento no ombro ao mesmo tempo. Com o canto do olho, viu Max disparar atrás dele.

— Você tem certeza disso? — perguntou ao cão ironicamente. Max não respondeu. — É, eu também não.

Outra explosão rebentou em chamas a cerca de vinte metros à sua direita, e Holt se atirou atrás de um caminhão de entregas amassado, ao lado de Ravan. Ela olhou para ele.

— Você com certeza sabe como divertir uma garota.

Mais explosões trovejaram e balançaram o caminhão. Motores rugiam acima deles enquanto as naves lutavam contra os ventos furiosos. Os Caçadores tinham trazido reforço aéreo. Reforço da pesada. Olhando mais de perto, Holt pôde ver que não eram Predadores, eram menores, em forma de meia-lua, com a fuselagem recurvada na parte de trás e uma borda achatada na frente. Ele podia ver seus motores e canhões.

Holt e Ravan olharam por cima do capô do caminhão e viram os tiros das naves batedoras num fluxo caótico em todas as direções, atirando em todos os lugares ao mesmo tempo, e só de olhar Holt percebeu por quê. Duas dezenas de Hélices Brancas saltavam e avançavam rapidamente entre os veículos na rua ou nos telhados dos edifícios. O vento abafava quase totalmente o som, mas Holt tinha um palpite de que, se não fosse isso, ele poderia ouvi-los gritar de emoção.

— Esses caras são realmente pirados... — Ravan observou, embora houvesse uma nota de respeito na voz dela.

— Sim, mas ainda são humanos. Uma hora vão perder o gás, e então vão começar a cometer erros.

Os tiroteios continuavam e Holt viu faíscas explodirem de algumas naves. Os lampejos das armas do Bando iluminavam as ruas de cada lado dos dois edifícios. Num dos andares de cima, uma vidraça se estilhaçou ao ser atingida por tiros. O Bando era um reforço valioso, mas Holt sabia que era provavelmente inútil.

— Dão a eles algo em que atirar, pelo menos — disse Ravan, como se lesse os pensamentos de Holt. Max uivou quando um caça rugiu acima deles, lutando para se equilibrar no ar em meio a toda a turbulência. Antes que conseguisse, um jato de luz verde desenhou um arco no céu e o atingiu, provocando uma chuva de faíscas cor de esmeralda.

O caça mergulhou no ar em chamas — bem na direção do caminhão que lhes servia de abrigo.

— Tinha que ser... — disse Ravan, arrancando Holt dali. Max disparou na frente deles enquanto corriam, e o caça explodiu numa bola de fogo, onde estavam um segundo antes.

Eles alcançaram um grupo do Bando, atrás de um velho bonde, disparando na direção das naves. Holt abaixou-se ao lado deles e puxou Max para perto.

Mais tiros de plasma riscaram o ar, e ao lado deles um prédio explodiu.

— Cruz! — Ravan gritou para um de seus homens, sua arma automática cuspindo tiros. Ele parou e olhou para ela. — Já que você não está atirando em nada, pelo menos pare de desperdiçar balas e mude para o semiautomático.

— Capitã, quanto tempo vamos ficar agachados aqui? — perguntou outro pirata.

— Por que, está entediado? Talvez seja melhor você ir correr com os homens da tribo lá fora.

O Bando riu e, em seguida, abaixou-se quando uma chuva de detritos caiu sobre suas cabeças.

Apesar das piadas, todo mundo sabia que a situação era grave. Estavam cercados por dezenas de naves dos Confederados e, como se isso já não fosse ruim o suficiente, agora estavam perdidos na parte mais profunda das Terras Estranhas, sem ter como ir para casa.

— Eles estão recuando! — alguém gritou, e Holt e Ravan espiaram por trás de uma caçamba. De fato, os motores gemeram quando as naves começaram a se afastar dos edifícios, lutando para permanecer no ar apesar do vento, e depois piscaram e desapareceram, encobrindo-se com seus escudos, assim como os caminhantes.

Ouviram-se vivas em todos os lugares, mas Holt não se sentia tão exultante. Se haviam recuado, tinham feito isso por alguma razão. A expressão no rosto de Ravan mostrou que ela pensava da mesma forma.

Todo mundo teve um sobressalto quando os Hélices Brancas se materializaram perto deles, um após o outro, ao longo da rua, em lampejos azul-turquesa, e apesar de toda a força que tinham, pareciam exaustos. Holt viu Masyn quase perder o equilíbrio antes que Castor a amparasse.

Avril se apoiou nos restos retorcidos de um táxi, com a respiração arquejante, e ela e Dane trocaram olhares apreensivos. Estavam cansados, Holt pensou inquieto. Mas não estavam fugindo.

— Decana! — um dos homens do Arco de Avril gritou em alarme.

À distância, talvez a uns três quilômetros dali, iluminadas por lampejos de raios coloridos, formas se moviam. Muitas delas. De tamanho monstruoso.

Holt pegou o binóculo da mochila e olhou através dele.

Ravan fez o mesmo. As lentes ampliaram a visão à distância, mas ainda era difícil enxergar os detalhes. Estava escuro como a noite ali e os fortes ventos levantavam muita poeira. O que ele podia ver era apenas revelado por lampejos intermitentes de vermelho e azul, mas foi o suficiente.

Holt observou cada forma bamboleando à frente do mesmo jeito fluido e mecânico, golpeando o chão com seus passos poderosos em direção à cidade.

— Caminhantes — Holt gemeu.

— Estou vendo duas fileiras deles, uma atrás da outra — confirmou Ravan. — Provavelmente cinquenta, eu acho, e isso é só o que eu posso ver.

— Há muito mais de cinquenta — contestou uma voz atrás dela. Gideon olhava para o sul sem enxergar. — São centenas. Dois tipos diferentes, pequenos e grandes.

Olhando em volta, Holt podia ver os olhares no rosto do restante dos Hélices Brancas. Eles não precisavam de binóculos. Podiam sentir os Confederados movendo-se por meio do Padrão, e não estavam gostando do que sentiam.

— *Centenas* de caminhantes, além do apoio aéreo? — Ravan ficou horrorizada. — Não vamos dar conta disso...

— No entanto, precisamos — Gideon respondeu, calmamente. Mais relâmpagos cortaram o ar e os ventos gemeram furiosos. — A Torre quer.

— Não estou nem aí pra essa sua Torre idiota, velho! — Ravan revidou, levantando-se. — Estou pegando Avril e levando os meus homens para fora deste inferno...

Tudo parou diante de sons fortes e distorcidos de trombeta. Cinco Caçadores desativaram sua camuflagem na rua a cerca de duzentos metros, à direita deles.

Ninguém se moveu até que jatos de plasma começaram a cruzar o ar, provocando uma chuva de faíscas ao redor deles, então todo mundo correu para se esconder em diferentes direções, o Bando contornando os veículos e os Hélices saltando no ar.

Só Gideon manteve a compostura.

Tirou sua Lanceta simples das costas e, num movimento suave e rápido, disparou uma das pontas. Ela zumbiu no ar como uma flecha — e atingiu na mosca um dos Caçadores, numa chuva de fogo e centelhas azuis.

Os tiros de plasma dos outros caminhantes pararam. Eles trombetearam surpresos, observando seu compatriota caído no chão. Nem mesmo a armadura dos Confederados, ao que parecia, conseguia resistir a um cristal de Antimatéria forjado nas Terras Estranhas.

Gideon não hesitou. Tocou os dedos indicador e anular ao mesmo tempo e precipitou-se na direção dos trípodes restantes, num borrão de cor roxa. Holt observou o velho cobrir a distância e saltar sobre os Caçadores surpresos, a outra extremidade da sua Lanceta golpeando uma segunda máquina, abaixo dele.

Mais faíscas azuis, mais chamas, e outro caminhante desmoronou.

— Isso não deixa de ser... impressionante — comentou Ravan ao lado de Holt. Todos, os Hélices e o Bando, observaram os caminhantes finalmente recuperando os sentidos. Seus canhões moveram-se em direção a Gideon e atiraram, se recarregando e voltando a disparar salvas de plasma.

Gideon ziguezagueou graciosamente para trás, esquivando-se dos tiros faiscantes, saltou no ar e pousou atrás de outro trípode. Ouviu-se um zumbido e ele recuperou a ponta na extremidade de sua Lanceta e projetou-a para fora, perfurando um terceiro caminhante e derrubando-o num borrifo de fogo azul.

Mais jatos de plasma destruíram escombros e veículos em ruínas ao redor dele, mas Gideon esquivou-se para a esquerda, correndo abaixado e esgueirando-se num borrão de energia roxa. Então fez meia-volta no ar e disparou novamente. O quarto caminhante estremeceu quando o projétil atingiu o alvo, causando uma explosão...

Gideon gemeu quando o último caminhante colidiu com ele, fazendo-o voar pelos ares e se chocar violentamente contra a parede de tijolos de uma igreja arruinada.

Caído no chão, ele se forçou a ficar de pé para se esquivar de mais tiros amarelos flamejantes. Por mais rápido que o velho homem fosse, o caminhante tinha uma vantagem agora. Um tiro o atingiu no braço. Mais dois atingiram a perna. Outro o derrubou no chão.

O Caçador aterrissou quase em cima de Gideon, seu olho trióptico fulminando-o. Então levantou uma de suas pernas pontudas e afiadas, pronta para empalar.

Outro zumbido, quando a ponta de lança de Gideon atravessou certeira a carapaça do último caminhante em seu trajeto de volta para a Lanceta. A máquina sacudiu descontrolada, desmoronou no chão numa chuva de faíscas e não se moveu mais.

— *Gideon!* — Avril gritou, enquanto os Hélices Brancas corriam na direção dele. Holt e Ravan fizeram o mesmo.

Enquanto corriam, a escuridão era dissipada pelos campos de energia dourados e tremeluzentes que se erguiam e se afastavam dos caminhantes caídos no chão. Na escuridão circundante, os olhos de todos eram ofuscados pela luz.

Mas eles não se formavam como Holt sempre vira. Seu brilho desaparecia quase que instantaneamente, a energia parecendo sem coesão. Depois de alguns segundos, eles esmaeciam, piscando, fundindo-se e desaparecendo no ar.

Deve ser este lugar, Holt pensou. Algo nas Terras Estranhas corrompia essas formas, fosse o que fosse, assim como a água tinha feito na Cidade da Meia-Noite. Antes que ele pudesse pensar mais sobre isso, chegou aonde estavam os Hélices Brancas em torno do seu líder caído.

Holt olhou para o ancião — e imediatamente desejou não ter feito isso.

Os tiros de plasma castigavam a carne humana. Gideon ainda estava vivo, respirando fracamente e olhando para os discípulos. Avril apoiou a cabeça dele no colo, enquanto o resto dos Hélices assistia, atordoado.

— Gideon... — Masyn sussurrou, olhando, incrédula. Era a primeira vez que Holt via algo que se aproximasse de medo no rosto deles. Gideon era maior que a vida. Para aqueles garotos, ele nunca poderia cair, nunca poderia morrer e, ainda assim, ali estava ele. Se *ele* podia ser morto... certamente qualquer um deles também poderia.

— Vocês devem... manter a formação... — Quando Gideon falou, sua voz era áspera e irregular. Seu olhar cego olhava direto para os raios coloridos. — A Primeira... deve chegar à Torre.

— Como vamos fazer isso? — perguntou Castor nervosamente. Era uma boa pergunta, havia um exército de Confederados vindo na direção deles.

— Lutem contra eles — foi a resposta de Gideon.

— *Lutar?* — perguntou Ravan. — Há centenas de caminhantes lá fora, você mesmo disse!

— Agora... há cinco a menos — respondeu Gideon.

389

Ravan não ficou impressionada.

— Você deve estar brincando.

— Você os viu cair. Cinco deles, derrotados... por um velho cego. — Gideon tossiu e lutou para respirar, seus olhos se desviando para os alunos em torno dele. — Para isso... é que vocês foram feitos. Foi para isso que *eu* fui feito. Eu disse a vocês, antes de partirmos, que saberiam quem são, e *vocês* é que farão o ajuste de contas com os invasores.

Dane olhou para Avril e ela devolveu o olhar. Todos os outros Hélices se entreolharam da mesma maneira. Confusos, assustados e incertos.

— Qual é... o primeiro Pilar? — perguntou Gideon.

— Nós somos o que pensamos que somos — os Hélices entoaram automaticamente. À distância, Holt ouviu passos de pernas mecânicas, o rugido dos motores no ar.

— Digam *de novo* — Gideon ordenou.

— Nós somos o que pensamos que somos! — os Hélices repetiram, dessa vez com mais força.

Gideon assentiu.

— Você devem... ver a verdade. Devem ver a si mesmos como são. — Sua voz foi ficando mais fraca; ele estava morrendo. — Se um dia acreditaram em mim, acreditem em mim agora. Depois de hoje... seus inimigos temerão vocês.

Seus olhos enevoados pousaram em Avril. Ela olhou para ele com emoção.

— Avril. Quando isso acabar, honre o seu dever. Pode parecer... um desperdício, mas tem... um propósito. Se você me honra, vai fazer isso.

Lágrimas se formaram nos olhos de Avril. A mão do velho se estendeu e gentilmente sentiu o rosto dela.

— Eu posso vê-la, Avril — disse ele, a voz desaparecendo. — Eu posso... vê-la...

Então ele se foi, seu corpo ficou flácido, a vida drenada.

Os Hélices Brancas ficaram paralisados no lugar, olhando para o corpo de Gideon. Avril suavemente descansou a cabeça dele no chão, em seguida olhou para Dane. Algo se passou entre eles, parte fúria, parte resolução.

Avril se levantou, andando com determinação, seguida por Dane e os outros. O que quer que estivessem pensando, pareciam uma única mente.

Os Hélices Brancas se espalharam, formando uma longa fileira de 24 homens. Cada um deles tirou a Lanceta das costas, os cristais cintilantes zumbindo, enquanto olhavam para o sul, em direção às máquinas mortíferas que se aproximavam.

As máquinas avançavam sem nada que as detivesse agora. Duas fileiras, uma delas, a maior parte do exército, composta de trípodes menores, mais rápidos. A outra... era uma história um pouco diferente. Algo muito maior e ainda fora de vista. Os caminhantes menores correram na frente, deixando os maiores para trás, disparando na direção do que restava do centro de Bismarck.

— Eles estão vindo, mas em linha reta — Avril gritou. — Fogo nas duas fileiras!

— Vamos recuar antes de alcançá-los! — Dane gritou ao lado dela. — Com sorte, conseguimos derrubar alguns antes do combate corpo a corpo.

— Corpo a corpo? Certo... — comentou outro Hélice com ironia.

— Somos mais rápidos do que eles — disse Masyn, uma das poucas que sorria. — É só ficar em movimento. Tentem arrastá-los para um fogo cruzado.

Avril recolocou a máscara sobre o nariz e a boca. Os outros fizeram o mesmo.

— Ignorem o vento, ouçam a minha voz, lembrem-se do *Spearflow*. Isso ensinou tudo de que precisam.

Holt parou atrás da fila de guerreiros, olhando além deles, para o assalto das máquinas em disparada. Assim como Ravan e seus homens.

— Lutar contra os Confederados é suicídio — disse Ravan a Avril. Holt estava inclinado a concordar. Parecia loucura, impossível. Cada experiência que ele tivera com os Confederados confirmava a afirmação da líder do Bando.

— Não se o que Gideon disse é verdade — respondeu Avril. Os outros estavam baixando os óculos de lentes negras sobre os olhos. — E ele nunca mentiu para mim antes.

— Avril, eles estão em muitos — disse Holt em seguida, tentando chegar até onde ela estava. — Todos vocês vão morrer.

— Então, vamos ficar mais fortes — disse Dane, ao lado de Avril. Os dois olharam um para o outro e sorriram. Em seguida, baixaram os óculos e olharam para o sul novamente. A fileira de trípodes, um número incontável deles, avançava correndo, a menos de um quilômetro de distância. Holt não sentia nada além de medo e horror. Ele não morria de amores pelos Hélices Brancas, mas também não queria vê-los ser destroçados.

— Disparar todos de uma vez! — Avril gritou.

Holt se encolheu quando 24 lanças flamejantes foram lançadas com um zunido alto, cruzando o ar como torpedos.

— De novo!

Outro clarão, outra explosão de som quando a segunda salva foi lançada, produzindo um arco de luz verde, vermelho e azul à frente.

— *Avançar todos de uma vez!* — Dane gritou para os dois Arcos de Hélices Brancas liderados pelos seus Decanos, que arremetiam em lampejos de roxo, correndo na direção dos inimigos quase tão rápido quanto os cristais rajados.

Os Caçadores nem sequer diminuíram o ritmo. Eram Confederados. Nenhum exército do universo já tinha chegado perto de derrotá-los e eles avançavam sem medo.

Explosões irromperam no céu, quando a primeira fila de cristais os atingiu. As máquinas corriam tão perto umas das outras que quase todas as pontas de lança atingiram o alvo, algumas delas até mesmo dois.

Os caminhantes viram seu erro tarde demais, tentaram se espalhar, mas a segunda salva rasgou o ar até suas fileiras antes que tivessem chance de fazer isso, espalhando fogo e detritos na escuridão. Em questão de segundos haviam perdido quase cinquenta de seus batedores, e em nenhum momento os Hélices Brancas deixaram de avançar, saltando entre os edifícios e veículos dilapidados.

Os caminhantes finalmente revidaram, disparando uma onda maciça de tiros de plasma em direção a algo que não viam desde os primeiros anos da invasão. Seres humanos que não fugiam deles. Seres humanos que, na verdade, atreviam-se a *enfrentá-los*.

Holt mal ouviu o grito de Avril à distância.

— Recolher!

As pontas de lança zumbiram, voltando à vida, arrancadas do chão, e retornaram para seus donos. Explosões foram deflagradas novamente enquanto os cristais perfuravam as fileiras de Confederados e mais caminhantes caíam, em meio a chamas coloridas.

Então, algo impressionante aconteceu. Algo que Holt nunca imaginou que veria na vida. A fila de Confederados, centenas de Caçadores, todos parados, trombetearam com hesitação, observando a pequena fila de guerreiros, que saltavam e corriam, adiantando-se sobre eles. As máquinas estavam confusas, desnorteadas e, Holt supôs, perplexas.

Nos Hélices Brancas não se via nada disso.

Eles recolhiam suas pontas de lança no ar e as lançavam contra os caminhantes sem medo, girando e saltando entre eles, as Lancetas coloridas eram borrões mortíferos que atingiam as máquinas e as despedaçavam de dentro para fora. Holt e Ravan olhavam tudo em choque, enquanto os trípodes contra-atacavam de uma forma que realmente parecia desesperada.

— Tiberius estava certo — disse Ravan com uma nota de admiração. — Gideon estava construindo algo aqui... Estava construindo um exército. Um exército para lutar contra os *Confederados*.

Por mais impossível que parecesse a Holt, era exatamente aquilo que o velho maluco tinha feito. Como ele dissera, os Hélices Brancas agora sabiam quem eram e apreciavam a revelação, gritando cheios de entusiasmo, enquanto lutavam à distância.

Viu lampejos acima deles de repente, quando as naves verde e laranja desativaram sua camuflagem, coalhando o céu. Choveram tiros de plasma, e Holt e Max mal conseguiram se desviar deles.

— Para dentro dos edifícios! Mexam-se! — Ravan gritou, e precipitou-se com o Bando na direção do prédio mais próximo. Nem todos conseguiram, alguns foram derrubados, mas o restante continuou correndo e atirando para cima.

Quando Holt e Max alcançaram um deles e se lançaram contra a porta de uma agência dos correios depredada, Holt arriscou um rápido olhar para o sul. Além dos Hélices Brancas e dos Caçadores, ele podia ver os outros caminhantes agora, os maiores. Estavam ali parados, apenas à espera, mas à espera do quê?

40. O VÓRTICE

MIRA AVANÇAVA AOS TROPEÇOS, lutando contra a fúria dos ventos, movendo-se através da rua depredada entre os carros, todos derretidos e fundidos uns com os outros. Apenas algumas centenas de metros à frente, raios vermelhos revelaram o Vórtice, uma parede de partículas rodopiantes resplandecentes que se estendia a perder de vista e provavelmente despedaçava qualquer coisa lá dentro. Era disso que o plutônio supostamente a protegeria de alguma forma, mas diante da colossal tempestade de energia, aquela ideia lhe pareceu ridícula.

Ela nem sequer tinha o plutônio, e o Vórtice era provavelmente a mais poderosa Anomalia Estável das Terras Estranhas. Como alguém podia esperar que...

Mira se deteve.

Ela não podia mais pensar assim. Não tinha escolha — *tinha* que fazer aquilo. Lembrou-se das palavras de Holt. Mesmo que não fosse verdade, Mira queria ser a pessoa que ele via nela. Ela só tinha que pensar e descobrir como.

Mira baixou Zoey até o asfalto arruinado, recuperando o fôlego e apoiando as costas contra os restos de um helicóptero acidentado. Zoey ainda estava respirando, mas estava fria e flácida, e vê-la daquele jeito era doloroso para Mira. Ela tinha que levá-la à Torre. Se nada pudesse salvá-la, a *Torre* talvez pudesse. Ela tinha que *pensar*.

Não podia levar a menina nos braços o caminho todo. O Vórtice prometia ser uma experiência assustadora, e ela já estava exausta.

Mira precisava prender a garotinha ao seu corpo de alguma forma.

Rapidamente, tirou a mochila dos ombros e removeu as tiras. Então colocou tudo no chão e abriu a mochila, vasculhando o pouco que ainda havia ali dentro. Um pedaço de corda, o rolo de fita adesiva, e o Aleve que ela sempre carregava.

Enfiou o Aleve no bolso de Zoey. Deixaria a garota muito mais leve, embora isso fosse apenas metade do que precisava. Mira pegou as tiras da mochila e enrolou-as, uma de cada vez, em torno das coxas de Zoey, em seguida pegou a menina no colo e prendeu as pernas da garotinha ao redor da cintura. O vento uivava ao redor dela enquanto Mira enrolava as duas tiras e as puxava para apertá-las, sentindo as pernas de Zoey firmes em torno da sua cintura. Depois pegou um pedaço da fita adesiva e passou-a em torno das pontas das alças, para segurá-las.

Em seguida, pegou a corda e, segurando o peito de Zoey contra o seu, começou a passá-la em torno de ambas. Quando terminou, amarrou a corda e se levantou.

O Aleve tinha feito a sua parte. Zoey não pesava quase nada agora, e as alças e a corda a mantinham segura. Mira sorriu para si mesma. Esse era um problema resolvido. Agora, ela só precisava...

Um rugido profundo abafou os ventos furiosos. Mira olhou a tempo de ver um Tornado de Energia Escura descer das nuvens negras e tocar o asfalto.

Enquanto se movia, ele alterava tudo, retorcendo objetos em formas impossíveis, curvando edifícios e os carros e caminhões fundidos, transformando-os em pedaços de metal retorcido, como se fossem feitos de massinha de modelar.

A princípio Mira olhou com fascínio, sua curiosidade natural de Bucaneira sobrepondo-se ao medo, mas depois disparou pela lateral do helicóptero, para fugir do funil de escuridão que avançava. Tudo estremecia à medida que ele se aproximava.

Ela contornou abaixada um edifício, justo quando o Tornado passou rugindo, retorcendo e transformando tudo. Segundos depois, a Anomalia se dissipou, voltando a subir para as nuvens escuras que relampejavam em matizes verdes e azuis.

Mira fechou os olhos e se encostou à parede. Ela ainda estava ali. Ainda não tinha morrido. O Vórtice estava logo à frente dela, a menos de um quarteirão, um turbilhão gigantesco espalhando a morte. Ela poderia ser a melhor Bucaneira do mundo, mas sem o plutônio, não havia como...

Mira notou algo à sua frente.

Apoiada contra o pneu murcho de um caminhão guincho havia uma mochila. Uma mochila que ela reconheceu. De um tom cinza desbotado, velha e gasta pelo uso, com tiras de couro preto e o símbolo δ branco gravado nela. Ela tinha visto aquela mochila inúmeras vezes, ela própria carregara-a mais de uma vez. Era a mochila de Ben, e os olhos de Mira se arregalaram diante da constatação.

Zoey agitou-se em seu *baby sling*, quando o vento passou por elas. O movimento trouxe Mira de volta à realidade.

— Calma, docinho — disse ela, disparando na direção da mochila. — Aguente firme.

Mira alcançou a mochila, o coração trovejando no peito, não por causa do esforço, mas da apreensão. Não podia ser tão fácil. Podia?

Com as mãos trêmulas, Mira abriu a mochila. Estava cheia, muito mais cheia do que a dela, com componentes de artefatos e suprimentos; vasculhou tudo freneticamente, procurando desesperadamente o que ela...

As mãos de Mira fecharam-se ao redor do vidro frio e liso do cilindro de plutônio.

Ela quase chorou de alívio quando o tirou da mochila. Não era improvável que Ben o tivesse deixado para trás; ele não ia querer levar dois lotes de plutônio, quem sabe como o Vórtice reagiria? O que era *de fato* improvável, o que parecia quase impossível, era que Mira tivesse escolhido exatamente o mesmo caminho que Ben para o Vórtice.

Ela ouviu as palavras de Gideon e um calafrio percorreu-a. *A Torre vai providenciar.*

Mira olhou para o plutônio. Era o mesmo que ela tinha conseguido muito tempo antes, na Estação Clinton. Lembrou-se daquela noite — quase sendo morta pelo Enxame de Vermes Espaciais, resgatada por Holt e imediatamente seguindo viagem. Quando ela analisou todas as decisões que havia tomado, todos os acontecimentos aparentemente desconexos que a tinham levado até ali...

Mira olhou para cima novamente, para a gigantesca estrutura negra em forma de torre que pairava acima de tudo. Algo naquela visão a fez se sentir impotente. E Mira estava correndo bem na direção dela.

Zoey gemeu em seu peito. No final, não fazia diferença, não é? Ela sabia o que tinha de fazer.

Engoliu em seco, enfiou o plutônio debaixo do braço e correu em direção ao Vórtice, onde ele se elevava no ar. Quando se aproximou, pôde vê-lo mais claramente, percebeu que era feito de bilhões de minúsculas partículas tremeluzentes. Ela ouviu um chiado de estática que indicava algo poderoso. Fechou os olhos... e correu para dentro dele.

O Vórtice imediatamente a cercou, e sua força quase a arrancou do chão. Não era como o vento de antes, era como pisar numa turbulenta corredeira. Precisou de todas as suas forças para manter o equilíbrio.

Apesar disso, não estava morta, e isso já era inacreditável.

O plutônio na mão dela flamejou, uma cabeça de alfinete superaquecida de luz. Não havia nenhuma indicação real de que ele estava funcionando, só que os milhares de milhões de partículas do Vórtice não chegavam até ela. Apenas se dissolviam, sua luz se esvaindo antes de colidir com ela e, à medida que Mira se movia através da Anomalia, ela se viu circundada por uma esfera de ar vazia.

No entanto, ainda sentia a força do Vórtice. Ele a empurrava para os lados e exigia dela um esforço hercúleo apenas para seguir em frente. Não havia nada onde se agarrar. Não havia prédios ou veículos, tudo tinha sido liquidado, mas ela ainda podia ver aonde precisava ir: a torre negra e disforme a pouco mais de um quilômetro de distância.

Claro, um quilômetro naquela insanidade poderia muito bem ser...

Mira gritou quando o Vórtice arrancou seus pés do chão. Sentiu seu corpo sendo arremessado no ar e então seu braço esquerdo bater com tudo no chão duro; por pouco não esmagou Zoey ou perdeu o plutônio.

Sentiu o osso estalar. Foi mais o choque que a transpassou do que a dor. Isso veio depois, quando ela tentou se levantar, uma agonia elétrica e abrasadora irrompendo em seu braço.

Mira ofegou alto. Sua visão escureceu. Uma náusea intensa tomou conta dela.

Então o medo a dominou. Seu braço estava quebrado, uma fratura grave, mas ela tinha que se levantar. Tinha que fazer isso *naquele exato instante*, ou iria sucumbir à dor e à exaustão, e tudo estaria acabado.

— *Levante-se!* — ela gritou para si mesma, esforçando-se para ficar de pé, lutando para seguir em frente, através da poderosa torrente de partículas. A Torre Partida estava lá, ela podia vê-la, tudo o que precisava fazer, o que ela *prometera* fazer. Estava ao seu alcance. Mira obrigou-se a se mover, ignorando todo o resto...

Então perdeu o equilíbrio novamente, foi levantada no ar uma segunda vez e arremessada com força. O ar foi expulso dos seus pulmões. A dor queimou e a escuridão ameaçava envolvê-la. Ela fez o impossível para ficar de pé, mas de repente estava rolando pelo chão, para trás, para longe da Torre, jogada como uma folha num furacão, a dor ressurgindo a cada batida.

Quando conseguiu parar, estava perdendo a consciência. Não havia nada que pudesse fazer. Ela estava muito fraca. Tinha sido uma idiota de pensar que poderia fazer aquilo. A Torre Partida estava ainda mais longe agora. Ela nunca a alcançaria, não importava o que qualquer pessoa pudesse pensar.

— Sinto muito, Holt... — murmurou, e então o Vórtice a arrancou violentamente do chão, junto com Zoey, erguendo as duas no ar.

41. MAIS FORTES

HOLT E MAX PERCORRERAM a toda velocidade a agência dos correios em ruínas, enquanto os tiros de plasma destruíam as paredes, as janelas, o teto, tudo o que havia ali, e as naves em forma de meia-lua, do lado de fora, tentavam atingir os dois.

Os fundos do edifício estavam cada vez mais perto, uma parede de tijolos pontilhada de janelas. Não havia outro lugar aonde ir. Holt gritou e lançou o corpo contra uma vidraça, espiralou no ar e aterrissou dentro de uma velha lixeira, num beco. Uma pilha de lixo jogado ali havia décadas e coberto por uma camada de sujeira e coisa pior amorteceu a queda, espalhando-se ao redor dele.

Holt tossiu, começou a se erguer... e então Max caiu sobre ele, afundando-o de volta no lixo.

— Você sempre tem que cair onde eu caio? — perguntou Holt, irritado, agarrando e atirando o cão pela borda antes de rolar ele próprio para fora da imundície.

No céu, as naves circulavam, disparando para todos os lados, e Holt podia ver os lampejos das armas de fogo na laje dos edifícios, onde estavam os membros do Bando, contra-atacando.

Raios coloridos riscavam o céu. Um dos Tornados de Energia Escura, impossivelmente grande, materializou-se das nuvens e flutuou para baixo e, atrás dele, do outro lado do beco, luzes estroboscópicas brilharam, quando seis Caçadores verdes e laranja desativaram sua camuflagem.

Um deles era diferente. Suas marcas eram mais ousadas, mais imponentes. Holt conhecia aquele caminhante — e este também o conhecia. Seu olho trióptico zumbiu quando a máquina se virou na direção do garoto.

— Eu realmente odeio este lugar! — Holt reiterou. Ele e Max correram na direção oposta.

Raios amarelos retalharam o beco, espalhando argamassa e tijolos por toda parte, e Holt se abaixou. Um estilhaço atingiu a lateral da sua cabeça e ele vacilou, caindo no asfalto.

A dor explodiu, deixando-o atordoado, e ele sentiu sangue no couro cabeludo. Mãos o agarraram e o puxaram para cima, e ele correu aos trambolhões atrás de uma figura, até conseguir se esconder atrás de um ônibus municipal retorcido. Cerca de sete piratas do Bando estavam lá, imundos e ensanguentados, recarregando suas armas.

— Isso pertence a você? — perguntou um deles.

Através da visão turva, ele viu Ravan agachar-se ao seu lado.

— E é um prêmio bem valioso.

Holt olhou para ela através da dor.

— Oi.

— Que diabos aconteceu com você? — ela perguntou, olhando não apenas o sangue, mas a sujeira e fuligem que o recobriam.

— Só... me dê um segundo.

Os trípodes irromperam numa esquina, trombeteando raivosos, sob a liderança da Realeza, e Ravan se abaixou, para sair de vista.

— Bom, tudo bem, então. — Ela fez sinal para um dos homens, e ele lhe atirou uma espingarda. Holt teve a mesma ideia, trocando o rifle pela escopeta. Ambos começaram a carregar as armas.

— Você sabe, já matei essas coisas antes — Holt informou.

Ravan não se impressionou.

— Eu também. — Atrás deles os Caçadores trombetearam, em sua busca. Explosões deflagraram-se à distância.

— Eu estava sendo perseguido por, sei lá, uns mil Desertados na ocasião — Holt continuou.

Ravan encolheu os ombros.

— Eu estava me esgueirando de um caminhão congelado no tempo atravessando uma parede.

Holt continuou a carregar a arma.

— Matei o meu com tiros de espingarda, bem de perto.

— Que engraçado. Assim como eu.

Holt enfiou o último cartucho na arma.

— Acho que temos um plano, então. — Ravan sorriu de volta para ele.

Holt assobiou quatro notas curtas e Max disparou para fora do esconderijo. Os trípodes seguiram o cão, abrindo fogo, mas Max se esquivou e correu em zigue-zague em sua melhor imitação dos Hélices Brancas.

Enquanto os Caçadores estavam distraídos, Holt e Ravan saíram rolando de detrás do ônibus. Suas espingardas trovejaram. Faíscas explodiram em dois caminhantes, que cambalearam para trás, uma explosão após a outra, até que uma chama saiu dos seus orifícios de escape e as máquinas desabaram no chão.

Holt e Ravan deslizaram de volta para o esconderijo, bem a tempo de ver dois Caçadores aterrissarem em cima do ônibus, com os olhos mecânicos fixos no Bando.

— Talvez essa não tenha sido a ideia mais inteligente — disse Holt.

Canhões de plasma descarregaram tiros. Dois dos homens de Ravan caíram instantaneamente mortos.

— Corra! — Ravan ordenou, mas mais Caçadores apareceram de ambos os lados, bloqueando a passagem. Um deles era a Realeza. Holt olhou ao redor buscando alguma maneira de fugir quando os canhões da máquina se prepararam para entrar em ação. Não havia como sair dali.

Então, um fluxo de novos jatos de plasma atingiu o caminhante e o arremessou para trás, fazendo-o cair sobre os trípodes ameaçadores.

Todo mundo se virou e olhou. Duas outras máquinas estavam a cerca de cem metros de distância. Uma delas tinha cinco pernas, uma poderosa estrutura maciça e um escudo de energia crepitando em torno dela. A outra era um Louva-a-deus. Três metros de altura, quatro pernas e fortemente blindado com dois canhões de plasma e uma bateria de mísseis. Assim como o caminhante de cinco pernas, ele já não tinha mais cores, apenas o prateado reluzente do metal.

— O Embaixador... — Holt suspirou, sentindo esperança.

A rua se encheu de lampejos brilhantes e várias rajadas de som distorcido, quando mais caminhantes de cinco pernas, meia dúzia deles, teletransportaram-se para a zona de combate, todos eles trazendo reforços. Mais Louva-a-deus, e outra coisa, também. Algo que se elevou sobre os edifícios em ruínas, algo gigantesco.

Um Aranha. O maior e mais poderoso caminhante do arsenal dos Confederados. Nove metros de altura, quase da largura da rua, com oito grandes pernas sustentando sua enorme fuselagem. Os Aranhas eram a visão mais temida do planeta, e aquele, no momento, estava do lado *deles*.

Um som assustador partiu da enorme máquina, como um canto de baleia eletrônico, e a máquina deu uma passada à frente, fazendo o chão tremer. Os Caçadores trombetearam incertos, e, em seguida, começaram a tentar fugir quando os canhões de plasma cuspiram na direção deles. Dois caíram no chão, suas armaduras se desintegrando em chamas.

O restante, incluindo a Realeza, recuou — Holt viu de relance um borrão cinza correndo atrás deles, rosnando endiabrado.

— Esse cão é ainda mais burro que você — Ravan observou —, mas eu estou quase começando a gostar dele.

Holt assobiou e Max derrapou até parar e correu de volta, a língua para fora da boca.

Todos os três, com o que restava do Bando, correram em direção aos caminhantes prateados. As naves desenharam um arco no céu. Tiros de plasma explodiam em todos os lugares, tendo como alvo o pequeno mas imponente exército do Embaixador. Os escudos foram deflagrados em torno de cada um dos caminhantes de cinco pernas, e eles investiram.

Foi uma guerra total, e Holt e Ravan correram no meio dela.

AVRIL GEMEU AO ATRAVESSAR a nuvem de fogo que se levantou quando o Caçador caiu. Ela se lançou no chão e recolheu a sua ponta de lança, empurrando-a de volta na Lanceta.

Cada um dos homens do seu Arco, num corpo a corpo contra esses pequenos caminhantes dos Confederados, estava mais do que à altura deles. Ela pôde vislumbrar a visão de Gideon, até a sua estratégia para combates corpo a corpo. Dois Hélices para um Louva-a-deus, seis para derrubar um Aranha, era tudo muito claro para ela agora. Gideon não tinha mentido. Eles *tinham* sido feitos para isso.

O problema era que agora *não* havia guerreiros suficientes para uma luta de um contra um. Havia apenas pouco mais que vinte Hélices Brancas enfrentando centenas de Caçadores, além de aeronaves e outros caminhantes maiores. A dura realidade era evidente. Por mais que tivessem força e habilidade, seriam derrotados em breve.

Mas isso não importava. Eles não tinham entrado nessa luta para vencer. Tinham simplesmente que manter os Confederados ocupados por tempo suficiente para que a Primeira pudesse chegar à Torre. Então, o que quer que tivesse que acontecer aconteceria.

À distância, lampejos ofuscantes iluminavam a fila de caminhantes maiores. Segundos depois, os estalos das munições sendo deflagradas ecoaram no ar.

Os olhos de Avril se arregalaram. Ela tinha uma noção do que estava por vir.

— Cuidado com a cabeça! — Ouviram-se explosões no ar e Avril viu uma chuva de raios, como se algo grande tivesse se fragmentado em dezenas de pedaços menores.

Um segundo depois, ela soube o que era.

Os pequenos edifícios e carros antigos que enchiam as ruas sacudiam enquanto centenas de explosões cobriam a área; Avril saltou para longe num raio amarelo.

Viu dois dos seus homens e um de Dane serem consumidos por bolas de fogo e desaparecerem. O rosto de Avril se contorceu de horror, mas continuou em movimento.

Ela sabia o que os caminhantes maiores eram agora: artilheiros. Outra coisa também chamou sua atenção. A rajada de bombas que explodia em torno deles nunca atingia um dos caminhantes verdes e laranja. Não podia ser coincidência. Significava que a artilharia tinha a capacidade de diferenciar alvos. Aquilo era brilhante, considerando a propensão dos Caçadores para a ação furtiva e a rapidez. Permitia que atacassem mesmo apresentando menor poder de fogo, com um reforço devastador na retaguarda.

Mais dois do Arco de Avril tombaram, atingidos por tiros de plasma, incapazes de evitar os raios da morte que atravessavam o ar, mesmo com suas habilidades. Eles seriam feito em pedaços naquela tempestade.

Novos jatos de plasma de repente brilharam ao seu redor e ela viu, perto do centro das ruínas, algo inacreditável. Caminhantes Louva-a-deus e um gigantesco Aranha *contra-atacando* os tiros dos Caçadores perto deles. Na frente, avançava uma fileira de caminhantes de cinco pernas, como aquele que estava ao lado da Primeira.

Todos eles tinham uma fuselagem prateada, desprovida de cor.

— Recuem! — Avril gritou. — Recuem para os edifícios! — Ela ouviu Dane gritando a mesma ordem, viu os Hélices correndo para longe ao mesmo tempo, cobertos pela luz roxa ou amarela. Se eles pudessem voltar para os edifícios e para aqueles caminhantes prateados, poderiam de fato ter uma chance.

Avril saltou no ar, atrás do seu Arco. O ataque violento dos Caçadores inflamou-se atrás deles e começou a perseguição, renovada pelo recuo dos Hélices.

A VISÃO DE MIRA escureceu quando ela se chocou contra o chão, o Vórtice arremessando-a como uma boneca de pano, numa rajada de partículas cintilantes. Ela teve a impressão de que sua perna estava quebrada também, mas ainda não havia registro da dor. De alguma forma, ela conseguira agarrar o plutônio que mantinha a Anomalia afastada e evitara que Zoey se ferisse também. O desejo final de Mira era proteger a criança, até quando pudesse.

Ela gemeu e olhou para o alto. Acima dela se assomava a Torre Partida, uma sombra descomunal em meio à névoa cintilante do Vórtice, duas pontas gigantes partidas e separadas no ar.

Houve uma época em que ela sonhava em ver a Torre, a parte mais profunda das Terras Estranhas. Ela e Ben conversavam até tarde da noite sobre o monólito, imaginando como ele era, o que poderia realmente fazer.

Agora ela não sentia mais nada pela Torre a não ser repulsa. Aquela coisa que, se o que Gideon e Ben acreditavam era verdade, tinha manipulado cada pequeno detalhe da vida dela para levá-la àquele ponto. E para quê? Para morrer? Para ser machucada e sentir dor? Qual o propósito daquilo? Ela odiava a Torre agora, independentemente do que fosse.

Enquanto o Vórtice rugia ao seu redor, Mira pensou na ideia de Gideon, no dragão de papel, na dor que sentira ao abri-lo, na imagem que tinha se impregnado em sua mente. Ela viu o espelho, seu próprio reflexo, mas que não se parecia com ela. Era tudo o que ela não era: forte, confiante e segura.

Lembrou-se do que Gideon lhe dissera, que talvez o espelho fosse a coisa mais importante. Não o reflexo. Mas o que aquilo significava? Ela deveria encontrar algo que refletisse sua imagem verdadeira. Algo ou talvez — a ideia lhe ocorreu — *alguém*.

As últimas palavras de Holt voltaram à sua cabeça. *Eu acredito em você.*

Elas tinham mexido com ela. Não tinham sido apenas as palavras, mas a maneira como ele as dissera. Forte e incisivo. Não estava só dizendo o que ela precisava ouvir. Ele estava dizendo algo que *sentia*, e a tinha tocado lá no fundo. Ela queria que fosse verdade.

Mira reparou numa coisa, então. Em retrospeto, percebeu por que Holt era diferente de Ben. Ele lhe dava força. Desde que o pai dela tinha desaparecido, ele fora talvez o único a fazer isso. Nem Leonora, nem mesmo o Bibliotecário e definitivamente nem Ben. Ben tirava a sua força, intencional ou involuntariamente ele a fazia se apoiar nele. Holt a fazia se sentir como se ela pudesse fazer qualquer coisa sem a ajuda de ninguém.

Se ele a fazia se sentir assim... talvez fosse porque era verdade.

Era *ele*, de repente Mira soube. Era Holt. *Holt* era o seu espelho. A verdade tinha estado ali na frente dos seus olhos o tempo todo, mas ela nunca tinha visto.

A constatação a encheu de uma força renovada. O mundo voltou a entrar em foco e com ele veio a dor. O latejar horrível, lancinante, no braço e na perna fraturados. A dor a ajudou a se concentrar, tanto quanto o pensamento em Holt.

Ela olhou com raiva de volta para a Torre pairando sobre ela.

— Vamos ver o que você sabe — disse Mira com a voz entrecortada. — *Vamos ver!* — Ela não podia andar, não com a perna fraturada, mas talvez isso fosse melhor. Toda vez que ela se levantava o Vórtice a derrubava.

Então, dessa vez, Mira rolou até ficar de costas, mantendo o braço em volta de Zoey e do plutônio, e deu um impulso para trás com a perna boa através do terreno vazio, em direção à Torre. Um pouco por vez — e cada empurrão era uma agonia.

A visão de Mira escureceu, mas ela continuou. Continuou empurrando, mais e mais, através do Vórtice furioso. De alguma forma ela estava conseguindo, e continuou empurrando até colidir com algo e parar.

Ela abriu os olhos. Uma figura estava em pé diante dela, envolta num casulo semelhante ao vazio que repelia o Vórtice, segurando um cilindro brilhante de vidro.

— Mira?

Era Ben.

HOLT VIU DOIS MEMBROS do Bando na frente dele rodopiarem e caírem enquanto ele corria. Ravan soltou um palavrão ao lado dele, mas continuou correndo. Holt pressentia que ela ia perder muito mais homens antes de aquilo tudo acabar.

Não havia nenhuma maneira de saber quantos Caçadores o Bando e os Hélices Brancas tinham matado, mas seus exércitos pareciam não ter fim. Continuavam se espalhando pelas ruas, vindos do sul, e Holt sabia que a maior parte do seu contingente ainda estava por vir.

À frente deles havia dois Louva-a-deus, destituídos de cores, atirando nos trípodes que perseguiam Holt e Ravan.

— Fiquem atrás dos prateados! — Ravan gritou para seus homens.

Para Holt, ela não precisou falar duas vezes. Ele e Max saltaram atrás das máquinas prateadas enquanto mais tiros de plasma cruzavam o ar. Então ouviram passos gigantescos a alguns quarteirões de distância, e Holt viu a forma descomunal do solitário Aranha prateado, seus enormes canhões faiscando e atirando, cuspindo jatos ruidosos na direção das máquinas verdes e laranja.

Em qualquer outra circunstância, a ideia de sentir alívio diante de um caminhante Aranha dos Confederados teria parecido absurda, mas Holt não tinha tempo para refletir sobre essa ironia.

Os disparos contínuos das armas automáticas ecoaram de cima para baixo. Os homens de Ravan ainda estavam na laje de um edifício, mantendo a posição, e ainda conseguiram derrubar uma das naves Confederadas, fazendo-a espiralar até o chão e explodir.

— Tirem esses caras de... — Ravan começou.

O telhado do edifício explodiu, quando quatro naves miraram nos atiradores dentro dele, deflagrando jatos de plasma até reduzi-lo a um esqueleto calcinado. Ravan olhou para o edifício com uma fúria silenciosa.

— Lamento muito — disse Holt, colocando no ombro a escopeta e pegando o rifle, carregando-o com mais munição.

Ravan fez a mesma coisa com o seu próprio rifle, olhando para trás na direção do Louva-a-deus.

— Não lamente. Temos problemas maiores.

Holt seguiu o olhar da líder do Bando. A vários quarteirões de distância, os Hélices Brancas reapareceram, saltando em direção a eles e lançando clarões coloridos entre os telhados. Não havia tantos quanto antes, mas não era isso o que incomodava Holt. Se *eles* estavam morrendo, isso não era um bom sinal.

Segundos mais tarde, seus temores se confirmaram. Uma fervilhante massa em movimento apareceu. Caçadores, centenas deles, espalhando-se pela cidade, canhões de plasma atirando nos Hélices. Holt viu um dos guerreiros sendo golpeado por um deles, batendo com tudo numa parede, depois caindo de uma altura de trinta metros, até sair de vista.

Holt e Ravan trocaram um olhar sombrio. Ambos poderiam fazer os cálculos. Não iam sair vivos dali. Nenhum deles iria. Mesmo assim, isso não significava que estavam prestes a desistir. Derrubariam o maior número possível de Confederados.

— Precisamos de um gargalo — disse ela.

Holt assentiu com a cabeça, olhando ao redor. A um quarteirão de distância, viu algo que poderia funcionar e correu para fora do esconderijo, assobiando para Max. Sentiu Ravan e o que restava dos seus homens em seus calcanhares.

Ele os levou para onde dois caminhões tinham se chocado anos antes, as caçambas retorcidas em forma de V. Os Tornados de Energia Escura tinham deformado e fundido os veículos numa estranha massa amorfa de metal derretido. Se conseguissem passar entre eles, os Caçadores que os perseguiam seriam obrigados a se afunilar para passar também. Assim poderiam pegar um por vez.

— Corram para aquelas caçambas de lixo! — Ravan gritou, e seus homens correram para o final da rua, onde havia dois grandes contêineres de metal enferrujado e cheios de lixo. Holt viu o que ela pretendia. Eles seriam uma boa proteção, pelo menos até serem atingidos pelas máquinas alienígenas.

Holt ajudou o Bando a empurrar as lixeiras até o espaço entre as caçambas dos caminhões. Outra ironia, ele e o Bando trabalhando juntos.

— Para trás! — Ravan gritou. O ataque violento dos Caçadores ia começar. Os caminhantes prateados ficaram entre eles, mas não resistiriam por muito tempo.

409

— Atirem em turnos. Vocês saem de detrás das lixeiras, voltam para trás e recarregam.

Ninguém disse nada, apenas saltaram sobre as lixeiras enquanto os jatos de plasma chispavam na direção deles.

Holt viu dois Louva-a-deus explodirem e caírem, viu as máquinas de cinco pernas arremeterem e forçarem os trípodes a recuar, mas isso não foi o suficiente. Os Caçadores invadiram a rua como um maremoto, disparando seus canhões e, em instantes, estavam sobre eles.

As caçambas prestaram um bom serviço. Os caminhantes tinham que passar por elas um de cada vez e, quando faziam isso, o Bando abria fogo, derrubando-os um a um, produzindo uma pilha de sucata que os outros caminhantes tinham que saltar para seguir adiante. Mas era preciso uma *tonelada* de munição para acabar com os Caçadores. Os batedores ficaram sem balas, alternaram com outro grupo, e Holt e Ravan avançaram, abrindo fogo e derrubando mais alguns em rajadas de faíscas e fogo.

Os estranhos e brilhantes campos de energia emergiram das máquinas e se elevaram no céu, iluminando a escuridão e sangrando no ar, incapazes de se formar.

O rifle de Holt ficou sem munição e ele agarrou Max e correu de volta, para recarregar a arma com Ravan.

As caçambas, uma de cada lado, sacudiram quando dois Caçadores aterrissaram sobre elas. Holt atirou neles e, em seguida, empurrou Ravan para o chão quando um deles contra-atacou. Os tiros atingiram um dos seus homens, em vez dela.

Ambos olharam para as máquinas, seus rastreadores vasculhando tudo, as armas prontas para disparar...

... e então uma delas explodiu em chamas e faíscas verdes. O mesmo aconteceu com a outra.

Quando a fumaça se dissipou, Dane se agachou onde os caminhantes estavam momentos antes. O esguio Hélice sorriu para Holt, em seguida saltou para longe num rastro de luz amarela. Holt franziu o cenho. Mas que ótimo. Agora ele devia sua vida ao bastardo arrogante.

Ao redor deles, no ar, Holt viu os Hélices Brancas dando piruetas e arremetendo, as pontas das lanças disparando como mísseis contra o enxame de Caçadores, na tentativa de virar o jogo; mas eles estavam em muitos. O enxame verde e laranja continuava a avançar.

Os membros do Bando que estavam na linha de frente tombaram quando jatos de plasma foram disparados contra eles.

— Recuem! — Ravan gritou. — Embaixo dos caminhões!

Ela correu para debaixo de um deles e Holt disparou atrás dela. Max apenas observou, olhando ao redor nervosamente para o caos.

— Max! *Corre!* — ele gritou, e o cão disparou atrás dele.

Todos se arrastaram para baixo dos veículos, os sons da batalha vindo de todos os lados. Ravan olhou para ele.

— Não sei quanto a você, mas...

O ar acima deles explodiu em chamas. Uma chuva de raios desabou como rajadas de tiros. O solo soltou faíscas quando os projéteis o atingiram — exceto onde um caminhante verde e laranja passava.

— Artilharia teleguiada — disse Ravan, exaurida.

— Chega de tanta admiração e vamos sair daqui! — Holt correu na direção da única saída que tinham, para longe da horda verde e laranja. Explosões retumbaram atrás deles, um inferno de fogo, calor e estilhaços.

AS RUAS ERAM UM CAMPO de batalha. Hordas de Caçadores chegavam do sul. Os prateados contra-atacavam, protegendo seu território, mas a artilharia disparava saraivada de tiros em tudo que não era verde e laranja. No momento, porém, Avril tinha outras coisas com que se preocupar.

Ela girou sua Lanceta e disparou os dois projéteis numa linha descendente, enquanto saltava para trás entre dois ônibus municipais em ruínas. Ambos os tiros acertaram em cheio, perfurando a carapaça dos Caçadores e incinerando-os.

Ela voltou para o chão e estendeu o braço para recolher os cristais, mas mais dois caminhantes saltaram atrás dela, os canhões girando.

Avril reagiu instantaneamente, apoiando-se na Lanceta para se esquivar com um salto da trajetória dos tiros crepitantes, e aterrissou agachada no chão.

Mais Caçadores se lançaram em seu encalço e ela percebeu que estava desprotegida. Tensionou os músculos, preparando-se para...

Um dos trípodes estremeceu quando a ponta azul brilhante de uma Lanceta perfurou-o numa torrente de fogo. Masyn deu uma cambalhota para fugir dos jatos de plasma disparados contra ela, dando a Avril o tempo de que precisava. Ela se virou e pegou as duas pontas de lança no ar, em seguida se abaixou e deixou a arma descrever um arco, cortando as pernas de outro caminhante, que desabou no chão.

Masyn pousou ao lado dela e as duas moveram-se uma de costas para a outra.

— Eles são muito mais burros do que eu esperava — disse Masyn.

— Com um contingente como este, não precisam de estratégia — Avril respondeu.

— *Spearflow*, movimento dezessete, então adaptar.

— Ok, Decana — concordou Masyn. Ela estava sem fôlego, mas ainda havia uma nota de emoção em sua voz.

As duas garotas dispararam em direções opostas, realizando os movimentos do *Spearflow* que tinham ensaiado, tocando todos os três cristais brilhantes nos dedos, num lampejo de luz branca. As Lancetas dispararam como um raio, em seguida elas deram um impulso reverso com ambas as extremidades.

Cada ataque encontrou um alvo diferente, e quatro caminhantes caíram em chamas.

Então saltaram cada vez mais para longe e fugiram pelo céu coalhado de plasma. As garotas aterrissaram à distância de um quarteirão, Masyn sobre a cobertura de um antigo posto de gasolina, Avril sobre um táxi deformado e fundido com uma limusine.

Masyn sorriu e, em seguida, viu algo. Mais para o sul, Castor fez um rodopio e se esquivou das saraivadas de plasma. Avril podia ver que a arma dele estava vazia. O garoto precisava de uma pausa para recolher os cristais, mas fazer era mais difícil do que falar...

Um raio flamejou e jogou-o no chão. Ele tentou se levantar — e mais três cortaram o ar, caindo onde ele estava.

Masyn uivou de raiva e pulou em direção ao companheiro caído.

— Masyn! — Avril gritou, mas não adiantou. Ela arremeteu para a frente num borrão roxo e investiu contra os Caçadores em torno de Castor, sua Lanceta derrubando um por vez, mas havia muitos e estavam fechando o cerco em torno dela.

Avril saltou até Masyn, então viu um movimento pelo canto do olho. Dane saltava entre dois edifícios, perseguido por três naves, e então foi arremessado no ar quando uma rajada de tiros explodiu no telhado ao lado dele. Dane despencou em queda livre e desapareceu de vista, as naves ainda atirando.

Um arrepio percorreu-a. Estava prestes a acontecer. Os dois acabariam morrendo, mas vê-lo, sabendo que estava ferido, talvez morto, era algo muito além do que esperava.

Atrás dela, Masyn disparou uma lança em dois Caçadores alinhados um atrás do outro, golpeando ambos. Avril só poderia chegar a um deles a tempo e, mesmo assim, ainda seria tarde demais.

— Corre, Decana! — Masyn gritou, atirando e saltando, cercada por Caçadores.

Avril fez sua escolha. Tocou os anéis do dedo indicador e do médio ao mesmo tempo e saltou direto no ar. Atrás dela, ouviu os tiros de canhões de plasma ao redor de Masyn, mas não precisava olhar para trás para saber que a garota tinha caído. Ela podia sentir no Padrão, podia sentir seu eco enfraquecer e desaparecer.

Avril aterrissou no telhado e viu Dane em cima da caixa-d'água do prédio. Ele tinha disparado em duas naves, e sua Lanceta estava vazia. A terceira nave abriu fogo, cravejando a torre com jatos de plasma, e atingiu Dane, derrubando-o.

Avril sentiu o coração gelar.

Ela se virou para a frente. O Caçador girou no lugar, realinhando seus sistemas de reconhecimento — mas não foi rápido o suficiente.

A Lanceta de Avril perfurou-o uma vez, duas, enquanto a garota saltava para cima e para longe, enquanto a máquina explodia e mergulhava numa bola de fogo.

Ela caiu sobre a caixa-d'água, segurando Dane antes que ele escorregasse dali. Estava ensanguentado, despedaçado e quase inconsciente.

Ao seu redor o caos continuava. Os verdes e laranja se espalhavam pela cidade, tiros de plasma cruzavam o ar, arrasando a cidade com raios disparados dos céus. Não tinha restado ninguém. Estava tudo acabado agora. Avril olhou para baixo, para Dane... e conseguiu sorrir. Eles ao menos iriam enfrentar o fim juntos.

AQUELE QUE A SCION chamava de Embaixador golpeou mais dois Mas'Erinhah e os fez voar pelos ares, chocando-se retorcidos contra o chão. Tiros de plasma faiscaram contra o seu escudo e ele poderia dizer que estava prestes a falhar. As cores de seus conterrâneos, os Mas'Asrana, tinham desaparecido. Os desertores dos Mas'Shinra tinham ido todos embora também, com exceção do maior, e mesmo ele cairia em breve.

O Embaixador girou a carapaça maciça e viu o objeto de sua obsessão.

Aquele que a Scion chamava de Realeza estava no final da rua, quatro guardiões de cada lado. O Embaixador sabia que esse seria o seu fim. Eles perderiam as suas cores.

Mas... era isso que tinha sido escolhido.

O caminhante retumbou e arremeteu poderosamente para a frente. Jatos de plasma partiram dos guardiões da Realeza, resvalando no escudo do Embaixador. A barreira piscou uma, duas vezes, então se *desativou*.

A artilharia bombardeou a armadura do Embaixador enquanto ele atacava, destroçando a carapaça da máquina. Ele sentiu seu sistema hidráulico começando a se incendiar, uma pane no cilindro principal, mas isso agora não importava.

Os Caçadores tentaram se esquivar para sair do caminho no último instante. Três deles não conseguiram e o Embaixador os arremessou contra a parede de um edifício. Ele rodopiou quando mais tiros de plasma o atingiram. Depois foi a vez de uma rajada de mísseis, que atingiu o caminhante em explosões violentas que o fizeram cambalear para trás.

Ele tentou saltar para a frente de novo, mas duas de suas pernas tinham sido destruídas, obrigando-o a se arrastar pateticamente.

Mais tiros de plasma foram de encontro a ele, rompendo a sua armadura, esfacelando seus componentes eletrônicos e mecânicos. A máquina deu mais dois passos... depois desabou no chão, soltando faíscas pelos orifícios de escape.

Ainda assim, o caminhante tentou se impulsionar para a frente. Não deixaria os Mas'Erinhah testemunharem sua desistência. Ele se arrastaria em direção a eles até que o Vazio o reclamasse.

A Realeza trombeteou com desdém e, em seguida, saltou no ar e esticou suas pernas afiadas como navalhas na direção da carapaça do Embaixador. Houve um tremor violento. Fagulhas. Seus sensores morreram, sua visão escureceu, e sem a conexão com o Todo ele ficou totalmente, definitivamente, sozinho.

HOLT E MAX CORRERAM atrás de Ravan e o que restava do Bando, para o prédio mais próximo, tentando desesperadamente evitar a artilharia teleguiada que caía em toda parte.

— Acham mesmo que um prédio é o melhor lugar para ir? — gritou para eles.

— O que quer fazer? — Ravan gritou de volta enquanto corria. — Ficar aqui fora embaixo dessa chuva de tiros?

À sua direita, ele viu o último Louva-a-deus prateado explodir e se desintegrar. O enorme Aranha estava à frente deles, explodindo tudo, mas as naves estavam focadas nele agora, concentrando seu poder de fogo, e sua armadura soltava faíscas e se deformava onde era atingida.

E em todos os lugares os Caçadores se espalhavam pela cidade. Era a pior batalha que Holt já tinha visto, e só estava piorando. Ele só esperava que pudesse dar a Mira tempo suficiente...

Um Caçador pousou bem à esquerda de Holt e Max, canhões de plasma a postos. Os tiros o atingiram e o lançaram ao chão, fazendo-o gritar com o ardor do ferimento. Os piratas continuaram correndo, sem perceber.

Holt descarregou os últimos três cartuchos da sua escopeta, mas não foi suficiente. O caminhante avançou sobre ele, o canhão de plasma voltado na sua direção...

... e então algo saltou sobre ele, rosnando, mandíbulas afundando nas mangueiras salientes de seus acionadores. Era Max. O cão estava defendendo o amigo. Holt pegou sua pistola, apontou, mirando...

— Max, sai da frente!

Tarde demais. A máquina se virou repentinamente, tirando o cão do caminho e arremessando-o com força no chão. Holt, com os olhos arregalados, descarregou desesperadamente a arma contra a máquina, tentando pelo menos distrair a coisa enquanto Max se recuperava, mas as balas apenas produziam faíscas na armadura do caminhante, inutilmente.

Max soltou um ganido agudo quando o trípode perfurou-o com uma perna afiada.

Holt gritou de agonia e começou a se levantar freneticamente quando... uma explosão de artilharia abalou o chão, fazendo-o voar para longe... E o mundo se converteu num nevoeiro surreal, em câmera lenta.

Ele não ouviu mais nada, mal conseguia ver através do sangue. Havia borrões em movimento que poderiam ser os caminhantes, explosões ou Hélices Brancas. Ele não sabia.

O mundo saiu dos eixos. Holt pensou ter ouvido alguém gritando e então estava sendo arrastado, puxado para um estranho lugar todo branco, com mesas quebradas e bancos que um dia tinham sido lustrosos. Uma antiga sorveteria, a mente de Holt conseguiu concatenar.

Sua visão recuperou um pouco o foco. Ele sentia uma dor lancinante. Perguntou-se, alheio a tudo, se estaria morrendo.

Viu membros do Bando dispararem freneticamente pelas janelas da antiga loja, serem atingidos e caírem. Ravan apareceu, colocou as mãos em seu rosto gritou algo que ele não conseguiu entender. Ela o puxou para perto e o beijou. Holt desejou que pudesse senti-la, realmente desejou que...

Um fluxo de jatos de plasma jogou Ravan violentamente para trás. Holt virou-se apesar da fraqueza, viu-a deitada imóvel, com o corpo torcido e cheio de fuligem. Ainda assim, ele não sentiu nada a não ser um latejamento no corpo todo, e até mesmo a dor estava desaparecendo, felizmente.

Além da porta da loja, nas ruas, havia caos, morte e destruição, mas tudo parecia um sonho. Apenas imagens borradas, imprecisas. Caçadores nas ruas como formigas. Hélices Brancas saltando e golpeando com seus movimentos coloridos, em seguida tombando no chão. O gigantesco caminhante Aranha tinha sido dominado e estava ardendo em chamas, desmoronando, bem na direção dele, numa estranha queda em câmera lenta que ele não tinha certeza se chegaria a atingi-lo.

— Mira... — Holt sussurrou, embora não pudesse ouvir sua voz. Ele a viu uma última vez, ao lado de uma fogueira, em alguma floresta esquecida, dançando com ele. Sorrindo.

O Aranha tombou. O mundo ficou branco. A dor desapareceu.

AVRIL SE AGARROU à caixa-d'água, no alto do edifício, assistindo de cima à destruição. Dane estava quase inconsciente e ela o segurava para que não escorregasse.

Eram os últimos sobreviventes. Ela tinha visto o resto de seus homens cair, um após o outro, a morte deles ardendo em sua memória. Aquilo doía mais do que qualquer tiro de plasma.

Abaixo dela os Caçadores avançavam pela cidade. Ela viu o Aranha cair em chamas e se estatelar no solo. Observou o caminhante de cinco pernas, o mesmo que tinha acompanhado a Primeira, atacar valentemente o enxame de máquinas. Derrubou oito Caçadores sozinho, antes de ser subjugado.

Foi tudo muito heroico e, no fim, absolutamente inútil, mas era assim que sempre iria ser. Ela só esperava que a Bucaneira tivesse conseguido levar a Primeira até a Torre. À distância, ela viu o monólito pairando sobre a cidade, e olhou para ele com ódio. Despedaçaria aquela coisa se tivesse uma chance.

— Avril...

Os olhos de Dane estavam abertos. Ele ainda era bonito, pensou, ainda forte. Ela podia ouvir o ronco dos motores se aproximando.

— Corra — murmurou ele. A maior parte dos Confederados estava passando por eles agora, rumando para o norte, sem enfrentar obstáculos, em direção à Torre. Ela poderia escapar, mas sabia que não iria deixá-lo ali. — *Corra!*

— Ssshhh... — disse a Dane, tirando o cabelo dos olhos dele. — Quieto agora.

Ela puxou Dane para perto quando as naves se elevaram no ar ao seu redor, e o calor e a forma familiar do garoto lhe pareceram reconfortantes, apesar da situação.

— Nós ficamos mais fortes — ela sussurrou no ouvido dele. Os raios de plasma eram deflagrados em todas as direções, o calor abrasador era insuportável, e eles estavam caindo, caindo no vazio...

MIRA OLHOU PARA BEN, através da dor. A aparência dele era pior do que na Estrela Polar. Seu rosto estava pálido, os olhos negros e vazios. Ele segurava duas coisas, uma em cada mão. Um cilindro brilhante de plutônio e o Gerador de Oportunidade.

— Ben... — chamou ela com a voz fraca. Ele não fez nenhum movimento em direção a ela.

— Você é... real? — ele perguntou, a voz de quem vê um fantasma. — Eu estou... vendo coisas agora.

— Sou *eu*, Ben — ela lhe assegurou. Mesmo agora, estar perto dele lhe dava certo conforto. Ele era a peça que faltava naquele lugar. — Quase consegui — ela disse com culpa, sentindo o calor de Zoey diminuindo contra ela.

Algo nessa declaração pareceu exercer algum efeito sobre ele. Os olhos de Ben entraram em foco e ele olhou para o lado.

— Não. Você *conseguiu*.

O Vórtice girava em torno deles, mas Mira notou que estava mais fraco agora. Ben estava de pé sem que isso lhe exigisse esforço, não tinha que lutar para que não o derrubassem. Olhando mais de perto, ela podia ver por quê. A poucos metros de distância, a Anomalia terminava. Não havia nada além dela a não ser um campo branco e cintilante, tão claro que quase ofuscava a visão da Torre, que se erguia sobre ela agora, de tão próxima.

A constatação a atingiu e a inundou com algo parecido com felicidade. Ela *tinha* conseguido, no final das contas. Sozinha. Como Holt dissera que ela conseguiria.

— É lindo — disse ela.

— É o máximo! — respondeu Ben.

Mira colocou seu plutônio no chão ao lado dela e depois, com o braço bom, começou a desamarrar Zoey lentamente, tentando fazer isso com o maior cuidado possível.

— Quando eu vi a Torre pela primeira vez... — disse Ben — me pareceu que havia algo errado. Eu sempre pensei que você estaria lá.

— Se eu estivesse lá, estaria morta agora, não é, Ben? — perguntou Mira. O Gerador de Oportunidade parecia ondular com o calor na mão dele. — Como aqueles que seguiram você? — Mira continuou a desatar Zoey, soltando as pernas das tiras, deixando-a livre.

Ben olhou para ela, confuso, mas sem nenhuma expressão no rosto, como se não tivesse ouvido.

— Você deveria estar lá. Eu... te prometi...

— Você ainda pode manter essa promessa, Ben — ela disse, falando sério. — Você não tem que fazer isso. Você pode ajudar me levando de volta. Pode ajudar Zoey a entrar na Torre. — Ela terminou de desamarrar a garotinha.

— Você não entende — ele disse, e Mira viu o estranho e incomum lampejo de raiva nos olhos dele. — Depois de tudo o que aconteceu, você *ainda* não entende. Sou *eu* que preciso fazer isso!

Mira balançou a cabeça com tristeza.

— Não, Ben. Não é você que precisa fazer isso, é outra pessoa.

Com as últimas forças que lhe restavam, ela pegou Zoey e o plutônio com ambas as mãos. A dor se espalhou pelo seu braço quebrado, mas Mira lutou contra ela... e levou a menina e o cilindro até a brilhante luz branca, do outro lado do Vórtice.

Zoey passou pelas partículas rodopiantes e, então, pelo que Mira pôde ver dela, a menina brilhou e passou a se mover mais devagar, num ritmo cada vez mais lento, antes de cintilar numa cor brilhante e fragmentada e desaparecer.

Uma dor aguda e lancinante atravessou o corpo de Mira. Ela gritou, seu casulo de proteção tinha desaparecido, e mesmo que o Vórtice estivesse mais fraco, ele ainda estava em ação. As partículas carregadas passavam por ela, arranhando-a como um rastelo.

— Ben! — gritou Mira. Ela não sentia vergonha de suplicar agora. A dor estava além de qualquer coisa que tivesse imaginado, e o processo era lento o bastante para que ela pudesse sentir tudo acontecer. — *Ben, por favor!*

Ben olhou para Mira, paralisado de horror, observando o Vórtice dilacerá-la aos poucos.

— Mira... — ele gemeu, angustiado.

Mira tentou falar, mas a dor era avassaladora agora. Ela se encolheu em posição fetal e gritou.

— Sinto muito... — Ben falou tão baixo que ela mal conseguiu ouvi-lo. O olhar no rosto dele era de tristeza.

— Vou corrigir. Vou corrigir *tudo* isso, eu juro! — Então ele saltou para a luz branca atrás de Zoey e desapareceu na mesma luz prismática, deixando Mira sozinha ali.

A última coisa que ela viu foi a Torre Partida estendendo-se até o céu, ali do outro lado da barreira branca. Havia algo conhecido nisso agora. Ela tinha visto isso antes, ou melhor, algo parecido com isso. Em algum outro lugar.

Por um breve e misericordioso instante a dor foi esquecida quando ela fez a ligação. Ela sabia o que a Torre era na verdade... e isso era perfeito...

A consciência de Mira se desintegrou enquanto o que restava de seu corpo era despedaçado em bilhões de fragmentos e se fundia com o Vórtice, como cinzas lançadas num furacão.

42. DESTROÇOS

O MUNDO ESTAVA NEGRO. Uma completa ausência de cor ou luz, de qualquer mundo que fosse. Tudo estava em silêncio, também. Ainda assim, Zoey estava consciente disso. Na verdade, ela sentia como se estivesse de pé sobre alguma coisa.

Sob seus pés uma plataforma se materializou, como uma ponte de energia branca e fulgurante estendendo-se de um nada para outro. Ela brilhava como mil estrelas, mas a iluminação revelava apenas mais escuridão. Onde quer que estivesse, o espaço era enorme e se estendia até mais além de onde a luz podia alcançar.

Ao longe, muito longe, outra faixa de branco cintilou, ganhando vida. Uma segunda plataforma. E Zoey achou que estava vendo uma figura de pé ali também.

Onde ela estava?

Você está separada do espaço, desconectada do tempo, uma voz disse em algum lugar, e o som era estridente. Zoey deu um passo para trás, assustada. *Você está em todo lugar e em lugar nenhum. Ambos ao mesmo tempo. No entanto, em nenhum dos dois.*

Zoey procurou a voz, mas não encontrou nenhuma fonte de onde ela pudesse vir.

— Olá? — chamou em voz baixa. Sua voz soava estranha e desconectada. Ela simplesmente... terminava em nada, como a plataforma abaixo de Zoey. — *Olá!* — gritou.

Voltou a olhar para a faixa de luz à distância e viu algo surpreendente. Agora havia mais dezenas de plataformas brilhando, em cada uma delas uma única pessoa, solitária. Havia algo de familiar naquelas figuras, mas àquela distância ela não podia dizer o quê. Enquanto assistia, elas se tornaram mais de cem, multiplicando-se na escuridão.

— Zoey — disse uma voz fininha.

Ela se virou e viu algo impossível.

Ela mesma.

Uma réplica perfeita, olhando calmamente para ela com seus próprios olhos, falando com sua própria voz. Ela instintivamente deu um passo para trás... e a figura gêmea fez o mesmo, um eco exato. Era como olhar num espelho, mas tridimensional.

Para testar, Zoey levantou a mão esquerda. O mesmo fez a réplica. Zoey se equilibrou numa perna. A réplica a imitou. Colocou lentamente o pé para trás, de volta na plataforma, observando a gêmea fazer o mesmo. Zoey ficou olhando com assombro.

— Você sou... *eu*?

— Não. — A boca da réplica se moveu, Zoey reparou. Parecia a única coisa que não estava ligada ao que ela mesma fazia. Aquilo ainda não fazia nenhum sentido. — Independentemente do Desvio, Zoey, só existe uma de você.

Os olhos de Zoey se estreitaram.

— Quem... é você?

— Seria mais eficiente substituir a ideia de "quem" pela de "quê".

— O *que* você é, então?

— A manifestação combinada de seis milhões, quatrocentas mil e sessenta e sete entidades e seus Desvios. — Zoey não entendeu nada e a expressão em seu rosto, que ela via refletido na réplica, deixava isso muito claro. — Somos aquilo a que vocês se referem como... a Torre Partida — a gêmea esclareceu.

Zoey viu seus próprios olhos se arregalarem e uma série de lembranças vindo à tona.

— Eu... estou *dentro* da Torre?

— É ineficiente pensar em termos geográficos. A Torre Partida não tem lado de dentro ou de fora. Ela simplesmente *é*.

Aquilo não parecia nem um pouco simples. Ao longe, havia milhares de plataformas agora, cada uma com *duas* figuras em pé sobre elas. Algumas estavam perto o suficiente para que Zoey pudesse vê-las em detalhe. Em cada plataforma havia duas versões de *Zoey* olhando uma para a outra, assim como ela estava ali de pé, encarando a própria imagem refletida.

O efeito era surpreendente.

— Por que todo mundo se parece comigo?

— Porque *são* você, Zoey. São você em outros Desvios. — Zoey olhou para a imagem espelhada com uma expressão aturdida. — Um Desvio é uma ruptura no tempo.

— Não entendo.

— Você chega a uma bifurcação num caminho. Pode ir para a esquerda ou para a direita. Você escolhe a direita. Isso é um Desvio. Você também poderia ter escolhido a esquerda. Existe outro Desvio para essa possibilidade. Existem Desvios para todas as possibilidades em todo o universo, Zoey. Eles são infinitos e todos eles se conectam aqui na Torre Partida.

Zoey engoliu em seco.

— O que *é* a Torre Partida?

— Para entender isso, você precisa entender as Terras Estranhas e, para entender as Terras Estranhas, primeiro precisa compreender algumas verdades sobre a invasão deste planeta. Você está ciente de que a raça alienígena que vocês conhecem como Confederação usa grandes naves-mãe para transportar seu povo pelo espaço?

Zoey assentiu. Ela estivera dentro de uma delas, o Oráculo tinha mostrado em suas lembranças. Havia centenas delas, chamadas Parlamentos, espalhadas pelo mundo, fincadas como punhais gigantes no coração das maiores cidades do planeta. Mas o que isso tinha a ver?

— O combustível dos Parlamentos são as singularidades — a imagem continuou. — Miniaturas de buracos negros que produzem enormes quantidades de energia e lhes permitem viajar acima da velocidade da luz. Um desses Parlamentos devia pousar aqui, nesta cidade, mas quando começou a descer, algo deu errado. O núcleo propulsor da nave sofreu uma pane e a energia de singularidade foi lançada na atmosfera da Terra. A descarga resultante rompeu violentamente o espaço-tempo numa onda inicial de 320 quilômetros quadrados.

— Isso formou as Terras Estranhas — Zoey murmurou.

— Correto. Mais ainda, os objetos do cotidiano afetados pela perturbação foram alterados no nível quântico, e os efeitos disso deram a esses objetos propriedades únicas com base em suas funções originais.

— Os Artefatos...

— Rupturas no espaço-tempo no raio da explosão criaram bolsões de caos que se manifestaram de várias formas perigosas. Quanto maior a distância do centro da explosão, no entanto, menos potentes são esses bolsões.

— As Anomalias...

— Por fim, cada entidade, humana e alienígena, milhões delas, a energia e experiência e consciência de cada um, foram comprimidas numa única força.

— Você — Zoey afirmou.

— Correto. Porém, é mais eficiente pensar em mim como um "nós", ou uma multiplicidade. Nossa inteligência é infinita, embora... temporária.

Antes que Zoey pudesse pedir mais explicações, uma luz resplandecente irrompeu à distância. Havia centenas de milhares de plataformas iluminadas agora, algumas bem mais próximas, com as duas figuras olhando para ela.

Ela viu o que causara o clarão. Algumas das plataformas tinham sido substituídas por um campo de luz branca, como se elas, e a escuridão em torno delas, simplesmente tivessem se apagado. Isso aconteceu várias centenas de vezes enquanto ela observava. Algo nesse fenômeno era... sinistro.

— O que está acontecendo?

— Naqueles Desvios, o equilíbrio está sendo restaurado — respondeu sua cópia idêntica.

Zoey tinha ouvido essa afirmação antes, em seus sonhos. Ela não gostou.

— O que significa isso? — Mais e mais plataformas brilhavam e desapareciam, milhares delas, mas ainda havia mais alguns milhões estendendo-se por toda parte, até o infinito, como estrelas.

— A resposta é... complexa. Você pertence à Torre, mas o seu intelecto é limitado à idade da sua forma humana. Pode não ser capaz de entender.

— Quero tentar — disse Zoey, observando enquanto mais e mais plataformas e figuras se apagavam.

— Noventa e dois vírgula um por cento de todos os Desvios responderam de forma semelhante — declarou a imagem espelhada, como se fizesse uma observação. — O universo é uma coisa estruturada, Zoey. Ele tenta naturalmente substituir qualquer forma anômala de caos por um sistema ordenado. De maneira perfeitamente natural, os planetas se distribuem ordenadamente em torno de um sol graças à força gravitacional que os une. Luas também se ordenam gravitacionalmente em torno de planetas. E os elétrons formam uma estrutura coesa em torno de núcleos, ligados por meio de forças elétricas. Mesmo na biologia, o padrão continua. Fragmentos isolados e singulares de informação orgânica naturalmente evoluem para fitas ordenadas. É por isso que aquele que você conhecia como Gideon escolheu o símbolo humano do DNA para representar os seus Hélices Brancas. Ele entendeu o conceito. Sabia que a Torre Partida e as Terras Estranhas, por sua natureza, eram desordenadas e caóticas. Ele e o Bibliotecário, ambos, sabiam que chegaria o tempo em que o caos natural das Terras Estranhas seria substituído pela ordem.

Zoey assistia à medida que mais e mais plataformas, milhares de uma vez, apagavam-se e eram substituídas por uma luz branca e vazia. Zoey não gostava de ver aquilo.

— Por que o equilíbrio está voltando agora? — perguntou.

— Porque você voltou para a Torre. Você é a última peça dela, e todas as peças de um todo não ordenado devem estar presentes para que possam ser ordenadas.

— Mas... o que acontece depois?

— Quando o Parlamento sofreu sua falha de contenção, a explosão partiu a nave em dois pedaços. Entretanto, o impacto nunca ocorreu, pois o tempo, em seu estado de ruptura, parou bem no epicentro da perturbação quântica e durante toda a explosão que provocou a expansão da energia.

— É por isso que as Terras Estranhas estão aumentando — disse Zoey, pensando no que Mira dissera. — É... uma *explosão*. As Terras Estranhas são um tipo estranho de explosão. Ela estava congelada no tempo e agora não está mais.

— Correto. Quanto mais perto você, Zoey, chegar do epicentro, mais energia da explosão é liberada. Agora que você está aqui, a energia pode ser liberada em sua totalidade e, quando ela acabar, o equilíbrio será restaurado. As Terras Estranhas não existirão mais, os distúrbios quânticos vão se normalizar e a Torre Partida deixará de existir.

Algo ocorreu a Zoey então.

— O que vai acontecer com todas as pessoas que estão nas Terras Estranhas?

— Elas vão morrer — a imagem espelhada afirmou.

Zoey a olhou incrédula.

— Os Hélices Brancas? Todos os amigos de Mira?

— Bem como os habitantes da Cidade da Meia-Noite. A explosão quântica vai se expandir e engolfá-los também.

As mãos de Zoey se agitaram diante dessa revelação, uma parte de sua mente tentando imaginar a devastação, outra vendo imagens de outras pessoas. Pessoas que ela conhecia. Holt. Mira. O Max. Gideon. Até mesmo o Embaixador. Eles iriam morrer também. Por causa *dela*.

— A preocupação com os seus amigos é ineficiente — disse sua gêmea, sentindo de algum modo os pensamentos de Zoey. Ao redor delas, os lampejos continuavam violentamente, varrendo dezenas de milhares de Desvios de cada vez.

— Por.quê? — perguntou Zoey.

— Porque já estão mortos.

Zoey sentiu o formigamento do medo. A coisa na frente dela não poderia ter dito o que acabara de dizer.

— Morreram lutando contra os exércitos de Confederados na tentativa de assegurar que você chegasse a este ponto. Eles conseguiram — disse a imagem espelhada, como se isso fosse algum tipo de consolo, mas não era.

Dor e tristeza irromperam dentro de Zoey com uma intensidade que ela nunca tinha experimentado. Lágrimas brotaram de seus olhos e ela se esqueceu de respirar. Não poderia ser verdade. Aquilo não podia...

— Se lhe serve de consolo — continuou a gêmea, os lampejos estroboscópicos em todos os lugares ao longe —, em noventa e sete vírgula três por cento de todo os Desvios, os seus amigos perecem. Não havia nada que você pudesse ter feito para salvá-los. Você não falhou com eles, de qualquer forma. Simplesmente cumpriu o seu propósito.

— E eles morreram por causa disso! — Zoey gritou em desespero, dando um passo para a frente. O mesmo fez a imagem espelhada. — *Todo mundo* vai morrer por causa disso! Por *minha* causa!

Em sua mente, ela viu Holt levando-a em suas costas; Mira mostrando-lhe como os artefatos funcionavam, o Max empurrando a mão dela com o focinho. A visão de Zoey ficou turva, seu corpo se sacudiu em soluços. Seus joelhos cederam e ela caiu na plataforma, sentindo sua gêmea fazer o mesmo.

Por favor, não deixe que seja verdade, pensou ela. *Por favor...*

— Não compreendemos a sua dor — a imagem espelhada declarou com uma expressão verdadeiramente perplexa.

As palavras instilaram uma emoção estranha em Zoey. Uma raiva cega e ardente, que tomou conta da garota, enquanto enxugava as lágrimas e olhava para a versão distorcida de si mesma.

— Quando eu chegasse aqui, era para algo *bom* acontecer!

— Alguma coisa boa *vai* acontecer, Zoey. O equilíbrio será restaurado.

— Como isso pode ser *bom*?! Como pode ser bom se todo mundo vai morrer?! Então era *isso* que eu deveria fazer? Foi por isso que o Bibliotecário, Gideon e os Hélices Brancas, Mira e Holt e o Embaixador e todo mundo tentou me fazer chegar aqui? Por *isso*?

Ao redor delas, centenas de milhares de plataformas desapareciam em lampejos de luz brilhante. Restavam poucas agora, ela notou. Mais alguns instantes e todas teriam desaparecido. Zoey respirava pesadamente agora, tremendo, as lágrimas escorrendo por suas bochechas. Ela fez a pergunta seguinte quase em desespero. Era a única coisa que ela queria saber, a única coisa que, no final das contas, incitara sua necessidade de chegar até ali, de encontrar aquele lugar horrível, injusto. Era a razão de tudo.

— Quem... sou eu?

— Quem você pensa que é?

— Eu não sei — Zoey admitiu. Ela não sentia nada, a não ser tristeza agora, a raiva tinha se desvanecido. — Não me lembro. O Bibliotecário me chamou de Ápice. Os Hélices Brancas me chamam de Primeira, mas eu não sei o que tudo isso significa.

— Termos diferentes para designar a mesma coisa. Embora as equações matemáticas subjacentes às Terras Estranhas e à absorção de suas entidades sejam imensas e complicadas, elas não são eficientes. Cada uma delas resultou em um resto.

Zoey ainda estava confusa.

— Eu não...

— Se você escolher dez números de um total de onze, com o que você ficará?

— Com um — respondeu Zoey, enxugando as lágrimas. Ela tinha que se concentrar, tinha que escutar. Talvez houvesse uma solução naquilo que a Torre estava lhe dizendo, talvez houvesse algo que ela ainda pudesse fazer.

— Precisamente. A realidade é muito mais complicada do que onze menos dez, mas o conceito é o mesmo. No final, houve um resto matemático e esse resto era você, Zoey.

Zoey se lembrou do que o Oráculo tinha lhe mostrado. Lembrou-se de quando estava numa encosta, olhando as estrelas cadentes que acabaram se transformando em algo muito pior. Lembrou-se de sua mãe e da explosão no ar, o pânico que tomou conta da multidão. Ela também se lembrou da onda crescente de energia que passou por ela.

— Eu... morri? — ela perguntou, sem ter muita certeza se queria mesmo saber a resposta.

— Não inteiramente. Sua forma física original foi varrida com a de todos os outros, mas sua essência, sua consciência, permaneceu, assim como a deles. Em vez de ser absorvida pela massa que se tornou "nós", no entanto, você renasceu.

— Eu sou humana?

— Você é humana e ainda mais. O seu corpo foi refeito a partir da energia das Terras Estranhas. Portanto, você herdou a mesma energia caótica e improvável. Você é a pessoa que costumava ser e mais alguma coisa. Uma forma de vida de pura distinguibilidade quântica. Sua estrutura biológica é mais do que única; é adaptável de maneiras que desafiam até mesmo o poder da evolução. Você ainda é mortal. Sem interferência, você iria amadurecer e crescer e, um dia, morrer, assim como qualquer pessoa. Você é humana em todos os sentidos. No entanto, não é humana. Você é das Terras Estranhas, mas não depende delas. Você é tanto uma Anomalia quanto um artefato. Você é a última peça da Torre, o resto de uma grande equação, e agora você voltou.

— E você... me trouxe aqui? O tempo todo era você?

— Sem você, o caos não pode ser ordenado. Repetimos o esforço entre milhões de Desvios. Concatenamos incontáveis acontecimentos aparentemente irrelevantes, alteramos probabilidades, tudo para trazê-la para casa. Holt, Mira, o Bibliotecário, o Oráculo, Ravan, os Hélices Brancas, Gideon e centenas de outras pequenas decisões ou ações que, uma após a outra, conduziram diretamente ao seu retorno. E você deve retornar em todos os Desvios.

Zoey olhou para o espaço ao seu redor. Os milhões de Desvios tinham desaparecido, varridos dali, e o mundo estava repleto apenas de uma luz branca brilhante agora. Mas havia algo de errado naquilo. Zoey demorou um instante para descobrir o quê.

— Por que *nós* não fomos varridas também? — perguntou Zoey, olhando para todo aquele brilho.

— Porque neste Desvio existe uma aberração.

Zoey olhou para si mesma.

— O que é uma aberração?

— Alguma coisa não planejada ou paradoxal. Algo que não devia existir — disse sua gêmea. — Você a conhece como Benjamin Aubertine.

Levou um momento para Zoey ligar o nome à pessoa, e quando fez isso, não lhe pareceu possível.

— *Ben?* O amigo de Mira? Ele está... *aqui?*

— Correto. O que deveria ser impossível.

— Por quê? Ele tinha plutônio, não tinha?

— Uma substância radioativa é necessária para atravessar o Vórtice, mas não vai ajudá-lo a entrar na Torre Partida. A tentativa de entrar sempre resulta na energia do indivíduo sendo absorvida pela nossa.

Zoey pensou naquilo por um momento. Era o contrário do que Mira tinha dito.

— Eu pensei... que pessoas tinham conseguido entrar na Torre antes.

— Correto. Neste Desvio, sete no total, mas nenhuma delas jamais retornou. Sua energia e sua consciência são agora uma parte de nós. Qualquer um que tenha dito o contrário expressa falsidades. Não existe saída da Torre.

— Então... Ben é parte de você também?

— Não. Ele é uma aberração. Assim como você, ele permanece. É um paradoxo.

— Por quê? — perguntou Zoey. Algo ali parecia importante.

— Ele traz consigo um artefato, o único em todo o universo cujo poder excede o nosso. Ele tem o poder de alterar as probabilidades a favor de quem o possui e, no momento, o artefato está alterando as probabilidades para mantê-lo vivo. Está impedindo que ele seja absorvido pela nossa essência.

A Torre devia estar se referindo ao Gerador de Oportunidade. O artefato ruim que quase tinha transformado Holt em outra pessoa. Outra pergunta ocorreu a Zoey, uma possibilidade, um vislumbre de esperança.

— Por que ele está aqui? — perguntou Zoey, limpando o resto das lágrimas e olhando para todo o branco ao redor dela, onde as várias plataformas tinham sido apagadas. O Desvio dela, no momento, ainda existia.

— Nós não entendemos a pergunta — a imagem espelhada afirmou.

— *Por que* ele está aqui? Deve haver uma razão.

— Por que deve haver uma razão, Zoey?

— Porque é diferente! Não pode ser uma coincidência!

— No que diz respeito à Torre, *só* existem coincidências, Zoey.

— Mas, de todas estas realidades — Zoey se levantou e apontou para todo o branco —, de todas estas possibilidades, ele está aqui apenas *nesta*!

— Isso é irrelevante.

— Não! *Pare!* Você deveria ser inteligente!

— Nossa inteligência é infinita, Zoey.

— Então pare de pensar em linha reta! — Zoey gritou, angustiada. Ela tinha que encontrar uma maneira de salvá-los, para fazer tudo ficar bem outra vez. Ela *tinha* que fazer isso.

Sua réplica hesitou, permanecendo em silêncio durante um segundo ou dois, e para algo tão inteligente quanto ela, dois segundos eram uma eternidade.

— Você... teoriza que pensamos *de forma linear* — concluiu finalmente a imagem espelhada. — Interessante. Nenhum outro Desvio já fez essa análise. É... absolutamente único.

Zoey pressionou, sua agitação aumentando.

— Você não vê? Este é diferente de todos os outros! O que faz com que seja *importante*!

— O que você está propondo, Zoey?

Agora foi a vez de Zoey hesitar. Era uma boa pergunta. O que ela estava propondo? Havia uma solução, ela sabia. Só tinha que descobrir o que era diferente em seu Desvio que ela pudesse usar. Parecia ser apenas uma coisa.

— O... Gerador de Oportunidade — disse ela. — Ele está mantendo Ben vivo?

— Correto. No entanto, aqui, o poder dele vai decair. O artefato vai despender toda a sua energia e, quando isso acontecer, o equilíbrio será restaurado.

A animação que ela sentia vacilou. Se o que a Torre estava dizendo era verdade, significava que o tempo estava se esgotando. Se o poder do Gerador de Oportunidade se extinguisse, então tudo continuaria como estava. Seu Desvio seria apagado como todos os outros, e Mira e Holt e Max teriam morrido de verdade.

Mais uma vez, tudo parecia apontar para uma coisa.

— E se... O que aconteceria se eu o pegasse? O que aconteceria se Ben *me* desse o Gerador de Oportunidade?

Mais uma vez seu reflexo hesitou.

— Uma... proposição intrigante. A restauração do equilíbrio só seria postergada, mas, por ser um resto matemático, você... habitaria uma oportunidade única.

— Que oportunidade? — Zoey sentiu a esperança brotar novamente.

— Você é parte da Torre. Uma peça singular. O equilíbrio ainda seria restaurado, a energia da singularidade ainda seria liberada, mas o Gerador de Oportunidade iria... servir de escudo contra a descarga. Você não seria varrida com todo o resto. Você, mais uma vez, restaria e, mais ainda, poderia direcionar a energia, quando ela fosse liberada.

— Direcioná-la como?

— Por um período breve e limitado, 39 segundos para ser mais exata, você poderia usá-la para moldar o tempo e o espaço, embora apenas em algo que diga respeito diretamente à sua experiência neste Desvio.

— Eu poderia salvá-los!

— Entenda, Zoey, que o equilíbrio deve ser restaurado. É uma necessidade matemática, e você faz parte da mesma equação. Embora o Gerador de Oportunidade vá protegê-la do realinhamento inicial, você ainda é uma aberração para este Desvio. No que diz respeito a você, as coisas também precisam ser equilibradas. Fazer essa escolha não elimina essa exigência.

Zoey achou que tinha entendido. Era uma solução meio sinistra, mas, sem dúvida, muito melhor do que a alternativa. Todo mundo que ela amava ainda estaria vivo. Ela poderia desfazer todo o estrago que tinha provocado.

— Entendo — disse ela.

Ao longe, no meio de todo o branco, abriu-se um retângulo de puro negrume, como uma espécie de porta de sombras. Ele começou a crescer, como se viesse a toda velocidade em direção a Zoey. Ela observou com cautela.

— Há uma variável que permanece — disse a gêmea. — A aberração. Ele se tornou dependente do Gerador de Oportunidade. Não vai desistir por vontade própria, e você não tem força física para tirar o artefato dele.

Zoey assentiu com a cabeça, reconhecendo o problema, mas tinha que haver um jeito.

— Eu tenho que tentar.

— Tem certeza de que é isso que você quer? — perguntou sua gêmea incisivamente. — Se você de alguma forma conseguir tomar o artefato da aberração, a energia da singularidade será liberada e a Torre estará sob o seu controle. Você pode moldar a linha do tempo como achar mais conveniente, mas só até certo ponto. Mas... você sabe aonde este caminho leva, não sabe, Zoey?

A menina ficou em silêncio por um longo instante, olhando a porta preta vindo em sua direção. Muito do que a Torre tinha dito estava além da sua capacidade de compreensão, mas ela ainda achava que tinha entendido o que essa decisão significava. Como iria explicar para Holt ou Mira? É claro que aquele seria um problema espetacular que ela adoraria ter. Significaria que eles estavam vivos e que ela estaria com eles.

— É a coisa certa a fazer.

— Achamos isso interessante — a réplica afirmou. — Essa escolha foi... inesperada. Talvez você tenha razão. Talvez este Desvio seja singularmente importante. Gostaríamos de poder observar o resultado final, mas... o equilíbrio deve ser restaurado. Esta será a última vez que nos falamos, Zoey. A partir daqui até o fim inevitável, não poderemos mais ajudá-la.

— Entendo. — A porta estava quase sobre ela, ainda voando em sua direção. — E... obrigada.

— Um sentimento ineficiente — a gêmea respondeu. — Adeus, Zoey.

Sua imagem no espelho desapareceu. A porta rugiu ao encontro de Zoey. Ela fechou os olhos e foi varrida dali.

— VOCÊ É... REAL? — Ben perguntou.

Tinha sido uma transição instantânea, sem dor ou sensações. Num instante Zoey estava em meio à brancura vazia e cintilante. No seguinte estava ali. Numa velha igreja em ruínas, onde a maior parte do teto já tinha desabado e as estrelas eram visíveis do lado de fora. Uma fogueira acesa ali dentro irradiava um brilho alaranjado.

Ben estava sentado num dos bancos da igreja arruinada, fitando o céu noturno. Ao ouvi-la se aproximando, o rapaz calmamente se virou e observou-a. Pareceu um pouco atordoado, como se estivesse acordando de um sonho. Zoey viu o Gerador de Oportunidade, e a mão que o segurava tremia um pouco.

Zoey acenou com a cabeça.

— Você se lembra de mim?

Ben empurrou os óculos e piscou.

— Seu nome é Zoey. Você estava com Mira.

— Estava?

— No Vórtice. — A voz de Ben soou sombria. — Onde eu... a deixei.

Zoey não tinha certeza do que isso significava. Ela estava inconsciente na ocasião, mas era evidente que o que quer que tivesse acontecido com Mira deixava Ben muito chateado. Pela primeira vez desde que o conhecera, ela pôde ver que tudo aquilo estava sendo desgastante para ele. Ben parecia exausto, confuso, meio distraído, mas, se isso tinha a ver com o Gerador de Oportunidade ou com aquele lugar, Zoey não sabia. Tudo que sabia era que ela tinha que encontrar uma maneira de fazer com que ele a ouvisse.

— Eu agi daquela forma porque tinha que vir para cá — continuou ele —, mas nada aconteceu. A única coisa que está diferente é você. Você é a primeira coisa que mudou. Eu ... não me parece certo.

— Não *está* certo, Ben — disse Zoey. — Você não devia estar aqui.

— Sim, eu devia! — ele gritou com o olhar cheio de dor. — Eu *sei*! Mas... nada está *acontecendo*. Por que não acontece alguma coisa?

— Ben, eu preciso que você me ouça — disse Zoey, tentando manter a calma. Quem sabia quanto tempo eles tinham antes que o Gerador

435

de Oportunidade deixasse de funcionar? — Todo mundo lá fora se foi. Estão mortos.

Ben mal reagiu, apenas balançou a cabeça.

— Eu sei. Eu vi Mira... — Ele não terminou a frase. — Por que não está acontecendo *nada*?

— Não tem que ser desse jeito. Nós podemos mudar isso.

— Como?

— Eu sou parte da Torre. Ela... me fez. Há muito tempo atrás. É por isso que posso entrar e todas as outras pessoas só são absorvidas e se tornam uma parte dela e então desaparecem.

Pela primeira vez, o olhar de Ben pareceu mais focado. Ela tinha o palpite de que era porque o que ela estava dizendo era intrigante. Pelo que ela tinha entendido, aquele era um traço bem forte da personalidade dele.

— Absorvidas?

Zoey contou a ele sobre a explicação da Torre da melhor forma que pôde, mas ela não estava certa de ter entendido direito. Tinha sido extremamente confuso. Ben, no entanto, ouviu o que ela disse, processou tudo, e a expressão em seus olhos indicava que ele não apenas entendia, como aquilo fazia sentido para ele de alguma forma. Ben olhou para o velho ábaco que segurava na mão.

— É isto, não é? Estou vivo porque tenho *isto*.

— Sim — respondeu Zoey.

A constatação provocou uma reação em cadeia na mente de Ben, levando-o a tirar outras conclusões que, Zoey sabia, só poderiam apontar para uma direção inevitável, que para ele era horrível.

— Eu estou... errado... — ele murmurou, de modo quase inaudível. Parecia atordoado. — O tempo todo, eu estava *errado*. Eu *não* deveria estar aqui.

— Ben, acho que...

— Mas, eu... — Os olhos dele perderam o foco novamente, ficando turvos e umedecidos; suas mãos tremiam. — Ai, meu Deus...

— Ben...

— Ela morreu por *minha causa*. Eu estava lá... e pensei... pensei que poderia consertar tudo. Eu...

— Ben, você tem que me *ouvir*. — Zoey não conseguiu ocultar uma nota de urgência na voz. Eles estavam correndo contra o tempo. — Mira *não* tem que morrer. Nenhum deles tem.

— O que eu fiz? — ele sussurrou desesperado, ignorando-a.

— *Ben!* — ela gritou com toda a força. Funcionou. Ele olhou para ela. — Ainda podemos *salvar* Mira.

— Eu a *vi* morrer! — ele gritou para ela com a voz rouca.

Zoey olhou para o ábaco na mão de Ben, viu os nós dos dedos brancos agarrados ao artefato.

— Você tem que me dar o artefato. O que está na sua mão.

Ben olhou para o Gerador de Oportunidade.

— Por quê?

— Se ele estiver comigo, eu posso controlar a Torre. Posso consertar as coisas. Por poucos instantes, não temos muito tempo.

— Você pode corrigir? — Ele olhou para ela com esperança. — Corrigir tudo como se os Confederados nunca tivessem vindo para cá?

— Não. — Zoey balançou a cabeça tristemente. — A Torre não funciona desse jeito, Ben, mas acho que posso corrigir. Não vai ser como você esperava, mas posso salvá-los, se você me ajudar.

Uma expressão sombria de suspeita passou pelo rosto de Ben.

— Você... você está *mentindo* para mim. Você quer *isto*. Quer o ábaco para você!

Zoey tentou manter a calma.

— Para que eu iria querer isso, Ben?

— Você é como todo mundo — ele rosnou. — Quer tomá-lo de mim, mas não vou desistir dele. Por que eu desistiria dele?

Zoey hesitou. Não estava funcionando. Ela tinha que pensar em algo diferente. Ela olhou ao redor, para a igreja, o fogo bruxuleante, a explosão de estrelas acima.

— Este lugar... é importante, não é?

A mudança de assunto pareceu amenizar a hostilidade de Ben.

— Ele não existe mais. Desabou pouco depois que estive aqui com ela.

— Você e Mira?

Ben assentiu.

— Por que é *assim* que a Torre aparece para mim? Por que me mostrar este lugar?

— Talvez aqui... você veja o que quer ver — respondeu Zoey.

Ben correu os olhos pela igreja.

— Acho que, se houvesse um lugar em que eu quisesse ficar por toda a eternidade, seria este, mas teria que ser com ela. Não sozinho. — Ben olhou para as estrelas amargamente. — Eu deveria... eu *deveria* estar aqui.

Zoey quase discutiu com ele novamente, mas então algo lhe ocorreu. Algo profundo.

— Eu acredito em você.

Ben olhou para ela, esperançoso.

— Acredita?

Zoey assentiu com a cabeça, pensando em tudo que tinha acontecido.

— Você não vê? Se você *não* estivesse aqui, se não tivesse vindo, eu não poderia consertar nada. Nós já teríamos morrido, todos nós, mas... por sua causa eu posso. — Ela e Ben olharam um para o outro, enquanto o impacto do que ela estava dizendo ecoava dentro dele. — Acho que você *devia* estar aqui, e apesar de tudo, encontrou um jeito de estar.

O olhar de Ben se suavizou ao ouvir as palavras de Zoey e ele lentamente afundou no banco da igreja, os pensamentos dando voltas em sua mente. Zoey não conseguia ler Ben nesse lugar; por algum motivo, as emoções dele estavam fechadas para ela. Mas só de olhar o rosto do garoto e as expressões mais básicas que se formavam ali, ela sabia o que ele estava sentindo. Alívio. Contentamento. Determinação.

— Se eu lhe der o ábaco — ele disse, calmamente — vou morrer. Não vou?

Zoey olhou para ele.

— Não sei o que acontece quando alguém é absorvido pela Torre, Ben, mas não acho que seja a mesma coisa que morrer.

Ben ficou em silêncio por mais um instante, então olhou para o artefato. Zoey reparou que a mão dele não estava mais tremendo.

— Era tão difícil desistir antes...

— Você consegue. Holt desistiu. Você é tão forte quanto ele, só que de um jeito diferente.

Ben olhou para ela novamente.

— Se o que você disse é verdade, que aqui vemos o que queremos ver, então...

Enquanto ele falava, o que restava do teto veio abaixo e toda a amplitude do céu noturno se abriu para eles. As estrelas cintilavam distantes em cores prismáticas, piscando... piscando... sem parar. Era lindo. Apesar das circunstâncias, Zoey olhou para elas com admiração.

— O problema era sempre interferência demais — continuou Ben. — Dados demais. Eu sempre me perguntei...

Acima deles as estrelas foram se apagando, uma por uma, uma após a outra, até que só restou uma única constelação, de aparência estranha.

— Ali! — Um sorriso surgiu no rosto de Ben. Pelo que Zoey sabia dele, isso era uma coisa rara. — *Ali!*

— O que é? — perguntou Zoey.

— Um escorpião. — Ele quase riu quando pronunciou as palavras. — Eu *consigo* ver.

Zoey olhou para o aglomerado de estrelas no céu negro, mas para ela a constelação não parecia em nada com um escorpião. Depois de alguns instantes, Ben se virou para ela. Tirou algo do bolso e o colocou na palma da mão de Zoey. Era um dadinho de bronze.

— Será que você pode... dizer a ela que eu estava falando sério? — Ben parecia calmo agora, em paz. — Na Bigorna.

— Ela sabe, Ben — Zoey respondeu —, mas eu digo, sim.

Ele acenou com a cabeça... e então sua mão lentamente se levantou e Ben estendeu o Gerador de Oportunidade. Zoey olhou para ele, hesitante, como se o velho ábaco de aparência inocente fosse uma víbora enrodilhada. Se quisesse fazer tudo certo, teria que pegá-lo. Lentamente, ela forçou a mão a se fechar em torno do artefato, e ela e Ben o seguraram ao mesmo tempo. Ele olhou para ela intensamente e então, por fim, aos poucos... foi soltando.

A princípio não houve nenhuma indicação de que algo havia mudado. Então, uma esfera carmesim brilhou em torno de Zoey. Ela viu o contorno de Ben começar a clarear e cintilar. Feixes de luz irradiavam dele, subindo para o céu noturno, cada feixe reduzindo uma fração da sua luminosidade.

O que quer que estivesse acontecendo com ele, não parecia doloroso. Ele estava sorrindo novamente.

— É... como conhecimento puro — disse.

Zoey observou enquanto ele desaparecia, fragmentos de luz irradiando dele e se elevando no céu, até que todo o seu corpo suavemente se desintegrou e se mesclou com o ar. Quando ela olhou para cima, o céu cheio de estrelas tinha sido repovoado com aqueles feixes de luz e a mesma luz se derramava sobre ela em forma de chuva... e Ben havia desaparecido.

Zoey olhou para o ábaco. Sabia o que tinha que fazer. Sabia os sacrifícios que tinham sido necessários, mas ela tinha prometido a Ben. Tinha prometido a todos.

A última coisa que Zoey sentiu antes que o mundo explodisse numa luz branca foi o dado de bronze que ela segurava com força na mão.

43. EQUILÍBRIO

O FLUXO TEMPORAL RETROCEDEU, passando por Avril em borrões dolorosos de luz, e pareceu que sua mente ia se partir em pedaços.

Então, ele parou abruptamente.

Ela mal se recuperou a tempo de desviar de uma explosão de tiros de plasma deflagrados pelos Caçadores Confederados, dando piruetas para a frente e para trás, até chegar a um Volkswagen acidentado. Instantaneamente, ativou o cristal que lhe restava e observou o caminhante tombar, explodindo em chamas.

O que tinha acabado de acontecer? A última coisa de que se lembrava era de estar segurando Dane sobre a caixa-d'água, ambos sangrando, agarrados um ao outro.

Dane.

Instintivamente, ela buscou com os olhos a batalha furiosa travada ao seu redor — e o encontrou. Agachado sobre um telhado, olhando para ela. Avril respirou fundo, sentindo um alívio atônito. Ele fez o mesmo. Mas era evidente que nenhum dos dois sabia como aquilo era possível.

Ao redor dela, Avril viu seu Arco — Masyn, Castor. A maioria dos outros. Arremetendo-se para a frente, dando saltos mortais pelo ar enquanto raios amarelos passavam por eles chiando, inflamando suas lanças, retomando (ou repetindo, não tinha certeza) a mesma luta.

Ao longe, lampejos brilhantes ganharam vida ao longo da fileira de caminhantes maiores. Segundos depois, os estampidos da artilharia ecoaram pelo ar.

Avril se lembrava daquilo. Ela se *lembrava*.

— Cuidado com a cabeça! — ela gritou para os Hélices que saltavam ao redor dela. Então viu os feixes de luz caindo, assim como antes... mas sem nunca chegar ao chão.

O céu se iluminou. Os projéteis desaceleraram... e, em seguida, explodiram sem causar danos, acima dos Hélices Brancas.

Dois grandes Tornados de Energia Escura de repente desceram das nuvens e foram direto para cima dos caminhantes que atiravam. As enormes máquinas faiscaram e então explodiram em chamas quando os funis negros de nuvens as engoliram, retorceram suas fuselagens e as fizeram em pedaços. Em segundos os enormes caminhantes desintegraram-se, reduzindo-se a metal retorcido e incandescente.

Raios — vermelhos, azuis e verdes — flamejaram no céu. Explosões eram deflagradas em todos os lugares, enquanto os relâmpagos atingiam os Caçadores, um por um, produzindo uma chuva de centelhas coloridas ao explodi-los e deixando crateras cheias de cristais brilhantes.

Avril observava, sem acreditar, enquanto os relâmpagos pulverizavam as fileiras de Confederados. Ela os viu dar meia-volta e correr, confusos, incapazes de se defender quando a própria terra parecia ter se voltado contra eles. Mais Tornados desceram das nuvens, encurralando as tropas alienígenas.

Ao norte, ao longe, Avril viu algo ainda mais incrível.

O Vórtice tinha desaparecido, como se nunca tivesse existido, e sem ele, a verdade sobre a Torre Partida foi totalmente revelada.

A forma negra de uma nave-mãe do Parlamento Confederado pairava sobre as ruínas da cidade, dividida em duas partes gigantescas, separadas uma da outra numa ruptura que estava, de alguma forma, parada no tempo.

Os ventos embaraçavam os cabelos de Avril. Em volta ela podia ouvir explosões e mísseis que cruzavam o céu como raios, mas seus olhos estavam na Torre Partida... e numa única centelha incandescente que pairava na frente dela, a trezentos metros do chão, envolta numa flamejante luz dourada.

— Zoey... — Avril murmurou assombrada.

AQUELE QUE A SCION nomeara Embaixador sentiu o mundo retroceder velozmente e retomar seu curso no momento mais oportuno. Ele estava cercado por sete Caçadores e diante daquele que Scion chamava de Realeza.

Cada oponente hesitou, confuso, atordoado, sem saber o que tinha acontecido.

Mas o Embaixador só hesitou por um segundo.

Investiu contra os três guardiões da Realeza, arrastando-os para o chão e fazendo-os irromper em fogo.

Como antes, os outros atacaram, tentando atingir o caminhante de cinco pernas, mas dessa vez não tiveram chance. Raios vermelhos e verdes fulminaram os oponentes, explodindo-os em pedaços, um de cada vez.

A Realeza trombeteou chocado, perdendo sua vantagem de repente e se vendo forçado a enfrentar o adversário num confronto direto.

O trípode mal conseguiu desviar da investida do Embaixador, seus canhões sibilando e abrindo fogo contra ele.

O escudo do Embaixador se desativou, como antes, mas ele não se importou. Essa era a oportunidade que esperava. Iria derrotar um antigo inimigo. Ou esse inimigo iria vencê-lo. Não havia meio-termo.

Ele se virou e se atirou com ímpeto sobre o outro. O poderoso caminhante colidiu com a Realeza num impacto brutal, arremessando-o contra o que restava de uma farmácia. Quando fez isso, coisas brilhantes se formaram no ar. Todas em forma de cubo.

Os cubos flutuaram na direção do trípode, enquanto ele tentava se levantar e endireitar o corpo. Um deles entrou em contato com a armadura do Caçador e uma grande coluna de faíscas formou-se em torno dele. A Realeza se levantou, tentou se mover...

E outro cubo afundou nele. Depois outro e mais outro. Mais e mais cubos se acumulavam na parte superior da máquina. A Realeza trombeteou e, se o Embaixador ainda estivesse ligado ao Todo, com certeza teria sentido o medo do inimigo.

A máquina desesperada atravessou uma vidraça, caindo de qualquer jeito do outro lado, mas já era tarde demais. Sua armadura se desintegrou quando dezenas de cubos incandescentes se colaram nele, derrubando-o no chão. Chamas o envolveram. A Efêmera verde e laranja da Realeza flutuou no ar, brilhando e piscando, tentando freneticamente se formar, mas não conseguiu. Fragmentou-se num bilhão de pedacinhos e se dissolveu no ar, enquanto o Embaixador assistia, cheio de satisfação.

HOLT SUSPIROU EM VOZ alta quando se desvencilhou da retroação do tempo.

A primeira coisa que notou foi Max lambendo seu rosto. A segunda, que estava deitado no chão, entre dois caminhões com as caçambas arqueadas em forma de V, deformados e fundidos um com o outro. Ravan e seus homens estavam lá, também, olhando uns para os outros com olhares aturdidos.

Holt estremeceu quando se lembrou de Max morto, da forma inerte de Ravan contra uma parede, do enorme caminhante Aranha desabando em cima deles. Que diabos tinha *acontecido?*

Explosões sacudiram violentamente os caminhões. Jatos de plasma chiaram através do ar. Holt podia ouvir o trombetear de uma centena de Caçadores.

— Tirem a bunda do chão! — Ravan gritou, agarrando o rifle.

Todos ficaram de pé quando dois Caçadores saltaram sobre o teto dos caminhões, um de cada lado, os canhões prestes a disparar. Os rifles do Bando espocaram, pulverizando balas para cima, até que os trípodes estremeceram e caíram.

Mais estavam vindo, trovejando na direção deles numa debandada em massa, ameaçando esmagar o que restava dos reforços prateados que atiravam desesperadamente em todas as direções.

Holt e Ravan prepararam-se, seus homens ficaram tensos...

E de repente o ar ficou cheio de formas reluzentes que Holt reconheceu. Cubos de Tesla, Mira dissera, as coisas que tinham destruído as Estradas Transversais. Aparecendo do nada, milhares deles, ganharam vida na frente dos Caçadores em ataque.

Os caminhantes derraparam até parar, tentando evitar as Anomalias, mas não havia para onde fugir.

Faíscas voaram por toda parte, quando os cubos cobriram e soterraram as máquinas, dissolvendo-as onde estavam. Relâmpagos flamejaram das nuvens revoltas, em pulsos de cor. Trovoadas sacudiram o chão.

O Bando assistia enquanto os Confederados eram feitos em pedaços pelas intempéries.

Um rugido alto e triunfante soou atrás deles, e Holt viu o Aranha prateado avançando, seus enormes canhões em ação, lançando tiros de plasma na massa de Caçadores moribundos.

— Ah, meu Deus... — exclamou Ravan, e Holt se virou. Olharam para cima, para além dos caminhões, relâmpagos e campos de cubos brilhantes, em direção ao norte.

Ao longe, a Torre Partida se assomava no ar, mas a massa espiralada do Vórtice tinha desaparecido e ele e Ravan puderam vê-la claramente. Ela era... um *Parlamento*? Não parecia possível, mas isso era exatamente o que ele viu: uma enorme nave-mãe, quebrada ao meio, pairando no ar. Destacando-se contra o enorme vulto negro, havia um pequeno ponto brilhante, de um branco dourado. Era uma pessoa, Holt podia dizer. Pequena.

— Aquela... é a sua garota? — perguntou Ravan.

— Sim — disse Holt, sorrindo. — É a minha garota.

ZOEY ESTAVA SUSPENSA bem na frente de onde o Parlamento tinha se partido ao meio tantos anos antes. Ela podia sentir a energia fluindo dele, ficando mais forte e se ampliando. Logo seria demais para ela controlar, mas isso não importava. Até lá já teria acabado.

Tudo se estendia até o infinito. Abrangendo não só as Terras Estranhas abaixo, mas tudo. Passados. Futuros. Presentes. Cada combinação possível de todas as possibilidades relacionadas a ela convergia para aquele exato momento — e para todos os outros — e podia ser modelada por ela.

Por um breve período, ela *foi* a Torre.

O tempo se rendeu a ela, e Zoey forçou-o a retroceder, rebobinando tudo num borrão. Abaixo ela viu Mira se desintegrar e então se reintegrar. Viu os Hélices Brancas serem derrubados, em seguida se levantarem. Assistiu ao gigantesco caminhante prateado Aranha esmagar o prédio onde estava Holt e então se colocar em pé novamente, sobre as pernas gigantescas.

Mas ela tinha que fazer mais do que isso, e ela podia.

Estendeu a mão para as Terras Estranhas, sentindo o seu poder caótico.

Tornados de Energia Escura desceram do turbilhão de nuvens negras. Raios de Antimatéria riscaram o céu. Ela conjurou Cubos de Tesla, Esferas de Quarks e Ligações em Cadeia; fez Dissipadores Temporais e Minas Terrestres e Pulsares, e jogou tudo isso, toda a força das próprias Terras Estranhas, sobre o exército maciço de Confederados lá embaixo, que estancou e hesitou diante do furioso ataque.

Em alguns Confederados, ela sentiu uma nova intenção. Eles já odiavam aquele lugar, estavam aterrorizados, e a imagem de Zoey, a Scion, controlando tudo, pegando o destino deles nas mãos, foi suficiente para abalar sua determinação.

Mas só alguns reagiram assim. Aqueles ela poupou, direcionando a energia das Terras Estranhas para longe deles. Fez o mesmo com o Embaixador e os reforços prateados que ele tinha trazido. Isso foi tudo. Ela observou enquanto a energia da Torre despedaçava o resto e espalhava os Confederados como folhas varridas por um vento furioso.

O ar abaixo se cobriu de campos dourados de energia cintilante, centenas deles, iluminando a escuridão, mas só por um breve instante. Eles nunca chegavam a se formar, era impossível ali. A energia deles se dispersava no ar. Suas cores desbotavam.

Scion, uma massa repentina de projeções a alcançou, partindo de centenas de fontes. Ela podia sentir o choque, o medo, irradiando deles. *Por quê?*

A energia da Torre continuava ganhando força. Estava ficando poderosa demais, e a influência do Gerador de Oportunidade estava diminuindo. Ela tinha que redirecioná-lo, deixá-lo liberar a energia antes que fosse tarde demais, mas ainda assim ela hesitou. Lembrou-se do que a Torre tinha dissera.

O equilíbrio deve ser restaurado. É uma necessidade matemática. E você faz parte da mesma equação.

Só que antes ela queria ver Holt novamente. Queria ver Mira e o Max. Queria tanto!

Os Sentimentos se agitaram dentro dela, brotando com entusiasmo, enchendo-a de força. Zoey ouviu, sentindo suas intenções, a ideia delas. Será que ia funcionar, ela se perguntou? Ou era tudo um engano? Ela pensou no processo todo, na sucessão de eventos que tinha desencadeado. Sabia onde aquilo ia dar.

Mas era a coisa certa a fazer? É o que Holt ou Mira fariam? Talvez não. Talvez fosse egoísmo, mas ela não merecia isso pelo menos uma vez? Depois de tudo o que tinha feito?

Os Sentimentos se agitaram agradavelmente, concordando, incentivando.

Zoey fez sua escolha. Desencadeou a explosão completa da singularidade, que estivera se acumulando durante todo aquele tempo e era iminente, e utilizou todo aquele poder caótico para moldar um conjunto final de acontecimentos. Acontecimentos que ainda assim levariam ao verdadeiro equilíbrio. Só que mais tarde.

Zoey esperava que fosse o bastante, esperava que o destino aceitasse essa barganha.

Atrás dela, o Parlamento dos Confederados, antes conhecido como a Torre Partida, estremeceu e lançou um brilho ofuscante, descongelando no tempo.

Ouviu-se uma explosão violenta e profunda quando ele se desintegrou, sacudindo o chão com uma bola de fogo imensa que causou um estrondo trepidante. Zoey fechou os olhos e se concentrou. Concentrou-se na energia, em direcioná-la e enviá-la para longe de todos que amava.

Por fim, alguns instantes depois, pela primeira vez em mais de nove anos, o equilíbrio foi restaurado.

44. LUZ DO SOL

— MIRA...

A voz vinha de muito longe. Não era o que esperava. Nunca esperou que voltasse a ouvir alguma coisa um dia.

— Mira...

Era a voz de uma menina, ela podia dizer. Uma menininha, e parecia preocupada. Ela ouviu e sentiu outras coisas em seu delírio nebuloso, o vago assobio de um vento suave, o calor do sol e, por algum motivo, essas sensações pareciam muito fora de lugar.

— *Mira!*

A vozinha insistente a arrancou da escuridão. A luz ofuscou-a quando seus olhos se abriram e o que ela viu não fez nenhum sentido.

O céu estava bem acima dela. Era o meio da tarde de um dia brilhante e ensolarado.

Paredes de edifícios e outras coisas pairavam sobre Mira — janelas, calhas, cartazes velhos que ela não conseguia distinguir, o teto de uma ambulância enferrujada, tudo deformado e retorcido. O vento agitou suavemente seus cabelos ruivos.

A garotinha estava ao seu lado. Alguém que ela reconheceu. Alguém que nunca pensou que veria novamente. Olhando para ela com um ligeiro sorriso cheio de expectativa.

— Zoey... — Mira sussurrou.

— Mira, veja! — a menina disse, animada. — Não é como costumava ser.

Mira ficou chocada com o que viu. Lembrou-se do Vórtice, dilacerando-a e causando uma dor inacreditável. Lembrou-se de Ben. Então ela acordou ali, com Zoey. Mas onde era "ali"?

Levou um momento para sua mente ligar os pontos.

Ela estava exatamente onde estivera antes. Em Bismarck. O coração das Terras Estranhas. Só que as Terras Estranhas tinham desaparecido. Nada da escuridão opressora. Nada de nuvens negras rodopiantes ou ventos furiosos. Até a Carga tinha desaparecido.

Em vez disso, o sol brilhava. *O sol*. Brilhava através de nuvens brancas que cobriam apenas parcialmente um céu azul brilhante. Onde antes estivera a Torre agora não havia nada. Apenas uma cicatriz enorme e enegrecida, como se causada por alguma explosão épica, estendendo-se para o norte. Tudo ali estava esmagado e carbonizado, mas para o sul tudo permanecia intacto.

— O que aconteceu? — perguntou Mira.

— Tudo é como devia ser — Zoey explicou. — Bem. Quase tudo.

Mira não tinha certeza do que Zoey queria dizer, mas estava chocada demais para perguntar. Não podia acreditar no que estava vendo.

— Obrigada, Mira — disse Zoey.

— Pelo quê?

— Eu não teria chegado aqui sem você. Só você poderia fazer isso.

As palavras eclipsaram qualquer assombro que ela estivesse sentindo diante da paisagem. Eram palavras que até o dia anterior achava que seria impossível ouvir. Mira se lembrou de Holt. O que a fez se lembrar de muitas outras coisas.

— Nós... morremos? — perguntou. — Você nos salvou, Zoey?

— Não. — Zoey estendeu a mão e colocou um objeto na mão de Mira. — Foi outra pessoa que fez isso.

Era o dado de bronze de Ben. A visão do objeto, sem que fosse o próprio Ben segurando-o, era chocante. Nunca o vira sem o objeto. Mira sentiu as emoções começando a se agitar dentro de si.

— Ele queria que você soubesse que estava falando sério quando...

— Eu sei. — Mira balançou a cabeça e enxugou a primeira lágrima. — Eu sei.

Ela olhou para o sul. Havia destruição ali também — edifícios em chamas, os destroços dos caminhantes Confederados, mas também havia vida. Havia movimento, vultos perambulando pelas ruas e se reunindo.

Ao longe viu ainda mais movimento, aos poucos se tornando visível. Uma multidão de milhares de pessoas marchava em direção a eles, atravessando o que agora era um silencioso campo de batalha. Cada uma delas ladeada por dois pontos brilhantes de cor.

Os Hélices Brancas estavam chegando.

— Vem comigo — pediu Zoey, estendendo a mão. Mira deu a mão à garotinha e se levantou lentamente. Não havia dor, seus membros já não estavam fraturados.

— Para onde vamos? — perguntou.

— Até *eles*. Tem uma coisa que preciso fazer antes... antes de todo o resto.

Elas andaram por entre as ruínas, todas deformadas e retorcidas pelos Tornados de Energia Escura que, à luz do sol, pareciam um conceito estranho.

— O que quer dizer com isso, Zoey? Todo o resto?

Zoey apertou a mão de Mira com força.

— Isso significa que não acabou ainda.

45. TUDO

HOLT OLHOU COM AVIDEZ para sua cama de campanha e seu saco de dormir. Dormiria uma semana, se deixassem. Mas do jeito que andava a sua sorte, aquilo era bem pouco provável.

Estava num das salas de escritório em que o Bando tinha montado acampamento. Eram salas pequenas, ainda cheias dos pertences dilapidados dos antigos donos, todos eles fundidos uns com os outros e congelados no lugar. As Terras Estranhas tinham desaparecido, mas os artefatos não. Eles não tinham perdido os seus poderes, até o momento. Holt não tinha certeza se isso era bom ou ruim.

As janelas do escritório davam para as ruas de Bismarck e elas no momento estavam vazias. Os Hélices Brancas tinham ido enterrar Gideon. Holt não sabia por que Zoey não tinha conseguido salvá-lo como aos outros. Talvez a morte dele tivesse acontecido muito antes para que ela pudesse influenciar. Talvez ela tivesse suas próprias razões para não ajudá-lo. Em todo caso, ele tinha partido, e embora os Hélices Brancas estivessem tristes, estavam decididos. A fazer exatamente o quê, Holt não sabia.

O Embaixador e os Confederados prateados tinham ido para o sul, entre eles várias dezenas de Caçadores verdes e laranja e seus caminhantes artilheiros. Holt não sabia por que não tinham sido varridos da face da Terra como os outros, mas pareciam cooperativos, até certo ponto. Ainda assim, todo mundo preferia ficar longe deles. Eram Confederados, afinal de contas.

Ainda bem que a sala tinha uma porta. Isso dava privacidade. Holt se levantou para fechá-la, fazendo uma careta ao desabotoar a camisa. Cada centímetro do seu corpo doía.

Ravan pôs a cabeça na porta, sorrindo de um jeito conspiratório. Holt suspirou. Tudo o que queria era fechar os olhos.

— Ravan...

— Finja que não estou aqui — disse ela, olhando a camisa dele.

— Não sei se vou conseguir dormir com você olhando para mim — Holt respondeu. Ravan disfarçava bem, mas também estava cansada. Ele a conhecia bem o suficiente para ver os sinais. Sabia dizer quando algo a incomodava também. Era a mesma coisa de sempre. Ela só falaria se ele perguntasse.

— Tudo bem?

Ravan sustentou o olhar dele.

— Surpreendentemente, não tão bem quanto você.

— Acho que estou cansado demais pra me preocupar com alguma coisa neste momento.

— Estávamos *mortos*, Holt. Mortos e enterrados, e aquela sua menininha nos trouxe de volta.

Holt se encostou no batente da porta em frente a ela.

— Você não parece muito feliz com isso. Preferia que ela não tivesse nos salvado?

— Não — respondeu Ravan. — Só estou dizendo... É um poder muito assustador para se usar. Tem que ter um preço, mexer com a ordem das coisas desse jeito. Repercussões.

Holt esfregou os olhos, cansado.

— Aonde está querendo chegar, Ravan?

— Você gosta dela, eu sei, mas um poder como aquele é alarmante. Se eu fosse você, estaria me perguntando com o que eu estou viajando.

— Com "quem", Ravan, não com "o quê" — contestou Holt com intensidade. — E não só gosto de Zoey, como confio nela. Ela nos *salvou*.

— Só estou te alertando sobre algo em que você talvez esteja envolvido demais para ver — disse ela. — Você costumava valorizar isso.

Holt franziu a testa e desviou os olhos. Ravan não estava totalmente errada. O que Zoey tinha feito... não parecia possível. Controlar máquinas era uma coisa. Inverter o tempo era outra completamente diferente.

Se Zoey podia fazer aquilo, o que mais poderia fazer? E será que ele queria descobrir?

— Pensou sobre o Fausto? — perguntou Ravan.

Ele negou balançando a cabeça.

— Tenho que ajudar Zoey, Ravan.

— Vai poder ajudá-la muito mais sem o Bando no seu encalço e, com Avril, vai ter muito mais chance de mudar as coisas.

— Eu sei — respondeu ele. — Também vou ter mais chance de levar um tiro no meio da cara.

Ravan sorriu.

— Ainda assim as perspectivas são melhores do que duas semanas atrás, e vai demorar muito para você conseguir algo tão bom novamente. Além disso, tínhamos um acordo, você e eu. — O olhar dela flutuou para baixo, para a imagem inacabada no pulso dele.

— Eu rompo acordos o tempo todo — disse Holt, meio a sério.

Ela olhou para ele com seus olhos cor de safira.

— Não, você não rompe.

Um barulho do lado de fora da porta desviou a atenção deles. Mira estava no corredor. A expressão dela, ao ver Holt e Ravan, causou certa tensão no ar.

— Desculpe — disse Mira. — Posso voltar depois...

— Pode entrar, Ruiva. Já acabei aqui — respondeu Ravan. Ela olhou para Holt quando se virou e saiu pelo corredor. — Pense no que eu disse.

Holt seguiu-a com os olhos até desaparecer no corredor, esperou até que o som de seus passos se desvanecesse, e então olhou para Mira. Ela camuflava seus sentimentos muito mais do que Ravan.

— Oi — disse ele.

Mira sorriu um pouco.

— Do que estavam falando?

Holt se virou e voltou para dentro da sala.

— O de sempre. As mesmas cobranças.

— Ravan quer que você volte com ela?

453

— Sim.

— É isso que você quer?

— Não exatamente... Gosto da minha cabeça no lugar onde está.

— Mas ela acha que você pode consertar as coisas. Com o Bando. Será que não vale a pena?

— Não dá para consertar as coisas com Tiberius. — Holt andou até o canto da sala, perto da janela com vista para as estranhas ruas tortas, tudo contrastando de um jeito sobrenatural com a luz do sol brilhante. Aquelas duas coisas não combinavam. Assim como muitas coisas na vida dele, pensando bem.

Mira entrou na sala e fechou a porta atrás de si. Apesar de tudo, o silêncio entre eles ainda era pesado. Holt odiava isso, a apreensão que surgia sempre que estavam perto um do outro, mas não havia o que fazer a esse respeito.

— Onde está Zoey? — ele perguntou.

— No sepultamento. Ninguém a não ser ela e os Hélices Brancas tiveram permissão para ir, mas eu assisti de um telhado. Depois que acabou... ela começou a cuidar deles.

— Livrá-los da Estática?

Mira assentiu.

— Todos eles, um a um. Havia milhares, Holt, esperando sua vez, e está chegando. Só gostaria de saber o que devemos fazer *agora*.

— Eu não faço a menor ideia — Holt admitiu. — Acho que só continuar a seguir a liderança de Zoey. — Holt hesitou, olhando para Mira. Ela estava despenteada, mas ainda assim bonita. Seu cabelo tinha crescido mais agora e já passava dos ombros. Ele gostava dela assim, com o cabelo mais comprido, concluiu. — Eu queria te dizer que eu... Não quero que o clima fique estranho entre nós. Não temos que tentar ser o que éramos. Ou... o que quase fomos. Sabe o que eu quero dizer. Mas não podemos seguir caminhos separados. Não agora. Zoey precisa de nós. Talvez mais do que nunca. E nós precisamos dela.

Mira ficou ali em silêncio. Ele não esperava outra coisa, na verdade. Afinal, o que poderia dizer? Ela não devia nada a ele, não mais. Deus, como ele estava cansado!

— Olha, eu preciso fechar os olhos, e tenho certeza de que...

— Você acreditou em mim — ela o interrompeu suavemente.

Holt piscou.

— O quê?

— Quando ninguém mais acreditou — continuou Mira, olhando para ele. — Eu teria desistido se não fosse você. Foi o que me fez atravessar o Vórtice. Foi o que me fez enfrentar tudo o que aconteceu antes, eu só não tinha percebido.

Holt olhou para ela, sem saber o que dizer ou pensar. Ao mesmo tempo, sentiu seu coração bater mais rápido. Ele a viu se aproximar, estender lentamente o braço e pegar a mão dele, passando os dedos na tatuagem inacabada que havia ali.

— Isso era algo que costumava me incomodar — disse ela —, mas não me incomoda mais. Agora é a prova de que você realmente é quem pensei que fosse, e acho que você não devia cobri-la mais.

As palavras tiveram mais impacto sobre ele do que esperava. Devagarinho, Holt acariciou os dedos dela. Ele quase esperava que ela se afastasse, mas isso não aconteceu.

— Você me perguntou uma coisa que eu nunca respondi — disse Mira, desviando os olhos das mãos dele e voltando a fitá-lo. — Perguntou se o que aconteceu na barragem significou alguma coisa. Se foi tão importante para mim quanto foi para você. Eu deveria ter respondido, mas estava... com medo. E não estou mais. *Foi* importante, Holt. Significou mais do que qualquer outra coisa. Significou *tudo*, e ainda significa.

Alguma coisa no modo como a voz dela enfraqueceu ligeiramente ao dizer essas últimas palavras atraiu Holt para a frente como um ímã, o cansaço esquecido. Ele passou os braços ao redor dela e puxou-a para si, e seus lábios se encontraram num longo beijo. Foi o alívio mais intenso que ele jamais sentira, e pelo jeito como Mira se agarrou a ele com desespero, Holt pôde perceber que ela sentia a mesma coisa e com a mesma intensidade.

Mira ofegou quando ele a levantou, tirando os pés dela do chão, bocas e mãos se movendo com avidez, enquanto ele a carregava pelo cômodo e a deitava na cama de campanha, o calor dos seus corpos se fundindo lentamente e aos poucos se intensificando até o mundo derreter e não haver mais nada, a não ser os dois.

46. REPERCUSSÕES

ZOEY OLHOU PARA AS RUÍNAS ABAIXO, da laje do edifício alto. Os Hélices Brancas haviam sepultado Gideon e agora enchiam as ruas. O resplendor do mundo, agora inundado de sol, os deixava perplexos. A opressão sombria das Terras Estranhas era normal, e toda aquela luz e calor era algo inquietante.

Ela tinha cuidado de todos eles — tantos, um após o outro, que até perdera a noção do tempo. Não sabia quantas horas tinha ficado ali, mas não foi embora enquanto não viu todos os Hélices Brancas livres da Estática. Fosse qual fosse o sentimento que nutriam por ela, agora havia também gratidão, lealdade.

Mira estava sentada ao lado dela, os pés balançando sobre a borda. Da amiga, Zoey sentia antigas emoções. Aquelas que tinham sumido nos últimos dias. A mente de Mira divagava ocasionalmente para imagens dela e de Holt, entrelaçados e entregues, e isso fazia Zoey sorrir apesar de tudo. Torcia para que conseguissem preservar isso quando tivessem que enfrentar o que estava por vir.

Zoey contou a Mira quase tudo que tinha descoberto na Torre. Só os detalhes sobre a sua escolha final, a barganha que tinha feito com o destino, ela deixou de fora. Logo Mira saberia.

— Ainda não entendi uma coisa — disse Mira quando Zoey terminou. — Por que você é tão importante para os Confederados? Por que continuam atrás de você?

Era uma pergunta que Zoey tinha feito a si mesma, uma boa pergunta, na verdade, a única que restava, e ela tinha suas teorias. Em sua conversa, a

Torre não tinha, sequer *uma* vez, mencionado suas habilidades, por que ela era capaz de controlar máquinas ou sentir as emoções e memórias de outras pessoas. Para Zoey, essas coisas só comprovavam que nada disso vinha da Torre.

Ela se lembrou da visão que o Oráculo lhe mostrara, aquela horrível sala negra e a forma azul e branca que se enterrou dentro dela e a dor que sentiu. Foi só então que Zoey percebeu pela primeira vez os Sentimentos. Os que brotavam quando ela os chamava, e a ajudavam.

Se os Sentimentos eram realmente o que agora suspeitava que fossem, então seu caminho estava claro. Era por isso que ela tinha usado a Torre para organizar as coisas daquele jeito. Lá no fundo, ela se perguntava se tinha feito a coisa certa. Teria sido melhor morrer com a Torre, não enganar o destino? Que riscos correu, fazendo a sua escolha, ela não sabia ainda, mas sabia muito bem o que tinha ganhado.

Zoey olhou para Mira, sentindo as emoções dela por Holt novamente. Os dois estavam vivos. Poderiam seguir em frente e ser felizes. Tudo isso significava que Zoey tinha que encontrar uma maneira, não importava como, de garantir que tudo continuasse assim, e só havia um lugar onde ela poderia fazer isso agora. Ela estava começando a sentir o peso de suas escolhas.

— Eu não te agradeci ainda — disse Mira baixinho, olhando para o mundo em movimento lá embaixo —, por nos salvar.

Zoey podia sentir a gratidão de Mira. Isso e algo mais. Culpa. Percebeu que ela vinha da crença de Mira de que Zoey tinha feito algo que nunca conseguiria retribuir à altura, e ela queria desesperadamente fazer isso. Não porque não gostasse de ficar devendo nada a ninguém, mas porque Zoey significava muito para ela.

Zoey estendeu o braço e apoiou a mãozinha na de Mira.

Mira a apertou.

— Eu amo você.

— Eu também te amo, Mira. — Ela realmente amava. E aquilo só tornava mais difícil tudo que tinham pela frente. — Preciso te contar uma coisa. — Mira olhou para ela, insegura. — É uma coisa de que você vai precisar, e depois você vai entender por quê. — Ela apertou mais a mão de Mira. — Feche os olhos. — Zoey sentiu a incerteza de Mira, mas esta fez o que Zoey pedia.

Zoey fechou os olhos, então expandiu a mente até os Sentimentos e eles responderam, agitando-se dentro dela. Viram o que Zoey pretendia e, pela primeira vez desde que tinham se tornado uma parte dela, ela sentiu desânimo irradiando deles. Aversão até, mas não importava. Era o preço que os Sentimentos teriam de pagar se quisessem o que estava por vir. E ela tinha a sensação de que queriam desesperadamente.

A energia dourada se formou e resplandeceu como uma labareda, espalhando-se lentamente pelos braços de Zoey e de Mira, e deixando um rastro de formigamento quente enquanto se movia. Ela podia sentir a apreensão de Mira aumentando.

— Está tudo bem, Mira — assegurou. — Vai doer só um pouquinho.

A mente de Mira se abriu para a dela. Zoey viu o infinito que ela e todas as mentes representavam, estendendo-se num campo inesgotável de memórias. Ela avançou em direção a ele, passando por pensamentos sobre ela mesma e sobre Holt e Ben, flutuando pelas lembranças passadas do pai de Mira e encontrando finalmente uma parte muito específica. Zoey tentou atingir mentalmente essa parte e a circundou. Mira estremeceu. A dor abrasou a mente de Zoey na mesma proporção que abrasava a da amiga. Ela detestava a ideia de causar dor, mas não havia outro jeito.

Aquela parcela da mente de Mira foi desbloqueada e, quando isso aconteceu, Zoey a deixou mais aguçada, mais forte, mais resistente. Mira nunca teria as mesmas habilidades que ela, Zoey sabia, mas já seria o suficiente.

Então Zoey se retirou da mente de Mira. A energia dourada se desvaneceu. Os Sentimentos voltaram para a sua hibernação e Mira e Zoey abriram os olhos.

— O que... o que foi *isso*? — perguntou Mira, olhando para ela.

Zoey apertou a mão da amiga uma última vez, em seguida soltou-a.

— Agora você está pronta, Mira.

— Zoey, o que você acabou de fazer?

— Já consegue senti-los? Eles estão perto agora.

Uma nova emoção se formou dentro de Mira. Começou bem pequena, mas cresceu rápido, nutrida por seus instintos. Mira estava começando a perceber a verdade. Que Zoey tinha desencadeado alguma coisa, algo horrível, e que aquilo estava a ponto de acontecer...

— Zoey... o que você...

Ao longe, uma série de detonações e disparos contínuos ecoou no ar. Mira se virou para olhar, mas Zoey não precisou. Os Caminhantes prateados estavam abrindo fogo para o sul, do lado de fora das ruínas, lançando feixes de plasma no ar.

— Sinto muito, Mira — disse Zoey. — Eu... fiz um acordo, algo assim. Uma troca. Era a única maneira de fazer as coisas direito.

Os olhos de Mira se arregalaram. Visível apenas mais para o sul havia uma esquadrilha de naves dos Confederados, talvez duas dezenas delas, e estas não eram prateadas nem verdes e laranja. Eram *azuis e brancas*, e avançavam rapidamente na direção deles.

Zoey podia sentir o medo invadindo Mira. Não apenas o medo das naves, mas o medo porque ela podia *senti-las*. Assim como Zoey. As sensações emanavam das máquinas. Sentimentos horríveis de vitória e júbilo, de longas estradas finalmente transpostas.

— Zoey, o que você fez? — Mira perguntou, horrorizada. O rugido dos motores enchia o céu agora. Os Hélices Brancas agitaram-se, nervosos, mais abaixo. — Me diga o que você fez para que a gente possa *parar* isso!

Zoey balançou a cabeça tristemente.

— Não podemos, Mira. Não dessa vez.

Canhões de plasma detonaram acima delas e raios fulminantes explodiram em chamas no chão e nas laterais dos prédios, enquanto as naves azuis e brancas avançaram. Os Hélices Brancas abaixo davam saltos para se esquivar dos tiros. As pontas de lança cristalinas riscaram o ar, algumas atravessaram a fuselagem das naves, provocando explosões de chamas coloridas, mas aquilo não seria o suficiente. O destino já estava se cumprindo.

— Faz um carinho no Max por mim, tá? — Zoey pediu a Mira. Ela estava quase sem tempo. — Coça atrás das orelhas, é o que ele mais gosta.

— Zoey! — Mira fez menção de se aproximar dela e, então, ambas foram arremessadas em direções diferentes quando explosões atingiram o telhado. Zoey bateu no chão e rolou; então olhou para as naves acima, o barulho dos motores abafando tudo.

De um deles veio um lampejo. Zoey se encolheu.

Ouviu-se um estrondo metálico violento quando a garra de um Abutre bateu no chão perto dela. Zoey só teve tempo de olhar através das lâminas da garra para Mira, que lutava em vão para agarrar o pé de Zoey, para chegar até a garotinha e impedir que aquilo acontecesse, mas já era tarde demais.

— Adeus, Mira — Zoey sussurrou.

Então ela gritou quando a garra a puxou para o céu e a esquadrilha de naves acelerou, deixando Bismarck, Mira, Holt e Max, tudo e todos para trás.

Scion, soaram as projeções assustadoras. Zoey fechou os olhos com força. *Você está em casa.*

47. A CIDADELA

MIRA CORREU PORTA AFORA e ganhou a rua. Sua cabeça ainda estava confusa e nebulosa, e não era por causa do ataque. O que Zoey tinha feito com ela? Ela tinha *sentido* a aproximação das naves. Como sussurros agudos e cortantes na sua mente, mas sem palavras, apenas uma sensação. Parecia que ela os ouvira *pensar*...

Mira abriu caminho através da multidão, ignorando os focos de incêndio e os gritos de dor e desespero. As naves tinham partido, mas haviam deixado a sua marca. Uma construção em chamas desabou nas proximidades. Os Hélices Brancas carregavam amigos feridos até postos de socorro montados às pressas. O Bando estava tentando levantar um carro todo torto e retorcido que tinha prensado alguém.

— Mira! — Holt gritou, e ela o viu abrindo caminho em meio à multidão.

Max estava com ele, olhando com ansiedade para todo aquele caos. Eles estavam perto de uma van deformada, e ela pôde ver o olhar de preocupação no rosto de Holt.

— Onde está Zoey?

A pergunta a atingiu como um golpe. Ela não tinha se permitido pensar a respeito, só se concentrado na situação imediata. Focar-se, pegar suas coisas, descer para a rua, colocar um pé na frente do outro.

Agora ela via tudo de novo. As últimas palavras de Zoey. A explosão que as separou. A visão dela sendo levada, seus gritos. Zoey estava ali num segundo, no seguinte não estava mais. Tudo tinha acontecido tão rápido!

Mas isso não era desculpa. Era culpa *de Mira*.

Holt deu um passo para trás, surpreso, quando Mira girou sua mochila com tudo e estilhaçou o que restava da janela traseira do carro. Todo mundo ali perto parou por um instante o que estava fazendo para olhar.

Isso só fez com que ela se sentisse pior.

Levantou a mochila de novo para...

— Mira! — A mão de Holt a deteve. Ela olhou para ele e então sentiu as lágrimas se formando. Quentes, furiosas. Ela se encostou no carro e cobriu o rosto com as mãos trêmulas, tentando esconder o que era óbvio para qualquer um que olhasse.

Os braços de Holt a envolveram. Ela afundou a cabeça em seu peito e o tempo pareceu desacelerar. Zoey tinha *ido embora.*

Ela sentiu a multidão se aproximar, ouviu vultos saltando no capô da van.

— Onde está a Primeira? — uma voz que ela reconheceu exigiu saber.

Mira se apoiou em Holt e olhou para Dane e outros dois Hélices Brancas. Era evidente que já tinham adivinhado a resposta.

— *Você* deixou que a levassem!

As palavras cortaram como uma faca.

— Sai daqui! — Holt gritou para Dane. — Vocês viram aquelas naves, o que ela podia fazer?

— Não deveria ter ficado com ela no *telhado*! Ela deixou que a levassem! — Enquanto falava ele tirou com um giro a Lanceta das costas e apontou para baixo. No mesmo instante Holt sacou a escopeta e puxou Mira para trás. Max rosnou, agressivo.

— Dane! — Uma voz forte o deteve. Talvez a única voz que podia fazer isso. Avril estava a poucos metros de distância, na frente do que restava do Bando.

Mira viu que as mãos dela estavam amarradas. Sua Lanceta tinha desaparecido. Ravan estava ao lado dela, e apesar de tudo a filha de Tiberius Marseilles parecia tranquila.

— A Torre já se foi agora — disse Avril, estreitando os olhos à luz do sol. — Ela não pode mais ajudar Zoey, ninguém podia ter feito nada.

Dane pareceu não ouvir as palavras. A fúria que sentia em relação à Mira rapidamente se voltou contra as cordas que prendiam as mãos de Avril. Seus olhos encontraram os de Ravan e ele falou com um tom de ameaça mal contido.

— Solte-a ou todos vocês vão morrer.

Ravan apenas sorriu. Ela nem chegou a tirar o rifle das costas.

— Bem, isso não seria muito... *decente* da sua parte. Seria?

— A escolha é *minha*, Dane — disse Avril, embora ficasse claro que ela não estava totalmente decidida. — É o que Gideon queria.

— Gideon está *morto*! — cuspiu Dane. — E como a Primeira se foi, o mesmo aconteceu com tudo em que ele acreditava. Qual foi o sentido de tudo isso? Alguém pode me dizer?

Mira ouviu as últimas palavras de Zoey em sua mente. *Eu... fiz um acordo, algo assim. Uma troca.*

Os pensamentos davam voltas na cabeça dela, tentando formar algo sólido.

— Acho que ela pode ter planejado isso — disse Mira, e todo mundo olhou para ela. — Parece... que ela usou a Torre para desencadear tudo isso.

— Quer dizer que ela *queria* que os Confederados a levassem? — perguntou Ravan, duvidando.

— Mas que conveniente para você, Bucaneira!... — comentou Dane com um sorriso de escárnio.

— Mira — chamou Holt, levantando o rosto dela com as mãos. — Se ela te disse isso, é porque tinha descoberto alguma coisa. Você *tem* que saber o que é; ela teria dito a você de alguma forma.

Mira refletiu com desespero, recapitulando a conversa que tiveram, mas só uma coisa realmente ficou na sua cabeça.

— Zoey fez alguma coisa comigo. Ela... me tocou. Entrou dentro da minha mente e mudou alguma coisa.

— Mudou *o quê?* — perguntou Avril.

Mira balançou a cabeça.

— Quando as naves chegaram perto, eu pude... senti-las. *Ouvi-las.* Os pensamentos deles. Eu podia...

Mira se interrompeu de repente quando "pensamentos" semelhantes invadiram a sua mente. Eles eram como projeções de sensações, forçadas para o primeiro plano, e embora não causassem dor, não era nada agradável ter os próprios pensamentos invadidos e sobrepujados. Não eram palavras. Eram mais como os significados inerentes *por trás* das palavras, a intenção, a emoção; e se destacavam na mente dela, independentemente da sua vontade.

Guardiã, disseram eles. *Nós viemos.*

Mira se levantou e andou para longe do carro, olhando para o sul. Um caminhante de cinco pernas avançava na direção deles, flanqueado por dois Caçadores. A visão deles era impressionante. Suas marcas distintivas verde e laranja tinham desaparecido. Agora só havia metal, brilhando ao sol.

Os Hélices Brancas ficaram tensos quando os caminhantes se aproximaram. Assim como o Bando. Mas os caminhantes se detiveram a vários quarteirões, mantendo uma distância entre eles.

— O Embaixador... — disse Mira.

Guardiã, ele projetou. Ficou claro que ele estava se comunicando com ela, e a constatação provocou um calafrio em suas costas.

— Por que me chama assim? — perguntou em voz alta. Ela podia ver o olhar de todo mundo oscilando entre ela e os caminhantes à distância. A ideia de que ela agora podia falar com os Confederados, os grandes inimigos da humanidade, era inquietante, mas Mira não se importou.

Você é a Guardiã da Scion, o Embaixador projetou na mente dela.

Mira ficou com mais vergonha. Se o título tinha sido concebido como um insulto, em vista do que acabara de acontecer, ela não soube dizer, mas não gostou muito dele, de qualquer maneira.

— Você sabe o que aconteceu? — Talvez ela pudesse usar a mente para falar com os alienígenas, mas estaria condenada se fizesse isso. Ela não era um deles, e eles não eram seus amigos. Sentiu sua mão buscar a de Holt e extrair força dela.

Mas'Shinra têm a Scion, foi a resposta. *Eles voam para o oeste.*

— O que existe a oeste?

O Coletivo. Mira olhou para o caminhante, confusa, e ele devia ter detectado sua frustração. *Vocês dizem a Cidadela.*

Os olhos de Mira se arregalaram. A Cidadela era algo que ela conhecia. Todo mundo na América do Norte provavelmente conhecia. Ela nunca a tinha visto, mas era supostamente uma estrutura gigantesca dos Confederados, que se elevava das ruínas de uma cidade a oeste, tão grande que ofuscava até mesmo os Parlamentos. Ao contrário das naves-mãe, a Cidadela tinha sido construída pelos Confederados com toneladas de materiais coletados de todo o continente. A maioria dos sobreviventes achava que se tratava da sede do poder dos Confederados, e todo mundo evitava chegar muito perto.

— Estão levando Zoey para a Cidadela — disse Mira, e murmúrios surpresos varreram a multidão.

— Se for esse o caso, a amiguinha de vocês já bateu as botas — Ravan decretou. — A Cidadela é em San Francisco. Vai demorar semanas para chegarem lá, e vão precisar atravessar o Deserto. Seja qual for o plano dos Confederados para ela, vão chegar lá muito antes de vocês.

Mira queria sentir raiva de Ravan, mas não conseguiu. A garota tinha razão, e Mira só sentiu raiva de si mesma. Os Confederados poderiam muito bem estar levando Zoey por mar.

— Navios terrestres — disse Holt ao lado dela. — Na Zona Franca. Bazar está a... o quê? Dois dias daqui em ritmo acelerado? Podemos embarcar em navios terrestres lá e chegar à Cidadela em menos de uma semana.

— Mesmo que por acaso conseguissem um navio terrestre, ainda assim é muito tempo — disse Ravan. — Aquelas naves vão chegar lá *em questão de horas*.

— Bem, temos que fazer *alguma coisa!* — Holt gritou de volta. — Temos que tentar!

— Isso é ridículo! — disse Dane, elevando a voz.

— Seus olhos estão livres da Estática, Dane — lembrou Avril. — Ela nos curou e nos trouxe de volta dos mortos.

Dane olhou para Avril com intensidade. E não disse mais nada.

Ravan, no entanto, não estava convencida.

— Ela salvou meus homens da Estática, também. Sou grata por isso, não me levem a mal, mas não vou sair por esse mar afora para defender uma causa perdida. Tenho coisas que preciso concluir. — Mira viu o olhar da garota se fixar em Holt, e ele o sustentou.

Mais murmúrios de dúvida transpassaram a multidão, que se dividia em torno de Holt e Mira em centenas de grupos, todos debatendo e falando alto. A garota ignorou tudo. Havia apenas uma pessoa cuja opinião importava, e Mira olhou para ela nesse momento.

— Ravan está certa — admitiu Holt. — Mesmo que a gente chegue lá em uma semana, mesmo que de alguma forma a gente consiga navios terrestres suficientes para transportar todos os Hélices Brancas... é suicídio. Você já viu a Cidadela? Porque eu vi. Você acha que o exército que vimos ontem era grande? Não é nada comparado com o que existe *lá*.

Mira olhou para ele com um espanto genuíno.

— Então você está dizendo... o quê? Nós apenas... deixamos que ela vá? Que seja levada?

— Não! — Holt balançou a cabeça. As palavras seguintes ele pronunciou do modo mais pausado e incisivo que pôde. — Estou dizendo... que se fizermos isso... vai ser uma viagem sem volta.

Mira olhou para ele, aos poucos se dando conta do significado das palavras. Não havia uma chance verdadeira de sucesso. Morreriam tentando libertar Zoey, mas ainda assim eles teriam tentado.

Mira olhou para Holt por mais alguns segundos, então, simplesmente assentiu.

Holt pegou a escopeta do chão e ajeitou a mochila nos ombros. Mira fez o mesmo com as coisas dela e os dois começaram a andar, abrindo caminho pela multidão furiosa e esbravejante, alheios a tudo. Holt assobiou para Max, que os seguiu.

Mira indicou com a cabeça a espingarda de Holt. Ele entregou a arma a ela, junto com um punhado de balas.

— Sabe manejar isso?

— Sei fazer combinações de artefatos de seis camadas... — disse ela, colocando uma bala na aba de carregamento, então puxando a telha para trás e colocando a arma em posição de disparo. — Então posso muito bem carregar uma espingarda.

— A cada dia que passa, gosto mais de você — disse Holt, pegando um cartucho para carregar seu próprio rifle enquanto andavam.

Enquanto abriam caminho entre a multidão, as discussões silenciavam e todos se voltavam para ver as duas figuras que se dirigiam para o sul num passo decidido.

Ravan inclinou-se casualmente contra um sedã deformado, olhando para eles. Depois de um instante, suspirou e revirou os olhos.

— Garotos, pé na estrada! — disse ela com vigor. — Acho que já acabamos por aqui. — Seus homens obedeceram, pegando as mochilas e armas. Ravan desencostou do carro e empurrou Avril para a frente. — Isso inclui você, benzinho. — A pequena Decana fulminou-a com os olhos, mas começou a andar.

Quando o Bando passou a caminhar em fila ao lado deles, Holt e Mira olharam para Ravan. A pirata balançou a cabeça com desprezo. Para Ravan, o que estavam fazendo era uma péssima ideia, era tolice colocar as necessidades de outras pessoas antes das próprias, mas Mira não se importava. Era o que ela tinha que fazer.

Algo caiu no chão em frente a eles. Um par de óculos pretos, do tipo que usavam os Hélices Brancas. Mais dois pares caíram. Mais quatro. Mais uma dezena. Todos olharam para cima enquanto caminhavam. Lá, no alto, figuras saltavam entre os prédios arruinados, em lampejos amarelos e azul-turquesa.

— Ora, ora — murmurou Ravan com ar de divertimento, observando os Hélices Brancas saltando de telhado em telhado. — Não *somos* um grupo bem heterogêneo?...

Avril olhou para cima como todo mundo e sorriu para os seus irmãos, dezenas no início, mas aumentando cada vez mais, transformando-se aos poucos numa onda colorida que os seguia. Dezenas viraram centenas. Centenas se tornaram milhares, cobrindo o céu, atirando seus óculos no chão e produzindo uma chuva de preto. Já não precisavam deles, Mira adivinhou. Não havia mais Padrão para *ver*.

Guardiã, uma projeção interrompeu seus pensamentos. O Embaixador e os Caçadores prateados esperavam a apenas um quarteirão de distância, seus olhos trióptocos piscando. Mira olhou para eles.

Estamos... com você, a máquina projetou.

Era enigmático. Se fossem só palavras, Mira poderia não ter entendido, mas era muito mais do que isso. Era emoção e intenção. Por motivos ainda incertos, o Embaixador e os outros tinham vindo para evitar que Zoey caísse nas mãos dos Confederados. Tinham falhado, e agora só havia um caminho para eles. O mesmo de Mira e Holt.

Mira acenou com a cabeça para a máquina quando se aproximaram e respondeu com uma única palavra.

— Ok.

O Embaixador se voltou para o sul e começou a golpear o chão com seus passos poderosos, seguido pelos Caçadores. Luzes faiscaram brilhantemente da armadura dos outros Confederados prateados à distância. Motores rugiram, ganhando vida. Os Caminhantes começaram a se mover. Naves cargueiras decolaram, amealhando as máquinas para transporte.

Clarões incandescentes e pulsos de som acompanharam dezenas de outros caminhantes como o Embaixador, teletransportando com um contingente ainda maior. Louva-a-deus, até mesmo três ou quatro Aranhas, todos começaram a se mover, juntando-se aos outros, seus passos ecoando como trovões.

Ao redor deles, os Hélices Brancas aterrissavam no chão aos milhares, seguindo em todas as direções, atrás de Holt e Mira, entoando um único bordão, sem parar.

— *Força! Força! Força!*

Pela primeira vez, ela e Holt não estavam sozinhos. Pelo contrário, por mais estranho que fosse, parecia que tinham um *exército*.

— Vá buscar Zoey, garoto! — Holt disse a Max e assobiou três notas altas.

Max disparou a todo galope, passando à frente de todos, até mesmo de três Caçadores prateados. Eles trombetearam surpresos, correndo atrás do cão, mas nem mesmo as máquinas conseguiriam alcançá-lo.

Holt pegou a mão de Mira, que a apertou com firmeza. Eles rumavam para o sul, por uma última estrada indistinta. Juntos.

PRÓXIMOS LANÇAMENTOS

JANGADA

Para receber informações sobre os lançamentos da Editora Jangada, basta cadastrar-se no site: www.editorajangada.com.br

Para enviar seus comentários sobre este livro, visite o site www.editorajangada.com.br ou mande um e-mail para atendimento@editorajangada.com.br